雪山长风呼啸不已，世事沧桑无尽……

第3部

雪山长风

任晋虞

——著——

四川文艺出版社

图书在版编目（CIP）数据

雪山长风 / 任晋虞著 . -- 成都 : 四川文艺出版社，
2025. 7. -- ISBN 978-7-5411-7354-7

Ⅰ . I247.5

中国国家版本馆 CIP 数据核字第 20259VY851 号

XUE SHAN CHANG FENG

雪 山 长 风

任晋虞　著

出 品 人　冯　静
策划编辑　路　嵩
责任编辑　姚晓华
特约编辑　蒯　燕
装帧设计　悟阅文化
责任校对　段　敏
摄　　影　杨东波

出版发行　四川文艺出版社（成都市锦江区三色路238号）
网　　址　www.scwys.com
电　　话　028-86361802（发行部）　028-86361781（编辑部）

排　　版　四川悟阅文化传播有限公司
印　　刷　成都市兴雅致印务有限责任公司
成品尺寸　170mm×240mm　　　开　　本　16开
印　　张　25.75　　　　　　　字　　数　463千
版　　次　2025年7月第一版　　印　　次　2025年7月第一次印刷
书　　号　ISBN 978-7-5411-7354-7
定　　价　95.00元

自　序

　　长篇小说《雪山长风》反映川西北藏羌民族地区从民国时期到中华人民共和国成立的风云激荡历史，是以该地区真实历史事件和人物为素材的文学作品。

　　本小说第一、二部已由四川民族出版社出版，本册为第三部。

　　本部上卷（第五卷）主要内容：红军长征进入川西北藏羌民族地区，藏羌民族领导在国民党"武装阻击"命令的压力下，仍秘密接触红军，商谈"借路"，从而极大程度降低了红军北上的战损。羌族世袭土司参加红军，英勇牺牲。

　　下卷（第六卷）主要内容：抗战初期，松潘藏族同胞在中国共产党的帮助下，突破国民党的阻力，坚持不懈，克服重重困难，到达重庆，向国民党中央政府献抗日锦旗，向全国军民表达宣传藏族抗日救国的决心。

　　四川民族出版社评价本小说第一、二部："可读性强，故事逻辑清晰，小说语言流畅，情节生动。"

　　业界权威人士评价本小说："是近年难得的藏族聚居区社会风云题材的文学长篇巨著，具有藏族文学题材独特视角！"

2024年春

目录
CONTENTS

第六卷

第五卷

第四十章　祸起金矿

①

夜深风疾，月冷星寒。

噶布山沟的金矿区一片静寂。夜云飘浮，间或遮月，使得金矿的井架、工棚机具、房屋，在或明或暗的月光中，时而轮廓映现，时而影像模糊。

山沟中一个坝子被很高的石墙围起来。围墙里是选磨金矿和冶炼纯金的场所。矿区称它金厂。金厂围墙外是荒草山林。

一团流云遮住冷月，金厂里又变得黑魆魆的。两个人影从一个工棚里钻出。他们贴着棚檐房角儿潜行一阵，然后向围墙方向蹿去……厂区各处的藏獒接连狂吠起来，声惊夜空……很奇怪，狗叫声很快又都陆续停息，像被它们的主人安抚制止。

金厂外的山坡高处，树林中埋伏着两个藏族人，一高个，一壮实。他们俯瞰监视着整个金厂区域。听见狗叫声，二人立刻警觉打望，极尽目力扫视搜寻。月亮出云，清光又现。二人望见了围墙里面的两个人影，正在蹑手蹑脚移动。

二人正监视围墙内的那两个偷偷移动的人，突然，高个藏族人警觉地看到围墙外不远处的几片灌木丛中，还有模糊人影晃动。他轻轻碰了下壮实藏族人，用手指着说："你快看围墙外边，那个灌木丛中，也还有几个人影。"

壮实藏族人顺着手指方向看了一阵，说："看见了看见了。三个人影。他们现在从灌木丛出来了，在往围墙拐角那边溜去！"

高个藏族人说："围墙里的两个人影也在往那边走。嗯，肯定，墙里墙外两伙人要在那个墙拐角处碰头。"

壮实藏族人骂道："狗日的偷金贼。我们跟过去！"

两个监视的藏族人悄无声息地穿出树林，蹑手蹑脚地在荒草灌木中潜行，靠过去抵近监视。

石头围墙外的三人，夜贼般溜到墙外拐角处附近，蹲在杂草中等待。

围墙里的两黑影潜行到拐角处。一个黑衣大汉蹲伏墙脚，一瘦子双脚踩上他的肩膀。黑衣大汉慢慢站起。瘦子头伸出围墙，左右巡视，学夜鼠吱叫。

蹲在围墙外灌木丛中的三人站立起来，挥手，走到拐角墙下仰头站立。他们都是汉人袍哥装束。

围墙上的瘦子确认是同伙后，从怀中取出一个小皮口袋，伸出墙外，晃了几晃。他见墙下三人看清赃物，轻声道："接好！"然后将小皮口袋扔下。

墙外三贼人中，一个是癞头。他高举双手接了赃物，然后把小皮口袋在手中掂了掂，小声问："金砂？"

墙头上的瘦子小声回答："粗矿砂。里面金砂很少。"

癞头将小皮口袋揣进怀里。三个袍哥装束的贼人草草抱拳告辞，转身开溜。

两个暗中监视的藏族人见状，互会眼神，猫腰蹑脚跟踪癞头等接赃三贼……夜风发出鬼泣般的声音。接赃三贼顺着溪边小路往山沟上方爬……跟踪在后的两藏族人只见前面三贼居然走得挺腰甩手，不慌不忙，一副得意招摇的样子。

天上黑云飘流，月光时明时暗。

在山沟深处，崎岖小路两边出现嶙峋怪石和茂密大树。在一块巨石后，四个袍哥打手装束的人挤坐一起抱团取暖。他们三人打盹，一人望风，身边都放着粗长木棍。

接赃三贼走到这里，轻咳几声，发出暗号……巨石后四打手立刻蹦起，窜到各自埋伏位置，紧握木棍。

稍过一会儿，跟踪的两个藏族人来到。他俩全神贯注地死盯着前面三贼人走路……四打手突然蹿出，挥棍猛击。两个跟踪藏族人叫声未落，已经脑浆迸裂，翻倒在地。

前面三贼人返回，走到两具尸体旁边。他们用脚踩踏尸体几下，确定死了。一个人骂道："哼，想抓老子们，这下到阴间去抓鬼吧！"癞头从怀里拿出墙头接赃的小皮口袋，在死者脸面上晃圈，戏谑说："你们不是想捉赃吗？这就是，给你们。"他弯腰将小皮口袋塞进一具尸体的藏袍里面。站直后，又奸笑几声。

这伙歹徒抬起两具尸体往回走。他们走到一处路边是悬崖的地方，停住。癞头借着月光看了看悬崖下，手一挥，四个打手把两具尸体扔了下去。

第二天。太阳照耀着噶布山沟。

这条沟过去没有人迹，也没有名字。因为噶布大叔发现金矿，因此山沟和金矿都名叫噶布。

在荒沟悬崖下躺着那两具藏族人尸体。周围有不少人，他们或坐或站。

阿嘉松和果洛也来到现场。

阿嘉松的护矿队为一个大队，下辖矿区中队和护路中队。阿嘉松因对噶布金矿的现状不满，就把带队的日常事务交给了果洛副大队长，自己少住矿区。护矿队还有一个副大队长，他以及两个副中队长都是巫县长的手下，是监视监督阿嘉松和果洛等人的。

离尸体不远的一块石头上，坐着一人，长相诡诈。他是金矿的生产副矿长，姓苟，是凌阳山小老婆的表兄。他此时表情幸灾乐祸，一副居心不良的样子。他带了一帮爪牙，有昨夜墙里的黑衣大汉和瘦子；也有墙外的癞头和打手等人。

金矿总监理官也来到。他是藏族，叫洛尔基，身胖，一看就是庸碌无能之辈。他被气得脸青面黑，因为两具尸体是他的手下。其中一具尸体的身上搜出一小口袋黄金粗矿砂。虽然矿砂里只有不多的细小的金粒，但足以构成罪行。

洛尔基总监咬牙切齿地仇视着苟副矿长，认定是他们杀人栽赃。

苟副矿长的爪牙故意指着尸体大声议论："这两个贼娃子跑得太慌张了，活该掉到崖下摔死！""哎？他们是怎么偷到金砂的？""还不是利用监理巡查偷的！"……

洛尔基总监手下的四五个藏族人听见这些冷言污语，个个气得青筋暴起龇牙瞪眼。一个粗腰藏族人站出来，指着尸体说："他们头上的伤口就不像落崖摔破的！像棒棒打的！"

癞头那伙人流氓腔调地说："你凭什么说是棒棒打的伤？""明明就是偷金夜逃，掉下崖的嘛！"……

金矿的生产是由同仁公社负责。他们自产自盗，弄得俄哈大土官所分无几。洛尔基总监加强监视，带手下白天黑夜地追查，但都毫无结果。他们因此受到俄哈大土官的责骂鞭打，扣薪罚饷。所以他们视袍哥为仇敌。两边关系势如水火，经常打架斗殴。

苟副矿长的爪牙完全是栽诬挑衅的神态。洛尔基总监的手下藏族人受不了这恶气，要冲上去打架。

阿嘉松和果洛一见，赶紧带人上前拦住……

2

松潘城里，泽旺商行生意兴隆。门前马帮铃响不断，商队来往络绎；店中顾客笑语晏晏，伙计整天忙碌。

阿嘉松却独自坐在商行的藏传佛教经堂里，闭门沉思。他手拨佛珠时快时慢，表现出他内心在激烈思考。他面容凝重，情绪低落。

晋老掌柜带着大伙计，迈斯明大老板带着掌柜和随仆，一起来到泽旺商行。阿嘉松得报，起身走出藏传佛教经堂，亲切相迎。

泽旺商行现在生意做得很大，设了汉式和藏式两个会客室。迈斯明大老板等人为了表示对阿嘉松的尊重，选坐藏式会客室。晋老掌柜还盘腿坐在卡垫上。

简单寒暄后，阿嘉松拿出一张清单，说："这是我们的噶布商号需要进的货。你们看，生产和生活物资，尤其是铁器，需要量在增加！"

噶布金矿区现在有两个商店。一个是他们三人合股开办，另一个是凌府的。起初，麦其崩提出在噶布金矿区独自开泽旺商行的分号，阿嘉松不同意。他坚持要与迈斯明大老板和晋老掌柜合伙做噶布金矿的生意，利益共享。

晋老掌柜看着货单，说："要的好钢个少。都是用来打开矿的工具吧？噫，伐树的大斧头，各种规格的锯子，要量也都不少啊。"

麦其崩说："粮食、盐、茶、锅、碗、棉布，量也在增加。看来矿区的人口还在继续增加哦！"阿嘉松担任噶布金矿的护矿大队长后，将泽旺商行的日常管理交由他负责。现在人们都称呼他麦其崩老板。

迈斯明大老板高兴地说："如此看来，噶布金矿开采规模是在不断扩大，黄金产量也月月增加吧？"

阿嘉松说："说到黄金产量，问题就复杂了！金矿规模是月月扩大。可是矿上报的账，黄金产量却没有多少增加。而且生产费用不断加大，金矿月月都没有什么利润。"

谈到噶布商号生意蒸蒸日上，阿嘉松并没有表现出兴奋喜悦。他始终显得另有心事。

晋老掌柜见状，问阿嘉松："你这次从噶布金矿回来，情绪特别不好。遇着很烦心的事啦？"

"唉——，是呀！"阿嘉松沉重叹气后，说，"今天，我还想和你们商量一件事：我打算向巫县长提出辞去噶布金矿护矿大队长一职。"

满室的人一听都大吃一惊。尤其是麦其崩老板，他极为看重县政府委任阿嘉松的官职，立刻嚷嚷起来："不行，不行！阿哥你疯了吗？一般人拿钱都买不到的官，你握在手里还想丢，简直是脑壳出了问题！不行！阿哥你把烂念头打消！"

　　"嘉松弟肯定有了大的难处！"迈斯明大老板目光关切地看着阿嘉松，说，"有什么难处说出来，看我们能不能帮你分忧解难。"

　　阿嘉松于是讲述："这次矿上发生一个大事件：死了两个人，是洛尔基总监的手下。从其中一具尸体身上搜出一小袋金矿砂。苟副矿长说……于是，他们双方当场争吵起来，还差点打起来。

　　"过后，矿长召集开会。洛尔基总监就明说，死的两人是他安的暗哨。他们肯定是发现了偷金贼，跟踪的时候被贼人打死，然后被栽赃。苟副矿长却强说两死者是偷盗金砂，而且含沙射影说洛尔基总监的手下人都利用监理之便在偷盗金砂，说这就是金矿规模扩大产金量却不见增的原因。洛尔基总监大怒，说苟副矿长手下才是偷盗金砂的团伙。于是两人吵骂起来。洛尔基总监是藏族人，吵嘴不行，跳起来挥拳头打过去。他们两人扭打起来，然后他们的手下一拥而上，在屋里屋外打起群架。

　　"袍哥人多，洛尔基总监等人吃亏。我一看不对，赶紧上去护着洛尔基总监，同时叫果洛把我的人喊来，才把他们两边隔开。

　　"我护着洛尔基总监回到他的住地后，他先大骂苟副矿长，又骂凌家父子，后骂矿长和巫县长。没想到，最后他指着我的鼻子，对我也大骂起来！"

　　麦其崩老板一下蹦起，叫嚷："什么？洛尔基总监打架吃亏，你帮护他，他反还骂你？疯狗嗦！他骂你什么？"

　　晋老掌柜和迈斯明大老板也很惊讶，问："为什么？洛尔基为什么骂你？"

　　"唉，说来就话长了！"阿嘉松提起此事心里憋气冒火，连连摇头。晋老掌柜心疼他，起身斟茶后将茶碗放在阿嘉松的大手中，劝慰说："不要气，不要气。来，先喝口茶！"

　　放下茶碗后，阿嘉松说："这事，要从头讲起。前不久，巫县长开会决定，把矿区护卫的对内部分从我手上划出，交苟副矿长负责，苟副矿长他们新成立自己的护场队伍，负责矿区内的安全。我只负责噶布山沟方圆三十里的外线警戒。当然，矿区到县城的道路安全继续由我负责。"

　　晋老掌柜急迫插问："你管理噶布金矿的内外安全，干得好好的，为什么要这样改？"

"是因为我对洛尔基总监的支持。"阿嘉松答道，"洛尔基总监到任后，鉴于黄金生产的庞杂过程，日日夜夜加大监视监管力度，也用尽了各种手段方法。但噶布金矿依旧规模增大而黄金产量却增加很少。洛尔基总监就此对苟副矿长和矿长多次盘诘追问，甚至抓着对方衣领，口水喷脸地吵闹骂问。但对方都谎称许多矿洞掘开后是贫矿，而且掘深一点就金脉绝迹。

"洛尔基总监回禀俄哈土官。俄哈根本不信，认定袍哥在盗金，反斥骂洛尔基抓贼捉盗无能，没有尽力，甚至诬骂他受了袍哥的贿赂。

"洛尔基为此心力交瘁，变得恼怒焦躁，对手下打骂越来越多。他手下的藏族人性格本就刚烈，为此也气愤冲动。他们白天黑夜活动，到处强行搜查检查，甚至对金厂的监工把头等管理人也起疑搜身。袍哥人等本是好斗之徒，于是双方冲突频发。事态发展到相互仇视，打架不断，群殴接连。

"那个时期，矿区内的安全归我管。我的人对苟副矿长手下偷盗黄金也很气愤，因此一听说他们两边冲突，果洛就派人去干预，去偏袒帮护洛尔基总监一方。甚至有好多次，我的人也参与打苟副矿长的手下。

"为此，苟副矿长一伙对我越来越不满，告到凌总舵爷那里。凌家父子三人在府里设宴请我，要我别插手洛尔基总监和苟副矿长之间的冲突，还收买我，说护矿队的官兵待遇不高，他们愿意每月给我的护矿队拨一笔生活津贴。我当然拒绝！于是前不久，巫县长就决定不让我再管矿区内的安全！"

麦其崩老板听了，嚷说："原来如此，哼，明显巫县长是被完全收买了！这一来，他们在金矿里偷金子，那就完全是自产自盗，更方便啰！"

迈斯明大老板问："你一直帮护洛尔基总监，他怎么反骂你？"

"我的护矿队撤到矿区外围，洛尔基总监的人与苟副矿长的人冲突，每次都挨打吃亏。于是洛尔基总监禀报俄哈土官。

"俄哈土官把我召去，要我不服从巫县长的规定，强行在矿区内驻扎人员，帮护洛尔基总监的人与苟副矿长的人打斗。我说护矿队的一个副大队长、中队小队的副队长，都是县政府从保安队里抽调过来的，而且护矿队的薪水是由政府发给，所以护矿队的人员不是我阿嘉松能够任意调动的！那俄哈土官简直不讲道理，竟然迁怒于我，当场对我大骂起来，说我这是违抗他，是又一次忤逆他，他饶不过我，今后要跟我算总账！"阿嘉松说到此，表现出对俄哈的极端不满，不禁骂出口："狗日的俄哈！"

"唉——"晋老掌柜重重叹息一声。暴戾的俄哈土官对阿嘉松一直怀有旧恨，这下又加新怨，视阿嘉松如子的晋老掌柜心添不安。

阿嘉松继续说："俄哈土官于是命令洛尔基总监扩招人马，建立一支专门打架的队伍。但是对养这帮打架人的费用，却要洛尔基总监喊矿长出。矿长是被收买了的，当然不理。洛尔基总监被俄哈土官不断催逼责骂，恼火得很，便打起我的主意，要我把我的护矿队人员拨几十人给他。

"我刚才说了，巫县长通过安插人员和发放薪水，控制着这支队伍。再说，矿区那么大的区域，到县城那么长的山路，人手编制是定岗定员限制死了的。因此洛尔基总监的要求根本不可能办到。"

迈斯明大老板明白了，说："洛尔基总监当时又提起要你拨人给他，你不可能答应，他就反过来大骂你，是吧？"

"是的。洛尔基总监说我不帮他，就是帮袍哥。他还问矿长和袍哥给了我多少好处！我一听当然起火。我对他吼着说我没有拿任何人一个铜板，然后转身想走。谁知他洛尔基总监竟然拉住我，指着我的鼻子骂，骂我是假装正神，实际上是得了袍哥赃金的；骂说巫县长要我不管矿内护卫是与我商量了的；骂我拒绝帮他就是帮助苟副矿长偷盗俄哈大土官的金子，是投敌叛主！洛尔基总监跳起脚骂，像发疯一样，说俄哈土官本来就想杀我，说我这种叛臣，早就该杀该剐！骂我当袍哥，不给大土官卖命，就是部族的叛徒，是藏奸，该拿乱石头打死，该挖了脑髓点天灯……"

满屋人听了，都又气又无奈，摇头叹气。

迈斯明大老板说："噶布金矿成了是非之地了。你夹在其中，一边是凌家父子和巫县长大肆贪赃分金；一边是俄哈土官对你加深仇恨还要栽诬你。陷在这种浑水里时间长了，不但嫌疑难以清白，而且确实会招惹祸事啊！"

晋老掌柜说："事态如此，噶布金矿上的生意咱们不要了。嘉松你想辞就辞了吧！"

麦其崩老板一听，既心痛阿嘉松的官帽和矿上的生意，又确实觉得前路有祸，窝火难言，就对洛尔基总监和苟副矿长泼骂起来，胡乱发泄……

3

春旱严重，山林的灌木和荒草迟迟不返青。裸露的泥土非常干燥，山风刮得满天都是灰尘沙土。

洛尔基总监带着手下，有的骑马有的徒步，走在山路上。他们走得拖沓懒怠，又因缩头弓腰地躲避风沙，所以显得垂头丧气。

这队萎靡不振的人马走到一处，领骑的人看见前面不远有一山崖，山崖上隐约有些石头房子，便停马转身对洛尔基总监说："老爷，前面那个山崖，上面有一个古老山庙。老爷您上不上去敬香拜菩萨？"

骑在马上的洛尔基总监为遮挡风沙，把藏袍拉上头顶包脸捂鼻，由奴仆牵马行路。听见禀报，他露出脑袋，以前的油亮肥脸现在变得憔悴皮皱。

"哎呀，那是个苯波教的喇嘛庙，又破又小！"听说话人的口气，明显不愿意上去敬香。他是洛尔基总监的外甥，给他当护卫小队长。

苯波教起源于当地藏族原始宗教，很古老。近几百年来，各个苯波教寺庙不同程度地融入藏传佛教。洛尔基总监一行人信奉藏传佛教，但对苯波教并不排斥，有时也进苯波教寺庙敬香拜神。

他的外甥小队长今天不愿意去敬香，是因为这一路风沙打脸土尘塞鼻，连脖子里也灌满泥灰，使他烦躁，想尽快赶回噶布金矿，回屋舒服休息。

他们是昨天离开俄哈土官的官寨的。回噶布金矿本是一天半的路程，但因洛尔基总监一路上碰见所有的山庙都进去，拜神祈祷停留一阵，所以三天能否到矿区都难说。

洛尔基总监却嚷："上去，上去！"他骑在马上，两眼渴求地遥望山崖古庙，说："只要能保住我头上的山林官帽子，把我从金矿总监这个祸害中解脱，什么神我都要拜！"

洛尔基头上现有两顶官帽。一顶是俄哈土官的山林官，已经戴了十年。而噶布金矿的总监理官帽，是俄哈土官强扣在他头上的。

噶布金矿开工之初，都认为总监理官是肥缺，于是俄哈土官就让他的亲弟弟担任。袍哥为私吞黄金，当然要收买俄哈土官这个阿弟。此人贪婪又愚妄，既接受袍哥的贿金，又为俄哈土官横蛮争夺金矿利益。于是苟副矿长略施小计，俄哈土官便得知其受贿，震怒不已，要他退赃受罚。

俄哈土官的阿弟咬死不认账。一方面，他被告发的受贿金条是他实际所得的两倍；另一方面，他知道认不认罪都要被削了官帽。俄哈土官因亲弟弟的关系难以对他下狱处刑，只得狂骂要他永远滚蛋，禁止他今后进入官寨。

于是噶布金矿的总监理官一职需人接仟。

这期间，俄哈土官的手下都知道了袍哥的手段阴险毒辣，去金矿当总监就相当于站在大群强盗中间，凶多吉少。他们为了推避此任，共谋说动俄哈土官强令洛尔基接任。理由是洛尔基是山林官，管理俄哈土官的山野林猎河溪矿产。金矿是大山产物，自然属山林官分内之事。

洛尔基被逼无奈，提出要保留山林官帽。理由是噶布金矿如果矿藏量小，要不了多久就采完矿，他回来就无官可当了。

俄哈土官鉴于手下都怕去金矿，又想到用山林官一职可以逼使洛尔基死心卖力，就答应了，说："可以，山林官暂时让你继续当，但条件是你到金矿后必须把我应得的金子全部给我争回来。否则，我就把你的山林官免了，而且今后永远不给你一点点官做！"

洛尔基总监一行人离开大路，开始往山上爬。山崖古庙的香火不旺，去朝拜的人少，因此小路虽然不长，但荒芜难行。

山庙虽小，但洒扫净洁。殿堂里神像壁画看似斑驳暗旧，但古迹珍贵。

洛尔基总监给古庙献上供奉，拜求神灵后，见风沙还大，便不想马上离开。

他对左右说他昨晚没有睡着觉，在马上坐不稳，要在僧人屋子里睡一阵。

庙里喇嘛为数不多。收了洛尔基的布施银圆，在神殿里做起法事，为洛尔基总监祈福消灾。

洛尔基总监躺在床上闭着眼睛，但神殿里传来的喇嘛诵经和法器敲打的声音使他无法入睡。他想到这次去见俄哈土官的情形：

十天前，当他的两名手下被黑杀后，他向县府报案，说遇害二人是被袍哥绑架棒打致死然后栽赃，同时派副监理官去向俄哈土官禀报。因为他不敢面见俄哈土官。

五天前，副监理官回来，告诉他，巫县长派警察科长到了俄哈土官官寨，说县府也接到矿长报案，并报尸体怀揣金砂。说警察验尸结论，是两人失足坠崖身亡。警察科长还传达巫县长口信：人既已死，案即了结。县府不再作其他追究，但要俄哈土官责令洛尔基总监对属员进行清查，看还有无其他人利用职守偷盗金砂，如经查出，要俄哈土官严加惩戒。

副监理官说，俄哈土官见巫县长如此偏袒金矿袍哥，气得狂怒，骂完凌氏父子骂巫县长，然后就骂洛尔基总监和他。副监理官说他受斥时跪地伏身，俄哈土官骂不解气，还用脚踢他，向他头上吐口水，叫他滚蛋，回去把洛尔基总监喊来。

洛尔基总监又回想到三天前，他跪见俄哈土官的情形。

当时俄哈土官根本不听他的任何辩解，只是辱骂，最后对他发出严厉威胁：限期两月解决金矿上袍哥盗金的情况，并收缴回俄哈土官应得的黄金。否则不但要剥夺他头上的两顶官帽，还要把他的土地房屋家财全部罚没，作为赔偿。

他一听俄哈土官毫无道理的苛刻严令，气得直要吐血。但面对俄哈土官的蛮横暴戾，他只能使劲磕头求饶。当时额破血流，而俄哈土官毫不怜悯，反叫人将他拖出去。他爬过去抱住俄哈土官的脚苦苦哭求，俄哈土官却拿起茶碗砸在他头上。当两个官寨藏兵反扭他胳膊往外拖时，俄哈土官还往他脸上吐口水……

洛尔基总监想到受辱的情况，流出浑浊的眼泪。

接着，他又想起俄哈土官给他下的密令。这道密令他如执行，会被政府下狱，但不执行，会被俄哈土官抄没家财。他觉得身前身后都是凶兽的血盆大口，吓得不禁在床上身子颤抖，号哭起来……

4

残月如钩，夜风呼啸。

洛尔基总监的屋子里，点了两盏松子油灯，火焰不亮黑烟很长，因此屋子里光线昏暗。

洛尔基总监是傍晚天色冥暗时，在风沙中回到噶布金矿的。他此时连夜开会，在座的人都是他的亲信。这些人都跟他一样，士气低落，垂头丧气。加上窗外传来风中狼嗥声，屋子里的气氛一片颓丧。

灯下，洛尔基总监哭丧着脸，讲述他去见俄哈土官的情形："……俄哈老爷骂我无能，说我抓贼不成还让手下死得冤枉。臭骂我是草包饭桶。说喂猪还要出肉，喂狗可以看家，说我白吃他的饭，猪狗不如……"洛尔基总监最后讲述了俄哈土官的苛刻严令。

满屋的人一听俄哈的严令，哗然议论起来："限期两月抓获盗金袍哥？这是根本办不到的呀！""是啊，这个责令太蛮横无理了！""更无理的是还要把我姐夫的全部家财罚没，简直不讲天理了！"说这话的人是金矿副监理官，他是洛尔基的妻弟。他的收入依附姐夫，如果俄哈土官罚没洛尔基总监的全部家财，他会受连带损失。

"哎呀，洛尔基总监老爷被免了山林官，我们就悲惨了！"一个哭腔叫喊起来。所有的人一下都附和："是啊！我们跟着洛尔基老爷的差事就全没了！""天啦，我们这一大帮人的饭碗全砸了，今后怎么办哦？"……

洛尔基总监的手下全是他的远近亲戚。藏族部落社会普行亲族关系。一人得到点官权，周围就全用血亲族人，因此官帽异人，手下自然全换。屋子里的这些人依靠洛尔基山林官的职权，谋差多年生财不少。往后洛尔基头上没有官帽了，他们便都成丧家狗，因此乱嚷嚷的声音如临末日！

洛尔基总监听众人吵嚷一阵后，软塌塌地抬起手，示意他还有话要继续讲。众人才安静。

洛尔基总监声音喑哑地往下讲："我被俄哈老爷的官寨藏兵拖出，扔在院子里。我想到家财要被罚没的可怕后果，也顾不得其他，就趴在泥水地上大声哭喊，哀求俄哈老爷。我声音都哭哑了。好长时间后，官寨卫队长走来，把我带到一间密室里。

"密室没有窗户，门一关，大白天都要点灯。密室里只有俄哈老爷的大管家一人。他问我，想不想保住头上的山林官帽子，想不想保住家财不被罚没？我当然忙不迭地使劲回答想。

"于是大管家说噶布山沟是俄哈老爷的，噶布金矿的金子也应全归老爷。现在老爷既然得不到金子，就不能眼睁睁地看着巫县长、凌家父子那帮狗家伙把黄金弄走。因此，俄哈老爷下令要我们……"洛尔基总监话到这里停住。

满屋人竖耳静听。等了一阵，见洛尔基还不开腔，有人急了："俄哈老爷下的什么令，您快说啊！""老爷你快讲要我们干什么！"

洛尔基总监看了下关紧的门窗，做手势要大家向他靠拢，低声说："大管家说，俄哈老爷要我们把金矿搞停产，搞垮！要我们放火烧金厂，用炸药把矿洞炸毁！要我们打黑枪杀苟副矿长一伙，要我们往伙食团水缸投毒……总之，要把噶布金矿搞停产，让那帮家伙待不下去，滚出噶布山沟！"

一听俄哈土官如此密令，众人惊得瞪目结舌。

一阵子后，他们低声议论："现在苟副矿长他们有自己的护场队，把金厂和矿洞保卫得严严实实的，要进去放火放炸药是很难的事啊！""是啊！再说金矿洞子那么多，即使炸了一个洞口，也影响不了多少矿石产量啊！""烧金厂也就烧工棚，那对金厂生产是没有多大影响的！""伙食团投毒，毒死几十个劳力苦工，对生产耽误很小，但我们的罪孽就犯大了，菩萨要降怒的！"……

"姐夫！"洛尔基的妻弟说话，"大家的议论你也听见了，苟副矿长的护场队人枪上百。我们监理队还不到三十个人。我们是很难下手的。就算第一次我们干成了，对方肯定加强戒备。如果我们强行干第二次、第三次，肯定会有人被击毙在现场，会被打伤活捉。我们人的活口死尸落入他们手中，那就是铁证了！姐夫，那个时候巫县长肯定要抓你下牢的！"

有人附和："不光洛尔基老爷被关进牢房，我们这满屋的人肯定也会被警察全抓的！""岂止这屋的人，我敢说我们监理队至少要被抓一半的人。"

有一个人大声说："说不定啊，派去烧房子炸矿洞的人，行动之前就把我们自己人出卖了。我们没有干成一件事，就全蹲县大牢了！"

洛尔基的妻弟又说："我们进了县大牢，俄哈老爷肯定说他与我们搞破坏没有关系，肯定撇下我们不救！姐夫，那个时候，你我要想不死，就只有花光家财买活命了！"

又有人附和："那个时候，我们凡在监理队里有点职的，为保命出狱，个个家产都会被勒索光！""事情到了最后，还要拿几个人砍头示众的！"

洛尔基总监听着杂议，脸色越来越难看，忍不住竟在众人面前哭号起来："天啊，这坨祸事咋个落在我脑壳上哦！……我做也不是不做也不是，这不是要我死吗？……我前辈子做了啥子孽吗，要把我夹在这个磨子里磨死？……"

众人也感面临绝路，个个哭丧脸，唉声叹气。窗外夜风似鬼泣，他们听见如要下地狱一般……

过了一阵，洛尔基的妻弟眼珠子左右转动，脸上神情透出他心里冒出了主意……他瘦高，长相奸猾，鬼点子多。他想了一阵，扭转头，眼睛死盯着洛尔基总监的腿，独自点头。

洛尔基总监已经停止了哭号。他了解妻弟，见他模样知道他肚子里起了名堂，问："你盯着我的腿干什么？你在想什么？"

众人一听，齐刷刷目光投过来。

洛尔基妻弟说："姐夫，我在想，这噶布金矿确实是一个大磨盘。我们被夹在俄哈老爷和巫县长两个大磨石中，不离开这里，最终是会被夹磨死的。汉人有句话'三十六计走为上'，我们现在也得赶紧逃离这里！"

洛尔基总监听出妻弟想出了主意，连叫他快讲出来。

其妻弟说："姐夫，我想了一个你可以逃离的法子，但要姐夫你吃点苦。不知道姐夫你愿不愿意？"

"愿意，愿意！不要说一点苦，就是一堆苦我也吃。你快说，你快说！"

洛尔基的妻弟知道他姐夫是怕苦怕痛的人，为了激他下决心，又强调："姐夫，我这个主意你要痛一下，要流点血，但总比夹死在这个磨子里好。你听了，一定要采纳哦。"

"采纳，采纳！只要不死在这里，痛一下算什么？！采纳，采纳。"

屋里众人个个都想脱离金矿苦海。因为洛尔基脱离金矿，俄哈土官就得另派总理官来，新官就会带他的一帮人来，在座的人也就逃离了此祸窝，因此都急迫地催洛尔基妻弟快说出主意。

但他还不忙说出主意，而是对众人说："我姐夫离开了这里，回去了，就有机会打主意保住山林官的位子。如果山林官保住了，对你们好处就大了！

所以你们听了我的主意，不但要按我的主意干，更要保密，不能走漏一点风声！"

众人哪有不答应之理。于是大家按洛尔基妻弟的要求，端来酒碗，在菩萨铜像面前，歃血发誓。

松子油灯冒着黑烟。夜风灯下，洛尔基妻弟低声说出主意："十天半月后，是汉人的清明节，是他们祭奠亲人……"

第四十一章　杀令再出

1

终于下雨了。这些天连下几场雨，虽然都不大，但噶布山沟的荒草灌木很快转绿。

洛尔基总监和他的妻弟坐在屋前院子里晒太阳。

他们的一个手下跑来，面露喜色地说："二位老爷，你们说今天是汉人的清明节，矿长他们要过节吃喝，真说准了！现在小灶伙房那边在准备宴席，忙得很。听说晚上要摆两三桌大吃大喝，苟副矿长和他手下的干将，全都参加！"

小灶是专供金矿头儿们的。过去俄哈的亲弟弟也在里面吃饭，顿顿酒肉。洛尔基总监来了不久，不但与苟副矿长成了冤家，与矿长也过不去，就不去了，自己单另开伙。

洛尔基总监一听，立刻说道："好！今天晚上打他个一锅端！狠狠出口恶气！"洛尔基总监又对他的妻弟吩咐："你去通知我们所有的人，按计划到这里来集中。大家晚上提前开饭，早做准备。"

日落黄昏，矿区收工，山野寂静，云暗风冷。

小灶伙房里，三张圆桌上摆满了野味烧酒。矿长把他的左右亲信，苟副矿长把他的手下干将，全都招呼来了。挤得满满的三桌人大碗喝酒，粗筷夹肉，划拳吼令，醺醉喧闹。

伙房外的院子里，他们的喽啰散在各处。有的坐在地上啃骨头，有的靠墙手端残汤……突然，洛尔基总监带着手下二十多个藏族人气势汹汹地冲进院子。他们个个挥舞棍棒，见人乱打……埋头吃喝的喽啰们突遭劈头盖脸的暴打，丢碗弃筷，抱头鼠窜，四散溃逃。

屋里三桌大吃大喝的人都醉眼蒙眬。突然煞神拥进，棍棒飞舞，他们还没有弄清怎么回事，便被打得头破血流，人仰马翻……洛尔基总监手下的藏族人怨重恨深，此时尽情发泄，见人见物痛快乱打……苟副矿长和他的手下干将有的被打昏倒地，有的夺门逃出，也有几个有功夫的提凳招架……

矿长和他的亲信抱头蜷缩桌下。他们发现洛尔基总监的人只打苟副矿长一伙，便爬地而逃。

只一会儿工夫，屋里地上全躺着被打昏的人。苟副矿长不但手臂断裂，肋骨也被打断几根，昏死过去。院外袍哥喽啰跑得一干二净，连厨房里的厨子伙夫都没了踪影。

洛尔基总监出够了气，一下瘫坐椅子上，闭眼一声："来吧！"

他的妻弟抽出驳壳枪，挥了一下，两个强壮的藏族人上去夹扶住洛尔基总监。他把枪口对准洛尔基总监的小腿肚子，扣动扳机。

"啪"的一声枪响，惊破暮色。

四下里响起藏族人的高喊："苟副矿长开枪了！""我们洛尔基总监理被枪打了！""袍哥副矿长打伤我们的总监理啦！"……

2

日落风冷。俄哈土官的官寨里，人人都在议论洛尔基总监被枪打伤的事情，上上下下群情激愤。

在二楼的衙厅里，俄哈土官坐在大榻上，听取洛尔基妻弟的禀报。洛尔基总监躺在地板上的担架里，人陷昏迷，脸色死灰。

昨天在金矿打架自伤后，洛尔基立刻被抬上早准备好的骡马担架，连夜离开噶布金矿。山路崎岖夜黑赶路，洛尔基总监在前后两匹马驮的担架上，被颠簸折腾得伤口剧痛，流血不止。他前半程痛得大喊大叫，后半夜变成痛苦呻吟，到了天亮时，已经衰竭虚脱，陷入半昏迷状态。

残阳西下时，他们一行人进入俄哈土官的官寨。洛尔基总监这时醒过来了。但他怕见俄哈土官，也就一直闭眼，假装昏迷。他腿上确实流血不少，厚厚的裹伤布完全被污血浸透，还弄得担架棉被上也是血渍大片。

俄哈土官听着洛尔基妻弟的禀叙，气得脸上的肉疙瘩变成乌紫色，山核桃般的眼珠更加突出。

洛尔基妻弟讲述着他们精心编制的谎言："……由于在黄金熔炼环节我们监视得严密，他们无法下手，所以我们推断他们的偷盗是在加工精矿砂的大工房里进行。进出金厂的所有人，不管是劳工匠人还是技师把头，包括工长，都要脱光身子另换衣鞋。而出精矿砂大工房的人，检查得更严更细。只有苟副矿长例外，进出不换衣鞋不受检查，于是我们认定是他夹带金砂。"

洛尔基总监他们始终不知道苟副矿长一伙是怎样偷金的，但因俄哈土官及左右对金厂情况陌生，所以他们大胆编构如何在精砂工房中收买眼线，暗中监视，发出信号；他们如何周密侦查，层层布置，最终掌握了苟副矿长夹带金砂的手法和规律。

洛尔基妻弟活灵活现地讲述："这样，苟副矿长每次从金厂出来，是否夹带金砂我们十拿九稳。但是捉的贼是副矿长，捉赃就不能有一点闪失。因此我们决定再谋划周密，一定要一抓必准。

"昨天下午苟副矿长又去了金厂，又进了精砂大工房。昨天是汉人的清明节，他们的小灶伙房弄了三桌酒宴，准备要大吃大喝。因为矿长太馋酒宴，太阳还没有落山，他就派人到金厂喊苟副矿长赶紧来开席。也是机会来了，苟副矿长在精矿砂工房临走时又偷盗夹带了金砂。这个情况被我们吃准了，看清了！

"我们的人跟踪苟副矿长，见他怀揣偷盗的金砂精矿砂离开金厂，直奔小灶伙房吃席。我姐夫觉得当着矿长和宴席上众人的面捉贼捉赃，是难得的最好时机，于是当机立断，立马带人扑了过去。苟副矿长一见我们到来，知道事情不妙，喊手下将我们打出。我姐夫奋不顾身冲到苟副矿长跟前，抓住他的衣襟，要掏他怀中金砂赃物。苟副矿长见事要败露，竟拔出手枪。我见势不好，一掌打下去，子弹打在我姐夫的腿上。要不然，我姐夫就被打死了！"

洛尔基的妻弟讲述到这里停住。衙厅里响起嗡嗡的议论声。

俄哈大土官的表情将信将疑。他挥手让众人安静，问："袍哥杂种偷了金砂，在哪里熔炼成纯金呢？"

"禀老爷，我们这段时间集中全力抓苟副矿长的现行，因此没来得及去寻找他们熔炼金子的地方。不过，老爷，金子好化得很。不是汉人说的什么'真金不怕火炼'。我们在金厂炼金房里亲眼见了熔炼金子，才知道炼金炉又小又简单。场地也只需要一点点大。

"所以，如果他们在噶布矿区炼金子，可以在山沟里找个废弃的矿洞，在洞里面建个炼金炉。反正采矿区域内是他们袍哥的护场队自己把守，他们隔十天半月炼一个晚上，外间也无法知道，更不可能去捉现行。如果他们把金砂运出矿区去熔炼，也行。老爷你是知道的，苟副矿长出噶布山沟是不受检查的。"

衙厅里又起了嗡嗡议论声音。

俄哈土官想到他领地上的黄金尽失，犹如血被吸吮肉被剜，气愤和恼怒交加！他气愤苟副矿长和巫县长，也恼怒洛尔基总监。因为他逼令洛尔基总监破坏金矿致使停产的盘算落空。

俄哈土官转头，看着躺在地上的洛尔基总监，恨恨地向担架旁的地上吐了口唾沫，吩咐将洛尔基总监的包扎布解开。他要亲眼验看枪伤。

都此时此刻了，俄哈土官还认为洛尔基总监有可能作假，想蒙骗自己。满衙厅的人都看出俄哈土官对人之寡于信任，疑心之重。

洛尔基总监伤口的包扎布被一圈圈解开……最后一层，由于包扎布被污血紧紧地粘在伤口上，使劲扯开包扎布时撕裂了伤口，洛尔基总监痛得"哎哟"大叫，鲜血又从两个枪眼里汩汩流出。

俄哈土官坐着不动，远看伤口。看着枪眼里鲜血涌流，他脸上没有丝毫怜悯表情。更使洛尔基妻弟寒心的是，俄哈土官看实在了枪眼，竟然没有半句关怀话，而是又往担架旁的地上吐口唾沫，鼻子里恨恨地哼了一声，骂道："蠢货，无能！"然后竟然不顾撕开的伤口在流血，而是颐指气使地让大管家和总带兵官及衙厅里官秩较低的所有人，都陆续去看，看血从两个枪眼里流淌……

最后，残忍嗜血的俄哈土官才指着担架，咬着牙对洛尔基妻弟说："明天一早，你抬着你姐夫到县城去报案！抬到巫县长办公室，让他看看流血的枪伤，看他怎么说……"

3

松潘县城的街头上，数人抓扯打架，人群围观。

群殴一方穿的是藏袍，另一方是袍哥装束。围观人群中的闲杂歹徒煽风点火地乱叫。街面商家怕事情闹大造成损失，赶紧派人去叫街保和警察。

洛尔基的妻弟站在一边，气得发抖。他旁边，一个剽悍的藏族人满脸怒火地用藏话高声喊打。他是俄哈土官的副总带兵官。

街保带人跑来，一边高叫不准打架，一边喊人将双方隔开。过了一阵，一名黑瘦警察来到。他看了看打架双方，又看见站在一边的洛尔基妻弟和俄哈土官的副总带兵官，对打架缘由不问即明。

于是，黑瘦警察喝令打架袍哥离开。那些袍哥不走，有的说是藏族人先动手，有的说被打伤要藏族人赔钱。

黑瘦警察对打架袍哥喝骂："你几个家伙的德行，怕我不知道？肯定是人家好好走在街上，你几个家伙言语挑衅，惹事打架！快爬开！不然老子喊街保抓你几个家伙关黑屋子饿饭！"

黑瘦警察又吩咐街保，要他带人陪洛尔基妻弟等藏族人走街，避免又因袍哥歪人挑衅，发生打架。黑瘦警察安排完，斜眼看了看洛尔基妻弟和副总带兵官，不说一句话，转身走了！他虽然处理群殴只责骂袍哥一方，虽然他不会藏话，但对俄哈土官手下这种坐视不理的态度，不仅极不礼貌，而且明显鄙夷！

洛尔基妻弟和副总带兵官现在已名声传开。因为他二人带着躺在担架上的洛尔基总监进城后，为了扩大影响，在大街上转圈，还雇人沿途散言苟副矿长偷金败露恼羞开枪。他们抬着洛尔基总监进县政府时，后面还跟满了群众。所以他二人的脸也为街人所识。

也因此，他二人走在街上，时时有袍哥辱骂挑衅。因为苟副矿长不但被打断肋骨臂骨，而且被打伤内脏，也抬回了县城，现在还咯血不止，命悬一线。

泽旺商号里，生意忙碌。

麦其崩老板的房间里，他正在对大掌柜、二掌柜说话："我刚才陪阿哥去了趟县政府。阿哥递了辞呈不当金矿护矿大队长的事，你们是知道的。巫县长一直不批，阿哥去催这个事。"

两个掌柜听了，摇头叹气，表示他们不赞成阿嘉松的这一行为。因为如果阿嘉松不再是噶布金矿的护矿人大队长，泽旺商号在矿区的生意会大受影响，说不定得关张，所以泽旺商号的人都是不赞成态度。但鉴于上下规矩，他们也都不谈此事。

二掌柜问："你们回来时，我看见阿嘉松大老板脸色不对，有些怒气冲冲的样子，是怎么回事？"

"我就是要给你们说这事。巫县长见我阿哥又来催说要辞职，摆出一副冷脸，厉声说不批。我阿哥逼问不批的理由。巫县长发气拍桌子，骂我阿哥居然在上官面前撒野，简直没有规矩。我阿哥也毛了，对巫县长说起横话，说你不批，我也不当这个队长了，我要把护矿队里我的人马枪支，全部带走，离开噶布金矿！"

两个掌柜一听，大惊失色。大掌柜急得连说："要不得，要不得，千万不能那样干！"二掌柜也说："你阿哥如果那样干，要危及他的家人财产！麦其崩老板，你一定要劝住你阿哥不要莽撞！"

麦其崩老板说："是啊，是啊！阿哥拖枪带人离开噶布金矿，巫县长肯定要定他擅离职守罪。官府自来心黑手毒，肯定要借这个罪把我们泽旺商号罚没整垮。你们的饭碗也敲脱了！所以，我就是为这事喊你们来，我要你们都去劝我阿哥，要他千万不要干莽撞事！"

"是，是！我们劝我们劝！我们大家都去劝！"大掌柜应诺。二掌柜说："现在噶布金矿闹成这个样子，下一步还不知道怎样。我们就劝阿嘉松大老板暂时再忍耐几天，再拖拖看……"

此时门外响起伙计禀报的声音。

伙计进门后，急语："麦其崩老板，俄哈土官的人来了。一个是副总带兵官，一个是金矿副总监。我们不知道该怎样安坐，还没有带进会客室。现在他们还站在那里。"

麦其崩老板一听，赶紧出门，正碰上阿嘉松，问了几句后，前去安顿来客。

在藏式会客室里，上位空着。

洛尔基妻弟和俄哈土官的副总带兵官靠左墙而坐。为此，在街上打架怄气的他二人又增添不快。因为他们认为阿嘉松是俄哈土官的下民，而他们是俄哈土官的钦差，他们应该居上坐。

阿嘉松岂可让他二人居上。只是想到他们是客，没有必要闹些不愉快，因此自己也没有坐上位，而是坐在他二人的对面。

阿嘉松与俄哈土官关系恶劣，因此与他二人也很冷淡。双方生硬简短地按规矩说了礼节话，即转入正题。

副总带兵官一副倨傲模样，用以上对下的口气说："阿嘉松大队长，我们尊敬的、强大的、众神庇佑的俄哈土官老爷派我们来，向你下达老爷的指令！"

阿嘉松和麦其崩老板勉强站了起来，这是藏族部落的规矩。但阿嘉松并没有按规矩躬着腰听令，而是傲然挺立！

副总带兵官见阿嘉松挺立的姿态，气得怒目圆睁，说不出话来。

洛尔基妻弟见状，感到窘迫，但因无力折服阿嘉松，只有赶紧传达完指令离开，于是说："阿嘉松大队长，俄哈土官老爷命令你，把噶布金矿到县城的道路拦断。所有噶布金矿运进运出的物资，一律没收上缴，统统送到俄哈土官老爷的官寨里！"

室内静寂……阿嘉松闭口不接令！

副总带兵官暴怒，跳起脚骂阿嘉松……阿嘉松拂袖而去！

4

洛尔基的妻弟和副总带兵官从县城回到俄哈土官官寨。洛尔基总监留在了县城，被送进洋人教堂的医所，用西洋药治疗几天。

对俄哈土官的回禀，主要是洛尔基妻弟讲述，副总带兵官说话不多，其中有原因。

洛尔基妻弟对俄哈土官编造说：抬洛尔基总监游大街时，县城人都同情他们，骂巫县长和凌氏父子是抢金土匪。实情是街头热议把噶布金矿的案子当群丑争金的闹剧，把伤残的洛尔基总监和苟副矿长比作是狗打架。市民们皆嘲骂巫县长贪腐，贬凌氏父子坏恶，嗤笑俄哈土官无能。

洛尔基妻弟还编造说，他们把洛尔基总监抬到了巫县长面前，巫县长探看了洛尔基总监，还说了几句安慰官话。实情是：他二人进了县政府，就乖乖听从警察安排，将洛尔基总监抬进一间屋里，巫县长既不看一眼也不问一句。

洛尔基妻弟编造说，巫县长接了他们告苟副矿长开枪伤人的状纸，但说苟副矿长重伤无法接受庭询，因此案子要往后拖一拖，看看苟副矿长死活情况。实情是：他隐瞒了警察科麻科长在县长办公室里的一通话。当时麻科长明确说，洛尔基总监的枪伤和苟副矿长的棍伤，都没有确凿证据证明是何人所为。但是麻科长又强调说，金矿上传言，监理队的人一冲进来，苟副矿长就被乱棒打昏死。而后才发生洛尔基总监被枪打伤。并且枪响之时，整个厨房院子除了被打昏的人，只剩下监理队的人。麻科长最后说，苟副矿长的棍伤有几十处，看来是被长时间殴打。如果他死了，该事件就成重大命案，要报上面警署。如果警署下来查案，金矿传言是关键线索。当时，洛尔基妻弟一听，明白麻科长暗指他是一伤一死大案的疑犯，吓得当即流虚汗。巫县长见他二人被镇住了，便说几句官话将他们打发。因为巫县长的目的是把案子大事化小，小事化了。

在向俄哈土官禀报时，副总带兵官言少，因为从麻科长话中，他听出洛尔基总监枪伤的蹊跷。于是出了县政府，他就揪住洛尔基妻弟衣襟，讹许了一笔钱。当然，他也就答应帮助隐瞒实情。

对抬洛尔基总监到县政府去扩大事端，俄哈土官压根儿就没有抱希望，因为他知道，在侵吞他的噶布金矿黄金上，巫县长与凌氏父子是一伙，所以听了洛尔基妻弟编造的禀报，他也无多话可说。

但对噶布金矿的黄金盗失，俄哈土官是剜心般痛！金矿日夜不停地开采炼金使他日夜难眠，急切想把金矿搞停。因此听完了洛尔基妻弟的禀报，俄哈土官即问："我对阿嘉松下的命令，你们传达了吗？他什么态度？"

副总带兵官高声回禀："老爷，我们传达了！我二人一起到了泽旺商号，当面向阿嘉松传达了老爷您要求阿嘉松拦截金矿道路，把所有进出金矿的东西全部收缴的命令！但是阿嘉松那个狗家伙，坏得很，他居然敢拒不受命！"然后他和洛尔基妻弟恶意编造当时情景，说阿嘉松对俄哈土官，神态是如何狂妄不敬，语言是如何叛逆忤孽……

俄哈土官被激怒得当场又连声喊："杀了阿嘉松！"

满衙厅的他的亲信爪牙也纷纷表示愤怒，个个都说阿嘉松该杀！

洛尔基妻弟也急切想让噶布金矿停产，因为挨枪的洛尔基总监并没摆脱危机：对金矿总监理官一职，俄哈土官想新委的臣属个个拼命推脱，他们因此还建议，命令洛尔基总监带伤返回金矿，继续行使职责。

当衙厅里议论声小了点，强烈希望搞停金矿的洛尔基妻弟向俄哈土官建议：下令噶布金矿通往县城道路的沿途大小头人，对金矿进出物资拦路抢劫！

颠预的俄哈土官头脑发昏，立即采纳，马上发出命令！

5

大雨滂沱。

俄哈土官的官寨房顶上，部族官旗和嘛呢经幡湿漉漉蔫耷垂吊，在雨雾中弱弱飘摇如丧魂落魄。土官官寨平日的赫然气势，似被大雨浇熄。

风雨中，俄哈土官的大管家骑在马上，在奴仆和护从的簇拥中回到了官寨。虽然一路上他有奴仆撑伞，但风狂雨斜，他的头发还是被吹乱打湿，藏靴藏袍上泥水斑驳，人显得狼狈。

他是五天前被县政府派来的警察带离官寨的。

俄哈土官下令金矿道路沿途大小头人拦路抢劫金矿物资。那些大小头人接令后都不愿执行。因为他们了解俄哈土官，如果拦路抢劫了金矿物资，政府上门问罪，俄哈土官是不会认账而且要将责任推到他们头上。最后是他们被县府勒索大笔钱财，还要交几个无辜农奴顶罪，才能了事。因此，这些大小头人纷纷将俄哈土官的命令透露给金矿的护路中队。

县政府获悉情报后，派警察科长带一队保安兵来到俄哈土官官寨，传唤俄哈土官到县政府。这些兵警来时，作气势汹汹兴师问罪架势。

俄哈土官果然临头变乌龟，装病躺床，以被蒙头。大管家打点给警察科长一笔钱，然后代替俄哈土官跟着他们去了县城。

大雨哗哗的声音从窗户传进衙厅，很响。俄哈土官坐在大榻上，迫不及待地听大管家禀报。

大管家虽换了干的衣靴，但头发仍湿乱。他想起巫县长召见的情景，气愤地说："巫县长为了践辱我，恐吓我，不在他的办公室见我，而是像旧县官提审犯人那样，在县衙大堂摆出官威阵势传见我。当时保安兵在步枪上插起明晃晃的刺刀，警察个个凶神恶煞。巫县长还把警察科长、保安大队长、民族科长、军事科长等官弄来，横眉竖眼地坐在两边。"

"我后来听说，巫县长摆这个官威阵势，原是准备用来威吓老爷您的。因为老爷您没有去，他更火冒三丈！"

俄哈土官一听大怒，脱口骂道："狗日的巫县长，又在县衙大堂摆烂阵势，耍他妈的烂威风！"当年因阿嘉松递状，俄哈土官被巫县长在县衙大堂恣威恐吓要褫夺爵位，那场侮辱给俄哈土官心里烙上伤疤，现在被戳旧痛，所以暴怒。

"是，是，狗日的巫县长耍烂威风。"大管家应和，接着讲述，"巫县长先问我老爷您为什么不到。我回答您生病了。巫县长就拍桌子冲着老爷您说一通难听话。说什么您为官颟顸，昏庸之至，竟然妄图干破坏金矿的违法事。说什么犯下案子想躲是不行的，蠢行败露必须见官认罪等等。

"然后巫县长就指着我的鼻子骂开了。他训斥说我们居然敢支使百姓在噶布金矿放火破坏，居然想毁路抢劫，简直是疯了！巫县长盛怒说，虽然因为政府制止及时，我们的图谋未得逞，但老爷您的罪证确凿，是可以对您押审判刑，削去土官职位，褫夺世袭爵位的！"

俄哈听了这恐吓话，立刻变得惊惧着急，对大管家嚷道："巫县长对我的指控，你不能认账啊！你要统统不承认啊！"

"我肯定是统统不承认！我咬死不认账，说根本没有这事情。在大堂上我被逼急了，我叫起来，要他们拿出证人证据。巫县长就说，案子是阿嘉松大队长破获的，证人证据在他那里。改日庭审老爷你，会当庭出示的。"

俄哈土官听到此，勃然大怒："该杀该剐的阿嘉松，竟敢告发本大土官，简直是叛逆贼臣！他在堂上说了些什么？"

"他没有在场。"大管家道，"阿嘉松那家伙，不知是什么原因，不在场。我就抓住这点，嚷嚷说要与阿嘉松当面对质。巫县长就重重拍响惊堂木，喝令我住口，说我再咆哮公堂就要将我下狱。我当然就不敢再吭声了，任由巫县长狗血淋头地肆意诬骂……"

大管家在这里隐瞒一情况，他出县政府后，气势汹汹地带人到泽旺商号去找阿嘉松问罪。大掌柜告诉他，阿嘉松获悉大小头人的告发后，并没有告到县政府，而是当不知道似的，回山寨家中去了。这次巫县长传唤俄哈土官时，也通知阿嘉松到县政府。但阿嘉松也托病未进县城。

但是关于阿嘉松的上述情况，大管家故意只字不提。因为他知道俄哈土官恨透了阿嘉松，不愿听阿嘉松的半句好话。

大管家最后说："巫县长要我带话给老爷，说为了教训老爷您，要对您罚款。说如果我们规规矩矩交了罚金，县政府就宽大处理。否则，要上报屯殖署，报侯军长！"

俄哈土官听了官府此决定，气愤又侥幸。气愤的是被勒索一大笔银子，侥幸的是事情不会闹到侯军长处，危及他的世袭官位。

俄哈土官蔫了，斜靠着大榻卡垫，说不出话来。

衙厅里的众人见状，便自行议论起来，三三两两，声音有高有低。

狱刑官为了讨好俄哈土官，高声道："巫县长那头侵吞我们老爷的噶布金矿的黄金，这头还要罚我们老爷的钱，太没有道理了！简直比土匪还坏，比强盗还可恶！"

俄哈土官斜躺在大榻上听见，头点鼻哼，表现出爱听此话。

这一下，满厅的人纷纷仿效，都胡乱开骂起来。有的骂巫县长骂县政府，有的骂凌氏父子骂松潘袍哥，有的骂噶布金矿的矿长和苟副矿长，同时连带对阿嘉松也乱骂起来……

俄哈土官的手下，许多人觊觎洛尔基的山林官官位。当满厅乱骂声渐渐小了时，有人引火烧洛尔基的山林官帽。

洛尔基的山林官，俄哈土官还没有免。因为俄哈土官在替换人选上犹豫不决。另外洛尔基上交的山林收入，数额可观年年增加。俄哈土官对新山林官加码多少，也在考虑。

一个体形粗鲁的人挥舞胳膊嚷道："官府对我们老爷的罚款嘛，应该由洛尔基总监拿出来，因为祸事是他搞起的！"

这些人仍旧称呼洛尔基的总监头衔，是恶意要弄他带伤回金矿。

有人附和："对头！罚款是该洛尔基总监赔！老爷本来指令他把金矿搞停，结果他弄了个不明不白的枪伤，逃避执行老爷的命令，才引起现在的祸事！"对洛尔基总监的枪伤，攻击他的人已经开始说三道四。

又有人高嚷："而且，对金矿沿路大小头人下命令的主意，是他的妻弟给老爷出的，所以洛尔基总监要负完全责任！"

洛尔基妻弟见火烧自己，惊慌，为了引开攻击，高嚷："罚款要喊阿嘉松出！阿嘉松那狗家伙当护矿大队长，手下那么多人马，不保护我们老爷的金矿分金，拒不接受老爷断路的命令，所有的祸事都是他惹起的！"

那个粗鲁人恶狠狠地盯着洛尔基妻弟，对他嚷："你不要想滑脱！官府的罚金，必须是你拿！既然你说阿嘉松那狗家伙该赔钱，那这个事情就该你去办！"

俄哈土官听手下的这番吵嚷，来了精神，坐直起来。

见俄哈土官此情状，有人更对洛尔基总监落井下石："不但官府的无理罚金要洛尔基总监出，还有他在噶布金矿当差期间，老爷在金矿上的金子损失，也要他全赔！"

一个老贵族站了出来，说："现在，噶布金矿还在生产，老爷的金子还在天天被侵吞，因此必须马上解决那边的问题！现在洛尔基头上还戴着金矿总监和山林官两顶帽子，因此应该免了洛尔基的山林官，命令他带伤回噶布金矿，一心一意为老爷在那里效力。"这个老贵族也是起劲争山林官职位的人。

大管家了解俄哈土官还在犹豫山林官人选，于是上前躬腰献策："老爷，官府的罚金限期迫近了。在下建议，这些天暂不免洛尔基的山林官，用这个官帽先压他拿出银圆！"

俄哈土官凸眼珠的眼睛一下睁大，点头连说："可以，可以！"

大管家又进一步献策："老爷你痛恨阿嘉松那家伙。过去我们屡次下手都没有整死他。干脆用山林官这顶帽子驱使洛尔基去杀了阿嘉松！"

俄哈土官对阿嘉松恨之入骨。但阿嘉松有贵族身份，俄哈土官无法对他动私刑，更不敢明杀，因此多次驱使手下暗杀阿嘉松，但屡未得手，更成心病。

俄哈土官兴奋起来，对大管家说："好！好！你现在就宣布！两件事一起宣布！"

大管家诺诺，转身宣命："洛尔基总监在噶布金矿没有给我们老爷办好差，因此该处罚，山林官一职应该撤免。现在，老爷交他办两件差事，待他办完了这两件差，看结果，老爷再考虑他的山林官一职问题！

"这两件事，一、官府对老爷的无理罚金，是由洛尔基总监引起的，老爷责令他全额拿出银圆赔付。二、阿嘉松是部族叛逆，是扎在老爷心上的一根刺。现在给洛尔基总监一个戴罪立功的机会，去把阿嘉松杀了！为部族除害，解老爷的心头大恨！"

俄哈土官残暴，因此手下人也多嗜血。他们听见杀人如野兽闻血腥，豺吼狼叫起来："那年为漳腊金矿，阿嘉松替袍哥送威胁我们老爷的信，当时就该杀了他！""还有巫县长用大头人联名信整我们老爷，也是他作的坏！""他站在曲吉活佛那边，就是我们老爷的敌人，早该除掉！""这次他当护矿大队长，不护我们老爷就是护苟副矿长偷盗老爷的黄金，更该杀！""对，杀阿嘉松为老爷解恨，为部族除奸，千刀万剐，剥皮抽筋！"……

雪山冬风

第四十二章　阴谋·生日庆典

1

冻雨连日，再加天黑后从雪山上吹下来的夜风，藏族山寨变得冷飕飕的。

洛尔基总监的卧室里，桌面上码放着一大堆银圆。在油灯的光照下，银圆白晃晃很是耀眼。这是被迫上交的罚金。洛尔基总监靠坐在病榻上，和他老婆两人哭丧似的看着银圆，眼泪汪汪，不断唉声叹气。

洛尔基妻弟走进屋来。他只身一人，两手空空，明显没有携款。

洛尔基总监见状，顿时气愤，劈头嗔问："你怎么空手来？明天是交钱到官寨的规定日子，你还拖什么？"

县政府的罚金，他二人吵了几日，议定洛尔基妻弟拿出部分银圆。理由嘛，一是下令大小头人拦路抢劫金矿物资的主意，是洛尔基妻弟向俄哈土官献的策，洛尔基总监没有参与。二呢，洛尔基妻弟一直是姐夫当官的副手，发财总有份，所以被罚钱也要分担。

洛尔基妻弟也不答话，一屁股坐进椅子，还支使起洛尔基总监的奴仆，叫给自己上酥油茶。

他的阿姐——洛尔基的老婆见状，也极不高兴，用刺耳的尖声问："你该出的钱怎么不拿来？你不要妄想我们全包了！"

洛尔基的老婆也瘦高，较丑，但因是俄哈土官的亲表妹，所以当年洛尔基为娶她还与好几个贵族子弟争斗一番。当然"丑"有所值，之后洛尔基争夺山林官帽子，她起了不小作用。

妻弟一副满不在乎的样子，喝了几口酥油茶后，才慢悠悠地说："我没有带银圆来嘛，我不会叫你们吃亏嘛。你们出钱，我出力嘛！"

"你出什么力？"洛尔基总监很是不满，问话声音有些恶气。

"哎？姐夫你忘啦？俄哈老爷交下的是两件差事！除了交罚金，还要我们去杀阿嘉松！"

洛尔基总监两口子一听，现惊讶神色，问："你的意思罚金由我们交，阿嘉松由你去杀？"

妻弟歪起头，乜斜着眼问："如何嘛？两件差事这样分，你们吃亏没有吗？"

"可以，可以！"洛尔基总监急忙说。

"当然可以啰，你们嘴里只说可以，其实心里清楚得很，这样分差事你们占了大便宜！"妻弟又说，"亲兄弟，明算账。杀阿嘉松的账我们还是要说在明处，算清楚。阿嘉松对刺杀已经很警惕，他出行又有护卫，所以找下手机会就要雇多人长时间监视跟踪，要花大笔钱！然后买两个凶手，钱少了更不行！尤其是，阿嘉松是千户，杀了他或者失手没有杀死他，官府都要追凶，我极有可能坐牢。那个时候俄哈老爷是不担责的，我要想保命，就得自己倾家荡产了！"

"是，是，是，杀阿嘉松的差，确实不好做！"洛尔基总监认可妻弟的算账法，态度变好，说，"我们交罚金，你杀阿嘉松，算起账，你吃了点亏。姐夫我记你这个情，以后还你！这个事咱们就这么定了？！"

"不。我还有个小条件：杀阿嘉松的苦差，力我出，坐牢杀头的风险我冒，但钱不能我一人全出，你们要拿点出来！"

他阿姐尖声惊问："什么？还要我们拿钱给你？"洛尔基总监也一下气愤，粗声吼说不行。

妻弟谋划的杀阿嘉松的法子，其实不需要花钱，但他仍要敲诈姐夫，说："不行吗？那就我也拿点罚金出来嘛！至于杀阿嘉松嘛，姐夫你以后开干了，我跟着你干就是了！"妻弟做无赖状，"姐夫你买凶杀人，坐牢了嘛，我也陪你就是啰！"

洛尔基总监两口子一听，蔫了。满脸不高兴地低声商量一阵，无奈答应。

妻弟见他们取钱慢腾腾，又催："姐夫，这么多年来，俄哈大老爷一直吼着杀阿嘉松，为什么没有人下死力气办这个差？就是因为坐牢的风险太大了！姐夫，我是为了你保住山林官的位子，才冒这个大风险的哦！你的山林官保住了，以后分钱，你还要再多给我些啊！"然后伸手要钱。

妻弟强行讨要了两封银圆，放进藏袍里的钱袋，然后脸现得逞神色，说："我去屙泡尿！商量杀阿嘉松的法子，很费时间。我先去把尿屙干净，你们准备点酥油点心。我们再半夜里商量。"

商量杀人的密谋，屋里门窗紧闭，只有他们三人。

窗外夜风传来狼嚎。屋里油灯冒着黑烟。摇曳火光映照桌上大堆银圆，如闪刀光；映照紧凑一起的三人，如若鬼魅。

洛尔基总监急迫问："阿弟，杀阿嘉松的法子，你快讲来听！"

妻弟问："恨不得杀了阿嘉松的人，除了俄哈土官老爷，还有谁？"

洛尔基总监两口子一时没回过神，愣了。

妻弟尖声："嘟格别啊，还有嚓旺孜！你们怎么连这个都想不起！"

洛尔基总监两口子一下恍然醒悟，连说："对、对、对。"

洛尔基总监说："嚓旺孜想当部落大头人，想占嫂子，这谁都知道。要不是阿嘉松挡事，他凭手上的部落兵权早就下手了！他肯定想杀阿嘉松得很啊！"

他老婆说："嘟格别对阿嘉松，恨不得喝他的血！哼，那个美朵女妖精，想阿嘉松，不让嘟格别碰自己的身子。弄得当丈夫的，连自己的女人都不能抱不能睡，简直是奇耻大辱！是血性男人都恨不得杀了阿嘉松！"

妻弟得意晃头，说："明白了吧？我的主意是挑嘟格别和嚓旺孜去杀阿嘉松。他们动手后，官府追查凶犯，他两人一个对阿嘉松有情仇，一个对阿嘉松有妨碍夺权之恨，案子自然追到他们头上。我们嘛，是不会有事的！"

"对对对！"洛尔基总监两口子惊喜得连连称是，笑烂了脸。

妻弟等他两口子兴奋劲儿小一点，提问："嘟格别和嚓旺孜两人，都恨不得生吃了阿嘉松！但他们过去这么多年一直不动手，现在，就凭我这张白嘴去一挑，他们两人就会犯险作案吗？"

洛尔基总监两口子又愣了，嘴里"是呀是呀"，眼神急迫询问。

"所以啊——"妻弟又拖着腔调说，"我去挑动他们两人对阿嘉松下手，还得给他们个大想头……什么想头？杀了阿嘉松，俄哈土官老爷支持他们两人夺嚓旺部落的掌控权！"

"夺嚓旺部落的掌控权？俄哈老爷支持？什么意思？"

"这个你们都想不通。权力和女人是每个男人都想的东西，对吧？他嘟格别除了想上美朵贵人的床，肯定更想掌控嚓旺部落，甚至当卜部落大头人。因此，如果他得到俄哈老爷的许诺：杀了阿嘉松就支持他夺美朵贵人的权、掌控部落，你们说，他是不是一定会坚决下手？嚓旺孜，也是这样。如果俄哈土官老爷同样许诺，杀了阿嘉松可以让他掌控部落甚至当部落头人，让他霸占嫂子，你们说他是不是也会迫不及待地马上开干？"

"是的，是的。如果俄哈土官老爷支持他们夺美朵贵人的权，他们肯定会马上下手。但是，"洛尔基总监问，"老爷会支持他们夺美朵贵人的权吗？"

"会的！绝对会！"妻弟硬挺起脖子，说，"有两件事使俄哈土官老爷对嚓娥头人母女一直怀恨：一、那年，六七个大头人联名向县府状告俄哈土官老爷，是她们母女挑事牵头干的。那是犯上叛逆的罪，虽然多年过去，但老爷还是饶不了她们！二、她们拥护曲吉活佛，这也使老爷对她们母女恨得牙痒痒！所以，只要老爷相信嘟格别、嚓旺孜二人掌控部落后对他忠心，会跟从他反曲吉活佛，就一定会答应支持他们替代美朵贵人！"

洛尔基总监两口子听了这番话，又是一番认可地点头诺诺。

"但是还有个问题，"洛尔基总监问，"嚓旺孜想当大头人，嘟格别想掌控部落，他二人的目的有冲突。如果他们相互知道对方的意图，之间就会有矛盾，他们还会联手去杀阿嘉松吗？"

"这个嘛，我已经策划好了。我去对嘟格别说：你要掌控部落，第一步是杀阿嘉松。所以你对嚓旺孜表示你只想报被阿嘉松羞辱的仇，你还假意说支持他今后当大头人。这样，让嚓旺孜杀阿嘉松冲在前面出大力，你就又捡便宜又保险。杀了阿嘉松后，你再与嚓旺孜争权。嚓旺孜是草包，你的智力加你阿爸的武力，再有我们洛尔基家族的帮助，你轻易就可取胜。"

"你这个主意有效。不过我还有个问题，"洛尔基总监又问，"嘟格别和嚓旺孜二人肯定要去面见俄哈土官老爷，对杀了阿嘉松后支持他们掌控嚓旺部落这个大事，要当面听实在！阿弟，俄哈土官老爷会按你的想法对他二人说话吗？"

"会的！"妻弟胸有成竹地说，"我明天就去见俄哈土官老爷，把我的谋划细细向他密禀……"

2

倒春寒过去了。嚓旺山沟又是美丽的春天景色。

温婉的嚓娥太太款步从官寨大门走出，阳光明媚地照在她软绵的身上。嚓娥太太抬起柔和的脸庞仰看春阳，心情很好地说了句："太阳好亮啊！"

官寨高大的石墙上，一面小窗户悄悄推开。嘟格别阴郁的脸现出，他眼光阴险地俯盯着嚓娥太太。

嚓娥太太下到湖水边。她的侍女在水边的白石头上铺放锦垫。

一对虹雉在水边优雅地啄食点水。虹雉非常漂亮：腹羽雪白，身上红褐绿蓝的彩色羽毛异常鲜艳，长长尾羽在阳光下发出金绿蓝三色光亮。

嚓娥太太坐下后，接过喂养人送上的青稞麦粒，柔声唤鸟，轻轻抛撒，笑脸愉悦地逗喂虹雉。

不多久，嘟格别出现在官寨大门。在明亮刺眼的阳光下，官寨大门里像是黑洞。嘟格别没有马上走进阳光，而是站在门洞的阴暗里，窥视嚓娥太太。

过了一阵，嘟格别抬手揉搓脸上的肌肉，又咧嘴张口，使劲做出笑容。然后，他走进阳光里，仆人跟在后面。

嘟格别往小湖边走。他脸上是假装的笑容，同时不断地咳嗽。嘟格别平时几乎不与人说话，这时候觉得喉咙僵塞。

侍女看见，有些惊奇地禀报："太太，嘟格别老爷来了！"

嚓娥太太莫名其妙地惊颤一下。她手一张，青稞麦粒全掉在地上。她转头看着嘟格别走来，一脸惶惑。

他们同处一个官寨但很少见面。因为是母婿关系，理应嘟格别省见她。但是嘟格别除了回嘟嘎部落前后礼见她一面外，其余时候人影无踪。

她不怪嘟格别。嘟格别因为是从冤家部落来的，所以嚓旺部落臣民都排斥他。加上美朵贵人没有把他当丈夫对待，冷落他，因此嘟格别如落单独狼，经常形影无踪。

嚓娥太太当然不喜欢嘟格别做女婿。她对嘟格别不要钱而强娶她美丽的女儿，心怀埋怨。但是她心地非常柔弱善良，对人体谅。她见嘟格别的可怜近乎悲哀，又有点恻隐内疚。

嘟格别走到嚓娥太太面前，鞠躬摊手，恭敬亲切地喊了声："阿妈！扎西德勒！"

嚓娥太太和蔼回礼："扎西德勒！"然后问，"有什么事情吗？"

"没有，没有！我看见太阳好，出来随便走走。看见阿妈您坐在这里，就来问候阿妈。"

嚓娥太太像放心了似的轻轻"哦"一声，然后说："那就坐坐吧！我们好长时间没有聊过了！"

嘟格别经常一人独坐山林。他的仆人随时都带着一块大氆氇备他坐卧。仆人把氆氇铺在嚓娥太太侧前石头上。嘟格别坐下。

嚓娥太太礼节性地问了几句嘟嘎部落方面的话，嘟格别简单回答后，把话题转到他蓄谋准备的方面。

嘟格别指着那对美丽的虹雉，说："它们在一起好恩爱哦！它们啄虫子分开一点点远，就又马上跑在一起了！"

嚓娥太太认为嘟格别是借此表达希望与美朵贵人和好的心意，轻轻地

"嗯"了一声。

嘟格别又指着虹雉问："听说，它们是嚓旺老爷专门为你和美朵贵人养的？"

"可不是嘛！那年啊，有个猎人送了一对他打死的虹雉来。猎人说，一只被他的套子夹住，当时还没有死。另外一只围着哀叫，不飞。猎人说他开枪把哀叫的打死了，被套的很快也死了！"

嘟格别故意重重地叹息一声，然后作悲悯状直摇头。

嚓娥太太见嘟格别也表示伤感，动情地说："我当时听了，不知怎么眼泪就止不住地流。那时美朵贵人还小。她去玩了回来，在厨房里听下女讲了这个事，她连晚饭也不吃了。

"老爷看见我们母女俩这样，就叫人去抓一对活的虹雉，而且吩咐今后死的不要送到官寨来。"

嚓娥太太回忆着浅笑一下，说："活的一对？怎么可能呢。那一两年，我们就没有见过虹雉了。我还以为老爷忘了这事。突然有一天老爷下令，说谁要是用蛋孵出虹雉来，重赏。"

嘟格别假装很有兴趣地问："结果就送来这一对？"

"不是。听说很不好孵化，一直也没有人送。老爷就吩咐百姓送蛋来，他找人在官寨里用家鸡孵。都不成。唉，也奇怪，就在老爷轮回前那个春天，有好几窝蛋先后孵出了好几只。老爷轮回去了，有的虹雉死了。过后，就剩下这一对！"

嚓娥太太想起死了的大头人丈夫，面露戚容，凄凄地说了句："我和美朵贵人爱来看这对虹雉，想她阿爸啊！"

嘟格别作感动无语状。

过了一阵，嘟格别看着虹雉，说："我听说，嚓旺老爷生前对你们好得很，每年都要给你们做生日，是吗？"

"可不是嘛！老爷把我们的生日记得牢得很。每年他早早地就给我们准备生日礼物。我们生日的前半个月，他就吩咐开始锅庄会的准备……"

嘟格别说："我也想对美朵贵人那么好！但是她不要我对她好。我也想给美朵贵人过生日，但是……唉——"他这话既是真心，也有目的。

沉默片刻，嘟格别又对嚓娥太太说："阿妈，过不了多久就是美朵贵人的生日了，我们官寨给她开生日锅庄会，好不好？"

嚓娥太太压根没有想过这事，一时发愣。好一阵后，她才说："是啊。自从嚓旺老爷去轮回，这么多年了，美朵贵人就没有过个生日了！"

"阿妈和美朵贵人这些年没有过生日，开始三年是因为老爷才走。后来，又遇上部落的麻烦事情不断，阿妈和美朵贵人考虑部落穷，体贴臣民，不搞生日庆贺。现在，部落太平无事了，臣民百姓的日子也开始好了。阿妈，咱们今年就给你们开生日锅庄会吧？美朵贵人治理部落又累，她心情又忧郁，我们大家给她庆贺生日，让她也高兴一下嘛！"

嚓娥太太微微点头，但又有些犹豫。

嘟格别见状，继续鼓动说："阿妈，我听说您的生日和美朵的生日就只差一个多月，要不，就选你们两个生日中间的日子，给你们俩一起祝生。我们在官寨开一个热热闹闹的很大的庆贺会，叫周围的百姓来参加。白天晚上跳三天的锅庄。请藏戏班子。曲吉寺的喇嘛舞也是有名的，都请来……"

嚓娥太太表现出兴趣，喃喃道："美朵我们两人的生日，一起过？"

"是呀，是呀！阿妈，你们两人一起做有两个好处。一是部落这么多年没有给你们祝贺生日了，今年恢复，连着开两次不如先合起办一次。再一个嘛……"

嚓娥太太动了心，急忙问："再一个什么？"

"美朵贵人成年累月地郁郁寡欢，对什么都提不起兴趣。我担心啊，如果说给她一个人开生日锅庄会，她可能会不答应。如果说是为阿妈你庆贺生日，她肯定非常愿意。所以这样开生日庆贺会，她就会接受的！"

嚓娥太太深深地点了几下头，表示她内心已经接受嘟格别的提议了。

她想到美朵贵人对嘟格别那么冷淡，嘟格别还这样为女儿着想，有些感动。她不知说什么好，冒出一句："真难为你替她想啊！"

嘟格别又把早准备的话说出："阿妈，美朵贵人对我不好，我不恨。我们毕竟是夫妻，要过一辈子的。我想，我努力对她好，她一点一点地慢慢接受，就像冰雪一点一点地接受阳光，时间久了，慢慢就化了。美朵贵人现在对我冷，我等她，过十年八年，我们老了，做亲热夫妻，我也愿意！"

嚓娥太太相信嘟格别是一片真心……

3

拂晓一阵冷雨，早上寒雾浓重，早饭过了，还未完全化开。

嘟格别的房间里，只有他一人，形单影只。他思考阴谋，在屋里来回走动。其间，时或站立窗前，透过半开的窗扉看着雾障青山。

木门外响起禀报声。站在窗前的嘟格别转身。

门开，官寨老管家进来。他对嘟格别行家臣见主子礼节，然后问："老爷，唤我有什么吩咐？"

嘟格别马上假作笑容，上前几步，对老管家亲热说："啊！你来了，坐，坐！"嘟格别做出要老管家上藏榻坐的手势。

嘟格别平日与老管家极少见面。即使在节日等重大场合的见面，他们也因为主仆间无事也就无话。

老管家看见嘟格别对他又是难得笑脸，还要他同坐藏榻，很是奇怪，说："谢谢老爷赐座。老爷有什么，尽管吩咐，我一定尽力办好！"

"上来坐，上来坐！"嘟格别自己坐上藏榻，比画手势要老管家坐榻上矮桌的另一方，同时嘴里说，"我有事要慢慢商量。老管家你坐上来，我们慢慢说。"

老管家还犹豫，嘟格别吩咐仆人给老管家斟上酥油奶茶。

老管家带着疑惑和无奈，坐上藏榻。

老管家很久没有进过这间屋子了。他带着苦涩复杂的心情，环顾房间。

这间屋子比较大，是嘟格别与美朵贵人结婚后，日夜赶工为他们补设的新房，房间里陈设富贵华丽。但是美朵贵人现在根本就不进这间屋子。她要么睡她婚前的小闺房，更多的时候与嚓娥太太同处一室。

老管家感到悲哀涌心，老泪浸眼。他赶紧控制情绪，重重地叹息一声。

嘟格别知道老管家的内心，有意让他情绪起伏，一时也不说话。

过了一阵，嘟格别叹息一声后，说："是啊，美朵贵人是很久没有进这间屋子了！老管家，现在有个机会，我想做件为她好的事情……是的，我想对妻子表我的心。我请你来，就是商量这个事。"

"不敢，不敢！什么事情，老爷您吩咐。"

"是这样的，昨天啊，我跟阿妈说起给她们过生日的事情。"

"过生日？给她们？"一下摸不着头脑的老管家满脸迷惑。

嘟格别真假混杂地说："昨天天好，我出去走走。在大门口，我看见阿妈一人孤零零地坐在小湖边，一边喂虹雉，一边不停地抹眼泪。

"看见这情景，我当然要过去陪阿妈坐。我问阿妈伤什么心，阿妈说看见这对虹雉，想起嚓旺大头人老爷。阿妈还细细地给我讲，为这对虹雉，嚓旺老爷当年费了好多心。我一听啊，确实感到嚓旺老爷对她们的感情，真真是深啊！"

"是，是！我们嚓旺老爷生前，对嚓娥太太，对美朵贵人，那真是好得很！"

"是啊。阿妈给我讲了好些嚓旺老爷对她和美朵好的事情。阿妈专门提到，说嚓旺老爷最重视给她们过生日。说每年早早地，老爷就给她们准备最好的生日礼物。还说，她们的生日锅庄会，老爷要提前好多日子安排，每次都搞得好欢快，好热闹啊！"

嘟格别故意停住话，让老管家附和。

老管家也回忆起那些年的情况，带着很深的感叹说："是啊！嚓旺老爷啊，心里最重的就是她们母女俩。就说那生日礼物吧，老爷平日就留心她们最喜欢什么，然后就偷偷布置人去找，去买。买到后也不告诉她们，等祝生时才拿出来，给她们惊喜。每年的生日锅庄会，老爷都要参加跳，还要拉着太太女儿跳，白天跳了晚上跳……"

"是啊。阿妈也给我讲起这些。阿妈讲起以前过生日，讲着讲着就伤心哭起来，说，老爷轮回去了，现在也没有人疼她们了。官寨的人都不关心她们母女，从不想起要给她们过生日！"

老管家一下感到有过错，不安地说："不，不是我们忘了。嚓旺老爷轮回那三年过了，我也提出过。美朵贵人说部落穷，臣民超额上缴的税赋差役也没有还清；说部落内忧外患，臣民心情都不好。她和太太都说不搞生日祝贺啊！"

"哎，那几年不行嘛，这两年部落情况好了嘛！"嘟格别语气有点逼人。

嘟格别见老管家点头后，又说："我　听，我说：'阿妈，我以前没有关心这件事情，我错了。今年，我要给你们祝贺生日。'我还说，过不多久就是美朵的生日了，我要操办给她祝贺生日。美朵对我冷，但是我要跟她过一辈子，我要始终对她好。有机会我就对她表示好。天长日久她的心就慢慢暖了，我们就可以白头偕老了。

"阿妈一听，很高兴，还说感谢话，但是她又露出另有想法的神色。"嘟格别又故意停住话。

老管家急忙问："太太还有什么想法？"

"嗨！这还用说吗？我在你们嚓旺部落的情况，由我操办给美朵贵人和阿妈做生，你有没有想法吗？"

老管家恍然，还拍了拍额头表示对自己不满，然后说："确实该给嚓娥太太和美朵贵人两个主子祝生了。嘟格别老爷，这两件事情我来做，我会操办好的！"

嘟格别诡诈一笑，说："对了，我就是找你来商量这个事情。不过，还有个问题，当时阿妈也提出来。"

"嚓娥太太提出什么问题？"

"阿妈当时说，美朵贵人这些年这么累，成天心情也不好，是应该让她高兴一下。但是她担心美朵贵人的脾气，怕她坚决不要大家给她祝贺生日。"

老管家深深点头说："是啊！以美朵贵人的脾气，她坚决不会答应的！"

"于是我和阿妈就商量这个。阿妈提出说，她的生日和美朵的生日很近，提出要不然就母女两人的生日一起办，还可以少花费。"

老管家一下兴奋，急语说："对，对！嚓娥太太这个主意好！哎呀，这个办法真好，真好……"

4

泽旺商号门前的大杨树，满枝新叶，雨后格外翠绿。

午后，嚓娥太太的生意管家来到。他带着一个小商队，十来匹驮马装载着部落山货。泽旺商号的大掌柜亲自出来迎接。

因为阿嘉松和麦其崩老板都出去了，生意管家直接到客房住下。他拿出卖货和买货两张单子给大掌柜后，就习惯性地换洗躺下，小憩休息。

到了这里，嚓娥太太的生意管家就什么都不用操心了。他卖的山货买的百货，这么多年来阿嘉松一直给他最佳优惠。而且他来时的卸货喂马，走时的配货捆驮，泽旺商行都会给他准备得妥妥帖帖。

生意管家睡了一觉，起来后听说阿嘉松回来了，便提出求见，然后换上华贵藏袍新藏靴，进了藏式会客室等候。

阿嘉松刚在房门出现，生意管家立即站起，躬腰摊手，致拜见上人礼，口颂："阿嘉松千户老爷，扎西德勒！"

生意管家视阿嘉松为主人，敬呼"老爷"。阿嘉松曾对他说彼此朋友相待，但生意管家因阿嘉松拯救了嚓旺部落，又有"千户"贵族身份，由衷感谢和敬佩尊重，执意如此。

生意管家一直弓着腰摊开手，敬等阿嘉松从门口走到主座前。阿嘉松走到主座前，请生意管家平身入座时，很注意口气亲和。

阿嘉松平易近人地问候生意管家一路辛苦，然后关心地问起嚓娥太太和美朵贵人安好。生意管家回答后，也代嚓娥太太和美朵贵人问好阿嘉松。这番话后，生意管家站了起来，往阿嘉松面前走。

阿嘉松和麦其崩老板奇怪生意管家何事。

只见生意管家喜笑颜开地从怀里取出一张大红请柬，双手恭呈，嘴里说："阿嘉松老爷，麦其崩老板，我们的嚓娥太太和美朵贵人要一起过生日，恭请你们大驾光临！"

阿嘉松和麦其崩老板都又惊又喜。阿嘉松猛然心跳加快。他虽然努力平抑情绪，但兴奋之色还是表露，脸色红亮。

阿嘉松满含情意地仔细翻看请柬，说："好事啊，好事！从我给嚓旺部落当掌柜到现在，这么多年没见她们过个一次生日。哎？今年是怎么回事？"

嚓娥太太的生意管家兴奋愉快地叙述起来……

阿嘉松在听生意管家愉快讲述时，心里浮起美朵当姑娘时的少女娇美，天真烂漫；浮现出嚓娥太太的温婉形象；也浮现出嘟格别对他的仇视敌意……

麦其崩老板见阿嘉松的表情，明白他的顾虑。生意管家讲述完后，麦其崩老板问他："我阿哥当然要去给嚓娥太太和美朵贵人祝贺生日！但是嘟格别会是什么态度？不要弄得他跟美朵贵人又吵又闹！"

生意管家立刻说："不会的，不会的！这次嘟格别不会对美朵贵人吵闹了。"

阿嘉松疑虑问："为什么这次不会吵闹？"

"这次祝生，还是他与嚓娥太太说起头的哩！他对太太、对老管家都说，他要一辈子和美朵贵人做夫妻，要长期用好心慢慢感动美朵贵人。所以，他这次处处想着让美朵贵人高兴。如果他不欢迎你，弄得美朵贵人不痛快，那他不是讨好不成反变成了惹美朵贵人怄气？！"

阿嘉松苦涩地笑了一下，说："这是你们想的嘛！"

"是我们想的，但是嘟格别自己也表示了呀！那天开会商量要请哪些客人，一开头就冷了场。大家都没有说话，你看我，我看你。嘟格别一下就明白了，他就开口提出请您。这一下立刻所有人赞同。接下来商量客人的名单就快了。"

"哦——"阿嘉松放心地长吁一气。顿了一下，他又自语："嘟格别先开口提出请我？！"

生意管家见他还有几分疑虑，啰唆说："阿嘉松老爷，你不要有想法。你这几年为了他们家庭和好，没有和美朵贵人见过一面。我们都看见了的。你的行为高尚端正，是公认的！

"还有，你为我们部落做了那么大那么多的好事，你是我们部落敬重的人，我们部落人人都欢迎您！您也是嚓娥太太和美朵贵人最感谢、最尊重的贵客，她们过生日这么大的喜庆，怎么能不请你呢？所以，嘟格别他应该明白，他要是老嫉恨你，阻挠你来我们部落做客，我们部落的人就更讨厌他！"

阿嘉松脸上现出放心的神态。他很高兴地请生意管家回去转告，他和麦其崩老板非常荣幸地接受邀请，届时一定参加嚓娥太太和美朵贵人的生日庆典。

麦其崩很是高兴，对阿嘉松说："阿哥，嚓娥太太和美朵贵人的生日，我们要送大礼，送又贵重又稀奇的最好的东西，表达我们的心意！明天起，我就到处去找。我一定能找到最值钱最珍贵的好东西作礼物！"阿嘉松连说好。

麦其崩性好热闹，他忙向生意管家打听："给嚓娥太太和美朵贵人的生日欢庆会，肯定要办得热闹盛大哦？你们部落打算怎么举办喃？"

生意管家又兴奋地滔滔讲述……

阿嘉松听着听着，心里又想到嚓旺部落里的阴暗势力。

生意管家讲完后，阿嘉松问他："哎？那个嚓旺孜老爷，他乐不乐意给嚓娥太太和美朵贵人举办盛大的生日欢庆会？"

"哼，他呀！他当然不乐意！"生意管家一副不屑的样子，说，"他不乐意不用管他！"

麦其崩老板问："嚓旺孜不高兴是肯定的。他反不反对？捣不捣乱？"

"他当然反对。但是他反对没有理由啊！他想捣乱，捣乱不起来啊！"

"他不是部落带兵官吗？可以指使人捣乱啊？"

"他那个带兵官，除了自家的奴隶娃子，他喊不动人！"

阿嘉松说："前些年，嘟嘎部落老在你们边界抢掠，我当时就奇怪嚓旺孜为什么不去防御抗击。当时只听说他根本就不会带兵，打不来仗。因为是你们部落内的事情，我也没多问。"

麦其崩老板说："生意管家，你话都说到这份儿上了，你干脆把嚓旺孜的根根底底讲给我们听一下。"

"嚓旺孜！"生意管家先露出轻蔑态度，然后说，"他呀，从小就没有脑壳，而且经常莽撞乱来。你们不知道，他曾经干过一件大傻事：他要夺美朵贵人的权，还想把嚓娥太太挡住不准进部落。"

阿嘉松两人一听大惊。麦其崩老板问："这么大的事情，我们怎么没听说过？"

"你们没有听说过吗？是嚓娥太太和美朵贵人善良宽厚，不愿意张扬这个家丑嘛！而且她们叫大家不要提这事情，我们谁还好给你们说呢？"

麦其崩老板急迫催促："怎么回事？快讲，快讲！"

"那个事件啊，发生在嚓旺老爷遇难，嚓娥太太去青海草原办丧事的期间。嚓娥太太离开我们部落的第三天，嚓旺孜又喝多了酒，带着一帮子人，拿着枪，打着旗子，进了官寨。

"官寨里的人都奇怪，全部出来看。嚓旺孜醉醺醺地骑在马上，舌头转不圆地喊叫，说他做了梦，他的阿哥说美朵侄女太小，又是女的，叫他掌管部落。

"当时啊，美朵贵人还是姑娘，才初掌权。嗨，她还真沉得住气，一点不惊慌。她站在楼廊上俯瞰嚓旺孜在院子里发酒疯，过了一阵，叫大家都散去，该干什么各自去干什么。

"嚓旺孜见没有人理他，就醉歪歪地爬上楼，进了衙厅，一屁股坐在大头人的位置上，宣布部落今后由他摄政。

"美朵贵人也真大度，让嚓旺孜占衙厅，自己另外找了间大屋子，作为自己管理部落的公事房。

"嚓旺孜像傻子一样在衙厅里冷坐几天，一想，认为大家听美朵贵人的，原因是嚓娥太太回来后就继位大头人。于是他那个糊涂脑子一转，认为把嚓娥太太堵在外，不让她回部落继位大头人，部落就听他的了。于是，嚓旺孜就叫副带兵官打起他的旗子去召集一百个部落藏兵，开到了边界上。

"美朵贵人得到了报告，只带了很少人去往边界。到了那里，美朵贵人骑在马上一发话，叫部落藏兵各自回家，那一百人一下就散了！"

听完，麦其崩哈哈大笑，说："那个嚓旺孜怎么那么没有脑壳！他的脑花是不是酒糟子做的？"

生意管家说："他的脑壳就是有问题，从小就有问题！讲起就多了。我有点饿了，吃两个点心，再给你们讲两件他的傻事。"

生意管家面前的藏式茶几上摆有几盘点心。阿嘉松和麦其崩老板热情地忙请他用。

生意管家咽下最后一口点心，又喝几口酥油奶茶后，接着讲：

"嚓旺孜早产，差了两三个月。听说生下来小得很，哭都不会。

"他七八岁的时候，有一次部落贵族的一帮娃娃练射箭。他的父亲，我们的老大头人来观看。就他最差，撅起个屁股拉不开弓……小弓，专门给他们娃娃学射箭的弓……老大头人责骂教的人，教的人说怎么纠正他都撅屁股。老大头人不信，亲自过去给他纠正。老纠不过来，老大头人一急，踢了下他那个小屁股，小嚓旺孜跌了个嘴啃泥。他爬起来抱住老大头人的腿就咬了一口！"

"哈哈哈……"听得麦其崩老板和在边上侍候的伙计都大笑起来。

"好笑吧？他还有更不长脑壳的事情：

"他十六七岁那年，过佛节，老大头人准备了给曲吉喇嘛寺的贡献。正要出发，接到大土官的开会通知。老大头人为了不耽误时间，叫他们两兄弟押贡献去曲吉喇嘛寺。他开完会后从那边直接去。

　　"嗨，老大头人一走，嘫旺孜对他阿哥说官寨不能没有人主政，死活非要他阿哥留守官寨。

　　"他的阿哥，我们轮回去的嘫旺大头人当时二十出头，知道他这个阿弟是愣头，又想要干傻事，就答应了。他要让嘫旺孜又在父亲面前捅娄子失宠。

　　"于是嘫旺孜把押送贡献的人全部换成他的玩耍伙伴，出发了。

　　"果然，老大头人回来后，把嘫旺孜喊到面前，责问他为什么要偷送喇嘛寺的贡献。嘫旺孜那个牛脾气，挨打装昏，就是不认账。

　　"嘫旺孜气性大，当天晚上溜出官寨，喊人抬他到曲吉喇嘛寺。到了喇嘛寺他又闹又跳，扬言要打诬告他的人。寺里的人都躲他远远的。他不罢休，仗着老大头人的面子又去找曲吉活佛，非要曲吉活佛证明他没有偷贡献。活佛身边的人看不下去，上前劝他。咳，他一拳头把鼻血给别人打出来！"

　　麦其崩又笑得前仰后合，嘴里直说："哦呀呀，简直是牛角脑壳，见人就顶！"

　　"还没有讲完呢。老大头人把嘫旺孜的玩耍伙伴一审，在一个山洞里把偷的一皮口袋贡献取回来了。

　　"嗨，你们猜嘫旺孜干什么？他竟然要审是哪个伙伴供出他的偷藏。他的那些伙伴早有预料。他们中有一个蛮小子，平常爱欺负其他伙伴。那些娃娃就商量把责任都推到那个蛮小子头上。

　　"那个嘫旺孜，不但不长脑壳想一下，居然还跑到那个蛮小子的家，在底层的畜圈里放火……"

第四十三章　美女玉殒

1

嚓旺官寨的天空出现奇观：雷雨天空同时惊现两条彩虹。

当时，火辣辣的高原红日正当头，远处传来隐约雷声。不一会儿，前方天空奇怪地分成左右两幅不同景象：左边天地一片雨雾混沌，雷声隆隆；而右边天空缥缈乳白，出现隐约虹象。继而左边混沌天空闪电频繁密集如百蛇穿空；右边缥缈云空却现一大一小两条彩虹。只是小彩虹色淡而且有些飘忽，很快逝去。然后两边奇景同时消失，前方天空融为空蒙蒙一片……

到处悬挂着崭新彩色经旗的嚓旺官寨里，臣民为此一片欢腾。后天，嚓娥太太和美朵贵人的生日庆祝会将热烈举行。今天两道彩虹同舞雨空，人们都认为是天呈祥瑞，是菩萨的美好赐福。他们为此美谈不止，愈加兴奋喜悦，使官寨的节日气氛更为火热。

但是，住官寨的大喇嘛却不然。他心中存疑，一人关门闭窗卜卦。好一阵后他才出来，却对卦象预示不言不语，脸色不好。

嚓娥太太的卧室。

美朵贵人正在兴奋地比试衣服。她在曼妙的身段前后比试一套石榴红藏裙，然后问："阿妈，第一天我穿这一套，好不好？"

嚓娥太太笑容温婉地打量一阵，说："好，好！……你第一天穿黄色？不好不好。黄色和红色太近了，放在第三天穿。第二天穿白色。"

"白色？……嗯，不。我最喜欢那套白色，我明天穿。明天啊，我要穿着它去迎接阿嘉松！"

嚓娥太太明白女儿的心意，倩笑点头。

嚓娥太太也希望早点见阿嘉松，说："阿嘉松捎信说他明天到。也不知道他明天是来得早还是来得晚？"她沉思了一下，又说，"他好久都没有来过我们官寨了。不知道他这次来能不能多住几天。"

"阿妈，阿嘉松肯定过完三天庆贺活动就会提出告辞。阿妈，我们再多留他几天嘛！我不好多说留他的话，不然传出去不好。尤其是嘟格别他要老跟在我旁边，我更不好对阿嘉松多说话。阿妈，你帮我劝说阿嘉松多留留嘛，啊？！"

嚓娥太太理解女儿日夜思念的心情，苦涩地温婉笑着答应了。

嚓娥太太又问："嘟格别和他阿爸，也是明天到吧？"

美朵贵人噘一下嘴，说："管他的。他们不来最好！"

嘟格别借口回部落去陪他父亲——嘟嘎哇大头人一起来，七天前就离开了。

嚓娥太太又有些担心地说："嚓旺孜他硬是不参加我们的生日会？……他真的会派人来捣乱吗？"

嚓旺孜先是反对部落给嚓娥太太和美朵贵人祝贺生日，没有人理他。他又闹着说要派人破坏捣乱，也没有人把他的威胁当回事。嚓旺孜几天前到处说：眼不见心不烦。他要到深山去打猎十天。他说他要到一座灵崖前去向山神祈祷，让官寨开生日庆典的日子天天刮大风下大雨落冰雹。他还说他要派人在山上抓很多毒蛇，晚上放进官寨里……

2

从县城到嚓旺官寨的半路上，有一处地方叫蛇洼。那里山路拐了个急弯。急弯内侧傍依的山势像弯曲的胳膊肘，上面一个凹洼，洼底积水，蛇多，因此得名。

历史上这里发生过多次暗杀事件。因为在那个凹洼里打埋伏，行走在沟底山路上的人看不见上面的情况。

傍晚了，山沟里阴霾浓重，晦暗得很。在蛇洼底部一潭死水的周边，立了几顶帐篷。因为没有烧篝火，帐篷像大坟一样死寂沉沉地窝在湿气中。

在其中一顶黑色牛毛帐篷里，嘟格别和嚓旺孜两人各自发呆。嚓旺孜半躺在铺盖卷上，身边放着酒壶、肉和点心。他垂头不动，不知是醉了还是睡了。

嘟格别看着帐篷外渐渐降临的暮色，对嚓旺孜说："哎，醒醒！天快黑了，可以生火了！"整整一天没有喝热水吃热食了，他现在很想喝热茶。而且他因为暗杀埋伏的紧张，老觉得心里冷。

嚓旺孜被叫醒。他用手揉散眼屎，醉眼蒙眬地看了一阵帐篷外，说：

"哦，起夜雾了。天要黑了。"

嘟格别说："这时候冒起的篝火烟子升起进夜雾里，山路上看不见。可以生火了！"

嚓旺孜问："现在生火？阿嘉松他们会不会这时候来？"

"不会了。从这里到嚓旺官寨还要骑好长时间。阿嘉松现在到这里，再到嚓旺官寨就天黑好久了。做客规矩，不能太晚了到官寨。"嘟格别又想了一下，补充说，"那这样，埋伏在远近各处监视道路的人，暂时都不撤回来。等天完全黑了，再喊他们回来。"

随着传令，分住各大小帐篷的人都开始生篝火，忙碌烧茶做晚饭。专门负责打埋伏的部落藏兵住在两个黑色大帐篷里。一个是嘟格别从他父亲那里借来的十个部落兵，另一个则是嚓旺孜的奴仆家丁。

蛇洼里虽然燃起多堆篝火，但因夜幕开始降临，天色越来越晦暗，篝火柴烟升起后，很快融入山林蒙雾中。

嚓旺孜无精打采地从铺盖卷上起来，移坐到篝火边。他似问又似自言自语地说："都等了两天了，阿嘉松什么时候来啊？"

"明天肯定来。后天就开始祝贺会了，他阿嘉松再怎么也不会错过明天的。"

"会不会不来了呢？"

"不会。肯定要来。我离开官寨的前一天，生意管家又从县城采购回来。我从侧面打听，听说阿嘉松准备了厚礼，还亲口再三说他一定会参加。"

"从侧面打听？你怎么不直接问阿嘉松哪天来？"

"哎呀，谁都知道我对阿嘉松恨得要命。我表现出关心阿嘉松哪天到官寨，不是要引起人们怀疑吗？"

嚓旺孜又端起酒，对嘟格别说："这次一定要杀了狗日的阿嘉松。杀了他，俄哈老爷任命我当大头人，我把带兵官帽子赏给你，你要好好服从我啊……"

3

清晨雾浓，许久不散，笼罩着嚓旺官寨。

官寨里的人们早早起来，开始忙碌。生日庆贺会明天开始，今天的准备活儿最多。加上今天大量客人都要到达，事更繁忙。官寨中各种声音纷杂响起。但声音被湿雾浸罩，听着感觉沉闷。

美朵贵人也很早起来。她看见雾沉沉的早晨，有一种身飘云中的感觉。她亲自到房顶上点燃煨桑，又到经堂里念经。她这些日子整夜想着阿嘉松都似睡非睡。

美朵贵人从经堂出来后，晨雾渐渐开始淡化。她草草吃了点早饭，就到官寨上下巡看各处准备的情况。

当她回到嚓娥太太的房间时，嚓娥太太已经盛装完毕，准备迎接来客了。

美朵贵人坐下，她的侍女给她打开发辫。太太的侍女也来帮忙，两人一起为美朵精心装扮。

美朵贵人从怀里取出金嘎乌，深情地看一阵后，习惯性地贴在脸上。

嚓娥太太看见金嘎乌——阿嘉松提前送来的婚庆礼物，沉重地叹了口气，说："上次阿嘉松来，连饭也没吃就走了。"

几年前，阿嘉松出狱后，与莲姆措一起来到嚓旺官寨，向美朵贵人和嘟格别补做婚礼祝贺。当时美朵贵人看着阿嘉松，悲情人对病容人，都有苦难言。当时嘟格别一直对阿嘉松黑脸恶视。阿嘉松稍坐一阵后，便与妻子起身告辞离开。

美朵贵人轻抚着金嘎乌，说："阿妈，我穿戴好就去迎接阿嘉松。来了客，你一个人迎接啊！老管家会安顿好他们的。"

嚓娥太太吃惊地问："你这么早去迎接阿嘉松？……你、你？你要到哪里去迎接？"

美朵贵人倩笑，说："我往前走。一直往前走。走到碰见阿嘉松的地方，我就在那里迎接！"

"唉！"嚓娥太太不太赞成，疑惑地问，"你这么早就走出去，那，那你要迎多远啊？"

"我就是要迎很远。越远越好！"美朵贵人心里充满憧憬地又说一句，"越远越好！"

美朵贵人渴望见阿嘉松。但是她想到阿嘉松来了官寨，她反而没有机会与他亲近相处。来宾如云，她在官寨整天礼迎不断，而且三天活动排满了她的时间。况且阿嘉松也要和来宾一起，加上还有嘟格别时时紧盯，因此她想与阿嘉松单独一起是不可能的。

美朵贵人想到如果那样，她对阿嘉松是可望不可接触，像上次一样连话也没能多说，就一别两茫茫，天长难相见。美朵贵人一想到此，心如石压、情似火燎。

美朵贵人这些天晚上，夜夜梦见与阿嘉松同骑一马……美朵贵人决定远道去迎接阿嘉松。她想象着与阿嘉松并骑并肩，甚至同骑一马，在溪水蜿蜒的山路上，两人愉快亲密地……

嚓娥太太理解女儿的心思，无奈而又同情地说："你要去远迎，那就多带几个部落兵吧！"

"不带。到处安全得很，不用带！阿妈，你不知道，男人喝了酒最喜欢胡说男女的事情。我和阿嘉松走一路，他们当天回来一醉，马上就嚷嚷开。女人说小话还有个忌讳。男人醉了，全是扯开嗓子地胡说八道！"

"唉！"嚓娥太太苦叹一声，沉闷一阵，坚持说，"还是要带几个人！啊？听话！带四个人吧，啊？"

美朵贵人见阿妈担心，俏皮地虚应："多带人吗？好吧，好吧。"

侍女给美朵贵人细心编完长辫，然后轻轻洒上香水。这香水是从印度来的。美朵贵人闻见它散发出一种奇妙怡情的香味，就珍藏起从没有用过。今天她是初次使用。

穿戴完了。美朵贵人把金嘎乌揣进怀里。但是她手没有抽出来，而是在胸口摩挲着金嘎乌，说："阿妈，我不在，客人或者官寨里的人问起，你都不要说我去接阿嘉松了。啊？……哎呀，官寨里这么大，你就说我正在忙。谁知道我在哪里忙……老管家问起？他问你也不要给他说我去迎接阿嘉松啊！"美朵撒娇说，"阿妈——，记住啊，对谁都不说啊！"

嚓娥太太心里有一种说不清的不舒服的感觉……

美朵贵人穿着她最心爱的洁白藏裙下楼，站在院子里。她没有佩戴什么珠宝。她知道阿嘉松不喜欢看见穿金戴银。

美朵贵人对侍女小声说："我告诉你，就我们两人去接阿嘉松！我不带其他人。一个也不带！"

侍女有些不安地说："太太要你带四个部落兵啊？"

美朵声音很低，但是口气很坚决地说："不带！我说不带就不带！你不准告诉任何人啊！你去马厩，就吩咐只备两匹马。叫马夫直接把马牵到官寨外那个山路拐弯的地方等着。"

夜夜彩蝶双舞的美幻梦境诱惑着美朵贵人，使她非常非常想阿嘉松能抱她一次！她这些天经常幻想着：在寂静的山林里，她在阿嘉松的怀抱里，甜美地听着柔风轻吹……

4

蛇洼完全被浓雾笼罩。

一大晌了，山沟里的浓雾才渐渐散开。天上阴云仍然压得很低，散开的雾变成一团团阴霾云气，仍然飘浮在山沟里。

蛇洼里的帐篷显现出来了。

嚓旺孜和嘟格别对坐在帐篷里。他们中间摆着几个盘子，分别装着五香牛肉干、酥油点心和美味奶酪。

嚓旺孜又开始喝酒。他酒瘾成疾，不但思维出问题，而且说话舌头往一边偏。既然嘟格别阴沉少言，他嚓旺孜乐得少说话，一人慢慢品酒嚼肉。

嘟格别在动心思。他想着今天把阿嘉松杀了，他就直接去见俄哈大土官。他邀功时要贬低嚓旺孜是脑花泡酒，说事情完全是他嘟格别一人策划指挥的。他要让俄哈土官相信嚓旺孜的低智根本无法撼动美朵贵人的权威。只有他嘟格别借用嘟嘎部落的武力，在俄哈大土官的支持下，才能够夺美朵贵人的权。

"来了！来了！"嚓旺孜的一个家奴惊慌地跑到帐篷口禀报。

嘟格别一下站起来，激动出声："阿嘉松来了？"

"不，不。美朵贵人来了！不是阿嘉松，是美朵贵人从官寨那边来了！"

嘟格别和嚓旺孜一下变得惊讶万分。他们急忙出帐篷，跑到山梁上躲在树林里张望。

嚓旺孜醉眼，顺着家奴的指向使劲看，嘴里说："就是那两个像飞蚊子的？……我看不清人影……你说是两个人骑马？"

嘟嘎部落的一个藏兵说："我看清楚了，前面的女的穿着白衣服，骑着白马，像一团白雾一样飘过来了。"

嘟格别的眼力不如奴仆藏兵，但是他看清了是两个女人，而且凭直觉，他感到是美朵贵人。

听见马蹄声了。

"是美朵！"嘟格别看清楚了，大为惊讶，失声尖叫起来，"美朵她来干什么？……她跑来干什么？"

嚓旺孜虽然还没有完全看清，但是他相信是美朵贵人来了。他也吃惊，同时火气也上来了。

他一把揪住嘟格别的衣服，质问道："是你给美朵贵人说了我们的事情吧？……没有？没有她怎么会来？……她疯了？她骑马跑这么远干什么？……

她肯定是知道了我们的事情，去给阿嘉松报信！"

在嚓旺孜的醉嚷中，嘟格别冷静了点。他掰开嚓旺孜的手，压着声音说："我们退下去点，不要让美朵看见我们！"

他们往后退下，伏下身子，只在草丛中露出半个头。嚓旺孜看清楚了美朵贵人……美朵与侍女骑的马跑乏了，现在是匀步快走。

嚓旺孜怒火上升，压着声音骂："这个狗女人，想坏老子的事情。老子要杀了她。嘟格别，你说怎么办？"

见嘟格别说不出话，嚓旺孜愤怒得又一把揪住嘟格别的胸襟，口水喷在他脸上嚷："你说话呀？你的狗女人跑来坏老子的事，怎么办？你要管！嘟格别，我们花了这么大力气，才引诱阿嘉松中计，眼看事情就成了，不能毁在她手里！"

嘟格别用力扯脱揪住他衣领的手，说："等她过去！美朵绝对不知道我们的事情，等她过去！她与阿嘉松一起过来时，我们瞄准阿嘉松打就行了！"

美朵贵人与侍女又近了些。

嚓旺孜急了，吵嚷说："你说美朵贵人不知道我们的事情？你凭什么说她不知道我们的事情？万一她得到了风声，是专门去报信的呢？"

看见嘟格别犹豫，嚓旺孜说："老子就这一次杀阿嘉松的机会。我在俄哈大土官面前拍了胸口的。我的大事不能听你的屁话。"

嚓旺孜转过身，喷着酒气对他的仆从发令："你带两个人下去。到路上去把美朵贵人拦住。把她们带上来！……对，把两个人和马一起弄到这里来！快点！"

嘟格别想到美朵贵人上来，就会发现他参与暗杀阿嘉松，心虚了，喃喃问："带、带上来干什么？"

"带上来，把她们捆在帐篷里，堵住嘴！哼！"

嚓旺孜的仆从带着两个家奴冒出了山梁。野草湿漉漉地滑。三个人抓着小树和灌木，一溜一滑地下了坡，站在了山路上。

美朵贵人骑在马上，心里期盼和幻想着与阿嘉松见面。她美丽的眼睛虽然很大很亮，但是好像什么都没有看。

侍女说话："哎？贵人你看，前面路中间站的有人，有点像嚓旺孜家的奴仆？"

美朵贵人这时才收束目光，看着远处路中的三个人，说："是啊，他们站在那里干什么？"

到了嚓旺孜的奴仆面前，美朵贵人骑在马上，接受三人弓腰摊手的恭礼，然后问："你们在这里干什么？你们嚓旺孜老爷不是上山打猎去了吗？"

"禀贵人，我们老爷在上面休息，请您上去坐一会儿？"

"在上面休息？"美朵贵人抬头，只见上面荒草野木不见人影，奇怪地说，"跑到那上面？那上面是个凹洼，湿得很，有蛇。他在上面干什么？"

美朵贵人一下想到嚓旺孜说要抓毒蛇放进官寨捣乱，立刻恶心，说："回去给你们老爷说，我有急事，不去了！"同时策马。

奴仆不敢强行阻拦，抬头上看……美朵贵人的白马迈蹄，走动起来。

脑袋隐在灌木杂草中的嚓旺孜一见，急了，几步冲上梁子，冒出整个身体，大喊："把马拉住！给我把马拉住！牵、牵上来！"

美朵贵人看见突然跳出的嚓旺孜，一愣，勒住马。

嚓旺孜的奴仆转身抓住美朵贵人的马笼头。另外两奴天生对美朵敬畏，刚好侍女骑行在他们面前，他们两人就拉住侍女的马呆立。

"干什么？"美朵贵人怒目喊了一声，抬鞭上指，斥问，"嚓旺孜，你要干什么？"

酒醉发怒的嚓旺孜挥舞胳膊，偏着舌头吼叫他的奴仆："拉、把马拉上来！……听见没有，该死的！叫你们拉马！你要我砍断你们的手吗？"

美朵看见嚓旺孜要绑架她，一下想起这地方曾经发生过多次暗杀，马上明白。她挥鞭照奴仆脸上抽去……奴仆双手护面……美朵贵人顺势一鞭抽在马身，白马一下腾起，迈蹄奔跑……

嚓旺孜见状，拔出驳壳枪挥舞喊叫："抓、抓住……追、追……打、打！……给我开枪打！……开枪！"

没有人敢开枪……美朵贵人洁白的藏裙如雾团如云朵飘起……"啪！啪！啪啪啪！"发了疯的嚓旺孜举枪对着飘逝的云朵，接连射击，一直到打空弹匣……

阿嘉松和麦其崩老板、包二哥、敖墩子以及其他被邀请的县城客人，带着他们的手下、仆从、朋友等共二十多人，热热闹闹欢欢喜喜地骑行在山沟里。

迈斯明大老板原准备与阿嘉松一起来。但因巫县长召开县商会会议，迈斯明大老板和晋大掌柜都须参会，只得明天赶来。

突然，骑在队伍最前面的人喊叫起来："你们看，前面路边上有匹白马，旁边地上好像有个女人……"

接着队伍前面的人纷纷杂乱地喊叫起来："是的。穿的白衣服……是贵族女人……衣服上好像有血……"

　　阿嘉松骑行在队伍中间。他听见前面人喊叫，突然心颤，脑袋轰地充血。阿嘉松顿感不祥，猛地一鞭，纵马挤开前面的人马，往前奔去。

　　"美朵！"虽然地上女人被青草掩映，但是阿嘉松立刻清楚那是美朵贵人。骑驰的阿嘉松在马上撕心裂肺地呼喊着："美朵……嚓娃美朵……美朵……"

　　美朵贵人的脸朝着他来的方向，期盼着最后的相见。美朵的手上握着金嘎乌——浸染鲜血，嵌着一颗弹头的金嘎乌。

　　阿嘉松跳下马，扑跪在美朵贵人身边。他把美朵贵人抱在怀里，使劲呼喊……生死情牵的美朵贵人，渐渐被阿嘉松唤回飘魂。她用尽最后一点力气睁开眼睛，美丽的脸庞露出微笑，柔弱地说："阿嘉……抱紧我……"

第四十四章　飞仙银铃·金嘎乌

1

嚓旺官寨内外，一片丧事隆重的景象。

官寨房顶上，高大的灵幛魂幡竖立起来。院子里是超度大法事的会场。百名喇嘛的诵经声，法号法钹的佛乐声，前来吊唁的部落百姓的哭泣声，低沉混响、悲撼人心。

官寨外山林的树木上、大石上，也到处都悬挂着印有超度经文的经旗。因为美朵贵人生前喜好白色，所以经幡经旗多为白色，远远望去，如轻雪点缀。

官寨上空，袅袅升空的煨桑青烟化作淡青色云朵，久久飘浮，好像美朵贵人的仙魂流连不去，难舍家园。

在风吹涟漪的湖水边，在美朵贵人生前常坐的白石旁边，悲痛憔悴的阿嘉松在指挥砌建火葬塔。

嚓旺部落风行安多藏族习俗的天葬。但嚓娥太太家乡的嘉绒藏区风行火葬，所以，她像对待丈夫遗体一样，要求对女儿也实行火葬。

阿嘉松像在青海草原一样，指挥这里的人按嘉绒藏习的形式砌筑火葬塔。他想到嚓旺大头人和美朵贵人父女俩都善良信佛，却都死于无辜枪杀，哀伤中不禁悲问苍天。

来吊唁的部落百姓都自发地背运石头，不大的火葬塔砌建得很快。

"阿嘉松千户老爷！"官寨老值事走到阿嘉松旁边，鞠躬说，"曲吉活佛听说你要求见他，他这会儿在经堂里等你。"

官寨顶层的藏传佛教经堂。

曲吉活佛打坐在经堂里，慈祥法像显大悲戚。他视美朵如亲生女儿，所以虽是修行高僧，也难掩哀容。

见阿嘉松进屋，曲吉活佛吩咐身边喇嘛退出关门。一缕阳光从窗户照进，投在情同父子的二人身上。

　　曲吉活佛见阿嘉松因哀怆和悲愤，人已经变得很憔悴，慈颜安慰："嘉松啊，你要节哀！美朵贵人的追查凶手事，嚓旺部落现在面临的危难问题，这两件紧要大事都需要你出力！为了美朵贵人在天之灵，你不能过于沉陷悲哀，要保重身子骨啊！"

　　阿嘉松合掌敬谢关怀，并应承活佛自己牢记两件事在心，尽力做好。

　　曲吉活佛点头，然后关切地问："嘉松啊，你找我有什么事情吗？"

　　阿嘉松从怀里取出一白绸，打开，摊在双手上呈给曲吉活佛。曲吉活佛一看，白绸中是被打烂的金嘎乌，一颗弹头穿过美朵的身体陷在上面，宝石珠玉尽染鲜血。

　　阿嘉松对金嘎乌有想法，但需征询活佛旨意。因为金嘎乌曾经是佛器，现在虽被击破，但仍价值连城。美朵贵人尊佛，金嘎乌是奉归佛门，还是……

　　曲吉活佛接过金嘎乌，白眉下老泪浸润。他看了一阵，感知阿嘉松对金嘎乌心有所想，于是把金嘎乌摊放在手心，伸手相问："嘉松，你……"

　　"我想让美朵带着它去轮回！我想让美朵贵人永远带着它！"

　　活佛点头，表示同意。曲吉活佛把子弹头从金嘎乌中拔出，说："这是罪恶的子弹，不能让它再回到美朵的身上。"

　　阿嘉松含泪双手接过金嘎乌，用白绸包好，放进自己的怀里，然后又从怀里取出飞天银铃，双手捧还给曲吉活佛。

　　那年，嘟格别满面血污，发毒誓要杀死阿嘉松，于是美朵贵人第二次把飞天银铃交阿嘉松随身祈佑。法铃是曲吉大喇嘛寺的宝物。美朵贵人两次暂送阿嘉松护身，都是曲吉活佛同意了的。

　　曲吉活佛这时又见法铃，往事如滔涌现脑海。

　　活佛想起幼童时的美朵举着飞天银铃到处乱跑，欢笑的童声和美妙的铃声遍响官寨……活佛想起他劝说美朵婚嫁嘟格别时，少女美朵的失声痛哭；想起美朵婚后郁郁寡欢，他给她银铃聊以慰藉……

　　曲吉活佛还想起曾经的梦谶。那是他从俄哈土官手里救赎了阿嘉松，准备带他初见少女美朵的前夜。当时他用牛毛彩绳卜卦，无果，昏昏沉沉入梦。梦里他惊见不祥……活佛此时才悟当年卦梦谶景，预兆成真。

　　曲吉活佛想着：因为自己当时不明谶示，仍然带阿嘉松去见少女美朵，以致后来鬼使神差使自己误毁了美朵姑娘终身，以致美朵贵人婚后仍对阿嘉松久久苦情暗恋，以致她今日遇害……活佛心中突然剧痛，头晕目眩。他手捂胸口，身斜欲倒。

阿嘉松见状，赶紧起身上前，扶抱住曲吉活佛……一阵子后，曲吉活佛心痛缓解，他望着窗外飘升的青烟，喟然长叹："天意，天意，天意啊！"

阿嘉松坐回原位。曲吉活佛闭眼诵经，手拨佛珠。阿嘉松见泪珠从曲吉活佛眼角浸出，滚落在他银白的长髯上……

过了好一阵，曲吉活佛停止念经。他深吸一口气后，睁开浸泪慈眼，说："嘉松啊，我有一事问你。你想过没有，美朵贵人轮回去了，她留下的空位怎么办？"

这个问题现在如阴云笼罩嚓旺部落，已引起臣民上下的不安和议论。

温婉柔弱的嚓娥大头人是无力执政的。美朵贵人的弟弟——嚓旺美登，十四岁了，长相气质都与嚓娥太太一样，白净秀气，软弱心善，尤为喜欢听喇嘛讲佛经故事。黑水的索赫大头人，十四岁时不但能接过大头人权杖，而且还继承战争。但是美登却连一般藏族男孩的性格都没有。明摆的，他们母子俩实难担当部落治理重任。

在雪山草地，大头人虽为世袭，然因懦弱致使权势旁落而被窃位，或因无能使部落生乱而被推翻，比比皆是。就连皇帝赐封的土司，有许多也因此灭门绝嗣。嚓娥太太母子也面临此危局。

阿嘉松在为美朵贵人守灵时，长夜孤灯，为此忧思。此时他提出，希望曲吉活佛委派有能力的大喇嘛坐镇官寨，摄政部落，帮助和保护嚓娥太太母子。

在这片雪山草地，过去和现在时有一些藏族部落因为种种原因由大喇嘛代为摄政，所以阿嘉松作此提法。

"不行！"曲吉活佛摇头，说，"由大喇嘛寺委派高僧代摄俗政，得是部落的上下内外一致同意方可。这在嚓旺部落是不行的！"

曲吉大喇嘛寺已经对此方案进行过讨论，并且否定。因为如果曲吉活佛委派大喇嘛进入嚓旺部落摄政，与曲吉活佛为敌的俄哈土官定然狂怒。他肯定要指使嚓旺孜和嘟格别这两个有资格继美朵贵人遗位的人抗争闹事，并且一定会指使嘟格别大头人派出部落藏兵进入嚓旺部落武力扶持他的儿子。届时，曲吉大喇嘛寺如果不灰溜溜退让，那就是流血战争，荼毒生灵。

阿嘉松听了曲吉活佛解释，急了，冲动嚷道："那怎么办？曲吉寺不占这个位子，难道眼睁睁地看着俄哈土官一伙夺取嚓娥太太大头人的权位？"

阿嘉松仪态失格。他历来以沉稳出名，遇怒事也从不暴跳如雷语言激烈。只因美朵贵人被杀极大激怒他，所以他竟然在他非常尊崇的曲吉活佛面前冲动嚷叫。曲吉活佛理解阿嘉松的强烈悲愤，为让他情绪发泄出来，轻言说："嘉松你怎么想的，你就慢慢说吧！"

阿嘉松咬牙切齿地说："很明显，这个案子本是嘟格别和嚓旺孜二人打我的埋伏。美朵贵人得知阴谋给我报信，被那两个狗家伙打死！嘟格别和嚓旺孜两个狗家伙，没有俄哈土官的指使或者撑腰，是不敢对我下手的！"阿嘉松说到这里，又仇恨中烧，忍不住怒吼一声，"我要杀了他们！杀了他们三个狗家伙！"

在经堂喊杀，是严重违佛的。但曲吉活佛理解阿嘉松，想到俄哈土官也是该灭的恶魔，也就不言语而心祈菩萨助阿嘉松。

阿嘉松剧烈起伏的胸膛稍微平复了点，继续说："很明显，按照部落规矩，嚓娥太太和美登少爷不能理事，嘟格别和嚓旺孜两个狗家伙就有理由有资格代政。这两个狗家伙不管谁掌了权，他们肯定要做两件事。第一掩盖他们杀害美朵贵人的罪行，让美朵贵人的血仇难报！第二，他们肯定还要进一步加害嚓娥太太和美登少爷，夺取部落大头人的权位！"

曲吉活佛同意阿嘉松的说法。他非常了解嚓旺部落情况，说："而且，嚓旺孜愚蠢，嘟格别一定会与他争权。但嘟格别战胜嚓旺孜，必须上靠俄哈土官的支持，旁依嘟嘎部落的武力。为此，他会向俄哈土官和嘟嘎哇大头人许愿：他掌控嚓旺部落后向他们贡赋大量钱财。如此，嘟格别上台后，必然给嚓旺部落臣民增加沉重赋税。这又会引起反抗，发生流血灾难！"曲吉活佛说到这里，想到灾难后果，不禁沉重叹气。

"引起流血灾难的，不仅是沉重赋税，还有信仰！"阿嘉松声音提高说，"俄哈土官狗家伙一直仇恨你，嘟格别上台肯定会秉承他的旨意，要部落臣民反对活佛您，不准臣民向曲吉大喇嘛寺贡献。这也会引起流血事件的！"

这些严重后果，曲吉活佛和他的左右高僧都已经研究到，因而他们制订了应急措施，其中要阿嘉松担当。于是曲吉活佛长吁一口气，说："是啊！形势严峻，阿嘉松你应当担起责任来啊！美朵贵人是为救你而死，你更应该遵循她的在天之愿啊！"

这话激人。阿嘉松急了，说："我不是不愿担责，我是无能为力啊！现在问题是美朵留下的空位子怎么办。我又不是嚓旺家族的人，我不能坐这个位子啊！"

"不需要你坐美朵贵人留下的空位子！也不需要你长住嚓旺官寨处理部落事务！阿嘉松，只需要你对嚓旺部落全心全意出力就行了！"曲吉活佛说话的神态是胸有成竹。

阿嘉松睿智，听了曲吉活佛这几句话，马上明白曲吉活佛对他有安排和托付，便慨然允诺。

曲吉活佛讲述他的安排……

2

连夜冷雨淅沥，如哭如泣。清晨雾重，寒意浸人。

蛇洼被冰凉晨雾笼罩着，山林荒草隐约在蒙蒙湿雾中。附近山路上响起马蹄声，一小队人马在雾气中向蛇洼行来。他们中有五人着警察制服，有四个保安兵，还有几人是平民装束。

县政府警察科的马副科长骑行在中间。他是回族，脸瘦鼻高，有西亚人特征。晨雾又湿又凉，马副科长的警察圆盘帽边沿挂起水珠。

前天，美朵贵人在蛇洼附近遇害，当时阿嘉松抱着美朵痛不欲生。麦其崩老板和几位友人立即快马回城报案。他们到达县城时已经天黑一阵，喊醒守城门洞的保安兵给钱进了城，然后往警察所报案。

麦其崩老板怀疑做案的人本是要暗杀阿嘉松，为美朵报仇也是阿嘉松的强烈心愿，因此他回泽旺商号打个招呼后，连夜去了迈府，同时派伙计去通知晋老掌柜。

夜黑风寒中，晋老掌柜在灯笼照路下进了迈府。

他们三人灯下商量，虑及一大问题，那就是警察科的办案陋习。

在雪山草地，藏族部族中发生的命案，从清朝至今的规矩都是由部族首领自行处理。在松潘，如果藏族部落命案有人向县政府报案，县警察才过问。而且警察们的规矩是捞钱第一，办案为次，秉公则休也。

他们三人根据案情，根据俄哈土官过去数次对阿嘉松下手暗杀，推测此案中俄哈土官又是幕后嫌疑。而如果麻科长去办案，一定是先勒索收取俄哈土官的重金贿赂，然后久拖凶案，最后不了了之。因此，他们三人商量决定，由迈斯明大老板的人——马副科长掌握该案。

这位马副科长是迈家族人，从小与迈斯明大老板同私塾，长大机敏，迈老太爷见其忠诚，一步步培植他成县府警察副科长。阿嘉松因与迈斯明相帮相助，皆成富商，又一直厚待马副科长，所以马副科长对阿嘉松也自来忠顺。

于是他们深夜又将马副科长召来商量。

第二天一早，他们三人一起见了麻科长，塞钱给他。麻科长得了好处，又碍于他三人的大面子，只得指派马副科长专办此案。

马副科长一接案，立刻带警察保安等人火速出城。他们一行驰马赶到案发现场，已是黄昏。他们顾不得休息就爬上蛇洼，在暮霭中抓紧勘察。他们当即发现了散落草丛中的驳壳枪子弹壳。不多时，天色昏暗，他们从蛇洼下来，到附近一山居人家借宿。今天一大早，马副科长不等雾散，又带人再到蛇洼，再勘现场。

随着林雾渐渐散开，马副科长指挥众人逐步扩大搜寻范围……

他们看见一处密林上空有奇怪的飞鸟起落，派人钻到那里后，发现一尸体遗骸。尸体是被草草掩埋后，被野兽刨出的。尸体被兽吃鸟啄，只剩很少残余，但勉强还能辨认是女尸，遗骸旁有藏族女人的衣服鞋子和佩戴饰件。马副科长命令将衣鞋配饰收集包好。他们推测女尸是美朵贵人侍女的遗体。

他们在蛇洼勘察时，从篝火堆数，从帐篷痕迹，从人的粪便，从野草践踏情况，以及其他种种，推测打埋伏的人数有二三十人之多，埋伏时间三天左右，而且其中还有贵族两人。他们还发现了这一大伙作案人逃跑的路线：爬往高山。

于是马副科长立刻派一得力警察带两人飞马去嚓旺官寨，要求官寨立刻派出一支追踪搜索队伍，带五天干粮，来此现场辨踪追逃，往高山搜寻。同时，将女尸旁的遗物带去官寨，进行辨认。

得力警察等三人，从蛇洼下到山路边，蹬鞍上马，挥鞭疾驰，很快远去。

下午，马副科长一行人来到的嚓旺官寨，只见到处都悬挂着招魂经幡。

官寨大管家出迎。进了大门，马副科长等人见院子里举行着藏传佛教超度大法事，香火缭绕，法器声声，喇嘛们低沉诵经。

马副科长也不休息，随即去验看美朵贵人的遗体。他带来的验尸警察仔细验看枪伤，并作记录。

这之后，马副科长才进客房洗去骑尘。他知道曲吉活佛阿嘉松等人急着想了解在蛇洼的勘察情况，稍微休息后，换了套干净警服，来到官寨衙厅。

衙厅里坐满了人。阿嘉松和曲吉活佛等人也就座等候。

在美朵贵人生前的座位上，坐着十四岁的嚓旺美登少爷。他虽然只想待在哀伤不已躺床不起的阿妈身边，但曲吉活佛和阿嘉松要求他多参加会议听听，他也就像乖孩子一样顺从。他不言，而且眼睛表现出走神模样。

在曲吉活佛旁边，坐着温布大喇嘛。他受活佛指派在这里住一百天，既是带百名喇嘛做百日法事，更是为了维护嚓娥太太和稳定嚓旺部落。

官寨大管家的旁边坐着他的儿子。大管家老了，但其子表现出才干，加之年富力强，因此曲吉活佛和阿嘉松商量要赋予他实权，今后担当大责。

果洛也在场，他也是刚到这里。昨天黄昏他在噶布金矿收到阿嘉松的快信，按嘱立刻向另一护矿副大队长打招呼递了假条，然后连夜驰到达欧藏寨。他召集了三十名带枪乡亲，驰赴这里。他按阿嘉松要求，要在嚓娥太太身边驻守一段时间。

包二哥等几位县城友人也在座。与阿嘉松同来参加生日庆典的县城人士，有的将贺礼变为丧礼，致哀后返回县城。包二哥等义气朋友为了多陪陪阿嘉松，留下准备参加葬礼。

马副科长讲述在蛇洼现场的勘察情况……最后，他讲述了官寨派来的搜寻队到达蛇洼后，他如何指示他们追踪逃犯。

听完后，衙厅里的人有的沉思，有的低声议论。女尸遗物已经确定是美朵贵人的侍女的。现在众人心里关注的是嘟格别和嚓旺孜，只是不便明言。

包二哥明白大家的心思，因此挑明问："马副科长，蛇洼上面的痕迹，有没有指向嘟格别和嚓旺孜的？"

"没有。没有直接证据指向他们。蛇洼上面的情况只能推测待过两个贵族，根据遗留的酒坛子推测他们喝酒不少。其他的没有。"

嘟格别现在在嘟嘎部落里。嚓旺官寨派往嘟嘎官寨报丧的信差回来禀报，说嘟格别病倒在床，闭眼不语。嘟嘎哇大头人说他儿子这些日子一直在家，听见美朵贵人噩耗当即昏倒。嘟嘎哇大头人还说他儿子伤心过度整日昏迷，无法参加妻子葬礼。他届时安排嘟格别的阿妈参加葬礼。

嚓旺孜现在不知在哪里。

于是包二哥说："我提议，应该向嚓旺部落所有的小头人和寨主传令，要他们动员各山寨的人出动搜山，寻找嚓旺孜！"马上有多人附和："对，搜山找嚓旺孜。找到就说是通知他回来参加美朵贵人的葬礼！""对，弄回来想办法审问。"

曲吉活佛和阿嘉松点头。于是大管家低声请示美登少爷后，嘱他儿子跑出照办。不一会儿，官寨所有的信差出动。他们带着盖有嚓娥太太大头人官印的文书，驰马送达各小头人。

阿嘉松的面容一直是悲痛和愤怒交织。他听众人议论都认为嘟格别和嚓旺孜嫌疑最大，但除非他们身边人告发，否则难有确凿证据。阿嘉松也想到这点，于是站起来大声说："我想出钱，重金悬赏！"

众人马上都明白，阿嘉松是想通过悬赏，让嘟格别和嚓旺孜身边的奴仆，或者他们带去打埋伏的兵丁，举报告发那两人。

马上有多人高声赞同。阿嘉松看见曲吉活佛与温布大喇嘛碰头后，也向他投以同意的目光。

但接着，有人大声说出疑虑："光拿钱奖励举报有问题！奴仆告发了主人，会被整死。他们是不敢的！""虽然在蛇洼打埋伏的人多，但那些人都是穷人贱人，有家有室，也怕贵族的家族报复，所以光有赏金不一定行！"

有人高声："如果对告发主人的奴仆，对举报案犯的下人，除了赏金，还有安全保护措施。那就会有效果！"

阿嘉松于是说："好，好！需要什么保护措施，请你们大家帮助出主意。奴仆想告发主人，下人要举报案犯，怎样才能保护他们，你们大家说说……"

3

阿嘉松的重金悬赏的消息一夜之间传遍部族。尤其是悬赏中，对奴仆告发主人，下人举报贵族，提供保护措施，更是震动人心，如惊雷天响！

俄哈土官得报，勃然大怒。在藏族部落中，自古以来唯有土司土官才有昭告权力，阿嘉松这一举动冒犯了俄哈土官的王权。而且这一悬赏极可能使嘟格别、嚓旺孜落案，从而牵扯出他。三则阿嘉松鼓励和保护奴隶告发贵族主人的举动，严重触犯藏族部落社会的森严等级制度。所以俄哈土官暴怒，在他的衙厅里咒骂咆哮，如发疯一般。

俄哈土官狂骂累了，坐着喘粗气。他的手下爪牙开始乱哄哄议论。他们大声咒骂喊杀阿嘉松，同时又极有兴趣地低声议论高额悬赏。他们对阿嘉松要为农奴身份的告发人赎身和安置生活更是惊讶得大呼小叫。满厅闹哄哄一阵后，不少人大声感叹，认为嘟格别和嚓旺孜肯定会被奴仆下人告发。

大管家听了，上前对俄哈土官说："老爷，阿嘉松那个狗家伙该千刀万剐。不过眼下要紧的是……"俄哈土官立刻嚷问："是什么？"大管家说："眼下要紧的，是不要给老爷您惹麻烦！"俄哈土官尖叫："那你说怎么办？"大管家说传唤洛尔基妻弟。

洛尔基妻弟小跑来，躬身进了衙厅。俄哈土官见了他，先对他没有杀死阿嘉松破口大骂。然后问他听说了阿嘉松的悬赏没有，最后骂："你个蠢猪，没有杀死阿嘉松这狗家伙，反而惹出这么大的祸事，你说，怎么办？"

洛尔基妻弟一听是这事，松了口气，因为对此他早有准备。早在他策动暗杀阿嘉松时，就与嘟格别密谋，暗杀阿嘉松成功后，对嚓旺孜下药酒使他瘫痪失语，一来用他搪塞警察追凶，二来使他无法争权。如今既然错杀美朵贵人需灭口，那就对嚓旺孜下药酒了事。

于是洛尔基妻弟不慌不忙地说："老爷放心，老爷放心！我保证事情不会给老爷您惹麻烦！"他又奴颜问俄哈土官，"老爷，那个嚓旺孜是一烂酒坛子，过去对老爷您没有一点贡献，今后就更没有用。是吧，老爷？"见俄哈土官点头，他说出毒计："都知道嚓旺孜喝酒喝得舌头都发硬了。一有他的消息我就去看他。他嗜酒如命，我带好酒去看他，保管他喝了后不乱说话！"

俄哈土官明白这是下药酒。至于嚓旺孜喝了是成哑巴，还是死了，俄哈土官不关心，于是点头认可。

俄哈土官问："还有呢？"他不愿提及嘟格别的名字。

至于嘟格别，在作案前洛尔基妻弟也与他有议，作案后如果需要，就劝他远走，到草地他舅舅部落躲一阵。

于是洛尔基妻弟说："嘟格别，他不是因为丧妻痛苦得很吗？不是听说他连妻子的葬礼都无法参加吗？老爷，我马上去看望他，劝他到草地去，在他的舅舅大头人家多住一段时间，调理调理！"

俄哈土官明白这是要嘟格别远逃，点头说："那你马上去嘟嘎部落，跟嘟嘎哇大头人商量好，要他马上派部落藏兵护送嘟格别去草地。你今天就去办这事！"

洛尔基妻弟诺诺。他正要退下，俄哈土官又把他叫住，说："你见了嘟格别，问他，他老婆给阿嘉松狗家伙报信，是不是他走漏的风声？"然后又骂了句，"无能，连自己老婆都管不住！"

美朵贵人为何到蛇洼是个大谜团，因此当洛尔基妻弟退出后，满衙厅人就此又议论开来。

他们都对美朵贵人是怎么得知伏杀阿嘉松的阴谋，又为什么不派出部落兵去蛇洼破获打埋伏行动，而是只带一个侍女去给阿嘉松报信，百思不解瞎嚷嚷。

得不出答案，这些人心里不觉暗问：阿嘉松会不会是有神灵庇护？也因此，他们中还有人想：俄哈土官屡次杀阿嘉松都不成，是不是俄哈土官的护佑神斗不过阿嘉松的护佑神？如果阿嘉松的护佑神厉害，那阿嘉松今后斗俄哈土官会怎样呢？……

俄哈土官的手下正像一群苍蝇瞎嗡嗡，官寨值事进来禀报，说马副科长和阿嘉松千户大队长来到！

俄哈土官一听，又鼓起山核桃般的眼睛，咬牙骂出声："两个狗日的！"

他的手下听出俄哈土官对来者两人都不满，立刻有人附和："马副科长进了我们老爷的地盘，不先来见老爷，太不像话了！"也有人嚷："狗日的阿嘉松来干什么？他来找死吗？"

俄哈土官知道自己杀阿嘉松之心是昭然于世，因此对阿嘉松上门来，既惊愕其胆量，更愤怒。他认为这是阿嘉松表示不畏惧他的挑战姿态！但他慑于阿嘉松与县里警察副科长同来，不敢下手，气得嚎叫："阿嘉松那个狗家伙来干什么？叫他滚蛋，老子不见他！"

值事说："我问了。马副科长说阿嘉松千户大队长是巫县长委派协助破案的。马副科长说他离开县城时，巫县长对他吩咐：'既然阿嘉松大队长在案发现场，他又与嚓旺部落有特殊关系，那就叫他协助你破案！'"

俄哈土官听说阿嘉松是巫县长所委派，无奈只得咬牙切齿说见面。

松潘部落土官礼迎县府科长的规矩，可在院子中，也可在楼廊上。俄哈土官因对来客不快，慢腾腾起身，只走到楼廊上站迎。

县府官员进部落官寨的规矩，如果对部落首领表示友好尊重，则在院中将随行军警等人交予官寨安排休息。如果将持枪军警带进衙厅，那就是敌意了！俄哈土官见马副科长带着军警和骁勇藏兵等一大帮人持枪上楼，一下被威慑镇住。他的手下也都震惊，心想不至于是来抓人的吧。

马副科长上楼后，对俄哈土官不冷不热一副公事公办模样。不过他令军警等武装人员候在衙厅门外，使俄哈土官和他的手下松了口大气。

进衙厅时，按通常习惯，马副科长只带了一个警察副手，阿嘉松只带果洛一人。俄哈土官也只在衙厅里留下大管家等少数几个亲信臣属。

主客双方按规矩落座。衙厅大门关上。

简短寒暄后，马副科长开谈公事。他为了给俄哈增加心理压力，作威肃状。他开口讲："……这个案子在县城影响很大，因此巫县长很重视。因为麻科长有其他要案，因此巫县长特差我来专办此案。"

阿嘉松坐在马副科长旁边，横眉虎脸。他的坐姿既不是通常的放松，更不是对俄哈土官哈腰弓背，而是挺直身体昂首倨傲。尤其是他的眼光，既含敌意又带挑战地直视俄哈土官。

俄哈土官当然为阿嘉松这一造反挑战姿态恼怒。因为马副科长盯着他问案子公事，他只得眼睛不看阿嘉松，强压怒火，暂且不理阿嘉松。

阿嘉松今天来是有目的：向俄哈土官下战书！所以他不但不掩自己内心对俄哈土官的仇视，而且还要挑衅他。

今天早上吃饭时，阿嘉松向马副科长提出要与他一起去俄哈官寨。当时马副科长和其他在场人都大惊，问阿嘉松去干什么。阿嘉松搪塞说他要对俄哈土官作涉案试探，看其反应。曲吉活佛等人也惊动，都鉴于俄哈土官欲杀阿嘉松而劝阻。但阿嘉松执意要去。曲吉活佛等众人无奈，便嘱咐马副科长将从县城带来的四警察四保安都带上，用心防备突发事端。

当时，果洛也非要带几十人护卫阿嘉松。阿嘉松不同意，众人也说那样反而不安全，但果洛最后还是执意带了八名骁勇乡亲随行。

他们走在路上，马副科长看阿嘉松气色，预感他去见俄哈土官是要生事。因此中午时分，当他们在河边生起篝火烧茶午饭时，马副科长召集大家围坐商量。

于是大家讨论一阵，想了两条，一是编造了巫县长的口头指示。这样阿嘉松见俄哈土官便有了官家人员身份，俄哈土官不能不见，也不敢随意喊抓喊杀。第二条是，当马副科长阿嘉松与俄哈土官会见时，其余所有人都持枪站在门外，密切监视厅内动静。一不对劲，四保安将官寨仆护等人挡在外面，三警察率先冲进厅内镇住俄哈土官臣属，八骁勇藏族人护持阿嘉松即往外走。然后四保安在前开道，四警察断后，都高声喝令不得对县府派员动手，将阿嘉松簇拥着离开官寨……

阿嘉松对俄哈土官横眉挑战的态度，马副科长看在眼里，感觉要出事。俄哈土官规避阿嘉松的目光但已满面杀气，马副科长也心里阵阵发紧。他见衙厅已经变成祸端之地，得赶快离开，因此草草结束谈话，准备告辞。

谁知马副科长刚谈完案子，阿嘉松抓住时机，突然发话："俄哈土官。"

"大胆！"大管家对着阿嘉松怒喝，"你竟敢不叫'老爷'，没有规矩！"

阿嘉松对大管家蔑视呵斥："县府官员见土官，有称呼'老爷'的吗？"他又转头逼视俄哈土官，厉声问："俄哈土官，你的那个手下，洛尔基总监的妻弟，在案发前与嚓旺孜和嘟格别有反常的密切来往。他是私自行动还是受你差使？"阿嘉松此问有些无理，他是故意要对俄哈土官挑起事端。

俄哈土官本就对阿嘉松强压怒火，这下爆发出来，尖吼："阿嘉松你个逆臣贼子，反了天啦，竟敢跑到我官寨来造反，你活腻了找死！来人哪！"

衙厅大门一下推开，但率先冲进来的却是三个警察带着八骁勇藏族人。大开的房门外，只见官寨的仆护等人被四个保安兵拦在外面，个个莫名其妙，人人呆立不动。

马副科长也忽的一下站起来，示意手下赶紧簇拥阿嘉松出去，自己向惊呆了的俄哈土官告辞。

果洛带着八骁勇藏族人紧护着阿嘉松往外走，四警察护后。

阿嘉松走到衙厅门口，猛地站住转身，抬手直指俄哈土官，说："俄哈，你多次下手杀我，今天我当着你的面明说，我也要杀了你！"

……

4

天色冥暗。火葬塔周围，数百盏酥油灯像水波一样一圈圈摆放。密密麻麻摇曳燃烧的火苗在暮色中闪烁，如星辰般美幻。

美朵贵人隆重的葬礼进入最后一个程序——遗体火化。参加葬礼的人们沉痛来到湖边火葬塔周围。

嘛娥太太虚弱地坐在临时安放的大头人矮榻上。她这些天一直悲恸哭泣，多次昏迷。她连坐稳的力气都没有，把软弱身体倚靠在唯一的儿子身上。

美登少爷神情还有些不对。他心爱的阿姐刚去世时，他悲痛得脸上常挂泪珠，后来神情出现恍惚，两眼迷茫若空。喇嘛们见他精神要出问题，赶紧给他讲美朵贵人轮回去的西天如何极乐，还服了点药，他的情况才稍稳定。

嘟格别的阿妈来了，瘦高的她尽量躲着人，坐在阴暗处。她回答人说嘟格别病倒在床。但是，已经有传言说嘟格别已经黑夜骑马离开了嘟嘎部落。

嘛旺孜的家人来了。嘛旺孜被山寨百姓搜山找到后回家的第二天，洛尔基妻弟来看他。两人喝酒，嘛旺孜大醉，洛尔基妻弟醉伏马背离去。第二天都中午了，嘛旺孜家人见他还在蒙头大睡，揭开被子一看，才发现他瘫痪了。

在傍晚的冥暗中，围坐在火葬塔周围的上千部落民众，摇动无数的转经筒，念诵藏传佛教的六字真言。千人诵经的低沉声音合在一起，如地下滚雷，震颤人心。

时辰到了，美朵贵人的遗体被从官寨里抬出。在喇嘛们的仪仗队中，在法号法螺的低沉鸣响中，遗体缓慢隆重地被送到湖边围满酥油灯的火葬塔旁。

美朵贵人的遗体周围摆满了格桑鲜花，飘燃着藏香。

曲吉活佛泪眼哀别鲜花簇拥的美朵贵人。他悲恸致悼词，祈祷告天，然后手持佛珠对阿嘉松做了一个手势。

阿嘉松上前走到美朵贵人遗体身边，满面凄戚。他从自己怀里取出金嘎乌——带血的被打烂了的金嘎乌，轻轻地放进美朵的怀里。然后，阿嘉松抱起她的遗体，走进了火葬塔。

火葬塔里，阿嘉松把美朵贵人的遗体安放好。他把自己的脸颊轻轻地贴在她的嘴唇上……

第四十五章　嗜血新县长

1

天刮着大风，松潘街巷土飞尘扬。

阿嘉松行走在风沙中。他还没有从美朵逝去的悲痛中恢复过来，人尚憔悴，脸色也不大好。他的两名护从跟随在后。

阿嘉松走进县政府大门里，站住，准备拍打满身尘土。老门头敬重阿嘉松，见状拿着白牦牛尾巴掸子出屋，殷勤地给阿嘉松拍打藏袍藏靴，同时嘴里问："阿嘉松大队长，你来见新县长？"

"是。我前两天在山寨家中，听传来消息说换县长了。我昨天进县城回到商号，看见传唤我见新县长的通知。所以就来了。"

老门头警惕打望周围，然后低声说："你要小心哦。新县长的脾气坏得很，被传见的人个个被骂得灰头土脸的。"

阿嘉松一听，吃惊："初次见新县长就个个挨骂，怎么回事？"见老门头有顾虑，他指着传达室说，"进去说。"

进了屋子，老门头见阿嘉松的两护从站在门窗外，放心低语："新县长姓汪，脾气凶得很，爱骂人。他来的第二天，县府全体人员开见面大会。你晓得县府开会底下都爱说话，听说那天开会被汪县长骂得鸦雀无声，个个都跟龟孙子一样。这几天，科长科员们都议论说在汪县长手下不好当差。"

阿嘉松问："你说被传唤见汪县长的人，个个挨骂，怎么回事？"

"汪县长初来，这几天传见的人，都是我们松潘有头有脸的，像凌尔武凌总舵爷，像商会张会长。所以进出这个大门，我都要站在外面恭迎恭送。他们个个走的时候都是满脸怒气，我当然看得清清楚楚。"

"那你听没听说，汪县长为什么事情骂他们？"

"听说骂凌总舵爷主要是为噶布金矿，为鸦片。听说骂商会是为商家欠政府税太多。反正都是钱的事。也有人说，那些人初次见汪县长送的见面礼，都按历来见新县长的老规矩。有人说汪县长嫌少，借事骂人，暗示给他补送礼。还有人说是汪县长树立威风的手段。反正汪县长才新上任几天，背后说他的杂言已经很多了！"

阿嘉松听老门头这一唠叨，很是不快。他也是按过去历来见新县长的规矩备的银礼。阿嘉松迟疑是否需要回去增加见面礼，但再一想，也不知汪县长的贪欲有多大，权且挨骂，先见了面后再说。

阿嘉松走出传达室，想起一事，转身问老门头："你们肯定也被叫送礼了？"

"是啊，我们这些打杂跑差的下人，也要人人凑份子。我们都交了一次了，说不够，规定人人补交。我一个穷看门的，哪里有钱嘛！"

阿嘉松掏出两个银圆放在老门头的手上，在连声感谢中往里走去。

阿嘉松走进秘书科，将通知他见汪县长的笺条拿出。

秘书科米主任见条后，说："哦，通知你来见汪县长。汪县长现在正在与巫县长谈话，要不，你坐一坐，等一会儿？"

阿嘉松点头坐下，衙役上茶。不一会儿驼背师爷从门口经过，见阿嘉松，进屋殷勤招呼，然后对米主任说："汪县长巫县长谈话不知要到什么时候。我正要去给汪县长送个材料，我顺便替阿嘉松大队长通报一下？"米主任点头。

驼背师爷去了县长办公室，很快回来，对米主任说汪县长传阿嘉松现在去见他。

阿嘉松走出屋后，驼背师爷拽住他，低声问："你带了见面礼没有？"

"带了。我在想，巫县长在场，我当着他的面给新县长送见面礼好不好？"

"初见新县长不拿见面礼那还了得？那样汪县长对你不知道要发多大的脾气。巫县长都下台了，你管他干什么！"驼背师爷又对阿嘉松说，"你见了汪县长出来后，到我那里坐一会儿，好吗？"阿嘉松知道驼背师爷爱打听这些，点头应允。

阿嘉松进了县长办公室，一看，愣怔。巫县长坐在墙边的一把椅子上，佝偻着腰，屁股还悬了一半。而大办公桌后坐的是他初见的新县长，神态十分倨傲。

阿嘉松只得先对着新来的汪县长致礼，然后转身，对坐在墙边的巫县长致礼。

汪县长在接受阿嘉松的藏族礼拜时，仰身不动，一副霸道模样。对阿嘉松递礼单，他也是坐着只伸出一只手接受，并且毫无廉耻地当即打开礼单阅看，然后鼻子一哼，微微点头表示笑纳。他对阿嘉松不仅没有初次见面的和气，而且还眼光逼人地上下审视阿嘉松。

虽然阿嘉松进屋前就对汪县长的不善有了心理准备，但孰知汪县长竟表现得如此霸道暴戾，如此贪婪腐败，使他心里极不舒服。他也打量汪县长：见他不仅一身军服，腰间还扎一条插满子弹的皮带，上面挂着皮盒子手枪。

汪县长向阿嘉松问话……

阿嘉松回答时，看见汪县长瘦脸带狼象，嘴凸，包不住的牙齿很大。汪县长的眼睛因为眼珠子上吊，所以白多黑少，目光凶狠刺人。

问了些话后，汪县长开始训斥起阿嘉松和巫县长……

阿嘉松莫名其妙受到训斥，心中上火，咬牙强忍。巫县长因为受辱，当场哮喘病发作，脸色像死人一般，几乎要倒。

汪县长却对二人的情况视而不见，只顾自己恣肆逞威。他把两只大手张开撑在办公桌上。不但显出他肩宽结实，而且露出他的手背手腕上满是又粗又长的黑毛。他训人的时候，声音发尖如豺狼……

阿嘉松一脸气愤地从县长办公室出来，绕过院子，走进驼背师爷的公事房。

警察科的麻科长也在屋里。他二人见阿嘉松进门，笑脸起身。他们看阿嘉松的脸色知道他也挨了汪县长恶骂，一人作关怀状，端起热茶放到阿嘉松手上，另一人关门关窗。

阿嘉松接过茶，喝了两口，重重呼出胸中恶气，然后问："老师爷找我有什么事？"

"没啥事情。我们想听听你见汪县长的情况。"驼背师爷说。麻科长则干脆直截了当说："我们感觉汪县长在翻旧账，想用巫县长时期的事情整人。我们想多打听，也好对付自保。"这二人在巫县长手下干贪赃枉法事不少，面对新县长心中虚怵。

阿嘉松半是挖苦地说："依你们二位的地位，新县长少不了要重用的，还用得着想什么自保！"

麻科长说："伴君如伴虎啊！汪县长面带恶相，一副吃人的样子。我们只求不要被咬，谈什么重用哦！"

驼背师爷见阿嘉松还在气头上，手指县长办公室方向，打听问："在那儿被弄了一肚子气，是不是？"

阿嘉松怒嚷："怎么不气！他汪县长第一次见我，就把我当坏人，不讲道理地训斥我。你们说气不气人？"

"见面就说你是坏人？"麻科长惊得问声发尖，眼睁得溜圆。驼背师爷也惊讶，关注问："是怎么回事情，讲出来我们听一听。"

阿嘉松恨恨地吐一口恶气，说："汪县长劈头第一句话就问我：'噶布金矿的产金量是多少？'我当时一愣，心想巫县长就坐在你旁边，怎么问我？"

麻科长又不禁插话："是呀。他问巫县长就行了嘛，问你干什么？"

驼背师爷眉头皱起，说："汪县长这样劈头突问，我猜测他是想打阿嘉松大队长一个冷不防，诓其失口吐真！看来啊，汪县长到松潘之前，已经很关注噶布金矿，而且看来他对巫县长是深有怀疑。"驼背师爷接续问，"那你怎么回答的呢？"

"我本来就不知道金矿产金情况，当然就回答说不知道。谁知他汪县长马上脸一沉，说：'你身为护矿大队长，不可能不知道金矿产量！你是不是要替巫县长隐瞒金矿实情？'"

"什么？隐瞒实情？汪县长竟然当你面这样说巫县长？"麻科长两人一听，面露惊恐。驼背师爷非常不安地说："新官初来竟然对旧官如此恣威，不仅不讲官场情面，而且竟视前官如犯官。你我今后侍差如伴虎，要倍加小心啊！"

麻科长惊慌嚷道："看来汪县长不但疑心极重，而且对人苛刻手狠！老师爷，你我两人往后的日子不好过哦！"

阿嘉松继续说："我当然要辩解。我就讲了金矿的护卫分工，讲明我的职责是只管外围防护，因此我对金矿区里的事务一律不过问，包括产金。

"汪县长听了，立刻转头训斥起巫县长。他说，金矿护卫既防外盗，也防内贼，这是不言自明的要务，质问巫县长为什么要把防内贼的权力给袍哥！汪县长还说，对袍哥等江湖势力，政府本该抑制，巫县长为什么要让袍哥插手金矿？让袍哥掌管生产已经是大错，竟然还让袍哥监守生产各个环节，岂不是拱手请袍哥产金自盗？

"汪县长骂起兴，说巫县长在噶布金矿里有染，事情昭然若揭。说他汪县长要严查，要巫县长自己交代清楚！汪县长还当着我的面对巫县长发话：虽然他巫县长卸任，但是没有汪县长的同意，不准巫县长离开松潘县城！"

驼背师爷和麻科长一听，想到他们为虎作伥与巫县长干的劣行勾当，吓得脸色都变了。

阿嘉松见他二人呆若木鸡，也不想再多说什么。他心中憋着恶气，气呼呼站起往外走。

阿嘉松走到门口，伸手准备拉开屋门，驼背师爷像醒了似的，连忙喊他坐回，问："阿嘉松大队长，你不是两次给巫县长递辞呈，巫县长一直不批吗？那你见了汪县长又提辞职这件事没有？"

阿嘉松气愤不已地说："提了！谁知他汪县长听我说要辞去噶布金矿护矿大队长，又斥骂我，说新县长到任，我就应该收回辞呈，听候差遣。说我这是给他新县长撂挑子，不想给他汪县长出力效命！还说，对噶布金矿所有人都要审查，对我阿嘉松也不例外！接不接受我的辞职，要审查后再定。

"他汪县长甚至说出这种话：要我主动把自己的问题抖清，还要揭发巫县长和凌尔武，不然就算我没有贪赃，也要治我的包庇隐瞒罪！"

阿嘉松说到这里，压不住怒气上冲，站立吼道："你们看，他汪县长居然把我也当坏人。他连我一面也没有见过，只凭我是县政府任命的护矿大队长，就往我脑袋上扣贪污犯包庇罪的帽子！"

……

2

初夏阵雨后，迈府后花园空气清新。虽然园中花木仍是葱郁，石径也有人勤扫，但却总给人落寞之感。

迈老太爷拄着手杖慢走在花园石径上，观花赏木却心思牵连。他的四太太跟在旁边，后面是侍女仆男。迈老太爷的身板已不硬朗，长眉下垂，脸色也不红润，尤其是原来那浓密的长髯开始稀疏发枯。

迈老太爷在后花园走了一圈，感叹道："这后花园总给人太清寂的感觉！"

四太太道："是啊。也许是人来得太少的缘故吧，花园也得沾人气啊！"

四太太的说法是实情。虽然迈府大宅门里人丁兴旺，但他们都只进出各房小院。不仅大人，连小孩子都少来后花园嬉闹。这个中原因自然有豪门恩怨之故。

迈老太爷最近重病一场，因此常想身后事。他看着一池绿水，对四太太说："我去后，你就搬到思明儿那里去住吧。这后花园……"

"瞧你说什么呀！"懦弱的四太太嗔语，又说，"你身子骨那么硬，会长命百岁的！"她抬头看了下初夏的明媚太阳，笑语："哎，要不，去吃了午饭，我们请他们都到这后花园来坐坐？"

迈老太爷一听，也展露笑容，连说："好，好！"他马上唤来管家，吩咐在花园里摆上两张茶桌。还吩咐说，"马上派人去街上看看，有什么好的时令水果，桃子杏啊，樱桃李子啊，买来摆上，热闹热闹！"又吩咐将花园再仔细清扫，有残破处赶紧修补。

原来，今天迈斯明大老板在他家里宴请阿嘉松夫妇和麦其崩夫妇。迈老太爷和四太太等会儿也过去。

阿嘉松的妻子莲姆措，他的阿妹——麦其崩的妻子，前天进了县城，准备长住。

阿嘉松向俄哈土官发出挑战后，即考虑家人的安全。美朵贵人的葬礼结束后，他回到达欧藏寨，提出要家人都搬到县城里去。

阿嘉松的老阿妈老阿爸坚决不离开老屋。他们说命由天定，不怕俄哈土官对他们下手。阿嘉松无奈，只得一一拜见家籍所属的部落大头人和小头人及寨主，托付他们保护两老。部落山寨的首领们都满口应允，而且都说俄哈土官不敢抓杀两个老人的。

这是因为藏族人崇尚勇敢和光明正大。男人决战，如果一方对对方的妇幼老弱下手，会激起部落人的耻骂怒斥，会按古老部落法惩处。尤其是俄哈土官身处县城旁边，他如果对阿嘉松的老阿妈老阿爸下手，他不仅要面对古老的藏族部族法规，还要面对民国刑法。

不过阿嘉松想到俄哈土官卑鄙无耻，为了防万一，还是安排妻子和阿妹到县城长住。莲姆措这时已经怀孕数月，即使在家里也不可能照顾二老。阿嘉松请了几位亲戚住进家里照顾二老。

迈斯明大老板与阿嘉松情谊深厚，他知道阿嘉松因美朵之死非常悲痛，所以设家宴迎接弟媳弟妹，实则抚慰阿嘉松。迈斯明大老板还请了两对夫妇作陪，一是马副科长夫妇，一是县保安大队的副大队长夫妇。保安副大队长也是迈老太爷过去栽培的若干人之一。迈斯明大老板想到阿嘉松与俄哈土官今后展开生死之斗，特嘱他二人对阿嘉松加以保护帮助。这是他今日家宴的又一目的。

迈斯明大老板的家宴结束后，众多人有说有笑地来到迈府后花园。

南风和暖，初夏阳光普照，使园中鲜花更艳，新叶尤翠。女眷摇扇扑蝶，男人笑声朗朗。迈老太爷看到眼前景美人欢，感到气场旺盛，喜得不断笑呵呵手捋白髯。

家眷们坐花前茶桌，柔语女人家的话。男人们围池边茶桌，放言世事。迈老太爷落座时，特地要晋老掌柜和阿嘉松坐在他的左右。

现在新县长才来松潘几天，却八方生事闹得满城风雨，男人们的话题自然议及此。

迈老太爷问："听说汪县长才来就大搞欠税清收，弄得到处乱纷纷的，具体是怎么个情况？"

于是大家给他讲。汪县长颁布了一道严苛税令，规定全县所有人历年差欠政府的各种税赋，加计复息和罚息，限期补缴，否则严惩。官府贪腐，松潘的各种苛捐杂税多达三十七项，而交不起捐税补不起重息的，又都是人口众多的小商小贩穷人百姓，所以补税罚息牵扯面很大。汪县长的这项苛令，由一个叫杜镛的人执行。此人面目狰狞，凶恶残忍，据说过去杀人如麻，是汪县长带来松潘的。狰狞杜镛收税的手段特别凶残，专门雇用了一帮歹毒打手上门逼债。对哭诉无钱差钱的人，先当场鞭打催逼，不行则如土匪般进屋翻箱倒柜搜查，实在无果，便抓苦主投狱折磨逼债，因此弄得城乡四处鸡犬不宁。县城里许多平民典当得家徒四壁，不少小户人家被逼迫卖铺子卖房；农村里典卖田地补税的情况也比比皆是。现在全县一片哭声骂声，天怒人怨。

大家还讲了两件事。一是有一家男人不堪鞭打，举起瓦缸砸倒逼税打手跑了，杜镛便将其十五岁女儿投狱，威胁要卖入妓院，逼其父投案其母筹钱。二是有个寡妇带一残障儿子，因残障人该不该交壮丁费、保甲费等人头捐税发生争执，被推倒在地，头碰尖石身亡。

迈老太爷听了，又惊又气，怒斥道："汪县长这样搞，不是要逼民造反吗？"

保安副大队长说："说起逼民造反，眼下还真有一处地方，弄不好真有可能发生造反的事。"

众人一听，皆惊，都紧问是什么事。

保安副大队长讲述："我们松潘县的东南区域，有个羌族人部落，历年欠税，税息加起来量不小。加上又是羌族部落，所以汪县长专门指定税捐稽征处派一个副处长带着科员，去那个羌族部落收缴欠税。我们保安大队还专门给他们派了两个班。他们一行人去了后，住进部落首领昂登土司的官寨里，坐地催缴。"

"昂登土司？你说是昂登土司？"阿嘉松大惊，不禁出声插问。

"是的，就是他。"保安副大队长回答后，问阿嘉松，"你跟昂登土司很熟？"阿嘉松点头，非常关切地说："你继续讲，你继续讲。"

保安副大队长继续说："我派去的人回来给我讲，昂登土司先还是按礼节接待。昂登土司向稽征处副处长讲明欠税原因，还要带他到下面羌族山寨乡村去走走，亲自看一看听一听羌人苦情。副处长拒绝下去，昂登土司又叫羌民来向副处长诉苦。副处长又拒绝见羌民。副处长蛮横对昂登土司进行逼税，极尽威胁。昂登土司发怒了，就断了副处长一行人的口粮供给，逼他返回县城给汪县长禀报实情。"

众人听到这里，个个大为震惊，部落断政府公派人员口粮，闻所未闻，这种情况还真是几近造反。他们惊叹，有人催问："那后来呢？"也有人问："不是去了两个班吗？那打起来没有？"

"我派去的人回来讲，当时官寨外羌民漫山遍野，呼喊要政府免税，气氛震天动地，很可怕。当时如果我们的人开枪，羌民那架势真的就造反了。你们知道，羌族部落也是家家有枪，虽然是火药枪，但打起来，官府的人没有一个能活着回来。"

阿嘉松既激赏昂登土司为民抗官的行为，也很为他担心，急问汪县长现在怎么个态度。

"汪县长听了暴怒，立即召集税捐稽征处和我们保安大队的头儿开会，要我们保安大队出动，去抓昂登土司，镇压羌民抗税。稽征处和我们保安大队知道，如果那样，那就是真正逼得羌民造反了，事情就闹大了，后果可怕。于是大家都劝汪县长说：'昂登土司不是给汪县长您送了亲笔信，说他十日后来县城拜见您，陈诉苦情，为羌人请求吗？那就等几天吧，等昂登土司自己走进县政府再说吧。到时候，要抓他，事情也就很简单了。'见大家都说暂不兴师动众，看昂登土司来不来再说，汪县长勉强同意。"

保安副大队长最后说："汪县长也觉得这事件太严重，传出去会轰动县城，伤他的面子。尤其是各处欠税人听了，可能会受鼓励起而效仿，因此吩咐对此事保密不外泄。"

众人听完，个个感慨颇深，心潮难平，都暂无语。

过了好一阵，迈老太爷问阿嘉松："你与昂登土司很熟？"

"是的。昂登土司的部落在白草河流域，那边山高谷深。白草河虽然弯多湍急，但流出松潘大山就进入汉族平坝地区。所以，尽管沿河山路非常崎岖艰险，走的人不多，但那条路毕竟直接连通川北汉族各县，因此也是条商道。那条路我自经商起就多次走过，因此很早以前我就与昂登土司结识！"

阿嘉松说到这里，情不自禁地赞扬说："昂登土司刚正豪迈，爱民讲义气，是个人物，很了不起！我们彼此敬重，每次我走那条路，他都非常热情地留我在他官寨住几天。他每次来县城，我也盛情款待。我们既有生意交道，也是好朋友！"

迈老太爷说："昂登土司敢断粮逼官，就凭这一点，其人肯定非凡！不过……"迈老太爷有意停顿，然后问，"阿嘉松，昂登土司明知汪县长要抓他下狱，你说他真的敢来县城，敢进县府吗？"

"敢！"阿嘉松挺身回答，"昂登土司怎么想的，我不知道。但我知道他是言出必行的人。昂登土司天不怕地不怕，他写信给汪县长说他要来县城，我相信他肯定就会来！我相信昂登土司有这个英雄气概！"

这番话引起众人赞佩昂登土司，众人又议论如果他到了县城，汪县长会对他如何。话题自然要说到汪县长的凶狠残暴。

迈老太爷听了，于是问："历来县长就没有一个好的。但是像汪县长这样凶恶的，还没有过。这个汪县长的过去，你们有没有人了解？"

马副科长回答说："汪县长名叫汪逸朗，曾在省城任国民党陆军学校游击战术教官。因在西康镇压藏民叛乱有功，升任国民党军统局雅安站站长，后任广元县县长。

"前几天，那个杜镛平白无故要我请他喝酒。我知道他这是敲诈我给他送钱，于是备了一席酒，给他送了钱。酒桌上，我见他滥酒多话，就打听汪县长汪逸朗的过去情况。"

迈斯明接话："西康发生的事件，我曾听说过，据说那次镇压叛乱很血腥，指挥官特别残暴，滥杀嗜血。杀了很多人，尤其是杀了不少喇嘛。"

"杀了很多喇嘛？"阿嘉松虔诚信仰藏传佛教，反应激烈，惊愕插问。

马副科长回答："是的。当初我听说屠杀喇嘛的传闻时，也非常吃惊，所以心里记得深，甚至有点不敢相信。我便借酒向杜镛打听。结果那个杜镛毫不隐讳，夸耀说当时大肆屠杀喇嘛的，就是汪逸朗。杜镛说他当时也在军队，是汪逸朗的得力助手。屠杀喇嘛是汪逸朗下的令，他亲手干的。杜镛还说，汪逸朗就因敢杀人，手段狠，所以受到国民党军统的赏识，把他从军队调到军统局，委任为军统雅安站站长。汪逸朗从此就成了国民党军统的人。

"中央势力要挤入四川，强行安插汪逸朗到川陕战略要地广元县任县长。理由是川北红军猖獗，过去川军委任的县长都清查共产党不力。汪逸朗在广元几年，在清共行动中杀人不少。杜镛还借酒吹嘘，说汪县长调任松潘，是中央势力进川的布棋，下一步要把他安插进候军长的屯殖专署当副专员。

"杜镛还酒气醺醺地说，汪县长的口号是'杀人才能树威，有威才能发财，发财才好升官'！"

众人听罢极为震惊，更愤怒不已。汪县长为官宗旨竟是用人命发财，以人头升官，而且还公然宣扬，无耻至极，可见其人真真是恶魔鬼煞。

迈老太爷满面怒容，预言道："如此汪逸朗，如果他在我们松潘任县长几年，今后肯定要激出大民乱的！"又恨恨言，"此人最终不得好死！"

3

写有"晋兴襄"三个大字的商匾，经风吹雨打，有些暗旧了。

阿嘉松走来，到了铺面阶前，习惯性地驻足抬望商号横匾。西天红日斜照着横匾上的黑底红字白云纹，在阿嘉松眼里，那一笔一画总关情。

"回来啦！"晋老掌柜听说阿嘉松来了，立刻放下手中事，满面慈笑地迎出。阿嘉松进晋兴襄商号，晋老掌柜和旧友们总是用"回来啦"作迎候语，有立业儿子回来探家的意味。

也因此，只要阿嘉松一人来，晋老掌柜从不与他坐商号会客室。他二人总是进屋上炕，父子般拉话。

阿嘉松坐上炕后，急切说："师父，我听说了一件要紧的事，说红军可能要打到我们松潘来！"

"什么？红军要到松潘？怎么回事？"晋老掌柜大惊。

"我商号来了一个北川县的商人，我们打了多年的生意交道，是他给我说的。

"他说，川北靠近陕西省那块儿，不是有个旗号红四方面军的十多万人聚集在那里吗？说前几个月，省主席刘湘奉蒋委员长命令，带领各川军部队五六十万人去'围剿'那里的红军。那个北川商人说，他来的路上听到可靠消息，说红四方面军突围了。他们从西面冲出川军的包围，然后十多万人一直朝西打。说红军势如山洪，很快就拿下了剑阁县、梓潼县，说现在已经兵临江油县城下。北川商人说，传言红军勇猛得很，江油城是肯定守不住的。他对我说：'你想，失去了江油县，茂县松潘就门户大开了，红军能不来吗？'"

晋老掌柜听了，赶紧下炕去取来地图，然后铺在炕桌上，与阿嘉松头碰头地仔细看。他二人手指在地图上指指点点，移动比画，嘴里念出县乡道路的名称，全神贯注地边看地图边议论。

好一阵后，二人目光离开地图，抬头对望。

晋老掌柜说："确实啊，红军攻占了江油，顺势就会拿下北川，就一条大道直达茂县，一条山路直通我们松潘啦！"

阿嘉松说："是啊。全部川军几十万人都包围不住红军，侯军长那一点点人马，更不可能挡住红军打进我们这里。"

晋老掌柜感叹："剑阁县、江油县是兵家要地。那么多重兵把守，红军都一鼓作气就拿下，那他们进军我们松潘茂县，就真是势如破竹了。"

估计红军很可能来到，二人都起思绪，一时无语。

过了一阵，阿嘉松问："师父，你怕不怕红军来？"

"怎么不怕。政府宣传说红军是土匪，奸淫烧杀无恶不作，能不怕吗？"

"师父，你就相信政府的宣传？"

晋老掌柜听出阿嘉松问话别有意味，盯着阿嘉松看了一阵，问："你有什么想法？"

"师父你说，你相不相信政府的宣传？"阿嘉松固执地要晋老掌柜回答。

晋老掌柜将目光落在手中茶杯上，迟疑一阵，然后说："共产党造国民党的反，国民党当然要把共产党骂得坏透了。国民党自身腐败无信，他骂共产党的话当然不能全信。"

阿嘉松点头，然后说："现在国民党的天下，到处都黑，我对国民党不喜欢。共产党要争国民党的天下，红军敢跟中央军打，我倒想看看共产党红军是什么样！"

晋老掌柜惊讶："你想看共产党红军是什么样？"

阿嘉松又点头，英武面孔中透出无畏和有兴趣的神色。

晋老掌柜于是问："你就不怕红军来了，把你县城商号的财物抢光房屋烧毁，把你山寨家里的粮食牛羊抢走？"

阿嘉松抬眼望了下窗外红日，说："我听说，红军的地盘上，农商工学各行各业都很正常。社会秩序好，恶霸打人恃强凌弱的事也被制止。"

"你相信说红军好话的传言？"

"我有些相信！我自己琢磨，现在国民党统治天下，力量大得很。共产党造反起事，又小又弱。如果他们没有得人心的东西，而是一伙烧杀抢劫的土匪，能走到今天吗？到如今，共产党四处成立他们的政府，地盘从无到有，搞了好多块。蒋委员长派那么多军队'围剿'那么多次，红军都抵抗住了。师父你说，他们的社会治理不好，地盘上的老百姓不支持，行吗？"

"砰，砰！"门上响起轻轻叩敲的声音。

随着晋老掌柜喊进，门推开，一伙计进屋说："泽旺商号来了人，说有急事，要见阿嘉松大老板。"

阿嘉松看见门外站着泽旺商号的伙计，招呼他进来，问有何事。

泽旺商号的伙计进屋，禀报："麦其崩老板说，一个叫大石旦的人来了，说噶布金矿出了大事，他有紧急情况要禀报。麦其崩老板说，请您回去。"

阿嘉松一听，赶紧向晋老掌柜告辞。

泽旺商号的客房里，大石旦累得仰躺床上，长伸手脚。

大石旦今晨天不亮就离开噶布金矿，一路翻山越岭，换马不歇人地拼命赶来县城。现在日落西山，他到了泽旺商号，腰酸腿乏，抓紧时间躺下休息一阵。

大石旦是小石旦的亲阿哥。小石旦名叫石旦尔宗。那年，阿嘉松隆冬深入草原经商，石旦兄弟俩都要跟从，当时大石旦已婚有子。阿嘉松恐有万一，只带了未成家的小石旦。小石旦和阿嘉松及麦其崩三人遭遇暴风雪，失踪。阿嘉松功成回到山寨后，给石旦兄弟家置地扩房。阿嘉松任噶布金矿护矿大队长，招大石旦任护矿大队护路中队的副中队长。美朵遇害，阿嘉松调果洛驻嚓旺官寨，叮嘱大石旦多留心常汇报。

阿嘉松赶回泽旺商号，因为走得太快，额头冒汗脸膛发红。

大石旦是藏族人的粗壮体型，倒床即睡着。麦其崩使劲将他推醒后，他翻身起床，又精神抖擞。他满是骑尘的衣服未换，进了藏式会客室，坐下便汇报。

他讲："两位老爷，昨天，太阳升起不久，有五六十人，有的骑马有的步行，经过我们中队的队部门前。我和中队长出屋一看，大吃一惊，全是噶布金矿上的人。带领他们的，是原来副矿长被打伤后接任的新副矿长。我和中队长问新副矿长是怎么回事，他只说是凌总舵爷紧急召他们回县城，其他什么都不说。我们问他有没有离开金矿的放行条子，他瞪起眼训斥我们说：'你们是只管道路通畅的。我们出金矿的手续，矿区口子守卡的人自会按规矩检查，你们看什么条子？'说完，新副矿长上马，喊他的人继续往前走。新副矿长说的话合矿上的规矩，我们没有道理拦他们。

"老爷您是知道的，我们护路中队的队部到噶布金矿要走小半天，中间隔座山。新副矿长这个时候走到我们队部，说明他们是半夜离开金矿的，而且他们还摸黑翻山。我们一想，不对劲。

"过了两个小时，又有一伙三十多人扛着枪走来，我们一看，全是他们袍哥护场子的武装人员。我们问他们是怎么回事，他们的回答跟新副矿长一模一样。

"老爷，这下我们估计肯定是金矿那边出问题了。我跟中队长商量了一下后，骑了匹快马去金矿探听情况。中午过后，我到了金矿，才知道发生大事：新副矿长突然把金矿弄停产，然后带着人马半夜撤离。"

阿嘉松一听，大惊："你说什么？把金矿弄停产了？"麦其崩老板也急催："快讲快讲，怎么弄停产的？"

大石旦仰头将一碗酥油茶喝尽，接着讲："矿上人都说，新副矿长那伙人早有策划。前天，新副矿长说他过生日，大摆寿宴，把矿上县府委派的人全请去喝酒。矿长肯定去坐上席，还有护矿副大队长和中队长等人。说那天宴席开得晚，都天黑点灯了才开始。说矿长、副大队长、中队长这些县政府委派的头儿，个个被灌得烂醉。

"说半夜一点，袍哥的护场队几百人全部出动，把矿部，把金厂，把矿洞等各处，分别包围。又派了一部分人到沟口关卡，把我们护矿中队守卡小队的人缴了械，关进黑屋子。

"然后，新副矿长把金矿的全部技师，掌握关键技术的工匠，不管是挖掘金洞的，还是磨选金砂的，包括提炼纯金的，统统集中带离噶布金矿。说他们还把能带的关键工具都带走了。不方便带的磨矿砂的机器、炼金的炉子等，全破坏了。

"说当时在各处工棚里睡觉的劳工苦力，全惊醒了。因为袍哥的护场队把各处都分别包围了，加上又没有伤害人，所以醒来的人都只莫名其妙地待在工棚边，像看稀奇一样旁观。

"说新副矿长带技工技师走后不久，沟里响起轰隆声，有远有近，就像远处打闷雷的声音。说天亮后，人们慢慢才知道，那是袍哥炸毁挖金矿洞的声音。第二批从我们队部门口走过的人，就是炸金洞的人。

"我在矿区问明了这些情况后，又亲自到停产了的金矿，到被炸的几个矿洞，去实地看破坏的情况。我看见那些地方已经无人把守，随便进出，确实已经停产……"大石旦讲述所见情景。

最后，大石旦说："天黑了，我在矿上睡了一晚，今天一大早，我离开噶布金矿，快马加鞭来县城给老爷您急报。"

阿嘉松听完，吃惊不小，又问了矿区瘫痪人心混乱方面的情况，问了矿长和副大队长等人吓傻的情况，然后对大石旦关心说："你累了两天了，洗个澡，好好休息一下吧。"并吩咐人好好关照大石旦和随他同来的人。

大石旦退出后，麦其崩老板直呼："啊呀，幸好啊，幸好！"他满脸侥幸神色地说，"阿哥啊，幸好你当面向汪县长提出了辞职不干，幸好你和果洛阿弟都不在金矿，不然这个祸事就把你们也牵进去啰！"

阿嘉松点头。他略思后，神色凝重地问："凌总舵爷他们这样子把金矿弄停产，完全构成破坏罪、反政府罪，后果相当严重，他们为什么这么干？"

"是啊，是啊！这是造反的死罪，他们凌家三父子为什么这么干呢？"麦其崩想了下，又说，"汪县长是凶狠霸道的人，凌总舵爷他们也是霸道凶狠惯了，是不是他们两家最近硬碰硬，撞燃了火？"

阿嘉松微颔首，然后说："这事不得了，我想马上知道究竟！这样，你现在去找包二哥，一定把他找来，我们打问底细！"

4

第二天，太阳已经老高，包二哥才来到泽旺商号。

昨天傍晚，麦其崩老板找到包二哥，他正与一伙人酒肉热闹。不但不离席，把麦其崩老板也拉上酒桌，大家一直喝到很晚。

包二哥带着隔夜酒意进了藏式会客厅，对阿嘉松抱拳行袍哥礼节，坐下后问有何事。

阿嘉松说："上前天夜里，你们的人突然撤离噶布金矿，同时带走技师技工，把金矿弄停产，这是为什么？"

"哦，你问这个事！"包二哥听了问题，却是淡然神态，不马上回答，而是端起茶碗，慢慢轻吹漂浮茶叶，呷饮。

麦其崩老板见状，提高声音催问："哎，总舵爷们这么干，就不怕汪县长抓住这件事给他们定反政府罪，抓他们下狱往死里整？"

"怕？要怕就不会这么干了！"包二哥儒雅地放下茶碗，说，"弄不弄停金矿，汪县长都想要把总舵爷们往死里整！只是他这头野狼太狂妄，不识松潘水深浅，就想蛇吞象。"初来的汪逸朗表现凶狠残暴，松潘人给他取绰号"汪野狼"。

阿嘉松吃惊，重复包二哥的话问："弄不弄停金矿，汪野狼都想要把总舵爷们往死里整，怎么回事？你讲来听一下！"阿嘉松也恨汪县长，既然包二哥用"汪野狼"贬称汪县长，为谈话气氛，阿嘉松也随之。

包二哥呷了口茶后，说："汪野狼来这短短时间，我们已与他打了三次交道。开始，总舵爷们考虑他是县长，本也打算与他和气相处共同发财。哪知汪野狼是个敬酒不吃吃罚酒的家伙，摆出非要霸王硬上弓的架势！所以总舵爷们也就接招，对阵开打。"

"哦哟，你们打了三次交道了？"麦其崩惊讶插话，"那，汪野狼要怎么个霸王硬上弓？"

"第一次，汪野狼在他的办公室召见凌尔武总舵爷。按规矩讲，大家初次见面应该礼貌和气，谁知他汪野狼竟然摆出官威严厉的模样，而且单刀直入地提出三项霸道要求。"

麦其崩插话问："凌总舵爷初次去见汪野狼，送见面礼没有？"

"怎么没有！送的见面礼是一张大额银行存单，不说你们也知道金额绝对可观。那汪野狼收银行存单，就像恶狼吃你喂他的一块肉一般，吞下后面无表情。

"汪野狼仍然摆出一副冷酷嘴脸，向凌总舵爷讲一通宣扬官威的话，说什么江湖势力只能效劳政府，绝不容许触犯政府权力侵吞国家利益，否则对江湖会社要打压解散，对头领从严治罪。最后，他说县政府拟对同仁公社发令三条，要总舵爷们三天内答复。这三令是：

"一、噶布金矿矿区内的护卫权，政府必须收回。现在袍哥的护场队，由县政府收编。同仁公社派出的副矿长，仅只负责金矿生产。同时，要凌总舵爷对噶布金矿过去的黄金产量如实补报，对瞒产私分的黄金要老实坦白立即上缴。对巫县长一伙的贪污受贿要彻底揭发。

"二、松潘袍哥的所有产业，商号赌场妓院茶楼旅店饭馆等等，过去由同仁公社包税上缴政府的规矩，作废。今后这些营业场合，皆由县捐税稽征处直接核税收税。对同仁公社过去的瞒税偷税漏税，要如实向政府坦白，并马上补缴。

"三、根据国家禁烟法令，责令凌总舵爷将松潘袍哥的全部鸦片烟田，如实造册上报，并且马上铲尽烟苗。袍哥现在的鸦片生意必须马上停止，库存鸦片必须全部上缴政府。袍哥开设的烟馆，也限期关门。对往年违反国家禁烟法令的种种行为，要缴纳罚金。"

"哦哟！"麦其崩老板惊讶高嚷，"汪野狼在痴人说梦话嗦？他这三条令，简直跟跳神巫汉在草纸上写驱鬼令一样，只管自己乱画一通！"然后问包二哥，"凌总舵爷那个暴脾气，当时听了打燃火没有？"

"总舵爷那脾气，怎么不心中火起？他被气得脸色铁青，要不是我在旁边把他劝住，他们当场要发生冲突。"

阿嘉松问："你是怎么劝的？"

"我几次对凌总舵爷耳语，对汪野狼，权且把他当作戴官帽的把戏猴子，把他当街头疯子说疯话。当汪野狼说了第三条禁烟的话后，凌总舵爷突然鼻嗤一声，露出对汪野狼蛤蟆想吞月的鄙笑，情绪反而不激烈了！"

包二哥稍停喝茶，然后接着讲："第二次与汪野狼打交道，是两天后在凌府花园的宴席上。总舵爷们认为，汪野狼的三令目的是勒索钱财，且忍一下。

因此见面即抬出一大箱银圆送他。席桌上，凌阳山太总舵爷向汪县长表示，他的三条令，同仁公社执行有困难，望收回。

"汪野狼银圆照收酒照喝，但那副恶狼嘴脸依旧。他临走前才发话，说完全收回县府拟令不行，但考虑实情，可暂时变通执行：

"一、噶布金矿的矿区内护卫权，必须收归政府。对在巫县长期间瞒产私分金矿产金的罪行，可暂不追究，但需马上给他送黄金一千两。

"二、对袍哥所属的营业场所，今年暂维持原有包税制，但有两条，一是改一年一交为按月缴纳，二是按原定税额，再交一份给他汪野狼个人。

"三、考虑今年粮食种植季节已过，今年的烟田可暂不铲除烟苗，但烟田必须造册上报政府，今年产烟的一半归缴政府。另外袍哥今年的鸦片生意和烟馆生意，除了去年缴政府的烟捐外，也要同等金额的交一份给他汪野狼个人。"

麦其崩老板又惊嚷说："哦哟，汪野狼这般血盆大口地要钱，可能在天下县官里，要数第一贪啰！"

阿嘉松也对汪野狼暴露出来的极度贪婪和疯狂表现出既鄙夷又愤慨。他问包二哥："你们的第三次交道，是怎么打的？"

"见汪野狼如此贪狼如此疯狂，总舵爷认定今后对汪野狼必须是'斗'字当头。俗话三盘为定准，总舵爷们还是最后给汪野狼去了一封信，要求汪野狼指定亲信，双方坐下谈判。"

阿嘉松问："既然是最后一封信，那你们信中也要对汪野狼说些硬话哦？"

"那当然！好话歹话都要说……歹话说什么？当然也说威胁汪野狼的话。"
包二哥背念信文：

> 县政府三条拟令，当置同仁公社于死地。松潘袍哥人数近万，拥枪过千，如果陷其绝境，难免有人铤而走险，酿成动乱，后果不堪！于民是祸，于官有害！

麦其崩紧问："汪野狼接到信后，怎么回你们的？"

"汪野狼接信后，指定杜镛与总舵爷们接洽。那个魔煞杜镛，见面拿出一个清单，要总舵爷们先执行了，然后再开始谈判。那个清单你们猜是什么？是一个正规军加强营的武器配置。"

"什么？"麦其崩惊叫，"一个正规军加强营的武器配置？哦哟，要这种东西，也只有他汪野狼才想得出提得出哦！"

阿嘉松说："这条暴露了汪野狼的一个打算，要新建他自己的武装队伍！"

包二哥说："是呀，汪县长认识到，总舵爷们敢与他抗争，是因为我们拥枪上千，而县府的保安队警察队，枪支不过二百。而且汪野狼肯定知道，保安队警察队里许多人都是入了我们袍哥兄弟伙的，因此他汪野狼要想在松潘行霸道，必须建立他自己的虎狼之师。"

包二哥这席话，引起阿嘉松和麦其崩老板思索。屋里暂静。

过了一阵，麦其崩说："包二哥，面对汪野狼这种人，确实跟在山里遇见狼一样，如果腿吓软，或者掉头跑，肯定被狼吃了。但是，汪野狼毕竟是县长，要跟他干，你们也没有必要先动手啊，你们为什么要马上破坏金矿？"

"按理说，这第一枪应该让他汪野狼先放。"包二哥回答，"事情是这样的。有可靠消息说就这几天，汪野狼要派杜镛带人去接管噶布金矿。你们想一下汪野狼和杜镛两个家伙的手段，如果他们进了矿区，我们再和他们发生争斗，那事情就复杂了。比如那个时候，我们的人要离开矿区，杜镛肯定要用枪来阻拦，我们能将他打死冲出矿区吗？"

"哦，杜镛要接手金矿啰！"麦其崩问，"你们不愿意现在就与杜镛发生打斗，你们撤离金矿就是了，为什么要带走技师炸毁矿洞，干下把金矿弄停产的事情嗬？"

"我们如果仅只撤人，松潘上下会耻笑我们夹尾巴逃跑，太损我袍哥威风！而且那样做，是向汪野狼示弱，他反会更出恶招。所以，总舵爷们考虑，既然开打，不如出手强硬，给汪野狼当头一棒，看他有何应招！"

……

第四十六章　雪山传奇的羌族土司

1

"昂登土司进城了！""羌族那个抗官税的土司从南门进城了，大家快去看！"昂登土司进松潘县城的消息，如罡风吹天，似惊雷动地，立刻在大街小巷飞快传开！

昂登土司对捐税稽征副处长断粮驱赶的事情，汪县长遮掩不了，松潘人上下皆知。官府腐败，民情怨深，新县长残暴，更激人心反抗，因此，不惧官府敢于抗税的昂登土司成了百姓心目中的英雄好汉。而且对昂登土司敢不敢践行诺言冒死进城，松潘城里也起热议。所以此时听说他进了县城，人们纷纷拥上街头，如潮围观。

昂登土司初进城时，虽然骑在马上昂首挺胸，但浓眉紧锁，面孔沉肃刚毅。他离开部落告别家人乡亲时，做好了有去无回的准备，进了城门便意味着迈向死牢，所以其神态不免现慷慨赴死的悲壮！

但是骑行在大街上，昂登土司见人群向他欢呼，夸赞他，鼓励他，为礼对县城百姓的友好，他努力控制住自己的沉重情绪，尽量让自己面有从容笑意。大街两边，人群涌动。为睹英雄形象，个个踮脚引颈。只见骑在马上的昂登土司个头中等，器宇不凡，虽年近四十，但身板健壮。他脸形略长方，眼睛大而炯炯有神，看人有一种逼视感觉。再加上他浓黑的眉毛平直而低低地压在眼睛上，使他更显威严。观瞻人群纷纷向他竖起大拇指，有的举手拍掌，还有人喊着他的名字向他友好招手！

也有不少围观的人指着骑在马上的昂登土司，高声问："说他是土司，他是什么土司？""要清朝赐封的才是资格土司，他真的是吗？"

有了解的人大声回答："他的土司官名，叫'甲竹长官司'！是清朝授了印，正式册封的！到他已经世袭多代。而且他生母也是出身土司家，是茂县羌族土司沙巴苏的女儿。所以他是真正的根正源长的名门土司！"

现在，川西北雪山草地有土司头衔的人，已经为数不多。虽然这些土司的领地和势力都已衰弱，但传统观念影响，还是使围观人对昂登土司更起热议。

长街上下，人声鼎沸。敬佩赞扬昂登土司的话语，此起彼落："啊呀，昂登土司真是条好汉，明知汪县长要抓他杀他，还敢进县城！""是哦，人们说真豪杰视死如归，昂登土司就是！""昂登土司抗税，不是为他自己，是为部落百姓，这是大德大义！""所以如果汪县长杀昂登土司，羌族人肯定会造反！"一个粗壮声音暴吼："汪野狼敢杀昂登土司，老子也参加羌族人的造反！"紧接着又有愤怒声音响起："要抓昂登土司下狱，我们也不答应！"

这后两句怒吼近似造反喊话，如巨石投江，立刻在人群中波浪般传开。怒吼声音表达了百姓们的愤激情绪，传播到大街小巷变成鼓动口号："不准县政府抓昂登土司！""杀了昂登土司，羌族人造反有理，大家都要支持！"……

阿嘉松急匆匆地穿行在小巷里，一会儿小跑，一会儿疾步，像赴紧要急事。

阿嘉松虽一直相信昂登土司会勇敢进城，但当他听说了昂登土司进城的消息，还是非常震惊。阿嘉松极为关切昂登土司的安危，因此急着与他相见。阿嘉松穿巷小跑，是为了抄近路赶在昂登土司进县府前，与他相见。

阿嘉松赶到县政府大门处，见几十名警察和保安兵持枪站立，如临大敌。等待观瞻昂登土司的百姓，也是站满大街，摩肩接踵，人声鼎沸。

阿嘉松挤到人群前面，喘气站立。他大手抹去脸上汗水，神情凝重地向昂登土司到来方向张望……一阵子后，人群轰动，阿嘉松远远看见昂登土司骑在马上，礼貌回应街边群众向他的欢呼……阿嘉松提步迎上，向昂登土司走去。

昂登土司也看见身躯高大的阿嘉松，跳下马来，张开双手，快步向前。二人英雄相见，四目凝视，相挽手臂，不胜感慨！

知道他俩有要紧话需说，昂登土司的人上来围在他俩周围。昂登土司考虑自己如果入狱，须手下人或联络八方，或回部落做动员，因而带的臣属和亲信不少。他的部落羌民也有许多人自愿跟随而来。

羌人许多会汉话。昂登土司因身世和地理原因，精通汉语。

站立街中不便多话。阿嘉松用汉话急问："你怎么不提前通知我？我好出城去迎接你。"昂登土司没有回答问题，但微笑承情阿嘉松的好意，然后说："我如下狱，是朋友都会来看我的！"

昂登土司唤身边一模样威猛的羌人上前，对阿嘉松介绍说："这是我的堂兄，我安排他专门做你我之间的联系。他是我的至亲，一直紧随我，你可以完全相信他。"

昂登土司转头对他的堂兄说:"你现在就跟随阿嘉松千户老爷去,到他的宝号认个门子,以后有事好请阿嘉松千户老爷相助。"

昂登土司又转身,对他的臣属亲信和乡亲们说:"好了,你们也都不要再走了。大家都在此听大管家的安排。"他又对其大管家说:"留在此的众人,你安排照顾,等我消息。我如有不测,你们按计划行事。"

昂登土司又转身握住阿嘉松的手臂,低声说:"我有极为重要的事情,想要托付给你!如果我进去出不来,自会有人告诉你,请务必帮忙!"昂登土司一声"保重",与阿嘉松英雄挥别,眼中又露悲壮神色。

阿嘉松看着昂登土司带着很少几人,背影沉勇地走向如临大敌的军警⋯⋯

泽旺商号铺面前,围了许多人,大多是老大爷老太婆,他们是这条街的隔壁邻居,来看稀奇。街上的儿童也跟着爷爷奶奶来这里,玩耍打闹。

刚才,昂登土司的堂兄带着六七个羌人,跟随阿嘉松来到这里。这些太婆大爷们没能去大街挤着看昂登土司,所以听说昂登土司的羌族人进了泽旺商号,便抱着孙子拄着拐杖来看稀奇。

昂登土司的堂兄在商号里与阿嘉松密谈,听见外面声音嘈杂,一问,知是阿嘉松的左右邻居围在街面想看他们。羌人重礼节,昂登土司的堂兄便吩咐他的副手带着在客房休息的其他羌人,都到街面,用汉话友好回应。

太婆大爷们见羌族人和气识礼,便七嘴八舌地问起来:"你们就是昂登土司的人吗?""你们老爷敢抗官税,真是好样的。他真的不怕死吗?""如果你们老爷被抓进监狱,你们怎么办?""如果你们老爷真的被杀了,你们真的要造反?"⋯⋯

站在街沿上的羌人们听到问及昂登土司如果被抓被杀的话,都血气喷涌,眉毛竖立,强硬回答他们一定会造反,誓死要与官府拼到底!

这一下,便引起了轰动。守经街上的更多住户拥了过来,纷纷重复问关于抗税关于造反的话,然后都既震惊又敬佩地高声传议。这又吸引更多的人围过来,使不宽的守经街变得拥挤不通,嘈杂热闹。

两个巡逻街面的警察闻讯,提棍跑来,见此情况,暂且观望。已经站在泽旺商号对面街沿上的街道保长看见,上前与两警察打个招呼。

围观的人群中,有人高声问羌人:"汪县长说你们部落欠了官府很多税,欠了好多?"又有人问:"税征处的人说,你们部落年年都欠税,是吗?"有个教师模样的人高喊:"不对,不对!我听说他们部落是年年都完了税的!"此人又对羌人高声问:"是吗?你们部落是年年都完了税的,对不对?"

那个副手羌人听见这些喊问，举手高声："大家问的这些话，我来给你们仔细讲！"他见街上人太多，便向商号伙计要了把椅子，稳稳站了上去，有力地分开双脚，挺直腰板，声音洪亮地讲述起来：

"我们部落在白草河那边，山大沟深，尤其是河谷狭窄，所以我们羌族人都住在半山腰上，住在高山上。因为我们那里的山坡非常陡，所以我们的田地全是斜坡坡地，而且还是一小块一小块的。你们都知道，斜坡地因为雨水冲刷，泥巴少，土石夹杂，地很瘦，因此产量都很低。所以，我们部落很穷，大多数人家的口粮都不够一年吃，要靠野菜野果啊，打猎采药啊，或者外出打工当背夫当赶马来熬日子。

"我们部落本来就够穷了，可是官府的税赋，今年涨这个捐，明年加那个费，弄得我们羌人日子越来越过不下去，人口不断减少。

"五年前的夏天，我们那里雨水特别多。有一天晚上，突然下起一场特别大的雷暴雨。山坡上的庄稼全部被冲毁。洪灾后的田地，不要说庄稼，连泥土都被冲干净，只剩石头，家家颗粒无收！

"那年遭了如此严重的大灾，我们部落实在交不起税赋。我们的老土司，就是今天进城的昂登土司老爷的老父亲，亲自到县政府，恳请免那年的捐税。但是巫县长不答应！于是，那年，我们部落就欠下了官府当年的捐税。

"第二年年成也不好，我们老土司还是咬牙完了当年的税。但为了部落百姓活命，上年的欠税就顶着没补分文。第三年，我们老土司病逝，我们昂登老爷继位，成为我们部落拥戴的新土司。

"昂登老爷继位后，看见百姓疾苦，亲自到县政府找巫县长商量，要求将大灾那年的欠税永久免了，但是狗日的巫县长不但不答应，反而逼债说，对部落的欠税，县政府要计利息和加罚金。我们老爷见狗官蛮不讲理，愤怒了，回到部落宣布：'大灾那年家家户户应缴的税，不认了；强加在我们头上的欠税利息和罚金，也统统不认！'

"所以这两年，我们部落是年年都完了官税的！汪县长强行要我们补缴的欠税，他的算法的不仅是五年的欠缴总和，而且还滚高利加罚金，足足翻了一倍！这完全是横征暴敛，如果按这个补税，我们部落一半以上的人家要卖房卖地。穷人变得一无所有，中等人家许多也要变成穷人！

"所以，我们昂登土司老爷为了部落百姓，才领头抗税！我们抗的税，就是这个没有道理的税，这个丧尽天良的税！"

围观人群听了羌人这番讲述，明白了实情，舆情义愤，纷纷斥骂官府黑暗，同情羌族人民。

有个在清朝当过秀才的大爷高声问羌人："昂登土司抗税，他就不怕头上的土司官帽被摘了？"有个戴瓜皮帽的人附和："是呀，土司官位是世袭的哦，上是祖宗传位，下可儿孙继承，好金贵哦，昂登土司真的舍得？"人群中也有人议论："以汪野狼的凶残，如果削了昂登土司的官位，肯定还不会罢休，还要抄没他的田地家产，昂登土司真的不怕吗？"

站在椅子右边一矮壮羌人激动急嚷："不怕，不怕！我们昂登土司老爷是真英雄，不看重官帽钱财！"

站在木椅上的副手羌人也回答："我们老爷说，把族人逼上绝路，把部落整垮，这样的土司，他宁死不当！"

木椅左边一矫健羌人也忍不住高声说："我们老爷下了令：如果他被抓入狱，要我们坚持不补税，决不能用补交捐税换他出狱；如果汪县长要派兵强征欠税，老爷要我们拿起刀枪抵抗。老爷说他家的粮食牛羊金银钱财，全部拿出来作抵抗官军用！"

此话几近鼓动造反，如炸雷惊天，围观的人群轰动起来！

站在人群后的两个警察一听，举起警棍指着羌人，跺脚喝骂："大街上人群里，你们竟敢说造反话，不想活了？"

面对警察威胁，几个羌人没有丝毫畏惧退缩的神态，目光强硬地直视警察。两个警察被激怒，号叫着往前挤去抓羌人。

人群不给警察让路……警察推搡，想用警棍打人扫路……太婆们大爷们倚老不动挡住警察，而且还斥责他们……有不少激愤人拥过来围住警察……人群开始骚动。

街道保长见状，怕出乱子，赶紧挤过去劝两警察回去报告。两个巡逻警察借机下台，用警棍指着羌人边说威胁话边后退开溜。

众羌人无畏，好汉般挺立。站在木椅上的羌人对着开溜两警察高喊："要的就是你们回去禀报！去给汪县长说，如果他敢对我们昂登土司老爷下手，我们羌人坚决造反！"

2

寒月如钩，夜风呼啸。

昂登土司的堂兄带着数名羌人在夜风中来到泽旺商号门前，一阵急匆匆敲门喊话后，他们进去。

昂登土司的堂兄见了阿嘉松，行羌族大礼，报信：昂登土司此时正被县政府夜送出城。阿嘉松大惊，询问详情，昂登土司的堂兄说："详情我也不了解。我是奉我家老爷之命急来相告，我家老爷有重要事情急欲见您，希望能与您明日相见。"

阿嘉松一听，当即表示同意，问如何见面。

昂登土司的堂兄答说："明天太阳升起时，我在南门的城门洞外等候老爷您。我带您去见我家老爷。"

约定后，昂登土司的堂兄说自己要去追赶昂登土司，急匆匆离去。

阿嘉松回到自己房间，不由踱步猜想：昂登土司有什么重要事情如此着急要托付给他？这一想，他更无睡意，便挑灯倚坐在藏榻上，回想昂登土司进县城这两天的情形：

前天，昂登土司进城的第一天，天快黑的时候，其堂兄来到泽旺商号，对阿嘉松说，县府里的杂役同情羌人，偷送口信：昂登土司被软禁在县府里。他拜托阿嘉松打探究竟。

阿嘉松立即分派多人花钱打探，很快弄清情况：昂登土司上午进县政府时，川军十八军一副师长正在召集汪县长等县政府官员开会。该副师长兼任屯殖署副专员，是专门来传达蒋委员长和省政府以及屯殖署三级府衙下达的抗击红军的紧急命令。正开会的汪县长得报昂登土司进了县政府，立刻吩咐警察将他看守。汪县长中午与副师长酒肉吃喝，然后醉睡，故意拖到快下班时才见昂登土司。之后，就把昂登土司软禁在县政府里了。

至于汪县长为何做此决定，都说不知，但都收钱答应着力打听。

昨天，阿嘉松又继续分派多人花钱打探。一天下来，清楚了情况：

汪县长前天下班前接见昂登土司时，两人大吵起来。汪县长恼怒，吼叫着将昂登土司关入死牢。有人提醒汪县长，眼下羌人骚动，有造反趋势，抓昂登土司要慎重。另外，昂登有土司身份，按照旧时官规，抓他须上报屯殖署并有省政府批文。

于是汪县长召集手下开会，一阵商议，决定先软禁昂登土司，同时紧急上报将其投狱。然后他们又商量：如果昂登土司在狱中不屈，羌人造反怎么办？汪县长提出武力镇压。他手下有人说昂登土司的部落区域很广，而且山高谷深林密崖危，道路又崎岖狭窄；羌人的山寨筑于险处，石墙坚厚，高碉环护。因此镇压昂登土司的部落，仅凭松潘一县的保安队力量远远不足。有人建议，既然在此的副师长兼任副专员，干脆向他提出请求：派专署直属保安团，再加部分川军，到松潘来，合力镇压白草河羌人。

于是，昨天汪县长向副师长提出增派兵力镇压羌人的请求。副师长一听，当时就训斥汪县长糊涂。说红军赤匪的十万大军已经兵指茂县，现川军能调集阻击红军赤匪的兵力严重不足，已经下令茂县所有的保安部队和所有的民团武装都投入阻击布防，怎么可能抽兵力到松潘？副师长本就为自己将上前线与红军作战内心忧惧，训斥汪县长时不由发泄自己内心积虑，竟骂汪县长枉自当过军校游击教官，一顶县长乌纱帽就遮住了眼，对红军犯境的危急大局严重后果，竟眼睛盲视头脑犯傻，居然想出从危急前线抽调兵力对付一个桀骜不驯的部族首领，简直糊涂至极！

副师长身边的作战参谋问县府军事科长："那个羌族部落在哪个位置？"

县府军事科长赶紧在地图上指画说明。参谋一见，"啊"地大声惊叫。

副师长听见惊叫，转身走到地图前，又听参谋边指画边讲述，脸色更是大变，气得几乎要扇汪县长的耳光。原来昂登土司的羌人部落，扼守从北川县直达松潘镇江关的山路。如果羌人造反，等于放开山路迎接红军。如果红军占领镇江关，就切断了松潘与茂县的交通，向南，可从背后包抄攻打茂县；向北，仅一天路程就兵临松潘城下。副师长气得又重复大骂汪县长枉自当过军官，坐上县长位置就只认得钱，利令智昏到如此地步。还说如果汪县长造成羌人造反放路，红军直达镇江关，要以军法枪毙他汪县长……

阿嘉松回想到此，突然想到一个重大问题：

既然昂登土司扼守着北川直通松潘的小路，国民党政府一定会命令他带领部落阻击红军。那么，县政府在深夜里送昂登土司出城，是否预示在此问题上有情况？……

这个问题突入脑海，使阿嘉松情绪受到震动。此时的阿嘉松虽对红军仅有听闻，谈不上立场爱憎，但他同情羌族兄弟，极不愿意看见羌族同胞为国民党打仗卖命，做无谓流血牺牲！

阿嘉松又想到一个问题：如果红军打到松潘，自己将做何态度？

在呼啸夜风中，阿嘉松思考一阵，定了一个准则：既然自己对国民党没什么好感，就不为国民党打红军出力卖命！至于自己对红军的态度则有待观察。

夜风传来三更梆响。阿嘉松想到明天还要出城骑行较远，去见昂登土司受其重托，便又上床再睡。

一大早，松潘满城传言：昨天深夜，昂登土司出城了！与昂登土司同来的，在县府外围坐了两天两夜的羌人，也都离去了。

对县府深夜采取此行动，满城自然猜疑纷纷。有人说昂登土司被绑到城外黑杀了；有人说昂登土司屈服溜走；但更多的人相信一种说法：汪野狼发现送上门的昂登土司是个烫手山芋，不得不放，但如果让昂登土司白天昂首挺胸地骑马离城，太伤官府面子，所以半夜将他弄出城。

东山上霞云升起，红日喷薄欲出。

阿嘉松出屋，见朝霞绚丽，便伫立院中，仰望东山之巅。一会儿，高原红日冉冉升起，金色阳光照耀阿嘉松高大身躯。

阿嘉松带着仆从护卫等人，出县城南门。在城门洞外，阿嘉松看见昂登土司的堂兄已带人在恭候他。

在岷江沿河大路上，昂登土司的堂兄与阿嘉松并骑。堂兄讲述说："昨夜里，县府人员突然唤醒我家老爷，对他说，得军情急报，红军可能要攻打我们部落。官府令我家老爷立即离城，连夜返回部落，布置打红军。

"当时出城官府还派了不少人。他们中有那个川军副师长的一个作战参谋、一个副官和几名川军士兵；还有县政府军事科的一个副科长、一个科员和几个县保安兵。他们要监督我们老爷号令部落打红军。他们要实地察看地形路况，指点碉堡战壕的修筑位置，确定毁路断桥的工事准备，进行阻击红军的布防。"

昂登土司的堂兄又说："出城后走到第一个镇子，我家老爷便想住下等您。但是官府人员顾虑此镇离城太近，怕我家老爷的影响很快传回城，便以军情火急为由，劝我家老爷再赶一段夜路。我家老爷不能说要等您，只得前行。

"于是我家老爷便告诉我，他决定在离县城三十里的安宏镇住下等您。要我返回县城去接您。并告诉我，一路上他会派人接引。"

岷江河谷此时吹着溯流风。阿嘉松与昂登土司的堂兄在逆风中骑行，交谈时不断有风沙扑面。每行十里，路边即有羌族人接引他们。

安宏镇的入口处，昂登土司派了几个羌族人守望。

阿嘉松等一行人来到，勒缰下马。在镇子口迎候的羌人们对阿嘉松恭敬行礼，然后派人进镇报信。

这几个羌人没有带阿嘉松进镇，而是带他往岷江河边一高岸走去。到了高岸边，阿嘉松才看见岸崖下有一小帐篷。这几个羌人恭请阿嘉松下到河边休息。他们有的在帐篷里铺坐毡，有的在帐篷口燃篝火架锅煮茶。

这几个羌人的头目告诉阿嘉松和昂登土司的堂兄，此时官府人员都还在旅店里睡觉。因为昨夜行路，跟随昂登土司的众多羌人百姓是徒步行走，加之天黑，所以队伍行进慢，到此镇时，已是后半夜了。

不多时，昂登土司带着他的堂兄等亲随护从多人，器宇轩昂地走出镇子。

昂登土司步履矫健，身体强壮有力。他年近四十却有如此身板，是因为他酷爱打猎。他的领地山陡林密，涧深崖险，打猎无法骑马，追撵野兽必须爬崖跳坎钻树林，所以昂登土司练得矫健强壮，当然他枪法也出众。他虽是部落首领，富贵之人，但也能吃苦耐劳！

两人相见，英雄挽臂。阿嘉松为昂登土司脱离虎口而庆幸，满面欣喜。昂登土司以微笑回应，但神情透出他有很重的心事！

两人进帐篷促膝而坐。昂登土司的堂兄坐于帐篷口。其余伺候和护卫的羌人都退远。

岷江雪水湍急，浪花翻溅，水声哗哗。

昂登土司简单讲起他进了县政府两天两夜的情况：

"我见了他汪县长，还是好好地给他讲明了我们部落的贫穷情况，请他到我们那里去实地看一下。我替百姓央求他。

"嗨，他不听，拿起架子训我，威胁我，说要剥夺我的土司官位。我立刻回答他，要罢我的官，要关我杀我，随便他！

"汪野狼一听，暴跳起来，问我是不是要造反。他说他不怕羌民造反，男人造反他杀光男人，女人造反他家家灭门！我一听，问他是不是要逼民造反。我对他说，逼民造反的官，最后也不得好死！

"汪野狼号叫起来，喊警察把我抓进监狱。我出了汪野狼的办公室，谁知他们并没有把我投狱，而是把我关进县府角落的一个破屋子里。

"过了一夜，昨天上午，汪野狼身边的两个爪牙来了，说些屁话。那个妖姬秘书对我说，不要为了几个小民百姓让政府褫夺我的土司世袭。说那样，我上对不起祖宗，下对不起后人。那个恶煞杜镛说，我带领部落抗税，他们要上报屯殖署派一个保安团进驻我部落收税。到时候，就不是汪县长逼民造反，而是侯军长派兵征税了。那家伙说：'到那个时候，你昂登即使不反抗，也是罪官，要剥夺土司职权；如果反抗，那就是逆枭大罪，砍头示众，抄没家产！'我听了，还是表示，伤害部族臣民的土司，我宁死不当！

"中午，他们突然改变态度，设酒宴请我。出面的是秘书科的米主任和那个妖姬秘书。他们满口'误会'，说什么牙齿舌头一家亲，难免碰一下。席桌上，他二人大谈红军有可能沿着白草河打进松潘。说红军进了我的部落，我就惨了。对我们这种土司，不仅杀本人，连子孙家人都要杀干净，杀断根。说我的财产，红军要全部抢光，我的房屋土地，红军要分给光脚杆穷人。"

昂登土司说到这里，轻蔑一笑，说："听他们一番话，看面前一桌酒肉，我明白了，他们是怕我的部落造反，迎接红军；他们是要我替他们卖命，带领部落打红军！"

昂登土司喝了口马茶，接着说："果然，下午，他们请我到会议室，介绍一个川军高军，说他是十八军的副师长兼屯殖署副专员。那个副师长说，红军赤匪打到家门口了，大敌当前，过去的事情就放到一边，大家先同心协力抗击赤匪。他对我说：'你不是要求政府免掉欠税吗？现在就是机会。'说如果我带领部落抗击红军，不仅全免过去欠税，而且如果打红军有功，还可以免我部落战后几年的税赋，对我个人还额外嘉奖。同时，那个副师长又威胁我，说如果我抗红军不力，要军法审判我，根据情节，对我处以从剥夺土司职位到枪毙的军刑，对我的土地财产，也根据情节处以部分罚没或者全部充军！"

最后，昂登土司简语结束："昨天夜里，他们叫醒我。以后的情况，你已经知道了。"

阿嘉松听后，也将从线人处收集的这两天来，汪县长和副师长相关昂登土司的情况，概略地告诉了他……

阿嘉松在讲述中，提到红军时，与昂登土司一样从不加国民党规定的"匪"字。昂登土司很注意阿嘉松这一说话细节，而且颔首暗赞。

听完阿嘉松的叙说，昂登土司没有再说什么。他站了起来，走到水边，看江水翻腾，滚滚向前。

岷江河水此段南流。昂登土司看一阵长河奔流，又昂首面朝东南方向，凝思远望。那边远方，数百里外，红军云集！

过了一阵，昂登土司走回来，说了一句："水往大海流，人往高处走！"然后在篝火边坐下。

"阿嘉松千户，"昂登土司问道，"昨天夜里骑在马上，那个参谋军官对我说，从北川县到茂县的大路上，川军调集了邓锡侯部孙震部王缵绪部等川军五六万人，加上保安民团上万人，组成多道防线，据险固守。他说红军是打不过来的。你认为呢？"

"红军肯定会打过来！"阿嘉松坚定地说，"川军五六十万兵力都围不住红军，茂县防线这五六万人哪里挡得住红军。况且他说的五六万人，还是虚张声势，而且是七拼八凑的！"

昂登土司深深点头，然后问："你怕不怕红军来？"

"不怕！说红军专门烧杀抢掠，那是官府的宣传，我不怎么信。你我对官府都不满，如果红军来了，打他们几家伙，我倒很乐意看！"

"哦？你是这样想的？"昂登土司面露惊喜神色。他眼睛发亮地看着阿嘉松，说："你为什么不相信红军是国民党宣传的那么坏，你认为红军是什么样的，你仔细说给我听！"

"这个话，说起来就多了！"阿嘉松反过来问昂登土司，"你怎么看红军？那个副师长说，你打红军就重赏你，不打红军就杀你，你打算怎么办？"这是阿嘉松从昨夜就一直搁在心里的问题。

昂登土司说："我怎么对红军，我要讲给你听的！我想托付你的事，与红军有关！我现在想要仔细听听你对红军的看法！"

阿嘉松吃惊："你托我的事，与红军有关？"昂登土司庄重点头，阿嘉松肃然端坐。

阿嘉松回答昂登土司，说："我开始关注红军是在五年前。你记得不，当时传来消息，说蒋委员长派兵十万打红军，大败而归！世人震动，我也震惊。不是说红军只有两三万人吗？不是说他们的武器只是土铳加木矛吗，怎么那么厉害？红军打仗如此厉害，使我佩服，我因此也就对说红军是杀人放火的土匪这类话，产生了怀疑。"

"哦？你那个时候，就对国民党说共产党是土匪的话产生了怀疑？"

"是的。土匪，我们松潘县，我们周围的县，太多了，你我都了解他们。土匪能打仗吗？土匪只能干些黑夜抢劫、拦路杀人的勾当。闹凶了，政府派兵一剿，就鸟兽逃散，从来不敢跟官兵正面打。所以，敢跟十万正规军打，而且还打赢了，这样的军队绝对不可能是一伙土匪。

"接着那以后，蒋委员长又第二次派二十万大军，第三次派三十万大军'围剿'红军都失败，这更引起我深思：红军打仗那么厉害，到底是什么样的军队？那时候起，关于共产党关于红军，官府说他们坏的宣传越来越多，世面上说他们好的传言也越来越多。我很关注，很留意收听，我听了后，觉得说共产党的好处与红军能打胜仗的原因，要合得拢些。

"那之后，刚好川军三次'剿'黑水。那三仗，你也记得清吧？……第三仗，侯军长调集的兵力上万，而黑水的全部人口，男女老幼统统加起来才两万。可是最后，川军还是大败！黑水人最初反击时，索赫大头人才带了五百勇士，而打完仗，川军五千多具尸体丢在了黑水！昂登土司，你说这是为什么？"

昂登土司面露英雄傲笑，说："我听你说！"

阿嘉松因为亲身参加了那场战争，所以很了解黑水藏族人获胜的原因。他说："索赫大头人能够大胜，有一条非常重要的原因：黑水百姓的支持。黑水人男女老少齐参战，不但支援粮草驮马，提供情报消息，而且还直接投入打仗。川军那五千多具尸体，有一半是被老百姓烧死杀死的！

"所以，根据黑水战斗，我以此推论：红军几万人能打赢国民党几十万人，肯定也是得到了苏区百姓的支持！得到百姓支持的军队，就不会是土匪！"

昂登土司面带笑容地点头，然后，别有意味地问："现在江西的红军，川北的红军，不是被打跑了吗？"

"那是另外一码事！江西，国民党动用一百万军队；川北，川军调集了六七十万人，红白两边军队的力量太悬殊了。红军又不是傻子死死不动，能跑当然要想法跑条生路。这跟红军是不是土匪扯不上边！"

昂登土司又点头，又问："那你认为红军来了我们这里，会怎样？"

"那我就不知道了！"阿嘉松稍顿后，又说，"反正我对我们这里川军和官府都不满，我倒是想看看红军这股洪水冲到我们这里，把它们杀个人仰马翻！"

"啊？"昂登土司吃惊，"你想红军来，杀官府一个人仰马翻？"

阿嘉松旧恨涌起："狗日的川军平白无故地把我抓进死牢，差点要了我的命，最后还把我的钱财勒索一空，这个仇恨我刻骨铭心。所以，红军来杀川军个人仰马翻，就是替我出气，替我报仇！"稍顿，阿嘉松又说，"要是红军来了，杀了俄哈土官，杀了汪野狼县长，那我也高兴得很！"

"好！说得好！"昂登土司昂扬喊出，"现在这个世道黑暗得很。这里，川军平白无故打黑水，奸淫烧杀；青海，你亲身经历，马家军杀人侵占草原，大肆掠夺！现在的天下，无处不是国民党官府横征暴敛，欺压百姓！就在我们松潘，县长也是一个比一个黑！

"阿嘉松千户，我给你说，为什么天下到处闹共产党？不是官府把人逼得活不下去，谁会不要命地去造反？所以这些年共产党越抓越多，红军越'剿'越强！现在红军被打得四处转移，但是灭不了！国民党统治暗无天日，共产党就会遍地开花。共产党根在百姓，有根就死不了。打天下总有个起起伏伏，但我坚信最终是共产党夺天下！"

听昂登土司说出如此激进革命言论，阿嘉松惊讶得瞪大双眼，但打心眼里赞同和佩服！

阿嘉松又想，昂登土司现在被国民党逼着回部落打红军，在这种情况下，昂登土司特地途中等他，与他在河边密谈，看来，他说这番革命话，是有准备，有目的的。

阿嘉松于是问："昂登土司，国民党命令你打红军，你准备怎么办？"

昂登土司没有马上答。他抬头看红日，又看翻腾江水，然后又遥望东南远方，面容现出心有向往，心潮翻腾的神情。

阿嘉松见昂登土司两次遥望东南，有心点拨，便探问："昂登土司，你在看北川县方向？"昂登土司深深点头。阿嘉松明白了，便直问："你在看红军要打过来的方向？"

"是的！"昂登土司铿锵回答。

阿嘉松于是进一步问："你说你要托我的事情，与红军有关，什么事？"

昂登土司转头，神情严肃问："阿嘉松千户，我托之事，如真与红军有关，你愿不愿意做？你敢不敢干？"

阿嘉松挺胸，郑重回答："你我生死之交，只要是你托我做的事，我一定尽力而为！"阿嘉松又按藏族习惯补充一句，"我对菩萨发誓！"

"好！"昂登土司欣慰兴奋，说，"我就知道你阿嘉松千户也是英雄好汉，是一定会答应帮我这个忙的！"

昂登土司向阿嘉松伸出指节粗壮的手，阿嘉松马上伸出大手，紧紧相握。二人站立起来，往前走到河边，双雄挺立！

昂登土司抬手遥指东南，在哗哗水声中声音坚定地说："那边，红军大军云集，红旗招展，杀声震天。我要去那边，投奔红军！"

……

第四十七章　羌族土司参加红军

1

松潘高原进入五月，春暖柳绿山花烂漫。达欧藏寨周围的山坡上，各种颜色的格桑花竞相开放。

阿嘉松家的院子里，一株樱桃树繁花盛开。这日风和日丽，阿嘉松一家人坐于院中，沐浴春光，欣赏花开。阿嘉松的儿子蹒跚学步，年老多病的阿爸阿妈满脸皱纹中荡漾笑容。贤淑的莲姆措很忙，她身段娇美地不停走动，细心周到地照顾两老，关看幼儿，更充满爱意地侍候丈夫阿嘉松。一家人其乐融融。

四名矫健的羌族人，风尘仆仆地来到阿嘉松的宅院门前。

阿嘉松得报，起身走到院门处。一看，来人他认识，领头的是模样威猛的昂登土司的堂兄。他们对阿嘉松躬行羌礼，进了院子，又对阿嘉松的家人致礼问好。他们见淑美的莲姆措夫人准备安顿他们休息，连忙对阿嘉松说有急事想立即禀报。

于是阿嘉松请家人继续在院子中憩坐，自己带羌族客人进了客厅。阿嘉松的家院里外都陈设朴素，客厅也如此。

主客围坐火塘。昂登土司的堂兄禀报说："阿嘉松千户老爷，我家昂登土司老爷离开部落，投奔红军去了！"

阿嘉松一听，诧异地说："昂登土司与我分手时说，他要率领部落迎接红军来到，然后他要给红军带路通过白草河峡谷，攻打松潘县城。怎么他突然离开部落去投奔红军？"

昂登土司的堂兄于是讲述情况：

昂登土司从县城回到部落后，暗中策划率全部落起事，准备迎接红军到来，取山路直捣松潘城下。

同来的川军参谋军官和县府军事科长等国民党人员，在部落各处指画修筑抵抗红军工事的同时，也召集村村寨寨做国民党蛊惑宣传。他们污蔑红军来了要杀富人分田地，抢光牛羊粮食钱财，还奸淫妇女抓走男人；说红军是流寇，终究要逃窜灭亡的。他们宣布政府的法令：对打红军的人免除过去欠税和今后捐税，并按功重赏。对帮助红军投奔红军的人要杀全家。对没有参加打红军的人要处罚，没收土地钱财牛羊。

于是，部落人心混乱，思想分裂。

昂登土司母族中有个豪强大户，一直怀有觊觎土司权位的野心。他认为眼前是机会，便向参谋军官等人告发昂登土司。军官等国民党人员惊惧万分，怕昂登土司扣留他们献给红军，连夜逃走。但逃走之前给那家伙及其他部落叛徒空口许愿今后封官。于是，那伙人就公开反叛昂登土司。部族分裂了！

有人劝昂登土司抓杀叛徒。昂登土司说羌人不怕死，但不能族人自相残杀；说羌人不怕流血，但是不能羌人手上沾羌人的血。

昂登土司是英雄，宁死不屈服狗官府。于是紧急将妻室儿女转移远方，将粮食布匹羊毛药材等物资运出官寨藏于深山，将土地分给随他投奔红军的家庭，将牛羊贱卖作军资，然后带着上百羌族硬汉投奔了红军……

阿嘉松听了叙述，心潮澎湃，起身走到窗前，仰望红日，遥祝投奔红军的昂登土司和他的羌族弟兄！

阿嘉松祈祷完后，坐回火塘边，问昂登土司有何托付。

昂登土司的堂兄将缝在腰带中的一小竹管取出，用刀剖开，取出密信呈递。阿嘉松展开信纸，对比了昂登土司曾留给他的印章图案，认定是昂登土司给他的信件。

信文很短，但字字着力。昂登土司在信中说，他将藏于深山中的全部财物全权委托阿嘉松变卖……

2

松潘县城的城墙年久失修，破烂残损。现在为防备红军来攻打，国民党县政府强征百姓修复城墙，构建战守工事。城墙上下，到处是被强征徭役的百姓在保安兵督工呵斥中干活的景象。

阿嘉松带着随仆和两名护卫进了县城。

牵马走在大街上，阿嘉松不断听见有人谈论昂登土司投奔红军的事情，知道此事已广为传开引起轰动。他路过一街边茶铺时，见茶客们也正高声谈论着昂登土司，便将马缰交给随仆，自己站在茶铺门口听听。

茶客们说起昂登土司，个个兴奋七嘴八舌。有的讲他父亲就是因为爱护子民受官府欺压被气死；有的讲他虽贵为部落首领却仗义爱民敢抗官府；还有人讲他身手矫健，可以岩崖追豹徒手搏熊。尤其是说到他深夜出县城事，茶客们更是各种说法将他神化。有的说他如剑仙侠客，深夜飞檐走壁逃遁；有的说是天神下凡解救他，架夜云带他飞过城墙；也有人说他借红军威名，机智逼迫官府送他回部落。这些茶客们虽然众说纷纭，但都将昂登土司比作《水浒》中反抗官府的英雄好汉，表现出崇敬神情！

阿嘉松见百姓们对昂登土司如此尊崇，深受感动，更加认同昂登土司参加红军的举动，也更加坚定了自己甘冒危险帮助昂登土司的想法。

阿嘉松回到泽旺商号，稍事洗换休息后，唤麦其崩老板到自己房间。

阿嘉松的屋子里是藏式陈设，摆有大榻。麦其崩老板坐上藏榻后，即问："阿哥，你有什么事情这么着急？长途劳累，也不休息一下等明天再说！"

阿嘉松颔首表示确有急事，吩咐随仆退出关门。然后，他将昂登土司所托之事，低声向麦其崩老板讲述……

麦其崩老板听完，惊惧地说："阿哥，昂登土司投奔赤匪红军，犯的是叛逆大罪啊！我们帮他变卖资产，会被抓进监狱的！"

阿嘉松眼睛一睖，厉声说："什么叛逆大罪？你听听外面老百姓是怎么赞扬昂登土司的！昂登土司为部落百姓活命抗税，做得对！他不屈服烂官府投奔红军，是英雄！"阿嘉松又咬牙切齿地说，"抓进监狱……那年川军把老子打入死牢罚没我的财产；汪县长一上任就想用噶布金矿事勒索我，老子还没有找他们算账哩！"阿嘉松怒吼一声，"我就是要帮助昂登土司！"

这吼声吓得麦其崩老板身子一颤。他忙前伸两手往阿嘉松英武大脸上遮去，嘘声直说："小声点，小声点。"阿嘉松抬手拨开麦其崩老板的两手，眼光逼视他，厉声问："你干不干？你不干我一人干！"

麦其崩老板畏缩着挠头抓腮一阵，勉强说："干嘛干嘛。你是我的阿哥，你干啥我都只有跟着你。"然后问昂登土司藏在深山里的东西有些什么，有多少。

阿嘉松以兄长口气说："你这么，才像我的阿弟嘛！"然后，将昂登土司的堂兄口述的藏在山里的物品的大致情况，讲给麦其崩老板听……

麦其崩爱钱贪财，又是猴性，听完后马上变得惊喜，嚷道："哦哟，藏的东西不少嘛！阿哥，昂登土司说全部东西都托你给他变卖？……卖的价钱也是都由你定？"见阿嘉松接连点头，麦其崩老板高兴得跳下藏榻，搓着手在屋子里转圈，嘴里连说："太好了，太好了！我们又可以赚大钱了！"

阿嘉松一听，严肃说："昂登土司匆忙投奔红军，他信得过我，我也要对得起他，我们不能赚他的钱！"

麦其崩老板一听，不高兴了，站在地上拧着身子，发气大嚷："帮这个忙，我们要冒坐牢杀头的危险，结果一分钱不赚，那不行！不行不行！"

阿嘉松见内弟竟冲自己发气，也想冒火，转念一想，此事甚大而且很难，需自己的这位内弟配合，便压住火，好言说："好好，赚钱赚钱！我们忙一场，该赚的钱我们赚！"又招呼他坐上藏榻，好好商量。

麦其崩老板嘴里叽咕道："阿哥你要说话算话啊！"见阿嘉松点头，又得寸进尺地提出："阿哥，东西变卖了，给昂登土司多少钱，我们得多少钱，你要跟我商量啊。"

阿嘉松敷衍他，见他坐上藏榻了，说："阿弟，昂登土司藏在深山里的那批东西，卖出不难。难就难在怎么运出来！"

这句话点醒了麦其崩老板，他又挠头抓腮，嘴里嘀咕："是呀是呀，昂登土司投奔红军震动全县，他藏在深山里的货只要一运出，事情就暴露，我们就要被抓的呀！"

阿嘉松镇静地看着麦其崩老板，说："你说说，把那些东西运出来卖，有哪些难关？"

麦其崩老板边想边说："藏在山里的东西那么多，运出来，需要大的驮队，还得跑好多趟！这样一来，动静就大，事情必然暴露……好嘛，我一道难关一道难关地说。首先，雇驮马时，到哪里去是要告诉驮夫的。驮夫多，嘴巴多，东说西传，官府很快就会得报！对吧？第二嘛，东西虽藏在深山，但毕竟是在昂登土司的部落地盘上。大驮队进部落，转运大量东西，现在掌控部落的那帮人肯定会知道，要派部落兵来围捕驮队！第三，即使货物运出昂登土司领地，但路过的乡镇一见大宗货物是从昂登土司领地方向运出的，一定会拦截盘查。轻易一问就全盘暴露！"

阿嘉松对这些问题早已想到，所以听时冷静，听完后镇定说："阿弟，这些问题你都考虑得对！你脑壳灵，再想一想，这些难关怎么克服？"

"没办法、没办法！这三道难关座座都是刀丈高崖，翻不过去的！"麦其崩老板嚷嚷，接着打退堂鼓说，"阿哥，昂登土司的这个忙，我们不是不愿意帮，确实是帮不了啊！我看，只有算了！"

阿嘉松坚定地说："千难万难，我也要想办法试一试！不到最后，不言放弃！"

麦其崩老板认为阿嘉松无法逾越这三道难关，便随口说顺水人情的话："阿哥，你要想办法，我支持你。你想出了办法需要阿弟我做什么，你吩咐就是！"

阿嘉松一听，顺势说："好，阿弟你说这话，阿哥我高兴！"然后立刻唤随仆进来，吩咐他去请账房先生和大掌柜及二掌柜马上来。

麦其崩老板吃惊，问何事。阿嘉松笑对他说："你支持我就行！"又严肃说，"昂登土司委托我们的事，半个字都不能漏啊！"

麦其崩老板正疑惑，老账房和大掌柜二掌柜进屋来。

阿嘉松对他三人说："我与麦其崩老板商量了一桩大生意。"为保密所需，阿嘉松谎称，"生意在黑水那边。具体是什么买卖，以后告诉你们。"又吩咐说，"这桩大生意需要大量现金，也很急！现在商号里有多少现款银圆，你们给我全部提出来，我后天一早就带走！"

阿嘉松又点了两个商号伙计的名字，吩咐说："二掌柜你去通知他二人，后天一早，你们三人跟随我出县城……"

3

岷江河谷刮着溯河大风，茶马古道上风沙弥漫。

阿嘉松带着二掌柜等一行人骑行在沿河大路上。他们出松潘县城后往南走，逆风而行，风沙扑面，满头满身都是土尘。

骑行两天，黄昏时分，他们到了靠近县境的一个大镇——镇江关镇。大路穿镇而过，在镇子中分了一个岔路，通往后面大山。山那边就是昂登土司的羌人部落，是阿嘉松此番要悄悄前去的地方。

阿嘉松等人住进镇街的客栈里。不一阵，店老板带着乡公所的几人进来。这几人神色骄横，口称是来盘查红军探子。阿嘉松便取出一纸交给对方。

这张纸是松潘县政府的便笺，给阿嘉松开的路条。路条上对阿嘉松的身份写的是松潘县噶布金矿护矿大队长，下面盖有县政府警察科的公章。这是警察科马副科长收了阿嘉松的钱给他开具的。

乡公所的几人一看路条，立刻对阿嘉松点头哈腰。但他们不走，又说根据县政府才开征的抗赤匪捐的规定，对投宿人员要征收捐钱。

如果昂登土司藏在深山里的东西要运出来，必经此镇。所以阿嘉松为以后着想，交了捐钱后还给了这几人赏钱。

第二天，阿嘉松又去了当地袍哥码头拜会。千里岷江河谷遍布许多袍哥帮会，三教九流，势力狷獗。阿嘉松预想以后要运销昂登土司的藏货，少不得需这些江湖势力相助。为此，阿嘉松在离开松潘前，专门派麦其崩老板去找包二哥，花钱弄了张有凌尔武总舵爷签名的松潘同仁公社总社的袍哥金帖。

第三天一早，天尚未亮，镇子里黑乎乎的，夜风中夹着雨丝。阿嘉松带着数人从客栈里出来。

阿嘉松要秘密去往昂登土司的领地，当然要防被人看见行踪。所以趁镇子里一片黑咕隆咚，借着风雨声掩盖马蹄响，他们悄然走到镇中岔口，一拐，踏上通往昂登土司领地的山路。

天亮时，阿嘉松等人已经爬山很高，俯瞰镇子，人如蚁虫。

此时，阿嘉松身边只带了二掌柜和一名护从。其他四人，即阿嘉松的随仆和一名护从以及两个伙计都留在镇上客栈里。阿嘉松对他们的忠诚毫不怀疑，但是变卖昂登土司藏货的事过于重大，不到时间，阿嘉松仍对他们保密。

阿嘉松还带了一个大牛皮口袋，里面装满银圆。他考虑参加红军的昂登土司会急需费用，因此收集自己家里的和泽旺商号里的全部银圆，带来交给昂登土司的堂兄。

山很陡，翻山的路全是之字形来回盘旋。阿嘉松三人徒步和骑马交替。人和马都剧烈喘气，热汗津津。

越往上爬，风越冷，雨丝变成稀疏雪粒。阿嘉松等人抬头望，只见山巅完全被云雾笼罩。低头俯视，只见岷江河流如细线，镇江关镇似小叶。

时间渐渐近中午，山风渐小，疏雪消停。阿嘉松等人继续攀爬，只见天空厚云渐渐化开，山顶也慢慢显露出来。

正午时分，阿嘉松等人爬上了山顶。他们累极了，给马嘴上挂套马料口袋后，倒头躺在山顶草甸上，睡了过去。

此时天空云层开裂，透现蓝天，高原太阳露出，强烈光线照耀透迤群山。

稍睡一阵后，阿嘉松醒来，唤起二人，吃了干粮，牵马走上山脊。放眼展望，遥见前面群山连接天边；只见峰高谷深，无人踪迹。

阿嘉松挺身站立，挥鞭环指，介绍说："以我们脚下的这条山脊为界，前面这一大片区域，就是昂登土司的羌族部落地盘了。从这里往下走十里，是白草河的源头。再顺着沿河的崎岖山路走一天，就到了昂登土司的官寨！再往外走半日，就出了松潘地界。"

阿嘉松讲到此，稍顿，又说："出了松潘地界是北川县，听说红军已经攻占了北川县城。昂登土司就是往那边去了，去投奔了红军！"

阿嘉松这时，才将来此的意图告诉二掌柜和护从……二人吃惊……阿嘉松说明意图后，又把对他们的要求和安排，详细交代。

护从听说自己要作为联络人员留在这里，与昂登土司的堂兄等羌人同住山洞，便询问一些相关问题。阿嘉松一一回答。

此时，他们看见附近林子里有一羌人出现，向他们打望。

阿嘉松明白，这是昂登土司的堂兄派出的探哨。昂登土司的堂兄在离开达欧藏寨前，与阿嘉松约定在此山梁上会面。

不一会儿，昂登土司的堂兄带着数名矫健羌人出现。羌人们个个手提火枪，腰别长刀。他们来到阿嘉松千户面前，对他行羌族大礼。

阿嘉松接受他们的礼拜后，带着二掌柜和护从，在羌人们前引后护下，踏着荒草小路，钻入山林。

越走树林越密，人无法骑在马上。阿嘉松三人的马匹由羌人帮助牵着。再走一阵，在人迹罕至的小路边有很大的一堆枯树枝。

前面引路羌人站住。昂登土司的堂兄告诉阿嘉松，在枯枝背后，是他们新修的密径，通往藏储货物的山洞。一声令下枯树枝搬开，阿嘉松看见一条用刀砍锄挖草草新开的细径，勉强可容驮马单行。

再行少许，一壁高高危崖突现在阿嘉松眼前。此时夕阳斜照，岩壁通红，高崖显得格外伟岸。

在崖脚下，守护藏货的矫健羌人们出来，排队恭迎阿嘉松千户。

阿嘉松通过矫健羌人们的夹道队形，进了一个很大洞穴，见里面燃着两堆篝火，一个炖着兽肉，一个熬茶煮饭。昂登土司的堂兄告诉阿嘉松，他和他手下弟兄们都住此洞。

阿嘉松在篝火边的兽皮上坐下，关心问候了守洞羌人，然后问起昂登土司的情况，问他们有无联系。

昂登土司的堂兄回答："谢谢千户老爷问候。我家老爷现在在北川县的红军那里。他一切都好！从我家老爷那里到这里，有秘密联络线。线上的每个联络人都是我们老爷绝对信得过的人。而且为保险起见，秘密联络线是两条，他们互不知晓。"

阿嘉松又问现在把持部落的那帮坏家伙的情况。

"那帮狗家伙！"昂登土司的堂兄咬牙切齿骂，然后答道，"他们现在刚坐上部落首领位置，知道我们部落人心都向着我们昂登老爷，所以心虚得很！他们现在一怕犯众怒，二怕我们老爷带红军来收拾他们，所以还不敢张狂！到目前为止，我们还没有听说他们有打听这里藏货的迹象。"

交谈中，洞外天黑下来。风吹林涛声中，杂响起野兽吼叫……

第二天，昂登土司的堂兄带阿嘉松去查看储藏的货物。

在附近的几个山洞里，分散堆放着粮食羊毛药材牛皮等物，量很大。在昂登土司的堂兄引领下，阿嘉松走进一个又一个储物山洞，只见每一个洞口都砌石立栅栏，有人值守。见这些山洞里的岩壁上都没有浸水，洞内干燥。

阿嘉松和二掌柜对照清单，仔细看货，做下记录，用了整整一天时间……

4

岷江边的大路上，开始出现流民逃避战祸的景象。他们拖家带口，扶老携幼，背包挑箱，神情疲惫恐慌。

阿嘉松等五人逆行在逃难人流中。

今早从镇江关镇出发时，阿嘉松将一名伙计留在骡马店里。现在跟在他身边的是二掌柜和随仆，以及护从伙计各一人。

阿嘉松等人很快出了松潘地界，进入茂县。他一路不停打听红军进展情况，但逃难的人都说不清。他们只说红军厉害得很，说茂县官府布告死守城池，引起县城大恐慌。满城人怕红军攻城，城门一闭，他们或被抓上城墙战死，或躲在家中被攻城炮弹炸死，或被连街大火烧死，或围城粮绝被饿死，因而纷纷逃离。

逃难人中还有人说，传言茂县不少头面人物已在暗中活动，想开城投降。

阿嘉松一边行路一边打听，天色渐渐变暗，日暮黄昏。

第二日，阿嘉松等人走到叠溪镇。此镇为松茂路上第一大镇。只见镇内挤满逃难人群。阿嘉松碰见一熟识的大商人，确切得知：川军在北川县与茂县边境筑了三道防线。第一道防线已被突破，上万守军一触即溃。败逃官兵如瘟疫，使后面两道防线的军心更恐慌，不战已经动摇。还说败军如土匪，溃逃途中见房子就入室吃喝抢掠，遇牛羊就打死吃肉。

大商人问阿嘉松为什么兵荒马乱在外。阿嘉松说手上有一批粮食想卖。大商人说："你看现在人们都在逃亡，囤有粮食的商人也都想举家逃难，都在赶紧销库存，谁还买进粮食？"

大商人又警惕环顾周围，然后倾身对阿嘉松低语："听说打来的红军有十多万人，你想想他们需要多少粮食？如果敢与红军做粮食生意，那就赚钱不少！"

阿嘉松吃惊熟识商人竟说此话，试探问："不是说红军是土匪吗？与他们做粮食买卖，那不是自投虎口？"

大商人重利，他耳语般对阿嘉松说："你我是生意老伙伴，我信得过你，给你说实话。我曾派人与红军做过生意，他们买卖公道！你如果愿意，我帮你做这个生意，我们大家赚钱。"

"与红军做粮食生意""他们买卖公道"等话，如珠落玉盘，在阿嘉松心里引起鸣响……

第三日，时近中午。

岷江激流上，一条大竹索桥被河谷风吹得来回晃荡。索桥破旧，桥板朽烂不少。

阿嘉松一行人来到。他们在竹索桥的桥头石屋前下马。

阿嘉松原定行程是过岷江去见羌族的尔玛旺大首领，想就运销昂登土司藏货试探能否与他合作。阿嘉松非常了解尔玛旺大首领，知道他身为羌族人，作为也饱受官府盘剥的羌族部落首领，对昂登土司被逼上梁山定怀同情。阿嘉松还断定尔玛旺大首领即使难与自己合作也绝不会出卖自己。

但这时，阿嘉松改变了主意。他对二掌柜说："我们先不过河，在这边找个避风的地方生火吃饭。我要跟你们商量一件事。"

河谷风很大。他们在附近一避风凹处里，生起篝火，架锅煮茶。

吃完柴火烤苞谷馍后，阿嘉松说："我想到茂县县城去看一下。"

二掌柜等人大惊，纷言："到茂县县城？那里的人都在往外逃，我们怎么能去？""是啊，红军马上就打来了，很危险啊！""说不定现在红军已经快到县城了。我们去了正撞在枪口上！"

阿嘉松说："我就是想去看一看红军如何攻打茂县县城！都传言红军打仗非常厉害，茂县县城据说也坚固得很。正好，我们就去看红军怎么攻城，怎么打仗不怕死，骁勇善战！"

伙计说害怕。骁勇护从却兴奋地说："我还没有看过真打仗哩！红军攻城，川军守城，两边又是机枪又是炮，那个仗肯定打得大，好看得很！我们去看，我们去看！"

阿嘉松以决定了的口气说："茂县县城周围是山。我们在附近的山上找个合适地方，看红军攻城。"

二掌柜感觉阿嘉松另有想法，问："老板，去茂县，就为看打仗？"

此话问中阿嘉松心思。他抬头远望红军进兵方向，思忖。

一阵子后，阿嘉松说："你们都知道一件事：昂登土司带着上百羌人投奔红军。此事你们平常不能议论，现在我想听听你们的想法。你们就敞开说！"

于是四人纷言。伙计说："听说参加红军的都是穷人贱民，是因为吃不起饭，没有活路。昂登是土司老爷，怎么会去投奔红军？"二掌柜感叹说："昂登土司贵为部落首领，管那么多老百姓，自己还有山林土地牛羊钱财。他以后死了，子女继位，富贵代代相传。这一切，我们凡夫俗子是无论如何也舍不得的。昂登土司却能为子民抛弃这些，是圣人啊！"藏族护从说："我听说天上的菩萨有时要下凡体察穷人的苦难。菩萨们下凡就变各种人，有的成部落首领。说不定昂登土司就是这种活菩萨……"

阿嘉松对二掌柜和护从颔首，表示赞赏。然后，他对伙计说："你对昂登土司抛弃荣华富贵难以理解，但你认为昂登土司是好人还是坏人？"

"当然是好人啦！"伙计立即大声回答，"是天下最难得的大好人！"

"对头，昂登土司是好人！是天下最难得的大好人！"阿嘉松提高声音重复，接着说，"那我又问你们，好人会去投奔坏人军队吗？"不需手下回答，阿嘉松接着说，"官府说红军是专门抢掠的土匪，昂登土司连自己的房子田地财产都不要了，他会去参加抢人的土匪军队吗？官府说红军奸淫烧杀，昂登土司不顾身家性命地保护部落百姓，他会去投奔杀人放火奸人妻女的匪军吗？"

阿嘉松说到此，情绪激昂起来，说："所以，对官府骂红军是匪的宣传，我不大信！因此，我想去亲眼看看，红军到底是什么样的军队。"

阿嘉松见大家点头，又谈起自己身世，说："你们知道，我信藏传佛教，我从来都是尽力为善，不做坏事。我也服从政府，规规矩矩缴了那么多税。但是官府对我如何？你们是知道的……"阿嘉松从与哈步青的血仇，从被川军抓入死牢敲诈光财产，从俄哈土官屡次谋杀他，一直历数到汪县长为勒索而欲加罪于他。

阿嘉松最后说："我的这种遭遇，使我对官府心怀不满，你们对此心知肚明。国民党的官，我遇到的个个都坏；国民党的天下，我觉得黑暗。所以，我希望这个世上，有股力量能收拾国民党的贪官污吏，扫除天下黑暗。

"现在，造国民党反的红军来到我们面前，我为什么不抓住这个机会，亲眼看看共产党是不是能打破黑暗带来光明的党？看看红军是不是能给民众带来希望的好军队？"

5

茂县县城里到处都是红军。

红军纪律严明，秋毫无犯。街道上商铺尽开，买卖照旧；市面上人来人往，生活如常。茂县城里城外社会秩序井然。

早晨的太阳清新明亮。茂县城外的山坡上，阿嘉松带着四人徒步下山。他们往县城去。

前几天，阿嘉松等人到了茂县县城，只见一片逃难的大乱形势。他们在城外山坡上找了户农家借宿。隔了一天后，他们看见红军先头部队抵达城外，驻扎；看见县城宿儒老人率众出城迎见红军；看见红军少数部队列队整齐地进入县城；看见大街上人群拥出看红军。当天，阿嘉松一直在山坡上密切远看，见城里始终景象和平，白天如常，夜里安静。

第二天，阿嘉松在山坡上继续俯瞰远观。只见红军大量部队源源不断开来，但都没有进城。除一部分驻扎在县城四周外，其余的继续奔向远方。阿嘉松在山坡上整整看了一天，从清晨朝霞直看到皓月当空。他见县城里仍然秩序井然，街上的人越来越多，商铺一家接一家打开；他见城外也是景象太平，村野恬静如常。与过去唯一不同的，是到处都有红军战士的身影，是城头上山谷里红旗招展。

于是今天，阿嘉松决定下山走近观看。朝阳中，他带着手下先围着城墙外面转。当路过红军营地时，他细心观察；走到城门洞附近，他向出城的人询问红军情况。绕城一周，半天下来，他心里踏实了，决定进城。

在城门口，有一家卖酸菜苞谷面搅团的小店。店妇是羌族人。阿嘉松坐进去吃午饭，眼睛一直盯着城门站岗的红军士兵。只见战士们军装破旧但精神昂扬，见他们虽持枪站立，但对进出的人满脸和气。不像过去的守城保安兵卒，专门找麻烦敛小钱。

午后阳光的紫外线很强烈。阿嘉松等人进了城，转悠在大街上。他们饶有兴趣地看着满街的红军和市面的新气象。

在一处青砖墙前，围了一大圈子人。伙计好奇，走过去一看，立刻跑回来惊讶说："女红军！几个女红军在刷大标语……"

于是阿嘉松几人也过去好奇观看。只见女红军头戴军帽绑腿整洁，显飒爽英姿。在围观的人群中，她们落落大方，面带自信笑容。这更使周围人议论赞叹不已："哦哟，女兵！还没有看见过女兵哩！""还会写字。一个字簸箕大，太不简单了！"有人喊叫："写的什么？我们不识字，念给我们听嘛！"一个女红军听见，高声对群众念起标语，还解释演讲……

阿嘉松他们转到另一条街，一小队红军士兵迎面走来。红军巡逻队双人纵列脚步整齐。尤其是他们身姿挺拔面容和善，更使街人驻足观看。巡逻队走过去了，街边老人和抱小孩的妇女眼睛还跟着，嘴里赞叹："哦哟，好精神啊！走街都这么整齐，这种兵还没有见过哩……"

在一个十字街头，两根杆子上拉了一个横幅，上面几个大字："红军买卖点"。阿嘉松远远看见，顿起兴趣说："我们过去看，看红军怎么做买卖！"然后提步快走。

买卖点的交易主要还是收购城外的农家产品，有蔬菜粮食柴火，也有土布烟叶鸡蛋。农民很多，还要排队。阿嘉松看见红军官兵不但买卖和气，而且还出手帮助抬放。

看见卖了东西的农民高高兴兴往怀里揣钱，阿嘉松上前打问。几个农民七嘴八舌地说："公道，公道！红军不但价钱好，秤也够，斗也够！""这么多人排队卖东西，为啥子嘛？就是红军给的价钱高啊！""哎呀，以前进城卖东西，从来没有过这么好的事！"……

阿嘉松似有所思。他看了看附近街面，指着斜对面一茶铺说："我们去那边坐一会儿。"

在茶铺里，阿嘉松找了个便于观察红军做生意的位子坐下。然后目不转睛地一直看着红军做买卖。

看了好一阵，阿嘉松对二掌柜和伙计说："你们两人过去，问一下红军收购各种粮食的价格；问他们收不收购牛皮羊毛土布药材，什么价格。"

阿嘉松看见二掌柜带着伙计过去询问；看见一个中年红军走到他们旁边，站着听了一会儿，就请他二人到旁边坐；看见二掌柜叫伙计继续询价，自己与那中年红军坐到旁边一条木凳上。阿嘉松看见中年红军很亲和地把手上的烟杆递给二掌柜，请他抽旱烟。

过了一阵，二掌柜和伙计回来。

坐下后，二掌柜说："红军一听我问粮食的价格，立刻关心。那个当官的，说是红军的后勤科长。他人挺和气，请我坐，请我抽他的旱烟。红军科长说，他们十几万红军到这里，解决吃饭是个大事。他说，不管哪种粮食，不管什么等级，要我放心，绝对在价钱上让我满意。

"红军科长还急迫问我是不是手上有储粮，有多少，他马上派队伍跟我去搬粮食。我赶紧对他说，我是商人，打听了价格，可以进山寨帮助他们收购粮食。于是红军科长又千叮万嘱地要我去帮助他们收购粮食。说不管荞子洋芋青稞胡豆，不管收多收少，他们都要！"

伙计禀报他打听的土布羊毛牛皮等各种东西的价格，最后说："老板，红军收购东西的价格都不低。我问旁边一个小杂货铺老板，他说红军人太多，需要的东西量很大，所以把市面物价抬起来了。杂货铺老板称赞红军说，虽然红军缺这缺那，可是不抢不偷，也不欺行霸市。他说这种队伍从来没有见过，根本不是官府说的土匪队伍。"

阿嘉松听了，深沉点头，沉思起来……他心里生出将昂登土司的藏货卖给红军的想法。事关重大，阿嘉松要深入考虑……

太阳西悬，茶铺里，喝茶人有出无进。慢慢地，只剩下一个老头儿在角落里伏桌睡觉。

阿嘉松考虑一阵，暗定主意。他低声对二掌柜说："刚才与你说话的那个红军科长，我见他对人和气。你现在去找他，向他打听昂登土司。他如果问你，你说你与昂登土司有一笔生意未结，说听说昂登土司投奔了红军，所以打听。"

"好、好。"二掌柜连声答应，然后起身出了茶馆。

阿嘉松这时对伙计护从和随仆三人说："你们靠近我，我有话对你们说。你们同时注意周围，不要让人听见我说的话。"

阿嘉松于是将昂登土司藏货于深山的情况，低声简要叙述……然后又讲了要运出来的三道难关……三人听得惊诧不已，个个瞪大眼睛。他们知身处茶馆，不能出声，而且竭力装出平静。

过了不多一阵，二掌柜面带惊讶地小跑回来。

二掌柜坐下后，阿嘉松示意护从和随仆注意周围，然后听二掌柜低声禀报："我一提昂登土司，红军科长马上说知道知道。红军科长说，他们在北川县城里的校场坝，专门开了一个热烈欢迎羌族首领昂登土司参加红军的大会。红军科长说，昂登土司现在在北川县城周围的羌寨活动，在那里建立红色羌人政权，在那里为红军收购军粮马草啊，安排伤员在羌寨养伤啊，还号召那里的羌族参加红军，要专门组建一支羌人红军队伍！"

"哦？昂登土司正在组建一支红军的羌人队伍？！"阿嘉松惊叹，露出敬佩神情。又说："昂登土司真是条好汉！"阿嘉松眉宇舒展，神情欣慰。

二掌柜又说："老爷，红军科长还对我说，他们红军现在分出两支部队，一支沿岷江而下，去攻打汶川县城。另一支沿岷江而上，去攻打松潘县城。红军科长说，很快，红旗就会插遍雪山草地。他要我们大胆地支持红军，说没有什么可怕的！"

阿嘉松一听，惊讶地问："哦？红军现在往松潘县城打过去了？"见二掌柜点头，又问："那，红军可能很快就要打到镇江关镇喽？"

二掌柜手指城墙说："茂县这个城墙，这么高大这么坚固，还有重兵把守，结果红军不费一枪一弹进来了。从这里到镇江关镇，一路上的镇子都是一无城墙二无守军，红军只要往那边进兵，就如入无人之境！"

阿嘉松听到此，心里拿定了主意。

阿嘉松对手下人，正色问道："昂登土司藏在深山里的东西，你们说，怎么办？"

阿嘉松挑选手下，不但要求忠诚，而且还要聪敏。二掌柜等四人到此时，都已明显感觉阿嘉松要为昂登土司的藏货与红军打交道。他们明白，这在国民党法律中是反叛大罪，因此阿嘉松对他们的发问，其意不是要他们出主意，而是试问他们的忠诚和胆量。

于是四人都坚决地表示："老爷，我们对您忠贞不贰，跟着老爷您，我们刀山敢上，火海敢蹚！"

阿嘉松环顾周围，见茶铺里已经无人。他神情严肃地低声说："我打算把昂登土司藏在山洞里的粮食等物卖给红军！"又斩钉截铁地说，"我要亲自去见红军长官……"

第四十八章　藏族英杰见红军

1

城门洞里锤声叮当，红军战士正在用铁锤钢錾在洞壁上雕凿革命标语。城门洞旁边的城墙上，张挂起一张很大的告示。告示前，围满了观看的人。

阿嘉松也站在告示前，仰头阅读。他的护从和随仆站其背后。

此告示非同寻常，写在刨光的木板条上。汉字竖写，字如桃大，而且很多，因此告示牌很大，高五尺，横展一丈，用多条木板拼接而成。

阿嘉松看得非常仔细……告示右首为标题：红军对番民十大约法，然后十条内容依次从右至左罗列……阿嘉松不但逐字逐句地认真看，还看完一条，琢磨一阵，然后再看下一条……告示左尾落款：红四方面军西北军区政治部，主任陈昌浩，副主任曾传六、傅钟。

阿嘉松身材高大，站在看告示的人群中很显眼。茂县人口以羌族和汉族为主。尤其是站在城门口看和听告示的人，几乎都是汉人着装。因此，身穿藏袍，又细细审读汉字告示的阿嘉松，更引人注目。

在城门洞值勤的红军干部当然也注意到阿嘉松。他等阿嘉松看够了告示，转身出了人群，便上前招呼："阿洛，扎西德勒！"这个红军的宣传干事刚学会这一句打招呼的藏话。

阿嘉松见红军长官用藏话对他打招呼，很惊讶也很感动，因为在雪山草地的国民党官员和军人向来鄙夷少数民族，从不学藏话。阿嘉松赶紧礼貌回敬"扎西德勒"，又用汉语说："长官好，长官好！"

红军宣传干事和气笑语："我们红军不兴喊'长官'，你就叫我红军老庚吧！"

阿嘉松经商接触各地汉人多，他知道"老庚"或"老表"都是汉族穷人表示亲切的相互称呼，心里感慨红军确实是一支穷人的军队，是一支与民亲和的军队。

红军宣传干事夸奖说:"藏族老庚,我看你不光识汉字,还能够仔细想,你是个不简单的人哦!来,我这里还有其他宣传单,你拿回去慢慢看。"

阿嘉松接过红军宣传干事递给他的宣传单。除了他看过的《红军对番民十大约法》外,还有一张也引起他很大关注,是《共产党红军对番民主张》。阿嘉松再一看落款,"红四方面军第三十一军政治部"。

阿嘉松迫不及待地马上阅读共产党对藏羌民族政治主张的内容。笃信藏传佛教的阿嘉松读到第三条"番民信教自由,念经敬佛当喇嘛听其自愿",内心触动,不禁脱口问:"不是说你们共产党不信神,也不准别人信教吗?"

红军宣传干事于是解释……

这时,阿嘉松听旁边有人叫他,转头一看,是二掌柜和伙计办事回来。

阿嘉松礼貌地对红军宣传干事说自己有急事要离开。红军干事也礼貌说:"你请忙,你请忙!"

阿嘉松带着二掌柜等人,回到城外路边的一家客栈里。

阿嘉松从山上下来住城外而不住进城里,是因为他还有些小心翼翼的心理。不过城里旅馆因为打仗空置,但红军却没有住进去这一点,也使他深感红军确实不扰民。

阿嘉松带着二掌柜和伙计进到他住宿的房间,留护从和随仆在门外看着。

二掌柜和伙计是按阿嘉松吩咐,进城去与红军做生意接触。坐下后,二掌柜细述:"老板,我按您的吩咐又去找了那个红军后勤科长。我对他说,我出城去采购粮食,恰好碰见一个大老板。那位老板说他手上有批货,品种多,价格合适就卖。

"红军后勤科长看了我们的货物单子后,很高兴,说他们都要,问城外那位老板想卖什么价,我说那位老板要求你们先标买价。红军后勤科长做生意很豪爽,马上用笔在每个品种后写上了他们愿意出的买价。"

阿嘉松接过单子一看,有些惊讶地说:"哦,他们出的价不低啊!"阿嘉松心里感叹:红军宣传他们买卖公道,也实实在在体现在自己的生意上。

"是啊!"二掌柜说,"我一看买价够高的了,也就没有再讨价还价,而是对红军后勤科长说:'城外那个老板说,这批货藏在松潘县镇江关镇附近的山上。那个老板不负责运出,问你们能不能上山去取,能不能在山上货物存放的地点,一手交货一手交钱,就地成交买卖?'

"红军后勤科长说,镇江关镇那个地方他知道,离这里一百五十多里,是个军事要地。他说红军的一支部队正在往那里进军,现在占没占领镇江关镇,他得去问一下上级，但近些日子占领是肯定的。所以，可以在镇江关镇山上，验货交钱，就地成交！"

"哦，红军正往松潘开进，说近些日子占领镇江关镇是肯定的！"阿嘉松从这些话里，感受到红军对作战充满了必胜自信。

二掌柜继续讲："红军后勤科长叫我对城外老板说，希望双方尽快把生意合同签了，说他们可以先给一笔预付款，签约和交预付款的地点，请城外那位老板定。"

阿嘉松听说还要先付预付款，很是感慨，说："你们都知道，一般商人都不愿意也不敢与官府军队直接做生意。烂军队经常耍见货后付款赖账的霸道。红军同意交货地点由我们定，还预付款，这真是支讲规矩的军队啊！"

阿嘉松观察了红军几天后，心中产生更深入了解红军的想法。他听了二掌柜的讲述后，决定亲自去见红军，一是大宗买卖需他自己当场决断，二呢，他想借这个机会与红军人员多谈多问，对共产党和红军再深入了解。

阿嘉松对二掌柜说："这笔买卖，我明天去与红军商签。有些事，我再考虑一下。"又问，"你们还有没有要说的。"

"还有一事。"二掌柜又说，"我准备走的时候，红军后勤科长说：'你说你与昂登土司有笔生意未了的事情，我给上级汇报了。首长很重视，问是不是昂登土司欠你的钱。'还说他们与昂登土司联系很方便，希望我报出我的名字和事由，他们马上通知昂登土司。红军后勤科长还安慰我说，如果真的欠钱，一定会还的，要我放心。"

听到此，阿嘉松觉得红军真是很爱惜自己的声誉。

阿嘉松对很重视一句话重复问："哦，他们说，他们与昂登土司联系很方便？"二掌柜和伙计两人都连答："是的，是的！"

阿嘉松自言自语："哦，联系很方便……"心里产生新想法。少顷，阿嘉松对二掌柜与伙计说："你们累了，去休息一下吧。"

二掌柜和伙计退出，拉上门。

阿嘉松站起来，一人在屋子里踱步。他心里燃起与昂登土司见面的想法，对昂登土司的大宗货物卖出，他又有新念头……不多一会儿，阿嘉松对这两件事拿定了主意。

阿嘉松坐到桌子边，把红军的宣传单拿出来，又看了一遍。

阿嘉松把《共产党红军对番民主张》和《红军对番民十大约法》两文，放在桌子的左上方，又拿出纸和笔放在面前。阿嘉松针对两个文件的内容逐条思考，把自己准备对红军的提问，一一用汉文记下。

窗外，红日渐西，晚霞流光，明月当空。

室内，灯下，阿嘉松还在阅看，沉思，书写……

2

东升的太阳，光芒照耀茂县县城。

阿嘉松坐在客栈院子中晒着头发。他特意清早起来沐浴洗头，因为他准备今天去见红军长官。阿嘉松的藏族护从和随仆也按他的要求都洗澡洗头。

藏族男人的头发又多又硬又长，用布擦后晒了好一阵才干。编长辫时，阿嘉松要求随仆在长发中夹进三根红线。粗大的红线长辫在头顶盘好后，阿嘉松更显英气轩昂。

三人换了干净衣服，刚收拾完毕，伙计跑得满脸通红地进来。他喘着气说："老板，联系好了，红军请你到他们师部去。"

"师部？在哪里？"阿嘉松高兴地问。

"在督署衙门里。"伙计啰唆细述，"二掌柜我俩到了红军买卖点，那个红军后勤科长不在。听了我们说后，红军派了几个兵分头去找。不一会儿，他们找到了，把我们带到一个大商号门前。那个红军后勤科长出来，听说城外老板要签生意合同，很高兴，说请我们等一卜，他把与这个商号的生意事谈完，就跟我们出城。我们告诉他，城外老板想进城里在他们军队里签生意，因为城外老板想拜见红军大官，想听大官的明示。红军后勤科长听了很高兴，说他们的师部在督署衙门里。二掌柜一听，代你回答愿意到他们师部签生意。于是红军后勤科长请二掌柜等一下，他办完手上事就带二掌柜去红军师部说一声，还请我跑回米通知老板您！"

红四方面军第三十一军第九十一师的师部，驻扎在原"松理茂懋汶屯殖督办署"的衙门里。现在，署衙大门上插着两面很大的红旗。红军士兵站岗在飘扬的军旗下。

阿嘉松走到师部大门，后面跟着伙计护从随仆三人。

在传达室等候的二掌柜闻声出屋，一个红军干部也迎了出来。二掌柜介绍说他是红军长官专门安排到大门口迎接阿嘉松的。阿嘉松与迎接的红军干部互致礼节后，感慨对他说："你们太讲礼了，太讲礼了！"

阿嘉松留随仆护从两人在门口传达室休息。

在侧院的一间厢房里，红军后勤科长正打着算盘。见阿嘉松来到，他立刻站起来，热情爽朗地笑语欢迎。

红军后勤科长接受了阿嘉松的哈达，对阿嘉松称呼他"长官"纠正说："我们红军不兴喊长官。我姓贡，你就叫我贡科长好了！"

阿嘉松送上见面礼。贡科长一看，执意不收，对阿嘉松解释说红军不拿群众一针一线。阿嘉松感动。

贡科长见阿嘉松不愿说出自己的姓名，很理解地笑着说："那我就称呼您大老板啰？"阿嘉松点头。

两人寒暄。贡科长问："藏族人当老板做生意的多不多？"然后了解起藏族人做买卖的习惯规矩忌讳等等。当他听到大喇嘛寺是藏族社会的商业主体，都储存有大量物资，对此很吃惊，也很感兴趣。贡科长与阿嘉松摆谈一阵后，赞扬阿嘉松的汉话说得好，说看得出来阿嘉松是很有本事的人。

阿嘉松问红军占没有占领松潘县的镇江关镇。贡科长回答已经占领了，然后提起买卖。

阿嘉松对藏在镇江关镇山上的货物有了新想法。他先很明确地许诺："贡科长，那批货肯定卖给你们！"然后接着说，"但是，得请你们等几天，因为那批货涉及我一个朋友，我想告诉他一声。"

"哦——"贡科长这一声表明红军急需军粮。但他见阿嘉松露出歉意表情，又大度说："没关系没关系，等几天没关系，只是请大老板抓紧和你那位朋友联系上。"

阿嘉松调转话题，说："贡科长，我想问一下，你说你们与昂登土司联系很方便，很快，是吗？"见贡科长肯定回答，又说，"贡科长，我有件事想麻烦你们，你们能不能帮助我带话给昂登土司？"

"昂登土司？你们认识？"贡科长想起了前几天二掌柜的相关打听。他爽快答应："没问题！大老板您要给昂登土司带个什么话？"

阿嘉松取出一字条。贡科长一看，是一短信，但前没有收信人姓名，后没有写信人姓名。纸条上写：**安宏镇分别后，我很想念你。我见了你的堂兄，他很好。你委托我的事我正在办。我现在在茂县县城谈生意。从生意朋友处听说了你的情况，我的情况他也会对你说的。很想见你！**

阿嘉松又嘱托："如果捎字条不方便，就麻烦你们把字条上的话带给昂登土司，看行不行？"

贡科长对阿嘉松说："请稍等一下。"然后拿着字条起身出屋。

"报告！"贡科长进了师政委办公室，敬了军礼后，将阿嘉松来到情况简要汇报，并将字条递给师政委。

贡科长已经把二掌柜这些天联系镇江关镇货物买卖的情况，以及他打听昂登土司的情况，及时向后勤部上级汇报了。他的上级敏锐感觉这不单纯是生意，便告诉了负责情报和政工的师首长。今天早上，二掌柜来到师部，说城外老板想拜见红军大官，还回答说城外老板是藏族，这更引起师首长的高度重视。

这是因为红四方面军当前面临一个非常重大的任务：和平地通过藏族羌族地区，去与红一方面军、与共产党中央会合！但是，藏羌民族首领因为国民党阻击红军的严酷命令，拒绝与红军做任何接触和谈判。因此怎样才能与藏羌民族首领们接触，怎样去说服他们不要阻击红军，让红军不打民族同胞地通过，对于从川陕根据地来的由汉族人组成的红四方面军有很大困难。

因此，对于一个主动与红军接触做生意，主动提出见红军领导的藏族大商人，第九十一师的首长们很重视，师政委亲自过问。

红军师政委看了阿嘉松的字条，把情报科长唤来，将字条递给他看了后，说："看来，这个藏族大老板与昂登同志的友情很深厚。我们应该通过昂登同志，对这个藏族大老板做了解，看对于我们当前的工作，他能不能起些作用。"

情报科长承命："是！我用电报与那边情报科联系，向昂登同志了解这个藏族大老板。"

师政委又说："镇江关镇翻过山就是白草河流域，是昂登同志原来当土司的领地。根据藏族大老板说的一些话，我推测镇江关镇山上的物资很可能与昂登同志有关，你把这个藏族大老板与我们谈生意的情况，也告诉昂登同志！"

"是！"情报科长站立，敬军礼，拿着阿嘉松的字条去发电报。

师政委对贡科长说："那个藏族大老板不是提出想见我们吗？你带他来吧。"

走在院子中时，贡科长又提醒阿嘉松见了师政委不要喊长官。阿嘉松于是问师政委是多大的官。听了回答后，阿嘉松兴奋地重复："哦，师政委比副师长还大，是跟师长一样大的官。哦，有些事情师长还要听师政委的！"

阿嘉松没有想他提出见红军大官，居然就见到，而且是师长那么高的官，很高兴。对比国民党军官摆大架子，感到红军高官亲民。

阿嘉松见到师政委，敬献哈达后，又献上见面礼。师政委也说红军不拿群众一针一线，但阿嘉松执意解释这是藏族社会的礼节。师政委于是收下，但吩咐贡科长将礼物送到后勤库房，还吩咐他去给阿嘉松准备一份回赠厚礼。阿嘉松将这些都看在眼里，感慨在心里。

阿嘉松见红军师长般的高级军官却穿着补丁军服，见他脸上也是日晒雨淋的粗糙黢黑，心中颇生感慨。从这一点，他感到红军是支能吃苦的军队，知道这是红军打仗厉害的原因之一。

师政委和蔼地交谈几句后，问阿嘉松有什么想问的。

阿嘉松从藏袍里取出《共产党红军对番民主张》和《红军对番民十大约法》两张传单。

师政委看见，惊喜地说："哦？大老板您读过了我们的这两个文件？"

"读过了读过了！"阿嘉松连忙回答，"我仔仔细细地读了。我觉得你们写得很好。我是藏族，我读了心里放心，心里高兴。我希望你们真正地这么做。"然后阿嘉松又说，"不过，师政委，我还有点问题想请教！"

师政委很高兴，说："有什么问题，你就尽管问！"

阿嘉松又从藏袍里取出他准备好的问题纸稿。

师政委要过问题纸搞一看，惊讶说："嚯，问题还不少啊！"又赞扬说，"嗯，大老板，看来你对我党我军的政治主张，是真用心看，真花心思深入想啊！"又笑着连说，"好，不错！"

师政委把宣传科长唤来，把情况简单给他说了下，然后对阿嘉松说："大老板，你的这些问题提得好！我等会儿有个会议，你的问题等会儿请宣传科长给你慢慢回答。我先总的给你讲一下。"

阿嘉松挺直腰杆，聚精会神聆听。

师政委说："大老板，我看你的问题中写的有，问我们红军为什么来你们这里，来了走不走？问我们是不是要建立共产党的红色政府。我问你，你知不知道日本军队侵占了我国的东北三省？"见阿嘉松点头说知道，师政委又问阿嘉松，"你知不知道日本帝国主义，还占领了我国塞北四省的大片地区？并且已经突破长城防线，进入了我国华北地区？"

阿嘉松点头说知道。师政委表扬说："看来大老板是个关心国家大事的人，有爱国之心，有忧国情怀，不是庸碌无为之辈！"

然后师政委慷慨讲述，"日本军队占领了我国大片领土，日本帝国主义企图占领我全中国灭亡我中华民族的狼子野心，也完全暴露。面对这种国家存亡的危急，蒋介石国民党政府却放弃抵抗，还不断地与日本强盗和谈，准备投降。

"在国家这种危亡形势下，我们中国共产党提出放弃内战，一致抗日。提出我红军军队全部北上，开赴抗日前线，抗击日本帝国主义。

"但是，国民党政府却置国家危亡不顾，一心要消灭我红军。我红军为了摆脱国民党军队的追击，为了绕道北上抗日，所以借路这雪山草地……"

3

过了两天。

红九十一师的师政委又请阿嘉松到师部，见面就笑眯眯地对他说："藏族大老板，我知道你的名字了，你叫嘉欧松真，平常人们称呼你阿嘉松，对吧？你是千户头衔的贵族，也是松潘城里泽旺大商号的老板，对吧？"

阿嘉松一听，马上明白，也喜不自禁地说："你们跟昂登土司联系上了？他还好吧？"

"好，好！昂登同志现在很好。他把你的情况都告诉了我们。"师政委从这个时候起，与阿嘉松谈话时称呼昂登为同志。

师政委赞叹说："阿嘉松千户啊，你真不简单！通过昂登同志的讲述，我们才知道了你不寻常的人生啊！"师政委感叹，"在藏族这种血统等级十分森严的部落社会，你能从喇嘛庙农奴家庭出身，奋斗成为大商人，成为藏族贵族，成为松潘上层的一个人物，这个经历叫谓传奇啊！"

阿嘉松谦辞。

师政委又说："昂登同志给我们说了，镇江关镇那批东西原来是他的，他交给你由你想法运出卖掉。昂登同志说，因此，现在那批东西是你的了，他希望你卖给红军。"

阿嘉松一听，连连摆手，说："不不不，那批东西还是昂登土司的。他说了交给红军，就交给红军，我就不插手了！"

师政委笑着说："这个问题我们肯定听昂登同志的。"见阿嘉松还要争执，师政委调转话题，说，"阿嘉松千户，东西的事我们就不要争了！我再告诉你一件事，昂登同志两三天后要来茂县，与你见个面！"

"真的啊？"阿嘉松激动得叫起来……

4

入夏，高原进入最美的季节，空气有了些许湿润，风小了，阳光也明媚宜人。

阿嘉松在红九十一师的两个干部陪同下，出城墙南门，往郊外走去。大路两边，玉米和洋芋都苗高尺许，嫩叶茂盛。阳光下，田地一片新绿，很是悦目。

两个红军干部问阿嘉松，当地玉米洋芋是什么时候下种，什么时候收，亩产多少。他们参加红军前都是农民，问起高原的农时和农活津津有味，问得又多又细，还不断与自己家乡的农时农事对比。

阿嘉松回答的声音很大，而且显得很兴奋，因为他心里实在太高兴了。这两个红军干部告诉了他两件大喜事：一是比师政委还高的军队首长请他去见面，二是昂登土司来了，也在那里等他。

他们三人的后面，跟着阿嘉松的护从和随仆。走在最后的是两名红军战士。

阿嘉松的二掌柜和伙计，按阿嘉松的安排，跟着红军有关人员去镇江关镇取深山崖洞里的那批物资。阿嘉松还嘱托他们办完事后，与留在镇江关镇的阿嘉松的护从和伙计一起，四人同返松潘，不要等他。

阿嘉松与红军干部开心聊着，走不多时，远远看见前面出现一座军队营区。

红军干部把一名战士叫上前，吩咐："去，跑前去报个信，说贵客阿嘉松千户到了。"这个红军战士的脚力真好，敬礼转身后，一溜烟就跑远了。

那片营区，原是川军十八军混成五旅的旅部营区，现在是红军高级机关驻地。营区辕门上，高高竖起两面红旗，一面是中国共产党党旗，一面是中国工农红军军旗。

稍近营区，阿嘉松看见辕门外站着几位红军。这时，其中一红军激动举手，向他遥呼，还向他疾步迎上。阿嘉松定睛一看，那人是昂登土司，也激动不已，举手呼应着快步向前。

二人相见，挽臂相视。阿嘉松见昂登土司身穿红军的灰色土布军装，打着绑腿，头上军帽正中缝着红五星。昂登土司身体本就健壮，这一身红军军装使他更显威武精神。

昂登土司亲热说："阿嘉松千户，哎呀，欢迎欢迎！"阿嘉松也热情回应："昂登土司，扎西德勒！"

昂登土司对阿嘉松说："我现在是红军了，不是土司了，你不要再叫我昂登土司，叫我昂登同志！"然后笑容满面地催促阿嘉松，"叫啊，叫我昂登同志，叫啊！"

"同——志——"阿嘉松先学习地念这两个汉字的发音，然后试着声音拘谨地叫了声，"昂登同志。"

"对，对！就这么叫！"昂登爽朗笑着鼓励。阿嘉松便饶有兴趣地吸气挺胸，抬高音量又叫一声："昂登同志！"

"哎！"昂登很是响亮地答应一声。然后，他说："来，我再敬个红军的军礼给你看看！"身体强健的昂登有力抬臂，五指笔直地举在额边，对阿嘉松行了一个标准红军军礼。阿嘉松见昂登对自己敬礼，嘴里直说："受不起，受不起！"显出一点窘意。昂登见状，豪爽地哈哈大笑起来。

周围的红军官兵见这一幕，都高兴地笑起来。营门口，红旗下，充满了欢乐气氛。

进了辕门，走在很大的营区操场中。

一起迎接阿嘉松的红军政治部干事告诉他："昂登同志的职务是红军大队长。"

"哦，大队长！"阿嘉松敬佩赞许地对着昂登喊了声，"昂登大队长。"然后问他，现在营区里是红军的什么部队。

昂登大队长回答："这里是我们红四方面军西北军区的直属机关……你问西北军区有多大？辖几个军。"阿嘉松吃惊："哦，这里管几个军？"昂登土司肯定："是的。"又举手朝前指，说，"那片是军区司令部。"又转了个方向手指说，"那边是军区后勤部。"最后指着他们行走前方说，"前面是军区政治部。"

阿嘉松指了下红九十一师的两个干部，问："他们给我说，这里有个比师长还高的长官要见我，你知道吗？"

昂登大队长笑答："是我们军区政治部的首长。"听了阿嘉松的再问，他笑嗔说，"你呀，你老爱问官有多大。"又答道："军区政治部首长，就是军级领导。"然后半开玩笑半自豪地问，"阿嘉松千户，你也真可以啊，我们红军的军级领导见你！哎，你觉得光荣不光荣？"

"光荣光荣，太光荣了！"阿嘉松忙不迭地回答，然后说，"我到茂县来，只是想见识一下红军，没有想到居然见了红军的师长军长。"然后又感慨地说，"我要是不来茂县看红军，我们俩也见不着面了！"

昂登大队长饶有意味地说："是啊，（第）一步对，步步对！你想亲眼见识红军，这第一步对了，后面就有这些好事了！以后啊，更要步步对哦！"

阿嘉松点头，表示明白昂登的话。他想到等会儿的接见，便问："你们政治部的首长为什么要见我？"

昂登大队长炯炯有神的眼光直视阿嘉松，说："我们红军有件大事，我向上级推荐了你。"

"推荐了我？什么事？"阿嘉松惊讶。

昂登大队长半开玩笑地问："你做不做吗？"

阿嘉松摸不着头脑，说："是什么事我都不知道。我有没有能力办我也不清楚，叫我怎么答应。"

昂登大队长站住，很严肃地对阿嘉松说："我推荐你，因为我了解你，知道你有能力做这件事！关键是，事情是我们红军的大事，你愿不愿意做，你敢不敢做！"稍顿，又说，"事情是有利于我们番民的事，是要我们番民不流血的事！"

阿嘉松明白了，红军要托他帮忙，办重要事，神情凝重起来。

阿嘉松走了几步，想了想，站住，对昂登说："我信得过你！你说是有利于我们番民，说要我们番民不流血，这样的事符合菩萨教谕，是行善积德，我尽力做！"

昂登脸笑开了花，豪爽地用拳捶阿嘉松肩头，说："我就知道你要做！我也不白跑一趟来见你。"他知道阿嘉松想问是什么事，接着说，"具体是什么事，见了我们首长你就知道了。首长要和你慢慢商量的！"

军区政治部的办公区域，是个大四合院。

阿嘉松和昂登大队长进去刚坐下，政治部办公室的一位领导进门来。他热情地说欢迎阿嘉松的话，然后与阿嘉松亲切寒暄，之后又简短问阿嘉松一些关于藏族部落的权力结构、藏传佛教寺庙的阶层结构等情况。

政治部办公室领导最后说："阿嘉松千户，我们军区政治部副主任曾传六同志，等会儿要接见你。他现在在开会。你和昂登大队长是老乡见老乡，两眼泪汪汪。你们先摆摆家乡的龙门阵，休息一下，好吧！"

政治部办公室领导离开后，阿嘉松和昂登大队长走回原位坐下。

阿嘉松对昂登大队长说："我到了镇江关镇山上，你的堂兄把你回到部落后的情况，仔仔细细地讲给了我听。那你离开部落以后呢？"

"我带了百十个兄弟，离开部落，走了三天，在北川县城附近遇见了红军……"昂登大队长兴奋地讲述起来，讲他参加红军后做的件件革命工作。

最后，昂登大队长说："现在北川那边是我们红四方面军的后卫部队，我在那边忙三件事。一是我们建立了一支千人的红军羌人大队，我任大队长，现在我的羌族战士正加紧进行军事训练和政治教育。二是北川那边后卫部队两三万人，每天需要几万斤粮食，我是羌族人，动员北川羌人卖粮食给红军，也够我忙的了。三是我还要安排好红军通过我的部落的借路问题。"

"借路？"阿嘉松惊讶道，"红军通过你的部落，有什么借路问题？"

"是这样的。我们红军先头部队从大路进入了松潘县境，占领了镇江关镇，因此我们红军现在不需要走白草河的崎岖小路。所以我们红军现在也没有进入我的部落。但是，如果今后战事需要，我们红军需要行军白草河小路怎么办？如果现在不把借路这件事办好，到时候红军要通过，部落要按国民党命令阻挡，那不是要打起来？我们红军北上抗日，不愿意途中与番民部落打仗，不愿意兄弟民族为国民党流血送命，因此上级希望我把我们部落今后借路给红军这件事办妥。"

"哦！"阿嘉松点头，问，"这事办起来难不难？"

"有一定难度。主要是部落的人怕如果我们红军路过他们不打，今后我们红军北上抗日走了，国民党清算他们！"

阿嘉松关切地出主意说："叫你们部落的人，当红军路过时，他们假装打一下，假装打不过，被红军赶到高山去了，应付国民党，行不行？"

"基本是这个法子。但是我那个坏亲戚，一心想继位当土司，所以想在国民党面前立功，今后国民党封他当土司。"昂登土司又说，"我现在已经弄好了制约他的软硬两手办法。软的一手，我叫人请他悄悄来北川见我。到时候，我把我随身带出来的土司官印和册封文书给他看，对他说如果他答应今后给红军让路，我马上就把土司官印和册封文书给他。否则，他会遭冷枪刺杀。我敢肯定，他见了我的面，听了我对他的软硬两手，他必然答应今后给红军借路！"

"哦——"阿嘉松听了，长吁一口气，为红军和羌民不打起来，都不流血感到欣慰。他念了一句藏传佛教经语，是汉话"阿弥陀佛"的意思。

阿嘉松问："哎，你说起借路，我在城里见那位师政委的时候，他也说起红军借路的话。你们都在说借路，是不是你们红军都有借路的事情？"

"是！我们红军各部都有借路的事，而且是当前面临的头等大事！"昂登大队长神情凝重地说，"我们红四方面军十多万人，当前要去与中央红军会合，然后十多二十万人北上。这么多部队行军，必须兵分很多路。这各路人马都要通过羌人藏族人的地区。但是国民党和胡宗南部队威胁强迫雪山草地的番民打红军，我们红军又不愿意打番民，你说，这借路是不是我们各路红军都面临的最重要的大事？"

"报告！"门口来了一位政治部干事，"昂登大队长，阿嘉松千户，曾副主任请你们去！"

曾副主任个子中等，但很有气度，一看就是高级干部。

阿嘉松见红军的军长般的高官，衣服和裤子都打着补丁，脚上的布鞋也已经磨得很烂，内心非常感慨！

阿嘉松仔细聆听曾副主任讲话。他觉得曾副主任虽然说话不快，声音不高，但用不多的话就把事情和道理说得很清楚，而且使人信服。他觉得曾副主任对人和气，但又有权威感。

曾副主任最后说："……我们红军到你们这片这少数民族地区，是为了绕道北上打日本，所以，我们不想打仗，更不想伤及少数民族同胞。那么，为什么我们进入茂县要打仗呢？是因为国民党军队要阻击追打我们，还派飞机轰炸扫射，茂县的地方武装也阻挡我们前进，不打不行，所以打了仗。

"为了摆脱国民党军队的追击，我部准备通过赤卜苏羌族聚居区，通过黑水藏族聚居区。这两个少数民族地区只要同意借路，我们是不会打仗的，请他们放心！"曾副主任最后又重复强调，"我们希望少数民族地区，都同意我们借路通过。我们希望得到他们的积极支持！"

阿嘉松这些日子接触红军上下官兵，接受了许多革命道理。他听了曾副主任一席话，明白了红军进入雪山草地面临的形势。阿嘉松向曾副主任表示，他非常赞同红军借路，非常反对国民党逼迫藏羌民族阻击红军。

"好啊！"曾副主任听了阿嘉松的表态，高兴地赞扬他说，"阿嘉松千户，你确实是个深明大义的人，是明辨是非爱国爱民的人。阿嘉松千户，通过昂登同志的介绍，我们了解你的非凡经历，知道你为民族同胞少受战祸苦难做了许多很了不起的事，也知道你受过国民党军队和政府的迫害。

"阿嘉松千户，我部红军当前在向赤卜苏羌族聚居区和黑水藏族聚居区借路一事上，遇到了困难。昂登同志向组织上推荐你，说赤卜苏的尔玛旺大首领，黑水的索赫大头人，都与你是交情很深的朋友！说你们之间互有帮助，一直来往密切！阿嘉松千户，我们希望你能帮助我们，说服尔玛旺大首领和索赫大头人，同意借路！"

阿嘉松慨然应诺。

曾副主任的一位下属，给阿嘉松介绍具体情况。他讲："……因此，在国民党的蛊惑和胁迫下，尔玛旺大首领和索赫大头人沿岷江西岸修筑工事，把岷江上的所有索桥毁坏，想据岷江天险阻挡我红军。他们认为红军打不过岷江，因此根本不与我红军接触，更别提借路谈判。

"在这种情况，为了表现我红军的战斗力量，我一个师打过了岷江。但是为了表现我红军不想打仗的真诚，那个师过了岷江就停了下来，在江边驻扎，并派出两个谈判小组，分别去见尔玛旺大首领和索赫大头人。

　　"尔玛旺大首领鉴于我军已经过江，屯兵于他领地边界的现实，接待了我谈判人员。但是索赫大头人仍然拒绝我谈判人员进入黑水地界。

　　"据我谈判人员送回来的报告，说胡宗南部队的国民党军官现在也住进了尔玛旺大首领的官寨。他们得到消息说，黑水的索赫大头人的身边，也住进了胡宗南部队的国民党军官。

　　"我谈判人员说，尔玛旺大首领受国民党军官的监视和威胁，不敢与我红军谈判人员接触。但对国民党军官逼他杀害我谈判人员的要求，尔玛旺大首领又慑于我红军军力，不敢下手……"

第四十九章　帮助红军借路

1

夜晚风寒。黑漆漆的天空中，孤月如钩，暗云飘浮。

羌族大首领尔玛旺官寨的夜色轮廓，像一个高低错落的黑色城堡。星光朦胧下的官寨房顶上，各处游动着持枪羌兵的黑色身影。

半夜里，城堡的一堵石墙上，一扇小窗户出现亮光。

穿过亮灯窗户，只见屋里一伙国民党军人在准备夜袭。他们中，一个军官挂着中央军少校军衔。他右颊有枪伤，使右眼乜斜，骄横相。另一挂中尉军衔的军官满脸胡楂。其余当兵的正把刺刀手榴弹吊挂腰间。

一番背枪挎弹后，胡楂中尉带着三个参加夜袭的兵站成一排，接受命令，准备出发。

骄横少校检查他们时，想了一下，吩咐两个士兵将步枪靠墙放，将自己的驳壳枪交给其中一个兵，说："你用这个。"他又对另一个兵说："你就不带步枪了。你负责往里丢手榴弹。"

他又看着领头夜袭的胡楂中尉，不放心地说："外面楼道七拐八弯，黑洞洞的，你不要摸错了！"

官寨庞大，非常多的大小房间分布得像迷宫一样，而且因为官寨建在山坡上，所以里面楼层高高低低，楼道曲折上下，内部结构复杂。

胡楂中尉说："错不了，我已经侦察好，到处都做了标记。"

骄横少校下令："那好！你们马上行动。到了那里，如果把门弄开了，你们就往里扔手榴弹。如果门弄不开，你们就隔着木板墙往里开枪。反正要把人给我打死！"

胡楂中尉等四人接受命令后，将子弹上膛，然后转身出屋。

楼道里无灯，漆黑得伸手不见五指。胡楂中尉佝腰弯腿，一手扶墙一手伸前，像瞎子一样摸索走。他后面的三个兵，都是一手牵着前面人的衣服一手摸石墙，盲人瞎马地跟着。

在一个拐角处，胡楂中尉用手掌在两边墙角处摸索。他手碰到钉在石缝中的竹签，对后悄声："往右拐。"……后面三个兵牵衣跟着……在一个短梯口，胡楂中尉又在墙脚处摸到竹签，悄声说："上梯子。"……黑暗中他们七弯八拐，上梯下阶，摸索到一个关闭的门口。

木门裂缝很大，透进外面夜空中的星月寒光，也把两个守门羌兵靠墙坐睡抱枪垂头的身影，显现出来。

胡楂中尉轻轻掏出驳壳枪，然后用手势布置士兵扑擒两个羌兵……胡楂中尉一个手势，他们四个家伙分别猛地扑向两个坐睡羌兵……两把驳壳枪抵在两个羌兵头上，两只大手卡扼住他们的喉脖，几声低吼："不准叫，叫就打死你！"……两个羌兵被捆绑手脚，塞住嘴巴。

门打开了，弯月星光下，外面是一屋顶平台。

平台半边是两间小屋。一间是敞室，另一间屋子门窗紧闭，墙壁是木板。

胡楂中尉四人蹑脚溜到紧闭的木门前。一个兵抽出刺刀试拨门闩，另一个兵掏出手榴弹握在手上准备投进。

拨闩士兵鼓捣一阵，回头悄声："弄不开。"

胡楂中尉见状，脸现急躁。他叫这个兵继续撬门，叫另一个兵去弄开窗户。

"谁？……干什么的？"屋里人被撬门弄窗的动静惊醒，发出喝问。紧接着里面传出拉枪栓的声音。

胡楂中尉面露狰狞，高声骂："他妈的赤匪！"举起驳壳枪对着木门木窗连连射击。另两个兵也举枪隔着木板墙壁往里乱打……

熟睡中的阿嘉松被枪声惊醒，一个翻身坐起。

阿嘉松听见枪声爆响好一阵……听见枪声停息，群狗狂吠……听见到处响起喝喊声和惊问声："谁在开枪？""哪里在打枪？"……听见官寨里外响起乱哄哄的声音。

阿嘉松披衣下床，走出里屋。睡在外屋的他的护从和随仆都起来了，两人手握腰刀。在黑暗中，阿嘉松听见门外过道里，也响起杂乱的开门声、脚步声、嚷嚷人声。阿嘉松谨慎开门观察。

很快，官寨里响起命令喊话："都回屋子里去！""没有事了。大首领发话，都回屋子里去！""大首领发话，不准出来，不准走动！各人回屋关上门。"

官寨房顶上，值哨的羌兵对周围的山寨百姓高喊，说官寨里面没有发生什么事情，叫惊醒的羌民不要惊慌，都各自进屋睡觉。

阿嘉松也退回屋里，重新上床。

阿嘉松是前天傍晚到这里的，此时无法入睡，回想起昨天的一些情况：

昨天上午，尔玛旺大首领在官寨衙厅见他的时候，显得心事重重，话很少。一个国民党少校军官也在座，他一只眼乜斜，骄横相。尔玛旺大首领介绍军官是国民党胡宗南司令的代表，介绍阿嘉松是松潘大商人，是松潘县政府的噶布金矿的护矿大队长。

骄横少校用审问的口气问阿嘉松来干什么。阿嘉松说快到鸦片收获季节，来做鸦片生意。少校说赤匪红军遍野，怎么能做生意。阿嘉松说正因为兵荒马乱，烟帮烟商不敢上路，鸦片价格大跌，正是生意机会。少校盘问阿嘉松从哪条路来。阿嘉松谎称说，因为岷江大道上有赤匪军队，所以他从松潘进草地，绕道毛尔盖进黑水，然后到这里。

尔玛旺大首领听到这里，嘴角含有意味地一笑。

骄横少校查问完了阿嘉松的来历，仍然不顾尔玛旺大首领主人见贵客的场合，竟然又按自己贪婪欲望问起噶布金矿的产金情况。尔玛旺大首领心中起火，脸现不快，说："少校你既然对那个金矿感兴趣，那你和阿嘉松大老板慢慢聊。我有事去处理一下。"

尔玛旺大首领站了起来，有意说："阿嘉松大老板，你是我的贵客。你也看见了我现在的情况！我很忙，没有什么时间陪你，请海涵。"他又指着身边一个长着丹凤眼的亲信，说，"我让他多陪你，你有什么，尽管对他说！"

尔玛旺大首领走出衙厅时，骄横少校继续贪婪地打问噶布金矿。阿嘉松应付少校军官一阵后，反过来打听进入了雪山草地的胡宗南部队情况。骄横少校又吹嘘国民党中央军和川军对红军的前堵后追的"围剿"计划。

昨天午饭后，礼陪阿嘉松的丹凤眼亲信，在客房里与阿嘉松聊天。他俩很熟，他们是当年在黑水抗击川军的战场中相识的。

当时，丹凤眼亲信告诉阿嘉松，官寨里还住的有红军来谈判的代表。胡司令的代表要尔玛旺大首领杀害红军代表，大首领以羌人遵守"两军交战不斩来使"的古训拒绝。胡司令的代表又要求把红军代表押解出境，大首领内心实在不想打仗，犹豫不决。胡司令的代表为了不让大首领接触红军，成天派手下盯着大首领。

丹凤眼亲信还回答阿嘉松说，红军代表是红军打过岷江后派来的。两天后，胡司令的代表也来了。因为红军卡住了松潘镇江关隘口，胡司令的代表是从小黑水翻山走小路而来。

夜风呼啸。夜半枪声后的官寨，又重归寂静，但黑沉沉寂静里飘荡着不安。

阿嘉松和衣斜靠在床上，思忖着刚才的枪响事件。他想到枪声密集且时间长，认为胆敢夜半在大首领官寨里疯狂开枪的只有国民党军人。他因此推测，事件是国民党军人夜袭红军代表，目的是把尔玛旺大首领逼上阻击红军的绝路。

想到此，阿嘉松为红军谈判人员的生命安全心生担忧，坐立不安。

阿嘉松又想到自己接受红军委托，前来劝说尔玛旺大首领和索赫大头人同意红军借路。他思绪翻腾，难以入睡，干脆点亮油灯，在屋里踱步思考。

后半夜，窗外山风更大，还夹杂稀疏雨声……

天亮了，太阳升起来了。

清晨的阳光照耀着庞大的官寨，人们又开始一天的忙碌，但是到处都是交头接耳的现象。官寨外的羌寨里，人们也都议论昨夜爆响的枪声。

阿嘉松早饭后回到客房，对礼陪他的丹凤眼亲信说，请他带话给尔玛旺大首领，说自己想与他单独相谈。

虽然客房里屋只有他二人，丹凤眼还是压低声音说："阿嘉松千户，你是大首领最敬重的朋友，你的睿智人所皆知。大首领现在左右为难很是焦虑，非常需要有人帮助他拿主意。所以你来了，大首领正好要找你谈！但是，如果胡司令的代表发现大首领和你长时间地密谈，肯定要追根刨底盯问，惹出麻烦，说不定连你也监视起来，阻挠你们商量事情。所以，大首领会安排很稳妥的密见。"

知道了尔玛旺大首领正在安排与自己密见，阿嘉松心里宽松了一点。

阿嘉松见眼下无事，决定和丹凤眼亲信聊聊，打听昨夜事件，了解尔玛旺大首领及其臣属的当前情况，相机做一些丹凤眼亲信的工作。

于是阿嘉松建议："现在太阳好，又没有风，我们到房顶上坐坐？"

尔玛旺大首领的官寨屋顶，从高处俯瞰，就像高低错落的许多小方梯田。

两人来到一处房顶平台。丹凤眼亲信对不远处的岗哨羌兵挥挥手打了招呼，又示意他的手下和阿嘉松的随仆护卫，都坐在房顶门口。

房顶上有一张矮桌数条矮长凳，二人坐下。

阿嘉松看着漫山遍野的庄稼和罂粟，看着星罗般分布在高山上的羌寨，别有意味地感叹说："唉，一打起仗来，庄稼和鸦片毁了，寨子房屋也毁了！"

"是啊！"丹凤眼亲信应声后，沉重地叹了口气，又摇了摇头，满眼忧虑，分明表现出不愿与红军打仗的情绪。

　　阿嘉松问："昨天夜里的打枪，是怎么回事？"

　　"是胡司令的代表派手下去袭击红军人员。"丹凤眼声音不大，示意阿嘉松也压低声音。

　　阿嘉松低声地关切急问："红军人员被打着了吗？"

　　"一个士兵被打伤了，伤得不重。红军人员住的是上下两层，当官的睡下层正房。睡屋顶板房的两个士兵有防备，枪刚响他们就跳下楼梯了。"

　　阿嘉松轻轻长舒一口气，又问："你们平时对这事没有防备？"

　　"唉，防备不够！"丹凤眼亲信说，"胡司令的代表来了后，大首领就把红军代表转移到官寨角落软禁起来。大首领既不与红军代表再接触，也不准任何人靠近那里。进入软禁红军代表住房的通道，安了岗哨日夜把守。谁知昨夜岗哨失职睡觉，出了事。"

　　稍顿，丹凤眼亲信又说："大首领正为这事震怒！"

　　阿嘉松明知故问："大首领震怒什么？"

　　丹凤眼亲信没好气地反问阿嘉松："震怒什么？要是客人在你家里开枪打炮，杀人乱来，你气不气？！"

　　"气，气！确是太气人了！"阿嘉松火上浇油说，"胡宗南的人这么干，是太不尊重主人了！确实没把大首领放在眼里！"

　　这话丹凤眼亲信听了合心，他于是进一步说："大首领生气，一是胡宗南的代表简直不把大首领放在眼里，二是气他们一心要我们羌族人替他们流血送死，完全不顾我们羌族人家园毁灭，部落衰亡的后果！"

　　阿嘉松为加剧丹凤眼亲信的愤怒情绪，故作恍然说："哦，原来是胡宗南的人想杀了红军代表，既阻止大首领与红军代表谈判，又激起红军对你们愤怒发兵。"

　　"是的。他们想杀了红军代表，把我们逼到与红军开仗的绝地！"

　　从丹凤眼亲信的这番话，阿嘉松完全探明了：尔玛旺大首领及其臣属非常不愿意与红军打仗，而且很反感国民党军队的胁迫。

　　于是，阿嘉松对丹凤眼亲信说："你我是战场上结识的多年老朋友了，相互信得过，你对我说交底的话，好吗？"

　　丹凤眼亲信痛快答应："行！你想问什么，你问！"

　　于是阿嘉松问："既然大首领不愿意与红军打仗，那为什么不与红军谈判？"

虽然周围无人，丹凤眼亲信仍然警惕环视一下，然后说："有两个原因。一是胡宗南的代表住在官寨里盯着，我们怎么可能与红军代表谈？二呢，大首领，还有我们这些大首领的臣下，都信不过红军。怕谈判时红军啥都答应得好，但是当他们假意借路，不费一枪一弹进来了，却搞打土豪分田地，杀富人掠财富！那样，我们大头领，我们这些大头领的臣属，一个个脑袋都冤枉落地……"

2

夜晚了。

通过一条暗道，阿嘉松被带进密室。密室的石头墙壁上，四面各燃一盏油灯。气窗位置很高，透着外面夜空星光。

尔玛旺大首领坐在一张豹皮椅子上，眉头紧皱，面色凝重。他的重臣亲信有七八人在座。密室里气氛低沉肃然。

阿嘉松的座位靠近尔玛旺大首领，单独在室内右侧。尔玛旺大首领的臣属都坐阿嘉松对面，他们对阿嘉松致羌族礼节，阿嘉松回以藏礼。

这种场合不寒暄，尔玛旺大首领问："你为什么对胡司令的代表说你是从黑水过来的？"他清楚阿嘉松是从红军控制的岷江东岸地区过来的。

阿嘉松直言："国民党的人，一听见'红军''共产党'就疑神疑鬼。岷江大路红军控制着，我说我从那边来，那个少校肯定要使劲盘问我，麻烦！"阿嘉松在这个场合，按自己意愿称呼红军前面不加"赤匪"两字。

尔玛旺大首领点头，然后说："是啊，现在打仗时候，你怎么还跑出来？"

阿嘉松在接受红军委托时，曾副主任说，为了有利于他说服尔玛旺大首领和索赫大头人，也为了避免有坏人对他暗杀，叮嘱他不要暴露自己接触过红军高层；更不要暴露自己是来帮助红军做劝说的内情！

因此，阿嘉松另外准备了一套话。他先问："我们松潘换了县长，新县长那家伙坏得很，大首领知道吧？"

"知道，他姓汪。你们松潘人都叫他汪野狼。据说他在西康杀人杀喇嘛不少，很残忍！"

阿嘉松又问："凌尔武总舵爷父子把噶布金矿弄停产的事，你们听说了吗？"尔玛旺大首领点头。

阿嘉松于是说："汪野狼那家伙为了敲诈勒索我，想给我扣个与凌总舵爷串通破坏政府金矿的罪名。在这关头，传来红军进攻茂县的军情，于是汪野狼忙于守城抗红，对我放松，我就赶紧离开松潘，出来避一避，到各地看看老朋友。到这里看看你，去黑水看看索赫大头人。另外，一打仗，市场大乱，东西有的大涨有的大跌，也正是做生意的机会，我顺便也就看行情做生意。"

尔玛旺大首领关心地说："战乱了，有战乱生意机会，但危险也大啊！你过去多次做危险生意，都差点丢命。当时，你是图摆脱贫困翻身出头。现在你是大老板，又有贵族身份，尊身金贵，还是别冒什么危险好！"

阿嘉松对朋友的真挚关心，很感动，说了衷心感谢话。

尔玛旺大首领继续问："你从松潘出来，一路看见的红军的情况，说来听听？"

"好！"阿嘉松料到尔玛旺大首领会问这个问题。他已想好了要借此宣传红军，以打消大首领和他的臣属对红军的恐惧。阿嘉松将在茂县看见的红军情况，搬到松茂大道上。

阿嘉松有意细叙："我出松潘后，打听清楚了，当时中央军和红军在镇江关一线对峙。据说中央军曾在那里多次强攻红军防线，投入不少兵力，但都没有突破，反而损失惨重，就停了下来。双方没有再交火。对过路人都放行。

"我为了避免惹眼，上路穿旧衣服只带两人，更不敢带枪。从松潘出来一路上，中央军有好几道防线。大路上设卡，当地保安兵盘问人，收过路钱，叫抗红捐。我带的有松潘县政府的路条，通过也顺利。

"中央军的防线与红军的防线，中间隔了近二十里。我在这个中间地带的山腰上找了一户农家借住，然后到大路上打听红军那边的情况。路人都说红军讲规矩，说那边秩序正常，一点不乱。我为了把稳，又派我的随仆进红军那边看看。"

听到此，尔玛旺大首领及其臣属都露出更为关注的神色。在油灯下，阿嘉松看在眼里。

阿嘉松继续讲："我的随仆回来说，红军那边的路卡对过往人基本不盘问。说他进了镇江关镇，见红军很多，但镇上的房子都完好，没有一点烧房子砸烂门窗的迹象。说镇街上的商店饭铺旅馆一切都照旧开着。他问了，都说红军不烧杀抢掠，还讲规矩。我的随仆还说，镇街上来卖粮食卖菜蛋等东西的农民不少，说是因为红军需要量大，又给钱公道，传出去，四方农民都来卖。我还不放心，又派我的护从再去一趟。回来说的跟随仆说的一样。这样，我才进了红军占领的镇江关镇，亲眼看了确实是那样。在以后的一路上，我看见整个岷江河谷地带，红军部队都很多。不过到处都太平。"

说到这里，阿嘉松故意问："大首领，我在路上碰见很多从茂县县城出来的人，他们也都说红军不烧杀抢掠，还说红军对人和气，买卖公道。大首领你在茂县县城有半条街的房子，有大生意，对于红军进县城后的情况，你的人回来怎么给你禀报的？"

尔玛旺大首领回答："是你说的那个样子！"然后沉默。

阿嘉松也不再说话，表示回答完了。他心里有些许高兴，因为他感觉到：他带倾向地说红军好的话，尔玛旺大首领和他的臣属都认可和接受。

油灯静静燃烧，密室短暂沉寂。

过了一阵，尔玛旺大首领问："阿嘉松千户，我的为难你已经清楚了，你说我该怎么办？"

阿嘉松直截了当回答："肯定不能与红军打仗！"

尔玛旺大首领不做反应。他的臣属也无人吱声。

阿嘉松见状，力劝说，"川军几万军队守茂县，被红军轻易打垮。胡司令的代表对我说，他们十万大军开进来。但是，他们装备精良人数众多的中央军，却连镇江关的红军防线都突不破。大首领，川军中央军打红军尚且如此，你们赤卜苏羌人能跟红军打吗？"

"唉——"尔玛旺大首领忍不住重重叹息一声，表露出他内心焦虑，也表现认可阿嘉松的话，心里在激烈思考。

阿嘉松转头对大首领的臣属们说："你们地里的鸦片就要开收了，粮食也眼见丰收在望。一打仗，全毁了。今年粮食全没了，鸦片更是连明年的收成也完蛋。打仗，地里毁一两年的收成，可是寨子毁了，房子烧了，那是十年八年都修不起来的啊！打仗不仅是财产损失，更重要的是人啊！你们赤卜苏的羌族人一共就这么多。打仗把男人都死伤了，红军走后，你们这个富饶的坝子怎么抵御外来侵犯？你们羌人的家园靠谁来保卫？"

臣属们听了阿嘉松这席话，想到自己的房屋田产财富，不禁都沉重嗟叹。

阿嘉松又说："我知道，你们怕同意红军借路，红军进来了却烧杀抢掠，分田分房。但是，你们想过没有，如果你们好心借路，红军都要做那些恶事，那你们打红军，把他们人员打死打伤，激怒他们，他们不是更要对你们那样了？何况打仗，你们在枪林弹雨中打必败的仗，更是丢命送死啊！"

丹凤眼亲信早已接受阿嘉松的劝说，这时带头说出："不能打。跟红军打仗，我们就全完了！"有两三人出声附和。

尔玛旺大首领仍不表态。他心里接受了阿嘉松的说理，暗自思忖不打红军该怎么办。

总带兵官见大首领不表态，便眼光逼视阿嘉松问："你的意思是借路给红军？你认为同意借路就可以保住我们羌人的寨子家园？他们红军就不会收走我地里的鸦片和粮食，不会抢光我们家产财物牛羊骡马？"

大总管也问："即使我们同意了借路，但为了保险，红军来了，大首领还是会带着我们退到深山躲起的。那时候，这里没有首领，全是穷户下人，红军会不会借此建立赤色政权，分我们的土地房屋？"

对这些问题，阿嘉松与曾副主任已经有探讨：他阿嘉松不宜做正面回答，而应借其促进民族首领派人接触红军。

于是阿嘉松说："这些问题，对你们太重大了，所以，你们应该派人去红军那里亲自问，亲耳听，看红军怎么回答！你们应该借跟红军谈判的机会，用你们自己的眼睛看看红军究竟是什么样的军队，用你们自己的实实在在探查来拿定主意！"

听阿嘉松这一说，尔玛旺大首领心里决定：派人去与红军谈判借路。只是他仍然不语。

阿嘉松又促进说："胡司令的代表不是说吗？现在川军正从各地调集军队，马上开始从后面'追剿'红军。这就是说，红军不会久等你们回音。所以你们这样坐在官寨里犹豫不决，只会耽误时间，最后害了自己！你们现在唯一的办法，就是赶紧走出去接触红军，去试探试探。"阿嘉松又催促，"你们必须抓紧！"

丹凤眼亲信又出声支持："阿嘉松千户说得对，不管红军是好是坏，我们现在只有跟他们接触，深入试探！"又有人附和。

大总管和总带兵官也没有出声反对。他二人是部落两大姓的族长之一，他们的态度对尔玛旺大首领很有影响。

至此，尔玛旺大首领也考虑成熟，他暗定立即派出属下去见红军。他开始考虑派谁去，他试探问："你们谁愿意带队去跟红军谈？"

无人应答。包括大总管家和总带兵官都面露惧难畏缩神色。尔玛旺大首领见状，稍有不快，心里开始物色掂量人选。

这时，一个亲信咕哝说："现在胡司令的代表监视着我们，没法派人去见红军！""是啊是啊！"有人出声附和。

阿嘉松对此已有考虑，说："胡司令的代表住在这里，使你们既无法接触这里的红军人员，也无法派人去红军那边。因此，我出个主意，你们看行不行？"

"请讲!"尔玛旺大首领口气急迫。

"对胡司令的代表,你们先当着他们的面,将这里的红军人员押送出境,紧接着对他们说,红军见其代表被赶出,肯定大怒,会马上发起进攻。他们作为胡司令的代表如被打死在这里,你们担不起责,因此要马上护送他们去黑水绕道回部队。"

尔玛旺大首领深深点头。

于是臣属们纷纷说这个主意可以。还有人说:"为了避免红军真的误会,大怒起来马上开仗,最好在途中悄悄告诉红军人员,我们马上派人去见他们的大长官。"

尔玛旺大首领此时已经考虑好人选。他决定将他最重要的近臣——大总管和总带兵官,一起派出。

尔玛旺大首领先对总带兵官下令:"明天一早,你亲自带人押送红军人员离开官寨。记住,你要负责保护他们的安全,一定将他们平安送回!"又转头对大总管下令:"你负责劝说胡司令的代表,三天之内离开!准备一笔钱,对他们说,离开,就是路费。"

二人领命后,尔玛旺大首领又对他二人下令:"我决定,你们二人作为我的特使,一起带队到红军那边去。去谈判借路,去打探情况。回来,要拿出个主意!"

大总管和总带兵官一听此令,都面现惊愕。他们虽都躬身领命,但应命的声音含有勉强。

一老臣属谨慎说:"大首领,总带兵官和大总管作特使进入红军大营,如果被扣留,您就失去左膀右臂啦!现在情势如此危乱,您身边更需要他二人辅佐。再说,如果红军把他们扣留当人质,提出我们难以接受的要求,就更添大乱了!在下意思,是否可另派他人?"

此话一出,臣属中有人说是,有人疑惑。他们不约而同地都把目光投向阿嘉松。

尔玛旺大首领对此已有深虑,知道红军不会干扣留特使的事情。但他不说,而是看着阿嘉松。

阿嘉松知道此关键时刻,气只可鼓而不可泄,便大声断言:"红军绝不会扣特使做人质!你们知道,扣来使杀来使往往是弱军对强军的不义之举。现在红军的军力完全可以轻易进入你们这里,根本不需要以人质作条件。红军之所以不行武力,提出和平通过,是要行仁义。他们怎么会干扣留特使的龌龊事情?"

阿嘉松有个既定打算，他干脆此时提出："要不，我陪你们的特使去见红军？"

轰然一下，密室里响起一片叫好声，大家纷纷夸赞阿嘉松。大总管和总带兵官更是面露喜色。

尔玛旺大首领也喊好，说："好！阿嘉松千户真是我们真诚的朋友！我们赤卜苏羌人都感谢你啊！"

尔玛旺大首领神情变得欣然，说："事情就这么定了，大总管和总带兵官你们二人作为我的特使，带队去见红军。"

他又对大总管和总带兵官解释说："你俩是我的左膀右臂，我派你们去，一则向红军表示我对他们的尊重，表示我对谈判的诚意和重视。同时，因你二人的地位，也希望红军看重我的代表，有高官出面，真诚相谈。第二，你们回来后的禀报，事关部族存亡，恐起争议。你二人是大姓族长，你们两人的共同意见，有利于我部族保持团结一心。"

众臣属都心悦诚服地齐说："大首领英明！"

于是尔玛旺大首领和众臣属就组特使队的各项事宜，一件一件地具体商量起来。阿嘉松也参与商议……

密室外，满天繁星。北极星明亮闪烁，北斗七星慢慢移动。

夜半了，派特使去见红军的各项事宜商议完了，众人也现疲倦神色。

阿嘉松因为成功，心中高兴，毫无倦意。他想到红军还委托他去劝说索赫大头人，想到如果把羌族人的决定告诉索赫大头人，肯定会对他产生很大触动和促进的！阿嘉松决定就此提出建议。

当尔玛旺大首领准备结束会议时，阿嘉松提议说："大首领，我还有个建议！黑水那边的情势与这里一样。索赫大头人肯定也面临同样问题左右为难。我提议，将您派特使去见红军的事密告索赫大头人，建议他也派出特使，双方联合组队，一起去与红军接触谈判！"

"好！好！"总带兵官性格火暴，情不自禁脱口喊好。他心里想的是深入虎穴，人多势大。

大总管也连说赞同。他心里想的是人多主意大；想的是如果比他们强大的黑水也只能同意红军借路，他肩上的责任担子就轻多了。

其他众臣属也都纷纷表示赞同……于是尔玛旺大首领做出同意决定。

第二天，初升红日照耀羌族山寨。

总带兵官押护着红军人员离开尔玛旺大首领的官寨。那个满脸胡楂的国民党中尉军官带着一个兵跟在队伍后面，监视前行。

斜眼骄横的国民党少校军官站在他屋里的窗户前，遥看着渐渐走远的红军人员。这时，大总管的手下来到，说大总管有请！

黑水河清澈湍急。

沿河蜿蜒的山路上，阿嘉松和尔玛旺大首领派出的两个使节，带着属下随从等一行人，骑马挥鞭，前往索赫大头人的领地。

3

黑水地区纵横五百里，境内却有八座雪山，因此自然条件恶劣。到处山高峰险，谷深林密，雪水湍急，路狭崎岖。

阿嘉松等一小队人马，骑行在这崎岖山路中。山路狭窄，只容单骑。尔玛旺大首领派出的两个羌使，一老一年轻，因为要和阿嘉松交谈，所以他们三人的马挨得很紧，头尾相连。

一路上，他们看见许多藏寨因为四年前的川军兵燹，现在还未复原。藏族人用石头砌房是很费时间和财力的，所以山山寨寨里，还有不少房子正在修建垒砌，残垣废墟也犹存。

当年他们三人都参加了黑水战争。那次战争的惨烈使他们刻骨铭心。现在，黑水地区又面临大战，这使他们走此山路不禁回想起当年川军溃败惨景：尸横山野百里不断，血染沟壑腥臭连天。

年老羌使感叹道："如果这次索赫大头人也像那年打川军那样打红军，这条路上就又是尸骨遍野血流成河了！"

年轻羌使说："如果那样，那这漫山遍野就不只是红军的尸体了，也会堆满黑水藏族人的尸体！"

这两个羌使与阿嘉松单独相处时，对红军也不称赤匪。这主要是他们随阿嘉松，同时也因他赤卜苏羌人已经决定同意红军借路，不宜称呼敌对。

年老羌使问："如果那样恶战一场，双方死亡惨重，最后红军穿过黑水北上抗日去了，这黑水地区会是什么样子呢？"

"还会是什么样子？各部落都跟红军拼光了，那走进这黑水，几天看不见一个人影；走进山寨，空荡荡的只有几个孤儿寡母孺老残了。"

年老羌使说："是啊，这个后果对黑水人是很可怕的，索赫大头人应该是明了的。阿嘉松千户，你向我们大首领提议，劝索赫大头人也派人去见红军，就是基于此吧？"

阿嘉松骑行在中间，回答道："是的，是基于此！我希望索赫大头人派特使去见红军后，不要下令部落阻击红军。这样双方都不要死人，黑水地区不受战争祸害！"

年轻羌使问："阿嘉松千户，你觉得索赫大头人会听我们的劝吗？他的顾虑会很大吧？"

"他的顾虑会很大！"阿嘉松回答，"首先，他肯定也怕红军以借路为名，进了黑水就不走了，杀他们部落首领，抢光财产，把穷人农奴弄起来建立红色政权，分地分房分牛羊。而且，我估计索赫大头人还有一个重要想法。"阿嘉松停顿话。

年轻亲信急问："重要想法？你估计索赫大头人有什么想法？"

"四年前的黑水战争，索赫大头人打败了川军，混成五旅几千人全被杀死，所以川军骨子里一直记恨他。这些年来，索赫大头人一直想与川军的省政府和屯殖署搞好关系，但川军各级政府都仍对他冷淡敌视。所以，现在中央军来了，索赫大头人一定想依上中央军当靠山。为此我估计索赫大头人啊，他会想打红军，想打出个样子，好取得中央军对他赏识！"

阿嘉松骑在马上正分析说，突然前面人喊叫起来，说领头的马踩垮路边，滑下坡了……

4

一路快马，日夜兼程，阿嘉松一行人抵达索赫大头人的临时官寨。

索赫大头人的老官寨被川军焚毁，现正重建。四年前川军败溃时疯狂纵火，不仅将所有部落首领的官寨烧成灰烬，把沿途的村寨和喇嘛庙也都放火焚毁。这当然激起黑水百姓的极大愤怒，这是败军几乎无人生还的原因。

阿嘉松一行人风尘仆仆进了索赫大头人的临时官寨。里面不大，而且简易。阿嘉松和两位羌使被安排进一间稍大点的客房。接待他们的值事对他们表示歉意，说官寨上客房只有三间，都被中央军派来的军官住了。

三人洗漱换衣刚完，阿嘉松的随仆进来对他禀报："老爷，凌总舵爷来了，说来看你。"阿嘉松一时没有回过神，反问是谁来了。

"阿嘉松千户，别来无恙啊！"凌尔武一身军装马靴锃亮地出现在门口，他做出一副派头，声音傲气地招呼。

阿嘉松惊讶："哎？凌总舵爷，你怎么在这儿？"

凌尔武未答，而是说："我听说官寨里来了贵客，一问，说是尔玛旺大首领派了羌使来，说还有你。我就过来看。嗨，果然是你啊！哎？这兵荒马乱的，你怎么跑到这里来？"

阿嘉松没料到在这里碰见凌尔武，而且见他一身军装，很是惊愕，也顾不得回答，而是继续追问："凌总舵爷，你怎么在这儿？你这一身军装是……？"

"没见过吧？"凌尔武很得意地用手拂掸军装，说："这是中央军的军装！怎么样？比川军的军装，穿着神气多了吧？"他又指着肩章说，"认识吧？中央军的中校肩章，我现在是中央军的中校军官了。顺便说一下，我这次来，身负军事任务，所以他们都称呼我'凌中校'。"

凌总舵爷端起中央军大军官的架子，转身对着两位羌使，问："二位是尔玛旺大首领的使节？来见索赫大头人有什么事啊？"

两羌使口呼"凌中校"，致礼，回答身份后，说："我们是来向索赫大头人求援兵的。我们抵抗不住赤匪红军了，情况危急，我们老爷请索赫大头人增援。"

"求援兵？你们那儿情况危急？"凌尔武透出紧张神色，然后说，"求援的事，等会儿见了索赫大头人谈吧。"他转身向着阿嘉松，问："你怎么跟他们在一起？你来有何贵干？"

"这话说来就长了。见了索赫大头人，他也要问我这个。我就给你们俩一起回答吧！"阿嘉松听凌尔武说他身负军命，想摸他的底，便请他坐下。

凌尔武坐下后，阿嘉松又接着追问："凌总舵爷，哦，凌中校，你说你身负军事任务，那你是中央军派来的啰？"

"当然啦！赤匪红军来势凶猛，胡宗南胡司令的部队开进我们松潘，要用人嘛，就征召我了！"听凌尔武的口气，还以为他是中央军招贤请出山的。其实是胡宗南的先头部队一进松潘，他便上门，自报效命。

阿嘉松继续探问："中央军怎么想到派你到黑水？你来黑水有什么任务，能说吗？"

"能说，有什么不能说的？！先说怎么会派我来黑水。我跟索赫大头人的父情你是知道的。"凌尔武把脸转向两羌使，说，"你们可能不知道。当年索赫大头人和侯军长签了停战和约后，欲结交天下豪雄。松潘是他的比邻，他便与我凌家交好，歃血为盟。后来川军三十七军田军长见侯军长势力衰退，想插足这雪山草地，便委任家父为'松理茂统领'，持其军书进黑水，与索赫大头人加深感情。

"中央军来后，侦知赤匪红军要通过黑水地区，但他们的军力有限，分不出部队进黑水布防，因此传令索赫大头人阻击赤匪红军。中央军得知我家与索赫大头人的关系，便征召我进中央军，挂原中校军衔，授职行营参谋，来向索赫大头人传达对他的封官授职，同时下达对赤匪红军的作战命令！"

阿嘉松吃惊问："封官授职？中央军封他什么官？"

"嚯，这官不是中央军封的。封官的来头，一个是南京中央政府，授予的官职是'松理游击剿匪司令'；另一官职是四川省政府授予的，叫'松理茂守备司令'。怎么样？索赫大头人头上的这两项官帽，够大了吧？"

两个羌使听见，有些莫名其妙地问："这两个司令，官到底有多大？"

"多大？"凌尔武别有意味地一笑，说，"很大，很大！"

这时，接待值事带着厨房的人进屋，摆上膳食。凌尔武见阿嘉松等人要用餐了，起身告辞。

阿嘉松三人用餐后，休息了一阵，两个羌使应召去见索赫大头人。

阿嘉松没有去。他们来之前，知道索赫大头人身边有中央军的军官，所以商议：两个羌使假装是来黑水请求援兵抵抗红军；而阿嘉松呢，就说是会朋友做生意，到了尔玛旺大首领那里和来索赫大头人这里。因此，索赫大头人见客有别。

阿嘉松半躺在床上，激烈思考。

到这里之前，他只估计索赫大头人为取得中央军作靠山，会起意打红军，但不会强烈和坚决。却没有料到，国民党中央政府和省政府都竟主动给索赫大头人封官，予以拉拢。虽然这两个"司令"只是一张委任状纸，不给一兵一枪一分钱，但是阿嘉松估计，这会诱促索赫大头人坚决打红军，因为索赫大头人对官帽有强烈的渴求：

从元朝到清朝有个七百年的官规：部族首领中，只有"土司"和"土官"才是朝廷命官，属于统治者阶层。而"大头人"只是部落酋长称谓，不算官，等级仅在庶民之上，而且在"土司""土官"之下。虽然现已是民国，但此等级观念仍僵化在藏族社会中。因此，索赫大头人虽已称王称霸，但论等级，却比衰败土司或者小部落土官都低。这使他一直有屈辱之痛！

当年与川军签订停战和约，索赫大头人强烈要求政府册封他"梭磨土司"。但川军的省政府不仅拒绝，甚至连"土官"头衔都不给他。以此对他进行羞辱。这之后，每当军阀省主席换位，索赫大头人都以祝贺为名送去重礼希图买顶官帽，但全落空。这是他的锥心之痛，更使他强烈渴求官帽，以获得藏族人尊崇的等级高贵的标志！

阿嘉松为此忧心。他担心索赫大头人被国民党政府的两个"司令"官衔引诱，失去理智，不顾后果地强令黑水百姓打红军！

而且，阿嘉松还有一个新忧虑，那就是凌尔武的出现。

阿嘉松在尔玛旺大首领官寨见识过中央军军官。那个少校初来雪山草地，对当地一无所知，对打红军，只会放空炮，根本不能与尔玛旺大首领深谈。阿嘉松原以为索赫大头人身边的中央军军官也是如此之人。

但是，凌尔武就不一样了。他知晓黑水，尤其是他对索赫大头人很了解，又是老交情，因此他可以摸着索赫大头人的心思，与其深入交谈，有力地诱劝他出死力打红军。

还有，尔玛旺大首领官寨里的少校军官，不识羌区地理，生怕红军打来，他不知往哪条路怎样逃命，因此稍一吓唬就赶紧溜号。

但是凌尔武了解黑水的山川路径，即使红军打到离他不远，他仍可以选择多条山路从容逃离。所以，阿嘉松很担心凌尔武为了向中央军表忠邀功，不轻易离开这里，从而使索赫大头人难以派出特使与红军接触！

夕阳斜照。两个羌使受索赫大头人接见完毕，回到客房。

他二人进屋后，关上门，与阿嘉松挨近相坐，然后低声讲述接见情形。

两羌使讲，他们对索赫大头人讲述羌区形势时，把红军的军力形容得很是强大，说红军渡过羌军防守的岷江简直是迅雷不及掩耳，说红军攻势犹如暴风骤雨；说红军现在如泰山压顶逼近尔玛旺大首领官寨！他们请求索赫大头人派出黑水藏兵帮助保卫尔玛旺大首领的官寨，否则，大首领只能躲进深山了。

年轻羌使讲："索赫大头人听了我们讲后，吩咐请凌中校等人来听听。不一会儿，凌中校以及中央军的一个少校和一个上尉三人，一起进了衙厅。索赫大头人要我们把刚才的话重复再讲一遍。

"凌中校他们三个军官听了后，哑口无言。过了一阵，他们问起住我们那里的那个中央军少校。我们说，他们见红军来势凶猛，早离开了。我看见凌中校他们三个军官的脸都变得僵硬。

"索赫大头人问凌中校他们，对我们羌人的求援该怎么办？他们三个军官开不了口，弄得气氛尴尬。于是凌中校说他们下去研究一下，便离开了衙厅。"

年轻羌使指着年老羌使，说："他见凌中校三个军官离去，便走到索赫大头人身旁，低声说我们带有尔玛旺大首领的重要口信，需秘密相告。于是索赫大头人带我们去了他的密室。"

年老羌使说："密室门窗紧闭，只有我们三人。索赫大头人先问我俩与我们大首领是什么血缘亲戚关系，又问我俩在大首领手下任什么差，然后才问我们带的什么口信。我们把我们大首领决定要派特使去见红军的事情说了，还转达了我们大首领希望索赫大头人也派出特使，双方一起组队去见红军高官。

"索赫大头人真沉得住气，听了这事，脸上一点表情都没有，而是问：'赤匪红军抵达岷江东岸时，你们大首领给我送信来说他要进行抵抗。怎么现在态度又变了呢？'

"我们于是把我们大首领做此决定的前后过程，详细如实对索赫大头人禀报。因为是您的一番劝说促使我们大首领作此重大决定，所以我们提及了你，不然整个过程叙述不清，反而会误事！"

……

晚饭后，阿嘉松被请到索赫大头人的藏式小客厅。

索赫大头人的小客厅有两个，陈设装饰分别是藏式和汉式。这个藏式客厅里供有菩萨像，神龛上摆了六盏长明酥油灯，所以天黑室内也不用另燃油灯。

阿嘉松坐下后，索赫大头人也不寒暄，开口说："阿嘉松千户，你有话想对我说？"不等阿嘉松回答，他接着说，"凌总舵爷和你我都是老朋友，我这会儿把他请来，我们三人先朋友聊聊。你想对我说什么，我另安排时间。"

阿嘉松一听，明白索赫大头人心知自己要说见红军的事情，答应安排密见。他为打消凌尔武起疑心，故先叫其来三人闲聊。

不一会儿，凌尔武进屋。因是朋友相聚，所以他脱去军装马靴，换上丝绸汉服。他落座阿嘉松对面，因不习惯盘腿，所以虽坐藏式座箱，但两脚着地。

索赫大头人坐上方的藏式大榻上。朋友相聚，他也用不着端坐，体态放松地随意斜靠在卡垫上。他手捻串珠，说："你们两位都是我最好的老朋友，相聚我这里，真是难得啊！唉，可惜现在情况危急，不然，你们可以在我这儿好好地多住些日子！"

索赫大头人素来寡言少语，简单说了开场白后，把拿着串珠的手稍微一抬，表示你们说话。

凌尔武当总舵爷多年，养成高人一等的习性。他语含居高临下口气地问阿嘉松："你什么时候离开松潘县城的？现在兵荒马乱，你到尔玛旺大首领那儿，到黑水这儿，有何贵干啊？"

阿嘉松想到回答的话也是说给索赫大头人听，便问凌尔武："汪县长来了后，你把噶布金矿整停的事，你给索赫大头人讲过吗？"

凌尔武答："讲了。我到这儿快半月了，松潘那边的事，我跟索赫大头人聊了好几次。"

阿嘉松于是把曾对尔玛旺大首领讲的他离开松潘的原因，又对索赫大头人和凌尔武讲述。最后他说："……于是，我就趁机就离开了县城。回到寨子里住了几天，我想不能干坐在家里发呆啊，所以我决定到各处走走，看看朋友，做做生意。"

"你到各处走走？"凌尔武问，"你就不怕跑出来碰上赤匪红军，碰上打仗？"

阿嘉松答道："当时政府不是宣传说，从北川县到茂县，川军好几万人设了三道防线，坚固得很，赤匪红军打不过来吗？再说了，打仗我怕什么？我们这地方大山重重。情况只要稍不对，我就爬上高山躲一躲。我又熟悉到处的大路小路，轻易就可以走到安全地方去！"

凌尔武又问："你说出来看朋友做生意。这兵荒马乱的，能做什么生意？"

"嗨，战乱有战乱的生意嘛！就拿鸦片烟来说吧，现在临近产烟的季节了。往年这个时候，各省各地的烟商大大小小的烟帮，有多少人拥进来啊！现在，你们看，外面的人不敢来收鸦片烟了吧？所以，今年的鸦片烟行市大跌，这是不是生意机会？"

凌尔武本也是贪婪之人，他怦然心动，连声说："对对，现在赤匪来了，烟商烟帮不敢来，鸦片行市大跌。趁此机会大量购进，确实要大赚！"

索赫大头人一听，也感兴趣，于是问阿嘉松："那你从松潘出来的这些日子，一路上，做过鸦片烟生意吧？"

阿嘉松没有做过，但为隐蔽自己接触红军的经历，只得谎称："当然做了！从松潘出来一直到尔玛旺大首领那里，一路上我在多地谈了这个生意。你们知道，大多数烟农一年的吃饭生活就靠这一季卖鸦片，所以，眼看要打仗没有人来收烟土了，那些烟农都心慌发愁啊！所以，我就到鸦片烟种植大片的地区，去和烟农们谈，预购订购他们的鸦片。"

凌尔武关注问："预购订购？你是怎么个谈法？"

阿嘉松没干这事不好回答，便装出生意窍门不愿透露的样子，说："预购订购嘛，因人而异，因地制宜，在不同地方有不同谈法。三言两语说不清。"

凌尔武不高兴了，说："咃，当真是发财路，各走各嗉？！"

阿嘉松见状，便说："别误会，别误会。对索赫大头人，对凌总舵爷，我岂敢有什么隐瞒。我只是觉得说到具体话就多了，怕你们不爱听。你们不嫌啰唆，我就讲。"

阿嘉松十五岁从商到而今为有名大商人，编这点话太容易了。他活灵活现地讲起来……

夜里，索赫大头人密见阿嘉松千户。

在密室油灯下，索赫大头人开言直问："阿嘉松千户，岷江东岸全是赤匪红军，你从那边过来，碰见红军了吧？"

"碰见了。我走到松潘茂县边界时，听说赤匪红军轻易攻破川军防线，接着很快听说他们不费一枪一弹就进了茂县县城。但同时传来消息说，茂县县城里没有发生烧杀抢掠情况，说红军完全不像匪，军纪很好，不扰民，待人和气讲礼。"

阿嘉松此后说话中提到红军，就不加"赤匪"二字了。他继续说："听了这些传言，我就决定继续往茂县境内走。一是我本意就是要借这个形势预购鸦片烟，二来，也好奇想看看红军到底是什么样。

"我在叠溪镇附近山上谈鸦片烟生意时，听说山下来了红军。说他们占领了叠溪镇，但军纪良好。接着听说红军大部队源源不断地开来，往松潘进发；听说一路上的当地武装全躲了，没有一处打仗；听说红军占领了整个岷江河谷，但各处都太平。于是，我就下了山。

"我亲眼看见情况确实如此，当然就继续往前走。虽然一路上到处都是红军，但红军不扰民，大路通畅，行人不断。我也照常看朋友谈生意，然后过了岷江，到了尔玛旺大首领那里。"

阿嘉松讲述时，对红军不仅不称匪还含褒赞口气，索赫大头人没反应。当阿嘉松讲完后，他面无表情地说："你把赤匪红军说得那么好。"

阿嘉松说："索赫大头人，你在茂县有田地，在县城里你有房产有生意，你的探子遍各处，他们给你的报信，红军是不是这样的吗？！"

索赫大头人没有回答。稍顿，他说："那两个羌使告诉我，尔玛旺大首领决定派他的大管家和带兵官去见赤匪红军。他还希望我也派出人与他的人一起去见赤匪红军。两个羌使将你在他们那里劝说的情况也说了，还说你也要随他们使队一起去见赤匪红军。是吧？"

阿嘉松点头认可，然后问："你打不打算派出特使呢？"

索赫大头人说："我还要考虑。我的情况与尔玛旺大首领不同。"

阿嘉松说："你的情况确与他不同。你有一个最大的隐患，就是川军。川军一直有灭你之心，官府总是提防压制你。所以，中央军来了，你想抓住这个机会，靠上中央军，对吧？你想打红军立战功，博得中央军，甚至取得中央政府的青睐嘉奖，消弭川军这个隐患，对吧？"

索赫大头人点头："是的！"

"但是你打红军，能够达到这个目的吗？"阿嘉松问，接着说，"我认为不行，弄不好反而害了你自己！"

"反害了我自己？"索赫大头人吃惊，问，"为什么？"

阿嘉松阐述："首先，红军太强大了，你四年前歼灭的川军与他们远不可比。在川北，他们能突破几十万川军的'围剿'；在茂县，几万川军的防线被他们轻易击溃。就说眼前，中央军一个师进了松潘县城，却不沿岷江去攻击红军，中央军另一个师已经到了你黑水边境的毛尔盖，却停在那里不开进黑水来阻击红军。为什么中央军这么谨慎？还不是因为红军太厉害了。所以你想，十万武器精良的中央军尚且如此，你黑水人口少枪支老旧，阻挡红军会是个什么结果？

"索赫大头人，你打红军，末了，红军还是会轻而易举地通过黑水。那时，你想要中央军给你评功嘉奖，凭什么？那就只能凭你黑水的男人战死了多少多少，情况如何如何惨烈。

"但是你想过吗？你黑水两三万人除去女人再除去男的老小，青壮年男人一共只有几千，你能拿多少人去死？死少了，川军会挟嫌报复，在中央军面前说你没有出死力阻击红军，你反而获罪。死多了，仗打完了，黑水空了，谈武力没有兵丁，想生产没有劳力，要财富没有赋税！到那时，不要说你想扩张霸业，就连你现在的王国都岌岌可危了！"

索赫大头人惊悚："你说什么？我有亡国危险？"

"是的！"阿嘉松扳起手指头，将黑水四邻与索赫大头人不和甚至敌对的部落，加以列举，然后问："索赫大头人，有这么多部落与你有隙，当你成了光杆国王时，他们会不会像群狼一样扑向你？"

索赫大头人一下咬紧牙齿，腮帮上的肌肉凸鼓，眼睛里射出对敌手充满杀意的目光。这些敌手要不是官府庇护，他索赫大头人早就对他们下手了。

阿嘉松带点奚落口吻说："到了这个地步啊，你无力自保，就只能向中央军，向官府求助啰！"

索赫大头人自尊心极强，"无力自保只能求助"的话对他是侮辱！他素来霸道，好威震四邻，对"无力自保"这种屈辱状况是断不能接受的！索赫大头人阴沉勇毅的面孔现出不快。

"对你的求助，中央军和官府会是什么态度呢？"阿嘉松接着说，"我认为啊，他们不会念你打红军有功而帮助你保住王国！我认为他们会顺势干脆对黑水地区改土归流！"

"啪"的一声，索赫大头人一掌击打在矮桌上。他一听"改土归流"四字，立刻恼怒。

"改土归流"是历来中央对少数民族地区实行的一项社会进步国策。四年前，川军讨伐黑水就是打的"改土归流"旗号。从那时至今，川军和官府中一直有声音要对黑水地区实行"改土归流"，欲用县区乡村现代行政制度摧毁索赫大头人的部落王国世袭统治。所以，索赫大头人对此四字极为敏感且非常仇视。

索赫大头人面带愠色地厉声问："你凭什么这么认为？"

阿嘉松口气肯定地高声说："汶川的老沃耿土司就是明摆实例！当年川军讨伐你黑水，老沃耿土司为了邀功官府，把他部族的全部武装都带了出来。结果他老沃耿土司死在黑水，他的人马活着回去的也不多。

"之后，他的部族情况，索赫大头人你是知道的。因为这一仗部族大衰，部族里的那些大头人开始离心离德，搞独立闹内讧。部族外部的各种势力也掺和进来趁火打劫，弄得少沃耿土司的王国一团混乱，岌岌可危。

"少沃耿土司无能为力，只得求助于官府。结果他得到什么？官府对闹独立的大头人倒是制止了，但那是怎么个制止法？把那些世袭大头人改成任几年下台的乡长，把他们的领地部落改成了乡，设乡村公所直接听命县政府。结果，弄得少沃耿土司的世袭领地大为缩小，只剩方圆几十里！你说，这不是'改土归流'是什么？

"老沃耿土司对官府如此忠心耿耿，自己捐躯，把部族的青壮年男人也卖命给了官府。他立下如此大的战功，而当他的王国有危时，官府却不但不帮护他，反而用'改土归流'瓦解了他的王国……"

"砰"的一声，索赫大头人一拳打在桌面上，暴吼一句："别说了！"

……

过了两天。

阿嘉松这天起床较晚，眼睛有些充血，因为他昨夜长思，久未入睡。

昨夜天黑后，索赫大头人的大管家悄悄约见阿嘉松，告诉他：索赫大头人决定派出特使去见红军。但又说，凌尔武住在官寨里，使队难以组建成行。他要阿嘉松想办法让凌尔武离开。

凌尔武现在无事可干，整天或是在院子里溜达，或是坐在楼廊上闲看官寨上下的人进出忙碌。

阿嘉松起床后，到厨房里吃了点东西，然后把昨夜考虑的对付凌尔武的办法在心里又做盘算。之后，他走到院子里，信步溜达。

果然，凌尔武看见了他，在楼廊上向他招呼："阿嘉松千户，没事溜达？"阿嘉松仰头答道："是啊！太阳这么好，你要没事，我们到河边走走？"

凌尔武下楼，和阿嘉松往官寨外走去。在通往河边的路上，凌尔武问："我看见你这两天跟官寨管生意的人挺忙乎的，有大买卖？"

阿嘉松来黑水本意仅是劝索赫大头人派特使见红军，但因对凌尔武说是来看朋友做生意，所以须得做样子与有关人说说生意。殊不知一谈，还真有大买卖可做。阿嘉松这两天也真的忙于此。凌尔武便看在眼里。

"是的是的，是做成了大买卖！"阿嘉松故意用赚大钱的喜悦口气说话，"哎呀，买卖之好，简直出乎我意料！"

凌尔武听得一下瞪大眼，贪婪之心被激起，急问细节。

阿嘉松说："索赫大头人对赤匪红军攻占黑水，作了长时间准备。因此，他的许多好东西珍稀货，比如贝母人参鹿茸麝香啊，绸缎料子贵重兽皮啊等等，都愿意平价卖了。……为什么？你想，要打仗，这些好货不卖就只能藏到高山崖洞里。崖洞潮湿，放日子长了就霉烂坏了，一文不值。所以啊，现在急于把这类好东西出手换银圆的，不光是索赫大头人，整个黑水的贵族有钱人都这样。但眼下这个形势，没有商人进黑水来，所以这个赚大钱的好事就让我给撞上了！"

凌尔武眼馋了，心中不是滋味，沉重叹息说："唉——，这确实是发大财的商机啊，又让你阿嘉松大老板逮住了！"

阿嘉松按自己昨晚预想，对凌尔武说："你叹什么气？你想发这个财，现在也可以做这个生意啊！"

凌尔武现出心动神色，问："我现在也可做这个生意？"

阿嘉松指着凌尔武的国民党军装，故意说："当然啰，凌中校如今后打算长期在中央军里干差，想谋个将军高衔，商人的事情自然就没兴趣啰！"

"哼！"凌尔武用鼻子哼了一声，说，"我怎么会放着好好的总舵爷不当，去给人干差？"他表明瞧不起军差军衔后，说，"我给中央军干点事，那是为了我同仁公社的今后。"他顿了一下，又说："这次中央军来，我还有个打算，看能不能借中央军搞掉汪县长汪野狼！"

"我说哩，同仁公社的总舵爷是半个松潘王，又威风又富贵，你怎么会放着王位不坐去干跑差的事！"阿嘉松要促使凌尔武尽快离开黑水，又捧他说，"我们松潘上万的袍哥弟兄，真离不开你呀！松潘是兵家必争之地，战乱在即，同仁公社还有贵府更需要你坐镇啊！"

这话受听，也切中凌尔武心意，他连说："是啊，是啊！我是该回去了！"

凌尔武找了个河边大石坐下，端着总舵爷架势示意阿嘉松坐在他跟前，然后问："你刚才说，眼下黑水这个生意机会，我也可以做。我怎么做？我这趟出来没想到做买卖，身边没资金啊！"

阿嘉松昨夜已经将此算计好，从容说："这个不难办！凌总舵爷，以你、我、索赫大头人，我们三人的关系，这个资金问题，我能给你想办法解决。但是，有那个少校和中尉，还有你们带来的六七个兵在这里，你就不能做这个生意。"

凌尔武问："为什么？"

"你说，他们见你凌中校做大生意发大财，会不眼红？"见凌尔武点头，阿嘉松接着说，"你赚了大钱，即使你赏给他们一些钱，但是人心不足蛇吞象，他们仍然会不满足，回到部队后肯定要把这事讲出去。到那个时候，军队里就会有不少高官要过问你，要向你伸手。到头来，你辛辛苦苦跑这趟差，中央军反说你是借军差做私人生意，不但落不下个'好'字，反而生出问题。"

凌尔武深深点头，嘴里说："是的！"

阿嘉松又说："这个赚钱的大买卖，能做的时间很短，就只有这几天时间。红军用兵的神速，你我也听说了。假如你在黑水收货的时间拖沓了，刚好红军打过来，出奇兵截断了从黑水回松潘的路，那就惨了！"

凌尔武神色变得凝重，点头说是，然后说："我这就想办法，立即打发他们现在就回去！"

阿嘉松说："好！凌总舵爷您如果这两天就能打发他们离开，那我们今天下午就可以商量这个生意。军情急变化多，趁黑水经草地回松潘的大路还平静，当中央军的人一离开这里，你马上就可以抓紧带着驮队返回松潘。"

凌尔武猛的一下站起，说："我现在就去跟他们说。打发他们后天上路，没问题……"

第五十章　红军启迪

1

沙坝，岷江边一个羌区。不大，但因驻扎了上万红军部队，使得漫山遍野都是红色军旗迎风飘扬，显得声势浩大。

红四方面军西北军区的机关从茂县县城郊外移驻这里。这里的羌寨都不大，部队分散驻扎。其中军区政治部住在一个靠江边的羌族山寨中。

羌寨里，休整的红军官兵都换上了洗补后的军装，显得倍加精神。加上红军官兵又把寨巷房院到处打扫得干干净净，羌寨也显得气象一新，气氛火红。

寨子中央是羌民集会的小广场，羌民叫它寨坝。寨坝四周是石板水沟，清澈的雪水汩汩长流。寨坝地面的石板被红军官兵冲洗得干净发亮。

在寨坝旁边，一幢片石砌筑的四层大房还带高碉，是寨首的大庄房，现在军区政治部设在里面。寨首一家人先都跑了，现在回来暂住别处。

在政治部里面，现在曾传六副主任正接见着两支特使代表队。一支是尔玛旺大首领派出的，代表赤卜苏地区羌族。另一支是索赫大头人派出的，代表黑水地区藏族。索赫大头人心气高，他还吩咐他的特使提出见红四方面军最高长官的要求！

在政治部外面的墙根下，坐着不少人。他们有的穿藏族穷人衣帽，有的着羌族贫家服装。他们是两支特使队的随队下人，是侍仆护卫信差厨子等。他们见天气好，都出来晒太阳。有的闲聊，有的打瞌睡。

传来数匹马蹄踏石板的声音。

数名红军人员骑马来到寨坝。他们在政治部的门前下马。两个门岗立正行军礼。门上值勤的红军干部笑语迎出，以见了高级首长的军姿，挺身行军礼。

高级首长是红三十一军的副政委。军副政委还了礼，抬手环指靠墙晒太阳的人，问值勤干部："这些民族老乡是干什么的？这么多！"

"报告首长：赤卜苏的羌族大首领和黑水的藏族大头人派来了特使，来谈判借路的事情。这些人，都是他们特使队的仆人侍卫随从等。"

军副政委一听，面露喜色，说："哦，谈判借路，好啊！特使队的代表人数不少吧？他们的仆人随从这么多！"

"是不少。两个队的正式代表十多人，现在都在里面。他们已经来了两天了，现在曾副主任还在和他们交谈。效果很好！"

这时，在墙边晒太阳的藏族羌族等随队下人都按民族部落的规矩，恭敬站立，作奴仆恭顺状。当他们看见红军大官转身向他们走来时，个个立刻深深弓腰。

军副政委走到他们面前，很豪爽地高声笑语："起来起来，见到红军不要弓腰。"又张开双手不断做抬起身子的动作。

藏族羌族下人们见状，惊诧地迟疑地慢慢抬头直腰。

军副政委又热情地挥手问候："民族老乡们，大家好！……"问候几句后，他转头问政治部干部："给民族老乡们安排有休息地方吗？"

"报告首长，准备得有屋子，有茶水有吃的，还可以躺下休息。他们是看见外面风小太阳好，都出来晒太阳。"

军副政委点头。他对藏族羌族下人们友好说再见，然后带着他的下级一起进了政治部。

两个使队的下人们又坐下晒太阳。他们都很兴奋，相互间低声议论起来：

"那个人是红军的大官哇？""当然啰。你看跟随他的人全部都骑大马，个个腰杆上都挂盒子炮！""红军对人好哦，那么大的官看见我们这些下人笑眯眯的，还问我们好！""是啊，是啊！我这辈子还从来没见过贵人们对我们有笑脸，更没有人对我们问好。"……

几个羌族仆从聚坐闲聊："要是老爷们天天在这里与红军说话就好了！""那当然哦。老爷有红军替你侍候。你在这里吃了喝了，不是睡觉就是晒太阳。你当然想天天享清福。""哎呀，这辈子也就只享这一次福啰！"……

两个藏族奴仆肩贴肩头碰头地悄声交谈："我要投红军！""现在红军要向我们老爷借路，他们不会收你的。""我知道。等回到我们黑水，等红军路过时，我就跑去参加他们！""哎，你倒好，反正一个人。我要是没有家，我也去当红军。"……

一个侍仆从政治部门里出来，一脸的惊喜样子。他是因为主人鸦片烟瘾发了，进去侍候了出来的。

他的惊喜模样使晒太阳的下人们都好奇地看着他，问他见了什么。

出来的侍仆说："我老爷吸够了烟，我扶他回去开会。正好看见红军大官送枪送子弹……送给谁？送给尔玛旺大首领的大总管老爷和总带兵官老爷，送给索赫大头人的大管家老爷和大带兵官老爷。我看见那个姓曾的大官笑着说他们的手枪太旧了，不好。给他们一人送了一把崭新的小手枪，还配好多子弹……"

这又引起议论："哦呀！送枪送子弹，就表示两边说好啰？！""那当然啰！要不打仗，才会送枪嘛！""是嘛！哪有两边又要交火打仗，还送枪弹给对方的呢？"……

2

清晨，大雾弥漫山野。

在羌寨外，山路上和路边的山坡上站了许多人，一幅盛大的送行场面。

在路边，曾传六副主任按藏族礼仪与索赫大头人的大带兵官对饮了送行酒，又按羌族礼仪与尔玛旺大首领的总带兵官对饮了送行酒，话别中又再嘱托他二位副特使将红军的谢意带回！当两位带兵官策马起步时，曾副主任举手挥别，发自内心高喊："路上骑马小心，一路平安——！"

两位带兵官都怀揣与红军达成的借路协议。他们各自带了自己队伍的三名代表和部分下人，快马回去禀报与红军谈判的情况和结果。红军给他们每个队派了十名官兵礼节护送至前沿线。山路蜿蜒，两支返回的使队启程时，晨雾开始淡去。

路边山坡上，尔玛旺大首领的大总管带着留下的使队人员，按照羌族习俗，燃烧起柏枝和咒文符纸，还杀了一只大红公鸡，为返回人员祈祷山神和他们部落的庇护神。

索赫大头人的大管家也带着留下的使队人员，站在路边，手举小转经筒，念起了藏传佛教经言。他们还向空中抛撒"隆达"——印有经文的五彩小纸片。

阿嘉松也手摇藏传佛教转经筒，为两位带兵官平安返回祝福。他眼望着在缓慢化开的晨雾里时隐时现的远去人马，心里回想起两个使队在沙坝的几天：

两支特使队进入红军部队里住下的几天，见红军部队的军风军纪之良好，红军官兵军容军貌表现出的正气，深受触动。他们见识红军不是一伙烧杀抢掠的赤色土匪，感觉红军是品质可信之师。这对他们与红军的借路谈判起了良好的心理铺垫。

在与红军几天的会谈中，曾传六副主任也折服了他们。他们开始时带着戒备只听不言，后来说出了疑虑大量发问，再到最后他们与曾副主任轻松畅谈。

那期间，红四方面军西北军区的首长接见了他们。他们对军区首长有理有情的开导，掷地有声的承诺，心悦诚服。

之后，尔玛旺大首领的大管家和大带兵官，索赫大头人的大总管和总带兵官，他们四人召集两队的所有代表一起开会，达成共同意见：一、他们全体对红军借路一致同意，所有代表都在协议上签字。二、派两位带兵官副特使快马返回，分别向各自首领禀报谈判过程和全体代表的态度，呈递谈判协议。三、他们向红军军区首长有把握地表示，尔玛旺大首领和索赫大头人会接受谈判协议，会同意借路的。

双方都知道军情紧急时间紧迫。因此昨天虽然已经很晚，双方还是抓紧条款落纸，在灯下签署完了四份协议……

浓浓的晨雾慢慢化散成一团一团的雾气，高低散乱地飘浮在山林沟壑间。蜿蜒的山路上已无人马身影。

曾副主任长长地舒了一口气，往羌寨里回。他对红军下一步通过赤卜苏羌族聚居区和黑水藏族聚居区，心中预感就像这晨雾，大的前景明朗了，但是密林里深谷间还冷雾障眼。

两个大管家也相继往羌寨里回走。他们留下的原因，是他们提出了想进一步晋见红四方面军最高首长的要求。这倒不是他们对借路还有什么不放心，而是他们见红军大官待人和气没有架子，生起见最高将帅的好奇心。而且他们认为：如果见了统领十万红军的最高长官，他们的差就办得更漂亮，脸面更有光！

西北军区政治部将他们的要求报告西北军区首长，又转呈红四方面军总部。因为等待总部回话需要几天，所以两支使队便都一分为二，两位副特使带协议返回，两位正特使等待红四方面军总部的回音。

红军晚饭后，太阳还高悬在西山上。

红军一直缺粮。沙坝的红军这些天不行军打仗，一天能吃上早干晚稀两顿饭，算不错的了。

曾副主任喝完杂粮稀粥，来到阿嘉松的住处，约他到羌房的平顶上聊聊。两人坐在羌家矮凳上，看着夕阳斜照下的羌家山水，看着袅袅飘起的羌寨炊烟，拉起家常。

曾副主任问阿嘉松阿爸阿妈情况。听了回答，曾副主任问："哦，那你为你阿爸阿妈赎脱喇嘛庙的农奴身份，给了喇嘛庙多少钱？"听了阿嘉松的回答，曾副主任颇有意味地说："阿嘉松千户啊，你改变了自己的命运，使家庭摆脱了穷苦悲惨的生活。你想过没有？你改变这一切，靠的是什么？我看啊，靠两点：一是你不认命。二是你起而抗争，奋斗成功！"

曾副主任又指着寨里寨外的红军官兵身影，说："他们和你一样，都出身贫苦，和你一样不甘心没吃没穿的贱命，因此他们也起而抗争奋斗！只是与你奋斗的方式不同，他们参加红军，投身革命！"阿嘉松点头。

曾副主任又问："哎，听说你和你妻子是在死牢里结的婚，怎么回事？"

阿嘉松奇怪地问："听谁说的？"

"是昂登同志向组织汇报了你的情况。军情忙，各部队都事紧，有关方面把你的情况转告我时，已经很简略了。"曾副主任又很关切地问，"听说你的身世很传奇，很多次死里逃生。哎，我们打仗多，历经生死多，你走的经商之路，怎么也会多次死里逃生？"

阿嘉松回忆道："我第一次差点被打死，是在青海草原，那一夜，青海马军把我们两个商队的人几乎杀绝……"阿嘉松简要讲述后，望着青海方向，深情地说，"娜姆姑娘，我一辈子都欠她的！"

阿嘉松又简要说了他被哈步青抓进西宁马军监狱，被柳曼卿搭救的经历。说到这里，他咬牙切齿地说，"那哈步青恶魔，欠我们松潘人几十条命债，我这辈子有机会，一定要杀了他，为我那些冤死的弟兄们报仇！"

阿嘉松又讲到因松潘漳腊金矿争夺他被无辜卷进，咬牙切齿说："我们部族的土官，那狗日的俄哈，把我关进死牢。是曲吉活佛救了我！"他简叙后，接着说，"隆冬，我到草原深处经商，差点冻死在暴风雪里，是菩萨，是喇嘛们救了我。"阿嘉松双手合十说，"天上的菩萨，地上的喇嘛，是我的救命大恩人，我要虔心敬佛，敬喇嘛！"

接着，阿嘉松讲到他不顾川军禁令，运枪支弹药支援黑水藏胞，被川军宫旅长下令枪毙："……我在死牢里忧愤交加，病到快死了……"阿嘉松充满感激之情细叙莲姆措在死牢里与他结婚，白天黑夜精心照料，把他从死里拉回。

阿嘉松讲到这里，暂停讲述，让自己激动的情绪平复一下。

曾副主任也没有说话，感慨地看着西天晚霞渐起。

过了一阵。曾副主任说："听昂登同志说，你的部族首领一直想杀你，多次下手都被你躲过。昂登同志说就在他参加红军前，你的部族首领又打你的埋伏，结果一个非常善良的女贵人为你报信，被他们杀了！昂登同志还说，你祸不单行，新来的松潘县县长又想勒索你的钱财，想抓你下狱！"

"是的！"阿嘉松想到美朵死在他怀里的情景，刻骨仇恨在心里翻腾，他讲了俄哈对他的几次下手，说到在蛇洼对他的埋伏，最后说："……我忍无可忍，我要为美朵贵人报仇，我指着俄哈那张丑恶的脸，对他说：'你俄哈想杀我，我也要你的命，我们看谁杀了谁！'"

曾副主任有些吃惊地说："哦，你当面对你的部族首领发出复仇挑战？"

见阿嘉松刚毅点头，曾副主任思量说，"俄哈土官要杀你，靠的是这个黑暗社会的旧制度，你想对他报仇，你能依靠什么呢？"

这话，阿嘉松感觉说到他心窝里，但又有些似懂非懂，便疑问复言："他靠黑暗社会？我靠什么？"

曾副主任说："这个俄哈土官，青海那个哈步青，要枪毙你的川军宫旅长，还有才来就想敲诈勒索你的汪县长，他们为什么都可以对你下黑手，他们为什么可以任意杀人监禁人，因为他们都有靠山，那就是国民党的统治。以蒋介石为首的国民党，无数个哈步青宫旅长汪县长这些国民党军政官员，无数个俄哈土官这样的土豪劣绅部族暴君，他们的罪恶统治，使整个中国陷入沉沉黑暗……"

阿嘉松睿智，心悟这是曾副主任对他进行革命启迪。曾副主任这种细雨润物、风吹花籽的方式，给了他终生难忘的印象。

听一阵后，阿嘉松问："曾副主任，你刚才问我，我杀俄哈靠什么！"

"是啊，你向俄哈土官发出挑战，这是对的。但是，他对你下手，靠的是国民党统治的黑暗势力。你要杀他，你靠什么？就靠你手里一把枪？"

这话说中阿嘉松心里要害。阿嘉松是有血性的人。俄哈土官对部族的黑暗统治，对他的屡次下手，他早就心生反抗，一直想为民除暴。当他对俄哈土官当面喊出"杀"字后，怎样才能除去俄哈这个部族暴君，成了他必须尽快拿出办法的重大思考！

阿嘉松说："曾副主任，你是红军大官，你打天下干大事，经历过重重险难，大智大勇，请你教我怎样对付俄哈暴君。"

……

3

茂县。红四方面军的总部营区里。

数根天线架设在蓝天下。天线接入的瓦房里，多个房间中的无线电台都在紧张地收发电报。发报器频密的嘀嗒声音不断传出。

在附近不远的一处房屋里，红四方面军的首长正在接见索赫大头人和尔玛旺大首领的两个使队。

使队人员刚进接见室时都神情紧张，但不多时，渐渐便放松下来。他们见方面军首长既气度不凡，却又和蔼；说话声音不高，言简，但令人信服，便都情绪放开，畅所欲言地问起来。方面军首长耐心回答，谆谆释疑，使接见气氛变得融洽祥和。

方面军首长结束接见，站了起来，很客气地要送他们出门。两个特使见状，诚惶诚恐，赶紧带着其他代表一起弓腰站在方面军首长面前，礼请方面军首长留步。方面军首长笑请两位特使及其他代表不要行如此等级大礼，但是两位特使和其他代表坚持以民族部落的等级规矩，对方面军首长行告辞王者的大礼。他们深深地弓着腰一直退出门外。

阿嘉松也参加了接见。他因为帮助红军成功劝说两个民族首领，这些日子心情一直很好。而今天居然能见到方面军领导，也使他分外激动。在接见时，他不仅仔细听方面军首长的每一句话，还把方面军首长的音容神态印在脑海里。结束时，他也是以藏族的向至尊者告退的礼节，弓身退出门外。

这两个使队的一大群人在走回住地的时候，总部各机关的许多红军干部和战士看见他们，都向他们热情地打招呼，有的以军礼向他们致敬，有的用友好语言向他们致谢。因为官兵们都欣喜知道：红军的大部队即将和平地通过这两大片民族地区。

两个使队回到住地后，在小院中，把四方面军首长送给他们的礼物摆了出来，欢声笑语地展示，欣赏，享受。

四方面军首长送给索赫大头人和尔玛旺大首领轻机关枪、机枪子弹以及洋酒洋烟，送给他们的家眷毛呢花布和金银首饰等。送给两位特使一人一匹铜鞍骏马，送给其他代表每人一支崭新马枪和一箱子弹。两个队的所有下人，每人都得到新衣和新鞋。

两位特使站在两匹骏马前，按他们自己对马皮毛色的喜好，各选一匹。然后，他们拍打着马身马脖子，各自给马取了羌名和藏名。

阿嘉松笑眯眯地坐在屋檐下，喜悦地看着代表们在院子中笑语走动，对红军赠送的各种礼物仔细触摸观赏，听见他们不断地高兴说："红军不像国民党！""我们这次来对了！"……

阿嘉松回到自己的屋里，吩咐护从和随仆收拾行囊。

明天，两个使队都离开茂县，在红军的护送下返回。阿嘉松也打算离开茂县，但不准备直接回松潘，而是中途绕道再去沙坝一趟，专门再去见曾副主任。

数天前在沙坝的羌寨房顶上，阿嘉松向曾副主任请教如何斗俄哈土官。当时曾副主任说："我们共产党与黑暗势力斗争，最基本的一条就是发动群众，把群众组织起来，然后根据实际情况制定斗争策略，争取胜利。俄哈土官要杀你，他靠的是国民党统治，你要为部族除暴君，你能依靠的，就必须是部族民众！"曾副主任的指点如镌刻般字字嵌在阿嘉松心里。

当时阿嘉松又紧接着问曾副主任，如何发动和组织部族百姓，如何制定斗争策略。当时天色已晚，曾副主任说，"这样，我安排几个有群众斗争经验的同志，你先给他们介绍一下你们部族的情况，俄哈土官的情况，尤其是俄哈土官欺压残害百姓的种种罪行，他的武装实力，以及你们部族内各大头人与他的关系……"

第二天，曾副主任安排来几位红军干部，他们仔细听了阿嘉松介绍。

第三天，他们又与阿嘉松交谈了一整天，问了一些问题，也讲了他们的一些初步看法。

第四天，两个使队接到红四方面军总部首长接见的通知，离开沙坝。

当时，阿嘉松有留在沙坝与红军干部继续商量与俄哈土官斗争的念头。曾副主任说，数万红军和平通过民族地区的事大，希望阿嘉松有始有终！还对阿嘉松说："你随使队去茂县的几天，那几位听了情况的同志正好商议一下，拿出个具体意见，再接着与你磋商……"

阿嘉松在屋子里踱步，考虑明天出行的事。他不愿意让两个使队知道他又去沙坝见红军首长，便想今晚找个理由向两位特使话别，然后明天天不亮自己就离开这里，单独去沙坝。

他们从沙坝来这里，西北军区政治部的杨科长负责保护陪送。阿嘉松觉得自己要单独行路去沙坝，应该给杨科长打个招呼。

于是阿嘉松出门。正巧，杨科长迎面走来。

杨科长性格豪爽开朗，高声笑问阿嘉松："哦？正准备出去？"阿嘉松答："是。我正想找你说件事。"又问，"杨科长你找我有事？"杨科长说："是的。那正好，咱们就进屋谈。"

于是二人进了阿嘉松的屋子。

杨科长快人快语，坐下后即问："阿嘉松千户找我有什么事？"阿嘉松客气说："杨科长您有什么事，您请先说！"杨科长爽朗说："还是你先说！"

于是阿嘉松讲了他准备明天天不亮就离开这里，单独去沙坝的打算。

杨科长说："我正为这事来找你。我得到通知，我们政治部已经离开沙坝，往黑水进发了。"

"啊！"阿嘉松惊叫一声，神情大为失望。他一下激动，瞪大眼睛问："曾副主任他们已经走啦？他们往黑水去啦？"

杨科长知道阿嘉松着急什么，笑慰说："你别急，你别急！你是不是着急与俄哈土官斗争的事？"

"是的，是的！"阿嘉松着急地说，"杨科长，我离开沙坝的时候，曾副主任说，我从茂县返回时，怎样斗俄哈，他们就研究出了办法，就教我！你看，现在他们走了，我请教的事就落空啦！唉——"阿嘉松满怀的希望落空，直嗟叹摇头。

杨科长笑颜缓语说："这事儿啊，曾副主任已经给你安排好了！在进赤卜苏羌区的那座竹索桥头，我们的同志在那里等你。"

阿嘉松转忧为喜，非常高兴地问："曾副主任安排人在那里等我？"

"是的。就是在沙坝与你交谈两天的几个同志中的两位，你见了面就认识。曾副主任安排他们在那里与你见面，把研究的与俄哈土官斗争的方法告诉你。"杨科长又专门强调，"这个斗争方案，是曾副主任专门开会定下来的！"

阿嘉松激动不已……

4

黑水河流入岷江处的竹索桥，整修一新。新绞编的六组跨江竹索特别粗大，在高原阳光照耀下，犹如鳞片发光的过江长龙。

红军控制这座竹索桥后，见桥已失修多年，竹索的篾条断了不少，桥板也残缺破烂，出现危情。红军数万官兵和武器装备要通过这道桥，运输大量粮草辎重的驮马和人力要来往于这座桥。因此，红军出钱出粮，在羌族汉族的众多工匠技师的指导帮助下，完全翻新了这座竹索桥。

阿嘉松站在桥头石屋外，与尔玛旺大首领的大管家，与索赫大头人的大总管，友情话别。

杨科长吩咐护送的红军官兵带着两支使队过桥后，不要等他，继续前行，他随后追上来。杨科长又吩咐阿嘉松等他一会儿。

阿嘉松走上桥头旁的一土坡，目送使队人马踏着崭新的桥板，鱼贯过江；又看见杨科长走到桥头工事处，与守桥红军的连长说话，然后见红军连长派了一名红军战士带着杨科长往另一处走去。

阿嘉松目送两支使队通过了竹索桥，见他们沿着黑水河边的崎岖山路上行，渐渐走远。

阿嘉松收回目光，见杨科长的警卫员在河边饮马。不一阵，阿嘉松看见杨科长与两位红军干部走来。阿嘉松认出那是曾副主任安排与他交谈了两天的政治部干事。

阿嘉松大喜，跑下土坡，兴奋地迎上去。

桥下江水翻腾奔流。

阿嘉松和两位政治部干事站在桥这头，向过了桥的杨科长举手挥别。挺立在桥那头的杨科长在江风中豪迈高喊："等革命胜利了，阿嘉松千户，我们再相见！"

阿嘉松也隔桥高喊："扎西德勒！杨科长，菩萨保佑你们一路平安！"阿嘉松想到这么好的人，此一去又经历枪林弹雨，出生入死，他眼睛湿热。阿嘉松知道自己与红军指战员短短的相处，已经产生了感情。

离开桥头后，两位政治部干事带着阿嘉松到了守桥部队的简易指挥所。

一间柴屋，地上铺着杂草再铺着破薄褥被。这是红军指战员们夜晚挤睡的地方。阿嘉松和两位政治干事盘腿坐在地铺上。三人对坐，促膝相谈。

一位政治干事用自己的旧军用水壶给阿嘉松面前的木碗里斟入白开水，然后直奔主题。

"开展敌我斗争，首先要进行敌我双方态势分析。"这位政治干事说，"根据你讲的情况，我们认为，你只要把部落百姓发动组织起来了，把对大头人们的争取工作做好了，与俄哈土官斗争的局势，就是你强他弱！"

阿嘉松心如战鼓擂动，问："我强他弱？"

"是的！根据你的介绍，俄哈土官像所有末代暴君一样，表面高居其上，实际是孤家寡人，其权力基础已经朽烂脆弱。来，我们对你部族的各个阶层，做个分析……"这位政治干事最后总结说："阿嘉松千户，你看，在你的部族中，希望推倒俄哈土官统治的人占了绝大多数。就连在大头人小头人和寨主中，对俄哈土官不满，愿意部族更换首领的，也过半！而站在人心尽失的俄哈土官一边的，只有嘟嘎哇等少数几个大头人。你说，与俄哈土官斗争的双方态势，是不是'你强他弱'？"

另一位政治干事补充："阿嘉松土官，你部族的特殊情况，还给你们的斗争提供了难得的优越条件。一、斗争要靠武装，要具备优于对手的武装。而你部族的民众已经拥有大量的枪支刀箭，且远胜于俄哈能召集的武装！二、藏族宗教深深影响人心，曲吉活佛又广受爱戴。但俄哈土官不仅与曲吉大喇嘛寺作对，甚至还想另搞教派，这就使他失人心，自然失天下。"

阿嘉松深深点头，端碗喝水，把两位红军干部的敌我分析在心里重复，牢记在心。

阿嘉松问："曾副主任说'发动群众，组织群众'，请你们教我，怎么发动群众组织群众？"

"发动群众和组织群众，一般来说是两个阶段。但就你部落的具体情况，你回去就可以直接进入组织群众的阶段。对部族百姓的唤醒鼓动宣传教育，可以在组织百姓中同时搞……所谓组织群众，就是把敢于起来跟着你干的人，愿意听你指挥的人，像组建军队那样组合起来，像织网一样联系在一起。这点，你当过护矿大队长，见识多，一听就明白。关键是选好每一级的领头人，一定要选在寨子中有号召力的人。"

另一位政治干事补充："根据你部族的情况，你组织百姓，按山寨按部落进行组建为宜。有几个问题你要注意，一是你的最高指挥机构的地点选择，既要考虑隐蔽和安全，又要便于与各处联系。二是斗争经费，这很重要……三是要制定自己队伍的纪律和规定……"

阿嘉松一边仔细听专心记，同时提出许多具体问题请教……

阿嘉松又问："曾副主任说'制定正确的斗争策略'，请你们指教。"

"斗争策略，也就是斗争方法，这要你回去根据具体情况，灵活制定。"一位政治干事建议，"兵法讲知己知彼，你要建立情报系统，对俄哈土官的动向要密切掌握，对出现推翻俄哈土官的决战机会，要能尽早察觉，充分掌握；要及时地牢牢地把握住出现的机会，制定出其不意而又能一战胜之的方案。"

另一政治干事补充："发现和抓住决战机会，是极为重要的。俄哈土官贪婪残暴，愚昧蛮横，在经济上对部族税赋的横征暴敛对民众的掠夺欺压，在宗教上违背和伤害部族民众的信仰和崇敬，这些，都是激起众愤的大坏事，也就是你发起决战的好机会！"

岷江激流翻腾的涛声，阵阵传入柴屋。

阿嘉松与两位红军政治干部长久交谈，不仅不觉累，反而越谈越兴奋激动。红军的启迪，使他感觉心明眼亮，天高地阔；感觉热血沸腾，神力注身！

第五十一章　红军潜伏人员

1

镇江关，地处松潘县城南百里，关隘两边的大山非常陡峭，紧紧夹锁岷江。现在，红四方面军的第九军占据着镇江关，雄兵把守。

镇江关不仅往北逼近松潘县城，而且其两翼各有一条向东和向西的山沟，从沟内山路可以绕道通往松潘县城。因此国民党军胡宗南部抢占松潘县城后，立即倾力攻打镇江关。

但在第九军的英勇坚守下，装备精良的胡宗南部屡攻屡败，伤亡非常惨重，不得已放弃攻打镇江关，改为固守松潘县城。国民党军在松潘外围设立三道防御圈。其第一道防线的前沿驻地距离镇江关二十余里。

红四方面军当前最重要的是与红一方面军、与党中央会合。因此在镇江关一线的第九军任务是坚守阵线，保护前去会合的大部队的侧翼。

所以，国共两军都取守势，都不发起进攻。因此该地区虽然重兵集结，但已多日无战事，景象太平。穿过两军防线的岷江大路，两军也都开放。大路通畅，人来人往。

在镇江关附近的高山上，有一个小庙，破旧得有些荒芜。

山庙虽穷且破旧，但很古老，最早以前是藏族原始宗教——苯波教的供神礼拜场所。后来由于藏传佛教的传入影响，此庙两教融合，人们也就称呼它为苯波小喇嘛庙。庙里的喇嘛只有七八人，皆年老体弱。

此庙建在这荒僻的密林中，是因为附近有一壁高崖，其岩石赭红和墨绿相间，夕阳斜照景色奇特，传说很有神灵。

阿嘉松住在这里。他见穷庙存粮很少，施舍了一笔钱给庙里，喇嘛们很快从山里农户处购买了三千斤杂粮。

小喇嘛庙里有个后园，荒芜，墙角有间低矮石屋。一缕柴烟从石屋很小的窗洞里冒出。隙缝的木门虚掩，里面传出学习藏话的声音。

石屋里有四人，其中三人穿着汉族衣服。唯一穿藏袍的是阿嘉松的贴身随从，他在教三个汉人学习藏话藏文。四人围坐在玉米秸秆蒲团上。他们中间的地面上铺着薄薄柴灰。他们手拿小枝在柴灰上写画藏文字母。

这三个汉人是红军派遣，准备潜伏进松潘县城里的人员。

数天前，在岷江竹索桥头的柴屋里，阿嘉松与曾副主任安排的两个政治部干事做了长谈后，经过一番深入思考，他向两红军干事提出："你们教我的与俄哈土官斗争的路子太对了，方法太好了！但是我回去后实际干，心里还是不踏实。我很希望你们支援我几个能干的人，就是你们说的有群众斗争经验的能干人，在我身边时时帮助我！"

红军经过艰苦突围，且北上征程还雄关漫道，因此红军急需安置一些伤残病弱人员离队，也需在沿途建立地下党组织。因此他们研究了阿嘉松的要求后，安排了这三位红军人员在镇江关与阿嘉松见面。

之后，阿嘉松又提出想找一深山僻庙暂住。因为如何带红军三潜伏人员回到他家藏寨需要住下来考虑研究。还有，阿嘉松带着一些贵重货物和不少银圆，为避免进入中央军防区被抢劫，他想先藏在深山小庙里待战后取回。红军根据阿嘉松此要求，派出侦察人员多处打听实地探看后，选中了这个苯波小喇嘛庙。

这三位红军派遣的潜伏人员都有行业技能。一位是中医，五十多岁，胡须花白，化名姓洪。另外两人参加红军前都在酿造作坊做工，现在都是三十多岁的人。他俩以"酱""醋"两字为谐音，分别自称江技师和楚技工。

对江技师和楚技工，阿嘉松打算先让他二人做自己的护卫以掩护身份。阿嘉松的护卫都是藏族，因此他们须得学藏话。阿嘉松的贴身随仆跟随阿嘉松多年，学会藏文又粗通汉话，因此阿嘉松安排他教红军三人藏话藏文。

阿嘉松安排三位红军人员住此荒芜后园，有两个原因。一是该庙虽然地处高山僻地且香火稀少，但毕竟偶有人来。香客看见藏传佛教荒僻山庙里住有三个汉人，会惊诧传开。二是这低矮石屋里有一小门，可直通庙外山林。

"阿啰——"屋外传来藏话打招呼的声音。

屋里的人听出是阿嘉松的声音。现在阿嘉松见了红军遣潜三人，也对他们用藏话说一些简单的字词。

低矮屋门推开，阿嘉松高大的身影挺立在门口。他对着屋子里用汉话说："洪老中医，你们的人来看你们来啦！"阿嘉松又转身对着背后两人说："洪老中医他们都在里面，请进！"

来的两人都穿着老百姓的衣服，但在衣服里掖有短枪。他们是山下第九军有关属部的人，一位是干部，另一位是战士。阿嘉松礼貌地请他们先进屋，红军干部礼让，阿嘉松笑语："你们是客人。爬山累了，来，快进屋坐下休息。"

上山来的红军干部与派遣潜伏的三人认识。他们相见，虽然都没有穿军装，但都庄严互敬红军军礼，然后粗糙大手紧紧相握。他们表现出的深厚炽烈的同志情谊，深深打动阿嘉松。

阿嘉松吩咐随仆到小喇嘛庙的厨房去，给上来的两红军人员热些斋饭，又吩咐护从到进入后园的破门处放哨。

阿嘉松和五名红军人员围着火塘而坐。上山来的红军干部说话干脆利落。他先向阿嘉松转达红军首长的谢意和问候，然后对洪老中医三人传达有关首长的问候和嘱咐。最后他说："我上来是通知你们，我们大部队奉命转移！"

洪老中医三人神情变得凝重。虽然他们知道自己的队伍终要北上抗日，驻守镇江关一线只是暂时的。但是当自己的队伍离开的日子来临时，他们的心情还是因难舍难离而沉重。

前些日子，洪老中医他三人都还在红军部队里时，听说了红四方面军与红一方面军的会合，他们欢喜若狂！当毛泽东、周恩来等共产党中央领导与张国焘、徐向前等人见面开会的消息传来，他们对突破国民党的围追堵截，胜利北上到达抗日前线更有信心！但是，组织上安排他们留下，潜伏松潘。他们对自己队伍依依不舍的同时，革命觉悟也让他们坚定地接受新任务！

稍一阵沉默后，江技师不舍问道："都走啊？山下我军镇江关防线的部队全开拔？"

"是的。我军镇江关防线的部队全部开拔！"对红军两支方面军十余万人的大规模运动，国民党天上地面的侦察看得清清楚楚。上山来的红军干部也无须保密地讲："我两个方面军会合后，根据新的最高会议决定，我四方面军将放弃茂县县城，也放弃从茂县到松潘的整个岷江大路，分多路作战略转移。我们镇江关防线的部队奉命分头向毛尔盖方向进发！"

毛尔盖是广袤草地的南边门户，驻有国民党重兵。红军部队多头向毛尔盖方向挺进，预示要消灭据守那里的国民党军，从而打通进入草地的道路。

楚技工大声说："好！毛尔盖有大仗打了！要是能将毛尔盖敌军全包围吃掉，那才痛快！"

洪老中医有些凝重地说："没有拿下松潘县城，我们红军北上抗日就只能通过广漠草地了。草地人烟稀少，又不是产粮区，我军通过就更缺粮了！"

阿嘉松知道红军各部队都一直缺粮，他听了这话，心中沉重。

上山来的红军干部说："现在，胡宗南部十万人，全部署在从松潘经南坪（南坪即现在的九寨沟，后文不再标注）到若尔盖一线，目的很清楚，要阻止我红军进入甘肃。同时，现在国民党军放开了草地通往青海的方向，看来蒋介石意图把我十几万红军赶入青海，围困消灭！"

楚技工一声断喝："他老蒋休想！我红军一定能把他的算盘砸烂！"

江技师说："他老蒋百万军队没有能把我们围死在红色根据地，现在他胡宗南区区十万人的防线，我军一定能突破！"

洪老中医说："我红军北上去抗击日本帝国主义，是为了国家救亡，是背负着民族的希望，我们是不可阻挡的！"

几位红军人员表现出的崇高理想勇敢精神坚忍意志，阿嘉松看在眼里，心潮翻腾。他有一个感觉，假如红军大部队在北上征程中被击散，他们一定会像火石一样，被砸碎同时迸裂出更多的火石，迸射出无数火星，点燃四面八方！

这时，阿嘉松的随仆送来热乎乎的庙里斋饭，是杂粮杂豆洋芋加奶渣熬的稠粥。阿嘉松见上山来的两红军人员面带菜色，知道他们很少吃到肉油，便把自己吃的酥油用吊刀挖了一大块放进他们的稠粥里，还又加了点盐。

阿嘉松请上山来的两红军人员用饭，又对他们说："吃完饭，你们休息，继续聊。我派我的人到附近人家去看一下，晚饭看能不能在哪儿弄点肉吃。"

上山来的红军干部连忙说："谢谢阿嘉松千户的好意。我们的规定是当天归队。吃了饭，我们就下山回去。"

阿嘉松一听他们吃了饭就走，说："那我去给你们弄点东西，你们走的时候带上。"

阿嘉松带着随仆和护从回到自己的房间，取出一些银圆交给他们，说："你二人分头去找山上的人家，看他们有没有干肉和酥油愿意卖。"又吩咐二人各取一条大口袋，说，"你们可以出高价，买满口袋，我要送给客人！"

阿嘉松带着随仆和护从出屋，边走又边吩咐："你们顺便问山上人家有没有粮食卖。我想，我们离开这个喇嘛庙时，再买一批粮食送给庙里。"

到了小喇嘛庙的山门外，阿嘉松叮嘱他二人："你们快去快回！客人吃了饭，再谈一会儿，就要动身下山。你们估摸着时间，不要超过一个半小时。"

随仆和护从应声。二人手提空口袋下了石阶后，朝两个方向小跑而去。

阿嘉松看着他们的身影消失后，转身进庙。他没有回自己房间，而是走到后园的破门处坐下。他给石屋里交谈的红军人员放哨，同时根据红军马上撤走的新情况，思考怎样带洪老中医等人安全回自己藏寨老家。

蓝天上，高原的太阳慢慢移动，白云轻飘。

石屋里传出告别的声音。屋门打开，五位红军人员走出。

阿嘉松一见，赶紧站起走过去，对上山来的红军干部说明情况，请他们再稍坐一会儿，然后与他们又一起进屋，围火摆谈。

过了一阵，阿嘉松的随仆和护从相继回来。他们进屋时都是气喘吁吁，满头大汗。他们都背回来满口袋东西，有猎物干肉，有酥油和牛油羊油。

在小喇嘛庙山门外，下山去的两红军人员请阿嘉松等人留步。但是洪老中医三人对战友长别，离情难割，坚持要送君十里，再往下山路走一程。

夏日晴朗，阿嘉松见山林郁郁葱葱，便走到庙旁的泉水小潭边坐下，继续考虑带三位红军人员安全返回的问题。

泉水叮咚，清溪漂叶……阿嘉松沉思着……不知不觉间，红日西沉，晚霞满天。

晚饭后，阿嘉松来到小喇嘛庙荒芜后园石屋里，把他打算召唤麦其崩老板等人来的想法，与三位红军人员商量……

天黑了，山风吹得林涛声响。石屋里没有油灯，但塘火的光亮照得围火而坐的阿嘉松等人都脸色红通通的。

商量完了。阿嘉松对护从吩咐："你明天一早就下山，快速到县城去，给麦其崩老板传我的话，叫他马上启程，跟你来见我。叫他不要带银圆，只带四个人来。叫他们不要声张。"

阿嘉松点名的四人，是一个多月前带红军去取昂登土司藏在山洞里的货物，然后返回松潘县城的二掌柜等四人。

阿嘉松继续交代："你带麦其崩老板他们到了山下镇江关后，让他们住镇上旅馆。你一人上来通知我，我下山去见他们……"

2

数天后，阿嘉松派去召唤麦其崩老板的藏族护从，单独一人回到苯波小喇嘛庙。他禀报说麦其崩老板等五人已经到了，住在山下镇子的旅馆里了。

在石屋里火塘边，藏族护从细叙他一路上的所见所闻。阿嘉松翻译给红军派遣准备遣入松潘的三人听："……当我带着麦其崩老板他们出了松潘城的第二天，在路上听说防守镇江关的红军，一夜之间消失得无影无踪……我们到了山下镇江关镇子上，听说红军撤走后，有支中央军追去中了埋伏，被包围吃掉了，中央军也就没再追红军了……山下镇江关镇子里只来了很少的中央军。镇子上的人说，红军虽然走了，但是中央军大部队还是据守在原来的阵地上未动……这一路上设了许多路卡盘查红军人员。守卡盘查的人都是当地民团。只是大镇路卡加了县保安队的人……盘查严不严？嗯——，他们对从县城方向下来的人都不过问。对往县城方向去的人，主要打量青壮年男人。偶尔喊人站住，问家是哪里的，听见是本地口音，听了回答的地名，就放行了。"

阿嘉松和三位红军人员对路卡盘查情况很关注，又详细问。阿嘉松还问护从："你过路卡时，是怎么个情况？"

"我去县城的一路上，大多数路卡的团丁一眼就看出我是真藏族，不问我。只有少数几个路卡，有保安兵或者团丁对我用藏话喊一声，我刚站住回答一句半声的，他们就不耐烦挥手让我走。我带麦其崩老板他们来的一路上，没有人过问。"

松潘，藏羌汉回多民族混居历史悠长，当地汉族人很能辨识藏族人的面貌体征，稍会一点藏话的人，对藏族人的口音也熟悉。护从细叙的岷江大路上重重卡子的盘查情况，表明三位红军人员如果装扮成藏族人通关，很危险！

这些情况没有出乎阿嘉松他们的预料。阿嘉松和三位红军人员又慎重再研究后，决定按原方案执行。阿嘉松最后说："那好，我明天一早就下山。我在山下把事情办妥了，我们再会面。"

阿嘉松又对藏族护从吩咐："你留在这里。我下山后以后的日子，你要保护好他们三人，尽量教他们藏话。把我留在这里的东西给我看管好。"

阿嘉松在这小山庙里存放有不少好东西，有红军送给他的礼物，有索赫大头人和尔玛旺大首领送给他的酬谢厚礼，也有阿嘉松到这些地方顺便买的货。阿嘉松还带有大量银圆，明天下山带走大部分，留在这里的也不少。

阿嘉松安排了这些后，出屋离开后园，来到住持老喇嘛的屋子里。

在庙里的这些日子，阿嘉松常与住持老喇嘛亲切闲聊，成为好友。阿嘉松还向老喇嘛承诺，等战事过去后，他要来为破庙做一次维修。

阿嘉松坐下后告诉老喇嘛，自己明天一早下山，但是自己的藏族护从和三个汉族朋友还要暂住庙里，请继续关照。阿嘉松还说，请住持明天派两个喇嘛跟自己下山去镇子上，自己要为山庙采买一些生活用品请他们带回。阿嘉松最后说，自己想再给小喇嘛庙买三千斤粮食，请住持派庙里喇嘛跟山里人户联系一下。

阿嘉松对苯波小喇嘛庙做这些施舍和许诺，一是出于他对藏传佛教的尊崇，二来是对他们六人住庙的酬谢，现在还更含一层用意：自己离开后，托喇嘛庙对三个汉族人继续庇护！

晚风起，暮色降临山林，一老喇嘛关闭山门，横闩木杠。

在荒芜后园的石屋里，阿嘉松六人围着火塘吃晚饭。洪老中医三人也是左手托着小木碗，右手手指在碗里捏揉酥油糌粑，喂进嘴里。他们捏酥油糌粑这个动作，现在已经做得跟藏族人一样了。

吃完了酥油糌粑，洪老中医三人也像藏族人一样，从火塘上的铜锅里舀马茶进木碗，将碗边粘渍洗干净，一起喝下肚。

晚饭后，藏族护从继续讲他进松潘县城里的所见所闻："哦，我还听说一件事，就是红军曾经打到了松潘县城边，把城边的塔子山攻了下来，占了两天！

"城里人讲，那天半夜，突然城外枪声大响，就像天炸了一样。全城人都惊醒，跑出屋看。只见城外塔子山的山顶就像爆烟花。黑夜里红红子弹乱飞，就像织天网一样。全城都闹起来了，说是红军奇袭塔子山。打了不多一阵，红军夜晚的奇袭成功，把山头拿下了。

"城里人说，当天晚上城里大乱，城里的中央军全部上了城墙。红军占了山头，也停了，没有接着往下攻打城墙。

"城里人说，塔子山上是中央军的一个营，其中有一个机枪连。说红军攻占山头后，缴获了大量的机枪和机枪子弹。说第二天，中央军的第二旅赶来了，第三天他们往塔子山上攻，还加了炮往山顶轰。但是队伍冲一波，在山坡上丢下一片尸体，指挥官被打死了，当兵的退了下来；又一拨队伍往上冲，在山坡上又丢下一大片尸体，又败退下来。那天中央军攻了好几次，死伤无数，结果始终没有攻上山顶。据说上面的红军并不多，但就是打不退。

"第四天，山顶没有动静了。据说红军当夜神不知鬼不觉地撤走了。听说中央军追打过去又中了埋伏。听说管塔子山山头的那个团长被枪毙了。"

藏族护从又讲到县城里住满了中央军，伤病员满街都是……讲县城商铺都关了。他说泽旺商号也关张了，因为住进来一个连……

屋外夜风飕飕。阿嘉松掏出怀表看了一下，说该休息了。阿嘉松对三位红军人员说："我明天一早就下山，你们不要送，万一碰着人不好。"阿嘉松又殷殷叮嘱他们安全事项。

江技师感激笑说："阿嘉松千户你放心，我们会注意安全的。你走后，我们三人按军队规矩，白天晚上都有一个人值哨。情况一不对，"他指了指屋里通往庙外的小门说，"我们就到后面山林里躲一躲……"

3

阿嘉松带着两个喇嘛和随仆，从山上下来。

两个喇嘛牵着两匹毛驴。毛驴背上各驮着两个麻柳条大筐。四个筐的上部都是羊皮兽皮药材等山货，看起来像是驮到镇子上出售。每个筐的下部里都有一个装有数千银圆的皮口袋。阿嘉松请了两个喇嘛一起下山，目的是钱款安全。

遍设各处的路卡本是清查红军人员，但守卡团丁都用其敲诈勒索路人，故意乱翻货物刁难人。不过，团丁都迷信，怕得罪菩萨因而对喇嘛都不敢放肆。阿嘉松知晓这一民俗，所以做此安排。

果然他们通过卡子时，守卡团丁见牵毛驴的是俩喇嘛，便没拦住检查，而只是对驴背上的麻柳筐随便瞟一下。

走在镇子街上，阿嘉松看见游荡着很多民团团丁。红军来时他们如鸟兽散，无踪无影。此时如土里蛰虫又都冒了出来。他们有的扛火药枪，有的拿破旧步枪，招摇过市。

红军来时到处写的革命大标语，团丁们在懒洋洋地清除。他们对镇街两边写在墙上的革命标语用锅底烟灰搅的黑水涂盖。至于凿刻在石壁崖岩上的大字红色标语，懒散团丁都不想费力去架梯凿除。

阿嘉松走过国民党区公所时，站在街边打量了一下，见区公所开张了。他又向街边一老人打问区长，老人答道："是的是的。区长还是原来的舵爷区长。"

此区长阿嘉松认识。他本是此地袍哥码头的舵爷，当此地民团团总蹊跷暴死后，他夺得了团总权位，人们就称呼他舵爷团总。后来他贿赂县长当了区长，当地人就称呼他舵爷区长。

阿嘉松知道麦其崩老板等人住在镇子南端的旅店，便在镇中另一小旅店里安顿了两个喇嘛。因为他想尽量隐蔽他住苯波小喇嘛庙的事。阿嘉松给了两个喇嘛一些钱，吩咐他们用这钱在镇上购置庙里所需物品。又说两匹驮驴牵走卸了驮后，他的随仆会牵回来。

阿嘉松最后小声对俩喇嘛说："谢谢两位师父了！过几天我还要到宝寺与你们见面，明天你们回山上我就不送你们了。一路安全！"阿嘉松很恭敬地双手合十，与俩喇嘛告别。

阿嘉松和牵着两匹驮驴的随仆走到镇街南端的旅店，找到麦其崩老板等人。很快，他们的住宿诸事安顿妥帖。

在阿嘉松住的上客房里，他接受了二掌柜和两个伙计及护从等四人的致礼。阿嘉松还礼后，当即问："你们回到松潘县城后，遵守了我的吩咐吗？"

二掌柜等四人齐声回答谨遵了。二掌柜还指着麦其崩老板说："不信问他。"

麦其崩老板莫名其妙，说："问我什么？"又问阿嘉松，"阿哥，你吩咐他们些什么？"

阿嘉松见门窗关着，低声对麦其崩老板说："我吩咐他们，对他们随我出松潘县城后的全部经过，三不准说。一不准外说；二是他们之间也不准互问互谈；三是对你也不说。如你问起，就说我有嘱咐，我见了你自然会告诉你。他们是这样对你说的吗？"

阿嘉松借告诉麦其崩老板，再一次告诫二掌柜等人保密。其实他四人绝不敢泄露半字，因为参与将昂登土司的粮食等大宗物品卖给红军，他们也犯重罪，而且他四人也都接受了红军的厚礼。当然阿嘉松也给了他们奖赏和保密钱。

阿嘉松表扬他四人。然后，阿嘉松取出自己的名帖，交给二掌柜，吩咐他带一名伙计去区公所约见舵爷区长，还交代尽可能今天下午就见。

麦其崩老板见状，说："哦哟，阿哥，你休息一下嘛！什么事情这么急急忙忙的？"

阿嘉松说："我回头告诉你。"又对众人说，"我天不亮就出发了，现在抓紧时间躺一下。"

不短时间后，二掌柜回来。

他对阿嘉松禀报，说他先去区公所然后到了区长家。舵爷区长今天把藏在深山中的家财金银运回家里，所以他定在明天见阿嘉松千户。

阿嘉松见此时无事，便与麦其崩老板单独长谈，吩咐护从在门窗外照看。

麦其崩老板张口感叹道："哦哟阿哥，你这一趟跑的时间好长哦，你都干了些什么啊？"

"我这趟出来的事情，太多了，要谈几次才说得完。我从头给你讲。"阿嘉松从他带二掌柜等四人离开松潘县城讲起。当叙述到在昂登土司藏货的高山崖洞得知昂登土司投奔了红军时，麦其崩老板惊讶感叹道："哦哟，自来说'官逼民反'，昂登是土司，是官啊！他都被逼造反啰！"阿嘉松接话："是啊，可见世道之黑暗！"

阿嘉松继续讲，因为昂登土司参加红军对自己的震动和影响，加之听了许多传闻红军的好话，他因此决定要亲眼看红军。阿嘉松把他在茂县县城观察红军的过程讲得非常详细，听得麦其崩老板对红军有了好印象，对将昂登土司藏在山上的大宗货物卖给红军表示同意。但是他爱钱，又情不自禁地问："阿哥，那批东西，红军给的价好不好？"阿嘉松大声回答："当然好！"

阿嘉松继续叙述，赞叹红军做事的快捷，深情回忆与昂登土司的见面，赞美昂登穿上红军军装的新的英雄风貌。阿嘉松最后说："对于昂登土司山洞里那批货，红军要连本带利付钱给我。我对昂登土司说：'东西是你的，我怎么能收利钱？'但他们非给我利钱不可！"

麦其崩老板听了，急忙问："红军给了多少利钱？"

阿嘉松回答："给了五成利钱！当初我预付给了昂登土司的堂兄一大口袋银圆。所以，他们把那一大口袋预付款还给我后，又给了我半个大口袋的利钱！"

"啊呀呀——"麦其崩老板发出藏族人的惊喜呼叫，说，"红军做生意还真讲仁义！这种事川军中央军是做不到的！"他又急问，"这么多钱，阿哥你身边只剩一个护从一个随仆，带在身边太危险了，你怎么带的啊？"

"我没有带。我把钱交给红军替我保管。最后，他们把钱给我送到这里。"

麦其崩老板惊愕："那么大一笔钱，一直是红军替你保管？为什么？"他又惊慌问，"钱现在在哪里？"

"瞧你那惊慌样！"阿嘉松谴斥，然后说，"因为我接受了红军委托，要去见尔玛旺大首领和索赫大头人，当然不能随身带那么大量的银圆。所以我就把银圆托红军替我保管着。"

阿嘉松说到这里，抬手指着四个麻柳筐，说："这四个筐里，就是装的那一大口袋的银圆。还有半口袋的银圆，现在放在山上一个小喇嘛庙里，回头我要带你去。山上喇嘛庙的事，你不要对二掌柜他们说。"

麦其崩老板听说四个麻柳筐里装着大笔银圆，迫不及待地去翻看。之后，他笑呵呵地坐了回来，问："阿哥，红军委托你什么事情？"

阿嘉松因在叙事中，凡是讲到红军都细述周详，所以说话多有些累。他见窗外黄昏渐起，说："晚饭时间到了。吃了晚饭，我给你们大家开个会。红军委托我的事情，我明天再接着讲。"

晚饭后，所有的人都齐聚阿嘉松的房间，只有护从在门窗外巡看。

阿嘉松压着声音对他们讲："我唤你们从县城来这里，是打算趁战事刚息之机，采购一些东西。其中主要的，是到烟区去采购鸦片。"

众人一听，都惊愕不已，因为阿嘉松从不做鸦片生意，这也成为泽旺商号的规矩。泽旺商号的人也都知道，这些年来麦其崩老板一直想做鸦片生意，但都被阿嘉松严厉制止。

麦其崩老板既惊讶，更欣喜，他简直不敢相信地问："哦？阿哥，你要带我们去收烟啊？"他已经激动得脸耳充血。

阿嘉松一脸严肃，说："我要给你们说清楚，我这次收鸦片烟，是为了我跟俄哈土官的斗争，不是为了泽旺商号的生意！这次收鸦片，用泽旺商号的本钱，今后赚的钱，也是泽旺商号的利润。但是，我再次强调，此次收鸦片是我与俄哈土官斗争的需要，不是单纯生意买卖！泽旺商号今后，仍然坚持不做鸦片生意！"

阿嘉松很严厉地问众人："你们都明白了吗？"

众人毕恭毕敬回答知道了。

阿嘉松又说："对我们此次买鸦片的事，回去后不要外传！不要坏了我泽旺商号的名声。你们知道了吗？"众人又大声应允。

对收鸦片为何跟与俄哈土官的斗争有关，二掌柜等人不问。这是他们多年来遵守规矩养成的习惯。麦其崩老板心知阿嘉松以后会对他解释。

阿嘉松抬手指着四个麻柳筐，说里面都装得有银圆，是这次采买货物和鸦片的本钱，要大家都留心看护。

最后，阿嘉松讲约见舵爷区长的目的："你们都知道，自来收鸦片烟都招惹事端。现在战事刚完，到处更乱，因此，我见舵爷区长，打算花钱雇他的人做生意保镖。"

入夜，寒月如钩，山上狼嚎声随风传来。

在阿嘉松的屋子里，麦其崩老板聚精会神地听阿嘉松讲述。他们兄弟俩按藏族人的习惯在床上盘腿相坐，靠得很紧地低声倾谈。

阿嘉松讲述红军要北上抗日，要经过赤卜苏羌族聚居区和黑水藏族聚居区，但是中央军命令尔玛旺大首领和索赫大头人阻击红军……阿嘉松讲自己赞同红军北上抗日，讲自己非常不愿意民族同胞无谓牺牲，因此他愿意帮助红军借路……阿嘉松讲了他在尔玛旺大首领和索赫大头人的官寨，遇见凌尔武等人的种种遭遇……阿嘉松讲他见了红军一级级的高级将领，一直到见了红四方面军的最高首长……

麦其崩老板听得对阿嘉松充满佩服……

第二天，天空飘起细雨丝。

阿嘉松和麦其崩老板穿着拜客的衣帽，来到区公所。

镇街中间有一戏台。戏坝子的右侧是区公所，左侧是此地袍哥的香堂。区公所的大门如普通人家院门，而袍哥香堂的大门是带飞檐的高大门楼，上面雕梁画栋。两相对比，给人感觉是江湖势力盖过官府。

阿嘉松看见区公所大门的门楣上，用锅烟黑水胡乱涂抹，很奇怪。仔细看，发现锅烟水后面隐约有大字：苏维埃区政府。

舵爷区长听说阿嘉松来了，倒也客气，走到院子中相迎。他一副江湖义气模样的后面，带有阴险强横相。

因为他与阿嘉松同为松潘同仁公社袍哥前排，所以二人认识时间不短。但阿嘉松因心中对他不齿，很少与他交道来往。不过舵爷区长对阿嘉松从贫贱农奴奋斗成藏族贵族和大商号老板的经历，倒由衷敬佩。他也出身贫贱，少年跟随走私枭雄闯荡，后打拼出今日地位。

舵爷区长在区公所的公堂里礼见阿嘉松。说是公堂，其实也简陋，不过是三开间的大屋子，地面木板满是缝隙，屋内柱子油漆剥落，窗户纸也破了不少。

舵爷区长见阿嘉松千户的见面礼很是丰厚，那张阴险强横的脸上显出笑容。

战乱后相见，话题自然围着战时彼此情况交谈。舵爷区长睁眼说瞎话，谎言瞎吹他对红军打游击，如何白天冷枪夜袭放火，如何劳苦功高……

其实当时，舵爷区长把他的民团布置在岷江大路边的山上，准备骚扰袭击红军。而他自己为保命爬到高山上，想遥控指挥。谁知红军一来，民团的虾兵蟹将见势不好，乱放几枪就作鸟兽散跑光了。于是舵爷区长带着护卫躲进深山，与妻妾守着家财金银，一直到红军走后才下山。

阿嘉松知道舵爷区长满嘴瞎话，料他会将这些谎言写在纸上呈报邀功，心中厌恶。

舵爷区长瞎吹够了，问阿嘉松战乱时期怎么过的。阿嘉松谎说自己一直在藏寨家里，偶尔到附近其他部落走走看朋友，说很少进县城。阿嘉松不愿与他多谈此，简单几句后转移话题，说自己此番前来有事请帮忙。

舵爷区长问何事。阿嘉松说他要到烟区去收鸦片烟，说现在战事刚结束，恐怕烟区和路上不太平，而鸦片又价值昂贵，易招惹歹人，因此想雇用舵爷区长的手下做保镖。

舵爷区长贪婪，一听垂涎，惊呼："哦哟，阿嘉松千户你真是做生意的高手嘛！今年烟季碰上赤匪红军打来，没有了外地烟帮烟商来收烟，现在烟价肯定大跌。吧，你的动作简直太快了，赤匪红军刚前脚走，你后脚就进烟区收烟，你太会抓时机了！该你发财，该你发财！"

舵爷区长又问阿嘉松打算到哪些烟区去收鸦片。

阿嘉松回答说："我打算在松潘和茂县两县交界的那一带收鸦片。我估计那一带的鸦片价格比其他地方的要低，因为……"

阿嘉松从离开赤卜苏竹索桥头来到此地的一路上，习惯性地顺便打问沿途商情，因此对松茂两县交界区域的鸦片行情有大致了解。

麦其崩老板及二掌柜一听，知晓了一些相关情况。舵爷区长听了，也知道了那里的行情，动了心。他见阿嘉松对其生意行情毫不保密地告诉他，直夸阿嘉松重义轻财。

其实，阿嘉松之所以不保密商情是另有目的。他与三位红军人员一起谋划了安全上路的方案，收鸦片和雇国民党区公所人员是其中环节。所以阿嘉松根本就不看重收购鸦片。

麦其崩老板从听阿嘉松说要收鸦片到现在，一直兴奋不已，此时说到收鸦片他又激动起来，聒噪多话……二掌柜按规矩本不该多言。但他对首次收烟好奇兴奋紧张，也就不免参议……舵爷区长动了也要收烟的念头，热衷谈此……于是三人你言我语，猜议预想，谈得闹热。

只有阿嘉松仰坐不言。他见舵爷区长对他雇人护商没有丝毫怀疑，心中暗喜。

三人说得差不多了，舵爷区长问阿嘉松需要雇多少人。

阿嘉松说："你是知道的，松茂两县交界那一带，山大沟深，土匪不少，所以要安全不能靠枪支，主要靠你大老爷的威赫名声！"

舵爷区长听此一捧，高兴得哈哈大笑，说："哪里，哪里！你阿嘉松千户也是鼎鼎大名之人嘛！你在省城还有官家后台呢！"他指的柳曼卿主任。

阿嘉松继续说："你大爷一身兼区长团总舵爷三职，威赫声名远播松茂边界。所以我去收鸦片的安全，不靠枪，靠嘴子。你给我派两个会说话善交际的能干人，在烟区打着你的旗号，与当地豪强大绅联系交好，则事事通顺了！"

舵爷区长喜应道："好好，我给你派两个会打交道的能干人，包你满意。哎，对我的得力臂膀，阿嘉松千户是不会亏待他们啰？"

阿嘉松明白这是问价，说："既然是你的得力臂膀，我出钱少了就是看低了他们。"然后停住话。

舵爷区长会意，挥手，他的人全部退下。

阿嘉松走到舵爷区长身旁，对他低语……舵爷区长听了，高兴得大笑，直夸阿嘉松千户是豪爽之人……

4

松潘县和茂县交界一带，自清末乱世以来就匪患不绝。因其地山大沟深，天高皇帝远，土匪躲藏逃窜易，官府缺银剿匪难。

因此，这一带所产鸦片除了大烟帮来收购外，一般的烟商和零散烟贩子都畏惧匪情而不涉足。所以这一带的鸦片不少是烟农自己背出去卖钱。今年这个情况，大烟帮不来，烟农又不敢背出，自然烟价下跌。

阿嘉松带着不小的一队人来到。

这是今年进此大山的第一支收烟商队，加之舵爷区长和阿嘉松千户的名声不小，因此很是引起轰动，传得很开，不少远山近寨的大小烟户都自运鸦片跋涉山路来找他们。

阿嘉松的这一行人中，舵爷区长派的有九人。当地民俗"九"为大数。其中两个领头人一文一武。文的是区公所的书办，武的是民团副团总。当然他二人都是老操袍哥，善于江湖交道。他二人身挎驳壳枪，骑马模样很是招摇。他们带的七个团丁，因是用来撑场面，所以皆挑的彪形大汉，个个也肩枪带刀。

阿嘉松雇用这些人，付给舵爷区长的，是许诺数目不小的鸦片烟。对这九人，阿嘉松不仅付厚酬，而且每天晚上还让他们大吃大喝。阿嘉松这样做，是为了下一步，要他们毫不知情地掩护三位红军人员上路。

为此目的，阿嘉松也同意麦其崩老板天天晚上与他们吃喝闹酒。麦其崩老板天性爱闹热善闹酒，他夜夜醺醉地又说又演，惹得哄笑不断。因此受雇九人很是喜欢麦其崩老板，都称是他两肋插刀的义气兄弟。

对区公所的书办和民团副团总，阿嘉松有意优酬。他二人因此十分卖力，在这烟区联系当地土豪大绅，拜望交涉，收烟和寻求保护等，都办得很是妥帖。阿嘉松看他二人确是江湖老鬼，油嘴滑舌，很是满意。因为今后三位红军人员的通关过卡主要是利用他俩。

殊不知，这二人还给阿嘉松牵出意外生意。

他俩都有个先天禀赋，与大山里的豪强大绅一接触便能打得火热。这些豪强大绅为了表示自己不是深山土包子，往往要显摆自己拥有很值钱的好东西。

麦其崩老板一见珍稀山货、家传宝物，便起心，请他俩油嘴诱说豪绅们卖出。他二人因有佣金，当然十分卖力，帮助成交不少。

阿嘉松在这大山深沟里短短几天，所带的大笔银圆就用去一半。

用去的银圆，不全是收购鸦片和土豪家的山货宝物，还买了不少粮食。在与深山的土豪大户打交道中，阿嘉松发现他们家家都囤积粮食。阿嘉松因鸦片害人而深恶痛绝，为做假象不得已买一些。现在各处出现战后饥馑，而眼前有粮可购，阿嘉松当然就要做此生意。

这日，晚饭时，阿嘉松对书办和民团副团总说："采购几日，我带的钱用去不少。今天晚饭后，我要召集我的人对生意打个总结。麦其崩老板今天就不陪你们喝酒了。你们自己喝高兴！"

晚饭后，阿嘉松在他们临时租的大库房中，召集自己人开会。

他们先对迄今采购的货物和所耗银圆进行盘点……这很费时间，屋外天上月亮升起，在夜云中滑移……伙房里九人闹酒的声音渐渐消失……

盘点完后，阿嘉松对二掌柜等人说："明天早饭后，我和麦其崩老板就离开这里。二掌柜你带着他们继续收货。"

阿嘉松对剩余的银圆做安排。他严格规定收鸦片的钱不能超过三成。他对二掌柜和两个伙计说："外面已经有战后饥馑情况发生，我们做生意也要兼做善事。你们一定要尽可能地多购粮食！"

阿嘉松说这话，是因为麦其崩老板图鸦片利厚而不愿意采购粮食。虽然麦其崩老板明天跟随他离开这里，但阿嘉松须再对二掌柜等人重申他的规矩。

阿嘉松最后对二掌柜等人指定返程日子，说："我和麦其崩老板在镇江关镇的旅馆里等你们。你们务必按时回来！"

夜深了。

屋子里只剩阿嘉松和麦其崩老板。麦其崩老板问："阿哥，你明天要带我到哪里去？有什么事？"

阿嘉松答道："今天太晚了，该睡了。明天夜里住下后，我细细给你讲！"

阿嘉松是要去接三位红军人员，当然极保密。即使对麦其崩老板，阿嘉松也要先做铺垫谈话，然后才告诉他。

第二天早上。

阿嘉松向区公所书办和民团副团总告辞，说自己和麦其崩老板另有事情，须先行离开，又说了继续托付的话，并告诉他们返回镇江关的日子。

二人吃惊，问何事要走，还说："阿嘉松千户，这大山里不安全，就你和麦其崩老板两个人上路，有危险。要不，我们九人分成两半，一半人留这里跟着二掌柜，一半人跟护你二位贵人？"阿嘉松用虚构理由搪塞。

舵爷区长的这九人还想继续挣阿嘉松的钱，也贪恋与麦其崩老板喝酒欢闹，便提出回镇江关后，希望阿嘉松的商队去往县城一路能继续雇请他们。这正中阿嘉松的下怀，痛快答应。

弯弯山路上，阿嘉松和麦其崩老板带着护从和随仆，四人挥鞭策马，身影远去。

5

阿嘉松与麦其崩老板等四人快马前往镇江关，途中，夜宿路边旅店。

盛夏夜晚，皓月当空。月光从窗户照进，洒落床前，使客房里清亮如许。阿嘉松和麦其崩老板两人促膝盘坐在床上，彻夜长谈。

这夜，阿嘉松讲述的是红军对他的革命启迪，是红军教导他如何打倒俄哈土官。阿嘉松讲得很详细。因为他不单是对麦其崩老板叙说，也是借讲述重温红军的教导，借讲述，整理融汇自己的思考。

麦其崩老板听得聚精会神。红军的启迪教导：如何发动组织部族民众，如何制定斗争策略，如何抓住时机发起决胜攻击等等，把他带入崭新境界。在倾听过程中，他逐渐明白了斗争路子，看到了胜利前景。他越听越兴奋，浑身来劲，不断啧啧赞叹，不断插话喊好。

阿嘉松刚一讲完，麦其崩老板就激动兴奋地嚷说："阿哥，红军指的路子，实在是太对了！我们按红军教的法子干，准保能把俄哈狗家伙打倒！"

阿嘉松因坐叙太久，起身下床，走到窗前。他仰望夜空明月，回忆起与曾传六副主任的难忘相会，回忆起与红军上下各级首长和干部的见面交谈，怀念之情涌上心头。

麦其崩老板也跳下床，边活动腿脚边说："过去，俄哈土官是狼，我们是兔子。他要吃我们，我们只能躲。过去啊，我们想俄哈死，但那只能是埋在心里的仇恨，实际动手，我们不敢干也没法子干。这次红军给我们指了路子，带领全部族起来推翻他，这简直好绝了！这以后啊，我们就不是躲他的兔子，是找机会扑过去咬死他的狮子！"

麦其崩老板夸赞一阵红军教导的斗争方法，然后又赞扬红军好，说："阿哥，红军把打倒俄哈的法宝教给我们，红军就是我们的朋友。我们按红军的法子取得胜利，红军就是我们的恩人！"

在窗前仰望明月的阿嘉松听见这话，转身问："阿弟，红军对我们这么好，我们应不应该帮助红军？"阿嘉松准备把话引到红军派遣潜伏人员的事上。

"应该，应该！"麦其崩老板想到的是阿嘉松把昂登土司的东西交给红军，想到他帮助红军借路做的事情，说，"前些天你给我说你帮助红军做那些事，我心里还不完全赞成。今天听了红军教你这些法宝，你为红军做那些事，确实太应该了！"

阿嘉松说："红军对我还有一个帮助。我听了他们教我的法子，想，他们教的方法好路子对，如果我回去实际干，能再有他们的能干人在身边时时帮助，就更好了。于是我便向红军提出要人，他们就答应了。"

"什么？"麦其崩老板大惊，问，"阿哥你说什么？你提出要红军人员在你身边？"

"是的！红军派了三个人。我现在把他们藏在镇江关附近的山上。以后，我要帮助他们在县城里住下。"阿嘉松的面孔，在月光映射中，显出勇毅。

麦其崩老板惊愕得目瞪口呆。一阵子后，他畏惧地说："阿哥！红军人员是外地汉人，很容易被识破。你把他们带在身边，事情败露，是勾结赤匪罪，是要杀头抄家的啊！"

麦其崩老板的震惊和畏惧，阿嘉松早有预料。阿嘉松将此事情告诉他，是因为带三位红军人员回去以及今后的安置，都需要他的帮助。阿嘉松对自己的这位妹夫很了解，对怎样说服和鼓舞他，也早已想好。

"阿弟，你不要紧张嘛！"阿嘉松上前轻拍麦其崩老板的肩膀，说："我们上床坐，你听我慢慢说。"

麦其崩老板拧着身子，嘴里嘟囔着反对的话，重与阿嘉松促膝盘坐。

阿嘉松说："阿弟，就算我不带红军的人员，你说，我们就没有生命危险吗？"

这一句话把麦其崩老板噎住了。他明白，这话是指他们现在与俄哈土官的决死斗争。不胜利，他和阿嘉松都是死路一条，不仅自己会被挖心剥皮，而且家人会被抄没家产罚作奴隶。

阿嘉松接着说："阿弟，我们现在就有死亡威胁，它来自狗俄哈！红军人员在我身边，是帮助我们消除俄哈的死亡威胁！至于红军人员暴露的危险，我相信，我们一定能避免！"

阿嘉松为鼓舞麦其崩老板，声音强有力地说："阿弟，以你我的本事，以我们在松潘的地位在县城的关系，我们要隐藏安顿几个人，连这都做不到？"又刺激他说，"你这不是太小看自己，太小看阿哥我吗？"

麦其崩老板不答话，但也不否定……阿嘉松使劲盯问："你说我们做得到做不到？"麦其崩老板迟疑一阵，勉强地说："做得到！"

月光映射中，阿嘉松脸上露出劝说成功的笑容。

阿嘉松要鼓起妹夫的精神，语气放缓笑着问他："阿弟啊，你说，我们按照红军的法宝回去干，能不能战胜狗俄哈？"

麦其崩老板听了红军方法后对战胜俄哈土官已经树立信心，马上作肯定回答："当然肯定能打赢！"

阿嘉松接着问："阿弟，你说，我们打赢了俄哈，下一步干什么？"

麦其崩老板是快乐性子人，他一想到斗赢后美好前景，情绪变高，说："阿哥，打败了狗俄哈，我们把他关在深山崖洞里。不，最好整死他！我们也不要他的儿子继位！阿哥，你来坐，你来当我们部族的首领。"麦其崩老板马上进入幸福憧憬，"到那个时候，你就是我们部族的王，我嘛，我就当……"

阿嘉松等麦其崩老板憧憬一阵，然后问："阿弟，怎么样？红军人员我该不该带？"

麦其崩老板回到现实，噘起嘴，说："该带是该带，但是我担心他们身份败露啊！"稍顿后，他问："阿哥，你说你把红军三人藏在镇江关附近山上，具体在哪里？……哦，苯波小喇嘛庙。你打算怎么办？……哦，你想先带他们到我们家的寨子。那你准备怎样带呢？"

阿嘉松亲切唤妹夫更靠近自己，然后对他低声讲述自己的周密策划……

6

山林中，苯波小喇嘛庙的大门前，住持老喇嘛送别阿嘉松。

阿嘉松等一行人已经走远了，但是住持老喇嘛仍带着小庙的老弱喇嘛站在风中，为阿嘉松念诵平安经。他们很感激阿嘉松两次数千斤粮食的施舍，他们还希望阿嘉松今后再来，维修破庙。

下山的路，走起轻松。但是阿嘉松等人的心情却不轻松。他和麦其崩老板带着三位红军人员踏上回家的路，将要通过一道道国民党路卡。

三位红军人员中，江技师和楚技工抬着一副空担架。他俩穿着汉族苦力人的破旧短衣和草鞋。他俩刻苦学藏话后，说汉话带本地口音。洪老中医本就是中医世家，胡须花白，此时穿着干净的长衫和布鞋，带着药箱等行头，形象气质更是中医本色。

阿嘉松的随仆和两个护从在后面赶着几匹驮骡。驮子里，装着红军送阿嘉松的礼物和作为利钱的那一大笔银圆，还有尔玛旺大首领和索赫大头人送给阿嘉松的许多礼物等等。

离山脚下的大路不远了。

阿嘉松吩咐一名护从，前天随他和麦其崩老板到这里的那名护从，跑步前去镇江关镇报信。阿嘉松又问他："怎么报信，你记住了吗？"护从很肯定地回答记住了，然后健步如飞往镇江关镇跑去。

阿嘉松等人休息了好一阵，然后，才慢慢重新上路。

这时候，麦其崩老板在担架上侧躺下。他假扮胯骨摔伤，不能骑马也不能走路。

扮作抬夫的江技师和楚技工熟练地将担架扛上肩膀。昨天，在苯波小喇嘛庙外，他俩抬着麦其崩老板在山路上走了好几里，让阿嘉松看看放心，也让麦其崩老板适应爬坡下坎担架俯仰时如何躺稳。这之前，他两人每天都抬着护从或者洪老中医练习走山路，腰脚力量很有增强。

阿嘉松他们一行人走上岷江边的大路……又走了几里，他们远远看见镇江关镇……再走了一段路，他们看见镇口外的路卡，看见二掌柜和区公所的书办及民团副团总等一拨人在那里，等候迎接他们。

到了检查红军人员的路卡，区公所的书办和民团副团总齐齐向阿嘉松致袍哥礼，然后围住担架关心问候麦其崩老板的伤情。他们等人还巴望着继续挣阿嘉松的优酬，还想着天天晚上与麦其崩老板的好酒热闹，所以对他俩大献殷勤。

麦其崩老板假装胯骨疼痛，苦笑答话，说摔得不重，只是不能走路骑马；又回答说自己在一豪门家喝多了酒，下石阶踩滑，屁股跌坐在石棱子上，胯骨摔伤。当时痛得要命，一点点都不能动。然后他指着洪老中医说："幸好主人家从附近请来了这位洪老先生！哎呀，洪老中医医术高哦，尤其擅长骨伤医治。他给我捏拿按摩，敷了跌打损伤膏药后，当夜就疼痛减轻，现在好多了！"还补充一句，"和你们一起喝酒没问题！"

书办和副团总听这一说，认为洪老中医是阿嘉松聘请的，一路医护麦其崩老板的，于是向洪老中医礼貌打招呼，说几句客气话。

在这段时间里，守路卡的保安士兵和民团团丁也都走过来看稀奇。他们听见了与洪老中医的对话。对坐在担架旁地上歇脚的江技师和楚技工，他们真当成抬夫苦力，看不上眼。阿嘉松对他们赏钱大方。他们对阿嘉松等一行人通过路卡时眉开眼笑地喊走好。

就这样，三位红军人员第一次通过了国民党检查红军人员的路卡！

第二天，阿嘉松去了区公所，会见了舵爷区长。

舵爷区长见阿嘉松付给他的鸦片，质量好，数量比原定的多，那张阴险强横脸笑得合不拢嘴。不过，当阿嘉松提出再雇区公所书办和民团副团总等九人护商到松潘县城时，舵爷区长也不客气，又向阿嘉松要了不少鸦片。

舵爷区长亲眼见阿嘉松做生意的本事，又见他出手阔绰，对阿嘉松的才能和豪爽很是钦佩。他起心想与阿嘉松结拜金兰，但一想，才狮子开口地收了阿嘉松的鸦片烟，此时提出结拜要求，有贪财之嫌，便暂未开口。但他与阿嘉松聊谈时，态度中很有几分亲热恭敬。

阿嘉松心中有一事，要借聊谈，作不经意状向舵爷区长提出。

此事缘起他在烟区购买的粮食运进镇，因镇中缺粮引起轰动。阿嘉松昨天刚到，就有人上门探问买粮。从他们口中，阿嘉松得知一件县政府派购公粮的事情。

这件事促使阿嘉松昨夜想了个新主意。阿嘉松觉得用现有方法带三位红军人员过路卡，基本没问题。但如借用这个县府公粮事，可以为红军人员的安全多上一道保险！

于是，阿嘉松在聊谈中将话题引到此事上。他问舵爷区长："我见你这片区域也普遍缺粮，但是听人说，前几天县政府给你下了很重的公粮征购任务，是吗？"

舵爷区长立刻叫苦，说："我这个区是松潘的产粮大区，但是这次赤匪红军来我这里，驻扎上万人，时间达三月。你算算，他们吃掉多少斤粮食？……一百多万斤粮食啊！弄得我这个区现在非常缺粮。可是赤匪红军刚走，我刚回镇，县政府就给我下达购公粮五十万斤的任务！简直是乱弹琴！"

"是啊，是啊！你这里的缺粮情况是明摆着的，县政府还要瞎下任务，也太官僚啰！"阿嘉松说，"上令不合实情，你给他们打个报告，顶回去？"

"唉——"舵爷区长叹一声气，不快而又无奈地说，"如果这任务仅仅是汪县长下的，我才不理他哩。问题是下任务的公文上盖有中央军的关防大印啊！中央军是什么脾气，我没见识过。冒冒失失地硬顶，万一得罪军队，怕。"舵爷区长手指头顶，意指乌纱帽。

"哦，原来你为这个为难。"阿嘉松装作同情状，又做出为舵爷区长考虑此事的样子。

舵爷区长见阿嘉松替自己考量，便也沉默静等。

一阵子后，阿嘉松说："这样吧。我收烟时顺便购买了一批粮食，目的原本就是行善赈饥，不图赚钱。既然你有为难之处，我就把这批粮食算作你的任务，替你运到县城交县政府，也算赈济县城饥民。"

舵爷区长一听，吃惊，且又喜。他不敢相信地重复问。当听见阿嘉松肯定答复后，他赞叹阿嘉松真是为朋友两肋插刀的侠义豪士。但又有些不理解地问："阿嘉松千户，你高价购的粮食帮我顶了任务交县府，你是要亏钱的啊！"

阿嘉松知道舵爷区长是唯利是图之人，以己之心度人，因此自己的行为如果不能从"利"字上解释，恐他起疑。

阿嘉松于是说："我也亏不了什么。在粮价上亏的钱，在烟税上补回来嘛！当然，这要借你的运送公粮的光！"

阿嘉松说这话是基于此情。国民党政府对鸦片，一面空喊禁烟一面大征烟税。因此官府对贩运鸦片是既稽查又收税放行。而路卡对贩运烟土的收税，又因人而异。大烟帮因其后台是政要军阀，强势横蛮，路卡对他们不敢多盘问，由着他们随便缴几个烟税钱。中等运烟者，如一些大商人或者小烟帮，路卡根据落进私囊的多少，或者对方的强弱，或多或少找麻烦。对于个人夹带鸦片者，对当地人还多少顾忌点乡邻影响；但如是外地人，则近乎打劫。

现在各处拦查红军人员，大道上设卡很多，因此阿嘉松在此时期运烟土返程，一路上给官府烟税和守卒私囊的银圆，是个大数。

舵爷区长在本区也借设卡发财，自然明白阿嘉松的意思：将私烟混在公粮中，一路打着为官府运送公粮的旗号，则既省了鸦片捐税也省了麻烦！

舵爷区长于是对阿嘉松连连说没问题，还说："好，好。那就如此办，你我两利。"

舵爷区长马上唤来书办，吩咐开具国民党区公所的押运公粮的相应文件证明。

书办听了后，又提出一个建议，说："这批粮食送到县城，也可能卖给百姓吃，也可能送给军队。干脆，我们区公所的押运公粮文书上，就写这是批军粮，唬住一路卡子，少给阿嘉松千户添麻烦！"

······

又过了一天，阿嘉松带领打着运送军粮旗号的驮队，启程离开镇江关镇。

这支驮队很庞大，因为运送的是两批公粮。舵爷区长在收到县府购粮任务后，牢骚满腹同时紧急强令下面缴粮。因其收粮量不大，单独解运县府，舵爷区长认为太丢面子。刚好有阿嘉松的这批粮食，便凑一起启运。

驮队行进，区公所文书和民团副团总骑行在前，他们的团丁肩扛老旧长枪，打着缝有国民党布徽的区公所旗帜。阿嘉松千户骑的马当然是镇上最好的一匹。麦其崩老板自然侧躺在担架上，不过为了跟上驮队速度，又增加了两名抬夫。他们之后是阿嘉松购买的粮食驮队。阿嘉松的银圆鸦片以及其他珍贵东西也捆装成粮食模样的驮子，打上记号，混在其中。二掌柜和俩伙计俩护从五人留心照看。他们的后面，是舵爷区长征购的粮食驮队。在最后押尾的是数名区公所人员。

沿途路卡的保安兵和民团团丁，远远看见长长的驮队，便知道一定是官府或者军队的运粮队伍。因为红军虽然离开了岷江大路，但仍在雪山草地。所以现在还是战争时期，大路上无其他商旅驮队。

因此，每当这支驮队走到路卡时，守卡的头目只是按规矩验看行路关防文书，简单问一下。这时，文书就取出县府相关文件和区公所的运送军粮证书。守卡头目看见骑在马上气质高傲的阿嘉松，看见侧躺在担架上的麦其崩老板，好奇询问。文书和副官就回答说，这一大批粮食是阿嘉松千户麦其崩老板为政府收购的，说麦其崩老板在收粮过程中摔伤。路卡守卒们见眼前是两位有钱大商人，便厚颜围上讨赏。阿嘉松千户总是出手大方，迎来这帮家伙喝彩！

就这样，阿嘉松带着三位红军人员过了一道又一道路卡，都平安顺利。

这支打着运送军粮的长长驮队，行进到一个三岔路口。

顺着大路继续前行，不到二十里便是松潘县城。往岔路右行是进沟小路，通向阿嘉松家的藏寨。

阿嘉松在这里与运粮驮队分手。

区公所文书等九人见阿嘉松结了他们的雇佣费后，还又给他们丰厚赏银作为进县城玩耍的钱，一个个欢天喜地。

增加的两个抬夫是区公所喊来的。阿嘉松也给他们结了工钱，也给赏钱叫他们随文书等人进城玩。这两个穷人心里惦念家里饿肚的亲人，想回家路上揽工。阿嘉松吩咐二掌柜尽量帮他们找活儿。

二掌柜和两个伙计按阿嘉松的吩咐，押送粮食到县城解交政府粮库。

打着运送军粮旗号的大驮队沿着岷江大路，往县城远去。

装着阿嘉松的银圆和价值昂贵物品的小驮队进入小山沟，顺着溪边弯曲小路上爬，很快进入山林。

他们走到第一个藏族山寨外，阿嘉松吩咐两护从进寨去重新雇用驮货的骡马和人骑的马。

不一阵，一个护从从寨子里飞跑出来，说他们见了寨主，谈好了雇骡马一事。

于是阿嘉松马上吩咐卸驮。然后与两个汉族驮夫结了雇用骡马钱，也给了他俩不少赏钱。两个汉族驮夫很是高兴，连连感谢后，带着空驮马离开他们，返程下山。

阿嘉松在这里换驮马，是要麦其崩老板不再躺担架。但阿嘉松要避免离去的两个汉族驮夫看见麦其崩老板是假装有伤，传了出去。

好一阵后，新雇的驮货骡马从寨子里出来，新雇的骑乘马也多了好些。

新雇的藏族驮夫很快将货物重新上驮。阿嘉松等人又上路。麦其崩老板和江技师、楚技工等一行人全部骑上了马。他们心情都极为愉快，个个一身轻松。藏族人走山路爱唱山歌爱高声喊吼，阿嘉松他们多个藏族人一路上也是如此。三位红军人员也放声学，学唱藏族山歌，学藏族人的粗犷高喊。

高原红日渐渐西沉……当倦鸟归林时，阿嘉松一行人已经进入了达欧部落的地界。

月亮升起。月光柔和地照映山林，相伴阿嘉松和三位红军人员等一行人赶路……夜深了，阿嘉松等一行人回到自己的达欧藏寨。

贤淑的莲姆措突然看见丈夫回到家，激动喜悦。她端庄美丽的脸庞充满幸福笑容，灿若莲花。

阿嘉松和爱妻莲姆措一起，很快安顿好三位红军人员舒适休息。

回到自己的房间，淑美婀娜的莲姆措与久别的丈夫深情相拥。她满怀爱意地为阿嘉松洗换，同时告诉他，曲吉活佛两次派喇嘛来留话，要阿嘉松一回到家，立即去曲吉大喇嘛寺。

第五十二章　活佛悲情

1

曲吉大喇嘛寺的藏式建筑依山形高展，巍峨壮观，在满天晚霞衬托中，更显崇高佛势。佛殿顶上的鎏金佛塔和镀金大法饰，被夕阳红光照射得闪闪发亮，彰显天尊法力。

阿嘉松带着三位红军人员和多名护卫骑马而来。他回家后得知曲吉活佛紧急召唤，便只在家里短暂停留。

远远看见辉煌巍峨的大喇嘛寺，阿嘉松勒马停住，挥鞭指着山谷清溪说："在水边找个地方，大家洗一下，换了衣服，进庙拜佛。"

在雪水潺潺的溪流边，众人卸鞍喂马，燃起篝火，还架起一顶小帐篷。

此时晚霞满天，山谷无风，加之为进庙沐浴换衣用不了多少时间，所以一般情况无须架帐篷。但此时溪边山路上，陆续有朝庙结束回家的人走过，阿嘉松为了尽可能隐蔽自己的行踪，吩咐背路设帐，遮挡自己的身影。

现在，在俄哈土官的领地内，阿嘉松更加提防俄哈土官发现自己的行踪派人袭击他。为此，阿嘉松和他的随仆都随身带枪，出门带的护卫比过去多。

阿嘉松增加的护卫中，有两人负责一挺轻机枪。这两人就是江技师和楚技工。阿嘉松安排他俩先在自己身边做护卫，以后再相机潜伏进县城。他二人现在也穿着老羊皮藏袍，头上低压羊毛藏帽。高原强烈的阳光和山风使他俩的脸膛也变得像藏族人一样黑红。

这挺机枪是当年黑水藏族人战胜川军后，索赫大头人为感谢阿嘉松帮助，也为庆贺阿嘉松获封贵族所赠送。多年了，阿嘉松一直将其封存于家里，此次亮出，是为震慑俄哈土官，鼓舞己方士气。

洪老中医此时也在阿嘉松身旁。阿嘉松计划在曲吉大喇嘛寺里建立反俄哈土官斗争的指挥部。他先让洪老中医在此指挥部里住一段时间，一是安全，二来随时帮助自己，三则还可以学习藏医药。

阿嘉松离开自己家的藏寨时，把帮助三位红军人员今后潜伏县城事托付麦其崩老板，谆谆叮嘱他进县城后要时时挂着心上，留意机会，多想主意。

晚霞渐褪，暮色四起。

阿嘉松吩咐收起帐篷。一行人来到曲吉大喇嘛寺山门前时，庙前大坝子已空荡无人。寺庙大门也关，只留旁边小门虚开。

阿嘉松是曲吉大喇嘛寺的尊贵施主，执事喇嘛得报他来到，赶紧吩咐又开大门，亲自带部分喇嘛出迎。

进喇嘛寺的第一件事情是拜佛。执事喇嘛亲自礼陪阿嘉松进殿供奉，顶礼膜拜，并通知寺庙客房，洒扫庭院屋室接待贵客。

按照等级规矩，阿嘉松出了大殿后，他的随行人员才躬身进殿拜佛。三位红军人员按阿嘉松事前的吩咐，学着其他藏族人的礼仪动作，也进殿拜佛。

2

清早，高原红日冉冉升起，照耀曲吉大喇嘛寺，越发显得金碧辉煌。

在曲吉大喇嘛寺的客房院子中，有一块很大的天然大理石凿磨出的桌面，供闲坐。其石面为淡黄浅紫的条纹，阳光下，煞是好看，成为庭院一景。

阿嘉松吃了早饭后，带着一个木箱子，坐到院子中这天然石桌边。他从木箱里取出一张纸铺开在石桌上，边看边考虑。

一张大纸，上面写画得密密麻麻。画的线条是阿嘉松考虑的组织架构，写的藏文是寨名和人名，是阿嘉松考虑的各级领头人。阿嘉松看了一阵大纸，又取过一张小纸放在眼前。这上面写了一些人的名字，是阿嘉松筹建指挥部的主要人员名单。

阿嘉松自从在竹索桥边与红军交谈后，便开始日夜思考筹划建立反俄哈土官的部族群众的组织。他身边的这个木箱里，装的全是这类写有筹划内容的大小纸张。

阿嘉松的随仆坐在一边，用硝过的软羊皮剪裁缝制出一个个小羊皮口袋。不多一阵，随仆缝制完了阿嘉松交代数量的小羊皮口袋。

阿嘉松在每一个小羊皮口袋上，用藏文写下一个人的名字和他家的寨名。这些人，是阿嘉松决定现在立即招来建立指挥部的首批人员。阿嘉松还在每个口袋里装入一点银圆，作为被召唤人安置家庭事务的费用。

阿嘉松把每个小袋的口子拴紧后，又一一再验查姓名寨名，然后站了起来，唤他的藏族护卫们全都过来，围他而站。

阿嘉松将小羊皮口袋，根据路程，或二或三地分发给藏族护卫们，同时对他们下令：一定要将写有人名和寨名的羊皮小口袋，亲手送到该人手中，并亲口通知该人，立即到曲吉大喇嘛寺来见他。

藏族护卫们应命，将小羊皮口袋稳妥地揣入藏袍怀里。

不过阿嘉松将江技师和楚技工二人留在身边。阿嘉松带着三位红军人员和随仆，送藏族护卫们到寺庙旁边的马厩，看他们备鞍上马。

弯弯山路上，送信藏族护卫们往各个方向挥鞭驰去。奔马飞蹄扬起的骑尘随风飘远。

阿嘉松与三位红军人员回到客房院子里。

今天早饭时，管客房的值事喇嘛告诉阿嘉松：曲吉活佛出外了，这两天就会回来。他告诉阿嘉松，寺庙有重要事，曲吉活佛要当面告诉他，要阿嘉松等候。他同时告诉阿嘉松，寺庙管生意的大喇嘛请阿嘉松去吃午饭。

阿嘉松看了下怀表，见离午饭时间尚早，于是对三位红军人员说："我带你们在寺里走一走，看在哪个地方建立我们的指挥部合适。"

阿嘉松打算把反俄哈土官斗争的最高指挥部设立在曲吉大喇嘛寺里。这是与三位红军人员和麦其崩老板商量定的。他们还打算把下面一级指挥联络机构的其中几个点，设在曲吉大喇嘛寺的下属子庙里。当然对这个打算，阿嘉松要等曲吉大活佛回来后当面提出，并取得同意。

阿嘉松带着三位红军人员和随从，在寺庙的各个角落和僻静地方慢走细看了一大圈。曲吉大喇嘛寺占地不小。阿嘉松虽然无数次来过曲吉大喇嘛寺，但这些僻静角落，他几乎未来过。

阿嘉松看了一大圈，觉得没有很满意的地方。他想了一下，指着寺庙背后的山坡，对三位红军人员用简单藏语说："我们，那里，看。"

三位红军人员从住进镇江关山上的荒僻小喇嘛庙后，一直刻苦学藏话，现在很有进步。阿嘉松也经常对他们说简单藏话，帮助他们提高。

阿嘉松带着他们走到寺庙背后的山坡上，找了个地方坐下，俯瞰打量。

阿嘉松突然击掌，手指寺庙院墙外的一处地方，声音很兴奋地用藏语说："你们，看，那个院子，好地方！"

从上面俯瞰，在曲吉大喇嘛寺侧后面的院墙外，有一个不小的牛羊圈场。里面专门喂养产奶的奶牛和奶羊。那里每天挤奶，供寺庙众多喇嘛们喝奶和做奶茶，供厨房做食品和酥油。在其旁边，是草料场。这个草料场主要是储存奶牛奶羊冬春季的草料。现在是夏天，所以草料场里空荡荡的。

阿嘉松等人仔细俯瞰草料场，见其四周，东与寺庙共用高高院墙；南靠牛羊圈场，但隔断开；西面石墙临山溪；北墙外是山坡密林。这四面墙都有木门。

阿嘉松越看越高兴，觉得这里太适合设他的指挥部了。今后斗争展开，大量人来人往，他们既可与朝庙人群一起从庙门进出，也可以从僻静的山林和溪边来去。

三位红军人员也点头，嘴里说："哦呀，哦呀！"这是藏话"好"，表示同意的意思。楚技工手指着草料场里唯一的一个小石屋，用生硬的藏话说："房子，小，不够。要修。"

阿嘉松明白他的意思，点头，用藏话说："盖一排，简易房子。"阿嘉松改用汉话说："我考虑这里今后，要住五六十人左右。其中，指挥部人员十多人，警卫队十多人，送信跑腿厨房等十人，共三四十人。再加上来来去去临时住的人，建房考虑住五六十人行了吧？"又补充道，"马就不喂了，以后都租用寺庙的。"

洪老中医用汉话说："简易房子，可以在工作开展起来后，边干边建。"

江技师用汉话说："围墙要修补加高，同时在围墙里修一些瞭望和射击用的半高站立台。"

……

阿嘉松带着三位红军人员和随仆回到客房院子。

阿嘉松见离吃午饭还有些时间，便去管客房的值事喇嘛的屋子。因为他想问一事。客房值事喇嘛见阿嘉松来到，恭敬站起，礼请他坐。

阿嘉松与客房值事喇嘛在藏榻上隔着矮桌，盘腿对坐。阿嘉松喝了几口酥油奶茶后，问："曲吉活佛到哪里去了？什么时候走的？"

"三天前，来了个中央军的军官，传令曲吉活佛马上随他去开会。"客房值事喇嘛知道阿嘉松关心曲吉活佛何时回来，又接着说，"那个军官说开会时间不长。曲吉活佛临走时算了下时间，说他这两天回来！"

阿嘉松一惊，问："中央军？中央军开什么会？在哪里开？"

"是打赤匪红军的会。来通知的军官说，胡宗南胡司令在漳腊设立了行营，就是在漳腊金矿的公司里。会议在那里开。召开会议的，是行营的最高军事长官。说会议召集草地所有的藏教活佛和大喇嘛寺住持都参加，喊打红军。"

阿嘉松听了，又一惊，问："红军进草地了？"

"那个军官说，赤匪红军打不进松潘城，只有从草地往北逃窜。军官说会议内容是要求草地所有的大小喇嘛寺庙，都必须全力抗击赤匪红军。要求寺庙宣谕当地部落首领和百姓袭击红军；要求喇嘛们必须严厉警告所有藏族人：凡是帮助赤匪红军的人，哪怕一颗粮食一粒盐巴，都要生受酷刑，死下地狱。同时要求拥有枪支的寺庙，喇嘛们也要拿起枪去打红军……"

阿嘉松听了，脑海里浮起曾副主任、杨科长、昂登土司等一个个亲切鲜活的面孔。阿嘉松想到草地不产粮食，如果草地各部落在国民党军胁迫下，将牛羊转移到远离红军行军路线的地方，十万红军在野草连天的广袤草地，就会更缺吃的，陷于饥荒。

阿嘉松告辞值事喇嘛。

他将红军进入草地的消息告诉了三位红军人员。他们为红军又踏上抗日征程而高兴，也为红军过草地将面临的艰难而心情沉重。

阿嘉松走到院子中的石桌旁，盘腿打坐，对着太阳，双手合十为红军祈祷……

3

临近中午，阿嘉松来到生意大喇嘛的宅院。

生意大喇嘛住的是独院，在山溪旁边。生意大喇嘛在寺里的位秩只能算第六七，但其房宅院子很大，仅次于曲吉活佛的府邸。不过这不是他建的，也不是他的私产，宅院产权属于他的俗世家族。

生意大喇嘛请阿嘉松来吃午饭，是特意请他品尝一珍稀水果——雪梨。这种梨子味美独特，因其产于乾隆皇帝打大小金川的地区，所以此梨名金川雪梨。金川那里有一座非常大的喇嘛寺庙，其寺每年都要赠金川雪梨给藏区一些有影响的大喇嘛寺。

品尝雪梨后，生意大喇嘛屏退左右，只留下一名助手喇嘛，然后对阿嘉松说："阿嘉松千户，我请你来，是受曲吉活佛的嘱托，希望你为本寺解决一难事：是这样的，中央军来后到处大量征收粮食牛羊，也派军官到了我们喇嘛寺送达命令。本寺按命令，很快给中央军送去了一万斤粮食。结果向他们收钱，你猜他们怎么着？"

生意大喇嘛上了岁数，气管有病，此时气喘加剧，停住话。阿嘉松知道他心里来气。

一阵子后，生意大喇嘛接着讲："首先他们拿出县政府定的价格单子，价格很低，是上年均价！阿嘉松千户你是知道的，我们松潘因为鸦片越种越多，外来人口也不断增加，粮食年年都要涨价。而且这次打仗，粮价更是天天上蹿。按中央军这个价，我们寺庙这一万斤粮食，吃亏就太大了！

"就这样，他们军队还只付一半的钱，另一半打欠条，说打完仗再付。所付的一半粮款，又不给银圆，给纸钱。阿嘉松千户你是知道的，虽然国民政府成立多年了，但我们藏族聚居区就只相信银圆，都不用政府的纸钱。军队付纸钱，本寺就又亏了一大截。而且那欠款白条子，谁知道今后是怎么回事！唉——"生意大喇嘛这重重一声叹，半是气恼半是怨恨。

阿嘉松听了，问："那寺里怎么办？"

"怎么办？我们当然不想再卖粮食给中央军，我们就把粮食藏起来！大量粮食往高山转运，又慢，动静又大，事情容易传开被中央军知道。因此，我们就近藏粮，把寺庙的马厩牛羊圈用石墙隔一半，把粮食干肉酥油等藏进去，然后砌石封死。结果没想到，马厩畜圈地面长年浸泡粪尿，加上现在又是夏季，封在石墙里的粮食酥油干肉很快开始长霉了！"

"哦？"阿嘉松吃惊，"藏在牛羊圈里的粮食酥油，开始长霉了？"

"是呀，是呀！当时只顾得赶紧就近藏粮食，就没有想到畜圈地面浸饱粪水。而且当时，因为怕中央军来看见我们寺庙里那么多牛羊，也强征，我们把一半的牛羊赶到寺庙的高山牧场去了，所以牛羊圈也很空，正好藏粮食。"

阿嘉松问封藏的粮食等有多少，发霉的具体情况。

"不少。我们藏了十多万斤粮食，酥油和干肉两三千斤。发霉的具体情况就说不清了，要等从各个封藏处取出，摊开检查后才清楚。"生意大喇嘛相求说，"阿嘉松千户，你是知道的，粮食酥油只要受潮开始长霉，坏起来快得很！曲吉活佛要我告诉你，赶紧帮我寺解决！"

阿嘉松问："既然知道开始霉变了，怎么不赶紧取出来翻晒分拣？"

"不敢啊！十多万斤东西搬出来翻晒分拣，动静大，事情会张扬出去。尤其是现在粮食和吃的，好宝贵啊，结果寺庙弄来长霉，人们不知情更是要震惊。事情肯定就会传到俄哈土官那里。俄哈土官对曲吉活佛，对我们曲吉寺恨得要命，他会派人向中央军告发。我们就大祸临头啦！"

"哦——"阿嘉松明白了。他考虑怎样解决，双目微闭。

生意大喇嘛等了一阵，见阿嘉松不吭声，以为他也怕中央军心有畏惧，着急起来，说："阿嘉松千户，这不是我个人求你哦！寺庙的钱财是供佛的，眼睁睁看着损失不问不管，菩萨要怪罪的啊！"

阿嘉松见起误会，赶紧安慰说："大法师你不要急。我不是不管，我是在想怎样把这件事解决好！"

生意大喇嘛转忧为喜，念了两句类似汉话的"阿弥陀佛"的经言，然后说："阿嘉松千户，你慢慢想，慢慢想。"然后手持佛珠闭目念经。

阿嘉松对曲吉大喇嘛寺一片虔心，常年施舍大方供奉不少。他此时想到与俄哈土官的斗争展开后更要仰仗寺庙，因此略作考虑，做了决定。

阿嘉松轻咳一声，表示欲言。生意大喇嘛停止念经，关心聆听。

阿嘉松豪爽大方地说："这样，寺庙藏的东西，我全买了！不管霉烂程度如何，我统统按东西没有发霉，全都是好的，全买。价格按现在的市价！"

生意大喇嘛听得大惊，声音结巴问："你，你按粮食酥油都没有发霉，全、全买？还按今、今年的高价？"……阿嘉松很肯定地重复……生意大喇嘛还是不敢相信地说："那、阿嘉松千户，你拿着那么多发霉的粮食怎么办？你那样就亏大啦！"

阿嘉松淡定地说："寺庙的财产是供佛的。我这样做是我对菩萨的虔心。曲吉大喇嘛寺对我慈悲，这是我对寺庙的心意！"

生意大喇嘛说了一番赞扬阿嘉松积功德、大修行的佛语，然后说曲吉活佛回来后，他即行禀报。

生意大喇嘛欣慰之余，还是很担心地问："阿嘉松千户，这十多万斤粮食你在哪里翻晒分拣呢？发霉的粮食，你到处去卖，事情会闹大，会被俄哈土官知道的呀！"

"我就是在考虑这个。我在想怎样才能把事情又办稳妥，又悄无声息。"阿嘉松有踱步独思的习惯，便说，"坐久了，我出去走一走，再想一想。"

生意大喇嘛唤来侍候他的扎巴小喇嘛，吩咐他带阿嘉松千户老爷在院子里走走，一旁侍候。

生意大喇嘛家的溪边宅院中，种着格桑花。一棵老树下，有一铺着印度台布的桌子，四周有厚座，很是休闲。扎巴小喇嘛将酥油奶茶，藏式点心摆放在桌上。

在洒满阳光的院子中，阿嘉松踱步思考一阵，然后坐在树下继续考虑。

阿嘉松考虑一阵，想好了，站起来，准备回到二楼上的藏式大客厅。这时，扎巴小喇嘛说："千户老爷，我家大老爷刚才吩咐下来，如果老爷您喜欢坐这里，我家大老爷下来，就在这里谈。"

阿嘉松素来喜欢坐室外，觉得天高心宽，点头。扎巴小喇嘛转身跑去禀报。

很快，扎巴小喇嘛回来，说："千户老爷，我家大老爷说请你稍等，他很快就下来。"

扎巴小喇嘛有一事想求告阿嘉松，斟了奶茶后，抓紧时间说："千户老爷，我的一个亲戚也在这里当喇嘛。他们几人合住的僧舍很破烂了，冬天漏风。那个小房子的主人喇嘛二十多年前出外云游没有了音信。里面住的喇嘛换了好几批。因为房子不是寺庙的，寺庙当然不修。我的亲戚他们几个喇嘛，家里都很贫穷。"

扎巴小喇嘛没有说出要求，但阿嘉松明白，说："我抽空去看看，看怎么修补一下。"

生意大喇嘛带着他的助手喇嘛下楼走来。他们也坐于树下，与阿嘉松继续商谈。

阿嘉松说："处理这批粮食的两个问题：一个是翻晒分拣场地，一个是销售，我都考虑好了。我看见寺庙旁有个草料场，现在空的。我就租那里作为翻晒分拣场地。"

生意大喇嘛一听，连说这个主意好，很赞成。还说只要把围墙修好，外面看不见里面，确实不会闹出动静。他想到阿嘉松出价很高，说："阿嘉松千户，你给本寺做了这么大的好事，那个草料场反正也是空的，你就用，寺里也不收场租了。"他想到曲吉活佛等寺里高僧着急此事，又催促说，"这事我做得了主，就这么办吧，啊！阿嘉松千户，你看什么时候开始？"

"东西正在霉烂，当然越快越好。最好明天就开始！只是……"

生意大喇嘛急问："只是什么？阿嘉松千户你需要寺里做什么，尽管说！"

"我看见草料场里只有一个小石屋，是光坝子。翻晒，分拣，暂放十多万斤粮食，重新熬坏了的酥油，处理坏了的干肉，需要……"阿嘉松讲述他需要劳力多少，需要器物有哪些各要多少……最后，阿嘉松说，对寺里提供的劳力和各种器物，他都付费。

生意大喇嘛听了，连说："没问题，没问题。你说的这些，寺里都是现成的。没问题！"然后，接着问，"那粮食销售这个问题，阿嘉松千户你是怎么考虑的呢？"

"这批粮食酥油干肉，我都不卖，我自用。"阿嘉松解释说，"我向俄哈土官发出挑战的事，你们都知道。我这次出去，就是筹划这事。我现在回来，就是拉开阵势，跟俄哈开干！我现在开始组建人马了。这些粮食酥油干肉，就是我的军粮，我自用。只是，我想把翻晒后的粮食等，先运到宝刹下面的几个子庙里暂时存放，以后我再分配给我的人马。"

"哦呀呀！"生意大喇嘛和助手喇嘛一听，都欣喜惊呼，"阿嘉松千户，你开始拉人马，要摆开阵势斗俄哈啦？"

阿嘉松挺胸点头，显出英雄气概。

生意大喇嘛激动地说："阿嘉松千户，那俄哈土官是部族暴君，是我曲吉喇嘛寺的异教邪魔，天意要灭他！曲吉活佛此次召你，正是要宣谕扫除邪教的事！阿嘉松千户，你拉阵势斗俄哈，我们曲吉大喇嘛寺全力支持你！"

生意大喇嘛欣慰喜悦，又说："阿嘉松千户啊，你可给本寺做了大善事啦！你提出的这些要求，都没有问题。我现在就去跟大堪布喇嘛说一下，马上召集个会，这些事情当即就布置了。明天一早，我们就可以开干了！"

阿嘉松听见"活佛召他，要宣谕扫除邪教"的话，不明白，便问。生意大喇嘛没有回答，只说："活佛回来，会当面谕示你。"

生意大喇嘛又问阿嘉松还有什么要求，最后说："阿嘉松千户，您请回客房休息。我现在去堪布大喇嘛那里，大家开会碰个头，很快给您回话。"

生意大喇嘛起身送阿嘉松，手指蓝天，说，"阿嘉松千户你看这天，明天肯定也是红火大太阳！明天我们就开始翻晒粮食！"

4

这真是翻晒粮食的好天。蓝天无云，阳光强烈，还有干爽小风。

喇嘛寺的草料场里，一派忙碌而又热闹的景象。

宽大的场地上，铺满了寺庙翻晒粮食的大布。一袋袋玉米青稞荞麦胡豆从牛羊圈里背来，经过有经验的喇嘛先逐袋检查，然后分别送到指定位置，再一袋一堆地倒在晒布上，或者摊晒，或者分拣再做处理。

在一个靠墙边，搭着一排排木架。一些没有问题的干肉挂在上面吹晒。旁边几个劳力手持利刃，切削着有些坏的干肉。

旁边不远处，一口大锅里熬煮着稍微有些坏的酥油。沸腾大锅上冒起的油气随风飘溢，使草料场里充满浓郁的酥油香味。

草料场四周的围墙正在修补。草料场里还临时搭建了十几顶很大的帐篷，里面铺有与地隔离的木板，用来堆放粮食酥油干肉。

指挥干活的是十几位喇嘛。他们中的一半是寺庙库管员，是曲吉大喇嘛寺众多库房人员的一部分。曲吉寺的仓储物资，量大种类多，除了法器佛物僧人用品外，粮食酥油干肉茶叶盐巴等颇丰，羊毛药材皮张织物等也可观。

雪域的大喇嘛寺里，不算金银宝物，仅日常生活生产的物资储量之庞大，是市井大商号远不可比的。藏区大喇嘛寺不仅自有很多田地牧场，不仅有大量信徒自愿捐献供奉，还有宗教税赋收入。

在草料场里出力干活的穷人，有好几十。他们有的是寺庙的农奴，就像阿嘉松的阿爸阿妈过去一样；有的是喇嘛寺喊来服差役的。藏族封建农奴社会的制度规定，所有的人每年都必须给所属的部落首领以及宗教寺庙无偿服劳役很多日子。

很快，场地里所有的地方都晒满了各种粮食，其他各处的活儿也都有条不紊地进行。

阿嘉松在各处看了下情况后，走到一个小帐篷前。那里坐着一位上年纪的执事喇嘛，他是这里现场的临时主管。

阿嘉松向他提出：一部分原本没有发霉的好粮，经过一上午的翻晒后就可以运走。临时主管老喇嘛马上点头，吩咐他的助手喇嘛去通知寺庙驮队，午饭后来这里驮粮，运往达欧小喇嘛庙。

曲吉大喇嘛寺给阿嘉松提供的这一切：场地、人员、所有器物，包括驮队，统统都不收钱。这不仅因为阿嘉松给的购粮钱款够多，更因为这些粮物阿嘉松不是用于生意买卖，而是用于对俄哈土官的斗争。这斗争，也是曲吉大喇嘛寺的利益和权势的维护，迫切所需！

离午饭时间还早，给干活的穷人们做的饭煮好了。

今早，草料场的活儿一铺排展开有序开始，阿嘉松就干起了一件事：给穷苦劳力们做饭。

当时藏族社会的规矩，给部落首领或者寺庙服差役的人，口粮自备。阿嘉松知道：来的这些人都家庭贫穷，他们长年累月都是粗食半饱，他们带到这里的午饭仅是几颗煮好的洋芋。阿嘉松的阿爸阿妈曾经就是这样给达欧小喇嘛庙干活，所以他了解他们，非常同情。

因此阿嘉松特意向寺庙要了一口非常大的锅。然后他带着随仆和三位红军人员，亲自给穷人做起第一锅饭。他们把稍微有一点问题，但熬煮后完全可以食用的杂粮酥油干肉混在一起，还加了穷人很少吃的盐巴，做成了浓稠粥饭。

阿嘉松给临时主管老喇嘛说了一下，于是老喇嘛发话休息，吃午饭。

饥肠辘辘的干活的穷人们在大锅前，卑微无声地，极为规矩地排起长队。他们简直不敢相信竟能吃到如此好的饭食，他们无比感激阿嘉松！

楚技工站在锅边，把酥油肉饭舀入一个个又破又脏的木碗里。

阿嘉松的随仆不断高声说："舀完这一锅，我们马上就煮下一锅。这口大锅不空着，一锅接一锅地煮。煮好一锅你们就吃一锅。你们回家前也吃饱了再走。明天早上不要在家里吃，中午不要带煮洋芋。在这里干活，从早到晚都在这里吃，顿顿都是这个有肉有酥油的饭！"

排着长队的卑贱穷人们一听，有的向阿嘉松不断深深弓腰，激动泪流地说感谢话语；有的竟然匍匐在地，向阿嘉松叩起长头。

阿嘉松见状，心里生起酸苦的悲悯之情。他红着眼转身离开……

5

夕阳晚风。曲吉大喇嘛寺的山门大开，寺里高僧带着众喇嘛依次列队，迎接曲吉活佛回来。

阿嘉松也出来迎接曲吉活佛。他作为俗人，站在喇嘛队形的外边。阿嘉松的背后站了很多人，其中有应他召唤而来组建指挥部班子的成员。他们现在都暂住寺庙客房。三位红军人员以及送信返回的藏族护卫等人也在其列。

曲吉活佛与迎接他的高僧们互致礼节后，即问起阿嘉松来没来。当他听说阿嘉松已经来寺几天，现在站在列队喇嘛们的后面恭迎他时，急吩咐唤阿嘉松前来。

阿嘉松小跑过来，致觐见活佛大礼。曲吉活佛骑马长途，本满面疲惫，此时见了阿嘉松，脸上一下展现出欣慰和慈爱之情。他要阿嘉松跟在他身旁，一起走过喇嘛们的迎接夹道。

阿嘉松对此殊荣，诚惶诚恐。他既感激曲吉活佛对他的大慈厚爱，也感觉曲吉活佛有重托于他。

曲吉活佛进大殿顶礼拜佛。

站在佛殿外的阿嘉松得到通知：晚上在活佛府参加会议。

阿嘉松吃惊，不禁脱口问："今天晚上开会？活佛老爷长途劳累，晚上还接着开会？"……他感觉要他参与的事情非常重大！

弯月如钩，高悬在曲吉活佛的府邸上空。

活佛府的议事厅里，虽然燃起很多盏酥油明油，但并不明亮。因为曲吉活佛崇尚简朴，入住此府几十年从不对府邸内外翻修，所以议事厅的四壁，不管是藏传佛教故事的彩画，还是悬挂的金丝唐卡，都因陈旧显得非常暗淡。

好些年前，阿嘉松曾表示愿做贡献翻新议事厅这一重要场所，曲吉活佛表示接受，但给的时间是当他轮回去后，当下一世活佛的灵童入府前。尤其使阿嘉松惊愕的是，当时曲吉活佛精神矍铄，却说那个时间为期不远！

灯下，阿嘉松看见曲吉活佛不仅疲劳憔悴，而且一下衰老许多。他过去浓密的飘飘银髯，一下失去光泽，显出枯槁稀疏；他过去容光焕发的颜面，一下皮肤发暗布满皱纹。

美朵的死对曲吉活佛打击太大。他虽是大德高僧，却在心底里把美朵视为疼爱的女儿。但美朵婚姻不幸，青春凄苦，芳华妙龄即死于丈夫阴谋，这般大悲苦，曲吉活佛自感负有罪责，心中淌血。因为当年他带阿嘉松去初见美朵的前夜，神已经梦示凶兆，他却没有觉悟。当他明知美朵爱上阿嘉松，却压制阻拦。他明知美朵厌恶嘟格别，却劝逼成婚。那天美朵火化，飘升仙逝时，曲吉活佛自感如坠地狱。

而且，美朵的阿爸是他俗世唯一的挚友，美朵父女对曲吉大喇嘛寺的供奉，对菩萨诸神的敬献，那是无人可比。可是他们竟然都是凶死。

美朵死后这些日子，曲吉活佛经常因梦魇而醒，老泪湿枕。他起而打坐诵经，却不自觉仰望夜空，悲问苍天，为何对美朵父女这般？

议事厅里，灯下诵经完毕。这是喇嘛们开会前的首件事，是佛门规矩。

曲吉活佛手持佛珠，一个庄严手势，表示会议开始。他对阿嘉松说："阿嘉松千户，你离开松潘这些日子，俄哈土官滋生一事。此事如毒瘤，若任其恶胀，将严重损害我曲吉大喇嘛寺。此为佛门不容！阿嘉松千户，召你来，是要你遵从菩萨旨意，领头举旗，反击俄哈！"

阿嘉松一听，即对曲吉活佛双手合十，弓腰受命，说一定尽心尽力。

曲吉活佛颔首赞许，然后指示温布大喇嘛对阿嘉松讲述事由。

温布大喇嘛面色凝重，讲："阿嘉松千户，俄哈土官自己为王不正，部族民怨沸腾。他却不思己过，反而对我曲吉寺怀恨作难。这些，你都是知道的。

"腐肉发臭，招来苍蝇。俄哈土官心中入魔，与我曲吉喇嘛寺为敌的情况传开流散，于是邪教魔道逐臭而来。

"前些日子，一个妖人上门见俄哈土官，自称是某教派的大喇嘛高僧。他在俄哈土官面前极力诋毁我曲吉大喇嘛寺，向俄哈土官提出在我教区另立其邪门教派，提出建立其邪教寺庙，与我曲吉大喇嘛寺分庭抗礼。

"那个妖道伪喇嘛疯言妄语说，以他的邪教蛊惑和俄哈的权势强迫，要不了多久，部族臣民都会摒弃我曲吉大喇嘛寺而改信其邪教。日后，部族万民对上天神佛的供奉敬献都会进入他的邪教寺庙。要不了几年，我曲吉大喇嘛寺会香火熄灭，我寺的田地牧场财富庙产都会纳入他邪教门下。

"那个邪教伪喇嘛竟厚颜无耻说：其邪教寺庙今后的一切财富和财产收入，

俄哈土官分享一半。

"阿嘉松千户，你是知道的，俄哈土官极为贪婪，又是愚蠢残暴，因此被此妖言迷惑，完全丧心病狂！"

阿嘉松一听，被震惊得目瞪口呆说不出话。一阵子后，愕然连语："真的？真的啊？"

"是真的。"温布大喇嘛继续说，"现在那个邪教伪喇嘛就住在俄哈土官的官寨里，而且已经在那里开始了他的讲经说法。俄哈土官已经宣称：要用那个邪门异教取代我曲吉大喇嘛寺的佛门正教；要赶走曲吉活佛；要霸占我曲吉宝寺！"

油灯下，寺庙高层喇嘛们个个面现愤怒神色。虽然他们今夜不是初闻其事，虽然他们修行持重，但面对俄哈土官和邪教伪喇嘛妄图毁灭曲吉大喇嘛寺的疯狂举动，他们仍抑制不住情绪愤慨。

阿嘉松听了，怒发冲冠。他挺身而起，义愤填膺地痛斥俄哈土官和邪教伪喇嘛。他慷慨激昂表示，听从曲吉活佛和曲吉大喇嘛寺的谕示，与俄哈土官做坚决斗争。

众大喇嘛齐赞阿嘉松。

于是曲吉活佛庄严授命："阿嘉松千户，当此邪教妖魔降临，妄图毁我正教大寺之时，我天尊菩萨谕示你，站出来高举旗帜，带领万民教众，反对俄哈，与他斗争，驱逐那个邪教伪喇嘛！"

阿嘉松领命。在议事厅的神龛前，在曲吉活佛的亲自主持下，阿嘉松对着金身佛像，庄严宣誓。

大喇嘛们齐诵驱魔镇妖经咒，为阿嘉松祈祷天神庇佑，战胜俄哈。

佛前宣誓结束后，曲吉活佛和阿嘉松等都坐回原位。

曲吉活佛问："阿嘉松千户，怎样斗垮俄哈土官，怎样赶走邪教伪喇嘛，你有没有考虑打算？你需要我曲吉大喇嘛寺做什么帮助，尽管提出！"

"有！这些日子我本就一直在思考这事。"阿嘉松说，"美朵贵人遇害，我认定是俄哈土官再一次要杀我而干下的。对狗俄哈多次想黑杀我，我决定要反击。我要为美朵贵人报仇。因此我当着俄哈的面向他发出挑战！从那以后，我天天都在想怎样斗俄哈，我苦苦寻思着整垮整死他的路子。

"托佛保佑。我这次出外，得到像菩萨般的高人指教。他们给我指明了打倒俄哈的路子，他们教给我打垮俄哈的方法。"

曲吉活佛与众大喇嘛一听，都惊讶欣喜。一个大喇嘛急迫问："阿嘉松千户，你得到菩萨指点，获得打垮俄哈的方法啦？"

阿嘉松转头看着发问喇嘛，非常肯定地兴奋回答："是的！是的！高人指教，授予我打败俄哈的制胜法宝。我到现在都在想：那些高人肯定是菩萨派来的，是天佛佑我！"

阿嘉松笃信藏传佛教。当他向俄哈发出挑战却又苦于自己无力无方时，竟然与红军相遇相处，获得制胜法宝。对此，阿嘉松虔心认为冥冥之中这是天上菩萨的安排。

红军所教导的发动组织部族民众，红军授予的对俄哈进行打击获胜的策略，阿嘉松要把这些告诉在座的大喇嘛们。但他不能说出自己与红军的深入接触，这也是他用"菩萨赐教"说法的原因。

曲吉活佛为阿嘉松获得制胜法宝喜上眉头，急说："阿嘉松千户，菩萨给了你什么制胜法宝，快说给我们大家听听！"

阿嘉松站了起来。曲吉活佛连说："坐着讲、坐着讲。"

阿嘉松想到他要讲述的内容，情绪激动起来，仍然轩昂站立。他把红军的教导用藏族习惯的表达方式，用自己的语言滔滔讲述。

阿嘉松也先做力量对比的形势分析，讲俄哈土官失民心就失去力量基础，讲部族民众上下一心力能翻天覆地……这番话，大喇嘛们听后眉眼舒展。之前，他们对形势的感觉是黑云压城，是妖雾弥漫；他们忧心暴君几百条枪的残酷镇压使族人流血！阿嘉松的分析如拨云见日，使他现在看俄哈土官一伙，其犹如冬季围猎中被困于千枪万箭下的野兽。

阿嘉松又讲如何把族人组织起来，像层层有序的军队；讲如何分化各个大头人，使他们或站入反俄哈阵营，或中立旁观。阿嘉松还讲了希望曲吉大喇嘛寺半边天般的宗教影响力如何配合……这番话，大喇嘛们听了后更信心大增。之前，他们仅要求阿嘉松领头举旗，但是对怎样斗争却心中不明，眼前迷茫。阿嘉松的慷慨激昂讲述，使他们犹如看见阿嘉松如必胜将军般排兵布阵！

议事厅里的气氛变得一派振奋。

曲吉活佛当即谕示：曲吉大喇嘛寺全力配合阿嘉松。曲吉活佛还具体说，阿嘉松购买寺庙霉变粮食的钱款发还阿嘉松做斗争经费，斗争今后需要寺庙提供的场地马匹信差枪支等等，喇嘛寺全都无偿提供。

最后，阿嘉松讲红军指点的战斗策略。他以王者气概述说如何选择时机，怎样对俄哈发动突袭打击，一举获胜……

第五十三章　祭奠羌族英雄

1

　　松潘县城的城墙上枪炮林立，工事密布。破旧城楼上支出两根木杆，分别挂着国民党党旗和中央军军旗。两面旗子在高原的强风冷雨中飘摇，很快败色发暗，旗边残破。

　　驻守县城的是中央军第六十一师。此外还有"松潘临时剿匪司令部"等其他军事单位。因为挤满县城的军队人数太多，屎尿溢满无数露天粪坑。老百姓因为房院被征占，连栖身都困难，解便更只有随地。县城里驻军人多，运送军养的骡马不断，也使满大街畜粪横溢。夏末天热，县城空气因此弥漫人畜粪便的恶臭，到处苍蝇成群，蛆虫遍地。

　　麦其崩老板走在县城大街上，身后带着一名伙计。

　　他是数天前进入县城的。当时阿嘉松与三位红军人员动身去曲吉大喇嘛寺，行前，他们嘱托麦其崩老板尽快进县城，抓紧时间打探，看洪老中医有无进入驻县城的六十一师野战医院的机会。

　　因为当红军有关部门托付三位红军人员给阿嘉松时，就说根据情报，中央军的各野战医院挤满伤病员，医生人手严重不足，急需医生，建议洪老中医潜伏松潘县城事，在此机会上一试。

　　麦其崩老板带着这个嘱托进城后，立刻打听中央军六十一师野战医院需不需要中医。他很快就摸清情况。

　　中央军进入雪山草地堵击红军，不仅作战伤亡官兵多，而且生病人数也相当多。因其部队在高原缺氧环境下行军劳累，作战激烈，加之雪域气候严酷、缺乏蔬菜等因素，体质本不强的国民党军队官兵更是身体大垮，百病丛生。军队病员猛增。六十一师因与红军多次交战，伤病员情况更为严重，自然其所属医院的医护人手就更严重不足。而且虽是军队医院，但西药也很短缺。所以，六十一师医院对中医和中药也很需要。

麦其崩老板落实了六十一师野战医院需要中医后，又考虑要找一个洪老中医进医院的介绍人。

麦其崩老板现在与县城里不少中央军的军官混得熟。其由话长：

当中央军前后几支部队开进松潘县城时，随军而来的纸币也如洪水涌入，把各种生活物资抢购一空，造成县城商铺饭馆无货可卖，纷纷关门。

阿嘉松的泽旺商号里也住进了一个连。麦其崩老板也只得把生意停了。

不过，麦其崩是属泥鳅的，特别能钻浑水烂泥。他很快就干起两项黑生意。一是纸币随军泛滥，使藏区五花八门的银圆价增乱涨，麦其崩老板便倒手银圆。另一项他更干得风生水起，那就是与军队的黑买卖。他给国民党军官提供鸦片和鹿茸麝香狐皮等山货，从军队里搞出五花八门的东西，如饼干罐头香烟子弹或是药品鞋袜甚至死了的军官遗物。当然这两项黑生意他没有给阿嘉松说，赚的钱也进他的私房钱箱。

因此，麦其崩老板也就与一些做军队生意的军人混上了。

其中有一人，他原是六十一师的一个营长，少校军衔。进入松潘后在县城边塔子山战斗中被红军打断了腿。他在六十一师野战医院治愈后，因腿瘸而被迫退役。

此人老家在西北沙漠边的贫瘠地区。那年大旱他全家逃荒皆死于外，只他孤身流浪，后参加了国民党军队。因此他对退役后的出路考虑一番，决定既不回老家，也不在任何农村买地当小地主！他决定走经商之路，从松潘干起！

因此他出院后，拿了军官退役费，再加上自己的积蓄，利用军中关系，在县城做起了与军队的黑买卖。

他因为住院时结识医院人员。因此他的黑买卖之一，是勾结医院上下，既揽医院伙食团生意，又暗里盗买医药用品和死亡军官遗物。当然干这些勾当，必然与医院院长和国民党医院党部主任有勾搭。

此人因做军队物资黑买卖，与麦其崩老板混成熟人。而且，他因为打算留在松潘经商，很希望麦其崩老板相应帮忙，所以他欲与麦其崩老板交朋友，有几分讨好。

麦其崩老板对洪老中医进六十一师野战医院的介绍人，经此考虑，选定了这位瘸了腿、退了役，但仍成天穿着军服，仍挂少校军衔的昔日军官。

于是今天，麦其崩老板满城找这位瘸腿少校。他急匆匆地走了一街又一街，询问一处又一处。

县城街上的饭馆商店都关门闭户，茶铺也少了许多。唯有妓院赌场生意更火，门里门外兵痞成群。走在县城大街上，满眼各式各样穿军服的人。有的是缠绷带拄拐杖的医院伤兵闲逛街，还有不少刚退伍的老兵。这些退伍兵大多残疾，谋生困难，再加之或家乡无地或无亲无靠，仅凭手上微薄的退伍费无处安家，因此滞留县城游荡，希望能找到挣钱安身的活路。

麦其崩老板在大街上寻瘸腿少校，突听有人喊他，循声一看，是一八三团的军需股长，赶紧小跑过去。

军需股长端着架子问："好久没看见你了，你干什么去了？"麦其崩老板答说他出城去收鸦片。军需股长两眼一下变得贼亮，立马要求麦其崩老板分给他些鸦片。麦其崩老板哈腰笑说："好说好说。哎，你那里又弄出些什么东西？也给我一些嘛。"于是二人相约，晚饭后在某处谈黑生意。

然后，麦其崩老板打问瘸腿少校，军需股长告诉他在某赌场包间，说："我们刚分手。妈的，他狗日的今天赢了老子不少。改天老子要赢回来！"

麦其崩老板一听，连忙道别，带着伙计往军需股长所指方向奔去。

赌场里乌烟瘴气，人声嘈杂。随军来的劣质香烟和当地叶子烟燃烧的烟气弥漫赌场。北方大兵的陕甘腔和当地口音都吼叫着赌博下流话。

麦其崩老板进了赌场，只见满眼晃动的军装有的光鲜有的肮脏破旧，呛进鼻子的是烟气酒气以及狐臭汗酸等男人气味。

麦其崩老板向赌场打手询问后，在一包间里，找到了正打麻将的瘸腿少校。

麦其崩老板走到他身边，对他耳语。瘸腿少校连连点头，但仍按赌徒规矩打完手中麻将牌，结了赌钱后，才站起身。

赌场后面有一天井小院。瘸腿少校喊赌场打手在天井屋檐下安了两把椅子，摆上茶水，他和麦其崩老板靠近相坐低声交谈。

麦其崩老板对瘸腿少校说，自己前段时间到产烟区去了一趟，收购了一批鸦片。瘸腿少校一听，两眼立射贪婪目光，马上嚷叫麦其崩老板分些鸦片给他。麦其崩老板只是"好说、好说"的含糊笑对，吊他胃口。

麦其崩老板又用一事钓他上钩，问："听人说，赤匪红军放弃攻打我们松潘县城了，是吗？"瘸腿少校答说："是的。"

麦其崩老板又问："听说为避免县城里瘟疫发生，为恢复县城经济，守城的军队要撤出大部分，是吗？"瘸腿少校又答："是的。"

于是麦其崩老板对他说："你不是说，你想在县城里买房子，以后就在咱们松潘落户经商吗？那军队一撤，房价就回升，现在就是房价最低谷了。你还不赶紧下手买房，要后悔的。"

瘸腿少校一听，巴掌拍头，直嚷自己差点错过时机，连谢麦其崩老板及时提醒。但接着，他叹息一声说："唉，我现在手中的钱啊，只够做生意本钱。抽不出来买房子啊！"然后又以军人强悍作风直接要求麦其崩老板，"你是大老板，咱们俩关系不一般，房钱你就借给我，啊！"他还说对县城房院情况不熟，要麦其崩老板帮忙找既宜经商又价低的房子。

麦其崩老板又故意"好说、好说"地含糊笑对。

瘸腿少校想到不能错过的购房机会，想到鸦片大利，贪婪欲火燃起。他见麦其崩老板矜笑不言，一着急，竟然一把捏住麦其崩老板的手臂，要他答应。

"哎哟哎哟，你把我手臂捏得好痛！"麦其崩老板嚷疼，他拉开瘸腿少校的大手，说，"我们两人肯定是要互相帮助的嘛！鸦片和房子，说钱都不是小数，我们要慢慢商量嘛。"

瘸腿少校迫不及待，急催："那现在就商量！咱们马上商量！"

麦其老板见火候到了，慢悠悠说："我有一件小事情，你帮我办一下。你先帮我做了这件小事，我再与你商量那两件大事！"

瘸腿少校一听，脸现不快，说："咱兄弟帮忙，你还提他妈什么交换。"但无奈，瞪眼粗声问，"你有什么事情？说！"

"我这个事情嘛，简单。"麦其崩老板用轻松的口气，讲起。

麦其崩老板编造说，他在烟区收鸦片时，吃蘑菇烧腊肉，误食毒菌，上吐下泻命悬一线。恰巧附近有一游方老中医，其用秘方解毒，救了他一命。麦其崩老板说他因购买大量鸦片怕招惹匪盗歹徒，因此不敢因病滞留，需带着鸦片急赶回家。但他元气大伤体质虚弱，又感风寒，引起肺热发烧。老中医见状，就陪护他上路，边走边精心治疗。麦其崩老板说他回到寨子后，要谢救命之恩。老中医提出，说他年事已高腿脚不行，难以再游方行医，希望能在松潘县城里坐诊度日。

麦其崩老板讲完虚构故事后，对瘸腿少校说："菩萨说，受恩不报要遭雷打！老中医不要我谢他钱，提出这个要求，我就一定要帮他忙，报答他！少校，我听你说六十一师医院很缺医生，中医也需要。哎，你跟医院头儿们都熟，你就帮我这个忙，介绍这个老中医进六十一师医院。这个事简单吧！"

瘸腿少校一听，认为这个交换条件他捡了大便宜，立马高声连说："好、好！我帮你这个忙，我们一言为定！我介绍你的救命恩人进六十一师医院；你借钱给我买房子，还要多分鸦片给我！"瘸腿少校怕麦其崩老板变卦，立刻站了起来，以军人口气说，"我们说定了啊！我现在马上就去六十一师医院。你就在这里等我。我回来你就跟我商量我的事情。"

瘸腿少校往外走了几步，又转身回来，对麦其崩老板说："干脆，我们一起去六十一师医院，你在医院门口的茶铺里坐一坐，有什么事我们好马上商量！"

于是二人一起走出赌场。麦其崩老板的伙计跟在后面。

六十一师野战医院在县城北，是强行征用的整个北清真大寺。

松潘的回民很多，清真寺也多，但此寺为最大。寺里殿宇宏丽，林园清幽。现在，北清真大寺被征作军队医院，只见周围到处是伤兵，成群溜达，随地蹲坐。他们有的绷带缠胳膊，有的双拐吊单腿，有的瞎一眼，有的缺半耳。

师医院大门斜对面，有一回族人开的小茶铺，生意冷清。麦其崩老板坐在里面，等待瘸腿少校的音讯。他的伙计坐在墙角落打盹。

北清真大寺像所有地处闹市中的大庙一样，战前门外也成街市，清真饭馆、回民旅店和伊斯兰风格的服饰用品商铺鳞次栉比。但现在兵荒马乱，大清真寺里面变成野战医院，外面这些饭馆商铺便都关门，只有几家小铺子惨淡经营，这个茶铺是其一。

不到一个时辰，瘸腿少校兴冲冲地一瘸一拐地从六十一师医院大门走出来。

瘸腿少校一进茶铺，屁股还没有挨板凳，就对着麦其崩老板直嚷："说好了，说好了！"然后坐下，开讲。

他讲他进去如何见军衔是中校的院长，如何提起洪老中医。他说中校院长打问洪老中医的医术水平，他对中校院长说："嗨，你这里现在医生缺得要命，医生护士都累得趴下弄出病来。现在有个老中医上门，你正好立马给他上驮子拉磨。他医术咋样，是骡子是马，你使用着慢慢看，不行就一脚踢了，你管屄他有没有本事。"

瘸腿少校又说，他对中校院长讲你麦其崩老板是本地有名大商人，接受了这个老中医就和大商人建起了关系，以后利益大好处长远；还说你麦其崩老板现在手上就有不少鸦片烟，还有好的珍稀山货。中校院长听了这些，当然点头。

瘸腿少校又说："医院进人要经过国民党医院党部审查，院长就把党部主任唤来。嗨，党部主任真他妈是搞政治的，来就问老中医有无共产党嫌疑，我说咱医院现在伤病员这么多，有的因缺医生耽误治疗。这老中医来是为我们国民党官兵治伤治病，管屄他有没有嫌疑。再说了，赤匪红军跑了，仗不打了，伤病员今后越来越少。而且咱六十一师不定哪天换防，咱医院也跟着转移了。

到那时，像老中医这些临时雇用的地方医生，统统扫地出门。他有嫌疑无嫌疑都跟咱没屄关系。"

瘸腿少校还说，他又把结交松潘大商人的利益好处大讲一遍，党部主任也当场同意了。

松潘的社会习俗，雇用人是要有介绍人和担保人的，而且雇主还要审看介绍人担保人的人品和经济等条件。医院要雇用洪老中医，自然瘸腿少校就当介绍人，麦其崩老板就是担保人了。于是麦其崩老板也需按规矩，先去面见中校院长和党部主任。

瘸腿少校说："你看，我叫你来这个茶铺坐是对了吧？现在院长和主任都在里面，他们同意现在就见你这个保人。咱们现在就进去！"

麦其崩老板一听，说："好、好。现在进去。不过我空着手，不提见面礼不合规矩。你稍等。"

麦其崩老板站起来走到伙计面前，掏出自己屋子的钥匙交给他，小心眼儿地交代，要他和二掌柜一起开他的房门，开某个大柜，取多大两块鸦片。还啰唆叮嘱，要他们两人一起锁柜子锁门，一起送钥匙和鸦片来，等等。

伙计接过钥匙，拔腿飞快往泽旺商号跑回。

趁这空当，瘸腿少校又提买房借钱事。

麦其崩老板于是与他讨价还价起来：借多少钱，怎么计息，怎么还。麦其崩老板嘴上与瘸腿少校磨蹭，其实心里并不在乎。因为他认为中央军会长驻松潘不走，他今后要长期与军队做生意，因此今后与瘸腿少校的连档生意不少，其还钱事根本不用担心。

不一阵，二掌柜和伙计两人气喘吁吁地跑回来。按吩咐，他二人带来两坨鸦片烟，每块都如砖头大。这值很多钱。

瘸腿少校看见垂涎不已，惊呼："哎呀，你这见面礼真是够重的啊！"又说，"对对，这么重的见面礼，方显出你麦其崩老板是大商人，有大面子！"

为了显大商人的派头，他们叫二掌柜和伙计两人都跟在麦其崩老板身后。

瘸腿少校一瘸一拐地走在前，带着麦其崩老板等三人进了中央军第六十一师野战医院的大门。

2

高原夏末的山林里，鸟兽很多。苍翠树林上飞鸟含食起落，清澈山溪边野兽饮水出没。

阿嘉松等一行人走在弯弯山路上。他们昨天从曲吉大喇嘛寺出来，这会儿往县城去。他们有七八个人，麦其崩老板和洪老中医在其中。他们还带着一个十多匹马的驮队，驮子里的东西就说来话长了。

麦其崩老板在县城里办妥了洪老中医的事，立即当夜出城，快马赶到曲吉大喇嘛寺。在反俄哈斗争指挥部里，他向阿嘉松和三位红军人员详细讲述。三位红军人员现在是一个共产党小组，他们开会做出组织决定：洪老中医在此时机潜伏进国民党军队第六十一师医院。

十多匹骡马背上的二十多个柳条筐，表面驮的是藏区蔬菜，其中大部分是苤蓝变种，也有一些土豆萝卜莲白青菜，还有一些牦牛肉。对这些蔬菜牛肉，麦其崩老板有一张送六十一师医院伙食团的证明。但驮筐下部，里面藏有不少鸦片烟，还有一些麝香贝母狐皮麂子皮等山货。中校院长和党部主任面见麦其崩老板时，向他提出要鸦片若干山珍多少。瘸腿少校在医院里开伙食团采购证明时，又与军需股长密谈了鸦片和医院药物等的黑交易。当然伙食团团长也少不了参与。

进松潘县城有两道中央军的检查站。一道在城门洞，另一道在距城十里的防线阵地。中央军检查站官兵也利用盘问搜查路人来敲诈勒索发财。他们知道松潘地区盛产鸦片烟，此物明是政府禁品，实为价如金银的抢手货，因此对查鸦片烟特别来劲。

所以，即使是对中央军长官进行贿赂或者交易的鸦片，也不敢公开运进城，都须得隐藏。麦其崩老板也利用此次送菜蔬机会，尽量多夹带鸦片进县城。

对于洪老中医进县城，瘸腿少校给他开了张到六十一师医院去应聘的军队证明，用来通过中央军的两道检查站。阿嘉松和三位红军人员考虑，如果洪老中医伙同送六十一师医院菜蔬的驮队一起过中央军检查站，就更不起眼，就更安全。于是阿嘉松为此派人到多个藏寨收购蔬菜。正好有个寨子有牦牛害瘟病死，阿嘉松也就买了瘟牛肉一起送六十一师医院。

夏日山风，拂面惬意。阿嘉松等人顺着湍急山溪　路下行，走得轻松。中午时分，他们走到临近沟口处，再出去三里就是岷江边的大路。只见这里山腰上散落着几户山民人家。每户都是树林掩映，隐约可见石砌房院。

阿嘉松吩咐驮队停下，派两护卫分别到山民家去，看一看他们的驮队能否在山民家的石墙院子里搭帐篷夜宿。

此时太阳才当顶，此地离县城不足二十里。但阿嘉松却要等明天才进城，因他要为洪老中医的进城安全再增措施。虽然洪老中医过军队检查站，既有军队开的通行证，又与送军队给养驮队一起走，但阿嘉松慎之又慎，还要瘸腿少校和医院军需股长两人来接他们。

很快，两护卫回来，向阿嘉松禀报几户山民的房院情况。阿嘉松听了后，选定一户墙高院大的人家，带着驮队上去借宿。

麦其崩老板在这里与队伍分手。他带着伙计，骑马前往县城。

按计划，麦其崩老板到县城后，要找到瘸腿少校和医院军需股长，告诉他二人：夹带鸦片等物的菜蔬驮队已抵达第一道检查站外某处。这批鸦片事关他二人和医院长官等人的重大利益，为确保过中央军检查站不出丝毫意外，要他二人亲自出城去接！

这家山民的后院比较大，周围石墙也比较高。阿嘉松等一行人进入后，卸下驮筐，搭起宿夜帐篷，燃起篝火。

阿嘉松到山民家宿夜，是因为他对夹带大量鸦片格外小心。如在山溪边卸驮宿夜，周围荒僻无人，他怕有歹人见状打劫。如果在岷江边大路旁搭帐篷，他又担心万一有中央军官兵路过，起心勒索，无事生非地要强行倒筐检查。

阿嘉松还派护卫们轮流去户外高处密林里瞭望，监视周围动静。

阿嘉松给此户人家的场地租住钱不少。朴实主人惊喜又过意不去，请阿嘉松等人住自己的屋子。阿嘉松礼貌谢绝。

阿嘉松和洪老中医同住一个帐篷，帐篷口燃着煮茶篝火。

虽然洪老中医明天要进入国民党军队医院，但他仍关心阿嘉松的反俄哈土官斗争。他与阿嘉松坐在篝火前，讨论俄哈土官最近的妄立邪教的张狂逆行：

俄哈土官在他的官寨里改装了房屋，搭建起临时的邪教经殿，规定其家眷亲戚臣属爪牙，以及他官寨里所有的人和来官寨办事的人，都必须进那个临时的邪教经殿进行敬拜和供奉。

俄哈土官准备派兵护送邪教伪喇嘛到各部落去传播邪教。为此，他已颁布命令：所有大头人必须亲自带领臣民百姓听邪教传经。对于邪教伪喇嘛所到之处，部落大头人必须负责他的安全和起居；必须带头供奉捐献。

俄哈土官还疯妄发话，要部族臣民停止向曲吉大喇嘛寺以及子庙供奉，而只能供奉给邪教假喇嘛；臣民家庭送子当喇嘛，不准再送入曲吉寺，而只能送入邪教。凡欠曲吉寺钱粮差役的，只用交一半给俄哈大土官转供邪教，就算全清了。

甚至，俄哈土官还想离间曲吉大喇嘛寺与子庙的关系，派爪牙去挑唆子庙脱离主寺，叛附邪教……

对俄哈土官妄立邪教的张狂逆行，洪老中医评说："俄哈这是在自掘坟墓。他这样疯狂地忤逆族人的宗教信仰，严重地伤害族人宗教情绪，会更加激怒广大族人，更激发群众反他的斗争情绪，就更增加了打倒他的斗争力量！

"阿嘉松千户，斗争现在正进入组织群众的阶段，俄哈的倒行逆施对加速组织群众有好处。但同时，你要注意另一面，就是在目前阶段，尽量不要发生与俄哈土官的冲突事件！你明白吗？就像军队在发起猛攻前，要尽量隐蔽自己；就像打伏击战，要避免过早开枪！"

阿嘉松心悦诚服地点头。他就这方面的斗争策略，与洪老中医促膝深谈起来……红日渐西，晚霞升起……

3

第二天，天阴起风。

清晨一大早，麦其崩老板带着瘸腿少校和医院军需股长等人，骑马出了县城。他们过了中央军城外十里防线处的检查站后，见阿嘉松已经派人在那里等候他们。

他们接到了阿嘉松一行人和驮队后，折回返程，很顺利地通过了中央军的两道检查站，进了县城。

走上大街，医院军需股长抬起手腕看表，指针才接近十点。他提出先到他的窝点，卸下了他要的鸦片和一张熊皮。然后，他一人回六十一师医院，等候麦其崩老板等人。

阿嘉松带洪老中医和驮队回到泽旺商号。把给瘸腿少校的鸦片及泽旺商号自己的货物卸下后，随即去往六十一师野战医院。

在六十一师医院门口，得到报告的医院军需股长很快出来。他对阿嘉松和麦其崩老板说："医院马上开中午伙食了。院长主任要吃饭睡午觉，现在进去也办不成事了。"他又指了下对面的小茶铺说，"你们就只能在那里歇一歇，我到时候出来接你们。"

于是阿嘉松等一行人进入斜对面的小茶铺里，买了茶水，拿出自己的干粮进食。

不一阵，医院军需股长吃完午饭出来。他走进小茶馆，对阿嘉松和麦其崩说："伙食团长要睡午觉，两点才收蔬菜牛肉。带洪老中医见院长，也要等两点后。你们得喝一阵茶等一等。"

阿嘉松和麦其崩老板当然点头应是。

瘸腿少校把医院军需官招呼到一边，悄声问："你从医院里搞的医药医疗物资，准备好了没有？"见医院军需官点头，他又悄声说，"那我们商量一下，借卸了蔬菜牛肉后的驮队，把你搞的药品等偷运出来！"于是二人走到茶铺后面去商量盗运军用药品事宜。

两点钟后，医院军需官带着麦其崩洪老中医瘸腿少校等人，以及送伙食团菜肉的驮队进了六十一师野战医院。

阿嘉松不想见中央军医院的长官，他独自坐在小茶铺里，等候消息。

过了许久，麦其崩老板一人出来。

阿嘉松一见麦其崩老板，急切询问洪老中医进医院后的情况。

麦其崩老板低声简叙：

中校院长和党部主任收了鸦片山货等贿赂，很满意，然后才面见洪老中医。他们例行问了洪老中医的姓名籍贯、学医从医经历、医术擅长等等，然后问他有无行医执照。于是洪老中医从怀里取出红军情报部门早准备好的一张真实的很旧的行医执照。中校院长和党部主任看后，唤来医院组织股长，叫他给洪老中医办理进医院工作的相关手续。组织股长奴才相般地领命，带洪老中医和瘸腿少校及麦其崩老板出了院长办公室。

组织股长一进自己的办公室，立刻变得冷脸白眼。他让洪老中医他们三人站着，自己一屁股坐在办公桌后，把那张行医执照扔在桌面上，嘴说他们还缺一手续，就是松潘县警察科开具的证明洪老中医无共产党嫌疑无负罪嫌疑无行骗嫌疑的文书。组织股长刁难时，故意把桌子抽屉拉开巴掌宽。

瘸腿少校见状，用肘暗推麦其崩。麦其崩于是赶紧从藏袍里取出一块拳头大的鸦片，放入办公桌拉开的抽屉里。组织股长立刻冷脸变笑容，推闭抽屉，说："现在医院非常缺人手，洪老中医你就马上先工作起来！县警察科的证明嘛，不用忙，回头有空了，你再去补办一张就是。"然后他把一少尉喊进来，吩咐他带洪老中医到一个个相关股室，安排工作宿舍军服证件等。

阿嘉松听完，长长舒了一口气。脸上一直紧张挂念的神态，放松了。

阿嘉松沉思一事。

麦其崩老板惦记偷运军用药品药物的勾当，见阿嘉松无言，说："医院的医疗垃圾好长时间没有倒了，堆了好大一堆。他们要我们驮队运出去倒，我去看看装完没有。"

麦其崩老板起身，刚走出茶铺，听阿嘉松喊："阿弟，你回来一下。"

麦其崩老板转身，见阿嘉松指着茶椅，叫他回来坐，说："跟你商量个事。"

麦其崩老板脸露出不耐烦表情，坐下问："什么事？"

阿嘉松斜倾身体，压低声音问："野战医院那个组织股长说的，对洪老中医要县警察科的证明，怎么办？"

"哎呀，我以为啥子大事情呢！"麦其崩一脸不在乎地说，"那不算事情。那个股长要证明，是为了诈钱！他收了我们那么大的一坨鸦片，他绝对不会再提了！"

阿嘉松对洪老中医的事，极为谨慎，说："不管股长是真要证明还是假要证明，既然他提了，我们就办一张。你去找马副科长开张证明。"

县警察科的马副科长是迈家的人。因为阿嘉松和迈斯明大老板亲如兄弟，而且阿嘉松对他也很友善，对他托事必丰酬，过节有厚礼，因此他对阿嘉松很是敬佩亲近和顺从。

麦其崩老板答应，说："好嘛。过两天我去见马副科长，叫他开张证明，我给医院送去。"

"不要过两天，你今天晚上就去马副科长家。"阿嘉松心里惦记着反俄哈斗争指挥部里的人和事。他办完了洪老中医的事，要赶紧返回。因此对麦其崩老板交代："你给马副科长说好，请他明天一上班就到警察科给洪老中医开出证明！"

阿嘉松怕麦其崩拖延，为督促他，安排说："明天早上我们两人一起出门，你去警察科找马副科长拿证明，我到这个小茶铺等你。你把证明给洪老中医送进去，顺便问他能不能抽中午吃饭时间出来见一见。"

阿嘉松其实还有一个心愿：在离开县城返回达欧藏寨前，再见洪老中医一面。

<h1 style="text-align:center">4</h1>

第三天，一早飘起了细雨。季节尚未入秋，但高原一变天就很冷。

吹风飘雨使六十一师野战医院外面变得清静了。伤病员都龟缩在病房里。医院大门外惨淡经营的几个小铺子更是空无顾客。

在那个回族人开的小茶铺里，阿嘉松独坐一桌，等待县警察科给洪老中医出具的证明文书。他的随仆和一名护卫坐在角落，用六个小石子玩一种藏族棋。

风中的飘雨忽大忽小，屋檐开始稀疏落下水滴。

麦其崩老板和马副科长一起走来。他们进了小茶铺，马副科长对阿嘉松恭敬招呼问候："哎呀，阿嘉松千户，好长时间没见了，都好吧？"然后礼节周到地对阿嘉松的家人一一问候，最后又对昨晚麦其崩老板到他家，给他送丰厚酬金表示感谢。

麦其崩老板知道阿嘉松心念那张证明文书，等马副科长话稍停，马上从怀里取出证明文书递上。阿嘉松细看。

"卡卓，卡卓！"阿嘉松用藏语对马副科长说感谢话，然后用汉话说，"这吹风下雨的，你还亲自跑一趟。"马副科长恭敬回应"应该、应该。好久没有见面了……"等语。

阿嘉松对马副科长格外表示亲和是考虑到今后洪老中医离开了六十一师野战医院，要在县城落户开诊所，还需他给予帮助。

麦其崩老板把警察科给洪老中医开具的证明文书送进医院。

阿嘉松在县城里唯一愤恨的，也是唯一需提防的家伙是汪县长。此时与马副科长聚坐清静茶铺，便打问起汪县长。

"他呀！他现在是泄气的皮球，蹦跶不起来啰！"马副科长做出轻视的表情，说，"现在中央军在县城里成立了'松潘临时剿匪司令部'，又往县政府里派了几名军代表，领头的叫军代长。县政府现在听命于松潘临时剿匪司令部，汪县长受军代长管。他头顶上被这么压着，能蹦跶吗？"

马副科长知道阿嘉松的心事，又说："赤匪红军来之前，汪县长到处生事，要打你麻烦，想打压凌氏父子，凭什么？还不是凭他在松潘当土皇帝，可以为所欲为。现在，他成了给中央军拉磨的驴，累得半死，还受呵斥，没劲儿找你麻烦啦！"

"哦？他野狼变成拉磨的驴了！"阿嘉松觉得好笑，奇怪问，"你说他给中央军办事累得半死，那为什么还要受呵斥？"

"嗨，这数万军队来打仗，他县长少得了事儿吗？"马副科长闲坐话多，"军队开来百天了，光粮食就吃了好几百万斤。就地征粮弄起了民怨，从外地运粮大量征骡马征背夫，也是怨声载道。前期打仗，挖战壕修碉堡运弹药拉伤兵，到处弄得鸡飞狗跳叫苦不迭。嗨！这赤匪红军往草地逃窜了，我们松潘这边不打仗了，可军队又要修飞机场了！你看这些折腾生多少事！"

"修飞机场？"阿嘉松一听，惊讶地问，"中央军为什么要在我们松潘修飞机场？"

马副科长慢悠悠地端碗喝茶，然后歪着头不紧不慢地说："听说啊，中央军这次来是一箭双雕。既打红军，又赶川军。听说他们来了就不走了。我们这片雪山草地的皇帝帽子，就从侯军长头上戴到胡宗南胡司令头上啦！蒋委员长在南京，胡司令在西安，他们要管我们这边地藏族聚居区，天远地远，怎么办？所以就修个飞机场！"

阿嘉松："哦——"

马副科长继续说汪县长："现在是收鸦片紧接着收粮食的季节，地里人手本来就紧张得要命。军队再强征大量劳力去修飞机场，从区乡长到山民，都抵触得很！可是军代长只认按期完成命令，想立功升衔，当然对汪县长不是死命催促就是严厉呵斥啦！"

这时，跟麦其崩老板进了医院的伙计出来，说麦其崩老板在里面谈起了生意，出来的时间没准，请阿嘉松和马副科长不要等他，自便。

马副科长听了，对阿嘉松说："洪老中医，我给他开了证明，连面都没见过。这会儿将就麦其崩老板在里面，我进去认识一下这位老中医。"

马副科长站了起来，与伙计一起，走进六十一师医院大门。

斜风中，刚才停了的如丝细雨，又在空中飘起。

独坐茶铺的阿嘉松，望着风中飘曳的雨丝，想起遇害的美朵。阿嘉松为她心中一直淌血，始终想着要为她报仇雪恨。

一阵子后，马副科长回来，对阿嘉松说了几句他见了洪老中医的情况。然后恭敬说："阿嘉松千户，我那边还有点公事，你还有什么吩咐？"

阿嘉松正哀想着美朵，便问："马副科长，美朵贵人遇害的案子，你们警察科现在办得咋样啦？"

"结案了！"马副科长回答说，"案子查明是嚓旺孜一人开的枪。嚓旺孜作为唯一凶犯，瘫痪死亡了。人死案销，历来规矩。案子当然就终结了！"

阿嘉松眼睛一眯，厉声说："还有嘟格别、俄哈土官，他们也是案犯！怎么说嚓旺孜是唯一凶犯？"

"别上火，别上火。"马副科长理解阿嘉松的情绪，软语说，"阿嘉松千户，你怎么想的慢慢说，我尽力回答你。"

阿嘉松压着情绪，说："当嚓旺孜举枪时，嘟格别只要抬手一掌，就可以打偏他的胳膊，推歪他的身子，那子弹就打不中美朵贵人了。但是嘟格别却是等嚓旺孜开枪，所以他是杀美朵的同伙，也是案犯！"

马副科长慢语说："我们调查了，审问了当时在场的许多人，都说美朵贵人骑马站在蛇洼坡下时，嘟格别和嚓旺孜都缩头藏身在水凼边。当美朵贵人用马鞭抽开拦她的人，马跑起来后，嚓旺孜慌了，一人冲到坡顶开枪。说当时嘟格别，还有所有在场的人，都惊呆了，都原地未动。"

阿嘉松心不甘，又说不出什么，气得咬牙喘粗气。

阿嘉松不服气地又说："嘟格别和嘭旺孜在蛇洼干什么？他们要杀人，杀我！所以他们犯了预谋杀人罪！你们警察就应该抓他，判他杀人未遂罪！他们两个家伙打埋伏杀我，背后是俄哈狗土官支使的，所以俄哈是预谋杀人的主犯，也该抓！"

"是呀，是呀！你说得有道理。"马副科长用先顺着然后再否定的方法解释，"不过呢，要定俄哈的罪，他是土官，那证据就得铁板钉钉。嘭旺孜死了，嘟格别跑了。这线索就牵不上俄哈土官了！……你说什么？洛尔基的妻弟？哎呀阿嘉松千户啊，你想啊，洛尔基的妻弟真要是谋杀案的参与者，他一旦说出真情，这头我们警察抓他定罪，那头俄哈土官不但要他的命，还要整他的家人财产，他能说吗？他敢说吗？"

马副科长又说："嘟格别跑了，据说躲在草地他舅舅大头人家。但是阿嘉松千户你想，嘟格别就是坐在我们警察的审讯室里，他能承认什么吗？

"阿嘉松千户，我实话告诉你，以美朵贵人的身份，她被杀，结案规矩是县长定批。在给汪县长说该案时，我当时提出，这是一事两案：一个是美朵贵人被枪杀案，一个是对阿嘉松护矿大队长的预谋杀人未遂案。谁知汪县长劈头就骂我：'你多什么事？阿嘉松给了你多少好处？'当时汪县长还说，噶布金矿停产，你阿嘉松参与了破坏，负罪潜逃了，以后要收拾你！"

阿嘉松听了，气得牙齿咬得嘎嘣响。

阿嘉松想到马副科长为他挨骂，对马副科长作礼说："给你添了麻烦，不好意思！"然后愤恨说，"对俄哈狗土官，我压根儿就不指望他汪野狼有什么公道。老子自己会收拾俄哈狗土官的！"

阿嘉松愤恨不已地喘了一阵气，又说："美朵贵人父女，就是因为崇敬曲吉活佛，狗俄哈才一直欺压他们嘭旺部落。美朵贵人对此痛恨气愤。老子收拾了俄哈，要替美朵贵人雪这个恨！"

提到美朵，马副科长一直想问一件事。

等阿嘉松情绪稍微平息，马副科长问："阿嘉松千户，美朵贵人是我们松潘有名的美人，她的死当时就引起全城轰动，到现在都还有人议论。你说，她事前并不知道蛇洼有埋伏，她怎么会孤身跑那么远，结果救了你，自己死了？"

阿嘉松一听，心里又如刀割。彼时，嘭娥太太曾对他讲述了美朵执意远迎他的女儿情怀。阿嘉松想到美朵深情，禁不住眼泪上涌。

阿嘉松猛地站起，大步走出茶铺。他走到一棵大树背后，热泪已滚滚涌出。他举起两只大手掩面而泣，只见眼泪从粗大的手指间溢出，顺着手背如珠落下……

5

松潘县城的城门洞里，贴着一纸大告示：昂登土司被打死了！用国民党反共语言书写的告示上，昂登土司的姓名用血红墨汁重重打叉。

阿嘉松带着护卫随仆等人从泽旺商号出来，往城外走去。阿嘉松心系反俄哈土官的斗争，当洪老中医安顿稳妥后，他随即去看望了晋老掌柜和迈斯明大老板，然后今日离开县城，返回曲吉大喇嘛寺里的指挥部。

阿嘉松走到城门洞，看见了昂登土司被杀告示，震惊不已。

阿嘉松强掩悲痛，走到护城河的桥上，对送行他的麦其崩老板吩咐："你去打听一下昂登土司殉难的情况。我在那边那个骡马栈等你。"

麦其崩老板转身进城。

阿嘉松又吩咐一护卫去丧事铺子卖香蜡纸钱。昂登土司是羌族人。羌族祭奠死者的习俗与汉族有些相似。而且阿嘉松此刻心情悲痛万分，迫切需要有一种外在的祭奠形式，以表达他对昂登土司的深切哀思。

阿嘉松又吩咐另一护卫去采摘一点松柏枝条。羌族和藏族都有燃烧松柏祭奠死者的习俗。

阿嘉松走到城外大路边的一家骡马客栈，进去坐下，闭眼回想起昂登土司英雄气概的音容笑貌……

不一会儿，那个买了香蜡纸钱的护卫大喘粗气地跑回来。采摘松柏枝条的藏族护卫也很快回来。

阿嘉松带着随仆，穿过骡马栈的后院，来到雪水哗哗的河边。

汉族祭奠仪式中，贵人一般只敬举三炷香，对神牌三鞠躬，其余事情全由他人做。但阿嘉松哀思甚重，所有细节事宜都自己亲自而为。

阿嘉松选了一处水边，蹲下拉开卵石，用两只大手抹平河沙。然后，他把两支蜡烛分开插在细沙里。随仆在旁边燃起堆火，将松柏枝条架上。

阿嘉松先点燃蜡烛，然后按羌族习俗，从随仆手中取了三炷紫香，在蜡烛上点燃后仰身挺立双手恭举，对着天上他想象端坐的昂登土司，敬香祭奠。

随后，阿嘉松又从随仆手里拿过所有的紫香，一起握在左手，然后蹲在两烛前，用右手取一炷香在烛上点燃，慢慢插在河沙里，再从左手取一炷香，点燃，插入沙中……好一阵子后，阿嘉松把十几炷香一一燃起，均匀地插在两支蜡烛之间。

之后，阿嘉松走到燃烧的松柏枝条处，把纸钱一张一张地轻轻放入火中，为昂登土司烧纸祭奠。

白烛紫香松柏青枝静静燃烧，青烟缕缕缭绕飘升……

阿嘉松在水边一石头上坐下。他看着雪水翻腾着浪花流淌逝去，心里哀思着挚友——参加红军的昂登土司。

渐渐地，河里水花湿润了阿嘉松的双眼。阿嘉松抹去眼角的泪水，从怀里取出转经筒，摇动起来，用藏族习俗，为昂登土司——红军昂登，诵经超度……

麦其崩老板从城门洞里匆匆走出，过了护城河木桥，进了骡马栈。

麦其崩老板问了阿嘉松的藏族护卫后，也穿过后院，来到河边。

他见阿嘉松摇着转经筒，遥望长天，心祭挚友，就径直走到快要燃完的香烛前，按他对羌族人祭神的记忆，做了祭奠昂登土司的动作。

然后，麦其崩老板走到阿嘉松身边，找了块石头坐下。

阿嘉松停止了转经，急切询问。

麦其崩老板低声讲述："我直接跑到县政府里去打听的。他们说，昂登土司投了红军后帮助红军招兵买马，成立了一个千人的羌民红军大队，还在北川县和茂县成立羌族人赤色政权。昂登是土司身份，参加红军本来影响就够大了，他还那样搞得轰轰烈烈，不但在羌人中，就是在汉藏回人中也影响很大！当然中央军就对他恨得要死，重金悬赏他的人头。

"他们说，昂登土司跟着红军进了草地。因为红军没有吃的，昂登土司就到处去给红军筹粮。中央军一直紧盯着他，于是设了个计，用毛尔盖一个寺庙的粮食，把昂登土司诱进埋伏圈，打死了。他们说中央军原本想把昂登土司的头割下来，弄到羌人地区去示众。过后因为天气太热，路途太远……"

阿嘉松听完，站立起来，举手指着天上，激昂说："昂登土司是英雄好汉！我忘不了他，羌族忘不了他，世人也会永远记住他！"

阿嘉松转身，手指昂登土司的家乡方向，说："我对菩萨发誓，今后，我一定要在昂登土司官寨旁那个高高的悬崖上，大大地凿刻上昂登土司的名字！"

阿嘉松又看着麦其崩老板，说："我回到曲吉大喇嘛寺，我要请寺庙为昂登土司做超度亡灵的大法事！"

……

第五十四章　邪教伪喇嘛

1

秋天了，山林中的树叶变得枯黄，被寒风纷纷吹落。

弯曲起伏的山路上，有一伙人打着俄哈土官的部落旗子，拖拖沓沓缓慢行走。他们有的步行有的骑马，但都背着藏族特有的长尖骨叉子枪。

他们中间的一个人，伏在马背上，满脸痛苦。他腰椎骨摔伤，只能缓慢骑行。他是俄哈土官的副总带兵官，因为头大面恶，绰号魔头带兵官。护送他的人除了部落藏兵，还有一人是俄哈土官手下的小管事。

瑟瑟秋风中，他们看见一个半山腰上的小藏寨。寨子上建了个大风车推动转经筒，很是招眼。

伏在马上的魔头带兵官听说有藏寨，呻吟着说他实在痛得难受，要进寨去躺下。于是小管事带着这伙人，顺着山坡的之字路爬上山腰，进了寨子。

在寨首的家门口，众人扶魔头带兵官下马时，他痛得如杀猪般嘶叫。这个伤势他是不能再上楼了，于是寨首在房屋底层的畜圈里铺草垫毡，放魔头带兵官躺下。

混着畜粪的泥地上燃起了篝火。藏兵们席草而坐，围火煮茶。连日的剧烈疼痛使魔头带兵官身体虚脱，躺下后很快昏晕。

寨首安顿好下面后，叫家仆在畜圈里候差。然后，他与小管事上了二楼。这个寨首比较富裕，二楼的厅堂宽大，还摆放了一张大榻。榻上的兽皮也很好。

小管事饥渴了，坐上大榻就埋头吃喝。

寨首隔榻桌而坐。等小管事吃完第一碗酥油糌粑，喝奶茶时，他探问："副总带兵官是怎么回事？"

小管事回答说："昨天，在外来大喇嘛的传教法会上，摔的。"

"外来大喇嘛"是俄哈手下对邪教伪喇嘛的称呼。邪教伪喇嘛四处传教时，俄哈土官就派副总带兵官带着人马为他举着旌旗仪仗，张扬声势。

寨首又问："传教会上怎么会摔跤？我还以为是马惊摔的。看那样子，好像把腰椎骨伤了，是吗？"

"讲来话长，你等我吃完了慢慢讲给你听。"小管事往木碗里再放酥油糌粑，又用手指捏揉起来。

寨首的打听不是简单好奇，他有更深目的：

部族民众都崇信曲吉大喇嘛寺是藏传佛教正教。因此对邪教伪喇嘛的传教会，他们都以各种形式抵触反抗。寨首也持藏传佛教正教立场，对每次邪教传教会上出乱子的情况，他自然关心打听。还有，寨首还想通过小管事的讲述，揣摩小管事的教派立场，进而揣摩俄哈土官周围的人，是否都铁心反曲吉活佛。

小管事吃饱喝足，打开盘腿，身子一转，在大榻上伸脚半躺。他手揉肚皮准备开讲。

他是子承父业。十年前他父亲病重，离职前求俄哈土官让其子继业。俄哈土官不答应，其父老泪纵横磕头出血，还献上他家最好的一块地，才得以让儿子进了官寨谋差。这，成了小管事心中对俄哈土官不满的难忘旧恨。

小管事供职十年，头脑圆滑。他看穿寨首的心思，决定如实讲述。邪教传教会现在是越开越糟糕。他实话实说，一则是因对俄哈怀宿怨而不愿为其隐瞒不利局面，二来，也暗表他在藏教信仰上的正教立场。

小管事见榻桌上的剩余收拾干净了，坐正，开口讲："传教法会你参加过吧？……参加过一次。那其他传教会的情况你听得多不多呢？……听了不少。是啊，传教会就像传言的那样，一直都是乱糟糟的。

"开始那段时间的传教会，人们不是拖拖拉拉地来得很晚，就是不好好听。外来大喇嘛在上面讲经，下面的人有的聊天有的睡觉有的闭目转经。年轻男女不停地离开会场，溜到林子里耍朋友，干欢喜事。每次传教会开后不久，人们就开始溜走，弄得会还没有完，坝子里已经稀稀拉拉的了。

"俄哈土官老爷得知情况后，对大小头人规定，每次传教会必须在正午时分开，还要从头到尾坝子里都坐满人。俄哈土官老爷还规定副总带兵官负责管会场秩序。

"这一来，人倒是像羊群一样圈起听传教了，但是新的麻烦又生了：捣乱的情况越来越多。外来大喇嘛在上面讲经，人群里总有人埋头用嘴在胳膊上吹出各种放屁的声音。周围就哄笑。天上乌鸦野鸟一飞过，人群里就有人学鸟叫。有狗跑动，就有人先丢食物，引狗过来又丢石头，引狗狂叫……哎呀，反正捣乱的花样越来越多，总之让会开不好！

"外来大喇嘛派人把情况禀报了俄哈土官老爷。老爷大怒，把副总带兵官召回官寨狠狠地训斥，骂他是吃屎的，要他把捣乱的人抓出来吊在树上鞭打。老爷说再镇不住传教法会的秩序，就要摘了他的官帽。"

寨首听了，问："这些情况我也听说了。我听传言说，会开成这个样子是有人教的，是有人安排人故意干的，是不是？"

"怎么不是！一看就知道是有人教的。以前开会，寨子里的老年人借口说腿不好，不能走山路不来开会。后来情况一下就变了，老年人都参加会了。但是他们来了后都坐最外几圈，然后几圈是坐带娃娃的女人。那些捣乱的男人坐最中间。他们就像听了布置一样，坐得很挤，连脚都插不进。于是开会时，男人在人堆中间捣乱，我们官寨的兵在外面干瞪眼。……为什么干瞪眼？一是看不清捣乱的人是谁，不好抓。更要命的是也不敢轰开人群进去抓捣乱的人，那样反使会场大乱。"

寨首明知故问："是谁安排百姓这么干的？"

"是谁？还能有谁！曲吉活佛宣谕阿嘉松千户领头反外来教，有谁不知？阿嘉松千户把对俄哈土官大老爷不满的人像蜘蛛网一样串起来，在他们中间任命了大小领头人，还给他们提供粮食酥油费用，让他们互相串联，四处召集开会。这都是半公开的事啦！"

寨首又探问："知道是阿嘉松千户在领头，那俄哈大土官拿他没办法？"

"是啊！有什么办法？阿嘉松千户现在的势力很大，要人有人，说枪有枪。他的护卫还有机枪。要不是俄哈老爷头上戴着官府封的官帽，阿嘉松千户完全可以公开架枪架炮摆出阵势，造俄哈土官的反了！"

"真的？阿嘉松千户的势力这么大了？都可以和俄哈土官老爷公开干仗啦？"寨首假装吃惊，他其实对此明白。他为阿嘉松千户的力量壮大心里高兴，想再听，故意问："阿嘉松千户有些什么力量，你讲给我听一下嘛！"

小管事居然愿意实叙阿嘉松的实力势力……

最后，小管事竟然感叹说："你说俄哈土官老爷立什么新教嘛？这一下，我看新教没立起来，反倒是把阿嘉松立成反王了！"

"反王！"这词倒真使寨首震惊，他口中连念，"王？成了王？……"

突然，楼下响起魔头带兵官剧烈疼痛的号叫……小管事和寨首赶紧从大榻上跳起，往楼下跑。

到了楼下一看，原来是魔头带兵官昏睡中无意识用力翻身，把自己骨伤触碰，痛得号叫。众人都束手无策，只能围站在魔头带兵官的周围，眼睁睁看他声嘶号痛，同时夹杂咒骂……

渐渐地，魔头带兵官叫痛声减弱，变成了呻吟，又昏沉过去。

小管事和寨首又上楼，坐回到大榻上，隔着矮桌喝茶对谈。

寨首问："昨天开会，副总带兵官怎么摔成这个样子？"

小管事讲："现在开传教会，我们把坝子里的人赶成一个个小方块，中间留出路。我们带来的兵在会场中间来回走动监视。这样捣乱的情况少多了，但还是弄不干净。捣乱的人趁监视兵转身，就在背后装咳嗽，装打喷嚏。他们装放屁也长了本事，不用吹胳膊吹手背了，把嘴巴闭紧一挤气就响了。

"逮不着现行，副总带兵官规定也抓人。开完会后，就对有嫌疑的人抓它七八个。当场鞭打一半的人。剩下的人带到下一个开会地点，开会前先鞭打一通，威吓那些想捣乱的人。就这样，每场传教会还是有不怕挨鞭子的人。

"昨天开会中，有一个家伙，长得粗壮，放肆得很。他不断弄出屁响乌鸦叫。监视兵盯着他，他竟然敢不埋头躲避，还昂起头与监视兵对看。监视兵压低声音警告他。他不但狡辩说不是他，还故意很大声音。

"副总带兵官一看，气坏了，也顾不得外来大喇嘛在上面传教，带人把那个捣乱家伙拖出会场。没有想到那个家伙一路挣扎，使劲大叫冤枉，把整个会场搅乱了。副总带兵官气得举鞭抽他。那家伙站着抱头挨鞭，趁不注意推倒一个兵就跑。他跑，百姓就给他让路，我们的兵追，百姓就装乱哄哄拦挡。

"这时候，居然有个老太婆挡在副总带兵官面前，说什么大家都要听曲吉活佛的话，说不能听邪教假喇嘛的传教，说俄哈土官老爷要另外修建喇嘛寺是错误的。副总带兵官听了这些话，哪有不暴怒的。他抬腿就往老太婆肚子上狠命踢去。那个老太婆一下倒地，吐血死了。手里还紧捏着转经筒！"

"啊？！"寨首听得惊叫一声。

小管事接着说："这一下，坝子里跟马蜂窝炸了一样。一些老头老太婆又把外来大喇嘛团团围住，磕头求他离开，不要在我们部族里另立教派。

"副总带兵官看见，又跑过去驱赶。那些老头老太婆就趴在地上不动。副总带兵官气得不行，用鞭抽、用脚踢那些老家伙。副带兵官踢过来踹过去，脚下踩着一个小石子，一滑，仰身倒下去。正好一个大鹅卵石梗在他腰中间，把腰椎骨给伤了。这时候，周围的人又趁机高喊报应，说菩萨降怒了！"

寨首听得眼睛瞪得溜圆。

过了好一阵，寨首低声问："副总带兵官伤得重，为什么不躺几天，还要现在勉强骑马赶去见俄哈土官老爷？"

"要保官啊！俄哈土官老爷知道会开成这个样子肯定是要大怒的。老爷的脾气你是知道的，肯定要臭骂副总带兵官无能，撤他的官。如果别人禀报，老爷撤官的话一出，他的官帽就完了。副总带兵官自己在老爷面前说话，还可以替自己辩护，把事情使劲推到阿嘉松千户头上，想法求老爷不要撤他的官……"

2

红日西照，晚霞满天。曲吉大喇嘛寺的庞大建筑在霞光映射中，呈现出别样庄严辉煌；在渐起的暮色下，又现几分神秘宁静。

麦其崩老板带着洪老中医和两名手下，四人骑马来到曲吉大喇嘛寺。他们没有进寺庙山门，而是绕到后面的草料场，进入了阿嘉松的反俄哈土官斗争的指挥部里。

洪老中医来是有非常紧要的事，需当面告诉阿嘉松和江技师、楚技工，并与他们一起商量讨论！洪老中医为此，专门向六十一师医院请假三天。现在六十一师野战医院里虽然病员仍很多，但伤员陆续出院，最忙时期已过，因此医院给洪老中医批假。

阿嘉松的屋子里，塘火燃烧很旺，五人围火而坐。

江技师、楚技工与洪老中医虽分手时日不多，但同志相见，革命情谊使他们欣喜激动。阿嘉松很关心洪老中医在医院里的工作生活情况，也热情询问。洪老中医眼睛里充满笑意地与他们相视回答。

谈了一阵自己的情况后，洪老中医转过话题，说："我探听到中央军的一项政令。我认为，这项政令的实施，将提供对俄哈土官发起攻击的机会！"

阿嘉松惊喜得一下激动起来，前倾身体，语言有些乱地急问："攻击俄哈狗家伙的机会？什么政令？怎么提供打到俄哈的机会？"

江技师、楚技工以及麦其崩都激动地身体向洪老中医靠近，瞪大眼睛。

洪老中医见大家激动，安抚说："你们不要着急嘛。我这次来，要住三个晚上两个白天，要与你们慢慢谈，深入商量。有的是时间。"

然后，洪老中医讲："中央军马上要发布一项政令，对藏族各部落要补偿不少钱款。"又注目阿嘉松和麦其崩，说，"对你们部落也要下拨钱款。因此我们研究后，认为这会给你提供发动群众，对俄哈土官展开攻击的机会！"

洪老中医提到"我们研究"四字，阿嘉松立刻明白在松潘有共产党的组织。但是他更关心打倒俄哈，因此急语问："中央军为什么拨钱？为什么下拨钱是我们攻击俄哈的机会？"

江技师和楚技工当过红军指战员，知道凡大事，上级会讲清原委，因此屏息呼吸，做好仔细聆听准备。

洪老中医对阿嘉松说："你问了两个问题：一是中央军为什么拨钱给藏族部落？二是为什么这会产生对俄哈发起攻击的机会？第二个问题是我这次来，专门要与你们着重讨论的。所以我先回答第一个问题！"

洪老中医激动地讲："先告诉你们一个好消息，贺龙率领的红二方面军与咱们的红四方面军，在甘孜会合了！"

"真的？太好了！"江技师和楚技工激动得差点跳起来，忍不住激动问，"什么时候会师的？……贺龙部有多少人马？……他们是在金川甘孜继续扩建根据地，还是去陕北与中央红军会合？"

洪老中医笑容满面地做了个安静的手势，然后，继续讲："两个方面军会合后，决定全军北上，到陕北与中央红军会合！"

江技师、楚技工又激动不已，他们连说："太好了，太好了！"四只粗壮大手紧紧相握，粗糙黝黑的脸膛更激动出高原红！

阿嘉松既为江技师、楚技工的喜悦激动情绪所感染，更为遭围追堵截身处险境的红军取得如此巨大胜利而更佩服共产党的厉害，佩服英勇红军！

洪老中医又稍停顿一会儿，接着讲："我红二、四方面军将再次北上的战略动态，国民党蒋介石完全掌握，因此做了相应部署。蒋介石亲自训令胡宗南：务必固守松茂汶等县，尤其是松潘县城。同时在黑水雪山和松潘草地堵截'围剿'困毙我红二、四方面军！"

听到此，室内气氛顿时变得沉重肃静。

洪老中医也神情凝重，低声讲述："胡宗南现在是三重命令加身：一是我中央红军突破围追堵截后，胜利到达陕北，他受蒋介石严厉训斥，奉命抽出部分兵力调回陕北，准备参加围攻我中央红军。二是我红二、四方面军战略北上，他受命要在雪山草地堵截'围剿'。三是这川西北原来是川军统治，现在蒋介石以'追剿'红军为名，把侯军长的川军调走了，命令胡宗南军事接管川西北地区的统治。

"在这种情况下，胡宗南为对付我红二、四方面军的北上战略转移，不仅调整军事部署，还调整对藏族地区的部落的管治方法。我这次来，主要就是根据胡宗南对藏族部落出台的新政令，与你们讨论商量。

"胡宗南对藏族部落的管治政令，除了去年颁布的严令藏族部落和番民抗击袭击杀害红军的一系列戮共令继续实行外，这次新增加了对藏族部落和番民的怀柔欺骗手段，主要是对藏族部落首领和百姓做一下钱款补偿。一是为了减少藏族部落和百姓对国民党军去年大量强征粮食牛羊劳役所产生的严重不满甚至仇视。二是为了换取藏族部落和百姓以后对他下一步堵截'围剿'红二、四方面军做协助支援！"

阿嘉松有些明白了。他心中涌起怨恨情绪，愤怒说："去年胡宗南打红军，向藏族部落，包括向我们达欧部落，强征了大量粮食牛羊和马骡人力，但是基本没有付钱。而且强行多征部分，说是欠钱，但到现在还拖着！"

阿嘉松接着又说："按祖宗留下来的规定，我们部落设有部落公库，年年积攒一些钱粮，遇天灾人祸战乱瘟疫等，用于全部落！本来中央军去年的沉重摊派，应该用公库钱粮抵交一部分，减轻部落百姓负担。但是狗日的俄哈，他不但自己不承担一分钱一颗粮的军队税赋，而且他想把公库钱粮，用于为邪教建庙，供奉邪教鬼菩萨，一点都没有动用。这样，中央军打红军的沉重钱粮徭役，全部摊派到部落百姓头上，可害苦了我们！"

麦其崩老板笃信藏传佛教，对俄哈土官扶持邪教也极为愤怒。听到阿嘉松提及这点，他情不自禁地吼叫起来："他狗日的俄哈，真的动工修建邪庙，老子在军队里买炸药炸垮它！"

洪老中医听麦其崩怒吼，露出受启发的眼神，看着阿嘉松问："俄哈土官真的想建他的邪教寺庙？"

阿嘉松回答："他现在还没有公开，但那个邪教伪喇嘛一直在鼓动他，这在部落里传开了！"

江技师也露出受启发的神情，问："假如俄哈一旦开建邪教寺庙，就会引起你们部落群起愤怒，甚至动乱吗？"楚技工也开悟，追问："会不会引起全部落上下的愤怒反抗？"

"肯定会！"阿嘉松和麦其崩几乎同时回答！

洪老中医高声连说："好，好。太好了！"他露出更加喜悦的神情，但没有解释"好"什么，而是对阿嘉松说："你的话被打断了，你接着说。"

阿嘉松讲："我要说的基本上说完了。反正一句话：直到现在，我们部落所有人，不管寨主小头人，不管富人穷人，一提起胡宗南，都开骂！对俄哈土官，部落原来大多数人本就对他非常不满，现在就更增加愤懑！"

洪老中医深深点了点头，然后称赞地对阿嘉松说："你问的两个问题，你这不是自己就回答了一部分了吗？胡宗南军队去年对你们藏族部落强征，引起了强烈不满。下一步，当我红二、四方面军通过雪山草地时，藏族部落对国民党军的态度，对红军的态度，将对胡宗南执行军事任务影响很大。所以，他的松潘行营发文通知所属各部队：对其军队进入雪山草地以来，对当地百姓的征购，无论粮食牛羊等物品，还是人力骡马等徭役，统统清理上报。统计后，准备予以部分清偿。以减少以后'围剿'红军时，部队再次征用藏族部落粮食牛羊徭役时的阻力。

"另外，蒋介石把原来统治川西北的川军调离了。胡宗南接替对川西北的军事管治，他想要减少人民群众对他的不满。川西北地区原本就经济落后，百姓贫穷，百姓对政府极为不满。胡宗南部队入川后，又加大军粮军赋征派，致使川西北地区发生了战争饥荒，百业凋敝，民不聊生，所以现在社会各阶层都对其怨怼甚至仇视。

"尤其是川西北地区的社会结构主要是藏族的部落制度。因此，藏族部落首领们对国民党的不满增加，对胡宗南今后在该地区实行军管，极为不利！据军内消息，漳腊军用机场的修建，到现在，进展受阻，其原因也在此。

"所以，胡宗南把这些情况上报后，蒋介石为了有利于胡宗南部队的堵截红军，以及国民党中央势力替代川军对川西北地区的统治，批示拨些款，对民众，尤其是对藏族部落做有限的一点补偿。"

洪老中医这大段话讲完，阿嘉松和麦其崩、江技师和楚技工，都明白了为什么胡宗南军队要对藏族部落下拨补偿款。他们小声议论起来……

洪老中医讲话口干，把篝火上熬的马茶舀进藏族人用的木碗里，端起慢慢喝。

洪老中医喝了一阵马茶，放下后，问阿嘉松："你问的第一个问题：胡宗南军队为什么准备补偿一下去年欠你们藏族部落的钱，清楚了吗？"

"清楚了，清楚了！"阿嘉松使劲点头，紧接着问，"为什么这是我们对俄哈发起攻击的机会？"

江技师和楚技工也表示关注这个问题。而且江技师还说："国民党军队政府都贪污成风。国民党中央这笔钱下来，肯定层层克扣。军队克扣了，县政府、区长乡长肯定也雁过拔毛，还要克扣。"他看着阿嘉松和麦其崩老板，说，"钱到了你们俄哈土官的手上，他肯定也要克扣，对不对？"

"那是肯定的！"麦其崩老板的家里也被无偿派粮派骡，因此激动起来，说，"俄哈的贪婪蛮横是出了名的。他本来就成天打着敛财主意，这笔钱到了他手上，就像羊子落到虎窝里，他肯定要想全霸占！"

洪老中医一下提高声音："这就是我说的机会！"接着说，"中央军的补偿款到了你们部族，本来就不多了，而俄哈土官如果再霸占，那部族里，大小头人就所得极少，而百姓更分文无收，这就会极大地激怒全部族上下。阿嘉松千户，你说，这是不是发起部落上下对俄哈土官攻击的机会？"

阿嘉松一挥拳头，声音有力地说："对，这是对俄哈发起攻击，给他致命打击的机会！"

阿嘉松猛地站了起来，来回踱步，激烈思考。

火塘边四人都知道阿嘉松在做重大考虑，安静不言。

阿嘉松思考一阵，坐回了火塘边。

阿嘉松先对洪老中医说："谢谢你提供的情报！军队补偿款的下发，确实是我们发起对俄哈土官攻击的时机！我一定要抓住这个时机！"

阿嘉松环视大家，然后说："我是这么考虑的。补偿款到了俄哈手里后，我断定他要全部贪污，连大小头人都不会给一点！为什么？首先，军队的补偿款经过军队和政府的层层克扣，到了他手上的钱不会很多。俄哈极为贪婪，他会财迷心窍利令智昏，不顾后果先全部入他的私库。

"另外，俄哈要新建邪庙，那资金的需求量是很大的，即使动用部落公库，也是远远不够的。所以，他一定会全部截留军队补偿钱，少部分进他的腰包，大部分用于修建邪教寺庙。"

麦其崩老板的藏传佛教宗教意识极强，再次听阿嘉松提到俄哈要建邪庙，他又火冒三丈，厉声问："阿哥，你凭什么肯定俄哈狗家伙要动手建邪教寺庙？"

阿嘉松回答："俄哈对抗曲吉大喇嘛寺，已经魔鬼钻心，走上了不归路。而要对抗曲吉寺，必须另立邪教。要树立起邪教，必须要有邪教的寺庙！这是一。第二，俄哈现正在与邪教伪喇嘛四处寻找建立邪庙的地址，虽然他们偷偷干，但事到这一步，是不可能掩盖的了！"

麦其崩老板听到此，激动地大声说："狗日的俄哈又要贪污补偿款，又要动手建邪教庙，那，他就拿起两根绞索给自己套起了！"

"对的！"楚技工激动地高声说，"麦其崩老板说得对，胡宗南的补偿款和建邪教庙，确实是套到俄哈脖子上的两根绞索！"

江技师也激动地起来，说："胡宗南补偿款引发部落民众愤怒行动，确实是发起对俄哈土官攻击的有利条件，有利时机！机不可失，时不再来，这个机会一定要抓住！补偿款一下来，推翻俄哈暴君的战役就打响。胜败一定会在此一举！"

听到这些如战鼓擂响的语言，阿嘉松热血沸腾，战斗激情昂扬……

火塘边，他们五人对怎样进行战役准备，非常务实地细细磋商起来……

3

麦其崩老板和洪老中医一起回到了县城。

二人分手后，麦其崩老板按照阿嘉松的吩咐，立即手提见面礼，怀揣银圆，前去县府民族科努科长的家里。

阿嘉松了解松潘县政府的办事规则。中央军的补偿款到了县政府后再往下分拨，凡是涉及藏族部落的，都由民族科主办。所以，以后俄哈土官领取补偿款的情况，努科长是会尽数掌握的。

努科长的家里是藏族样式的摆设，但设有汉式接待客厅。

努科长藏满混血，体型粗大，孔武憨实。他父亲是满族，清末时与凌阳山同为清军把总，现在是松潘一个民团的团总。他母亲是藏族，是草地一个部落头人的女儿，是他父亲当清军把总时强娶为侧室。所以，努科长随满族姓氏——努，但名字如藏族——努尔甲，母语是藏话。他在政府衙门里穿中山服，回家则习惯换宽大藏装。

麦其崩老板提着丰厚的见面礼进门。努科长一见，粗犷面孔展现憨厚笑容。他很干脆，直接问麦其崩老板有何事。

麦其崩老板问："听说，军队要补偿地方一些钱。你知道吗？"

"知道！"努科长显出政府科长神态，说，"前两天军代长召集汪县长和我们开会，说了这个事。军代长说，钱不多，要满足城里城外的人，满足山区草地所有部落的补偿要求，远不可能。因此，钱到了县政府如何分下去，很不好办，可能要惹起下面哄闹。军代长要我们考虑出主意，一是如何分款下拨，二是预计会出什么问题，怎么应对。"

努科长说了后，问："你问这事干什么？是想你们城里商号和你们寨子家里被军队的派征，能拿到补偿，想多得一点补偿吧？"

"你都说了军队的补偿款很少，能落到我们头上的，我不抱希望！"麦其崩老板直言，"我来找你，是托你一件事：我阿哥想要了解补偿款分到我们部族的情况，想要掌握俄哈土官来领取的情况！"

"俄哈土官，补偿款？"努科长现不解神色，片刻，他顿悟似的高声嚷，"哦！我明白了。你阿哥和俄哈土官要斗个你死我活，你们想用补偿款这件事整他，是吧？"

麦其崩老板逼视努科长，问："是的。你站哪边？"

努科长憨厚直说："你知道我肯定会帮你们嘛！不然你怎么会来找我？"

努科长与俄哈土官关系不好。俄哈土官因吝啬对县府官员历来都舍不得掏钱，所以与努科长也疏远。而且，那年俄哈土官因噶布金矿屡被凌氏父子欺负，巫县长却只敲诈勒索他而不给他申冤。为此，俄哈土官既恨巫县长，也与努科长结下怨愤。

但是努科长与阿嘉松比较亲。藏族人崇拜英雄。阿嘉松从穷伙计成为藏族富商，从贱奴成为贵族，努科长打心里佩服崇敬。阿嘉松因为努科长还算耿直憨厚，在县府里又是唯一的藏族科长，所以待他也厚。

努科长又说："哎，不过我要把话说清楚啊，我好歹是县政府的科长，帮你嘛，我只能在暗地里。明里，你可不要把我牵进去啊！"

麦其崩老板一口答应。他又从藏袍里掏出一小口袋银圆，放在努科长面前，然后对努科长讲起详细要求……

4

阿嘉松带着随仆和护卫几人，从山上下来，往县城去。

半月前，阿嘉松收到凌尔武凌总舵爷的一封信。凌总舵爷在信中说他打算重开噶布金矿，有相关要事需与阿嘉松千户面商，要阿嘉松进县城一趟。

阿嘉松见信中说要重开噶布金矿，立即估计凌尔武勾结了中央军，心里即生反感。因为他认为部族和百姓没有获利，而且凌尔武与官府一伙今后肯定又会乌七八糟地争夺利益。自己拿定主意：一是不参与，二是能阻挠就阻挠。

阿嘉松反感凌尔武想利用自己，心中不快，突然想到最近凌尔武新获"松潘县城清共小组副组长"官帽，转而产生一念头：他想利用自己，自己也可利用他啊！利用他的清共身份，将江技师、楚技工二位红军人员潜伏进松潘县城！于是阿嘉松顺着这个思路，想出了一个法子，并将该办法与江技师和楚技工二人仔细商量。他二人也觉得可行，密信告知洪老中医，很快获批。于是阿嘉松下山进城。

阿嘉松来到县城外，抬头望，只见城墙上虽然防守工事依旧，但士兵影子稀稀拉拉，以往枪炮林立的景象没有了。

进了县城，他看见街巷变化很大，尤其脏乱。一问，方知胡宗南因调走一部分军队到陕北，所以驻县城的六十一师移调南坪，接防原在那里固守川甘边境的部队。国民党军离开占住的民宅，对屋里宅院和街巷全不打扫。而房主回家，怕国民党军又回来占住，所以也暂不做大收拾。而且还有许多房院因军队离去主人未归，不良之徒便进去乱翻乱抄，流浪汉也入室睡卧。他们甚至撬灶取锅，下窗烤火。所以县城里被弄得更是脏乱不堪。

阿嘉松走到守经街，街坊邻居都对他亲热招呼。麦其崩老板听说阿嘉松来了，与泽旺商号众人出屋迎接。

阿嘉松进了院子，看见国民党连队走空了，但房屋被损坏得满目疮痍。几个伙计正在把军队拉屎屙尿的粪坑掏尽填土，弄得臭气很大。

阿嘉松进了自己的屋子，见藏毯毛褥等贵重细软物件全没了。麦其崩老板曾经告诉他，国民党军队进住民房根本不提前通知。当初这个连队走到他们铺子门口说一声"这个房院我们军队征用了"，哗一声，一百多号人就拥进了。当时屋子里的东西根本来不及收拾。此时，麦其崩老板告诉他，这个国民党连队走的时候，把商号里的好东西全卷走了。

阿嘉松在自己屋子里安顿好。他见县城驻军陆续撤走，想到洪老中医，问麦其崩老板："县城驻军撤走了，六十一师野战医院也走吗？"

"肯定也要搬走。但是现在临近冬天了。我们高原冬天非常冷，洪老中医说，现在南坪那边没有能防寒的合适医院的房院。如果匆忙搬，伤病员会被冻死冻伤不少。所以洪老中医说，六十一师野战医院要搬，得到春暖后再说。"麦其崩老板知道阿嘉松心事，又补充说，"洪老中医告诉我，日后六十一师医院搬走，他留在松潘县城开个小诊所，他现在已经铺垫好路子了，没问题！"

阿嘉松长长舒了一口气。

晚饭时，阿嘉松和麦其崩老板简单吃酥油糌粑。他们两人在藏榻矮桌两边盘腿对坐，一边在木碗里慢慢捏揉酥油糌粑，一边低声交谈。

麦其崩老板最关心赚钱，所以首先问阿嘉松对参加重开嘎布金矿的态度。听了阿嘉松既不赞成还要阻挠的想法后，他心里不舒服，表现得闷闷不乐。

阿嘉松进县城的主要目的，是要将身边的两位潜伏红军安置进县城，需要麦其崩配合出力，所以安慰他说："你不要垂头丧气嘛！我告诉你，他凌尔武如果真有能力重开嘎布金矿，他离不开我！到时候，你想在金矿开泽旺商号的分号，轻而易举！"

麦其崩猴性，立刻眉开眼笑，高兴嚷："是的是的。阿哥你说得太对了。我听你的！"

"你听我的，你就要帮助我干成一件非常重要的大事啊！"阿嘉松又补充说，"这也是你发财的事啊！"

麦其崩听说关系自己发财，高兴得连说没问题，然后迫不及待地问什么事。

阿嘉松首先问："我听说，凌尔武在中央军的'松潘临时剿匪司令部'里弄了顶官帽，'松潘县城清共小组'的中校副组长，是吗？"

麦其崩老板回答："是的。他原来不是在川军里弄了个'督办署中校参谋'吗？这次中央军来了，他拜中央军为干爹，中央军也利用他，把他的川军'中校'换成了中央军的'中校'。他不是去了趟黑水，你们还碰见了吗？……他回到县城后，不想在军队里跑差，又不想脱离中央军，于是在'松潘临时剿匪司令部'里弄了这个'松潘县城清共小组副组长'的官帽，而且把'清共小组'的牌子挂在他凌府大门上。"

"好！"阿嘉松兴奋地低喊一声，说："我就是要借他凌尔武的'松潘县城清共小组副组长'官帽，把江技师和楚技工弄到他名下，安安全全地潜伏进县城住下！"

然后，阿嘉松把自己的操作方法仔细告诉了麦其崩……

第二天，天阴起风。阿嘉松和麦其崩老板带着护卫等人，前往凌府。

凌尔武本就一贯待人傲慢，现在戴了中央军封的官帽，更是高高在上的架势。因为他策划重开嘎布金矿，必须要阿嘉松负责护矿，所以今日阿嘉松来，他还算客气，站到屋门外台阶上，抱拳礼迎。

阿嘉松进屋就座后，先祝贺凌尔武官就高位。鹰鼻鹞眼的凌总舵爷立现炫耀神情。

麦其崩老板为让凌尔武心头飘飘然，故意装出敬仰状，站到挂在墙上的委任状前，将镜框里委任状上的汉字，从头到尾念一遍。然后还说："以前的官府委任状都是一张纸。这次中央军发的委任状还带玻璃镜框，不简单哦，不简单！"

凌总舵爷果然心里更是痛快，与阿嘉松简单寒暄后，转入他的正题，说："阿嘉松千户，我想把嘎布金矿重新开起来，你也参加，怎么样。"

阿嘉松早已想好阻挠凌尔武行事的话，但是要先说绕圈子话。于是问："汪县长那家伙一到松潘，就用嘎布金矿事打压你，敲诈我。最后你用毁了金矿的手段回击他，他恨死了你！你现在想重开嘎布金矿，你怎么考虑他的？"

"他！"凌总舵爷瘪嘴做蔑视状，说，"他现在是军代长的龟儿子，老子根本就不把他放在眼里。"凌总舵爷又愤愤说，"老子本想借中央军的手将他赶出松潘。结果也不知道他有什么手段，居然继续留任县长。"凌总舵爷说到这里，一副仇未报气难消的样子。然后让包二哥对阿嘉松讲述金矿事。

包二哥简单讲说，凌总舵爷就重开噶布金矿一事，与驻松潘县政府的军代长私议多次，取得初步同意。军代长要凌总舵爷把方方面面都谋划好后，再正式通过县府向军方申报。

　　阿嘉松听了包二哥叙述，说："哦，事情现在还只在筹划阶段。"又问，"凌总舵爷您要我参加什么？"

　　包二哥代凌总舵爷回答："这次重开噶布金矿，军队定的原则是他们不掏一分钱，只占干股，所有资本金都由凌总舵爷解决。总舵爷义气，有财大家发，只邀请他看得起的人参股！"

　　凌总舵爷眼睛斜看着阿嘉松，意思要他拿钱参股。

　　阿嘉松说："总舵爷你是知道的，我现在正在拉开阵势与俄哈土官斗。我的钱，全部投进斗争了！还不够，我还在想办法！"

　　凌氏父子与俄哈土官有三桩流血咬斗：一是当年为漳腊金矿，枪战中他们打死了俄哈土官的儿子；二是他们派人马去抢占噶布沟，结果半路被俄哈部落藏兵伏击，死伤多人失败，之后他们用险毒黑手段屡屡报复俄哈；三是巫县长开噶布金矿，他们侵吞俄哈土官该分得的黄金还打死他手下。所以，凌总舵爷也与俄哈结仇，当然乐见阿嘉松斗俄哈。

　　于是凌总舵爷对阿嘉松竖起大拇指，提高声音说："你把钱都投入斗俄哈，英雄作为！阿嘉松千户，以后你若需要，我可以借给你一些枪支人马。"

　　他接过阿嘉松表示的谢意，又说："噶布金矿，你眼下没有钱参股，就算了。你就参事，我想给军队提出，你继续担任护矿大队长。"

　　包二哥补充解释："这次中央军参与开嘎布金矿，但是我们没有提出由他们护路，原因有两个：一是中央军不是省油的灯，他们派出一两个连，会要金矿负担一大笔钱，二是军人在矿上，会东过问西插手，引起很多麻烦！"

　　阿嘉松不想再继续谈这个话题，于是讲阻挠的话："总舵爷，我觉得重开嘎布金矿，还是再放一放好。一呢，红军的贺龙部与张国焘部会合了，而且决定又要经过我们雪山草地北上，所以又要打仗了！你是知道的，红军打仗神出鬼没飘忽不定，万一他们像龙卷风一样突然降临嘎布金矿，你的损失就惨了。所以，往后推一推好！

　　"二呢，我现在还没有整死俄哈狗家伙。我如果负责护矿，他肯定会对进出金矿的路想方设法搞袭击抢劫，这样，一是发泄他认为你们霸占开采他的金矿的心头恨；二是借中央军对我护矿不力治罪，狠狠打击我！"

　　凌总舵爷听了阿嘉松这番话，觉得确实有道理，犹如亏了财似的长叹一口气。

屋子里出现寂静。

过了一阵，阿嘉松示意麦其崩老板。

麦其崩老板于是站立起来，对凌尔武抱拳作礼，高声说："禀总舵爷，重新开采噶布金矿的事，虽然暂时不搞嘛，但是岩石里的金子不会跑嘛。那条沟山崖里的金子，迟早都是您总舵爷的！眼下，我们有一桩发财事，好事不敢忘了您大总舵爷，所以我们想请总舵爷您参加！"

"什么发财事？"凌总舵爷贪婪，一下就来了兴趣。

麦其崩老板说："办个大酿造作坊！总舵爷你是晓得的，我们松潘原来那个小酿造作坊，一点点大，做的酱油醋又少又差劲，还被军队全征了！总舵爷您是知道的，从六十一师进驻县城以来，这么长的日子里，我们松潘县，不要说普通人，连大户人家有钱人，都没有酱油醋吃。"

凌尔武一听，感兴趣，一边点头，一边连声说："是啊是啊！"

麦其崩老板继续说："总舵爷你是晓得的，这次中央军来了就不走了。他们今后长住我们雪山草地，要吃多少酱油醋，多少豆瓣甜酱啊？还有，仗打完了，我们松潘县的人口肯定要增加，所以新开办个大酿造作坊，今后市场有的是，生意大得很啦！凌总舵爷，您和我们泽旺商号合办大酿造作坊，是不是我们都发大财啊？"

面孔一贯阴冷的凌总舵爷脸上出现贪婪笑容。他转头看看包二哥等亲信手下，见个个都称赞是好主意。于是他转头向着阿嘉松和麦其崩，问："办酿造作坊，市场不用说了。但是技术呢？"

麦其崩见凌尔武被说动了，一下激动，站了起来，嚷说："技术有，技术有！从去年赤匪红军打下绵竹县，占领茂县至今，各处难民多得很，里面什么样的人才都有。我阿哥一直想办酿造作坊，便留心在难民中打听会酿造的技师技工，还悬赏中介人。于是前不久，有人给我阿哥介绍了会酿造的一个技师和一个技工两人。"

凌总舵爷一下前倾身体，很感兴趣地问："一个技师一个技工两个会酿造的人？哦，你们已经找到技术了？"接着说，"那行，那我们两家就合办酿造作坊。"

包二哥问："酿造作坊的原料，有没有问题？"

"没问题，没问题！"麦其崩见凌总舵爷同意，心里狂喜，眉飞色舞地说，"酿造酱油醋和做豆瓣甜酱，要不了多少原料。有的原料，像辣椒花椒胡豆，我们这个地区就产。有的原料，像黄豆啊八角、山萘等大料，我们现在一方面可以从军队里搞出来，一方面我们自己到内地去采购，没问题！"

凌总舵爷一拍桌子，高声道："说干就干！"然后霸道言语，"说定了，我们两家股份六四开，我六你四，我控股！"然后不容阿嘉松和麦其崩老板答应，又接着问，"那两个会酿造的技师技工现在哪里？马上唤他们来，我当面看一看，问一问！我方派出建酿造作坊的人，我马上指定。我们双方尽快商量，选址建厂……"

ཤེལ་དཀར་མདོག

第五十五章　女人皮

1

俄哈土官的官寨院子中，一张女人的人皮摊晒在木板上。

人皮收藏，需在深秋干燥时翻晒杀虫。院子里一个农奴端着一钵毒药水在人皮上小心翼翼地涂刷。吹晒一阵后，农奴把人皮翻面，又涂刷上毒药水。

这张女人的人皮是邪教伪喇嘛的。杀虫药水也是他用毒草和毒石熬制的。邪教伪喇嘛住在俄哈官寨里，俄哈土官专门为他改建房屋，作临时的邪教殿堂经室。

在藏区，这种人皮人头骨之类的东西，许多有权势的处所都收藏有，不稀奇。但邪教伪喇嘛的这张人皮比较难得。因为人皮太薄，尤其女人的脸手部位，因此完整剥皮很难。防腐处理也易损坏。但这张女人人皮连乳头和唇部的皮都剥了下来，而且毛发完整。

邪教伪喇嘛还有许多这类恐怖而稀奇古怪的法器，如人腿骨笛子、骷髅手鼓、人天灵盖神灯等。对于这张人皮，邪教伪喇嘛宣扬说是个美貌女人的。说美女成妖，喝血吸髓。他请天神锁拿美女妖，然后，天神留下这张皮，赐给他做驱魔镇妖的法器。

今天，邪教伪喇嘛外出了。他偷偷去一个地方考察，俄哈土官与他密谋在那里建邪教寺庙。那地方风景独特美丽，风水上佳。但，那是部族的公地，俄哈土官和邪教伪喇嘛还不敢明目张胆去侵占。

肥胖的、满脸疙瘩肉的俄哈大土官午睡后，下楼到院子中，又站在女人皮前饶有兴趣地细看。女人皮上午晒出后他就观赏了好一阵，这是第二遍了。残暴的人嗜好恐怖凶残的东西。

从官寨大门外传来驮马队由远至近的铃声蹄声。

不一会儿，俄哈土官的财事管家骑在马上进了院子。他后面是几匹驮马。财事管家看见俄哈土官站在院子中观看人皮，赶紧从马背上滚下来，弯腰小跑过去，对俄哈土官鞠躬致礼。

俄哈土官喜滋滋地问："银圆给我带回来啦？"

前几天，县政府来通知去领钱，是中央军对他的部族征调粮食牛羊物资和徭役劳力畜力的补偿费。俄哈土官便差派财事管家去领取。

财事管家支支吾吾。

俄哈土官见状，料事不好，脸色变黑。他恶狠狠地骂了一句："窝囊废物！"然后转身扔下一句，"上楼说！"

肥胖的俄哈土官进了二楼衙厅，一屁股跌坐在大榻上，喘了一阵粗气后，又问："银圆带回来了吗？"

中央军来后的大量征派，开始还付了一点点纸币。视财如命的俄哈土官将那些纸币全部扣在手上，过后发现纸币渐渐变成废纸。于是他对国民党的纸币排斥拒绝。这次县政府通知去领部族的补偿款，俄哈土官便命令财事管家不但要力争多获得补偿，而且必须全是银圆。

财事管家头冒虚汗地回答："禀老爷，没有拿到银圆。"

俄哈土官立马大怒，不等解释便破口骂起来："你没有拿到银圆？那你带回的是什么？又是一堆烂纸？我不是交代了吗？我只要银圆不要纸币！你敢不按我的话办差，你想挨鞭子抽啦？"

"老爷息怒，老爷息怒。"财事管家急忙解释，"不是我一个人没有拿到银圆，所有去县上领钱的人，都没有拿到银圆。老爷，您听我慢慢讲。"

财事管家叙述："我到了县上一看，这次通知去领钱的，是县城周围的藏族部落和大喇嘛寺，有四十多家，都是派的财事管家去。我们相互一问，得知所有的部落头人主人老爷和喇嘛寺住持，都是一样的吩咐：只要银圆不要纸币。

"在县政府开会时军代长先讲。他说，赤匪虽然被打散跑了，但没有被彻底消灭，还有一大股不久后要流窜来我松潘地区，抢掠烧杀。因此松潘现在还是战乱时期。军代长说，侯军长抵抗赤匪不力，蒋委员长不要他管我们这片雪山草地了。我们这里，归中央军管了！

"军代长说，中央军和川军不同，是现代军队，有飞机，炸弹可以随时落到任何土官的官寨顶上，落到喇嘛寺庙里。军代长要我们禀报各自的主人老爷，要向臣属平民百姓宣传，中央军就是藏族人头上的神！"

俄哈土官一听什么"中央军是藏族人头上的神，可以随时往官寨丢炸弹"这些话，心里马上不舒服。他不耐烦地说："好了好了。说银圆的事情，说补偿款的事情！"

"说到补偿款，军代长先讲一通，说赤匪红军专杀当官的有钱人，说如果不是中央军来到，赤匪早就把我们藏族所有的土官头人、贵族有钱人都杀光了，把喇嘛寺都烧光了，把所有藏族人的钱财抢光了！所以，他们中央军来打赤匪，是保护我们藏族人，尤其保护藏族有权有钱的人。军代长说，因此按理，中央军对藏族的征调应该是无偿的。"

俄哈土官一听马上急了，嚷道："什么？他们中央军想赖征调钱？哦，他们中央军说飞机炸官寨，说了半天，意思是吓我们吃哑巴亏，不要向他们讨钱了？"

"是，是。中央军是这个意思。他们欠得多、补偿得少，他们知道大家要闹，就编这套话，哄我们，吓我们。"

暴脾气的俄哈土官气得眼珠子凸出，说："怪不得他们中央军催死催活地命令我们去给他们修飞机场？原来他们想用飞机丢炸弹来威吓我们，强迫我们！"

"是呀是呀。军代长说威胁话，不但封我们要银圆的口，强迫我们收纸币，而且，还想今后用飞机丢炸弹强迫我们多上缴。"

这话更如针刺俄哈土官，他急问："怎么又说到今后多上缴？"

"是这样的。老爷，军代长讲完了话，有个胆子大的年轻管家站起来问，说你们中央军管我们，你们中央军说用纸币，那么，今后部落对你们中央军的上缴税赋，能不能全都用这个纸币？他还问，川军年年涨赋税，中央军会不会也年年涨？"

俄哈土官一听，惊喜，连说："问得好，问得好！那个年轻管家是哪家土官的？该奖赏该奖赏！军代长和汪县长怎么回答的？"

川军十八军统治雪山草地近十年，税赋沉重，而且规定交税赋用粮食牛羊皮毛等实物，连税赋中比例不大的银圆也渐为鸦片取代，不收纸币。中央军是知道这个情况的。胡宗南入川部队十万人，所需给养巨大，如果所收赋税全是自己发出去的泡沫纸币，后果不堪。

财事管家回答："当时会场里响起一片赞成这个问话的声音，乱哄哄起来。军代长发怒，大吼说，现在是战乱时期，所有事情要服从军令！眼下军队供应困难，一切要以国家为重，以消灭赤匪为重。如有不从者，按违抗军法重处。

"然后，汪县长也跳起来，样子凶恶得很，声音像狼叫一样尖，说这个纸币叫法币，是国家法律规定的钱，是代表中央代表蒋委员长的。说不接受纸币，就是不接受中央的管治，不接受蒋委员长的领导，是土官要剥夺世袭权位，是活佛大喇嘛，要抓起来关在山洞里苦修到死！"

俄哈土官一听"军法重处""剥夺世袭权位"等话，蔫了。他本就有心口痛的毛病，现在对中央军愤愤又畏惧，气得血痰上涌，堵在喉咙里喘响，脸色乌紫，心口又痛起来……

2

在阿嘉松的反俄哈斗争指挥部的场地中央，竖着一根高大旗杆。旗杆顶上，六面硕大的色彩各异的旗帜如花开六瓣般高挂。大旗漫卷西风，气势磅礴。

在风中翻卷的这六面大旗是嘛呢经旗，上面重彩画着镇魔的法器图案，并写有驱邪藏传佛教经文，且都经过曲吉大喇嘛寺的加持开光。高原劲风把硕大的嘛呢经旗吹得呼啦啦响。

作为对敌斗争指挥机构的所在地，理应尽量隐蔽。但现在阿嘉松阵营的斗争气势非常高涨。从各山寨来到这里的性格强烈的藏族人，都希望看到最高统帅部展现威风气势。阿嘉松拗不过他们，同意竖起这公开宣战、弘扬战斗气势的高大嘛呢经旗。

晋老掌柜和迈斯明大老板在阿嘉松的带领下，参观这里。他们两人看到阿嘉松的麾下人人精神饱满，运作紧张有序，深切感受到阿嘉松阵营的昂扬斗志、必胜气势！

晋老掌柜和迈斯明大老板是昨晚到这里的。他俩一贯支持阿嘉松推翻俄哈土官统治的斗争。听说阿嘉松竖起了战斗大旗，公开了斗争指挥部，他二人惊讶，激动兴奋，关切中且有担心和疑问，因此相约，特地来实地亲眼看看。

他们还给阿嘉松捐赠斗争经费。

麦其崩老板没有来。县城里，与凌总舵爷合股的酿造作坊已经开工建设，江技师和楚技工两位红军人员也在现场开干，麦其崩老板需要顾着那头。那个作坊，凌尔武想把控核心，对阿嘉松提出：江技师和楚技工二人归属为他的人，并加入袍哥。阿嘉松心中大喜，但假装很不愿意，说原来聘他二人来松潘办作坊时，曾许诺他二人占两成股。凌尔武看重实实在在地把控作坊，坚持江技师楚技工必须归为他的手下，他将自己所占六成股分两成给他二人。

见果洛没有在这里，晋老掌柜和迈斯明大老板问起他。

阿嘉松答说："我派果洛到我的达欧部落去了。我跟达欧大头人说好了，这段时间，他的官寨部落兵马由我的果洛阿弟掌控。"阿嘉松说在自己的部落里，自己的威望和实力都远高于达欧大头人。所以达欧大头人对他畏怯，勉强同意将自己的人马暂交果洛掌管。当然，阿嘉松保证不用此武装伤害他的权位，并付给他不菲租借费。

迈斯明大老板听后，欣喜说："哦！这么说来，你的阵营的武装力量，除了部族民众拥有的大量刀枪外，你还掌握有嚓娥太太和达欧大头人的两支部落武装人马！好家伙，你的力量真够强大的啊！你既占道义，又占实力，必胜无疑啊！"

中午，曲吉活佛设宴，款待迈斯明大老板和晋老掌柜二位稀客。

赴宴前，阿嘉松告诉他二人，曲吉活佛是抱病接见款待他们。

阿嘉松解释曲吉活佛的病因，说："俄哈土官见他的力量不行了，就搬救兵。他和七八个藏族部落有联盟关系，盟约互相要援助打仗。俄哈土官最近向那个联盟提出，要求派一千人马支援他。消息被曲吉活佛得知。

"于是曲吉活佛亲自骑马到那个联盟的七八个部落，对那些土官或者大头人一一进行恳谈劝说。曲吉活佛年事已高，那七八个部落转一圈路途很长，加之现在进入冬寒，风很大。所以活佛回来，身体累病了！"

阿嘉松说到这里，现出对曲吉活佛的感激之情。

迈斯明大老板和晋老掌柜进了曲吉活佛的府邸，见里面很是陈旧，用具也简朴，不禁大为感叹！虽然他们已经听过阿嘉松对此讲述，但亲眼见了，还是吃惊，当然对曲吉活佛也更加敬佩。

活佛的晚宴也没什么，无非是酥油炸制的面点多几个样式：用洋芋做的糍粑，煎炸煮拌做成几道菜。只有一种菜品稍独特，是虫草煮人参果加山梨膏，味美。人参果是当地山里的一种野生植物果实，并不贵。贵的是虫草，当然做山梨膏的白糖在高原也稀缺。

曲吉活佛明显体弱。他给两位大商人摸顶赐福，然后靠坐在大榻上喘气。整个晚饭他很少吃，却很慈祥地数次请阿嘉松和两位大商人多吃点，慢慢用餐。

吃完饭后，迈斯明大老板和晋老掌柜怕活佛受累，言谢，提出告辞。

曲吉活佛却亲和地说："你们回到客房，也没什么事，就在我这里多坐一会儿吧！你们三人是至交好友，但都各自很忙，难得在一起休闲。这屋子里暖和，你们就在我这里多聊一会儿吧！"

慈祥活佛的亲切话语，使三人心里很是温馨。他们感到虽是自己闲聊，也是陪陪老活佛，于是又重新坐下，放松聊天。

佛门人不多语。曲吉活佛和作陪的生意大喇嘛盘腿坐在卡垫上，指捻佛珠，半眯眼睛，对他三人聊天，似听非听。

迈斯明大老板和晋老掌柜对俄哈土官敌对势力，心有担心地关注，于是阿嘉松讲述了俄哈阵营现在的情况。其中讲道：俄哈土官的亲信和身边人，目前已经人心惶惶，甚至有部分人已经暗降他……

在阿嘉松心里，一直以来他始终惦记着一件重要事情：即对流落红军战士的收留保护。这件事，喇嘛寺庙的宗教势力是可以起很大作用的。于是他想对曲吉活佛提起。但他认为需要合适机会和合适方式。眼下，在曲吉活佛屋子里的环境和气氛，他认为是机会！

于是，阿嘉松利用与迈斯明大老板和晋老掌柜聊天，找了个机会转移话题说："这些日子，各山寨来我这里的人常提到红军流落人员。我就对他们说，我佛教谕我们大家要慈悲行善。现在山山寨寨都缺劳动力，你们就劝有条件的人收留他们干活嘛。"

中央军和国民党政府曾经到处张告，下令百姓：对所有红军流落人员都必须捆交官府领赏，或者就地处死，一律不得救助收留！

因此，迈斯明大老板说："你说话也真够大胆的啊！不过，你说的是对的。世界公约就有不虐杀俘虏这一条，何况这些人现在已是难以活命。收留了，既救人一命，也有利自己。"

晋老掌柜说："话是这个理，但山寨里可能还是不敢这么做啊！"

阿嘉松说："是的。我只能尽我的力，影响达欧大头人、嚓娥太太和黑水的索赫大头人。"

"索赫大头人？"迈斯明大老板和晋老掌柜同时惊讶出口。他们问："达欧大头人和嚓娥太太就在这里，你可以直接影响他们。索赫大头人在黑水，离这里相当远，你怎么想到要去影响他，你怎么去影响他？"

阿嘉松很沉重地说："黑水地区流落的红军很多。黑水本来山高路险，而红军好几万人来回两次通过那里。红军本来就一直缺粮，所以他们翻那些一座连一座的雪山，饿死、累死以及流落到那里的人，非常多。"

晋老掌柜仁慈，听到这里不禁叹气插话："唉，听说啊，走不动拉下的，很多都是小年轻人，还有些女的。唉——，何必都杀了嘛！"

阿嘉松说："所以，我就给索赫大头人写了封信。信中说，'您在喇嘛寺长大，佛门慈悲融入您的血里。黑水山多人少，缺乏劳动力，你作为黑水之王，也需要人口干活'。我信中说希望他传话给黑水各大小部落和各喇嘛寺，容许他们收留红军流落人员，干活种地放牧，不要杀了。"

晋老掌柜惊惧："你，你怎么写信？你这不是留下同情赤匪的把柄？"

"不会。信上我没有落名。当年川军打黑水，我跟索赫大头人约定了相互信件的落款暗记，都不写名字。这是一。二呢，索赫大头人对红军多少也有点情。"

迈斯明大老板问："多少有点情？这话怎么讲？"

"怎么讲？你们用川军打黑水来比较就明白了。川军第三次'进剿'黑水，混成五旅几千人全部被索赫大头人打死在里面。这次红军来回两次路过黑水，索赫大头人与红军打过仗没有？……不仅没有大仗，那些零星交火连小仗也算不上。当然啦，一枪不放也不行，否则就别想当大头人了！"

晋老掌柜点头，说："确实。一枪不放不行。放几枪，索赫大头人这边与红军相安无事，那边还得了国民党的奖赏。"

阿嘉松说："是啊。就从奖赏内容也看得出。红军进黑水前，国民党要鼓励索赫大头人打阻击，中央政府就封他'松理游击剿匪司令'，省政府封他'松理茂守备司令'。红军走了，中央政府暗责他对红军留情，对他不满，翻白眼。"

晋老掌柜问："对索赫大头人不满，翻白眼？何以见得？"

阿嘉松说："从省政府对他的奖励中表现出来。奖赏无钱，只是冷冰冰的两丈缎子。这就清楚表明！"

"两丈缎子？"迈斯明大老板觉得奇怪好笑，问，"两丈绸缎是怎么回事？"

阿嘉松解释："对我们雪山草地的藏族首领没有与红军死拼，官府很不高兴，但如果惩罚，又更坏事……为什么？法不责众，而且还影响闹得又大又坏。

"于是，官府就勉强装模作样地奖赏一点，哄骗世人，说藏族人也打了红军。

"我看了省政府的奖令，其《奖赐夷人奖状奖章暨各种服用物品分量表》中，写明对索赫大头人的奖励是：赐一个奖章，一张奖状，紫色花缎袍料一件。缎料不但注明新尺两丈，还专门说在灌县商店买。"

晋老掌柜说："这、这叫什么奖赏呀？真好笑！"迈斯明大老板也觉得莫名其妙，问，"就两丈绸缎？还说在灌县买，什么意思？"

阿嘉松轻蔑地说："什么意思，还不是官府有意自贬奖赏。你们想，以前皇帝奖赐，除了金银，那绸缎是多少多少匹。这次省政府奖赐，生怕多了，专门注明'新尺两丈'。而且绸缎嘛，如果是国库里的苏杭珍稀锦缎，也多少有点意义嘛。咳，还专门注明就在附近小县买普通货。你们说，这是不是表明官府是内心不满地搞假奖励？"

晋老掌柜想了想，说："川军进黑水，败退时把大头人的官寨，把老百姓的房子全烧光，而且使黑水藏族人死伤无数。这次红军数万人来回穿过黑水，不烧不杀！黑水藏族人和索赫大头人，拿川军比红军，心里是会多少有点情的。"

阿嘉松说："所以，我才有把握给索赫大头人写信，提出希望他发话'容许收留红军'。"

阿嘉松三人聊此敏感话题，不能不引起曲吉活佛和生意大喇嘛的注意。他们听完了，都明白阿嘉松是有意对他们讲，希望曲吉大喇嘛寺也宣谕教众：不要残杀红军流落人员，尽量收留他们。

于是，曲吉活佛看了下生意大喇嘛。见生意大喇嘛点头，曲吉活佛便吩咐他说："我佛博爱，普度众生！明天，你通知各位大喇嘛，在我府邸里开这个会，救流落我教区的红军人员，慈悲为怀……"

3

初冬轻雪，随风稀疏飘落。山溪林野为薄雪轻掩，别有景致。

山林中，阿嘉松带着数骑人马匆匆赶路。奔驰的骏马鼻喷白气浑身飘汗。阿嘉松也热得英武脸膛发红，汗浸额头。但他仍不断扬鞭催马。

阿嘉松急急赶往县城，因为出现火急而重大的情况。

他得到从县城送来的急报：一是俄哈土官刚从县政府里领走几大箱银圆，这批银圆的相关情况较多，都是对俄哈土官发起攻击的关键证据，必须阿嘉松去亲自听取。二是俄哈土官要建的邪教寺庙选址暴露。其事现被努科长卡住，但随时可能被汪县长以政府行文批准。如果那样，将对攻击俄哈土官产生很大不利。此系危机，急需阿嘉松火速应对。

阿嘉松进县城带了三名反俄哈斗争指挥部的成员，其中一人穿着袈裟。他是曲吉寺的负责教区俗政的温布大喇嘛的助手。

初雪渐停。西天冬云裂出缝隙，夕阳半露，残光照松潘城楼。

阿嘉松等人汗流气喘马乏人累地进了松潘县城。一回到泽旺商号，阿嘉松便吩咐麦其崩老板，叫他派人去请努科长前来。

晚饭后，努科长喜冲冲地来到泽旺商号，因为他心知今晚阿嘉松会给他丰厚酬金。为此他特地挎了一个很大的牛皮公文包。当然此时公文包里装的是阿嘉松需要的东西。

在商号的藏式会客室里，阿嘉松向努科长介绍随自己一起来的指挥部三人，并对努科长说，他们是自己的亲信谋臣，自己特地带来当面听他讲述重要情况。努科长明白这是要他无顾忌直言，点头诺诺。

简单礼节话后，阿嘉松开始谈正事。他说："努科长，你把俄哈土官的两件要害事给我摸清了底，我当厚谢！有劳请把情况详细讲讲！"

努科长于是开始讲述："中央军的补偿费上次发纸币，好事变坏事，搞得到处乱翻翻气哄哄的。尤其是藏族部落，惹起更大不满，反误了军队的事情。军队把这个情况紧急上报，申请了一批银圆下来。俄哈土官刚领走的，就是这批银圆。"

麦其崩老板问："发纸币为何反误军队事情？"

努科长解释："中央军几万人驻扎这里，对他们的供给和杂役使藏族各部落一直叫苦。现在入冬了，军队更有两件急事加重部落负担。一是修那个飞机场，现在泥土开始上冻，再到隆冬就无法动工了，所以那里现在工期赶得特别紧。二是现在已经开始下雪，可是军队的过冬物资，粮食棉衣棉鞋等还差许多没有运进来。军队要在大雪封路前抢运完，所以对藏族部落的人力畜力粮食饲料，需要量大而且催得又紧！

"但是，现在部落首领拿着不值钱的纸币心里冒火，部落百姓一点补偿费都没得到更是愤怒。这上上下下全心里有气，干活磨磨蹭蹭，对出粮食出骡马出草料抵触得很。所以，给军队误事的情况你就可想而知了！"

努科长喝了一口酥油茶，接着说："而且根据可靠情报，在金川和甘孜两处会合的两股红军，已经定下时间：今年夏天，他们便开拔北上，企图又经过我区域，打通甘肃，到陕北。你们说，面临拦截赤匪红军的大战，到时候，现在一肚子气的部落藏族人倒向那一边，你们说后果有多严重？

"所以，松潘行营把这些情况报上去，蒋委员长马上特批了一笔银圆作补偿钱，紧急运到了我们松潘。"

阿嘉松明白了这笔银圆的来由，问："这笔补偿银圆多不多？"

努科长回答："不多。军队说，中央要坚持在藏区推行纸币，因此对地方补偿仍然用纸币。这笔银圆仅是特例，仅发给部分藏族部落，就是眼下承担有军队紧急任务的，比如修飞机场啊，抢运军队冬需物资啊的这些藏族部落。而且对他们也发得不多，一般按其申请领取数的二三成下拨。"

"按申请领取数的二三成？那么少？"麦其崩老板想到这个补偿数额，自己家的被征派肯定得不到任何补偿，一下冒火，说，"肯定军队和你们县政府克扣了不少，是吧？"

"那是当然的。不过具体克扣多少，只有军代长汪县长他们几个当官的知道。"努科长很不满地说，"我们是沾不到边的。"又说，"听说这笔银圆，刚出中央银行金库，就被中央不少高官揩了油！"

麦其崩老板想到国民党大小贪官喝老百姓的血，气得开骂。

阿嘉松也沉下了脸。不过他用手势止住麦其崩老板嚷骂，问努科长："那，俄哈土官领银圆，是怎么个情况？"

努科长从公文包里拿出一个册子，递给阿嘉松，说："这是我花钱请人誊抄的。是俄哈土官呈报县政府申请领取补偿费的分类明细。"

阿嘉松翻开厚厚的册子，见第一页是申领总金额。翻开第二页，见是玉米洋芋青稞等各种粮食的数量和金额。再快速浏览后面，分别是人力、畜力、牛羊、草料、木料、杂物等等。

阿嘉松看后，问："俄哈土官上次领回的纸币是多少？这次领的银圆是多少？"

努科长又从公文包里取出一张县府用笺，说："这是我抄下来的俄哈土官实领纸币和银圆的数额。"

阿嘉松看后，谨慎再问："这两个数字，绝对没有错吧？"

"没错，没错！"努科长提高声音表示绝对无误，说，"两个数字，我做了核对，我还仔细验看了领钱人的签字和手印。绝对无误！"

阿嘉松将册子和笺纸传给麦其崩老板等人看，同时斩钉截铁地说："这个领钱数量，我敢完全断定，俄哈土官除了个人捞取一些，其余会全部投去修建邪教鬼庙。就连大头人，包括像嘟嘎哇那几个死跟他的大头人，都拿不到一分钱！"

麦其崩老板嚷嚷说："肯定，肯定！俄哈肯定要全吃。所以他肯定要把他领了钱领了银圆的事情隐瞒起来，不让我们部族的人知道！"

麦其崩老板这一嚷，大家想到一个问题：仅凭写有数字的县府笺纸做俄哈土官领钱私吞的证据，力度不够。

温布大喇嘛的助手问："努科长，俄哈土官要隐瞒他领了补偿银圆，我们还能用什么来揭穿他呢？"

"我已经替你们想到这个问题。"努科长说，"我也估计到俄哈土官要隐瞒领钱的事，正好，这次发的银圆很独特，过去我们松潘从未有过。所以我就替你们留了这个心。"

努科长从公文包里取出三枚银圆，分别交给阿嘉松、麦其崩老板和温布大喇嘛的助手。这三枚银圆崭新，亮闪闪的。

努科长说："怎么样？在我们松潘，还没有过这种银圆吧？军队的人说，这是中央财政最新制造的银圆。你们看，银圆上八个汉字：'中华民国二十三年'。今年不是民国二十五年吗，前年才造的啊！"

努科长又解释银圆图案说："银圆中的头像是孙中山孙总统。怎么样？比袁大总统的胖脑袋小多了吧？军队的人说，因此内地喊这种银圆叫孙小头。背面不是有两个帆船吗？因此又叫船洋。俄哈土官想隐瞒领银圆，你们就从这种银圆抓他的把柄。"

麦其崩老板举起崭新银圆，说："对对，我们松潘过去没有这种银圆，这是把柄，这是把柄！"他又摩挲银圆说，"新银圆做得好，不晓得里面纯银成色是多少。"

从北洋政府以来，中国各地军阀私制滥造银圆几十种，面相劣陋，掺杂贱金属。国民党中央政府制作了几批银圆，其含银也不一。

阿嘉松制止麦其崩老板："努科长还有情况要讲。"

努科长继续说："还有个情况：装运这批银圆的是铁皮箱子，两边有提手。铁皮很薄，军队的人说叫钢皮，结实得很。箱子漆成猪肝色，上面用机器压了'中央银行'四个大字。每个字两寸见方。

"发银圆的时候，规定必须买这个箱子。箱子造价很贵，但不容商量，发钱直接就扣了箱子钱。所以，如果你们在俄哈土官家里找到这种铁皮箱子，也是他领钱私吞的证据！"

大家就这批补偿银圆的这些情况，议论起来……

天色已黑，屋里点起油灯。

补偿银圆的事情议论得差不多了，阿嘉松做了个安静的手势。

灯下，阿嘉松说："努科长，俄哈土官要新建寺庙的情况，请你讲一讲。"

努科长开讲："俄哈土官派来县府领取你们部族补偿银圆的，是他的总带兵官、财事管家和书幕三人。他们还带了十多个官寨藏兵。领走银圆后的当天晚上，书幕来到我家，说俄哈土官有件事要托我，然后拿出给我的办事钱。

"我一看，这俄哈土官还真他妈吝啬，钱不多不说，还全是纸币。我问有什么事。书幕说，俄哈土官准备建一个新喇嘛庙。地点在黄龙沟上面。"

"在黄龙沟上面？"温布大喇嘛的助手等人一听都大惊。麦其崩老板震惊且愤怒，他嚷着问："俄哈土官要在黄龙沟上建鬼庙子！"

阿嘉松也现震惊神色，但他压住情绪，对麦其崩老板喝止："不要插嘴，听努科长说。"

努科长继续说："俄哈土官的书幕说，黄龙沟上面，古时候有个寺庙，现在是废墟。俄哈土官准备在那个地基上建新喇嘛庙，所以派他来见汪县长，想讨个政府批准文书。书幕说，请我先给汪县长禀报一下，同时摸个底要多少钱。

"我一听，感到奇了怪了！自来藏族人在各自地盘上修建喇嘛庙，从来就不用报政府，政府也从来不管这种事。这个俄哈土官不但要专门禀报，还要花钱买批准文书。这不是脱了裤子放屁——多事吗？

"这一夜我琢磨这事。我想俄哈土官是有名的吝啬鬼，平时该孝敬我们县府的钱他都舍不得，他怎么会平白无故给汪县长送钱？我得搞清楚。于是第二天上班，我没有去禀报汪县长。

"晚上，书幕又来我家，问我给汪县长禀报没有。我便问他：俄哈土官为什么要买县府批文？他支支吾吾。我就口气很硬地对他说：'你们想买县府批文，但批文上面得写事由和批理。你什么都不说，我怎么给汪县长禀报？'书幕见我态度坚决，迫不得已说，黄龙沟古时候，上面有个黄龙寺，是官家寺庙，所以那块地就是官地。他说，现在古庙成废墟了，俄哈土官想要用那块地建新庙，但那块地是政府官地，所以就请县政府批给他用。

"我一听什么'官庙官地'的说法，心里迷糊。于是第二天上班我去问老师爷。老师爷想了一阵，然后取出《松潘县志》一翻，果然上面写着：黄龙寺，明兵马使马朝觐所建。亦名雪山寺。相传黄龙真人修道于此，故名。当时，老师爷还说：'既然当年寺庙是朝廷的武官修建，那庙算作官家的庙，地算作官家的地，勉强可以牵扯上！但这都是几百年前的事，现在庙也倒塌完了，人们都忘干净了，俄哈土官还提这个干什么？'

"老师爷这一提醒，我明白其中有鬼。我想这个俄哈土官，明明这块地在他的领地范围内，与政府无关，他却非要说成是官府的地，还非要出钱买一纸批文，这里面一定牵扯大事。我再一想，俄哈土官眼下最大的事，就是跟曲吉大喇嘛寺斗，跟你阿嘉松千户斗。于是我推断俄哈土官买批文，一定与你们之间的争斗有关，而且还事关重大要害。所以，我就赶紧给您报信！

"还有，那个书幕现在就住街上旅馆，天天来我家催问。如果他不耐烦了，他要直接去见汪县长说这个事情，我就没辙了啊！所以这事怎么办，阿嘉松千户你得尽快给我回个话哦！"

努科长的这一席话，听得阿嘉松和麦其崩老板等人震惊，且有些发蒙，大家一时无语，屋子里出现沉寂。

努科长想到自己打探的情况全说了，觉得该要酬金了，说："阿嘉松千户，我要给你报的信，我说完了。天晚了，我要回去了。还有什么事，尽管吩咐。"

阿嘉松神色凝重，说："努科长你的帮忙，我感激不尽。情况我已经知道了，我马上考虑，尽快给你回话！"然后吩咐麦其崩老板去取钱。

麦其崩老板出去后很快回来，把一大盘银圆放在努科长面前。努科长一看酬金丰厚，欢喜得连声喊谢。他把银圆装入公文包后，站起来哈腰说："阿嘉松千户你赶了一天的路，够累的了，您请休息。我就告辞了！"

努科长走到门口，又回头说："阿嘉松千户，我知道你们肯定想阻拦俄哈土官在黄龙沟上面建他的邪庙。但是，你们也知道，汪县长是见钱眼开的人。那块地跟政府毫无关系，俄哈土官要送钱，汪县长是不收白不收！所以，要想拦住这事，难啊！"……

4

第二天黄昏，中央军第六十一师医院刚到下班时候，洪老中医便匆匆到食堂拿了两个馒头，离开了医院。

他上午得了麦其崩老板的口信，向医院上级请了个下班离开医院夜里回医院的短时间假。

洪老中医边走边吃馒头，每到拐弯处用眼角余光看后面有无跟踪。他还故意挑了两个狭窄长巷穿过，落实了确实没有尾随盯梢。走到鼓楼闹市的大旅馆门口，他在进门时貌似自然地转头看了一下。

店伙计引他上楼到一间上房。门外，洪老中医看见了阿嘉松的随仆和护卫，进屋，看见阿嘉松麦其崩老板和江技师楚技工四人。

按地下工作规定，他们潜伏三人不轻易见面。但应阿嘉松的要求，因其事情极为重要，他三人才都来此。阿嘉松也知道，即使自己与他三人的接触，也要力避他人察觉知晓，所以他留指挥部的三个亲信在泽旺商号里。

五人坐定，麦其崩老板立即开讲，将昨夜努科长在泽旺商号的所谈细叙。

听完后，楚技工问："那黄龙沟是条什么样的沟？不是说藏族部落所有的山林都是土官头人的吗？那条沟难道不是俄哈土官的吗？"

阿嘉松激动起来，亲自解释说："我们黄龙沟，那景色之美，简直就是仙境。无数五彩水池从沟顶而下，就像龙鳞一般。沟里还有温泉，水一年四季都发烫，有股药味，可以治病。尤其是皮肤长癣长疥疮，多泡澡就好了。上面还有神洞，不怀孩子的女人进洞求神也灵。因此啊，那里一年四季去的人不断。到了夏天，几百里外的人都要来。不光我们藏族人，羌人回族汉人也来得不少！还有，如果哪个寨子哪家人发生大灾大难，比如瘟疫大火，或者其他不祥事，也讲究到黄龙沟去祈求山神驱邪降福。

"所以，在黄龙沟，每年藏历的六月初，都要召开盛大庙会三天，曲吉大喇嘛寺也来开大法会。我们部族所有寨子的人都来，远远近近也有很多人来。大家放枪放炮敬山神，洗温泉祛病旺气。大家热热闹闹地唱歌跳锅庄，喝酒玩耍。那三天，也就是我们部族的节日！"

说起黄龙沟，麦其崩老板也激动不已。阿嘉松一停顿，他立刻大声说："黄龙沟是天上菩萨赏赐给我们祖宗族人的，是我们部族的圣地！所以沟里不准任何人占地种庄稼，不准砍树，不准打猎挖药！所以黄龙沟是我们部族所有人的，从来就没有哪个土官头人敢说那里是他家的！"

洪老中医三人明白了黄龙沟的情况。

江技师说："哦，怪不得俄哈土官非要在黄龙沟建邪庙，原来他想借那里兴旺的人气，想利用那块宝地的名气，还想求那条沟的仙气！"

楚技工说："我明白了。黄龙沟这么好，但是是部族的公地。俄哈土官如果强占公地私建邪庙，大家就有理由反对。但是，他如果把古寺废墟弄成官府的地，有县府批文，就可以堵众人之口。"

洪老中医说："俄哈土官还有更深一层目的。当你阿嘉松带领部族民众阻拦他建邪庙，他动用武力造成流血事件，弄出民乱，汪县长因为收了赃银，不得不给他撑腰！他俄哈就可以借官府恶势给你阿嘉松栽罪，疯狂镇压部族民众！"

阿嘉松肯定三位红军潜伏人员的分析，凝神沉思。

过了一阵，阿嘉松说："俄哈要买县府批文的目的很清楚。他如果拿到县府批文，确实就坏了我们的大事。但是，汪县长汪野狼不是个好东西，他见钱眼开，所以他肯定会收钱开批文，你们说，这怎么办？"

这个问题把大家难住。一时拿不出主意，屋里出现沉寂，窗外的街市喧哗声传进。

麦其崩老板猴性，沉寂气氛让他发急。他嚷起来："就是俄哈狗家伙拿到汪县长的批文，也决不准他在黄龙沟建邪教鬼庙！那是我们部族的圣地，他在那里修鬼庙，不仅占了我们的公地，还把他的邪教屎桶子强按在我们头顶上。"他说到这里，更怒火上冲，挥动胳膊大叫起来，"不行，不行。他狗日的俄哈胆敢在那里修鬼庙子，老子们要拿枪去打！"

阿嘉松愤怒说："黄龙沟是我们的神沟，俄哈狗家伙在那里建邪庙，肯定会极大激怒我部族上下。到那个时候，即使我不发号令，山山寨寨也会有很多人拥到那里，有人也敢拿枪跟俄哈狗家伙拼的！"

洪老中医说："情况如果那样，阿嘉松千户你是不能坐视不动的！群众既然要愤慨拥去，即使俄哈拿有县府批文，你也必须站在前头领导指挥！"

楚技工马上接话说："是的！即使俄哈有批文，也要行动。只要吃准了俄哈狗家伙在黄龙沟上开工的日子，你就号令山山寨寨拿起刀枪去那里，把俄哈狗家伙围住抓起来，推翻他！"

江技师说："建邪教寺庙和私吞补偿银圆，是俄哈头上的两根绞索，不可或缺！所以，让俄哈拿到批文，固然有把县府和汪县长牵进来的不利，但，也有至关重要的好处，那就是俄哈土官会马上开始建庙！这样，阿嘉松千户，你就有了发起攻击的明确地点，有了准确时间！"

麦其崩老板一听，兴奋高嚷："对对，让俄哈狗家伙拿到汪县长的批文，让他疯狂开工。到了那天，我们才好把我们全部族的人组织到黄龙沟顶，漫山遍野地把狗俄哈围住，整他下台！"

洪老中医问："但是，如果汪县长因为受贿发批文，要给俄哈撑腰怎么办？比如派保安队，派警察去，我们怎么办？我们应该有这个对策！"

江技师和楚技工在筹建酿造作坊，因此对凌尔武和汪县长有仇隙，对凌尔武与中央军的关系等有所了解。于是他们说："能不能拿钱通过凌尔武总舵爷买通军代长，给汪县长定一个私卖政府公地的贪污罪！让他汪野狼无暇自保，更无法给俄哈狗家伙撑腰。"

此话提醒了洪老中医和阿嘉松。他两人肩靠肩地商议起来……阿嘉松一直凝重的脸色，化为喜捕战机的勇毅神情。

商量完了，阿嘉松对众人说："你们看这样行不行，我们叫努科长对汪县长说，政府的土地，是不可能无偿批给任何人的。既然黄龙寺遗址是政府土地，俄哈土官想要，就得花钱向政府买。

"还和他说，俄哈土官极为吝啬，如果政府卖价高了，他心疼钱不买批文了，汪县长就得不到这白送的钱。但如果卖价低了，这钱给了军代长后，汪县长就得不了两个。如果把事情瞒着军代长吧，假如今后俄哈弄出乱子，事情暴露，汪县长又会获'公地私卖'和'受贿私批文书'两罪。

"因此让努科长给汪县长出个主意，叫俄哈先送一笔钱来，汪县长收了后空口答应他用那块地建庙，不留下文字把柄。然后再对俄哈说，等他送够买地的银圆，县府就给他出地契出批文。

"以俄哈的吝啬，他肯定不愿意再拿出一大笔银圆。而且已经出了钱，不在黄龙沟上建邪庙等于白出血。所以，俄哈狗家伙会认为，既然有汪县长的口头答应，就有了官势撑腰，就可以开工建庙……"

第五十六章　天火

①

　　黄龙沟——藏族人的圣地，在宝顶雪山脚下。四周是原始森林的长沟，景色极为神奇美丽：千百个清澈见底的水池，池沿都是灿黄色的钙华乳石。彩池鳞次栉比从天蜿蜒而下，使这条山沟真如遍身金鳞的黄龙下山。

　　在沟顶，在古寺遗址废墟上，邪教伪喇嘛正在做开工法事。天气阴沉，寒风中夹着雪粒。几个小喇嘛声调不一地念经吹法号敲法鼓，其声音在湿冷稀薄的空气中更显有气无力。

　　俄哈土官在一旁的帐篷里睡觉。他早上天不亮起床，在寒风中骑马几十里到这儿，现在疲乏得要死。所以邪教伪喇嘛一开始法事，他就钻进帐篷躺下。

　　俄哈土官本想要搞个大的开工典礼，想通知所有大小头人带着百姓来参加开工仪式。他甚至想诱骗几个曲吉寺的喇嘛来，然后向臣民谎说是曲吉活佛派的贺庆代表。

　　俄哈土官所有的手下都怕出事，不愿搞什么开工庆典，竭力劝阻他。俄哈土官很不情愿地采纳手下意见，但现场的冷落气氛使他心头不快。这也是他闷头睡觉的原因。

　　帐篷外，俄哈土官的手下却不安起来。他们看见部落民众源源不断地出现。有的从四面森林里走出来，有的从沟下络绎不绝地走上来。俄哈土官的大管家与总带兵官商量，赶紧把带来的官寨藏兵布置成一个封锁圈，把出现的民众挡在遗址废墟范围外。

　　部族民众在封锁圈外停下。他们虽沉默不语，但脸色愤慨！他们虽站立不动，但情绪敌视！男人们都带着枪，只是没有做出射击拼杀的姿态。

　　部族民众越来越多地到来。他们不断汇聚，不断膨胀，形成浩荡气势：一种战斗前的列阵气势，决战前的待命气势。

　　封锁圈里，俄哈土官的手下恐慌起来，情绪紧张。做法事的小喇嘛们胆怯手软，法体敲得力乏声弱，法号吹得气虚音断。邪教伪喇嘛看在眼里，也如缩头乌龟，盘坐闭眼含糊念经，期盼俄哈土官收拾局面。

俄哈土官的大管家感觉形势不妙。在其他人的怂恿下，他硬着头皮进帐篷把俄哈土官唤醒。

俄哈土官出帐一看，蒙了。四周是黑压压的人群，但是又沉默不动。他觉得气氛不对，但又不知部族子民要干什么。

冬云压顶，山风凛冽。

俄哈土官看了一阵。他见部族子民拥到现场却无声不动，胆子又慢慢鼓了起来。他认为这是子民对他的势力畏惧；对他的权位臣服，是不敢不接受新庙的表现！蛮横昏聩的俄哈土官又张狂起来，举起马鞭问："这么多人是怎么来的？"

大管家胡乱回答："肯定是曲吉活佛和阿嘉松千户哄骗来的！"

刚愎的俄哈轻蔑一笑，说："我就知道是这两个家伙哄骗来的。来了又怎么样？还不是只敢规规矩矩地站在外面！"

俄哈土官发令："去，去宣我的话：他们既然来了，我俄哈土官就恩赐他们参加新喇嘛寺的开工庆典。马上安排人架几口大锅熬马茶加酥油加盐。来的人都听从安排做一点活路。做活路可以喝酥油马茶，再赏一人一碗糌粑。"

大管家说："老爷，我觉得情况不对啊！"

"什么不对？这些贱人娃子还敢怎么样？……嗯，人太多，多得像黑云？黑云又怎么样？未必还落得下大雨，砸得下冰雹？"

大管家刚要转身，突然满山人群爆发起欢呼喊叫声："啊——啰啰——，阿嘉松千户！啊——啦啦——，阿嘉松千户来啦！哦——呀呀——，阿嘉松千户老爷……"

部族万民的洪亮欢呼，藏族人特有的粗犷高亢喊叫，震撼山林！

众目所望，阿嘉松站立在一块突崖上，仿佛从天而降。他的周围是果洛带领的剽悍人马。阿嘉松高大的身躯昂首挺立，如指挥大战的将军，气度如君临部族的王者！

在人们的欢呼声中，阿嘉松走下突崖。在剽悍人马的簇拥下，他气势不可阻挡地走进俄哈土官的封锁圈。阿嘉松走到废墟正中，站立高处，逼视俄哈。

肥胖腿短的俄哈与高大英武的阿嘉松对峙，犹若蛤蟆对雄鹰。

阿嘉松身着柳曼卿赠送的镶金黄色豹皮的华贵藏袍，腰佩珍宝吊刀。即使在崇尚富贵的俄哈土官的爪牙眼里，他也更具王者风范。

阿嘉松气度恢宏地一挥手，部族万民立刻肃静待命。

俄哈土官见状，为了抢得先机，赶紧鼓气大喊一声："阿嘉松，你想干什么？你，你敢造反？"

阿嘉松蔑视一笑，声音洪亮地质问："俄哈，这里是神灵赐给我们祖先的圣地，是属于我们部族所有人的，你凭什么要霸占这个地方建你的私庙？"

"凭、凭什么？凭县政府，凭汪县长同意了的！"俄哈土官又鼓起山核桃般的眼珠，吼吓道，"怎么？阿嘉松你敢不遵从汪县长？你敢违抗县政府？"

"那你就把县政府的文告拿出来！"阿嘉松紧逼俄哈土官，"这黄龙沟是我们部族人的，汪县长怎么会同意你在这里建私庙？你把县政府的文告拿出来给大家看！"

俄哈土官一下愣住。他傻呆着不知所措。他的手下也表现出理亏心虚，惹祸缩头的模样。

漫山遍野的部族民众怒吼起来："拿出来！说有官府的东西，就拿出来！……拿不出来就是说谎骗人！……拿出来！……把官府的东西拿出来给我们看！……"

在一浪高过一浪的呐喊声中，部族民众挤破封锁线，往前压进。男人们把刀枪高高举起，在头顶上舞动。俄哈土官的官寨藏兵不敢有任何阻拦。他们有的抱着枪节节后退，有的把枪杵在地上呆立不动被淹没进人群。

部族民众围紧了俄哈土官等人。围在前面的都是强悍的持枪拿刀的藏族汉子。他们中有不少是果洛带来的两个部落的藏兵。

阿嘉松又一挥手，万民立刻肃静。阿嘉松又高声质问："俄哈，你建私庙的钱是哪里来的？"

俄哈土官一听，竟然得意傻笑起来，说："我有的是钱！钱哪来的？钱是我银库里的！我的钱多得很，像树叶子一样多！我的财富大得很，有山那么大！"

阿嘉松立刻紧逼："那我问你，我们的钱在哪里？中央军补偿我们部落臣民的银圆和纸币，你说，在哪里？"

俄哈土官没有料到这个质问，一下喉咙卡住了。

黑压压的部落民众于是又怒喊起来："把我们的钱交出来！……把我们的血汗钱还给我们！……侵吞我的血汗钱，不得好死！……今天不交出钱，不准走……交出来！……把钱还给我们！……"

俄哈土官一见势头不对，赶紧命总带兵官给他开路逃跑。俄哈土官还嘴硬说谎："中央军的补偿钱我没有领！……你们要钱，你们自己去找中央军！"

总带兵官指挥俄哈土官的护卫去开道。但是面对一层层毫不退让的枪口刀尖，他们既不敢用刺刀枪托，更不敢开枪，只能持枪呆立。

阿嘉松挺立高处，做了一个示意。果洛走过去指挥他的人让开一个口子。

但是层层密围的人群不愿意放俄哈土官走，他们仍然站着不动，都把眼光投向阿嘉松。他们看见阿嘉松眼睛看着让开的口子，没有做出阻拦俄哈土官逃离的动作。

阿嘉松和他的人早算计到俄哈土官届时想逃离。他们为此做好了相应布阵。

部族民众虽然疑惑，但是他们顺从阿嘉松的目光，很不情愿地慢慢让出一条路来。

俄哈土官带着他的手下人马，非常狼狈地窜逃。四周响起藏民特有的轰赶吼声："呃——夹夹——哦——窘窘——！"同时响起各种唾骂声，怒斥的吼声……

俄哈土官在轰赶吼骂声中逃离了。

部落民众转过身子，又都把目光投向伟岸站立的阿嘉松。

阿嘉松做了一个准备讲话的动作，漫山遍野的人群肃静下来。阿嘉松从藏袍的怀襟里拿出努科长写的，抄有俄哈领取补偿款数额的县政府笺纸，高高举起，大声说："乡亲们，这是县政府的人写的，上面清楚地写明俄哈狗官在县政府领补偿银圆和纸币的时间和金额！"

人群轰的一下爆发议论……

阿嘉松等人群的声音小了点，又高声说："不但县政府的人说俄哈狗官领了钱，而且，俄哈狗官身边的人也告诉了我，他把这一大笔钱运回了他的官寨，放进了他的银库。……是的，俄哈狗官的官寨里很多人，都站在我们这边。他们亲眼看见的。如果我们大家现在去俄哈的官寨里查找，他们敢出面带我们。他们发了誓赌了咒。如果带我们抄不出那笔钱，他们愿意死在大家面前！"

人群又涌动了……他们互相鼓励去俄哈土官的官寨……人群中响起了喊声："对！我们大家去俄哈官寨！……如果俄哈不交出钱，我们就冲进去抄他的银库！……"

按照事先的安排，麦其崩老板跳到阿嘉松旁边，高喊道："大家听我说！我告诉你们，这次俄哈狗官在县上领的银圆，跟我们平常见的银圆不一样！"

麦其崩老板从怀里抓了一把银圆，举起一枚，喊道："俄哈狗官领的几十万银圆，全部是这样的！"

果洛按照事先安排，上前接过麦其崩老板手上的银圆，散发到人群中传看。

麦其崩老板继续喊道："你们都看见了吧？这种银圆是崭新的，一面是……"

麦其崩老板详细说了中央银行新发行银圆的特征后，又喊道："还有，装银圆的箱子也不一样。不是牛皮口袋装的，也不是木头箱子，是……"

麦其崩比画了银行铁皮箱子大小后，喊道："我给你们说，俄哈官寨里有我们的人，他们知道俄哈狗官藏银圆、藏金银财宝的密库在哪里。那些银行的铁箱子也在银库里。我们去俄哈官寨，准保可以抄出那笔银圆，抄出铁箱子。抄不出来，我也死在你们面前！"

阿嘉松发出号令："乡亲们，我们现在就去俄哈官寨！大家都去！我们一定要拿回我们的钱！我们一定会拿回属于我们自己的钱！"

人群轰然爆发出吼声，惊天动地，如天雷滚滚，似地震轰鸣。怒吼声战斗呐喊声使人人热血沸腾，鼓舞起所有人的斗志！部族民众表现出势不可当、战胜一切的强大力量！

果洛带着他剽悍的人马，领头走在最前面。部族民众像山洪般顺沟而下，向俄哈土官的官寨冲去……

2

俄哈土官的官寨被声势浩大的部族民众团团围住。愤怒的人群漫山遍野。他们的怒吼呐喊如战鼓擂阵，他们的气势惊天动地。

俄哈土官的武装已经土崩瓦解。不仅他的部族藏兵，就连他的官寨卫队都崩溃了。俄哈土官的藏兵和卫队，他们和他们的家人都忠于自己原有的宗教信仰。中央军的征调也使他们的家庭经济受损，亲人吃苦。藏族人性格刚烈火暴，当俄哈土官在黄龙沟圣地引爆这两件事，引发众怒，这些人都携枪站到自己的家庭亲人身边，站到声势浩大的造反民众一边！

俄哈土官的爪牙和属臣，许多人也溜走了。民众暴动已成燎原之势。这些人被汹涌的民情震慑，有的躲回家，有的裹进人群看形势。

官寨厚重的大门紧闭，里面一片惊恐慌乱。俄哈土官的家属惊惧他们的生命和财产，俄哈土官的亲信手下担忧身体安全，官寨里的女仆男役们害怕殃及自己。

俄哈土官把官寨里的所有人，上至他的妻舅子女下到奴隶贱役全都集中起来，强迫他们拿枪拿刀，命令总带兵官指挥他们负隅顽抗。

大管家劝俄哈土官与阿嘉松千户和谈。俄哈土官却狂骂他，要关他入牢。大管家不死心，逼迫两个老执事再去劝俄哈土官与民和谈，却被俄哈土官一阵脚踢打骂，然后绑吊院中恐吓左右。

俄哈土官失去理智，号叫着他有很多盟友，要搬援兵镇压民众。有几个想逃离的人见机，假装自告奋勇去送求援信。天刚黑，迫不及待的俄哈土官就命他们翻窗坠绳，然后听见包围官寨的人群擒拿他们的高喊声。

俄哈土官疯狂了。他像被困野兽，张牙舞爪咆哮不止；他像被围毒蛇，大张血口狂喷毒液……

虽然天黑风寒，但是包围官寨的部族民众并不散去，他们反而越来越多。

民众们看见自己人多势大，越加坚信会逼垮俄哈土官，索回自己的钱财！因此他们纷纷派人回去，通知自己的家庭家族山寨赶紧多来人，以便在俄哈土官交出银圆后能及时足额地取得自己那份。

各部落的大小头人也派出手下和兵马来观望和送回信息。大头人们打算如果俄哈土官能翻转形势就尽臣下之道；如果民众赢了，他们要恃强攫取他们被军队征调的补偿费。

夜色中，无数的火把在四面八方来来去去，如地面流火，似天织火网。满山的篝火被夜幕衬托得更加明亮火红。俄哈土官的官寨如火海中的孤岛。

随着夜深，藏族民众的情绪由亢奋变为愤躁。对着官寨的鸣枪放炮越来越多，火药枪口喷出的烈焰东爆西亮，步枪流弹划出红色线条交织夜空。也有人把枝条点燃用弓弩射向官寨，把燃烧的短棍用皮绳抛向官寨，使黑夜官寨的上空，像不断有流星从天降落。

夜愈深，风更大。山风吹动林涛的声音呼啸震耳，犹如天助人威。

半夜过去，寒冷和饥饿更使人群烦躁愈加，怒不可遏。人心发生变化：不少人开始担心乱中分钱无序，自己那份钱拿不够甚至拿不到，焦虑焦躁。很多以前被俄哈欺掠的人想到曾经的损失，嚷道要抢夺俄哈财宝弥补，这又鼓动不少人心。与俄哈土官有深仇血恨的人，希望冲进去趁乱打杀报复的念头越来越强烈！

气氛越来越混乱，大有天明即暴动之势！

"有人吊窗子啦！"黑夜里突然响起喊声，"官寨又有人吊窗户下来啦！……"
在满山篝火的照耀下，官寨的许多窗户里都扔出了粗绳，一个接一个的黑影络绎翻出窗户，坠绳下来……

"啊——啰啰——哦——呀呀——"围困官寨的人群又发出欢呼声。他们明白这是官寨里的人开始大逃亡。这表明俄哈土官已经控制不住官寨里面了。这预示如果天明冲击官寨，将不会有多少枪弹阻击。

逃离官寨的奴仆侍女厨子工匠等人，带出了俄哈土官的情况，在人群里迅速传开：

俄哈疯魔入心，要顽抗到底。他本来就如困兽般狂躁，邪教伪喇嘛又给他喝了一种药酒，说是壮胆子长勇气的。俄哈喝了药酒后浑身发红满眼血丝，更是发狂，在官寨里上蹿下跳，不断骂人打人。俄哈不停地喝药酒，不断地吼叫说要与反叛臣民拼个鱼死网破，绝不会交出一个银圆。

已经疯了的俄哈不顾大管家和总带兵官劝阻，把库房里的火药搬出来，撒在楼道上。他还把酥油也搬出来砍成碎块到处抛撒，准备助燃。俄哈不停地叫嚷如果民众冲进官寨，他就要放火烧尽所有！

消息如油淋火，民怨更沸腾了。虽然有人害怕俄哈土官放火烧了银圆，自己也得不到补偿，但是更多的人更被激怒。藏族人的性格是倔强高傲的！他们不会为几个银圆向俄哈土官服软。他们早已对俄哈土官愤恨不满，当机会来临，他们的复仇之火被燃起：你俄哈土官想以死威吓，我们就让你去死！

拂晓前的黑暗中，俄哈土官的大小管家、总带兵官和值事等人，还有一些他的家眷也坠窗逃了出来。

天空露出曙光。四周山上的部族民众开始向官寨压过去。

俄哈土官竟然从窗户里往人群疯狂开枪！

部族民众被彻底激怒了，发出战斗呐喊……官寨大门处响起檑木撞门的巨大声响……燃火木棍和火箭抛射向官寨屋顶。虽然有人喊叫制止抛火射火，但是混乱中有人故意不听……一些勇敢的年轻人拉起从窗坠下的粗绳，准备往上爬……

"轰！"一个很大的、惊心动魄的声音在官寨里面响起。接着黑烟冲上官寨顶的天空！

"起火了！"围攻官寨的民众呼喊起来，"官寨里面起火了！……"也有声音高喊："俄哈放火了！……是俄哈狗官自己放的火……"

很快官寨的顶上冒出了红色的火焰，火势迅猛……热浪使围攻的人群开始后退……官寨各层的窗户都陆续冒出火焰，喷射出的灼热越来越强烈……周围山坡上，藏族底层民众欢呼胜利。部落贵人臣子瞠目结舌。也有人叹息银圆和俄哈的财宝成灰……

大火中天色大亮。遥远的雪山尖顶显现出宝石般红光。

官寨大火继续熊熊燃烧。木石结构的巨大建筑不断发出垮塌声，石头爆裂声。冲天大火中，燃烧的毛团布片像火鸟一般飞起飘落……

晨阳升起来了。但是大火的滚滚黑烟不断遮蔽阳光。各部落大头人派来的手下兵马，纷纷快马回去报信。围困官寨的民众看见，欢呼声渐息，因为他们开始担心各自的大头人今后清算。

漫山遍野的族人民众转头仰望高处。他们的阿嘉松千户如王者挺立在那里！部族民众不约而同涌动起新的更高的共求……有人发出呼喊："阿嘉松土官！"

这喊声如风浪般迅速传开，立刻，各处人群都发出喊声："我们拥戴阿嘉松当土官！""对，阿嘉松千户当我部族首领！"……朝阳明亮的阳光下，俄哈官寨熊熊大火中，漫山遍野响起震天动地的声音："阿嘉松土官！""阿嘉松千户土官万岁！"……

阿嘉松巍然挺立高处，俯瞰这一切，接受这一切，承担这一切。朝阳的光芒和黑烟阴影交替在他伟岸的身躯上变化。阿嘉松千户土官面容沉肃坚毅，准备迎战……

第六卷

第五十七章　川军抗日

1

抗日战争初期。国民政府的陪都——山城重庆。

春末，汇于重庆的长江和嘉陵江涨水，两条大江浩浩荡荡。宽阔的江面上，各种大小船只穿梭交织，拥挤往来。大木船帆张橹摇，小舢板桨划篙撑，轮船的汽笛声和纤夫的喊号声此起彼伏。一派迁都带来的繁荣忙乱气象。

朝天门码头位于两江汇合处，是重庆最大也是最繁忙的码头。趸船相接挤满沿江，密如蛛网的跳板上，装卸货物的人流似蚁群穿梭。从水边通向城市的石阶梯又陡又长，挤满了旅客挑夫小贩。下到江边的盘山公路上，大小汽车和人力板车挤抢道路，喇叭鸣响，人声叫骂，不绝于耳。

一辆黑色的美国道奇轿车从山城上面往江边开下来。两辆美式吉普车一前一后警卫护行。

黑色轿车里，后排坐着两个老年军官。在他俩中间，皮椅上叠放着四个黑色的牛皮公文包。其中两个公文包很大而且胀鼓鼓的。

前后的两辆警卫车分属他两人。其上各坐一名警通副官和三名端着美式冲锋枪的士兵。

在通往南岸的轮渡处，等待过江的汽车排队在坡道边。上下船的坡路窄得勉强错车，如有车稍不按规矩靠边排队道路就会被堵死。这三辆军车尽管派头很大，但也只能依次排队。

三车刚停稳，前后吉普车跳下警卫官兵，在黑色轿车周围拉起警戒。

轿车里，两位老军官看着四个黑色公文包，商量是否下车。然后，一老军官对坐前排的文秘副官和司机叮嘱："我们下车站一站。你们两人都不要下车。把东西看好！"两位老军官下车后，还亲自谨慎关好车门。

江风拂面，江景开阔。两位老军官伸腰舒腿，点燃香烟，愉悦欣赏长江风光。

战乱年代，重庆流浪乞讨的人非常多，尤其是这个朝天门码头。叫花子们看见两个高官是年老之人，立即如蚂蚁般围过来，长伸脏手破碗，哀号乞讨。

两位高官身边的两名警通副官对乞丐吆喝滚开，但不起一点作用。两副官便招手喊来四个士兵，要他们用冲锋枪推搡驱赶老小乞丐。

江湖码头自来就是龙蛇混杂之地。看见高级轿车，许多闲杂人等也围将过来。他们有的地痞流氓状，有的小偷贼人相。护卫轿车的两士兵见状，吆喝驱赶。但这些江湖人竟然不怕不散，有如苍蝇围肉，甚至还有不少家伙反趁卫兵左驱右赶，溜到玻璃窗边窥视里面。

两位年老军官警觉。一个说："咱们还是车上坐。"他是川军二十四军刘军长的密使，叫伍培英，曾任刘的参谋长，深受其信任。

另一老军官立刻应声："好。好。"他是川军十八军侯军长的密使，叫朱瑛，也曾任侯的参谋长。

看来他们极为看重车里物品。两位高级老军官钻进汽车后排坐下后，都不约而同手抚黑色公文包。

"呜——呜——"汽笛长鸣，一艘渡轮从南岸过来，准备靠岸。

岸上的人和渡船上的人都往前挤。船上和岸上的汽车纷纷发动，不少破旧汽车靠人力摇柄点火。汽车尾气黑烟接连冒起。

突然，码头防空警报大作……日军飞机又要来轰炸了……山城各处数百个报警器齐鸣。警报声惊天动地，起伏长响……码头大乱，人群乱跑，船只慌乱……南岸来的渡轮刚好靠岸，但系缆未稳，船上的人群和汽车就慌张往岸上拥，混乱中有人和物品掉入江中。

坐在黑色轿车里的伍朱两人惊慌起来，连忙叫驾驶员倒车上坡。但他们扭头一看，排在后面的汽车不动。文秘副官急忙跳下车去看。片刻，他跑回惊叫："后面有一辆大卡车发不燃了！糟了，汽车堵死了，开不动了！怎么办？……堵死了……"

防空警报催命般的巨响，让人感觉耳膜要被震破，脑浆要炸了一般……紧接着日军飞机临空……炸弹落下……爆炸声四起……

解除警报声响起。

两个军长的密使钻出轿车，站在两边车门旁。

他们抬眼一望，只见山城又有很多房屋被炸毁，到处都是燃烧弹引燃的大火，城市上空黑烟滚滚……他们转身，看见轮渡码头旁有一个很大的炸弹坑。水边的几辆汽车被弹片和飞石打坏。再一看渡轮，驾驶舱全毁了……他们听见到处响起人们的喊叫声。有人被炸死炸伤，有船被炸坏渐沉……

朝天门码头临长江面的对岸是重庆南岸区，山丘起伏。除了沿江缓坡上有少量的庄稼地，再远处是连片树林。因为重庆气候潮湿暑热，所以林木都很高大茂密。

树林里隐藏着国民党中央政府的一些党政军机关。这些机关很分散，都是单栋独院，而且房子是简易的平层小青瓦。供高官要员和美军顾问人员住的西洋式别墅也散落各处，也都小。这个区域所有的房院旁边都有防空洞，是就山坡挖的小洞。

蒋介石在重庆的官邸有多处，其中一处在此，是西洋式小楼，但也只有二层，外表也很普通，也为参天大树掩映。在其周围，远近稀疏地分布着他的办事机构。其中靠得近的有两栋二层小瓦房，那是蒋介石的侍从室二处。二处主任姓陈，是蒋介石称手下为先生的唯一一人。

陈主任正在伏案，为蒋介石起草一个文告。他在二楼的办公室比较大，但是兼卧室，而且陈设简单。

楼下是饭厅，不大，旁边拥挤着几个狭小房间，是他的几个秘书办公兼睡觉的地方。楼下设施也简单。陈主任作风简朴。

其中一间秘书室桌上的电话铃响，叶秘书拿起话筒，听见里面说："……我是二十四军刘军长的代表伍培英……渡口渡轮都被炸坏了，我们过不来。请转告陈主任，非常抱歉误了会面时间……我们想麻烦您再约……"

叶秘书口气生冷地说："主任很忙……那你们留个电话……"叶秘书同时在工作日志上做了记录。

叶秘书拿起工作文件夹，脚步尽量无声地上了楼。房门半开，他看见陈主任正埋头走笔，就轻转身子。陈主任察觉，抬头。叶秘书见示意，走进办公室。

陈主任也写累了，搁下笔，揉了揉手指，靠在椅子上，又揉了揉太阳穴，然后问："有些什么事情？"就闭眼养目，静听汇报。

叶秘书翻开文件夹，说："陈主任……第二件事情，是汪组长说……"汪组长是侍从室二处第四组组长，少将军衔，是陈主任下属。侍四组主管政治、经济、党务和蒋介石急办的机密要件。

叶秘书一连说了好几件事情，最后说："二十四军刘文辉军长的代表……"

瘦弱的陈主任脑力过人，几件事闭眼听完都记住。他略微考虑，睁开眼睛——给叶秘书回示……陈主任最后说："二十四、十八两个军长代表的约见，就只能抽空子了。这样，你安排他们过江来住下，我挤时间见他们一下……

250 雪山英雄

哦，告诉他们，谈话时间最好在二十分钟内，不要超过半小时！"

叶秘书正要退出，陈主任叫住他，吩咐："你给二组打个电话，问一下川军现在出了川，在抗日前线作战的部队有多少人？"陈主任又指着自己办公桌上的电话，说，"现在打。"

侍从室二组隶属侍从室一处。主管军事参谋、作战指挥、国防装备等方面的事务。

叶秘书很快通话，然后手捂话筒禀报："……现在川军在抗日前线的部队人数是一百一十余万人。目前已经下令开拔出川接替作战的部队人数是……目前准备从前线撤下来，换防休整的部队人数是……"

陈主任伸出手作接话筒状。

叶秘书见状，对着话筒说："陈主任与你通话。"然后恭敬将话筒递给陈主任。

对方在电话里敬礼。陈主任"嗯"了一声表示回答，然后问："川军对换防下来休整这方面的事情，目前有些什么情况……哦，他们在鼓动民众舆论……哦，他们叫省参议会以民意机关……哦，他们在策动各地军民通电……"

第二天晚饭时分，两个川军军长的代表如约前来。陈主任还在吃饭，他只有抽晚饭后的一点时间接见他们。

24军的刘文辉军长因为曾经两次参加过倒蒋战争，一次同唐生智，一次同冯玉祥、阎锡山，与蒋结下仇怨。他知道蒋介石迟早要收拾他，因此这些年他一手联合地方势力和民主党派，一手在蒋介石周围建立人脉，甚至暗地里与共产党联系。

他的代表——伍培英——曾在南京陆军大学任过教官。因为蒋军的中上级军官很多都在陆大轮训过，因此他不仅在蒋军中有"伍老师"的小名气，而且他结识蒋军高层人物，如顾祝同、何应钦、陈诚等。通过他们，他结识了陈主任。

陈主任搁下碗筷，拖着疲乏的步子上楼。他身材矮小，瘦骨嶙峋。他总是裹着半旧长衫，佝腰驼背。他简朴低调谦和。

两个军长代表见他进门，起立行军礼。朱瑛第一次来，伍培英将他介绍给陈布雷。

办公室的门拉上后，伍朱二人挺身半坐，开口说恭维话。陈主任一个轻微手势阻止，弱声说："非常时期，大家都忙，二位有什么请直接讲。"

伍培英把胀鼓鼓的大黑公文包两手捧着放在长茶几上，说："主任辛苦劳累。"陈主任知道里面是雅安地区的上等烟土。陈主任羸弱负重，体力精力难以支撑，需要点这个。刘文辉探知后长期供送。

朱瑛也把一个胀鼓鼓的大黑公文包捧上，同时说："这是我们那边各县产的，不知合不合口味，请笑纳。"这包里装有四块上等烟土，上面分别标有松潘汶川茂县懋功四个县名。

朱瑛接着从另一个公文包里取出一个大盒子，打开，里面是如来观音两尊纯金实心佛像……陈主任信佛。

陈主任神情疲乏地说："你们就谈事情吧，我接下来还有事。"

两个军官赶紧把精心准备的话，清晰讲述……

傍晚落雾，窗外又是浓阴遮天，办公室里很昏暗。陈主任心虑抗战物资匮乏，要求不到很黑不开灯。

陈主任听完后，只说："我知道了。川军将士浴血抗日战场，希望和要求都是可以理解的。中央不会亏待的！……你们二位回去一定要转告两位军长：正常的反映是可以的。一定不要参与，更不要有出格的动作。那不好！反而于事无补。……"

陈主任几句话后起身送客。

朱瑛觉得就这么短短几句话的答复，而且不明不白，心里实在差欠。但又不能不走，他步子拖沓。

在门口道别时，他决定再说两句："陈主任，我们川军在前线伤亡那么大，为国捐躯是应该的。但是回到后方养伤休整，能回到家乡是上下官兵一致的要求啊！回家乡，轻伤号可以回家疗养，退伍士兵的安置也便利。陈主任，如果川军打仗下来调防外省他乡，百万浴血将士寒心啊！对前方士气有影响啊！"

原来，蒋介石到这抗日的民族危亡时期，还要搞排除异己。他要把撤离前线的川军安排在其他省份休整驻防。川军借民众抗日情绪高潮，在各个社会层面用各种方式促压蒋介石，要他同意川军作战后回川，各部队回到自己原来的军管区。

这对刘侯两位军长更为重要。他们的川康藏区因为红军路过，被中央军趁机进占夺了行政权。因此他们除了与其他川军系统一起活动争取部队回川外，还想进一步要中央军退出他们的地盘。

2

松潘。漳腊军用飞机场。

一架美军的小型运输机在机场上空盘旋两圈后，对准跑道下降。小型运输机离地面很低了，突然一股高原乱风，小型运输机一阵摇摆，偏离了跑道……机场地面的人全部惊叫起来……小型运输机快速拉起机头，小心翼翼地一边联系地面，一边在空中打转。

小型运输机盘旋一阵后，又对准跑道，有些摇晃飘摆地下滑……轮子着地，碎石夯土跑道上立刻扬起很大灰尘……小型运输机冲到跑道尽头，停住，慢慢转了个圈，又沿着跑道滑行回来，停在卸货区域。

麦其崩老板也在这里。他和晋掌柜昨天运送粮食和牛羊肉到机场。人熟悉了，后勤军官给他们说这几天接连有飞机来，他们特意住了一晚，今天看飞机。

机舱门打开，先推过去小铁梯，美国空军的驾驶人员下来，有一个是黑人。他们说了几句英语，陪他们去休息的航空站站长扭头对副站长高喊："安排卸货快一点！十点钟前飞机一定要起飞！"

现在上午八点半。高原风很大且多变，因此漳腊机场的飞机起降时间有限，一般只有从拂晓到上午十点，有相对静风的短短几个小时。

人梯推到一边，装卸货物的铁板车推接到机舱门，开始卸货……麦其崩老板还要看飞机起飞，就在旁边看卸货。

副站长与刚从飞机里下来的技术军官站在一起。麦其崩老板看见他们眼睛盯着卸货交谈，好奇地溜到他们后面竖起耳朵。

一桶桶的柴油卸下来后，接着卸下大大小小的木箱。麦其崩老板听见技术军官说："这些都是钻探设备的零部件。"

最后一个大木箱出现在机舱门，技术军官对卸货士兵大喊："那是发电机，很重，小心点啊！"

副站长惊语："这发电机这么大，多少千瓦的？"……"哦，好家伙，柴油机加发电机组装完有两吨多重！"

从飞机上卸下各种钢材，有工字钢角钢等，长度不等，上面有许多装配孔。麦其崩老板听见技术军官对副站长说："这些是组装钻塔的钢材……钻塔立起来有多高？有近二十米高……后面东西还多，还有不少井架钢材、钻探设备、零部件、配件……还要运好几飞机。"

最后卸的钢材又粗又圆很长很重，卸下来很费力。技术军官不断地喊叫"小心"。麦其崩又听见副站长问："这什么杆子？……哦，钻杆。就是往地下钻洞用的？……好家伙，要钻岩石，扭力那么大，那这钢材够好的啦！""那当然啦！特种钢，美国人的技术，高啊！"麦其崩老板见技术军官得意地说："那钻头才硬哩！一个钻头可以钻几十米厚的花岗岩。美国人的东西，那简直不敢想象！"

副站长问："美国人什么时候来？人多不多？"

"设备空运完了他们才来。人不多，轮流来，有一个地质师一个机械师和几个操作钻机的工人。听说，钻出的岩芯他们运回美国分析。"

"岩芯运到美国去分析，"副站长吃了一惊，一连串地说，"我还以取了岩芯就在国内分析哩……美国人不是来帮助我们的吗？……那美国人带岩芯回去，取得我们的地矿资料不说老实话怎么办？"

"他们美国援助我们抗日的军火物资，按照租赁法案，是要收我们钱的。听说，在漳腊勘探黄金是美国人提出的。双方协议，如果勘探到大的黄金储量，今后就扩大采金，并用黄金偿还他们援助的军火钱。如果没有探到大的金脉，勘探费就美国人自己担了，地矿资料就归美国人啦！"

"唉——"副站长沉重地叹了一口气。

3

俄哈官寨废墟已经杂草丛生。不少地方还长出了灌木。断垣残壁上，火烧烟燎的痕迹经过几年的雨雪冲刷，现在已经淡化了。

废墟上聚集了上百人。核心圈有二三十人，他们是葬身火海的俄哈大土官的亲属；是失去权势和利益的俄哈的前官员和手下；是过去紧随俄哈的几个部落大头人派来的代表。

嘟格别也在这圈人里。他身着喇嘛袈裟，瘦脸上蓄起了稀黄的胡须。他更阴沉，甚至显得阴险。就像残墙烟痕淡化了一样，淳朴藏民对他也淡化了。他世俗的大头人儿子身份，他对美丽妻子死去的罪孽，被笃信藏传佛教尊崇喇嘛的部族民众淡忘在高原的雪风中。

废墟现在变成了反阿嘉松土官的集会地点。阿嘉松土官掌握了部族首领权力后，对他们保持克制态度，因此他们活动变得公开。这伙人需要碰头，需要商量阴谋阳谋，就到这里。慢慢这里成了反阿嘉松土官的专门场地。

不过几年了，反阿嘉松土官的势力始终闹不大。因此这个地方的聚会绝大多数时间就他们这些骨干。遇着没有什么大事或者碰上天气恶劣，来的人更寥寥无几，就是人多时也不过三五十人。

今天有上百人，是因为事情涉及洋人钻机勘探黄金。这件事情引起了部族民众愤慨，闹得沸沸扬扬，也使得阿嘉松土官和曲吉活佛很被动。如果这伙人是号召部落民众起来反对神山钻金，今天的集会不知道要拥来多少人。但是这伙人的集会号召是就此事问罪曲吉活佛和阿嘉松土官，因此来的人就少了。

一个肚大腰粗的男人站到讲演位置。他能说会道，这使他成为俄哈土官的亲信和女婿，现在成了这一团伙的出头人。

他首先煽动集会人的情绪。他喊叫着说："你们去看了那个在我们神山上钻洞洞的铁架架吗？"

下面立刻回应起嘈杂的嚷叫声："看了！看了！那个铁架子好大啊，几层楼高。""中间还有一个铁杆子使劲往下钻，白天晚上不歇气地钻。""钻得深哦！我的大头人老爷喊我们在旁边看，我看了好几天，他们一根铁杆子接一根铁杆子往下钻，不晓得钻了好深！"……

高高耸立的钻塔，轰隆作响的机器声惊动了山林。部族民众络绎前去围观，大头人们都派人打探。阿嘉松土官和曲吉大活佛也派人日夜监视。美国人的钻塔立在那里，周围山林就始终围满了好奇和愤怒的藏族人。

集会的人们情绪激动起来了，嚷喊着议论："还放屁，边钻山边放屁，声音大得很，屁烟子一阵黑一阵蓝！"这是指轰鸣的大马力柴油机。"还屙尿，一边钻他们一边往洞洞里灌浆浆水，黄水水，跟尿一样。"这是钻探时灌注润滑降温泥浆。

俄哈女婿趁势鼓动："他们钻山那么深，你们说，要钻到什么？"

下面又响起嘈杂嚷叫声音："钻那么深，就钻到我们山神的肚子里去了！""就钻到山神菩萨的心了！""是啊，把山神的心钻烂，把山神的肠子肝子钻烂！""我问了站岗拦我们的那个兵，他说如果钻到金子，美国人还有更大的机器，可以打很长的洞洞打到神山的肚皮里面掏金了！""对的，对的！我也问了的，站岗的兵说洞洞大得可以开进人马。说美国人的机器可以在里面把山掏空！"

俄哈女婿喊叫着说："他们损伤神山的身体，亵渎神山神菩萨，在作孽！我们的山神可以一个霹雷就把那个烂铁架打倒，一个大雷就把他们都震死。但为什么没有那样？是我们的山神菩萨在考验我们！你们说，是不是？"

人群又嘈杂议论起来："是的，是的！神山养育我们世世代代，现在就要看我们报不报答他！""山神菩萨赐给我们这么多财富，我们不能一点点事情都不替山神菩萨做！""我们的祖祖辈辈，我们的子孙后代都靠山神菩萨的保佑和恩赐，我们应该起来赶走坏人！""遇见一点点事我们都不动手，山神菩萨要降罪我们的！""是的，我们不动，要菩萨作法，就变成我们差使菩萨了，搞反了，菩萨要对我们震怒的！"

俄哈女婿挥起手臂嚷说："对了！你们说对了！现在来了坏人亵渎神山。山神菩萨就是用这个机会考验我们，看我们是不是真正敬菩萨的。是真敬菩萨，我们就要为保护神山去打坏人。如果我们不动，我们就是假的。山神菩萨就要先生我们的气，就先要降怒在我们头上，先处罚我们这些胆小逆子！"

人群激动起来，纷纷挥舞手臂，高喊着去赶走神山钻金的洋人……

等人群呐喊一阵子后，俄哈女婿高举起双手，挥开压下，做了个很夸张的肃静动作。沸腾的人群一下安静，关注他准备说什么要紧的话。

俄哈女婿抛出一句："赶走坏人，用得着我们吗？"

人们一下惊愕，议论，眼光迷惑地投向俄哈女婿。

俄哈女婿咬着牙关，仇恨地吼道："阿嘉松！嘉欧松真（阿嘉松全名）那个坏家伙，他霸占了我们部族首领的位置，现在正该他出头！你们说是不是？"

人群嘈杂地议论开来……他们都同意说阿嘉松应该领头赶坏人。虽然他们中许多人不同意"阿嘉松霸占首领位置"的说法。

俄哈的总带兵官瘸着腿站出来，大喊："在神山打洞的坏人，就那么几十个。他阿嘉松手上有几百条枪，轻而易举就可以打跑洋人，他凭什么不去？"

总带兵官在那天黑夜坠窗逃离时，被包围官寨的人群唾骂轰赶。一根复仇的木棍在黑暗里扫断了他的小腿。当然他把仇恨算在阿嘉松头上。

嘟格别煽动坐在他旁边的年轻人。那人是俄哈的大管家的儿子。那天夜里大管家穿过人群时唾沫和石头不断落在他身上。一块冤家的袭石打断了他肋骨，他回去后不久死了。大管家的亲属也都把阿嘉松当仇人。

大管家儿子跳出来大叫："还有曲吉活佛！他曲吉当活佛干什么？不就是在世间为菩萨服务的吗？眼面前坏人亵渎山神菩萨，他为什么坐着不动？他这样子像个喇嘛吗？"

人群一下哑了。他们尊崇曲吉活佛。他们不同意管家儿子不敬活佛的口气，但认为话有道理。他们也希望活佛号召赶坏人！

管家儿子见无人响应，就又嚷说："以前，川军要在神山采金，他曲吉活佛就表示反对。为什么现在洋人钻神山，他就不出头反对了呢？川军采金，还仅仅是用锄头用筛子在神山的皮肤上小动，他就反对。现在洋人直接在神山身上钻那么多那么大的洞洞，钻到山神菩萨的肚子里，把菩萨的心和肝都钻烂了，他曲吉活佛为什么就不站出来赶洋人呢？"

嘟嘎部落的带兵官也跳出来，大喊："为什么阿嘉松不理不睬？为什么曲吉活佛缩在喇嘛寺里不出头？……为什么？你们知道为什么？……是因为他们吃了中央军的黑心金子！"

反阿嘉松的那伙人都站起来，乱七八糟地叫喊：

"就是，中央军分了金子给他们的！""阿嘉松是得了中央军的好处的！""阿嘉松最坏，汪县长至今都不称呼他土官！""就是！县政府这么多年了一直没有下官文宣告他阿嘉松是部族首领，我们大家应该把他赶走！""对！把阿嘉松从他强占的位子上拉下来，砍成肉坨坨！""把阿嘉松的皮剥了晒干挂起，看以后哪个还敢乱抢部族大土官首领的位置！"……

4

松潘县政府的后院，池边的六角亭简单修葺，不再破败。初夏风暖，小池水里又长绿萍。江县长在亭子里向新来的军代长介绍松潘情况。此军代长的脸上有一条枪伤疤痕，两寸长，从右颧骨到耳根。

抗战前，为围追堵截过雪山草地的北上红军，胡宗南部队调派了四个师加四个旅进入川西北藏区，布防从黑水到若尔盖的千里防线。胡宗南坐镇西安，远离雪山草地千里之遥，为有效对分散在雪山草地的这四个师四个旅进行协调指挥，特地在松潘漳腊设立了临时军事行营。七八万雪域作战部队，对粮食牛羊肉及运输劳力徭役等需求很大。为加强对藏区的抢掠性征收，漳腊行营向各县政府派驻"军代表小组"。组长称呼"军代长"。枪杆子为王，入驻各县政府的军代长，当然俨然土皇帝。因为驻县府军代长是肥缺，腰包轮流装，所以半年八个月就换人。

红军胜利到达陕北后，胡宗南入川部队陆续离川。但胡宗南为填补在雪域作战两年多的巨大损失，仍留下少量军队，继续强行征收军费及马匹羊毛牛皮等物资，并大量贱买藏区珍贵特产做生意。为此，漳腊行营暂保留名称，只是缩小编制，统一指挥分散在雪山草地的少量驻军。

首届进驻松潘县政府的军代长在黄土高原驻扎多年，到了雪域藏区，见供县长及家眷生活的后院居然有如此汉式园池水亭，新奇喜欢，占用并简单修葺油漆后，供享憩。以后历届驻县府军代长自然都住这亭池后院了。

枪疤脸军代长因为对汪县长约他商谈的事情不感兴趣，又见天好，所以他定在这小池亭子里坐，以免劳神。

前几天，外地一大烟帮与松潘袍哥发生枪战，死伤数人，事情闹大。这类事情军代组一般不过问。但此事松潘袍哥理亏，汪县长因与凌氏父子仇隙，想借军队势力打击凌氏父子，所以找枪疤脸军代长商谈处理。但枪疤脸军代长却神情敷衍，少言寡语。汪县长桀骛暴躁之人，被军代长态度刺激，情绪激动起来，大讲起松潘袍哥势力泛滥猖獗，严重侵蚀政府权威；凌氏父子枭雄霸道，侵占松潘经济，严重影响政府收入。他话语喋喋不休，话音聒耳！枪疤脸军代长渐显不耐烦，眼光移到亭外柳枝上的麻雀，高跷二郎腿，吸烟间甚至吐起烟圈。

每届军代表小组入驻县政府，凌氏父子都会举办"接风"酒宴，邀请他们进入凌府吃喝玩乐三日。美食佳肴摆满桌，醇酒醉醺到半夜。席间劝酒热闹，还有歌女弹唱。军代表醉酒刺激淫欲勃发，就像上厕所一样，有人扶引入花房，里面锦被香枕裸女侍候。至于贿赠军代表的见面礼，自然金条银圆数目可观！

军代表们入住县府是为部队搜刮勒索军费，但也为个人发财中饱不遗余力。国民党军"当兵三年，母猪赛貂蝉"，因此任期内还要放纵淫乱搞女人。所以，驻松潘县府的历届军代表小组都与凌氏父子沆瀣一气，相互利益关照。

虽然县政府也必须给军代表个人孝敬私银，尤其汪县长供奉军代长个人的银钱不菲，但都远不及凌氏父子。所以，对于汪县长与凌氏父子的相互仇视、争斗攻讦，军代长及属下，不仅都袖手旁观，而且有偏向！

民族科的努科长急匆匆走到亭边，对汪县长和军代长弓腰致礼，示意有要事禀报。

汪县长停下谈话，转头问有什么事情。

努科长说阿嘉松来到，求见县长。还说很多藏民跟着阿嘉松来，坐满了县府大门外的街上。

努科长提到阿嘉松时，没有带"土官"头衔称谓。这是因为汪县长在嘎布金矿事上敲诈阿嘉松不成，在俄哈土官被烧死后的财产清偿中又被阿嘉松钳制，因此愤恨颇深，不仅自己对阿嘉松不称谓土官，而且下属犯此讳要遭怒目。

"什么？阿嘉松带部族藏族人坐在县府外？……很多人，坐满整条街？"汪县长因私忿，也不问事由，张口斥骂，"他想干什么？嗯？想作乱？带人围堵县政府，要造反啦！"

努科长与阿嘉松交道多，有交情，因此替阿嘉松说话："报告县长：我问了，阿嘉松说他来，是代表部族要求停止洋人机器钻探金矿。我也问他干吗带那么多人来，阿嘉松说他劝过部族民众不要来，但不起作用，部族民众非要跟着他来。阿嘉松说他没有带众哄闹政府的意思。"

汪县长一巴掌拍在桌子上，呵斥："什么？他阿嘉松要求停止勘探黄金？他不知道勘探是为了打日本吗？他简直是破坏抗日！"汪县长一直想整阿嘉松，又咬着牙说，"他想蹲监狱怎么的！"

枪疤脸军代长为了多方敛钱发财，一到任，便收集松潘上层人物情况，探寻索取钱财机会。他自然也知道阿嘉松土官，他打听到阿嘉松土官起于农奴家庭，腾达成松潘富商；参与重大事件，被省政府册封千户贵族身份；又带领部族上下推翻俄哈统治，取而代之成了部族首领。他对阿嘉松土官的事迹啧啧称奇，也心生敬佩，但他更起邪念，欲从阿嘉松土官身上发大笔钱财。

枪疤脸军代长听到县城人物谈论阿嘉松都带"土官"称谓，而此时见汪县长和努科长两人说到阿嘉松时，却无"土官"头衔称谓，心生奇怪。待二人谈话暂停，他插话问："阿嘉松是不是土官？"

努科长不能不回答军代长，但又碍于汪县长，嗫嚅一阵，含糊吐出"是"。

汪县长立刻冒火："什么是？他聚众纵火，烧死俄哈土官一大家子带奴仆侍女几十人，这个涉及他的重大要案还搁那儿！他占据部族首领位子，县政府没有官文认可，老子就不认他是土官！"然后嘶声吼道，"他说他代表部族，他凭什么代表部族？老子不认他不见他！叫他滚蛋，把藏人都给我带走！你传我的话警告他：如果他继续挟众反对勘探黄金，老子要抓他坐牢。"

汪县长挥动长着浓黑粗毛的手，再次吩咐努科长："叫他滚蛋！"见努科长转身离去，汪县长还不解气地嘴里叽咕："老子还没有给他算旧账，他竟然敢找老子的麻烦！"

汪县长火气大，表面上是对阿嘉松发气，实际上是对枪疤脸军代长泄愤。

汪逸朗桀骜狂妄之人，当松潘土皇帝刚耀武扬威短时间，头上便坐中央军太上皇，这令他心中一直憋屈不快。而今天，他本想说动枪疤脸军代长收拾凌氏父子一下，结果反讨了个没趣，更是肚子起火。

胡宗南部队进入松潘后，凌氏父子立刻巴结贿赂中央军，企图利用中央军赶走汪县长。汪县长也动用后台军统势力，并花大钱孝敬中央军，所以保住县长位置。这使汪县长对凌氏父子更是恨入骨髓。性格刚愎的汪县长有野狼的顽韧，虽然明知每届军代长都被凌氏父子收买，但他仍然不断离间鼓动军方打压凌氏父子，而且屡败屡战。

枪疤脸军代长早已不想听汪县长啰唆袍哥之恶，于是借阿嘉松的求见，说："汪县长，那个求见的阿嘉松，要求停止勘探黄金，还声言代表部族，这很不好！县府门外围坐那么多藏族人，影响很坏，不是小事！你还是亲自去处理为妥。你现在就去！"

汪县长见军代长竟然借机打发自己，更是气恼。他心中愤怒军代长，无奈只有借骂阿嘉松出气，于是咬牙道："阿嘉松那个家伙，也是叛逆官府的人，是松潘的祸害，早就该抓起来枪毙了！"然后咬牙切齿离开。

枪疤脸军代长已将阿嘉松土官列为财源，听说阿嘉松土官进了县城，便站起身，在水池边踱步酝酿……

<h1 style="text-align:center">5</h1>

黄昏向晚，凉风欲雨。

努科长家里来了不速之客——枪疤脸军代长。

努科长见此晚风欲雨，关门闭户之时，枪疤脸军代长单身一人突然来到，副官勤务兵都不带一个，知他瞄上了发财的猎物，为其而来。

县政府来了几届军代表，显现一个德行：如果盯瞄上某人某事打起发财主意，则都悄然单独行动，避免猎物捕获，同伙分食。"同壕战友，有福同享"那是嘴皮子上的空话。面对实实在在的真金白银，他们都尽可能独吞全食。

努科长的母亲和妻子都是草地藏族头人女儿，在部落里有庄园牧场，所以他自小穿藏袍藏靴。被父亲送进县政府后，他开始穿中山装干部服。他现在长年生活在县城，妻子和男仆女侍仍都着藏装，家里也全是藏族习俗的摆设布置。所以他从县政府下班回到家，习惯换穿宽大藏装。

枪疤脸军代长被迎进汉式堂屋，还未落座便指着努科长着装说："我听说你回家就穿藏袍藏靴，果然如此啊！"见努科长说马上去换中山装，又说："不用不用，我不是来谈公务。随意家访，坐一坐。听说你家里还有藏式客厅，我今天也新鲜一下，咱们也对坐藏榻，喝青稞酒酥油茶。"

枪疤脸军代长进了藏式客厅，落座藏榻后，努科长见他轻松熟练打起盘腿，笑问。枪疤脸军代长用陕西腔回答："我们陕西人睡炕，盘腿坐是打小的老习惯啊！"然后又说："你们的酥油茶，我一到这雪山草地，一喝就习惯。当兵的，日子苦，缺油荤。所以茶里加奶加酥油，我们穷当兵的，喝着还解乏！"

藏榻矮桌上，摆上了香肠腊肉牛肉干等下酒菜。努科长拿起绵竹大曲酒瓶。枪疤脸军代长制止，说："今儿个，喝青稞酒！入乡随俗嘛，进了你藏家，咱们就地道藏族一下。"

枪疤脸其实酒量很大。但他今晚来的目的是要从努科长嘴里，探寻从阿嘉松土官身上发财的路径，因此要保持头脑清醒，不喝高度白酒。

努科长往两个珐琅彩瓷碗里斟满青稞酒。他举酒齐额，敬语致礼后，两人仰碗饮尽。酒碗再次斟满后，枪疤脸军代长边嚼香肠边说："你们藏族，喝酒都唱祝酒歌。你肯定会唱，唱给我听听！"

于是努科长敬第二杯酒时唱起祝酒歌，但声音收着点儿。枪疤脸军代长听完，粗吼一声"好！"痛快仰尽第二杯酒。于是努科长在敬第三杯酒时，便藏族人本色豪情放歌！

枪疤脸军代长听得兴起，哈哈大笑，又提出要努科长唱藏族民歌。于是努科长选了忧伤和快乐的草地牧歌各一首，边吃边喝唱起来……

其实努科长的妻子歌唱得非常好。但因为她长得很漂亮，努科长见多了几届军代长的淫荡劣性，为避免生麻烦，吩咐妻子绝不要见客。

夜雨落下，屋檐滴水声传入窗内。

枪疤脸军代长吃肉喝酒听歌后，便围绕心中目的，提出问题："今天下午，来到县府大门外的阿嘉松知道军代长换人了吗？"

努科长虽然憨实，但毕竟在县政府多年，一听便知枪疤脸军代长的意图。于是先答道："阿嘉松带着那么多部落人来到县府外，说明他这段时间都住在山上部落里，当然就不知道军代长换届，长官您上任了！"接着马上又说，"阿嘉松很知礼，他如果知道长官您新上任，肯定要带见面礼拜见您的！"

这话言中枪疤脸军代长心事，脸上立现贪婪笑容。他举起酒碗说："看来努科长很会办事啊！"

于是努科长完全明白了枪疤脸军代长的目的，便说："我明天就去见阿嘉松，告诉他，长官您上任了。阿嘉松懂礼节，肯定马上就会提着见面礼来拜见您长官的！"见枪疤脸军代长的嘴更是笑咧大开，便又补充说，"我给阿嘉松说，叫他给长官您送双份见面礼！"

"双份？"枪疤脸军代长疑惑。

"是啊，双份！"努科长解释，"阿嘉松拜见您，是两个身份啊！一是商号大老板身份，二是部落土……土……首领身份！"

"土、土什么？你想说'土官'，说土官身份是吗？"枪疤脸问。

"是的是的！"努科长与阿嘉松交道多，对他有好感，便有意识替他说话，"阿嘉松非常豪气大方。他要是知道长官你以接见土官首领规格接见他，他的两份见面礼，肯定是非常丰厚的！"

枪疤脸军代长明白努科长这番话的含义，说："看来你跟阿嘉松的关系不错啊！"然后表态说，"阿嘉松有省政府的土官千户册封，满城人也都称呼他土官，他以丰厚双份礼见我，我接见他，当然要对他用'土官'称谓！"为了促使努科长带话阿嘉松备"双份丰厚见面礼"，又高声说，"我不在乎汪县长。他爱高兴不高兴，关我屁事！"

努科长想到轻易就讨好了军代长，也为阿嘉松出了点力，会得到谢酬，心里乐开花，奉承道："是的是的，军代长比县长位子高，当然眼界也大啊！"

这时，努科长向饭馆订的贵价好菜送来：有红烧熊掌，粉蒸甜烧白，雏鸡什锦……

枪疤脸军代长因发财在即，亢奋起来，面对珍馐佳肴，他更胃口大开，吃喝更香。他狼吞虎咽一阵，打了个酒肉饱嗝，暂放筷子，伸手准备拿香烟。

努科长见状，赶紧从榻桌上的烟盒里抽出一支香烟，递给枪疤脸军代长，划燃火柴点烟。

枪疤脸军代长深吸两口烟后，问："努科长，今天在亭子里，听汪县长说阿嘉松土官的话，看来他们之间结了大仇，是吗？汪县长说什么阿嘉松涉案未结，说什么不认他是部族首领，是怎么回事？"

努科长回答："汪县长确实是恨死了阿嘉松土官！至于他为什么说那些话，"努科长粗大手指抓挠脑袋，现为难相，说，"要讲清，话就多了。"

枪疤脸军代长点点头，说："是，大事件都复杂，不是三两句话说得清的。"他想了一下，问，"归根到底，他们二人的纠葛，是因为钱吧？"

努科长本想说"是汪县长太过贪婪德行不好"，但这种话岂敢出口，于是敷衍："是的，是的！"

枪疤脸军代长一听果然为钱，见有戏了，又长精神。他如苍蝇，知凡钱财纠葛争斗之事，必有缝隙可叮钻，有搞钱的机会。当然他也知道，要在其中寻隙钻缝发财，必须详细了解事情的全过程。

于是他指着藏榻矮桌说："这满桌的好菜，喷香的青稞美酒，难得享用啊！咱俩享受美酒佳肴，不能吃得跟哑巴一样悄无声息，跟他妈做贼偷吃东西一样。你说是吗？"努科长连说："是，是，是。"枪疤脸军代长又说："当年的事说起，话多，正好也是下酒菜，你就慢慢细说吧！"

于是努科长整理思绪。枪疤脸军代长见状，居然从烟盒里抽出两支烟，递了一支给努科长……

努科长燃吸香烟，先讲嘎布金矿往事……

努科长讲到汪县长接任松潘县县长，勒索阿嘉松土官不成，于是对阿嘉松土官怀恨在心！

枪疤脸军代长听完，感触说："汪县长从巫县长凌氏父子那里，勒索到手那么多金条，唯独在阿嘉松土官身上，没有榨出一滴油，当然与他结仇了！"他心中垂涎金子，又感叹道："那嘎布山沟里明明埋着金子，却人人都只能望风空叹啊！如果老子这个军代长不是只能干半年八月，老子要重开嘎布金矿！"

枪疤脸军代长夹了一片熊掌品味一阵，端起酒碗与努科长碰了一下，喝下一大口后，说："俄哈大土官被烧死，阿嘉松土官取而代之成为部族首领，这中间又与汪县长发生钱财纠葛了吧？"

努科长点头："是的，是的！"努科长想起汪县长从中发大财，自己没有占到多少好处，对汪县长怨起，借着酒劲发牢骚："汪县长从阿嘉松土官手上发了大财，却对阿嘉松土官结下更深的仇，可见汪县长这人啊……"

"啊，汪县长从中发了大财？"枪疤脸军代长惊羡得张大嘴巴。他囫囵将未嚼烂的羊肉硬吞下喉咙，急迫问，"他发多大的财？"

科长心里升腾起往日强烈怨气，他恨恨说："具体发多大的财，我们不知道。反正他强行拿了相当多的金条银圆，这是部族藏族人，我们县府的人，全都知道的！"

枪疤脸军代长又强烈地闻到金钱味，他决定今晚详细听听当年的事，从中探出财源。他于是指着满桌菜说："这些菜全凉了。咱们干脆煮成火锅，热热乎乎慢慢吃，你把俄哈被烧死的事件慢慢讲给我听！"他因为吃得相当多，酒肉食糜都撑到小腹底，又说："我趁这会儿去解个大手。腾空肚皮，咱们再接着吃，我接着听你讲！"

锃亮铜火锅装填燃红木炭端上榻桌，仆人按吩咐把多盘剩菜连汁倒进沸腾的锅水里。很快，火锅沸汤飘起别样美味香气。

两个珐琅釉彩碗碰了一下后，努科长又开讲。

他先讲述了俄哈太过于贪婪残暴颟顸，在部族上下人心尽失，连手下大多数大头人都背弃他。而他昏庸得居然敢与活佛大喇嘛寺作对！藏族部落，臣民和宗教是支撑首领统治的两条腿。俄哈自断双腿，当然其王位是一推就翻。

接着，他叙述了俄哈大土官多年来，多次欲杀阿嘉松土官，二人结仇……最后，他讲到嚓旺美朵贵人遇害，阿嘉松土官忍无可忍，公开向俄哈发出生死挑战！

努科长又讲述："阿嘉松土官推翻俄哈有两个有利条件，一是得到了部落大多数上层和普遍下层的人心，二是得到了藏传佛教公开大力支持！只是，他是如何将部落上下织成了一张捕兽大网，如何在部落里暗地组成了如同军队一样的武装，这就无人知晓了。反正他在部族里人心所向，又拥有了枪多势大的武装，推翻俄哈，只是动手的事……天上菩萨要福佑成全阿嘉松土官，便赐他机遇……"

枪疤脸军代长听完这段，感叹道："人为财死，鸟为食亡。俄哈把军队补偿钱款全部扣留独吞，当然要引起众怒，引爆事件。他还又惹起侵占圣地这样的宗教大事端，真是自己找死。"

枪疤脸军代长心底关心的是钱，于是连连发问："哪，军队补偿部落的几大箱子银圆，找到了吗？金库在地下，火烧不到，俄哈金库的金银财宝肯定巨量，你知道有多少吗？都落入阿嘉松手上了吧？还有俄哈王位被推翻，他的土地山林牧场那么多财产，又怎么处理呢？"

努科长回答："长官您这么多问题，只有慢慢讲才说得清。"他稍顿，又补充道，"有些，慢慢讲也说不清。前面我不是给长官你说了嘛，汪县长发大财是尽人皆知，但具体他装腰包多少金条银圆，就没有人知道了。所以说起俄哈土官被烧死后他的财宝财产，我只能讲处置过程，至于具体有多少，我就说不清了！"

"哦——"枪疤脸军代长叹一声。叙事讲到了真金白银，讲到进钱发财关键处，他更不会放过有关细节，于是说："不要紧，你就慢慢讲过程！你听，外面的雨也大了，我今晚就不回去了，就在这藏榻上睡。"

努科长唤进男仆往铜火锅里加木炭……

男仆将又装满青稞酒的镶花铜壶提进屋，往两个酒碗里斟满酒后，退出，拉闭门。

努科长对枪疤脸军代长敬酒后，接着又讲述：

俄哈土官官寨燃起熊熊大火的第二天，俄哈的阿弟等亲属多人赶来县城，向县政府报案，说阿嘉松纵火，烧死大土官和家属下人几十名，要求县政府抓阿嘉松！

藏族部落头人的更替，多且频繁。无论是父死子继，还是兄弟争夺叔舅篡位，或是内乱造反改朝换代，都是寻常事，县政府从来都不管，除非有利益才插手。而且等上位的人坐稳了，县政府收了钱，才发个"部落首领认可"官文。

但俄哈土官被焚事件，汪县长却极为重视。一则他敏锐感知有发大财机会，二来也可报复收拾阿嘉松。于是他马上亲自问案。当他听说部族万人聚集现场，高呼拥戴阿嘉松土官为赞普（王），同时高呼要求阿嘉松土官领头，用俄哈财产补偿他们，大为惊愕！尤其是，他对阿嘉松是不是已夺位部族首领，是不是要接受俄哈财产并清偿部族上下这两条极为重视。

汪县长询案后，考虑事涉大量金银财宝庞大财产，不能不告知军代组。于是他马上与军代组商量，很快，便指定县府五人，即秘书科米主任警察科麻科长军事科科长县保安队长以及我，差派我们立刻快马赶到现场。并对我们下令：一、发布县府口头告示：俄哈土官遗留的权位和财产，必须由政府做处置。二、要定性阿嘉松是主犯！务必把阿嘉松台前幕后实施犯罪的证据收集取证扎实，并将他捆绑到县城。

于是我们带了警察保安三十多条枪，连夜出发。我们到达现场时，已是第三天黄昏了。但见官寨大火还在熊熊燃烧，官寨高大石墙还在陆续崩塌，石头烧裂的爆响接连不断。漫山遍野都是帐篷篝火，感觉部族藏族人成千上万，气氛紧张！

我们宣称我们是县政府官员，奉命而来。立刻就有头领模样的人，来到我们面前，声称阿嘉松土官现在已经是部族首领了，他们去通报，请我们稍等候。

我们在等的时候，问周围的藏族人：为什么不散，不回家去？

于是我们周围响起七嘴八舌的回答声音，说他们不散有两个原因：

一是他们看见官寨里面突然燃起熊熊大火，又看见各个大头人派到现场监视情况的差官纷纷回去报信。他们中有些人恐慌不安，害怕他们的大头人老爷定他们围攻土官火烧官寨的犯上作乱罪，那是要杀头坐牢的。因此他们要求阿嘉松当部族赞普（王），保护他们，说服和压服各大头人，不准因俄哈自焚定他们的罪。

二是他们要求阿嘉松作为部族大首领，出头做主，将俄哈土官私吞中央军的补偿费以及他的钱财土地牛羊，清偿俄哈对他们的所欠。

我们听到身边周围藏族人的这些嚷说，都大为吃惊。这时，县政府来人的消息火速传开，周围山坡成千上万的藏族人又轰动起来，他们高喊着阿嘉松的名字和"赞普"这一部族首领称号，他们高高举起刀枪弓箭长矛挥舞，那个声音之大，像滚雷一样，那个气势吓人啊！不言自明：阿嘉松土官登位部族首领，已成不可撼动的事实！

不一阵，阿嘉松土官派他亲信礼迎我们。他本人也是站在山坡上的一个大帐篷外，执礼迎接我们。但他的架势，已尽显王者风范。

我们见现场的气势，见大帐外剽悍的持枪卫队，因此我们对阿嘉松土官只能说我们是来现场调查案子，见证实情的。至于汪县长的命令，我们哪敢说出口。

阿嘉松土官表现得光明磊落，给我们准备了吃喝，叫我们自行去任意找人问询情况，调查案情。

我们稍微吃喝后就马上接着开干。我们分组，米主任带他的科员对阿嘉松土官进行盘问笔录。其余我们四人分成两组，各自广泛找人询问案子详细过程。

天黑了，我们也累得不行了，在阿嘉松土官给我们提供的帐篷里吃食睡了一晚。第二天，我们又接着干。但是，所有中下层藏族人和喇嘛们都说是俄哈土官喝了假喇嘛的魔酒，又疯又醉，自己放的火。只有俄哈家族的人说是阿嘉松指挥手下放的火，但又拿不出一点点证据。各大头人派在现场监视的人都说：他们看见火是从官寨里面冒出的，不知是怎么燃起的。

我们忙活了整整一天，但是，所收集的所有口供，都达不到汪县长的命令要求：坐实阿嘉松的犯罪证据。

枪疤脸军代长听到这里，疑惑问："火是从官寨里面燃起的，难道不可能是从外面烧的吗？"

努科长回答："俄哈土官官寨像大城堡一样，石头墙很厚，高四层。对外的窗户，二层是透气窟窿，脑袋大，也兼射击。三四层的窗户也都很小，并且有厚木板开闭。房顶是夯土平顶。即使有火箭射上去，落在夯土平顶上，不用脚踩，自己燃一会儿就熄灭了。官寨厚重大门两边两座高碉，对想在大门口堆架木柴的人，居高临下轻易射杀。

"第五天，火势才基本燃尽，但官寨已垮塌殆尽。被烧了几天几夜的小山般高的石头还滚烫，那热气熏人，无法靠近。

"我们五人吃晚饭时商量了一下，觉得没有必要再继续询案调查。对于汪县长的捆绑抓捕阿嘉松的命令，我们区区三十杆枪哪敢动手。于是晚饭后，我们软话诱劝阿嘉松土官跟我们一起去县城，当面向汪县长说清情况。但阿嘉松土官以现场混乱，需要他维持秩序为由拒绝。

"我们五人第二天向阿嘉松土官告辞时，对他强调：俄哈土官的金银财宝及其他财产，他千万不能擅自处理，必须听候县政府的示令。

"我们五人回到县政府禀报实情，汪县长一方面震惊，一方面为没能抓捕阿嘉松大为震怒，把我们五人骂得狗血淋头。

"汪县长想了个既发财又雪恨的主意：请刁军代长调动军队抓捕阿嘉松，县政府立俄哈的阿弟接任大首领，同时要求俄哈的阿弟贡奉大量金银财宝。

"刁军代长立刻召集全体军代表连夜商量。鉴于当时贺龙、张国焘红军数万部队即将再次通过黑水和草地北上的重大军情，他们拒绝了汪县长的主意。藏族部落内乱首领更替，本就与军队无关。而阻截'围剿'张贺数万红军，涉及军队胜败存亡，非常需要藏番的粮肉骡马徭役的支持。因此如果军队不明事由地涉入藏族人部落内部事务，开枪打死很多藏民，会在整个藏区产生很大不好影响。再说，请示上级动用部队，最后俄哈的金银财宝，或是失踪于战乱，或是全获上交，住县府军代组得不到一点好处。

"军代组又召集我们去现场的五人详细询问情况，最后决定：他们只搞钱，不问首领更替，更不过问案子。汪县长当然只能顺应军代组。

"于是米主任我们五人奉命，又立刻快马赶到俄哈官寨废墟处。我们见俄哈官寨废墟未动，知道阿嘉松土官遵守承诺：没有挖掘俄哈的地下金库。

"曲吉活佛把他的宽阔高大的白色大帐篷及帐内华贵陈设，一并提供给阿嘉松土官做官帐用。我们到时，原俄哈管属的众大头人和代表曲吉大喇嘛寺的两个大喇嘛，齐聚帐内，坐在铺着厚厚地毯的卡垫上，正在进行会议。阿嘉松土官倨坐在上方高台上，大喇嘛和大头人们分坐两边藏桌后。

"经打听，阿嘉松土官已立为部族之王。他得到藏传佛教势力的支持和加持。原臣属于俄哈的大头人们，或自愿或被迫，也都拥戴阿嘉松土官为王。其中有两个大头人是俄哈土官生前死党，但他们见如果硬不臣服阿嘉松土官，不但眼下清偿俄哈财产他们得不到分毫，而且今后还有权位不保之虞！

"我们向阿嘉松土官和众大头人及曲吉大喇嘛寺传达：县政府同意清算瓜分俄哈财产，由汪县长和军代长领导主持。

"阿嘉松土官对我们讲，经过众大头人和大喇嘛的细致商议，他们共同议定：先由各大头人小头人寨主及富户穷人等，以及曲吉大喇嘛寺，提出俄哈对他们的所欠，并拿出证据证人；然后由曲吉寺和各大头人的财事管家共同审查认定，再经阿嘉松土官和堪布温布两个大喇嘛以及众大头人组成的会议确认，之后用俄哈的财产偿还。剩余的俄哈财产，建立部族公库，用于部族遭到天灾病疫及抵御外敌侵略等。

"我们快马将上述情况禀报汪县长和刁军代长。对阿嘉松土官擅自自立为王，擅自商议制定处置俄哈财产，汪县长认为是对自己的大不尊，对他权威的严重冒犯，大发雷霆。军代表们只关心搞钱，于是劝汪县长木已成舟权且认可，一起赶紧赶到现场再酌情处理。

"到了现场，汪县长和军代长二人与阿嘉松土官密谈。他们提出：对部族臣民及喇嘛寺的补偿，用俄哈的土地牧场山林等。俄哈地下金库里的金条银圆财宝，由他们和阿嘉松三人私分。阿嘉松土官拒绝，只答应给汪县长和军代长金条银圆若干。汪县长和军代长先强压阿嘉松土官妥协，但阿嘉松只稍许让步。汪县长与军代长见阿嘉松居然敢不服从他们，大怒，威胁要收拾他。阿嘉松土官刚强，宁折不弯，竟然将汪县长军代长的强求告诉众大头人和曲吉活佛。这下事情闹开了。曲吉活佛赶紧亲自出面从中调解。军代表们想到他们是流水官，眼下尽快将金条银圆装进腰包最为重要，而且要隐瞒上级部队，因此见好就收，答应了曲吉活佛的调解。汪县长在这种情况下，只得作罢。他虽然也发了大财，但对阿嘉松土官，他更是恨得咬牙切齿，刻骨铭心。他回到县政府后，口头下令警察科：将俄哈官寨大火及死人立为重大要案，将阿嘉松列为纵火杀人嫌疑人；还口头通告县政府各科室：不承认阿嘉松为部族首领，不称谓阿嘉松为土官……但因他和军代组私吞了大量金条银圆，所以他的这些下令和通告，既不敢上报，也不能成文。"

"哦——原来是这么个情况。"枪疤脸军代长最终关心的还是"钱"，追究问："汪县长和当年的军代组，具体装进腰包多少金条银圆？"

"不知道！"努科长回答，"汪县长和当时的军代长当然不会透露。曲吉活佛考虑：众大头人如果知情必然不满，必然要故意散布，那很可能引起动乱等意外事端，难以收场。因此，他告诫阿嘉松土官以稳定部族为重对此保密。同时他以活佛的崇高威望，劝众大头人不要过问汪县长和军代组拿走多少金条银圆，而且他已对菩萨发誓，保证阿嘉松土官个人没有从中拿一个铜板。所以，汪县长他们具体发了多大财，至今无人知晓！"

枪疤脸军代长的心，被努科长叙事中的金银财宝深深刺激。他难以安坐藏榻，下地，在屋子里来回踱步。

他决定要从汪县长腰包里强掏金条银圆。

然后，他又打阿嘉松土官的主意……想了一阵，他转头问："努科长，清偿部族臣民和喇嘛寺后，剩余的俄哈财产确实进了阿嘉松所说的部族公库里吗？"

努科长回答："是的！"

枪疤脸军代长又问："公库里有多少财富？"

"不知道。我没有问过。"努科长回答后，心中一惊，感觉枪疤脸军代长要找阿嘉松土官的麻烦。

第五十八章　洋人钻金神山，逼杀活佛

1

成都市中心靠西的一条大街，名"将军衙门大街"。清朝设"成都将军"官职，建府衙于此处，因此门前形成大街，并以此为街名。抗战艰难，国民政府迁都重庆，成都城市随之畸形膨胀发展，"将军衙门大街"成为城中心主要街道，商市繁荣，行人如织，黄包车穿梭似蝗，与军用吉普美式轿车混行拥挤。

在将军衙门大街北侧，有一军营辕门式大门。大门外的两个岗亭，水泥厚墙带射击孔，四名哨兵持枪站立。大门两侧的房屋修筑如防御工事般，房屋顶上赫然架有两挺机枪。

北洋时期，川军二十四军刘军长曾占据这里作军部。川军混战，刘军长争夺四川王位，战败。战胜他的刘湘军长——现任四川省主席，是他的亲侄儿，因这血亲关系，划川西川南藏族彝族地区给他偏安，并留此处给他，改作二十四军行营。

一辆黑色的美国道奇轿车驶出了这军哨林立、架有机枪的军营大门。

黑色轿车里坐着川军二十四军刘军长的高参——伍培英。

轿车往西出了城门，行驶在田园美景中。夏初的成都农村，地里油菜和小麦一收，马上就漫水灌田插满稻秧。天府之国的景象由灿黄转瞬变成油绿。

黑色轿车过了锦江上的石桥，来到一处林木葱茏、花香鸟语之地。此处地名也很美，叫百花潭。川军十八军侯军长的官邸建在这里，占地百亩，里面西式洋楼与中式园林混搭。抗战前，侯军长也曾占领成都，后虽败出，其军队远离省城，但官邸建此是安全的。

四川很富庶，粮多人多，因此地方军阀也多。军阀们混战不断，胜败无常，他们的地盘也就变换不定。于是他们在居家之事上形成一个规矩：不管彼此在战场上打得如何尸骨遍野、你死我活，但对于相互的官邸家园都不触碰。

所以，侯军长的官邸、二十四军的行营，以及其他诸多大小军阀的家眷都可安居省城。也因此，在成都这一繁华省城中，军长师长的气派官邸很多，旅长团长的富贵庭院无数。四川军阀和军官大都是农村出身洋武毕业，因此他们的豪宅官邸都是中西混合。

黑色轿车开到侯军长的百花潭官邸大门处，门岗军官已得通知敬礼放行。轿车直入后，停在一外廊环绕的西洋楼前。朱瑛高参带着一帮军官在此恭候。侯军长带部队上前线抗日去了，现留此官邸办公的军官不多，且都或老或病。

伍培英高参下车，接受朱瑛高参等军官的军礼迎接。朱瑛高参向他介绍身边一位高级军官，说："这位是吴高参，才从前线侯军长身边回来……"

吴高参礼节握手时，伍培英见他左手僵硬地揣在军装口袋里，一起走进洋楼的时候，又看见他左脚有些瘸。

走到小会议室门口，伍培英吩咐他的随行副官在外听候。朱瑛知道要谈的事极为机密，也示意自己的副官等人在外，但他带吴高参进屋，向伍培英解释：侯军长指示吴高参参与其事。伍培英点头。

勤务兵沏好茉莉花茶，点燃香烟，然后退出，关门。

小会议室里，地面铺着英国地毯，上方摆放一长沙发，面前长条茶几上铺着绿呢桌布。其余三面，二对单人沙发靠墙，其间的小茶几上铺着亚麻桌布。

伍培英在军中资格很老，朱吴两人请他独坐上首。伍培英知道那通常是侯军长之座，谦让。朱瑛说三人对坐距离太远不便密谈，执意请伍培英落座长沙发，然后自己在他近旁坐下。

吴高参的身份要低一些，坐朱瑛下侧。他落座沙发时，更显左腿有问题。

伍培英见状，想到他才从前线回来，于是问："吴高参你身体怎么了？"

"唉——"吴高参长叹一声，说，"在前线落下了毛病。"

伍培英很关心十八军在前线的情况，问："在前线怎么了？负伤了？听说你们部队在山西前线很苦，是怎么个情况？"

"哎——"吴高参又长叹一声后，简要叙述，"我们这次满腔热血山川抗日，却莫名其妙地被调离七战区编制，支到山西阎锡山手下。部队在山西不断转移打仗，给养始终跟不上。到了冬天啦，官兵还是单衣薄被。北方那个冷啊，冰天雪地，大量官兵冻伤冻病，部队苦不堪言。"

"唉！"伍培英也沉重叹息一声，说，"整个前线部队的给养都不足。我们七战区的川军不是委员长的嫡系，给养就更差了。你们十八军，还又支到晋军系统，当然就更没有人管了。"

"是啊。晋军也是地方杂牌，他们对委员长的补给一肚子不满，自己的孩子都吃不饱谁还想管外人的娃儿。我们找阎锡山长官，他说上面没有拨下来，叫我们直接向上面要。我们向'军委会''军令部'去电，他们又说已经通知阎锡山，要他调剂一部分给我们。就这样，我们军像孤儿，被两个后妈推来推去。"吴高参说到这里，重重地叹了口气，又摇了摇头，感叹，"唉，侯军长为此，寒心得很啊！"

伍培英沉重地点了点头。

吴高参接着讲："司令部驻黄河边的时候，侯军长派我去找阎锡山长官。阎锡山对我们不断去人烦了，说病了，不见我。我心忧冰天雪地里的将士兄弟，下了决心讨不到被服不走。天寒地冻我住在黄土窑洞里，心里又急又气，晚上睡不着觉，血压升高人也不好了。他们的人看见我病倒在窑炕上，也实在为难，说叫我先带半个团的被服回去。我一听，一气，就脑中风了！唉，还算抢救得快，现在这左手不行了，左脚也不灵便了！"

伍培英听了，连连同情感叹，然后也谈起了二十四军在前线的作战艰苦……他们又谈到川军抗日阵亡的几位英烈师长……

要事在身，伍培英谈正题。

伍培英用眼睛扫视关闭的门窗后，把身体前倾，神情隐秘地低声说："我刚从重庆回来。在那边……

"我现在把陈主任的原话传达给你们：'两个月后，蒋委员长要到峨眉山去，来回两次路过成都，并且都要在成都住几天。你们可以搞一个藏族边民抗日救国代表团，到省城献旗。届时，争取能见到委员长。'"

伍培英戛然停话。

朱瑛和吴高参静等了一会，诧异问："没有了？……就这么两句？"看见伍培英两次肯定后，都陷于沉思。

吴高参听过朱瑛介绍他见陈主任的情况，问："伍参座您见陈主任很多次了，也比较熟了，他说话总是这么少？"

"也不一定。反正如果有事找他，他的话很少，而且都不给明确答复。但如果是没事去，有时候陈主任还爱问，还能多坐一会儿。"

"如果没事去？"吴高参失言后马上明白是指送东西，赶紧补话问，"陈主任爱问哪方面的？……哦，问川康藏区和西藏那边的情况……哦，问川军的，尤其是川军将领的情况……"

朱瑛想到两尊金佛就换来这么两句含糊话，说："陈主任惜字如金，也字字千金啊！"朱瑛心里有情绪，虽竭力掩盖，但难免话语透露，又说，"陈主任居高位，指示也如天音佛语，够你我领悟的啦！"

伍培英说："是啊，是啊。我也一直在琢磨啊！"

朱瑛说："伍老师智识过人，怎么考虑的，请惠示兄弟！"

"惠示说不上。我们大家一起商议商议。"

吴高参脱口问："两个月后正是盛夏，委员长去峨眉山避暑？"

朱瑛转头看着吴高参说："避什么暑！你怎么忘了？峨眉山军官训导团，委员长是团长。"

"哦——，瞧我这记性！"吴高参恍然拍头，说，"对对。委员长是团长，陈诚是教育长。这毕业的是第几期？委员长要去训话？"

伍培英说："第七期毕业，同时第八期开学。委员长一起训话。"顿了一下，接着说，"所以，如果我们要组织这个藏族边民抗日救国代表团，时间就很紧了。"

"藏族边民抗日救国代表团——"吴高参沉吟两遍这个名字，然后转头看着朱瑛问："你们向陈主任提出的，是希望帮助我们两个军休整时，能够回到我们的军管区，希望中央军能调走离开。陈主任怎么回示搞这么件事，这什么意思？"

朱瑛苦笑，摇头，表示他也不懂，又用头把问题支给伍培英。

伍培英皱着眉头说："我是这么琢磨的：我们的要求，我估计陈主任不便向委员长说。陈主任还觉得我们这个要求，也没有人愿意向委员长说。这样，军政两个方面，都没有了渠道。他可能觉得，想对委员长当面恳求此事，唯一方式只能通过民间人士试一试。"

朱瑛说："是啊，这是触犯龙颜的事！我们就是出再多的钱，也没有人敢替我们在委员长面前说话啊！"

吴高参也说："这么些年来，蒋委员长一直图谋他的势力入川。这好不容易咬住了四川这块肥肉的边边，现在要他松开牙齿收回舌头，这真是虎口夺食！我们自己都不敢出头，谁还敢替我们说话？"

几人都不禁叹息，各自吸烟沉思。

过了一阵，朱瑛沉重地鼻哼一声，然后说："也真难为陈主任替我们出了这么个主意。"他的语气有点涩，不知他是感谢还是不满。

吴高参听了，问伍培英："陈主任的意思，我们组了这个代表团到成都，他可以帮助见委员长？"

伍培英连忙说："没有，没有。陈主任没有这方面的表示！"

吴高参说："见委员长那是何等的难事！几个藏族人拿着拥护抗日的锦旗就想见委员长？那不可能！陈主任不确定帮这个忙，出个主意等于白说。"

伍培英说："要委员长接见，没有哪一个人敢打这个包票。陈主任谨慎低调，更不可能说出什么明确的话。我是这么想的，如果届时有这么个藏族代表团要求见委员长，陈主任再相机而行。"

朱瑛说："也是。官场禁忌，陈主任不能做过多表态。他也只能指这么条模糊路子，到时候边走边看，摸着石头过河！"

吴高参又说："这还有一个大问题：就是叫那些藏族土司土官代我们说话，他们愿不愿意？他们敢不敢？"

朱瑛点头称是，说："确实如此。那些藏族上层人物也会看形势。我们两个军现在落到这步田地，他们是不会为我们得罪中央军的，更不可能替我们去触犯龙颜！"

"嗨！你们啊——"伍培英做出不满意的神色。

朱吴两人一见，都傻了，互相对视后又询看伍培英。

伍培英用鼻子哼了一声，说："你我是不是要公开高喊着要中央军滚蛋的口号组团？我们的目的露了底，还不仅是藏族上层拒绝参团，中央军会允许组团到省城吗？委员长会接见吗？"

朱吴两人恍然，都做了个对自己不满的摇头。朱瑛说："是的、是的！要做此事，我们的目的必不能外泄。其方式只能是在抗日献旗的名义下，等代表团到了成都，等委员长要接见了，再想办法把私货夹进去。"

吴高参点头表示同意朱瑛的说法，但是还疑虑地说："到时候，这货怎么夹带？这也是个大难题啊！"

伍培英说："难处很多，怎么解决？费了功夫，最后成不成？这些谁也没有把握！这样吧，情况也议得差不多了，问题也都摆出来了，最后采不采纳陈主任的建议，请你们尽快请示侯军长。也尽快给我个回话，我们刘军长以便考虑。"

朱瑛与吴高参两人简短碰头。

朱瑛叹了一声，说："就这么一条路了，看来必须走！伍参座今天带来的情况，我们马上电告侯军长。另外，接下来我马上召集有关人员，就各个问题紧急商议。三天内，我一定给你们个回话！"

吴高参说："我离开前线的时候，得到消息说关于我们十八军的休整补充，上面考虑两个：一个是拉到陕南，休整一段时间后再派往晋豫战场；一个是驻贵州，休整补充后派往湘桂战场。如果那样，老窝子就永远丢掉了。唉，情势如此，别无他路。这条路成不成，都必须走啊！"

2

松潘。晋兴襄商号里。

晋老掌柜正在与客商谈生意。一个伙计慌张来到门口，请晋老掌柜出来后，急言道："外面传言，阿嘉松土官被抓，投进监狱了！"

晋老掌柜大惊失色，惊慌连问。伙计答："街上现在都在传言。说有人到县政府状告阿嘉松土官杀了人。具体情况不清楚，但不像讹传。"

晋老掌柜慌了神，转身向客商道歉，叫二掌柜继续洽谈生意，自己带了个伙计，急匆匆往县政府奔去。

到了西街，晋老掌柜远远看见警察科的马副科长从县府大门出来。他小跑几步，隔着老远就喘气急问："怎么回事？阿嘉松土官怎么回事了？"

马副科长见他的惊慌模样，连说："没事没事。晋老您不要急坏了。没事的！"

晋老掌柜稍微松了口气，还要问。马副科长指着身边迈斯明的仆差说："喏，你看迈老板也差人来叫我去说这事，咱们到了迈府，我慢慢说。"

阿嘉松土官是松潘名人了，风声立刻使满县城轰动起来。他们走在大街上，马副科长不断与街道两边的人不停问答：

"马副科长，听说阿嘉松土官被抓了？""没事，没事。""听说有状子告他杀了人？""诬告，诬告。""听说关监狱了？""不是不是。是等送保金，保金到了就人出来了。""怎么可能等保金哟？阿嘉松土官那么有钱，吩咐一声钱就送到衙门了。""就凭阿嘉松又是土官首领又是大老板的面子，具结都可以不要，哪里可能蹲在牢里等送钱？"……

明德茂商号，铺面气派，大招牌的镏金大字闪闪发光。

晋老掌柜和马副科长几人急匆匆走来，进了迈斯明这个大商行。他们刚在会客室里落座，迈斯明大老板便神色关切地进来。

马副科长不等上茶就开始讲述。原来，前些天，阿嘉松土官去了趟曲吉大喇嘛寺。他头天到第二天一大早离开，接着曲吉活佛就死了，呈中毒症状……于是，俄哈的亲属等反阿嘉松土官的几十人联名投状县政府，说阿嘉松土官认为曲吉活佛的声望影响了他要把自己塑造为神的痴心妄想，因此毒杀了曲吉活佛。

一直对阿嘉松土官心怀不满的汪县长当然要借机行事。他立刻煞有介事地派警察背枪挎弹地将阿嘉松土官带到县政府，然后自己凶神恶煞地亲自审问。虽问询无果，但汪县长为了敲诈勒索钱财，也为羞辱阿嘉松土官泄私愤，恶意把阿嘉松土官投进了监狱。

听了马副科长的讲述，迈斯明大老板和晋老掌柜都问曲吉活佛到底是怎么死的，为什么与阿嘉松的来去时间那么凑巧？

马副科长回答："我不清楚。这些日子我一直忙着破其他案子，没有进县政府。我刚才说的阿嘉松案子的那些情况，也是接到迈老板您的话后，匆忙回到县府里，才打问来的。"

这时迈斯明大老板的伙计来报，说麦其崩二老板到草地做生意去了，泽旺商号的大掌柜马上来。

晋老掌柜心急，说："不等泽旺商号大掌柜了，我们三人现在就抓紧商量解救的办法！"

迈斯明大老板问马副科长："按惯例，这类事的保释金是多少？"

"从来没有定例。取保候审历来看人，对有钱的多要，对钱少的尽量榨。阿嘉松土官怎么可能杀曲吉活佛？这是汪县长故意整他，所以这保金就不好说了！"

迈斯明大老板稍沉思，说："汪县长要整阿嘉松，抓了就不会轻易放人。要救阿嘉松得绕开他！我们走军代长的路子！"

晋掌柜疑问："军代长会不会与汪县长串通一气？"

马副科长说："这个军代长搞钱厉害，又武断得很，从不把汪县长放在眼里。我们马上把军代长约到翠红楼，用保金名义塞他两根金条子，换他当场写个纸条子，派他的马弁和我一起，立时去监狱提人！"

迈斯明大老板与晋老掌柜交换两句，然后派他的外事掌柜去约请枪疤脸军代长。这时泽旺商号的大掌柜也到了。他一听，马上又返回去取金条子，然后直接往翠红楼去与迈斯明等人碰头。

外事掌柜小跑离去后，迈斯明大老板对晋掌柜和马副科长说："商量一下，我们见了军代长，怎么替阿嘉松土官辩解？"

于是大家凑议起来：

"首先要驳状告阿嘉松土官杀人的动因。我们讲清楚，阿嘉松土官的部落首领地位，当年的取得和现在的维持，曲吉活佛号召和要求众大头人及百姓服从拥戴他，是非常重要的条件。"

"就是。现在阿嘉松土官继位首领，汪县长就一直声称不承认。在他的部族内现在还有人反对，在部族外也有几个与俄哈有亲戚关系的土官至今拒不承认。因此阿嘉松现在还非常需要曲吉活佛的支持。因此说他与活佛争声望完全是无稽之谈！"

"我们替阿嘉松土官说话时，把蒙藏委员会四川办事处的柳曼卿主任抬出来，再想想，他还有什么硬关系，都抬出来。"

"还可以给军代长许愿，说：阿嘉松今后肯定是继续当土官首领和大老板的。你这次帮了忙，即使今后回了部队，阿嘉松土官也会记你的恩情，与你交往的！"

"另外，我们明德茂和晋兴襄两个大商号，联名具保。"

……

松潘监狱的大门外，晋老掌柜和迈斯明大老板等人带着他们的手下，站立在风中等候。他们的出现和他们焦急期盼的神情，引得附近街坊人等来围观议论。

不一阵，监狱大门旁边的小门打开。先是枪疤脸军代长的马弁出来，接着阿嘉松土官高大身影出现，在他后面是马副科长。

马弁看见晋老掌柜迈斯明大老板等多人，嚷道："好家伙，来了这么多人迎接啊？"然后摆出兵痞姿态，斜睃着眼睛，用右手握马鞭拍打左手掌，也不言语。

泽旺商号的大掌柜赶紧上前，从怀里取出一个裹着银圆的红封递给马弁。马弁用手掂了掂银圆，然后说："好了，人就交给你们啦！"然后掉转屁股走人。

迈斯明大老板等人怕汪县长又生事，立刻簇拥着阿嘉松土官出城。松潘监狱离西城门最近，于是他们一群人往那边快走。

西城门洞外，已经有多人在风中接应，他们还牵着二十多匹鞍鞯备好的快马。他们是接到通知的阿嘉松土官和迈斯明大老板的护卫随从等。

阿嘉松土官和晋老掌柜等出城的十多人接过缰绳，翻身上马，挥鞭疾驰起来……

县城外十里，大路边的岷江河优美地弯流出一个水湾，旁边留下一块不小的沙滩。

骑在马上的阿嘉松土官看见其处，勒停马，对护送他的众人双手合十，说感谢大家，请在此留步，又鞭指沙滩说请大家在那里休息喝茶。

河湾沙滩上，燃起两堆篝火。

一堆篝火边围坐的是阿嘉松土官和晋老掌柜、迈斯明大老板和马副科长，以及泽旺商号与明德茂商号的大掌柜。另一堆篝火边围坐的是他们的随仆护卫伙计等人。篝火上的铜锅里煮着马茶。阿嘉松土官和手下要连夜赶回官寨，在这里吃点酥油糌粑。

看着篝火跳动的火焰，阿嘉松土官讲述自己去见曲吉活佛的前后情况：

"在我去见曲吉活佛的前三天，住在我官寨里的阿尊大喇嘛从曲吉寺开会回来。他神情沮丧地转告我：活佛口谕，对洋人机器钻探神山，曲吉主寺和各从庙都暂停反对，也不要再鼓励部族民众去搞破坏。口谕所有喇嘛对此事缄默。

"我听了大吃一惊：带领部族僧俗两众反对洋人钻探神山，是曲吉活佛与我共同议定的事，怎么刚展开活动，活佛就突然改变态度？活佛为什么做如此重大决定却不与我通气商量？活佛发此口谕，还令喇嘛们缄默，让我怎么面对部族臣民？我部署的制止洋人钻探神山的行动，该怎么办？"

阿嘉松土官说到这里，情绪有些激动，暂停。

马副科长甚感奇怪，说："是啊，曲吉活佛和你联合行动，他要不做了，是应该先和你商量啊！"

晋老掌柜说："曲吉活佛和你一直相互尊重倚重，他这样做，肯定突然出现了什么复杂情况！"

迈斯明大老板说："曲吉活佛大智之人，虑事周密，做事慎重，突然做此非常举动，一定有深层原因！阿嘉松你往下讲。"

阿嘉松土官接着讲："我于是要立即起程去曲吉寺见活佛问明缘由。谁知阿尊喇嘛却拦住我，说活佛已经定了，叫我三天后去曲吉寺；说活佛这三天要安排寺庙重要大事，没有时间见我。

"第三天天不亮我就离开官寨，一路快马，到曲吉寺的时候，活佛正在大殿给全体喇嘛讲经。我拜了菩萨后，坐在阶前聆听。

"曲吉活佛讲完经后，宣布说他要离庙远行。活佛宣布了他离开后，曲吉大喇嘛寺的管理秩序规矩等等，又劝谕众喇嘛全心侍佛。活佛特别强调保护寺庙。我当时越听越是心里谜团雾起。

"我到了客房后，即问接待管事喇嘛：'曲吉活佛要到哪里去？'接待管事喇嘛说他也不知道。说活佛只告诉了大堪布大温布两位接任主持。对其他喇嘛，活佛只说了'当知便知'四字。

"傍晚了，曲吉活佛在他的府里见我。我进了屋后，看见寺里的大喇嘛们都在座。曲吉活佛赐我坐在他旁边，然后只说了一句：'你随我念一会儿经。'然后继续闭目诵经。

"当时在座的大喇嘛们都用极低的微弱声音念经，所以室里显得很沉静，但我心里有一种出了意外大事，似乎是大灾降临的感觉。

"好一个时辰后，活佛才与我说话。活佛先注视了我一阵，然后说：'我的尊师——桑钦大活佛说你有贵相，果如其言。你在他面前发的誓言还记得吗？'我说记得，然后重复了一遍。活佛又说：'你在我面前对菩萨发过誓，记得吗？'我说记得，那是在嚓娥大头人官寨的经堂里。我又重述誓言。

"然后，活佛说：'你敬佛行善，所以菩萨保佑你历渡劫难、富贵今天。佛门相信你会继续遵守誓言直至轮回。今天请你来，我再托付你一事，我要你发誓：今后如果我的曲吉大喇嘛寺有难，你一定要尽你的权势、财产、生命护我佛门！'

"我一听，怎么说'如果今后曲吉寺有难'？我吃惊问。但是活佛不答，而是示意我起身到菩萨像前跪拜，起誓护寺。

"我再坐下后，忍不住问'寺庙有难'是什么意思，问曲吉活佛要离开寺庙多少日子。活佛叫我不要多问，只说'日后你会知道的'！

"然后，活佛说：'嘉松啊，你再陪我坐一会儿。'就闭目诵经。一直到天黑很久了，活佛说：'阿嘉松大土官，你奔波一天了，回房去休息吧。你官寨里事情多，你明天清早就赶回去吧。行前不要来向我道别了！'

"我那一晚上翻来覆去。我想到活佛发谕停止反对洋人钻金，想到活佛说'寺庙有难'，要我尽力护寺的话，我感到这二者必有关系。我决定暂不离开，要问清楚。

"但是，早饭后，大堪布大温布两位大喇嘛——曲吉活佛宣布接替他的两位暂时主持寺庙事务的大喇嘛，却率众喇嘛礼送我出了寺庙山门。

"我回到官寨后，当晚接到来报，说曲吉活佛轮回去了。"

众人听得瞠目结舌，个个惊愕……

3

残阳如血，余晖斜照着阿嘉松土官官寨的石砌藏式建筑。

俄哈土官自焚而亡，阿嘉松被拥戴为大土官后，他另选地址，新建了他的衙门——土官官寨。阿嘉松土官的新官寨小而简，仅用于治理部族的施政和果洛带的藏兵驻训。修建资金源自他的泽旺商号。

阿嘉松独自坐在房顶上。高原的晚风很凉，阿嘉松仍久坐不动，身影如石雕，但又透出愤怒的力量。残阳落山，渐起的暮色使他面容更显悲怆，也充满愤恨！

阿嘉松土官回到官寨这几天，夜夜难眠。他白天处理部族事务，尤其是解决这次突发事件在部族中引起的后续事情，整日繁忙。但是夜晚入静，他一闭上眼睛，曲吉活佛的慈祥音容、伟岸身影就清晰显现。脑海中，曲吉活佛爱护他、扶持他的历历往事一幕幕浮现。阿嘉松对曲吉活佛深厚的感情和由衷尊敬，使他陷入巨大悲痛，夜不能寐，泪湿枕巾。

阿嘉松土官对曲吉活佛的突然死亡，甚感蹊跷。他在悲伤中，又反复寻思活佛死因，越想越认为是自杀，且是被逼自杀！于是寻仇的强烈愿望更使他通夜思索：是谁，为什么，用什么手段逼死曲吉活佛？在黑夜中，他思寻蛛丝马迹，汇集种种疑点，分析线索脉络，他的寻仇思路指向了胡宗南的漳腊行营：是他们逼杀活佛！

这个推断，在阿嘉松的悲痛情绪中又掀起愤怒波涛！曲吉活佛即如他的教父，这是杀父之仇，他心中燃起仇恨烈火！

认定是国民党军队逼杀了自己恩人教父，阿嘉松更为难受：想长远，如此深仇却难以追查凶手报仇雪恨，难以为曲吉活佛申冤慰灵；看眼前，这般大恨却无人倾诉，就连自己的亲信们也不敢听更不敢参言。强烈的仇恨和愤怒压抑在心，使阿嘉松感到胸膛炸裂般难受。每当残阳黄昏，公务议毕，他便走上房顶，在天高风疾中久久凝坐！

阿嘉松强烈地想倾诉发泄。他想起了一个人，只有在这个人面前，他可以咬牙切齿地大骂胡宗南行营，他可以恣意宣泄复仇愿望，这人就是洪老中医！

阿嘉松接受红军委托时，就估计洪老中医是共产党人。他帮助洪老中医在松潘县城里安顿行医，知道自己这是在帮助共产党潜伏人员。阿嘉松的感情对共产党有认可，识见对共产党有佩服，所以自愿这么做！但是阿嘉松刻意不究问洪老中医。当然洪老中医心里也明白：阿嘉松对自己的共产党人身份心里有数。按地下工作纪律，他当然也不对阿嘉松做丝毫表明！

因此在这几年间里，每当国共两党发生重大情况，比如西安事变、皖南事变等等，阿嘉松都要向洪老中医打听国民党宣传之外的真相。他非常看重共产党方面抗日斗争的开展和发展情况。而这些，他知道只有通过洪老中医可以了解更多更真实。当然他们在密谈中，阿嘉松如果对眼前国民党的污秽之事有不满，也无顾忌抨击。

阿嘉松土官与洪老中医的政治谈话，都是以诊病为名，将他请到泽旺商号里关窗闭门交谈。现在阿嘉松想诉说胡宗南军队是杀人主犯，要宣泄对胡宗南漳腊行营的痛恨，他想到了洪老中医，但他现在不能进城，于是派人去请洪老中医来山上官寨。阿嘉松在风中孤坐房顶，也是在候望洪老中医。

暮色苍茫中，洪老中医快马来到。

他一进阿嘉松土官官寨院子，见阿嘉松下到二楼楼廊，扶栏对他招手，立刻松了口大气。他原以为阿嘉松疾病卧床，见状知道阿嘉松身体并无大碍。

阿嘉松见了洪老中医，关心问候说："你累不累？饿了吃点东西，今晚好好休息，我们明天摆谈一下。"

洪老中医一听，明白了阿嘉松是请他来倾谈的。但他见阿嘉松眼睛充血厉害，声音嘶哑，面色赤红，是中医内焦上火症状，便说："我不累。你身体有点问题，我先给你看看。"阿嘉松点头。

洪老中医在客房匆匆洗脸换衣后，进了藏式小客厅。阿嘉松已在坐等他。

洪老中医马上对阿嘉松进行中医诊断。一番切脉问诊后，他从出诊用的中草药马褡子中拿出清热祛火药丸，请阿嘉松当即服下，然后又写下处方，为阿嘉松捡了一服中草药，吩咐厨房即行煎熬。

洪老中医忙完坐定后，端起酥油奶茶解渴充饥。他见阿嘉松满面愤恨神色，心想他对汪县长抓他下狱怨气难消，便安慰说："阿嘉松土官，事情已经过去了，你不要老想，免得坏了自己的身子。"

阿嘉松土官咬牙怒喊一声："我恨！"

洪老中医理解地说："汪县长汪野狼，确实万恶可恨！你为人刚正，不为虎作伥，所以他汪野狼总想黑整你！他狗家伙在松潘干的坏事罄竹难书，血债累累，该天打雷劈千刀万剐！所以你对他的恨，松潘上下对他的恨，是正义对邪恶的愤恨，是合天理人心的！"

洪老中医知道阿嘉松土官明白自己的共产党人身份，所以他每与阿嘉松谈社会政治话题，便上升到革命宣传。洪老中医接着说："阿嘉松土官，汪野狼如此之坏，是松潘历届县长中最坏的，却反而在松潘任县长时间最长，这说明什么？只有罪恶的党才任用这种罪恶的官干尽这些罪恶的事，这就表明了国民党的罪恶本质。国民党表面主张三民主义，实际上是欺压剥削人民的党，是腐败专制的党，是实行黑暗统治的党。阿嘉松土官，汪县长可恨，他整你，你给他记笔账，以后有机会算他的账。但同时，这笔账也要记到国民党头上！"

洪老中医又讲共产党在陕甘宁边区，真心实意为广大百姓谋福利的政策和成就；讲八路军的抗日革命根据地迅速扩大发展，根本原因是共产党的性质……

阿嘉松土官听了这番话，情绪稍微好了点，说："狗日的汪野狼，这个账我要给他记下，以后要算他的账！我现在更恨的，是胡长官漳腊行营里的人，他们逼杀了曲吉活佛！曲吉活佛是我的大恩人，是护佑我的活菩萨，是我的再生父母。漳腊行营的坏人逼杀曲吉活佛，就是杀我的父母，杀我的恩人恩师！"阿嘉松说到这里，仇恨情绪又爆发，咬牙怒喊，"我恨，我恨死了他们！"

洪老中医惊问："曲吉活佛是被胡宗南军队杀害的？怎么回事？"

阿嘉松土官将他见曲吉活佛的情况讲述……

洪老中医听完，说："听你讲这些情况，我也得出这个推断：胡宗南行营逼迫曲吉活佛，要他制止教众反对洋人勘探黄金。逼迫的手段是用毁坏关闭曲吉大喇嘛寺进行威胁。所以，曲吉活佛为了保住寺庙，保护众多喇嘛，不得不发出停止反对神山钻金的口谕。但发此口谕无法面对教众，曲吉活佛于是慨然选择了轮回！"

阿嘉松土官眼角浸出眼泪，说："活佛也为保护我！"

洪老中医吃惊问："也为保护你？曲吉活佛选择轮回也是为保护你？"

"是的。在活佛轮回前，我也接到漳腊行营传我去的通知。我便去了曲吉大喇嘛寺，准备与曲吉活佛一同前往。"

"曲吉活佛对我说，他估计不是好事，不要我去漳腊行营，由他一人去对付。我不愿活佛一人担当。但曲吉活佛很坚决地不要我去，以教主身份要我服从他，返回我的官寨。"

洪老中医说："我明白了：曲吉活佛得知如果不停止反对洋人钻金，不仅寺庙会毁，你也会被伤害。你会被剥夺部族首领的权位，甚至会被下狱。所以曲吉活佛慨然一人担当，解脱你，保护你！"洪老中医感情尊崇地说，"曲吉活佛这真真是舍己救人啊！他真是人世间的活菩萨！善哉！伟哉！"

二人感动，一时不语……夜幕四起，屋子里油灯点亮。

过了一阵，洪老中医问："阿嘉松土官，反对美国人机器钻金，如果仅仅是口头呼喊，胡宗南军队是不当回事的。胡宗南漳腊行营要准备毁喇嘛寺，要准备抓你，我想肯定是你们对美国人钻金干了实际阻止的事，而且搞得厉害，把胡宗南军队惹恼了。是吧？"

阿嘉松土官没有回答，但也没有说不是。

洪老中医于是进一步说："都知道阿嘉松土官你不是轻易退却的人。你到县府请求停止神山钻金不成，肯定回到部族后，实际干了起来！对吧？阿嘉松土官，你的能力我们知道，我猜想，你肯定破坏了机器钻金，让美国人干不下去，是吧？"

阿嘉松土官点头。

阿嘉松土官往洪老中医座位挪了挪，又示意洪老中医靠过来。两人相互靠近，促膝而坐。

阿嘉松土官低语："是的。我是弄得钻山的机器停停打打。那个机器钻山要水，要一直流着的水。美国人顺着金脉钻探，机器往往架在山坡上半山腰。因此他们要开机器，就要挖很长的水渠引水，水渠过大大小小的沟壑时，还得架许多木板渡槽。因此，我秘密组建了一个小分队，专门在黑夜里去破坏，把渡槽毁烂，把水渠弄垮或者填埋了。他们就派兵巡逻，我的人就晚上放猎狗……"

"哦，你用的是这个法子？！"洪老中医非常佩服地点头，说，"我原以为你搞破坏要动枪动刀，结果你这个办法简单，破坏了钻金，却让胡宗南的官兵看不见一个人影，听不到一点人声。你达到目的还不留踪迹，高、真高！"

洪老中医接着又上升到革命高度说："阿嘉松土官，胡宗南的手下逼杀曲吉活佛，还想整你，你是应该仇恨他们。杀活佛就是杀你的教父恩师，这是不共戴天的深仇大恨，你给他们记下这笔账，以后报仇。

"阿嘉松土官，在神山上开钻，今后黄金被美国人弄走，这是损害藏族人民的感情和利益，损害我们中国人的感情和利益的罪恶事。美国人是谁请来的？是谁在为他们提供保护？是蒋介石，是国民党！这就说明，蒋介石国民党是出卖国家和国人利益的党。

"阿嘉松土官，为什么胡宗南军队宣称要毁喇嘛寺，曲吉活佛就会相信呢？这是因为人所共知：国民党军队是什么坏事都会干，什么罪行都敢犯的军队。

"阿嘉松土官，逼杀曲吉活佛这个深仇大恨，你不仅仅只记在胡宗南行营里的那些军官头上，还应该记在胡宗南头上，记在蒋介石国民党头上……"

第五十九章　藏族抗日救国代表团

1

松潘县城的东街，凌府门前一派盛大活动的景象。

豪门前的高大旗杆上升起了崭新的"松潘同仁公社"锦缎大旗。大门两边，分别插着的十几面五花八门的袍哥各分社堂旗。百名袍哥堂勇持枪挎弹组成仪仗。尤其轰动市井的是大门旁红墙边架起了两尊土炮。

围观人群议论沸腾："哦哟，土炮是这个样子的，你以前看见过没有？""没有没有。清朝的古董了，不是老年人都没有见过。""土炮摆出来干什么嘛？""要放炮，叫礼炮。就像对天开枪庆祝欢迎一样！""哦哟，放火炮来欢迎客人，规格高哦，是啥子贵客这么大的脸面？"

突然，东城门外响起了密集的火药枪声音……凌府门前的围观人群轰动起来，许多人高声嚷叫尊贵客人到了……东街口传来唢呐吹奏锣鼓敲打的声音。很快，在前开道的迎宾乐队出现……接着，围观人群看见了凌尔武总舵爷陪着贵客走来。贵客只有几人，而迎接他们的包括凌尔文等的袍哥大爷有好几十人，喜笑颜开地走在后面。

距离两尊土炮十多丈远，主客站住。土炮放响。只装填火药的爆炸响了九下。虽然黑烟很快被风吹走，但是人们耳朵里的嗡嗡声却响了好长时间。

围观的人看着贵客进了凌府大门，看见几十个袍哥大爷跟着进了大门，才纷纷揉着耳朵，又议论起来：

"哦哟，土炮声音吓人哦，耳朵都要给我震聋了！""贵客是啥子人嘛，这么气派？""是省城来的。说是省城袍哥的龙头舵爷！""哦哟，怪不得啊！省城的袍哥当然就不得了啰！""那当然嘛，在省长军长那些强龙身边开山堂当舵爷，那势力，不遮天也是要盖地的！"

有人嚷叫着问："省上的袍哥舵爷来我们松潘干啥子嘛？"围观闲人混乱议论："那就不知道了。反正无事不登三宝殿，肯定是有大事。""省城到这

雪山大川

里有千多里，龙头舵爷亲自来，肯定事情重要得很！""是哦，骑马十天屁股都磨起茧子，不是要紧得很的事情，受这个罪干什么！"……

2

第二天阴雨淅沥。凌府里，为迎接贵客悬挂的彩旗红灯尽被雨水淋湿，如落魄般垂耷在风雨中。

早饭后，肥头黑脸的凌阳山进了他的书房，问手下："省城贵客现在咋样？"

"都还在睡觉！昨天的欢迎宴席上，酒仗打到半夜，贵客和我们的几个舵爷全醉倒下，现在都还在昏睡。"手下人眉飞色舞地讲起夜宴斗酒的种种醉态洋相。

四川袍哥遍布大城小镇。在省府成都，也是几个雄势码头争锋割据。其中最有名气的袍哥组织是协盛公。协盛公的规模和地盘已经被后起江湖超过，但因其起于晚清，牌子最老，因此名声仍是首屈一指，在川西一带逢州吃州过县吃县。协盛公的总舵把子名叫陈俊珊，其人官府也敬畏几分。昨天到来的是陈俊珊的特遣专使，是协盛公堂上坐二把交椅的舵爷。松潘袍哥因此称他专使舵爷。

凌阳山昨日未见专使舵爷。他现迷信养身道术，昨日正好是其八卦炉开炉取仙丹日辰。这炉仙丹原料稀有珍贵，烧炼了七七四十九天。昨日按道法规矩术士设坛，道场观天，吉时开炉，隆重取丹，整天仪程从早折腾到晚。凌阳山须臾不离，所以不仅没有前去迎客，连晚宴也没有参加。

凌阳山已感年老，对佳肴美食兴趣大减，对丰乳美女则常虚汗淌而性未尽。所以用心于延年益寿壮阳补精，疏远袍哥江湖事，因此将总舵爷权位传于凌尔武，自己尊号太总舵爷。凌尔文则人称二总舵爷。他现在留斯文八字胡，慵懒，不爱管事。

凌阳山太总舵爷于是询问昨日迎接专使舵爷的整个情况。

手下细细回禀，从城外火药枪鸣响迎接到行进大街的唢呐锣鼓吹奏，从凌府门前的土炮九响到香堂上的主客欢颜。手下最后说："下午三点，欢迎仪式结束。按安排，请专使舵爷回屋休息，准备晚宴。这时专使舵爷提出，他要抓紧时间交代使命。"

凌阳山太总舵爷一听，略惊，问："抓紧时间？是什么事情，旅途劳顿也不休息两天再谈，非得当天刚到就马上交代？"

手下回答说不知晓，说当时屋里仅有凌尔武、凌尔文和专使舵爷三人，说他们密谈的时间不长。

凌阳山太总舵爷于是吩咐手下，去看凌尔武凌尔文两人是否也在醉睡。如果已经起床，传两兄弟见父。

不多时，凌尔武总舵爷和凌尔文两人到来。

两人微有宿醉相，但还算精神。他们说因为昨日下午接受了省城协盛公的委托，想到今天要向父亲大人禀报并商量其事，所以昨晚宴席上喝酒节制，并未大醉。

凌阳山太总舵爷点头，然后询问特使舵爷的使队人员情况，何时离开省城，又问陈俊珊总舵爷现在的情况等等。凌尔文大致回答。

之后，凌阳山太总舵爷问："专使舵爷不顾旅途劳顿，急着要马上与你们密谈，是什么事情那么不得了？"

凌尔武总舵爷淡淡一笑，说："不是什么了不得的事情。也就一件小事！"

凌尔文二总舵爷解释："专使舵爷在香堂与我众多舵爷欢谈时，见各个分社的舵爷都要争相宴请他。于是他想到此后天天有酒席，不如马上三言两语把事情交代给我们，他便完成使命，日后在松潘就可以天天开怀畅饮了。"

"一件小事？三言两语就可以交代？"凌阳山疑虑说，"事情真的那么简单，那就写封信或者发个电报给我们就成了，何必派专使千里而来？"

凌尔文二总舵爷说："事情表面看，是小事一桩，至于内里有无暗藏，请父亲明察。"然后捧上一个雕花精漆木匣。木匣上放着礼单。

凌阳山太总舵爷拿起礼单一看，赞叹道："哦哟，这见面礼还挺丰厚的嘛，还有不少洋玩意儿。"

凌阳山太总舵爷眉开眼笑地打开雕花精漆木匣，只见里面装的是陈俊珊的大红烫金名帖和亲笔书信，笑道："哦哟，拿木盒子当信封，这是不是又兴的新花样？"

凌尔武总舵爷说："派头嘛！省城的龙头舵爷嘛，信物也要显耀身份嘛！"

凌阳山太总舵爷将信纸展开，见毛笔字迹如胡豆大，不满一页。除了前面礼数规矩的问候句外，关键字只有两行：**所建议之事，有利于国家民族，有利于你我袍哥声望，望尊舵爷玉成。**信最后又写：**所托之事不难，但极为重要。因此谨奉上银洋贰万元作办事经费，请务必按时办妥！**

凌阳山太总舵爷大吃惊，瞪圆双眼，重复看信两遍，问："建议的是啥子事？既然有利于国家民族，怎么又不在纸上明说？硬是神秘呢？"稍顿后，又说，"一面说事情不难，一面又给两万银圆，还口气梆硬地要我们务必按时办妥，这种事情还不是大事？"

凌尔武总舵爷说："真的不算什么大事，就是要我们组织个'松潘藏族边民抗日救国代表团'，到省城献锦旗。就么点事，鬼知道他们怎么认为那么重要，还搞得个神龙钻云，不见头尾。"

凌尔文二总舵爷不爱管事但善思考，说："事情看起来是没什么，但是他们又派舵爷做专使，又拿出一大笔款子，我也觉得里面暗藏名堂。爸，我先把情况给您细禀，您明察就里。"

凌尔文二总舵爷一番叙述……

听完后，凌阳山太总舵爷警觉，盯问："这是侯军长发话喊我们搞的吗？"

凌尔武总舵爷说："爸，你晓得侯军长现在在抗日前线打仗。专使舵爷只说，交代事情地点，是把陈总舵爷请到侯军长的百花潭公馆。交代人是侯军长的两个高参。但那两个高参既没有出示侯军长的手令，也没有提侯军长的名字。但是他们拿了这笔钱给陈总舵爷，口气很硬地说：务必按时把代表团送到成都。"

"务必按时把代表团送到成都？"凌阳山太总舵爷重复此句，脱口说，"他们要用代表团做什么？居然用'务必''按时'词语，就像下命令一样！"

凌尔文二总舵爷说："也算是下命令吧！专使舵爷的原话中用词就是'他们的陈总舵爷在侯军长官邸领命'。专使舵爷还再三叮嘱：要我们对'在侯军长官邸领命'的情况，严格保密！

"还有，专使舵爷为了对他们此行背景保密，要我们对外宣传，说他们是到松潘是来做鸦片和黄金生意的。组建代表团一事，要等他们离开后再开展，而且要我们宣传说，我们是听说内地掀起了全民抗日高潮，听说西康的袍哥组织了'西康藏族边民抗日救国代表团'到省城，所以受了启发要效仿，因而发倡议组建我们'松潘藏族边民抗日救国代表团'。专使舵爷再二叮嘱不要泄露他们来松潘的此真实目的，更不能泄露在侯军长官邸领命一事。"

凌阳山太总舵爷听后，紧皱眉头，沉想……过了一阵，他说："无利不起早。十八军又是出钱，又是劳驾陈总舵爷，还又整得个诡秘，其中必有名堂。"

凌尔文二总舵爷说："是啊。我们这里现在是中央军的管治区了。侯军长已经丢了这块地盘还操这里的心干什么？而且还行事诡秘，好像怕中央军知道一样。"

凌尔武总舵爷不耐烦了，嚷道："哎呀，想那么多干什么！他们出钱我们有利就做。世人尽贬我们袍哥只会弄钱整人，我们就大张旗鼓地做这个事情，表示我们同仁公社也是有爱国大义的。名利两收，何乐不为？"

凌阳山太总舵爷又沉思……

好一阵后，他面容严肃发话："这样，关于'松潘藏族边民抗日救国代表团'的事，我们还是先对县政府说，力争把县政府拉进来，搞成官民合办！以后，如果十八军在里面整了名堂，弄出事端，我们就抬县政府挡起！"

3

时近午饭时间。

包二哥走到松潘县政府大门处，见了传达，低声说："你去告诉努科长，我中午请他喝酒。"然后指着不远处的酒楼，说，"我在那里等他。"

包二哥摸出几个小铜板给传达，然后转身，走到不远处的酒楼，进去要了一个小包间，坐下点菜。

包二哥奉凌氏父子命，去向汪县长提出官民合办"松潘藏族边民抗日救国代表团"。包二哥想到汪县长与凌氏父子争利斗势多年，彼此仇恨，自己贸然去见汪县长只会碰钉子，决定先找努科长说一说，因为这类事务归他民族科管。

不一会儿，腰粗肚大的努科长来到。他喘出的粗气带着强烈的酥油羊膻味。

酒肉上桌。两人先举起满满一杯酒对碰，空口而尽。然后，努科长夹起一大块红烧牛肉放进嘴里，边嚼边问包二哥有何事。

包二哥简要叙述……努科长听得眼睛圆睁，一脸疑惑。不过他没有中途提问，而是筷子不停将各种肉菜夹进嘴里。

见包二哥说完，努科长将满嘴肉菜囫囵咽下，又灌进一大杯酒，然后问："你刚才说什么代表团？……哦，名字太复杂了，拗口，你我就叫它代表团。我问你，凌总舵爷怎么会想起要搞这个代表团？"

"西康的袍哥，组织了'西康藏族边民抗日救国代表团'，要到省城去献旗。总舵爷们听见，受到启发，决定效仿，表示我松潘袍哥一来拥护政府，二来也行爱国大义。"

"哦——那代表团为什么取名'藏族边民'？为什么不叫'松潘民众抗日

救国代表团'？"

"取名'藏族边民'嘛，是为了省主席能接见嘛！你想，四川一百多个县，我们取名'松潘民众'，省府高官乍一听，混同于汉族的'灌县民众''郫县民众'那些内地县，就不重视了。而'藏族边民'，名字独特，是少数民族的专门代表，省主席一听有了印象，说不定就重视了，才可能接见！对吧？"

"嗯，有道理。那，你们既然想引起省府重视，不如像那边一样把团名取大。那边叫'西康藏族边民'，代表西康大区域，你们就代表我们区，取名叫……"努科长突然话卡住，因为下面的话更拗口。

"取名叫什么？未必叫'松理懋茂汶屯殖区藏族边民抗日救国代表团'？"包二哥笑了，说，"取这个名字不但难念，而且行不通！为什么？西康那边团名取得大，是因为那边现在仍为二十四军刘军长控制，刘军长现在又住在雅安城，所以有他的支持，啥事都好办。而我们这个区呢？不仅侯军长出川抗日不在这里，而且现在这里变成了胡宗南司令的中央军天下。你说，凌总舵爷如果想把团名取大，代表川西北地区的藏族，去哪里，找哪个衙门恳请？"

努科长点头，说："也是，也是！"然后又大口吃肉。

包二哥等努科长吃一阵，然后说："努科长，凌总舵爷的这个倡议，我想劳驾你先去给汪县长说说，同时给汪县长说，希望把代表团搞成官民合办。"

努科长现出为难的样子，将嘴里的羊骨头吐在桌上，说："按理说，现在国难当头，凌总舵爷的这一抗日举动，政府本应支持，就像二十四军刘军长那样。但是，凌总舵爷与汪县长争利斗势成了冤家对头；中央军来了，凌总舵爷又只巴结中央军，不把汪县长放在眼里，弄得汪县长更是恨得牙痒。你说，对凌总舵爷提出的倡议，汪县长怎么可能同意？要汪县长与凌总舵爷合办代表团，那更是绝对不可能！"

包二哥说："这些我知道，所以我更不能直接去见汪县长！努科长，这事本来就归你民族科管，又看在令尊大人与凌太总舵爷几十年交情分上，你就去试一下嘛。万一汪县长同意组团，你经办此事，花费我们会给你的！"

努科长听到好处，动了心。但为了现事现利，他用粗大手指使劲挠头，说："我去说，讨得汪县长一顿臭骂。"

包二哥见状，拿出银圆放在努科长手上。努科长立刻说："下午一上班，我就去见汪县长。"

暮云四起，晚风清凉。

包二哥脸色气愤，神情恼怒地走进凌府。

凌氏父子正准备吃晚饭，听说包二哥去见了汪县长回来，立刻召见。包二哥进屋执袍哥礼。他父子三人看见包二哥脸色，预料情况不好，互碰了一下眼神。

包二哥坐下后，因受够恶气，不禁开口便骂："狗日的汪野狼，简直就他妈一条疯狗，见人就乱咬！"他心中又火起，便端起茶碗，平复情绪。

包二哥禀叙时，先讲了约见努科长的大致情况，接着说："下午一上班，努科长就去见汪县长，我在酒楼里等他的消息。不一阵，努科长回来，说汪县长传我现在就去。我还奇怪汪野狼怎么会如此积极见我。

"结果那狗日的汪野狼是整我坐冷板凳。他专门弄了间烂屋子，霉臭脏黑，让我在里面干坐，像关禁闭一样。一直到快下班时，他才召我进了他的办公室。

"狗日的汪野狼见我，一脸恶相，劈头劈脑就骂我，'包坤，我警告你，凡是对抗政府伤害政府利益的人，不管是主犯还是爪牙，无论是首恶还是胁从，都一律重处，绝无宽饶！'我一听，也血气涌上，杵他一句：'汪县长这话，在下记实了，回去原原本本禀报凌总舵爷！'汪野狼被我这句话激怒，暴跳起来，指着我鼻子吼，'你回去禀报？我要的就是你回去给你主子说。你给他们传本县长的话：现今天下是国民党的天下，松潘是国民党的松潘，他几个社会烂龙，自以为玩弄江湖手段就可以在松潘长期称王称霸，休想！他们以为钻松潘的军队和政府之间的空子，从中干些名堂，就把我汪县长压倒了，痴心妄想！你回去给他们说，他们现在认清形势，向我汪县长认错请罪，尚不算晚。如果他三爷子执迷不悟，要继续跟本县长对抗，那就等政府哪天对他们清算罪行，明正典刑！'"

凌氏父子三人听到这里，都气得脸变了色。尤其是凌尔武总舵爷，脸色铁青，一拳砸在茶几上，震得杯跳水溅。他声音尖厉地骂道："明正典刑？他狗日的汪野狼竟敢出口要杀我？好，汪野狼，我们就看谁杀了谁！老子要叫你不但死在松潘，还要叫你死前受够活罪！"

凌阳山太总舵爷也气得脸色乌紫，但他毕竟是做过官的人，等凌尔武骂了几句后，以手示止，对包二哥说："汪野狼是条疯狗，那些骂我们父子的恶毒话你就不用细禀了。他汪野狼对'松潘藏族边民抗日救国代表团'一事，究竟什么态度？"

包二哥道："汪野狼骂起性，就像发了疯一般，口吐白沫，无休无止。努科长在一边看得着急，等汪县长骂得口干端杯时，他赶紧上去递烟，趁点火时间，问：'汪县长，他们倡议的抗日救国代表团？'

"那汪野狼一听，用夹着烟的手戳指我，对努科长说：'什么抗日救国？那是他凌家几条烂龙扯的幌子！他们知道他们名声很臭，形象太恶，想借这个事给自己脸上打粉，头上贴金！'

"汪野狼又转头对着我，恶狠狠地说：'你们以为弄几个藏族人，提个小旗子，跑到省城逛趟大街，就算抗日？就算救国？你们这是在欺哄世人，戏弄政府！你回去告诉你主子，他们所谓的倡议，是把抗日救国的民族大事当儿戏耍把戏，本政府是断不能容忍的！'"

······

4

高原初夏的阳光，像藏族姑娘一样，热辣开朗而可亲。

阿嘉松土官骑在马上，带着臣属巡视在田间地头。因为玉米和洋芋地里都发现虫害。虽然虫害情况不算严重，但阿嘉松土官非常重视部落农业，仍亲自深入庄稼地里实地查看。

因为虫害，满山的庄稼地里到处都是五彩嘛呢经旗，有的竖插、有的横牵；也有许多蓝色的印有经文的哈达挂在地里的树上，随风飘舞。嘛呢经旗上印有驱灭虫灾的法咒，蓝色的哈达是献给上天的。它们都经过了喇嘛寺的法力加持。

阿嘉松土官骑行到一块山坡上的洋芋地边，挽缰下马，弯腰细看洋芋叶子被虫咬的情况。然后，他又顺着垄沟往地中间走，神情凝重地大面积查看。他的臣属们有的也走进田地中间观察，有的站在地边议论着治虫的土方法。

远处响起急促的马蹄声，是多马奔驰的声音。

田间地头的众人循声望去，远远看见弯弯山路上，数骑人马朝他们驰来……那数骑来人稍近，也遥见田间地头的阿嘉松土官的随队，便按规矩将纵马疾驰变为走马前行。只有其中一骑更加挥鞭，急急驰前来禀报。他是阿嘉松土官官寨里的值事。

阿嘉松土官仍然在地垄深处专心查看虫害，听见身边下属禀报："老爷，官寨值事来啦，像有急事！"阿嘉松土官慢慢直起腰。

官寨值事急驰到地头后，跳下马，顺着垄沟小跑进洋芋地里，向阿嘉松土官躬身禀报："老爷，包珅老爷来了！"他回手指了一下，又继续禀报，"他是今天前晌到的官寨。他听说老爷您在外巡视，这些天不回官寨，便说他有急事，非要在下带他来找您！"

阿嘉松土官听是包二哥来，便快步走出洋芋地。阿嘉松现在疏离凌氏父子，疏离袍哥组织，对包二哥和敖墩子，心里虽不认作袍哥兄弟，但视他们为老朋友，仍亲切友好。

包二哥等人在距阿嘉松土官十步远，便按规矩下马，前行。包二哥见阿嘉松土官笑容友好地向他走来，赶紧作谦恭状往前疾步，抱拳致礼，口里敬呼阿嘉松土官。

山溪旁的一块小草坪上，野花点点。水边有两丛麻柳灌木，长满新叶的枝条轻沾浪花。

阿嘉松土官因包二哥说有急事想马上商量，便吩咐在此水边草坪上燃起篝火，架上铜锅煮茶。他除留下数人在身边外，安排其余臣属继续前行，到各处去巡视虫害情况。

卸下的马背毡垫平铺在篝火边，阿嘉松和包二哥促膝而坐，相互问候，友好寒暄。此堆火边还坐有阿嘉松土官的管家等人。

包二哥说藏话，他虽是汉族，但幼年在藏寨中度过，藏话也如母语。他来见阿嘉松，还特地在长衫子外罩藏袍，以示亲近。他对阿嘉松称呼"土官"，而不按袍哥习惯称兄道弟，其中有因：

当年，他探听得阿嘉松被在黑牢里往袍哥名册上按手印险被毒杀的秘密后，便心知他对袍哥的态度，因此为顺他心意，从此不对他用袍哥称呼，而是依年代，先后称他"掌柜""大掌柜""大老板"。当阿嘉松成为部族首领后，凌氏父子得知汪县长在县府里口头宣布：不得称呼阿嘉松为"土官"，为表示对抗，规定所有袍哥人员敬呼"阿嘉松土官"。松潘各界上下都敬重阿嘉松，也普遍称呼他土官。包二哥当然顺应。

包二哥奉承道："阿嘉松土官，我来这一路，确实看见庄稼被虫咬的情况，但是不严重。而您还不辞辛劳，亲自深入田间地头巡视，您真是体恤下情，爱民如子啊！"

阿嘉松土官谦虚后，说："及早发现，看清势头，便于防治啊！"又说了几句民以食为天的话后，问包二哥来有何事。

"唉——"包二哥摇头叹息，然后说了凌氏父子倡议组"松潘藏族边民抗日救国代表团"的事情。

阿嘉松土官一听，惊喜激动，因此忽略了包二哥的沮丧神情，连说："好事，好事！哎呀，凌总舵爷提出的这个倡议太好了！现在国家危亡，前方的仗打得那么艰苦，我们后方的藏族，是应该开展各种抗日救国活动，以实际行动参加抗日！"他又兴奋说，"包坤，你回去后给总舵爷们说，我举双手赞成。需要我做什么，说一声，我尽全力支持。"阿嘉松激动起来，又接着说，"藏族边民代表团，我是藏族，我报个名。回头我写个报名申请，包坤你给我带回去。如果到时候需要我到县城，通知一声就是！"

包二哥连连答应。他来是因倡议遇阻求阿嘉松土官帮忙解难，眼前见阿嘉松土官的热忱和急切，知道他会应其所求，心里踏实，端起地上的茶碗品饮。

阿嘉松土官问："凌总舵爷发出倡议，县城里的响应情况如何，说来听听！"

"唉！"包二哥又重重叹息，放下茶碗，说，"倡议还没有对全县发出呢！为什么不发？因为代表团冠名'松潘'，需取得县府同意，今后活动也需县府支持。阿嘉松土官你是知道汪县长那个人，事情如果不先请示他，他会恼怒，刁难阻挠。所以对发倡议一事得首先请示他，结果他汪县长竟然阻挠。"

包二哥向阿嘉松土官叙述了他去见汪县长的情况。他越说越气，对汪县长就骂称汪野狼……

阿嘉松土官本就恨汪县长，再一听完叙述，更加气愤，也鄙称汪县长为汪野狼，说："组代表团献旗，是我们松潘民众表达爱国热忱参加抗日活动的大义之举，是响应和拥护政府的抗日救国号召！他汪野狼竟然阻挠，这是阻挠民众抗日，是破坏抗日！这笔账，我们要给他记下来，以后跟他狗家伙算总账！"

阿嘉松土官又问："对于汪野狼的阻挠，凌总舵爷们总不能就此放弃吧？"

"那当然！"包二哥说，"我们松潘，军代长是太上皇。他汪野狼要阻挠代表团，我们就走军代长的路子！结果，唉——"包二哥又叹息，模样垂头丧气。

阿嘉松土官见状，急忙问："怎么啦？又出了什么情况？"

"结果军代长听了，说因为代表团的活动超出了松潘范围，是到省城开展宣传，要进省政府见省主席，所以他不敢做主，要报卜级。总舵爷见状拿出银两，军代长收下后，将此事上报胡司令的漳腊行营。"

阿嘉松土官一听胡宗南漳腊行营，仇恨涌上。他强压仇火，问："抗日救国的事，他们总没有理由不批吧？"

包二哥鼻子重重一哼，表示不满，然后说："过了三天，见没有回音，我们便催军代长去问，回话说他们正在研究。又过了三天，我们又催军代长去问，回话说事情上报到西安，报胡司令的长官署去了。"

阿嘉松土官想起了洪老中医针砭国民党的话，愤愤说："老百姓要抗日救国，中央军县政府却竟然这种态度！"阿嘉松土官神色很是不满。

"是啊！凌总舵爷们一听，着急了。事情让他们一甩手，被扔到天远地远的陕西省，连催问一声都不可能了。而且事情到了西安，那胡宗南是西北王，对西南的四川边区藏族的一个县的民间事情，鬼才知道他理还是不理。就算理，无非也是转报重庆中央。阿嘉松土官，你看，县政府阻挠，中央军推诿，我们的倡议，眼看就要胎死腹中！"

积极抗日的阿嘉松土官一听，着急，提高声调地说："得想办法，不能坐等！国民党政府国民党军队办事，你我又不是不知道，这事会让他们拖化的！我们得想办法，大家努力，翻过这道坎！"

"是啊，不能坐等，否则到头一场空。所以凌总舵爷派我来，就是想请您出把力，翻过这道坎！"

阿嘉松土官慨然应允："需要我做什么，说！"

"总舵爷们很着急，想到了省城的柳曼卿柳主任。柳主任她是国府的官，她的蒙藏委川办过问我们松潘藏族事务，也在职属之内，如果柳主任愿意帮忙，她去见省府的官，是说得起话的！所以，凌总舵爷想劳驾您向柳主任发个电报，恳请她帮这个忙！"

阿嘉松土官听了，满口答应："好，我向柳主任发个求助电报！"他又略微考虑，想到此事确实重大，还需更多考虑，也要与包二哥多作商讨，便说，"这样，我们现在就起身回官寨。给柳主任的求助电报，我今晚草拟。"

包二哥大喜，忙从公文包里取出一纸，说："阿嘉松土官，总舵爷们已经草拟了一个电稿，劳驾你今夜里审阅。"然后毕恭毕敬将稿纸双手呈递。

阿嘉松土官接过稿纸看了后，交管家收好。又派员对巡视虫害到他处的人员送去口信。然后吩咐熄灭篝火，备鞍起程。

太阳偏西，光照温和。习习夏风中，阿嘉松土官包二哥等一行人，骑行在通往阿嘉松土官官寨的弯弯山路上。

5

第二天清晨，薄雾如纱，阿嘉松土官站立在官寨房顶上。

宝顶雪峰即将开始日出前的美妙色彩变化。阿嘉松土官想到包二哥长年在县城，很少见此美景，便差人去叫醒他上来欣赏。

包二哥上来，见阿嘉松土官手持佛珠双手合十，无比虔诚地仰望雪峰。他受到感染，也怀着崇敬神圣之心，静静瞻仰雪山晨照。

雪山峰尖，突然如镶嵌紫红宝石，闪射出玫瑰灿红……包二哥一下感到一阵莫名美妙的快感进入身体……峰尖的宝石红扩大，变成动人的桃红，渲染雪山……包二哥被奇妙的绝美感动得身体微抖……雪山巅的桃红渐渐幻化为美丽的橙黄，灿烂金黄，柔美浅黄……

雪山开始变得洁白。阿嘉松土官转身，问候包二哥昨晚休息可好。

包二哥回答后，问："阿嘉松土官，我昨晚半夜小起，见你窗户里还亮着灯光。审电稿只需一点时间，您大半夜了还未睡，是在想代表团的事情吗？"

阿嘉松土官点头，说："是！代表团的事情，除了给柳主任发电报求助外，我想，我们还应该自己行动起来。所以昨夜里，我为此想了很久，考虑了一些办法。"

包二哥一听，喜悦："哦，除了电报，你还想了其他的主意？哎呀，太好了！吃完早饭我就听你赐教！"

"什么赐教。大家商量。"阿嘉松又说，"你们写的电稿我看了，内容我都同意。只是因为以我的名义发出，所以我把句子改了下，改成我们藏族人写汉文的习惯。"

"哎呀！"包二哥拍了下自己的脑门，说："我们写电稿时简直忘了这一点，把稿文写成了官场文言，欠虑欠虑。是呀，以您阿嘉松的情面对柳主任说话吗，当然应该是你的语言啰。幸好你发现这个问题改了电文。"

阿嘉松土官说："小问题。吃了早饭，你看一下，抄个稿带给凌总舵爷们审一下。"

包二哥急忙说："不用，不用！我来的时候总舵爷们交代：电稿你改了后就尽快发出，他们不需要再审看。"包二哥稍微露了点底，说，"我们在省城有个关系，他们说如果代表团能在六月中旬前到达省城，他们可以帮忙在省府中做些沟通。所以总舵爷们很着急，希望代表团能够尽快组建，在本月底以前出发！"

阿嘉松土官一听，问："六月中旬前？为什么要抢在那个时间？"

"六月中旬后，我们的那个关系要离开省城。"包二哥谎言敷衍，然后绕开这个话题接着说，"阿嘉松土官，现在还是清晨，你现在派快马立即出发，黄昏就到了县城。你做事从来雷厉风行，要不，我们说干就干，你现在就派人到县城去发电报？"

阿嘉松土官痛快答应："好！早一天发出电报，早一天成功组团！"

阿嘉松土官立即发话，令信差备马。然后，他走下房顶，回到房间，亲笔给麦其崩写了封信，要他收到电稿后，连夜到县邮局用加急电报挂号发出。信中还专门叮嘱多给邮局局长和电报员加夜班的酬劳钱。

不多时，官寨外的山道上，两骑信差挥鞭，牵着两匹换乘快马绝尘而去……

日出东山，光线从窗户照进，使阿嘉松土官的小客厅很明亮。

藏族的室内漆饰和家具图案，风格都是浓色重彩。此时透窗照进的早晨阳光非常柔和，在这些浓重色彩上轻纱般淡抹，使阿嘉松的小客厅别有一种美韵。

阿嘉松土官和包二哥简单吃过早餐后，抓紧时间开始商量代表团事宜。

包二哥开口说："电报送出去了，事情的成功就有希望了！"又抱拳作揖，说，"阿嘉松土官，兄弟我谢你，总舵爷们也谢你，我们松潘民众都谢你！"

"不敢不敢！这是我该做的事，不要言谢！"阿嘉松土官谦辞，又说："我昨夜想了很久，我认为我们应该对政府不等不靠，我们现在就动起来，掀起民众力量推动政府组团！"

包二哥惊诧，问："我们现在就开干？你不等省城柳主任的回电啦？"

"不等！"阿嘉松土官口气坚决地说，"柳主任是好官，正义得很，从来把国家民族放在第一，所以对我们松潘抗日救国活动肯定支持。但是现在的官场腐败，柳主任一个好官能办成什么结果，实在难以预料。"

包二哥皱眉，说："也是。藏族边区选个代表团去省府献旗，这种事情自古未有，官场规矩又守旧又繁复，柳主任办这个事情不会是容易的！"

阿嘉松土官神情坚定地说："既然组建代表团是抗日救国的义举，是我们松潘民众的要求，是符合政府的号召，我们做就没有错，我们就应该坚决地干！所以我昨夜就想好了：我们先干起来！如果柳主任那边疏通路子了，那就更好，我们更趁势快干。如果柳主任那边不顺，没有回音，我们干我们的，也不耽误！"

包二哥现出疑虑，低下头，喝了几口茶后，迟疑问："你想对政府不等不靠自己干，你打算怎样干？"

"我想了三条：一、对组建代表团的倡议，我们现在就在县城开展宣传，把松潘民众动员起来。二、我们说动县参议会提头，县商会襄助，组织松潘头面人物参加，制定出代表产生的章程，比如代表资格条件，推选办法等等。三、如果到时候官方还不回话，我们就自行选出代表，组团出发去省城！"

包二哥一听，脸色变得惊恐，嗫嚅："这、这样干，怕、怕有问题……"

阿嘉松土官脸色不悦，说："怕什么？怕汪野狼降罪？"

包二哥蔫气说："如果仅仅是汪野狼，总舵爷们不但不怕他，还会借这事又跟他打几个回合。问题是军代长啊。我们既然请示了军代长，军代长又报了上级，我们这擅自一动，就要得罪军代长，得罪中央军。阿嘉松土官你想，总舵爷们怎么可能同意干？"

阿嘉松土官想了一下，说："包珅，你回去将我的想法禀告总舵爷们，对他们说，如果他们愿意干，我阿嘉松愿听他们提调，大家同心协力推动此事！如果他们确有难处，我阿嘉松愿意接过他们的倡议，我出面宣传，我出头去动员县参议会县商会和松潘头面人物参加此事。我担这个担子，我负这个责！"

包二哥想到即使是阿嘉松土官出头干，也很可能牵扯凌氏父子，不愿带话回禀，便端起茶碗，沉默啜饮。

阿嘉松土官看出包二哥的心思，逼问："包珅，带话回去你也为难？"

包二哥敷衍说："阿嘉松土官，你的精神兄弟我衷心佩服！但是我认定，凌总舵爷们是不会同意你的想法的。我劝你还是等一等柳主任的回电。"

阿嘉松土官挺身而起，神情坚定，声音洪亮地说："我已经说过了，现在官场腐败，柳主任能否办成事情，没有定准。组代表团这么大的好事，不能毁在汪县长军代长的手里！你带话为难，那，我亲自去趟县城！"

第六十章　雪山地下共产党

1

松潘县城昨夜下起冰雹，之后冻雨淅沥，直到天亮后才慢慢停了，但湿冷的风却飕飕刮了一个上午。县城气温骤降，街头行人稀少，穷人衣薄缩脖蜷身。

时近中午，阿嘉松土官从凌府中出来，神色不悦。他走在大街上，皱着眉头还在想与凌氏父子的谈话。他的随仆和两名护从跟在后面。

阿嘉松土官在凌府里说组建"松潘藏族边民代表团"一事，费了一上午时间，说得唇焦舌燥，仍是无果而终。他提出的对政府不等不靠，现在就发出倡议行动起来的两条建议，凌氏父子都不接受。对以"同仁公社"名义开展活动，凌氏父子慑于中央军，表示不可。阿嘉松要求由他出面开展活动，凌氏父子用"考虑考虑"含糊话，敷衍回绝。

为说服凌氏父子，阿嘉松土官事前费了很多心思准备，对不等官方批示发出倡议可能出现的问题，也考虑了应对之策。进了凌府，阿嘉松土官与凌氏父子谈话时，先是耐心说理，谆谆劝导。但到后来，见无论怎样说，凌氏父子三人都不与他商量探讨，一味敷衍，便心中起火，言语出现激烈，而凌氏父子始终是婉拒态度。

其实昨天，包二哥回到凌府禀报后，凌氏父子即行磋商，并确定对阿嘉松土官的建议都予拒绝。今天他们开始对阿嘉松土官的讲述耐心倾听，和颜悦色敷衍，是出于笼络阿嘉松土官的目的。阿嘉松土官现在是部族首领，手握武装实力，而且今后威望和势力都将日增。并且阿嘉松土官与汪县长不和，他们希望今后与汪县长决战时，能借重他。再有他们打算一旦中央军批示同意，这个藏族人的代表团就由阿嘉松土官当团长，带队去省城献旗。

阿嘉松土官告辞时，凌氏父子热情留他午宴。但阿嘉松土官心情不好，力拒，最后说："这样，这顿酒，过两天我再来与总舵爷们商议代表团事宜时，痛快地喝！"

凌氏父子见阿嘉松土官将酒宴与代表团事情联系在一起，也不好再强留，便礼送他出府。

"晋兴襄"商号距离凌府很近。阿嘉松土官面带愠色地走在风中，很快来到。

晋老掌柜见阿嘉松到来，欣喜激动。他见阿嘉松如父见子，慈爱之情溢于言表。他引着阿嘉松进了自己屋子，上炕盘坐，又忙着拿出最好东西款待。

晋老掌柜去厨房安排时，阿嘉松环视他熟悉的旧门窗老家具，回想起自己十五岁时初进这屋的情况，感慨时光如梭。尤其是他见晋老掌柜胡须花白，孤身佝偻，心中也生疼父之感。

不一阵，晋老掌柜满脸喜悦地进屋，手里端着一碗敲碎壳的核桃。他坐上炕后，一边取核桃仁递给阿嘉松，一边关爱地嘘长问短。

两人聊着，晋老掌柜见阿嘉松情绪有些郁闷，关心问："你好像心情不好，是不是有不愉快的事？"

阿嘉松点头，说："是的。有一件在我们松潘开展抗日救国活动的大好事情，凌总舵爷他们要搁起不做，又不要我做！为了这件事，我之前花了不少心思，今天上午去凌府也对他们费尽口舌，结果他们不同意不说，还根本就不与我讨论。你说气人不气人？"

阿嘉松简叙此事。他先从包坤到他官寨外的山上讲起……不一会儿讲到他给柳曼卿发出求助电报。

晋老掌柜听到这里，还未听下文便高兴激动不已，连声说："好啊，好啊！有你这封电报，事情肯定有希望了！哎呀，嘉松啊，你这是为我们松潘开展抗日救国活动，做的一件大好事啊！"晋老掌柜又夸了几句，然后说，"厨房里可能饺子馅做好了，我去叫他们端来，我们俩一边包饺子一边慢慢说这事。"晋老掌柜心情愉快地下炕，去往厨房。

如果没有晋老掌柜这一叫好打断，阿嘉松接着就讲他在凌府的不愉快谈话。此时他见晋老掌柜见了他是那么高兴，按山西老家习惯与他亲亲热热地坐在炕上包饺子，享受亲情，决定暂时不谈上午情况，不影响晋老情绪。

厨师端着面板、饺子馅等什物进屋，在炕桌上摆好后退出。阿嘉松下炕洗了手，与晋老掌柜对着炕桌盘腿而坐，眼睛满含亲情地看着晋老掌柜揉面搓条。

晋老掌柜开始擀饺子皮，同时对阿嘉松说："嘉松，你给柳主任发了电报后的情况，接着讲。"

阿嘉松改变话题，问："师父你看，我们松潘民众要组个抗日代表团，官方就这个态度。你们老家现在成了共产党的抗日根据地，共产党对民众要求抗日的情况，你老家来人讲了没有？"

"讲了讲了！他们讲，我老家的共产党领导老百姓抗日，那是竭尽全力不怕牺牲，所以老百姓支持他们，所以他们的抗日根据地发展扩大得很快！"晋老掌柜滚动面杖，擀出一张张饺子皮。

阿嘉松开始笨拙地包饺子，同时问："（国民党）县党部开会说，共产党对日本军队是游而不击，只会为自己扩大地盘。是这样的吗？"

"'只会为自己扩大地盘'？这话就不对了。共产党确实是迅速扩大地盘，但他们是在哪里扩大的地盘？是在日本人占领的区域啊！没有在国民党管治的区域扩大一个乡一个县的地盘啊！在日本侵略军占领的区域，共产党建立抗日根据地，这是为我们中国人夺回地盘，怎么叫'为自己扩大地盘'呢？！至于游而不击的说法，也不对。在日本军队占领的区域中，建立中国人的抗日根据地，怎么可能不进行游击战？"

晋老掌柜把阿嘉松包的有几个饺子补捏了一下，接着说："说起共产党扩大地盘，倒是国民党丢掉不少地盘。我们山西，日本人进占省城太原后，一段时间暂停进军各县。但那些县，包括我老家，日本人没有来，国民党的县长书记长全跑了，弃城而逃，主动丢掉地盘。在这种情况下，共产党赶紧在各县建立抗日政权，发动民众起来抗日。以后日本军队陆续进占各县，共产党的县长区长就没有跑，而是转入山区农村，继续领导老百姓抗日。所以要我说啊，共产党在日占区里扩大地盘，是实实在在的抗日救国啊！"

"哦——，是这么个情况！"阿嘉松一边慢慢地包饺子，一边详细问山西的抗战形势，问晋老掌柜老家人的情况。屋子里亲情气氛浓郁。

热腾腾的饺子端上炕桌，晋老掌柜一个劲儿地劝阿嘉松多吃……

饭后，碗筷收拾，晋老掌柜给阿嘉松重新沏茶，父子般交谈。

晋老掌柜的家乡遭到日本人血腥残暴统治，他的抗日愿望非常强烈。他说："国家危亡，前方打仗艰苦，内地民众积极支援抗日，我们松潘作为大后方，不能老这么静悄悄地啊！我想啊，如果你们搞的这个抗日救国代表团成功了，我们松潘下一步就趁热打铁，更多地开展抗日救国活动，比如说捐钱买枪炮啊，动员年轻人当兵上战场啊，等等！你说是吧？"

阿嘉松说："是的！所以啊，组这个代表团很重要。如果成功了，它就打破了我们松潘现在抗日救国活动死气沉沉的局面，就开了好头。我们松潘民众的抗日救国热情被激发起来了，你说的那些事，就可以轰轰烈烈地开展起来啦！"

话题说到这儿了，阿嘉松就接着讲："正因为组这个代表团如此重要，所以我认为，虽然我给柳主任发了求助电报，我们也不能坐着空等；更不能因为柳主任那边疏通不顺，军代长这头没有发话同意，我们就什么都不干！西康那边人家成功组了代表团，这给了我们松潘效仿组团的机会。这个机会相当重要，我们不能白白放弃！"

阿嘉松情绪激动起来，讲述了他上午在凌府的谈话情况……

晋老掌柜听完了这番讲述，热情尽消，神情变得凝重，还有几分沮丧。他对阿嘉松要挺身而出开展活动的想法，内心产生矛盾。他赞赏阿嘉松的抗日热忱和勇于任事的精神，又为阿嘉松的安全担忧，不知道该说什么。

晋老掌柜心中生起对汪县长对中央军的怨怼不满，对凌氏父子失望，对代表团事情可能落空而沮丧，心情复杂地低头沉默。

阿嘉松因为没有获得支持，心里有点失望。但他明白晋老掌柜的心思，体谅晋老掌柜对自己的关爱，就转移话题，关心地问候晋老掌柜旧病复发的情况，又谈起泽吒和晋兴襄两家商号的生意合作事宜。

阿嘉松因心中横亘大事，坐了不多一阵，便起身告辞。

黄昏时分，阿嘉松土官从迈府出来。

傍晚风凉，店铺关张，街巷人稀。阿嘉松土官的脸色因变暗的天色而更显郁闷。但他脚下快步，似奔什么目的而去。

阿嘉松土官与晋老掌柜分开后，到了迈府，与迈斯明大老板交谈。他将代表团的事情讲给了迈斯明大老板听，最后对他说，自己想不顾官方也不顾凌氏父子的态度，单枪匹马干起来。

迈斯明大老板听了，出于对阿嘉松的安全考虑，劝他不要孤身奋斗，说："代表团的事情，军代长明确发话要等上级指示，这种情况下你站出来发倡议宣传组团，军代长会认为你有意违抗他，藐视他。他们这种强横军人，会为此暴怒草菅人命的。汪县长本就视你为仇，一直存心想整你。你一得罪军代长，他就有了机会，给你扣个违抗中央军命令的罪名，将你抓起来。嘉松弟，你这种情况被关进监狱，我们要搭救你那就很难啦！"

迈斯明大老板还劝阿嘉松说："如果那时，柳主任的活动见了成效，成都省府或者西安军署发话下来可以组团，嘉松弟你那时不仅不能参加我们松潘的这个抗日救国活动，反而在监牢里伤身破财，那真是两头俱失，一生悔恨啊！"

阿嘉松的事业生涯中得到迈斯明很多睿智帮助。所以这一次他也抱着厚望而来。也因此，亲如兄弟般的迈斯明的劝阻，使他更沮丧郁闷。

不过，迈斯明大老板有一番话使阿嘉松土官得到启发。当他俩交谈中指责汪县长军代长把松潘的抗日救国活动局面压得冷清时，阿嘉松提到晋老掌柜的山西老乡带来的共产党在其根据地领导民众抗日的情况。迈斯明大老板听后称赞共产党的抗日业绩，又感慨说："说起发动民众，历来国民党和共产党就判若云泥。国民党是不愿不敢发动民众，而共产党是千方百计发动民众。所以现在，共产党不仅在日占区领导民众抗日，在国民党管治区也以抗日救国名义积极活动。如果啊，我们松潘有共产党的地下组织，他们肯定也会在这方面有所活动的。"

说者无心听者有意。迈斯明大老板提到共产党以宣传抗日救国方式开展活动，使阿嘉松土官联想到松潘两件事。一是国立松潘职业学校的两名教师突然失踪，有学生闹事，说两老师向学生宣讲抗日救国很激进，言行中指责国民党赞扬共产党，因而被特务抓走。二是县城原有个民众教育馆，沉寂多年，忽地现在接连开了识字班、妇女班、夜校等，很是热闹，抗日气氛也浓。国民党县军统站想从中查共产党，凶神恶煞地折腾一阵，无果，反而对国共两党的名声一损一扬。

迈斯明大老板的"如果松潘有共产党地下组织"的感慨，点拨了阿嘉松。他心知洪老中医江技师楚技工是红军的潜伏人员，还猜度可能还有其他共产党人也潜伏松潘，因此推断松潘肯定有共产党地下组织，那就是洪老中医他们！

于是，阿嘉松土官似乎又柳暗花明看见新路。他心中生起念头：通过洪老中医，寄希望于松潘共产党地下组织，掀起此项活动！

走在大街上的阿嘉松土官边走边想，希望渐增，眉头开始舒展，脚下步伐更大。走过两条街，他看到洪老中医的诊所！

洪老中医现在的住所是一小房院。南面临街两铺面一间坐诊一间售药。里面有个小天井，左右两小厢房分别作厨房和住医徒。北面两间屋子，一是老两口卧室一是会客堂屋。

此处是洪老中医两年前买下的。洪老中医的医德医术在松潘赢得口碑，积攒了些钱，他又把红军给他的潜伏安置费取出了一点，凑在一起买下这处小房院。当时，刚买下时的此房院很破烂，阿嘉松土官见状，出资翻修一新。

洪老中医此时出诊去了，他妻子守着铺面。见阿嘉松土官来到，忙起身迎接，安坐堂屋，沏茶款待。她又按阿嘉松土官的要求，在天井里摆放条凳茶水，请其护从和随仆歇坐。

洪老中医的妻子腿瘸，面容显出曾经苦难，但也看得出年龄不大。她是红军第三次过草地后不久，洪老中医出诊一部落首领家买回来的。女人自称是逃饥荒被人贩子辗转卖到此地。阿嘉松接触汉族各省商人多，发现她的口音不是川人而带湖南腔，估计她是红军年轻女兵，过雪山草地时腿负伤，流落下来的。

洪老中医带着医徒回来，看见阿嘉松土官惊喜。听阿嘉松土官说来商量事情，估计事非一般，忙吩咐妻子关了铺面，又吩咐医徒按出诊时开的药方捡药给病家送去，然后自己进了堂屋，关门闭窗。

阿嘉松土官见洪老中医坐定，没有寒暄，直接开讲……洪老中医一听到组建"松潘藏族边民抗日救国代表团"到省城献旗，连声叫好……阿嘉松土官讲述汪县长军代长的阻挠，讲了他给柳曼卿发出求助电报……洪老中医连声夸赞他电报发得好……阿嘉松土官最后讲了自己本打算单枪匹马干起来，但为迈斯明大老板劝阻。

阿嘉松土官讲到此，提及迈斯明大老板说的"共产党以宣传抗日救国方式开展民众活动"的话，并着意反复。洪老中医听了，明白了他没有说出口的要求：希望松潘地下共产党掀起此项活动。

洪老中医确实是松潘共产党地下组织的领导人之一，他认为如此的抗日救国民众活动，应该积极开展：一来发动了民众，二来发现培养积极分子，三来让民众又一次认识国民党领导民众抗日的消极性。但是根据纪律，在没有向组织汇报情况前，他不能给阿嘉松土官任何答复。

洪老中医于是赞扬肯定阿嘉松土官，说道："阿嘉松土官，你的心愿是对的！天下兴亡匹夫有责，我们每一个不愿当亡国奴的人，都应积极投身抗日救国运动，这是我们义不容辞的责任！"接着，他又对阿嘉松土官劝说道，"但是，我们松潘现在这种国民党统治区的环境，你确实不能贸然出头孤身单干。否则确实不但于事无补，反而害了自己！"

阿嘉松土官于是问："你称赞这件事是好事，应该干。但你又说我不能贸然出头孤身单干。那，这应该做的好事，由谁来干呢？"

洪老中医一时没有回答。

阿嘉松土官着急，又说："凌总舵爷他们的意思，过了六月上旬，他们就不想再干这件事了。因此我很着急！我很担心事情被中央军拖垮。所以啊，洪老中医，我希望眼下就有股力量，能马上把我们松潘民众掀动起来，造成声势，对中央军形成压力，使他们不能拖着不办！"

阿嘉松土官话出口，眼睛有意味地盯着洪老中医……洪老中医明白阿嘉松的意思，但不便明确回答……阿嘉松土官见状，又逼问："洪老中医，你说我的想法对不对？"

洪老中医让阿嘉松土官这一逼，心里拿定了主意：马上去向组织汇报，建议连夜召开会议，商讨此事，做出决定。

洪老中医于是说："对！你的想法很对！这样，我明天给你回答，好吗？"

"明天？"

洪老中医眼神坚定地看着阿嘉松土官，回答："是的，明天！明天太阳升起时，我到你的泽旺商号，一定给你个回话！"

洪老中医本想说"给你个'满意'的回话"，但出于组织纪律，"满意"两字暂不能出口……

2

忽地，松潘县城里刮起热议，到处都在谈"松潘藏族边民抗日救国代表团"的话题。县城学校的师生谈，街头巷尾的市民议，剧场茶铺里充斥这个话题，甚至连保安队的营房中、税捐稽征处这些机关里，也是上下都摆谈此事。那形势直如"一夜春风花千树"，起之突然，蔓延广泛。

满县热议惊动县政府，汪县长闻知大怒。他认为这是凌氏父子所为，目的在于抹黑他打击他，便挑唆枪疤脸军代长，要求以违抗军令罪惩处凌氏父子。枪疤脸军代长也为中央军的权威受到触犯而冒火，传凌氏父子庭讯。凌氏父子费了不少精力和钱财，才勉强消除了枪疤脸军代长对他们的猜疑。

枪疤脸军代长认为有人在煽动民众骚动，下令追查。汪县长要裁罪凌氏父子，指示警察在袍哥中找线索。凌氏父子为自证清白，派手下四处打探事件起源。国民党中统站专抓共产党和进步分子，也为此开展大清查。

他们的这一番折腾翻搅，如台上加戏、火中浇油，使街谈巷议更加火热，更为持续。松潘民众都知道了中央军消极、汪县长阻挠的内情，增加了对国民党压制民众抗日活动的不满。军统站的清查反而宣扬了松潘共产党的存在和活动。就连凌氏父子因被街头嘲笑临阵畏缩，反使他们的手下闹嚷嚷偏要组建代表团。

中央军、县政府、军统站这官府三方气势汹汹开场，无果而终，灰溜溜收场，给抗日救国代表团一事的推进，翻开新篇章。

民众看到官府理亏心虚，更坚信正义在自己一方，更是群情激愤、舆情高涨。国立松潘职业学校和松潘中学的学生走上街头张贴标语，呼吁政府马上行动，领导组建抗日救国代表团；松潘藏羌回汉各族民众都群情赞成；社会贤达各界人物也表态支持。这民间火热官府僵冷的局面，衬得汪县长军代长反像缩头乌龟。

阿嘉松土官也是抗日激情澎湃，以他的影响和活动能力，积极对藏族部落首领们宣传抗日救国代表团，举松潘藏族之势向国民党县政府施加压力。

高原红日阳光强烈，格桑花五彩缤纷开满山野。

阿嘉松土官带着管家书幕护卫随仆等多人，骑马来到漳腊，进入金矿矿区。

阿嘉松土官很久没有来这里了，因为金矿带给他的是痛苦回忆和愤懑心情：英法洋人争夺金矿地质图使他遭遇马军血腥屠杀；袍哥与俄哈抢占金沟陷他于死牢；嘎布金矿的狗咬狗争斗无端给他平添仇怨；美国人勘探金矿致使国民党军队逼死他的教父；更令他耿耿于怀的是，金矿开采肥了国民党高官大员，而祖祖辈辈生活在此的藏族同胞却贫穷落后。所以，他非常不愿进入金矿区域，除非特殊情况。

今天，他来这里，是参加关于"松潘藏族边民抗日救国代表团"的聚会。

在松潘民众的抗日热潮中，阿嘉松土官更是热情高涨，发动松潘藏族上层，推进代表团的产生。松潘的藏族区域太大了，部落很多。因此阿嘉松土官在县城外的东西南北四处，分别召开聚会，广邀藏族部落首领前来参会。

前两天，阿嘉松土官在县城以西的一座大喇嘛庙里举行了相关聚会，效果很好。今天，他又马不停蹄地赶到这里举行同样的聚会。两天前的聚会得到藏传佛教势力的支持，今天在金矿公司开会，反映出松潘县城外也掀起抗日救国热潮，表现了松潘各民族的和睦相处。

漳腊此地有一豪杰，汉族人，颇有势力和影响。他与阿嘉松土官是英雄之交惺惺相惜。当他得知阿嘉松土官要邀请松潘北部区域的藏族首领聚会，便主动提出其会在漳腊举行，他全包接待的事务和费用。此事引起漳腊各族民众热议，都为在本地举行这一抗日救国活动喊好支持。福华采金公司的总经理等人得知后，又提出会议由他们出资承办。福华采金公司此举，一是表示他们支持和参与抗日救国活动，二呢，他们考虑公司在此藏族区域采金很多年，但与藏族首领们很生疏隔膜，想借此略微改善关系。

阿嘉松土官骑马经过漳腊重镇时，感觉当地经济开始衰退。因为镇子中没有新的建筑物出现，也没有楼堂翻新。原有的旅店商铺酒馆赌场全都陈旧，一幅衰退景象。镇街上失去了往日的熙攘热闹，显得有些冷清。

阿嘉松土官已有听闻：漳腊金矿缺乏深入地下的金脉勘探，采金一直在浅表层挖掘，所以金矿越采越少，矿区劳工逐渐走人。漳腊大镇上依附金矿的各种商业服务也逐渐萎缩。

阿嘉松土官穿过漳腊镇子，进入金矿区域后，所见景象也证实了此说法。阿嘉松土官心里舒朗了一些，因为他想到如此状况，说明被国民党高官大员掠夺的当地财富也就减少，说不定哪天就停止了！

福华采金公司的会议室里，济济一堂，人声鼎沸。

十多位藏族部落首领围着大会议桌坐成一圈。他们的管家书幕亲信等人则坐其身后，挤满过道墙边。这个三开间的会议室坐进四五十人，显得拥挤，但也因此显得会议气氛热烈。

这些藏族首领在各自部落里为王，彼此平素很少见面，更难得有十多位首领一起聚会的机会，所以他们为相识相聚兴高采烈，兴奋不已。藏族人豪爽，体格壮嗓门大，他们围着大会议桌交叉问候隔座倾谈，声音洪亮还笑声不断，使得会议室里非常热闹。

阿嘉松土官也满脸喜悦地参与笑谈。他不急于宣布会议开始，一是这么多藏族首领相聚一起如此其乐融融，太难得了，阿嘉松也想让这欢乐气氛多持续一阵；二呢，会前的首领们情绪欢快亢奋，有利于会议顺利举行。

渐渐地，藏族首领们高声笑谈的声音小了一点，阿嘉松土官看了下窗外红日，觉得该开会了，于是站了起来。首领们一见，都知道他要宣布开会，相继结束笑谈，转头注目。

阿嘉松土官用藏语做开场致辞，先谢天上菩萨各方神灵，又歌颂在座土官头人们的高贵显赫，然后给所有人美好祝福。藏俗礼仪，隆重会议的开场白不能短。阿嘉松土官为了避免较长的俗定开场白凉了会议气氛，事前花了功夫做准备，颂扬得个个首领心花开放。同时，所有与会者——从首领到他们的亲随，在敬听时又按习俗不断发出"啊啧啧""哦呀哦呀"的赞叹声，所以会议气氛保持热烈。

接着，福华采金公司的总经理和那位漳腊豪杰向聚会表示祝贺，向众藏族首领表示致敬。他二人都表达了他们的抗日救国热忱，对组建"松潘藏族边民抗日救国代表团"到省城开展献旗活动，都表示完全支持。他们讲汉话。

因为不少首领都带有翻译，阿嘉松土官为避免众翻译的喁喁声音搅扰会议室，站立起来，亲自向全会议室大声做藏语翻译。总经理和漳腊豪杰祝贺完毕后，阿嘉松土官及众首领再次向他们表示感谢，礼送他们出了会议室。

然后，阿嘉松土官用藏话宣讲代表团事宜。因为众首领都大致了解此事，他的有关介绍不长。接着，他又介绍了前两天在松潘西部大喇嘛寺举行的聚会情况。阿嘉松土官的鼓动演讲使在座首领们情绪高涨，热烈地讨论起来。

众首领也都高声赞成组建代表团，也都为松潘各族民众推举藏族为代表而感到荣光。他们像松潘西部藏族首领一样，也都对中央军的层层上报导致事情无法进展而不满，也都纷纷表示应该对官府施压促进。

阿嘉松土官见时机成熟，又站了起来，取出松潘西部藏族首领聚会发出的一封公开信，高声念读。信是写给胡宗南漳腊行营和松潘县政府的，要求官府俯念民情，尽快发号施令，领导组建代表团。

众首领听后，都很赞同那封公开信，并一致决定也发出同样内容的公开信，表示松潘北部藏族首领们的态度。信很快写好，众首领纷纷签名，并马上派人快骑送给军代长和汪县长。

会议开得热烈轻松，很快就完成了原定主题。

阿嘉松土官见此时离欢宴举行时间还有一个多小时，便决定把下一场会议的一个议题：关于代表如何产生的问题，现在提出来，让众首领讨论。

还处在兴奋状态的众首领一听这个话题，立刻你言我语地热烈讨论起来。他们都说当代表是非常光荣的事情，纷纷表现出想成为代表，想去省城见省长的强烈意愿。

很快，讨论声音变小，因为首领们见彼此都热望当代表，想到了松潘众多藏族首领肯定也人人都想当代表，如何推选确实是个大问题。

一个有土官头衔的藏族首领高声说："代表嘛，肯定必须是土官！"

此言一出，好些首领沉下了脸，不作响应。川甘青藏族社会中的部落首领很多，但被称呼为土官的有限。表现出不高兴的首领是部落大头人，他们没有土官头衔，虽然不少人的实力大于一些在座的土官。

一位傲慢的土官补充说："代表必须是土官，而且还要是'真资格'的土官！"

响应的声音更稀少了。因为称呼为土官的人，有的是祖上获得清朝政府册封官衔；也有的是本人或其父其爷杀了原土官，夺得权位，自称土官的。在座土官中有人是后种情况，因此"真资格"三字排除了他们入选。

阿嘉松土官也心中略有不快。他也非常想成为代表，虽然他有省政府的"土官千户册封"，但傲慢土官的主张很可能引起土官中的"千户、千总，守备、把总"等等官职高低比较，甚至还会牵扯出"顶戴为几品"的高下争吵。但他为了不影响会议讨论，没有丝毫表露。

又一土官声音发尖地说："在资格土官中选代表吗，就比根根（血统）！"

所谓比血统，就是比较祖上谁更显赫，首先比清朝册封的官职高低，再比家族的历史辉煌。但这样比，那些现在所统治的部落大，武装实力强，财富多的首领往往不服，经常引起争端混乱。

这个主张说出，会议室里出现混乱。不少首领交头接耳议论起来。

一位瘦高首领站起来，咳嗽两声。众人便都注目于他。他提出说："当代表，好大的荣耀哦！自己光荣，家族增光，部落也扬名。因此我提个议，既然当代表获得这么大的荣耀，那么，去省府的差旅吃喝，一切费用都自己出！"

"对头，对头！"马上许多首领附和，"既然当代表是出于自己的抗日救国热忱，就自己负担自己的全部的费用。舍不得钱的，就是抗日救国热忱不高，就没有资格当代表。"

会议室里又出现热烈讨论的气氛，绝大多数首领都纷纷表示赞成：

"应该这样！这样子当代表，他去省城一路带的管家随仆书幕护卫等下人，他想带好多就带好多，想雇好多马匹就雇多少，反正钱全都他自己负担！"

"好！好！这样组成的代表团，就不要政府出一分钱，也不花民众的一分钱。政府就不为难了，民众也满意！"

"应该！应该！我们藏族当代表，就要当得高姿态，让松潘的羌族回族汉族兄弟都对我们藏族伸大拇指！"

"还有，每个代表不但要负担自己的全部费用，还要分担代表团的相关费用，比如做锦旗，在省城送礼，碰见西康藏族边民抗日救国代表团，要请人家吃饭等等！"

"对头，对头！反正代表团从开始到结束，全团的一切费用开支，都由全体代表负担！"

……

3

县政府里，枪疤脸军代长的办公室关门闭窗。

从门外坐着打盹的勤务兵来看，枪疤脸军代长在里面。他经常醉酒后在办公室里关门大睡，其鼾声强烈声震附近。不过今天反常，没有一点声音传出。

办公室里，枪疤脸军代长一人独坐在办公桌后。他面前半拉开的抽屉里，摆放着七八块旧手表，成色各异，牌子杂乱，指针都还在转，只是指时不同。枪疤脸军代长饶有兴趣地把玩着。

这些表是从印度走私进中国，又流到此地的。每一届松潘县政府的军代长都以权势收罗旧手表，然后拿回军队贩卖，翻几倍地赚钱。

枪疤脸军代长端详着一块牌子是瓦斯针的旧表。这个牌子在这片声誉很高，据说其防水防震性能超好，还传言是德国军用手表，所以在军队里最好卖。只可惜这只表的表面发黄，枪疤脸军代长有些遗憾。

"报告！"门外响起勤务兵的声音，说汪县长来到。

枪疤脸军代长于是将手中的瓦斯针手表放进抽屉，又推闭抽屉后，才傲慢一声："请进！"

汪县长进屋，手里拿着卷宗。枪疤脸军代长见他面带愠色，问："有什么事儿啊？"然后起身走到沙发边，示意汪县长一起落座。

汪县长坐下后，翻开卷宗，拿出一封信，指着说："阿嘉松那个家伙，这又捣乱，又弄了个藏族人致政府的公开信，第三封了！在松潘搞得影响很坏，他妈的！"然后将松潘东部藏族首领聚会的联名信递给枪疤脸军代长。

枪疤脸军代长一听，冒火，接过信瞟了一眼就扔在茶几上，骂道："真他妈的浑蛋！这家伙明知军队在层层报批，还这么没完没了地煽动。嗯，他究竟什么目的？"

"什么目的？军代长，我给你说，阿嘉松那个家伙，出身低贱得很，是喇嘛庙的农奴。他虽然披上了藏族贵族的外衣，虽然混成了部落首领，但他骨子里是赤色的，天生是共党分子。阿嘉松他明知军队在层层报批，为什么还要疯狂煽动四处蛊惑，他就是要借这个机，对我中央军对我国民政府抹黑，贬损我国民党。这是阿嘉松那狗家伙的政治倾向的暴露！"稍顿，又更进一步挑拨说，"他趁军队层层上报之机上蹿下跳，就更抬高他自己，更贬低抹黑军队和政府！"

枪疤脸军代长被激怒，骂道："真他妈的天生反骨！"又咬着牙关说，"应该狠狠收拾收拾！"

汪县长来的目的，就是要取得枪疤脸军代长的这句话。他立刻说："好！有军代长您的明示，我就去给阿嘉松那家伙立个专案，派人深挖他的赤色行迹，狠狠整治整治他！"

枪疤脸军代长点头。他想起国民党军统是专门抓共产党和赤色分子的，于是交代："县政府和军统站做个工作沟通，一起整！"

汪县长大声应诺，准备告辞，枪疤脸军代长又叫住他，问："听说阿嘉松的生意，在县城里算大的？"

汪县长立刻明白枪疤脸军代长提出整阿嘉松，有敲诈钱财目的，马上说："是！那家伙又当部族首领又当商号老板，钱财很多。把他下狱了，我马上请示军代长您，看怎么处置他！"

枪疤脸军代长听了这话，就如眼前出现大笔钱财，立即兴奋。

触及发财敛钱，枪疤脸军代长一下就联想到"嘎布金矿"。这是这些日子一直梗压在他心中的大事……枪疤脸军代长从纸烟盒里抽出两支烟。

汪县长一见，赶紧接过一支，同时给军代长点燃香烟，又提起开水瓶往军代长的茶杯里倒水。

枪疤脸军代长吸燃香烟后，喝了两口茶水，背靠沙发，仰吐烟气，考虑今天对不对汪县长谈他想重开嘎布金矿的念头。

汪县长察觉枪疤脸军代长在斟酌腹中之事，有话想说，便自己吸烟静候。

自从川军出川抗日后，四川省政府一直向重庆中央要求：鉴于四川承担抗战的粮食税捐兵源极为沉重，因此要求停止胡宗南部队在川西北的军费和骡马羊毛牛皮等物资征收。

胡宗南以自己部队对付共党和日军两个方面作战，军费实在困难。他还强调：自己体贴中央财政匮乏，但自己部队前期在雪山草地阻击共党红军的作战损失至今还影响部队战斗力。因此，他一方面敷衍重庆中央和四川省政府，一方面拖着不撤漳腊行营。

但是最近，国民党中央迫于全国抗战的总形势，以及四川对抗战支援的重大艰难，限令胡宗南漳腊行营年底前必须撤销，所部人员一并调离。此项重庆中央的命令作为绝密，由西安胡宗南长官公署密令传达漳腊行营。漳腊行营作为绝密命令下达各军代长。为在这最后不多日子里尽量掠夺雪山草地，行营对各军代长的军征任务大为加码，同时再三强调严格保密。

枪疤脸军代长得此密令，打起了个人算盘。胡宗南部队现在主力对付陕甘宁边区红军，另一部分布防黄河右岸对峙日军。自己离川返回部队后，不但失去在松潘当太上皇的敛财淫乐好日子，回到黄土高原顿顿吃酸菜杂粮，而且说不定哪天就战死前线，黄土埋尸。因此，他整日思考继续留在松潘的主意。

既然胡军驻松潘县府军代组不存在了，自己想留松潘必须另寻路子……思来想去，他打起了嘎布金矿的主意：假如嘎布金矿在他手上重开，他上报该金矿可为胡部提供黄金，并申请担任驻嘎布金矿军代长，完全可以获批。这样，他便如意！

但是，他知道重开嘎布金矿很难。如果他强压汪县长和凌氏父子重开嘎布金矿，不但成功可能性有限，而且会暴露漳腊行营撤销的密令。这既会影响执行漳腊行营下达的加征任务，自己还有可能因泄密受军法处罚！……

枪疤脸军代长衡量一阵利弊，决定私利为重。至于军令，自己尽量做到不泄露！

于是枪疤脸军代长将烟屁股弹飞，坐直，对汪县长说："我想起一件事：听说松潘过去啊，还有一个小金矿，叫嘎布金矿，归松潘县政府管。是吗？……我听说啊，嘎布金矿停产，不是金子采完了，是因为其他原因，是吗？"

汪县长一听，勾起旧恨新仇，咬牙切齿地说："是的。嘎布金矿停产，完全是因为凌阳山凌尔武的不法行为。他们勾结前渎职巫县长，独霸金矿利益。我上任后，要为政府收回金矿利益，他们就把金矿破坏了！阿嘉松那狗家伙，在里面也有问题。"

枪疤脸军代长的心思是重开嘎布金矿，因此既不关心过去的事，也不想卷进汪凌斗的混局，就说："过去的事，以后再说。汪县长，你看现在重开嘎布金矿，有没有可能？"

从胡宗南部队进川西北阻击红军到现在，这些年历任松潘县府军代长都为发财打过嘎布金矿的主意，因此汪县长也回答多次了。

汪县长重复说："重开嘎布金矿首要问题，是关于你们军队系统的。就是说，如果嘎布金矿重开了，是归县政府管，还是你们军队直接管？"稍顿后，汪县长提醒说，"当年开采漳腊金矿，川军十八军就没有将金矿划归松潘县政府管。岂知被多支川军强行参与，共同成立了福华采金公司。哼，谁知螳螂捕蝉，黄雀在后，最后被中央一锅端走了！"

枪疤脸军代长为了诓汪县长，回答："这次不同了。如果松潘县政府重开嘎布金矿，当然归汪县长你管啦！"接着说，"今天，咱们先议议重开金矿的条件方面的问题。"

于是汪县长说："重开嘎布金矿的第二个问题，是谁投资的问题。金矿废弃多年，全毁了。因此重开金矿，恢复建设的资金量不小，这个钱从哪儿来？军队会拨款吗？"

枪疤脸军代长知道军队是肯定不会投资的，但又谎诓含糊说："军队肯定会给予支持的。"接着问汪县长，"还有什么问题？"

枪疤脸军代长拿起烟盒，抽出两支烟，递给汪县长一支，同时说："我听说，金矿停产时，有几个矿洞出矿不错。我想啊，咱们先也不声张重开金矿，咱们悄悄弄几个人，直指那个矿洞去挖金。如果情况见好，后面的事情就好办了！"

汪县长趁枪疤脸军代长话停，赶紧上前给他点燃烟，同时说："噶布金矿前后总共开了大大小小几十个金洞。有的根本挖不出金，有的采金不多就废了。我听说，在停产前，是有那么几个洞，产金还可以。但是那些洞的位置，凌氏父子不仅当时就绝对保密，而且他们撤离时还全炸了。凌氏父子为了掩盖真相，真真假假地炸了很多洞。那些洞口垮塌这么些年，长树长草难辨痕迹。我还听说，那几个产金的洞子，里面很深很长还分岔洞，据说凌氏父子将里面也炸了……"

"报告！"门外响起秘书科米主任的声音。

米主任进屋后，呈递上两张电文纸，报告说："刚收到两封电报，一封是省政府发来的，一封是国府蒙藏委员会驻川办事处发的。"

军代长先接过电报看，然后传给汪县长。省政府的电报是：批准"松潘藏族边民抗日救国代表团"一事。蒙藏委川办的电报是转告：西北军政长官署致电在重庆的国府蒙藏委，他们同意四川省府的相关公办。

军代长和汪县长看了上级来电后，没有表现出积极工作的劲头，反而心里不是滋味，认为这下民众会认为斗赢了官府，气势更嚣张；认为自己输了面子，折损威望。两人都脸面僵硬，后仰，背靠沙发吸烟吐气，缄默不言。

好一阵后，汪县长用夹着烟屁股的两个手指，指着扔在茶几上的两张电文，请示："军代长，你看这事？"

军代长没有马上回答。又吸了两口烟后，他把烟屁股往烟灰缸里用力摁压，嘴里才说："看什么看，上面下了指示，那就办呗！"他的口气明显心中不爽。

汪县长应承，然后翻开卷宗，将两封电报从茶几上捡起，放进卷宗。

茶几上这时还摆着一封信，是阿嘉松送来的第三封给县政府的公开信，是汪县长刚来时递给军代长，军代长瞟了眼后丢在茶几上一直未收的。

汪县长抬起屁股伸出胳膊，准备去拿阿嘉松的公开信。这时，军代长用中指关节发气似的敲打信纸，咬牙骂道："这家伙现在要得意了！尾巴要翘上天了！"

汪县长稍愣，然后恶狠狠地一把抓起公开信。他一边将抓皱的信纸放进卷宗，一边恶语："阿嘉松那狗家伙肯定想当代表得很。哼！老子就用这个整他，偏不要他当代表，看他狗日的尾巴翘不翘得起来！"

军代长点头鼻哼，表示同意，然后说："对这种家伙，是得打击，不然以后更不把你我放在眼里！"

军代长又拿起烟盒，取出一根烟夹在手指中比画着说："打击阿嘉松，就是要做给全松潘看：凡是对我军队，对我政府不服服帖帖，出头生事的人，不管干的是什么，一律没有好果子吃！"

第六十一章 大土官当随差

1

松潘县政府的大门外，市民围聚，气氛欢庆热闹。小商小贩高声吆喝买卖，孩子们笑闹着跑来穿去。因为县府里面在开大会，是"松潘藏族边民抗日救国代表团"的成立大会。

会场里更是热闹。挤满礼堂的人都兴高采烈地欢声笑语，声音回荡震瓦动梁。礼堂内外的墙壁上，张贴了许多标语，有宣传抗日的，有庆祝代表团成立的。标语字体活泼，五颜六色。

阿嘉松土官当然到会，他坐在台下头排。与他坐一起的，还有七个藏族土官。他们八人是松潘各界选出的代表。按照此前议定的会议程序，当汪县长宣读他们的名字后，他们要上台站立，接受县政府颁发的代表证书，接受松潘各界敬献哈达。然后，由阿嘉松土官出头，从汪县长手中恭接县政府开具的各种文件文书，恭接军代长授予的团旗和呈献给四川省主席的抗日救国刺绣锦旗。然后，阿嘉松土官还要代表全团，做大会发言。

因此，阿嘉松土官着盛装。他身上穿着柳曼卿赠送的，镶缝着金黄色豹皮的紫红色华贵藏袍。腰上是柳曼卿赠送的珍宝吊刀。阿嘉松心里又一次非常感激柳曼卿，是她接到电报后，一番努力，省府和蒙藏委的有关电报才很快发到松潘县政府。

"松潘藏族边民抗日救国代表团"的组团，阿嘉松土官作用突出。这是松潘尽人皆知上下公认的。所以，阿嘉松土官不仅当选代表当之无愧，而且还被推举为团长。当然，这一切要等大会开始后，汪县长宣布了才铁板钉钉。不过所有人，包括阿嘉松土官都认为没有问题，因为当省政府电报来后，县政府接手办该事项。汪县长提领，所有事项都是官民共商决定，他全都同意。

大会开始了。

枪疤脸军代长宣读了省政府和蒙藏委川办的电文，并口头宣示胡宗南漳腊行营的同意。然后，他以松潘太上皇的倨傲姿态讲抗日救国的官场套话，同时贬诬共产党游而不击，最后才就代表团讲了几句相关的话，但其中又夹杂着训斥话，隐射阿嘉松在官文批下之前的积极活动。

接着，汪县长讲话。他在讲代表团成立一事时，尖声高调说："……松潘藏族边民抗日救国代表团的成立，是本县政府秉承上面精神，向松潘民众发出的倡议！得到松潘各界的热烈响应。为此，一个月来，在军代长的领导下，本政府做了大量的动员、宣传、组织工作，日夜操劳。现在，代表团终于成立，即将光荣启程了！……"

凌尔武总舵爷坐在台下头排正中，听见汪县长这一番瞎话，将他们凌氏父子的功劳据为己有，顿时火冒，大为气愤。

当省政府的批电来后，凌氏父子立刻大肆宣传代表团是他们首发倡议。同时，他们马上面见枪疤脸军代长和汪县长，自告奋勇承揽组建代表团的全部事务和费用。因为他们知道如汪县长经办此事，肯定又借机敛财，而此时离省城方面所规定的时限不多了，如让汪县长拖拉耽误，会误了他们交差时间，所以他们赶紧包揽全部事务。当然他们也有挣面子扬名声的目的。

凌氏父子承接此事后，确实花大力气快速推进。他们火速召集松潘各界接连开会，很快成立了筹建代表团的十九人班子。然后又紧锣密鼓地会商，制定出代表产生办法并征询意见。在最后确定代表的关键阶段，各种意见纷纭不休，凌氏父子用雷厉风行手段，果断选出了阿嘉松土官等八位土官组成的代表团。

这期间，枪疤脸军代长和汪县长仅仅是听听汇报，装腔作势说几句泛泛之言，根本不上心。他们对民众抗日献旗活动很不看好，认为省政府也不会重视，到时候只是敷衍接受献旗，便打发代表团走人。他们私下甚至秽语断言："代表团到了省城，放不出两声响屁！"

但是现在大会上，汪县长讲起组建代表团却话多。他睁眼说瞎话地将成绩全揽在自己头上，对凌氏父子上述的功劳只字不提，完全抹杀。尤其是汪县长满嘴胡言时，故意将眼光挑衅性地射向凌尔武总舵爷，明显表现欺辱神情！

凌尔武总舵爷被激怒了！他明白了：汪县长在明知全县都知道他凌氏父子功劳的情况下，竟然还要在这种大会上公然对他们全盘抹杀，其目的并不仅仅是要霸占他们的功劳，而是蓄意借此场合公开打压欺辱他们。凌尔武总舵爷认为汪县长是在向他们示威，向全县宣示：我汪县长抹杀凌氏父子又怎样？霸占其功劳又怎样？我汪县长官势赫然，蔑视袍哥江湖，就是要通过公开欺辱他们，扫其脸面，打压他们的气焰。

凌尔武总舵爷称王称霸惯了，受此欺辱，气得脸色铁青，身体颤抖。他知道，如果他坐在台下一声不吭，全城就要传开对他们的耻笑，说他们凌氏父子被汪县长在大庭广众下狠狠羞辱，却像缩头乌龟，完全是孬种软蛋！凌尔武总舵爷见汪县长的胡言即将结束，如果他再不反击就没有了机会，于是不顾大会秩序，轰然站起，手指台上汪县长，声音尖厉地吼道："汪县长，代表团的成功组建，全松潘人都知道是我同仁公社首发倡议，是我同仁公社提头做成的！在此大庭广众之下，你身为堂堂县长，居然不顾事实，想贪天之功据为己有……"

汪县长没料到凌尔武总舵爷竟敢在大会上跳起，对他指骂，惊愕！当凌尔武总舵爷骂了几句后，他回过神来，猛然拍桌，也如狼嚎般回骂："凌尔武，你想干什么？这是县府大会，你姓凌的竟敢咆哮公堂？你这是破坏大会！你是不是要阻碍代表团成立？你破坏大会阻碍代表团成立，就是破坏抗日，我要法办你……"

台上的枪疤脸军代长见状，忙唤来马弁吩咐。他因与凌氏父子的巨贿关系，而且也觉得汪县长借大会报私仇过分，要马弁温和将凌尔武总舵爷劝出会场。

马弁跑下台，同时招呼松潘头面人物，大家一起簇拥凌尔武总舵爷出会场。那些人为了两头讨好，一面推着拉着抱着拽着凌尔武总舵爷往外走，一边高声嚷嚷："松潘人都晓得，代表团是凌总舵爷你们倡议发起的！""组代表团全靠总舵爷你们父子，人人都看见了的！""总舵爷不要气，松潘袍哥的功劳是抹杀不了的！"……

汪县长在台上看见凌尔武总舵爷被簇拥着离开会场，面露得意神色，咧嘴高声："哼，我就不信三条疯狗在我松潘翻得了天！"然后对着会场，嘶声高叫，"开会，大会继续开。"

会场里站着的人陆续坐下，议论的人渐收声音……

簇拥凌尔武总舵爷出会场的头面人物，都又回到会场，坐回自己的座位。

大会秩序很快恢复，因为人们都急切盼望代表团的成立，此刻都无心关注汪凌冲突。他们怀着激动心情，等待汪县长宣布代表团成立！

汪县长尖嘶高声："现在，我宣布，代表团成员名单：领队，县政府民族科科长，努尔甲。"礼堂里响起嗡议声，因为都以为首先宣布的是团长阿嘉松土官。

汪县长听见嗡议声，故意停顿，以蔑视和挑衅眼光斜看阿嘉松土官。然后，才又继续宣布："代表团成员由七名土官组成，他们是……"

汪县长念完名字，整个礼堂大为哗然！因为，汪县长所念的代表团成员的七个土官名字中，没有阿嘉松的名字！而且官民议定的是八位代表，现突然变成七位。

阿嘉松土官听代表团成员名单中没有自己，如突然被当头一棒，打蒙了！

前天，汪县长主持了代表团所有事项的最后确定会议，有三十多人参加。官方有军代长，国民党县党部书记，县府一些科长以及警察保安等队长头目。民间人士是以参议会为首的松潘各界上层头面人物。阿嘉松土官也参加该会。当时会议一致确定：代表团成员为八人，阿嘉松土官不仅在内，而且任团长。在众人掌声中，阿嘉松土官还激动站起，向大家深深鞠躬表示感谢，还表态说一定不负众望，尽力带好团，圆满完成任务。昨晚，他还为将要登台的大会发言一直准备到深夜。

会场里响起喊问声："怎么没有阿嘉松土官？""是不是把他的名字念掉了？""确定的代表是八人啊，怎么变成了七人？""那团长是谁呢？"……

这是汪县长精心策划的对阿嘉松的打击。

当省府批电来后，汪县长军代长二人即定下要在代表一事上打击阿嘉松。代表团的筹建班子确定代表资格为土官时，对土官的资格标准没有世袭规定，这是松潘各界有意推举阿嘉松土官的共识。汪县长和军代长决定在这里面耍手段。他们表面对阿嘉松土官当代表一直同意，直至在前天的最后敲定会议上。但昨天，他二人密嘱米主任，在政府关于代表团的所有行文中，将阿嘉松一概除名。

汪县长有意让会场里的惊诧议论声音多响一阵……

过了好一阵，汪县长才傲慢地做出回答手势，满会场顿时安静。汪县长得意地扫视台下，然后盛气凌人地吼说："根据松潘官民共同商定的代表资格条件，进入本代表团的成员，首要资格必须是实际掌控部落的土官！阿嘉松虽实际掌控部落，但他不是土官！

"人所共知，有资格的土官，必须是世袭，也就是说，其祖上在清朝就有清朝官府的册封文书和官印！阿嘉松呢？他祖上有没有封授过土官？没有嘛！他的出身你们都知道，是很低贱的喇嘛寺农奴嘛！嗯！他仅仅是几年前，省政府赐了一个'土官千户'称号，那是政府为脱他的低贱身份而虚设恩赐的。所以，阿嘉松没有你们说的土官根根（血统），就不是土官！"

这时，礼堂里出现混乱：有人惊愕，有人不解。有人觉得似乎有理，也有人认为省政府的"土官千户"封授符合官体，更多人对如果代表团不由阿嘉松当团长不可思议……这突然出现的变故，令全体参会人员不知所措……没有人站起来批驳汪县长！

汪县长见状，认为自己镇住了全场，认为自己与枪疤脸军代长的诡计得逞，更为得意，更跋扈嚣张，竟然在台上胡说八道起来："阿嘉松那个土官称号，来得不明不白。嗯，是他自己搞的，假的，糊弄人的！所以，阿嘉松根本不是土官，没有当代表的资格，因此本政府顺应民意，按'世袭土官'规矩办事，严格审查，将他从代表人选中剔除！"

……

2

山风夹着冷雨吹打松潘县城。泽旺商号前的大杨树上，原为庆祝阿嘉松荣进代表团而挂满的嘛呢经旗，尽被冷雨浸湿，蔫茸垂吊，在风中无力摇摆。

商号里，阿嘉松的屋子中坐满了人，他们都是来安慰阿嘉松的。但室内气氛低沉，犹如将军战败，受伤归来。

阿嘉松的心确实遭受巨大创伤。他从给柳曼卿发出电报后，夜以继日殚精竭虑地推动组团，当事成功就时，他却被踢出局外。他满怀的抗日热情被当头浇冰水；他以心血和睿智赢得的荣光被妖云掩罩；他热盼的期望出现在眼前时却被暗箭射倒；他此时的心境如坠黑渊！

来安慰阿嘉松的人都说不出多少安慰话。阿嘉松在组团进程中所起的领头作用，在事情成功中的突出贡献，有目共睹有口皆碑，安慰话也都说此。但是前面有人说了，后面人也就不可能老是重复。有人骂汪县长，但有气无力，因为已经于事无补。

窗外风雨呜呜，天色渐晚，安慰的人陆续离去。

晋老掌柜和迈斯明大老板坐到最后，他们也对阿嘉松说了真切的安慰话，但更多还是以陪伴在阿嘉松身旁的无言真情抚慰他如坠黑渊的痛苦。厨房来劝请阿嘉松土官吃晚饭，晋老掌柜和迈斯明大老板提出告辞。

"等一等！"麦其崩二老板招呼晋老掌柜和迈斯明大老板暂留一下，又吩咐厨房再稍等后，自己去关上了门。屋子里只剩他们四人。

麦其崩二老板低声提议：贿赂军代长和汪县长，用金条子给阿哥换个代表当。

阿嘉松土官一听，斩钉截铁地否定："那怎么行！丧格！决不能干！"

晋老掌柜也连摆双手，说："使不得使不得！贿赂重金买代表当，好大的丑闻哦，传出去，就给你阿哥脸上文刺了耻辱字，一辈子都去不掉，要毁一生名声的！"

迈斯明大老板也说："这种丑事往往引起风波，惹发祸事。汪野狼这家伙心黑诡计多，假如嘉松弟到了省城，他怂恿一些人联名向省政府告状，证据确凿地说阿嘉松是贿买代表，省政府在省城将你阿哥赶出代表团，你想，那个后果多可怕！"

……

3

阿嘉松土官骑马出了县城，踏上回官寨的路。他神情几分沮丧几分怨愤，骑在马上不断仰天长叹，眼睛一直望着翻滚阴云。

他在县城里心情极为憋屈，非常压抑。他觉得县城犹如他被打翻的擂台，汪县长的得意恶笑始终缠绕他。几天后代表团将启程，他一想到届时他落寞地站在街边，心中就刺痛。阿嘉松决定离开县城，回到自己的那片山水间寻求慰藉。

阿嘉松土官的后面跟着一支小驮队。驮子里是他原准备的到省城来回两三个月的生活物品，给柳曼卿大李小刚等人的丰厚礼物，以及准备在省城做其他用的松潘土特产。但现在他未进入代表团，这些物品只得带回官寨。

队伍行进得很慢，因为阿嘉松土官心中犹豫，欲行又止。

他心海翻腾。他热望成为代表的心还未死尽，想到此一去便彻底放弃希望又心犹不甘！还有，代表团的启程将是松潘抗日活动的大事，他想到自己既然满腔抗日救国热忱，不参加欢送活动，也似不对。

阿嘉松土官就这么怀着矛盾犹豫的心情，在风中近乎停停走走地缓慢行进……

"阿嘉松土官，停 停！……阿嘉松土官，等一等……"队伍后面的远处，风中传来追喊声音。阿嘉松勒马回望，只见一骑疾驰而来，马后尘土飞扬；只见追赶的人使劲挥鞭，不断喊叫……追骑稍近。阿嘉松认出追来的人是洪老中医。

洪老中医驰马到阿嘉松土官身边停住。他喘着粗气，累得两手撑在马鞍上，说："幸好你走得慢哦，不然我追你不知道要追多远！"

阿嘉松土官惊问什么事。洪老中医说："我找你商量个事，咱们坐下慢慢谈。"阿嘉松土官赶紧吩咐人扶洪老中医下马，又吩咐队伍找地方休息，卸驮喂马。

大路边的一处小河湾，岸边垂柳新绿，水面清波荡漾。旁边沙滩上，几堆篝火燃起。

坐下后，洪老中医看着阿嘉松土官的面容，关切地说："你脸色很不好啊！唉，这几天把你气坏了，你要保重身子啊！留得青山在，不怕没柴烧！"

阿嘉松土官点头，感谢洪老中医的关心关爱。

洪老中医身负要事，也就不多闲话，直言道："阿嘉松土官，你不应该离开县城。我们都理解，到送代表团出发那天，你心情会更不好受。但那是我们松潘抗日救国活动的大事，你满腔抗日救国热忱，怎么能够不出席？

"阿嘉松土官，你是坚强的人，对于汪县长军代长这帮国民党烂官对你的打击，你要表现出凌霜傲雪的气概。你高姿态地参加送行，是一种敢于与他们斗争的表示。

"阿嘉松土官，你对代表团的贡献，满城皆知。你被排挤，全县人都替你不平。所以，你出席欢送大会，就会激起民众对汪县长这帮国民党家伙的群起指责……"

洪老中医说理中斥骂国民党的话，阿嘉松听出是松潘地下共产党的言论，但他欣然接受，振作起精神，对洪老中医说："你说得对，我不该离开县城，我这就回去！"

"好，好！"洪老中医连声称赞，然后又说，"阿嘉松土官，我还要告诉你，有人为你能进入代表团，这些天一直在努力，不到最后关头不会放弃。你这样窝囊离去，怎么对得起大家？如果他们在努力中，需要你配合商量，你人却不在，这不是坏大家的努力，也坏你自己的事吗？"

阿嘉松一听，惊得眼睛瞪圆，一连串问："'有人'在为我努力，他们是谁？现在情况怎样？"

"'他们'是谁，你就不要问了。"洪老中医顿了一下，补充说，"都是我的朋友。"

阿嘉松听了，猜出"他们"是洪老中医和他的共产党同志，心中热乎。

洪老中医继续说："代表团成立大会结束后，松潘上上下下的人都为你不平。我的朋友们连夜商量了一个法子，第二天去找了凌尔武总舵爷。

"凌总舵爷被劝出会场后，气得走在大街上一直大骂汪县长。我朋友去见他对他说：'汪野狼一会行两恶，将总舵爷您弄出会场，把阿嘉松土官踢出代表团。实际上你们两人是组建代表团作用最大的，这是松潘上下有目共睹的。因此，总舵爷您如果能够将阿嘉松土官重新推举进代表团，就等于回击了汪野狼一巴掌。再说，阿嘉松土官是您旗下的袍哥大爷，他进了代表团去省城献旗，也是为贵山堂，为总舵爷你们增光啊！'

"凌总舵爷听了连连点头，急问我朋友有何法子。我朋友便建议：马上掀起个万人签名请愿活动，要求县府破格增补阿嘉松土官为代表团成员。凌总舵爷当即表示同意，说马上与他父亲和弟弟商量。只是过了一天，他们回话说算了，说因为出团在即，没有时间发动民众签名。"

其实内情是：那天凌氏父子连夜商议时，先是对鼓动松潘民众万人签名很有兴趣。他们想把事情闹大，把民众对汪野狼对县政府的不满鼓动起，搞得汪县长气急败坏，应对失策，最后不管阿嘉松是否能进代表团，汪野狼都要落个"输"字！但后来他们商量细节，发现那样搞会推迟代表团的出发时间，耽误省城方面规定的**务必按时将代表团送到成都**的时限，于是放弃。

阿嘉松土官听后既有失望也怀感激，对洪老中医说："事情虽然不成，但我对你们大家非常感谢。请你把我的谢意带给他们！"

对阿嘉松土官的这番感谢话，洪老中医明白，他是对共产党松潘地下组织表达感谢。洪老中医点头应诺，然后说："我的朋友们现在还又想了一个法子。我米就是找你商量这个事的。"

阿嘉松土官一听，激动，目光发亮，极为关切。

洪老中医问他："阿嘉松土官，假如委屈你折尊降格，以随员或差仆身份进入代表团，你愿不愿意？"

阿嘉松土官乍一听，不明其意，问："随员或差仆？我以随员或差仆身份进代表团？"

"是的。我的朋友们是这样商量的。随员或差仆是代表团里跑腿办事的下人。雇用随员差仆，就是小事了。所以，我的朋友们想走这条路子，设法让你进入代表团。"稍顿，洪老中医接着说，"你是土官，而作为随员进团，干办事跑腿的下人差事，所以对你是屈尊降格，很是委屈！"

阿嘉松土官听完，挺起了身姿，大气说："可以！进代表团当随员或差仆，我非常愿意！代表团到省城献旗，是我们松潘各族民众抗日救国的重大活动，我能随团做出我的服务和贡献，是我的光荣！我一万个情愿，没有一点点委屈的感觉，不存在什么屈尊降格的问题！"

阿嘉松土官为此情绪昂然，站立起来，又说："代表团的随员或差仆都是雇用的，费用都由各代表自行负担。我如果能当随差，我不要代表团一分钱的雇用费！我的吃住行一切费用我自己承担。如果代表们愿意，我也像他们一样，还分担团费！"

阿嘉松土官因为激动，英武大脸变得通红……

4

松潘县城里最大的旅馆，一派喜庆气氛，崭新的大红灯笼高高挂起，金字招牌上飘舞彩绸。旅馆外面的大街上，也是人多热闹。因为新成立的"松潘藏族边民抗日救国代表团"包了此旅馆，住在里面。

但是旅馆里的气氛却异样，过于沉静，透出不安。楼下天井边，楼上回廊中，三三两两聚着不少人，但很少说话，间或交谈也是低声。他们都是大土官们的亲随侍从，目光都不断地投向二楼的一间大屋子。他们的神情有的期盼有的焦急，都在等待屋子里的会议结果。

大屋子里，会议开得冷场，气氛低沉。这个会议是七个当代表的大土官推选领头人，但因为他们中无人敢担当此任，都摇头少语，使得会议局面僵冷。

前几天，在县府召开的代表团成立大会上，他们七个大土官一听阿嘉松被排除在外，都震惊发蒙。他们都是首次去省城，远行三月，去要带许多土特产，归来想大量采购，所以这之前都只顾忙于自己的事情，将全团出行的所有事务都托付阿嘉松一人考虑和准备。当然这也是他们出于对阿嘉松的信任和佩服！这突然没有了阿嘉松做依靠，他们慌了神。

土官们对努科长的评价是人憨实，缺能力。代表团没有了团长，由努科长撑杆领队，他们失望且不放心。果然之后的数次出行会上，努科长对大土官们的各种问题，既回答不上又拿不出主意，更要命的是代表团还有二三天就要出发了，而努科长连打前站的人和事都不会提头确定。

代表团这支队伍不小。每个大土官都带了十来个人：有管家亲信翻译书幕女侍男仆护卫驮夫等等，所以大队伍有八十多人和近两百匹骡马。队伍既大，土官尊贵，而路途又崎岖难行，并有灾情匪患，但努科长是井底蛙，没有出过松潘，到省城的路况他完全不明。所以，对大队伍的每日行程，吃饭夜宿，前后接应等事务，他根本不会安排。之前，他也完全依赖阿嘉松。现在重担落在他一人头上，他心虚发忕，张皇无措。

七个大土官见努科长无能，认定他无法履行领队职责。土官们想到出发在即，先遣队的组建和派出亟待解决；还想到今后更会遇到一系列棘手大问题，比如：途中遇暴雨垮山阻断道路如何应对？土官中有人病了伤了怎么办？到了省城，这么大的队伍怎么安排，抗日献旗活动又怎么开展，等等。因此他们都感到必须另树首脑，带领队伍克服艰难险阻。

这个会议目标就是土官们自己推选领头人。但会议从早上开到现在，一直产生不出结果。因为七个大土官都认为自己负不起这个责任，不敢担当，所以会议冷场无有结果。

突然，大旅馆中，天井里楼廊上的众人出现躁动，因为他们看见进来三人。

大土官们的众随从都认识这三人——阿嘉松土官的二管家以及书幕和亲信。不少人热情上前招呼。有人飞奔上楼禀报。其他的人纷纷议论，都估计阿嘉松土官派人来，事情可能与代表团有关。

二楼大屋子里，七个大土官和努科长正愁坐冷场，一听禀报说阿嘉松土官派人来见他们，惊讶且个个心中顿生朦胧希望。八个人都直喊快请客进屋，都把目光投向门口，有人甚至站了起来。

二管家等三人进屋，按藏族习俗向七位大土官和努科长致礼。然后，他们传达了阿嘉松土官的意愿：为表示他的抗日救国热忱，他愿以随员或差仆身份进入代表团，为代表团服务，不但不要代表团为他开支一分钱，他还愿承担部分团费。

二管家传达完，七个大土官震惊得目瞪口呆。他们又是惊喜又是心堵。惊喜是阿嘉松进他们就有了依靠；心堵是因为阿嘉松土官此举违背了藏族部落社会的等级森严的制度规矩。七个大土官不知所措，表情复杂。

努科长热盼阿嘉松土官进团。他是民族科长，了解藏族大土官的心理，此时冒出难得的急智，高声说："这是菩萨给我们解难！是菩萨用这个方法派阿嘉松来帮助我们！"然后高举双手合十，仰天拜谢，大声敬呼，"感谢上天诸佛！"

立刻，七个大土官如得佛示，心窍疏通，都不再想等级制度的规矩。他们把阿嘉松土官参团看成佛降救星，代表团的艰险行程有了依靠，省城活动前景光明，个个欣喜若狂！他们敬谢菩萨后，都热烈表示欢迎阿嘉松土官以随员身份参团，还急呼马上去请阿嘉松土官来大旅馆参加会议，为代表团的急务赶紧作提调安排。

这时，二管家躬身摊手，表示有话要讲。

当土官们注目于他后，二管家说："各位尊敬的大土官，尊敬的努科长，如果是普通人当随员，你们决定了就是。但是我家老爷进代表团，汪县长会阻拦。所以，此事还得劳驾各位尊敬的大土官出把力。"二管家没有直接提出要求。

努科长马上明白，高声说："军代长来的时间不长，与阿嘉松土官没有过节。军代长只要给钱，啥子话都好说。上次曲吉活佛轮回，汪县长把阿嘉松土官抓进牢房，军代长收了钱，马上就派马弁去把阿嘉松土官放了。"

努科长这一说，土官们全都明白，纷纷说："对头，对头！去找军代长，汪县长的问题就解决了！""那就马上去找军代长嘛，钱的事情答应他嘛！""阿嘉松参团不但不要我们出钱，他还要分担团费。军代长的这个钱，我们土官们该出！""好，好！我同意……"

努科长激动地站起来，说："有你们七个大土官的面子，再加上给钱，军代长肯定要买账的！我建议，你们七位大土官写个联名信，再派一位当代表，我陪他一起去见军代长！"努科长又说，"我知道，军代长现在在漳腊，在胡司令的漳腊行营开会。我们现在就立即出发，快马去漳腊。"

"好！好！好！"土官们纷纷表示同意，立即安排书幕写联名信。

一位大土官壮年，能御马疾驰。他自告奋勇当代表。他还表示一定要为代表团说服军代长，取得批条回来。

其他六个大土官高兴极了，又派出两位大管家同去。他们还叮嘱壮年大土官和努科长："只要把事情办妥，给军代长多少钱，你们当场定了就是！"还提出，"既然军代长在胡司令的行营里，最好请军代长在批条上盖个军队的关防大印，那样就更铁板钉钉了！"

大旅馆门外的街边上，八匹骏马昂首奋蹄。四名健仆牵马候立。大街上的人见代表团有大动静，纷纷围过来看热闹。

在人群中，站着洪老中医。他身旁是松潘共产党地下组织的同志。

当在城外小河湾，阿嘉松土官慨然同意以随员身份参团后，即派二管家等三人与洪老中医一起快马返回县城。进城后，他们四人暂时分手。二管家三人到大旅馆附近等待。洪老中医紧急向组织做汇报。不多时，洪老中医来到旅馆附近，示意二管家等三人进旅馆。自己则一直在外关心候望。

壮年大土官和努科长及两名大管家快步走出旅馆，蹬鞍上马。

六位大土官站立在旅馆门前送行。他们的众多亲随有的挤站在旅馆门厅里，有的站到大街上。

阿嘉松土官的二管家也走出旅馆，目光寻望洪老中医。当他看见街对面的洪老中医后，便与他目光对接，彼此欣然点头。二管家还隔街双手合十，表示感谢！

八骑人马在大街上奔驰而去，马蹄踏在石板上发出轰鸣……站立旅馆门口的大土官们目光远送，口诵佛经……大街上看热闹的人群中开始传言："阿嘉松土官要给代表团当随员办差！""是不是真的哦？""旅馆里传出来的消息，假不了！""哦哟，阿嘉松土官真真是高风亮节……"

六位大土官见驰马远去，慢慢转身回走。在上楼梯的时候，一位性急的大土官高声说："努科长他们现在出发，拿到军代长的批条回到县城，要明天中午了。我建议，既然他们保证把事情办成，我们就现在去请阿嘉松土官来，赶紧把行路日程订下来，把打前站的小队组建了。明天一早，打前站的第一拨人就可以出发了！"

另五位土官全都同意。他们就站在楼梯上指派出两个大管家，与阿嘉松土官的二管家等三人一起，立即去泽旺商号，去迎请阿嘉松土官。

松潘城里，阿嘉松土官当随员参团的消息如春风吹开……

在满城的人们热议中，阿嘉松土官高大轩昂的身姿出现在大街上，意气风发地向大旅馆阔步走去！

第六十二章　藏族抗日代表团被冷落

1

四川省府成都，火伞高张。火辣辣的南方太阳把大街晒得路面发烫行人稀少。不少市民都坐在街边房荫下挥动大蒲扇。

"松潘藏族边民抗日救国代表团"到省城半个多月了。

进城之初，土官们情绪高涨，认为必会受到重视受到热烈欢迎，想的是献旗之余要优游锦城尽享繁华，因而在市中心的提督街包了高档大旅馆的三楼整层。

谁知献旗事报了省政府就如石沉水底。代表团也无人理睬，成了异乡孤客。

七位土官无事转街。因为肚里窝着气，加上酷热天气汗水不断，他们感觉受罪，也不想出门了。他们成天憋闷在洋楼旅馆里，有几人身体出了毛病。

一个草地来的土官热得晕倒了，躺在床上。屋顶上的吊扇慢悠悠地转，扇下来的风不但小而且还是热的。

大旅馆请了医生来。阿嘉松站在床头当翻译。他和努科长都通汉话。七位土官为了方便和显派头，又都带了各自会汉话汉文的书幕。

医生诊断完，说："不要紧，有些中暑……"

阿嘉松问："后面院子里有口水井，能不能打井水给他身上擦凉？能不能喝冷水？"医生回答……

医生诊完，走出房门。他见阿嘉松和努科长也是衬衣汗湿，于是走在楼道里对他们说："你们高原寒冷地区的人，体质燥热，成都的夏天对你们是非常难受的。我开个大凉的饮料方子，你们用大桶熬好后放冷，大家都随时多喝。"

楼梯在楼层正中。楼梯口对面是一个公共空间，叫过厅，通窗户，冬摆沙发夏凉椅。土官们便聚坐这里闲聊。他们嫌头顶的吊扇转得有气无力，又叫各自的仆人在身后摇扇。

见医生走来，一位土官说他牙痛，另一位土官嚷大便干硬，其他土官们也都抱怨不适，个个情绪烦躁。医生于是给他们一一问诊，记名开方，慰言医嘱。

阿嘉松和努科长在楼口送别医生。阿嘉松还派他的两个伙计随医生去给各土官取药。他此行带了官寨的二管家，商号的二掌柜和两个伙计到省城。

阿嘉松与努科长刚转身，听见有土官问中暑土官的诊病情况。

阿嘉松于是走进过厅坐下，回答，然后又说："医生说，成都是个盆地，河渠多又没有风，夏天闷热而且湿度大，要我们注意防暑。还说人不能整天坐着不动，说白天太热不宜动，建议我们晚上出去走走。"

一位土官接话发牢骚："白天不动晚上动，成了老鼠啰！"另一位土官也发泄嚷道："白天不动，白天要动又到哪里去嘛？我们现在就像瓜娃子一样没有人理，到哪里去嘛？"

其他几位土官也都抱怨开来："妈哟，一天到晚闷在旅馆里，就跟关在蒸笼里一样，受刑！""到底省政府理不理我们嘛？不理我们也说个理由来听嘛！""就是，当真把我们当成讨口子叫花子了！""哎，对叫花子嘛，还要喊句'爬开滚蛋'的话嘛，对我们连一句话都没有，连他们都不如！"

代表团来得很不是时候！正遇上省情突变：

他们刚离开松潘的时候，四川省主席刘湘在抗日前线积劳成疾猝然死去。蒋介石于第二天便下令撤销第七战区及第七战区长官部，并发话政学系的张群为四川省主席。蒋介石要以迅雷手段夺控四川。

川军将领立即抱团，做出三个动作：一是公开下令拥有几十万人的留川正规军和保安团进入战斗准备；二是川军将领几十人联名通电，力拒张群入川；三是组织社会各界上街游行，尤其是组织各地袍哥带枪武装游行，向蒋介石示威。

蒋介石见川军反应出乎意料地强烈，前线又战况吃紧，他不敢也无力硬压川军，退了一步，暂时空缺省长一职。但他并不罢休，仍要利用刘湘之死瓦解川军。虽然当前日寇大举进攻形势危急，但蒋介石却紧锣密鼓地对川军作一系列分裂布置。

而在川军内部，争当省主席又成了军阀们彼此钩心斗角的乱戏。省政府的高官全部是各军长的干将。他们为主席职位的争夺都忙得没有白天黑夜，谁都不愿把时间花在藏族人献旗的事务上。

十八军的侯军长还在前线，成都仅有的两个高参也是日夜搅进乱局里。他们原打算利用松潘藏族代表团的目的，在此突变局面下已无意义，因此干脆对代表团置之不理。

现在四川群龙无首，四川军阀外斗蒋介石，内争主席位，省政府机关近乎瘫痪……

土官们正发牢骚的时候，突然传来中暑土官在床上的喊叫："我要回去了！这个热死人的地方，我住不下去了！没有病都给我整出病，再住下去我就死在这里了！"

一个脾气暴躁的土官一下蹦起来，嚷道："走了，走了！我们大家都走！在这儿算个啥子名堂，理都没有人理我们！"

南坪来的土官响应说："就是。好歹我们还都是大土官，还代表雪山草地边区藏族人，结果把我们摆这里，像蒸死面馍馍一样受罪！"

还有一位土官水土不服一直拉肚子。他有气无力地说："我上头喝稀饭下头屙水水，人都掉了十几斤。我也要回去！"

靠近黄河边的草地土官蔫耷耷地说："哎呀，硬是恼火哦！回去吧，我来回路上骑一个多月的马。这样白不啦啦地回去，心头不甘，也拿给人家笑话。不回去吧，这样子在省城像个死耗子，心头就像塞了烂草草，不舒服得很！"

脾气暴躁的土官嚷叫说："干脆，我们去把抗日旌旗往省政府大门上一挂，大家就打道回松潘！"

众土官你言我语，怨气连天……

阿嘉松站了起来。

众土官立刻安静。他们现在对阿嘉松由衷敬重，知道他有主意要说，都缄口注视。

到省城后，努科长一是生疏二是遇此意外毫无主意，代表团的所有事务落在阿嘉松肩上。尤其是去政府申问，或者到别处打听情况，都是阿嘉松冒酷暑一人辛苦。因此在土官们眼里，努科长成了白丁尾巴，阿嘉松反倒像领头。

阿嘉松的态度是要坚持下去。他见土官们无所事事地成天憋闷在旅馆里，情绪日愈烦躁恶劣，知道这样是无法坚持的。他这些天考虑了一个办法，决定此时说出来。

阿嘉松说："我们现在是恼火！但是我们天远地远辛辛苦苦地来到省城，官都没有看见一个白不啦啦地回去，以后肯定要后悔的！

"四川现在是抗日的重要大后方。这么大个省，省主席位子空不了几天的。我相信再过几天新省主席的任命就会下来的。

"你们这么多大土官，代表雪山草地那么多藏族人，来省城表示拥护国家抗日救国，这是四川的大事。一有了省主席，他肯定马上就接见你们！

"我的想法是，这几天没有事情，干脆大家就做采买货物的事情。你们每个人都要带个大驮队回去，采买的东西又多又花时间。我们把这些天用来采买，东西备够了，新的省主席一接见完后，我们就可以启程回去了！"

躁脾气土官立刻嚷道："我们傻坐在旅馆里，未必我们不想到上街去采买？你是晓得的，我们每个人买的东西要堆几间屋子。这个大旅馆的房价好高哦，我们总不能再包一层楼堆货嘛！"

其他土官也附和："这儿是城中心住贵人的地方，又不是货栈。旅馆允不允许木头箱箱麻布包包一天到晚地搬进来哦？""旅馆还要考虑得不得把楼板给压断了。""大把钱用来租房间堆东西，简直是冤枉！"……

阿嘉松做了个安静手势，说道："你们说的这些，我考虑了！我给你们建议个地方，就是柳主任的招待所。我觉得我们搬过去，环境比这里宽敞，费用低。我算过，就是加你们堆货租房，钱也比住这里省不少！"

土官们烦透了憋闷在旅馆里，马上都表现出极大兴趣。

于是阿嘉松介绍说："我把那个招待所的情况给你们介绍一下。先说不好的：招待所一个是在城外，周围是农田当然不热闹。房子也简陋，是瓦顶平房。没有吊风扇……"

阿嘉松介绍完后，土官们纷纷议论：

"院坝好，晚上可以月亮底下歇凉！""就是，哪像这里连天都看不到，坐豪华牢房！""关键是那边有屋子堆货，我们真的就可以趁现在有空办采买了！""那边钱还便宜，那像住这个大旅馆，我们被关笼子还大把大把地掏银子！"

2

松潘代表团移住到城外。

阿嘉松一到成都就去见了柳曼卿。柳曼卿随即到城中看望代表团，还设宴接风。当代表团被冷落时，阿嘉松又去找过柳曼卿，希望她给予帮助。

因为当下川军军阀正激烈抵触蒋介石，川军把持的省政府排斥中央的情绪非常强烈，因而柳曼卿怕她为两个藏族代表团极力活动被川军认为中央势力要利用其事搞阴谋，反坏了两个代表团的抗日献旗大事，因此只能心急关注。

当西康藏族代表团来报消息，打算解散，柳曼卿非常遗憾。

柳曼卿听阿嘉松说代表团想移驻过来，立即吩咐招待所大扫除，并增加人手改善条件接待他们。柳曼卿还派人寻买上等酥油和糌粑，并送来洋奶粉替代成都稀缺的鲜牛奶，以便打酥油奶茶。

招待所是左右两个院落相连。上院供贵人住，有水池花草，房间是漆木地板藤椅竹凳。土官们的房间全部换新蚊帐新凉席新搪瓷脸脚盆，摆上精美茶具。

上院房间不够，有几个管家将就住下院。他们的房间是青砖铺地，但家具换了好的，床上用品更是新置。下院里除了住随从仆人外，其余屋子全给各土官作库房。阿嘉松将全团吃住安排得妥妥帖帖，自己也在下院住下。

招待所青瓦小院，翠竹亭亭芭蕉摇曳，使土官们感觉舒畅自在，对酷暑也不觉得难熬了。他们白天或进城采买，或树荫下互相看货；晚饭后则聚坐池旁，月下纳凉，这才又住了些日子。

接着，传来消息：川军二十四军防区的"西康藏族边民抗日救国代表团"在成都就地解散。

这日清晨，下了一阵小雨后，天阴。

两辆破旧的美式大卡车停在招待所的大门前，装货忙碌。一个接一个的木箱和大麻包接连从下院库房搬出，在小心轻放的吆喝声中堆码上大卡车。

今天有两个大土官离团返回。装车的箱子麻包是他们在省城采买的货物。

自从西康藏民代表团解散消息传来后，松潘代表团的人心又乱了起来。有的主张学西康团解散，各自返回。有的犹豫消沉。努科长当然又没有主意。阿嘉松则坚决主张不能解散代表团。他还请柳曼卿也来劝说众土官。

纷议几天后，有两个土官执意要回去。他们一人水土不服一直腹泻，有些虚脱了。另一人是中过暑的土官。他难耐酷热睡不好觉，一直上火，经常流鼻血。

剩下的土官同意再坚持几天暂不散团。

院子里的气氛因送别而低沉。

柳曼卿和大李小刚都来到招待所，礼送两位土官。柳曼卿是情感细腻的女人，她每次来代表团驻地，都是一身藏族华美服装。

两个土官这样返回离别，心里也不是滋味。有感柳曼卿对他们的悉心关照，现在还亲自来送行，两人很是感动，真心对柳曼卿说感谢话。

腹泻土官感叹说："哎呀，还是我们藏族亲藏族啊！要不是在成都有您柳主任的关照，我们在省城的日子更难过！"上火土官说："柳主任你是中央的官，对我们还这么客气，好使人感动啊！"这话不仅引起其他土官的感慨，所有的管家书幕们也都纷纷由衷地高声表达谢意。

柳曼卿关心问两土官返回的行程打算。听了后，柳曼卿对两土官说："你们当土官的，架子大有排场，一看驮队就知道货物贵重值钱，所以一路上肯定会招沿途土匪窥视起心。你们要多注意防备！"柳曼卿问了两土官的枪支情况，说："哦，一共十来条枪。那我建议你们路上还是再备一些枪，尤其是你们两人分手后。"

这时，来人报两辆卡车都装满了。还说这趟车装不下的大箱大包已经又抬回了院子里，等跑第二趟车。于是众人停止了议论，大家起身走出院子。

两辆破旧的大卡车发动了。车厢里堆得很高的货箱麻包上，还坐着土官的随从。在浓浓的黑烟尾气中，卡车发出沉重轰鸣声，摇摇晃晃开走了。

两位大土官合掌告别，坐进了轿车。轿车是蒙藏委驻四川办事处的。柳曼卿对土官们总是尽量提供方便。

省城成都往西有一条碎石公路，不过只有五十公里长，到都江堰则止。

轿车远去。柳曼卿等人向阿嘉松和众土官告辞，回机关上班。

阿嘉松等人刚转身进院子，躁脾气土官突然大吼起来："我也要走，我也要回去……"

3

蓝天骄阳，日本飞机突然临空，对成都城狂轰滥炸……

抗战以来成都已遭受多次轰炸。但对于松潘代表团，这是他们到成都后遭遇的第一次。

解除空袭的警报声徐缓响起……

省政府机关的一处地下防空洞门打开，在相继走出的人流中，出现阿嘉松高大的身影。他的二管家跟在身后。

今天一大早，阿嘉松又来到省政府。他听到传言，说蒋介石又提名了四川省主席人选，于是又怀着希望，急迫到省府询问。他在省府大门处的传达室里枯坐多时，突然空袭警报响了。他跟着传达室人员躲进了省府的一个地下防空洞。

阿嘉松从地下室出来后，又走进传达室，听见省府人员说暂停接待，叫他们都离开。阿嘉松无奈，心里也挂念代表团成员，于是离开省府回招待所。

阿嘉松带着管家走在大街上，见到处都是轰炸后的景象：房毁墙倒，大火燃烧，随处可见人的尸体和被炸飞的残肢。但同时，各街各巷的民众又积极灭火，有序抢救抬运伤员。阿嘉松看见省城民众经受住战火洗礼，坚强勇敢，非常感动钦佩，深受鼓舞！

阿嘉松出了西城门，看见郊外炸弹落得不多。举目四望，散落在茂密竹林里的农家仍是那么静谧。只是水稻茂密的田地里，远近有几个零星弹坑。

进了招待所大门，阿嘉松见一个土官半躺在树荫下。两人庆幸见面，互问轰炸时的经历情况。阿嘉松见其他人都没有回来，心里挂念。

这个土官的痔疮病因为长途骑马和省城酷暑，加重了。医院说他内痔较深，刀剜部位不算小。他畏惧手术，还在犹豫住不住院。

不一阵，躁脾气土官带着管家随仆多人回来。

土官们刚开始采货时还喜欢三两结伴。有一次，躁脾气土官与另一土官同行转街。一商铺老板见他们手阔，取出一宫廷流落出的嵌金珐琅七彩香炉。两人都要，争执起来。躁脾气土官竟然推了对方一掌。之后，所有土官们上街就都单独各行了。

接着，努科长一人走回来。他兜里无钱，与土官一同转街看见他们大把挥银，心里很不是滋味。加上他也不好意思天天吃用土官，因此就一人在城里找少花钱的热闹场合，消遣时间。

接着，陆陆续续，其他三位土官带着各自管家随从回来。

庆幸安然无恙，土官们都兴奋高声地说各自躲轰炸情形。这人说他随人群跑到洋人教堂地下室；那人讲他到一小防空洞口挤不进去，只好蹲在大树根；一土官说他正在春熙路吃西餐，蛋糕差点噎死他；躁脾气土官说他正在看电影，人乱挤不出去，只得趴在椅子下。

交谈一阵，众人兴奋劲过了，躁脾气土官大嚷："散团，散团！这回轰炸没有炸死你我，算万幸。我们大家赶紧离开这里！如果再在成都傻等，等不到省长接见，说不定等到炸弹落在脑壳上了！回去啰！回去啰！"

这个躁脾气土官一心想返回。但是他执意要拉几个土官成行。因为他怕路上遇大股强匪。如果多名土官同行，不但人多势壮，队伍合有一二十条枪，而且还可以少雇用一路的护镖，少花一笔钱。

因为阿嘉松力劝其他土官，使得躁脾气土官迟迟未能启程。

努科长是县政府公差，住在省城有报销又轻松好玩，当然不想返回。所以他也一直帮着阿嘉松劝其他土官再坚持一下。他想起阿嘉松去省政府，就问他探听结果。

听了阿嘉松的回答，努科长说："你明天不用去省政府打问了。我在茶馆里听到了关于省主席的龙门阵，看来还要拖些日子。"

阿嘉松一听，有些着急，问茶馆里是些什么市井传言。

努科长讲："茶馆里摆，说蒋委员长不愿放手四川省主席一职，就又推荐顾祝同，就是重庆行辕主任。委员长吸取发话张群弄得自己下不了台的教训，叫顾祝同以个人名义向川军将领探试口风。结果王陵基军长在电话里吼道：'顾主任要来成都，我们在机场以大炮机枪热烈欢迎！'委员长见状，又提出驻川参谋团主任贺国光任四川省主席。谁知马上，川康将领联名反对的电报就打给了蒋委员长……"

努科长叙述完了，又特别强调，他因为惊诧，怕消息不实，就接连坐了几个大茶馆，听到的都一样。

躁脾气土官抓住机会了，站起来嚷："你们听清了吧？四川的省主席现在根本就委不出来，我们还等什么？……嗯，等什么？等炸弹落脑壳哇？"

阿嘉松见状，怕其他土官有人响应，也唰的一下站起来，大声说："水要烧开前，声音最大最乱。现在蒋委员长接连提出省主席的人选，事情闹得大响，这反说明省主席很快就要定下来了！"

努科长见状，赶紧附和阿嘉松……

4

中午一阵沛然大雨，成都酷热难耐的暑气暂时消退了些。

柳曼卿穿着淡雅的藏式夏裙来到招待所。大雨虽停，天云未散，夏风吹得柳曼卿裙袂飘飘。

大李和小刚也随行前来。柳曼卿有重要话相告，昨夜已经带话给阿嘉松：她上午有会，希望代表团的五位土官和努科长下午都到齐。

柳曼卿进了院子。她见天上淡云，感觉拂面风爽，说："这会儿外面比屋里凉快，我们就坐外面吧！"

招待所的勤杂和土官们的随仆马上动手，在翠竹芭蕉间摆放茶几椅子。

很快，土官们很尊重地请柳曼卿先入座，然后大家才半围坐下。

柳曼卿用藏语与众土官寒暄几句后，说："我特地来告诉你们一个消息，四川的省主席一职，蒋委员长决定他亲自暂时兼任！"

这话引起大家吃惊：国家主席兼任省主席，都有些莫名其妙，议论起来。

等大家短暂议论后，柳曼卿语轻但是字字清楚地说："现在，蒋委员长兼了四川省主席。我建议你们到重庆去！"

众土官一听，惊讶疑惑，复问。

大李通过阿嘉松翻译说："你们在成都这么些日子没有人理会你们，原因是没有省主席。你们是川西北这么大片藏族区域的代表团，现在有了省主席，接见的情况就不同了。"

"接见的情况就不同了？"一个土官听这话有些含糊，问，"李副主任的意思，是不是蒋委员长兼任了省主席，就要接见我们？"

小刚听了阿嘉松的翻译，说："这个话谁都不敢说死。柳主任的建议，是认为有较大的可能性了！"

其他土官杂言："如果是坐在成都的新省主席，他当然要接见我们。但是蒋委员长在陪都，还是中国最高的领袖，省主席只是挂个名。他得不得接见我们哦？""就是。蒋委员长接见谁，肯定从皇帝的宝座上那么高地想，不得站在省主席的下面位置上想。"

一个土官说："我这次参加代表团，喇嘛打卦就说卦象不清楚。我临起身的时候求菩萨保佑我们平安成功，祈祷的话才说出，大殿外下起雨同时又出太阳。哎呀，现在想起哦……"

柳曼卿了解藏族人心理，也以菩萨会佑他们去渝成功相劝："成都这里有一个藏传佛教寺庙，叫石经寺。就在去重庆的公路边上。阿嘉松去过。你们去重庆可以顺路烧个香，菩萨会保佑你们见到蒋委员长的。"

阿嘉松接话说："我去过那个藏传佛教寺。我们在寺里还栽了三棵树，是纪念跟随柳主任去拉萨死在路上的汉族干部。那年，蒋委员长派柳主任出使西藏，那个路好远啊，好苦哦！比起柳主任她们当年吃的苦，我们这次简直不算什么了！"

努科长想去重庆游看，马上接话说："就是，就是。柳代表还是女的，到拉萨要翻好多雪山，进去出来上万里要几年的时间，说起那个苦，硬是雪水那么多冰山那么大。我们都是大男人，到重庆又是坐汽车，好松和哦！我们应该学柳主任的榜样，代表边区藏族人完成抗日献旗的光荣大事！"

努科长的大话一出，土官们哑了。

柳曼卿看出土官们心里还存疑虑，说："这样，去重庆的事，你们好好商量一下。"但又带劝说口气地说，"我劝你们去重庆！如果你们去，我可以安排李副主任陪同你们。到了重庆后，觐见蒋委员长的事，李副主任会尽力帮助你们联系活动。我们国府蒙藏委机关在重庆，在这方面有便利的工作条件。"

柳曼卿的劝说话讲完后，礼貌告辞，与大李小刚一起出院子回机关。

礼送柳曼卿三人后，阿嘉松招呼五位土官再坐回翠竹芭蕉间，继续商量。

还是脾气暴的土官先开口。他直杠杠地说："如果去重庆能拜见委员长，我就去。如果到重庆像省城这样被丢死耗子，我就不去！"

南坪的土官说："你这个话说了等于不说。委员长要接见，谁个都要去。去了没有人理，瓜娃子也不得去！"

一个犹豫赴渝的土官说："如果真的委员长接见我们，那我们回去就比见了省主席光彩得多哦！"

不想去重庆的几个土官嘈杂纷语，乱槌打起退堂鼓："委员长是皇帝，现在又忙抗日大事，怎么会见我们几个边民土官哟！""我听说重庆更热，是有名的火炉。在成都像坐蒸笼，在重庆就是进了灶膛了！""是啊，那么受罪，见不了蒋委员长，还在重庆又花大把银子，自找冤枉罪受！""听说重庆轰炸得凶哦！说日本飞机三天两头地来轰炸，炸死了好多好多人哦，你我去了不要死在那里啰……"

内痔土官说："我不能屁儿上流血还又白不啦啦地跑趟重庆。我下决心了：住院挨刀……"

5

下午快下班时，一辆轿车开进蒙藏委川办的院子，柳曼卿和大李下车。

柳曼卿曼妙身姿着藏式夏裙，搭配奶咖啡色绸袖和翡翠珍珠项链，显得高贵华美典雅。她是去会见一位拉萨来的贵族，因此今日着装异于平日。

小刚听见汽车声音，迎出来。柳曼卿看见他，问："有什么事儿吗？"她这么问是因为她在与拉萨贵族会谈时，小刚派人给她送口信，请她会谈再晚也回机关一趟。

小刚点头而未答。柳曼卿见状，明白其事不是简短可言，对大李和小刚说："到我办公室谈吧。"

柳曼卿的办公室陈设也如她人一样，透着雅致和女性美。翠绿基调的地毯图案别致，家具简约型美，窗帘轻纱飘柔，多处物件上盖着绣花桌布。因为是女人的办公室，年时长久，自然浸润暗香。

三人坐下后，小刚见柳曼卿面容透出疲乏和沉重，说："柳主任您谈了一天话，够累的，您先歇口气。我听大李讲讲西藏那边的情况。"

柳曼卿当年到了拉萨后，与她的家族亲戚恢复了联系，与一些西藏贵族建立了友情。因此她定期收到拉萨来信，也经常接待西藏来人，从而建立了她的收集西藏政情的工作渠道。

柳曼卿今天去会见的老贵族，之前一直在西藏达赖政府中为官，半年前因在官场残酷的流血内斗中失利被贬，心情愤懑致病，到成都来治疗和散心。柳曼卿给他提供帮助和照顾。他讲起西藏政情滔滔不绝，因为他满腔怨恨要发泄，满腹牢骚要倾吐。

今天，这位老贵族讲了西藏近期发生的两个重大情况，所以用了整整一天的时间。因为这两个情况都于国于民非常不好，所以柳曼卿和大李听后都心情低沉。

这两个情况，一是：因为抗日战争打得艰苦，西藏的藏独分子认为中央政府没有力量对西藏用兵了，便又大肆进行藏独活动。他们对中央驻拉萨人员极尽刁难，阻挠柴粮供应甚至武装捣乱，其势猖獗张狂，令人愤慨心忧。

第二件事不仅重大还血腥。西藏上层中的有识之士，为推动西藏社会改革进步，成立了一个组织——"求幸福者同盟"。他们领头人物叫龙厦，富有远见且开明能干。龙厦虽然主张温和渐进地改革，但还是被西藏腐朽势力所不容。龙厦虽然是十三世达赖的宠臣和亲信，虽然担任藏军总司令，但也被处以剜挖双眼的残酷刑法，其全家遭灭顶之灾。参加同盟的贵族被抄没庄院削爵监禁，大批具有自由与进步思想的人被残杀。这起阻挡西藏历史转折的重大事件，使西藏从此丧失了变革前进的历史机遇。

小刚听完，一双浓眉紧拧起来。本来早上阿嘉松就给他带来不快消息，此时心情更为恶劣。

办公室里，三人忧心，一时沉默。西窗日落，屋内静寂。

过了一阵，柳曼卿轻叹一声，启朱唇问小刚有何急事。

小刚说："今天早晨，你们刚走，阿嘉松来了。他说天还没亮时，代表团的两个土官离团走了……是的，就是那个脾气暴躁的土官和一直非常动摇的土官两人。阿嘉松说，早晨四点钟，两辆大卡车和一辆小轿车开进招待所院子，他被惊醒，出屋去看，才知道车是那两位土官租来的，要装货走人。阿嘉松问他们为何不提前打个招呼，为何天不亮就出发。他们说，如果柳主任知道他们离去，肯定要来送行。他们觉得没有脸见柳主任，没脸见我们，所以如此。"

大李一听，心中冒火，问："他们说没脸见人？"

小刚说："是的。阿嘉松说，那两个土官知道自己离去是拆代表团的台，有些内疚；他们觉得柳主任和我们对他们很好，而他们不支持我们的工作，反添麻烦，所以觉得没有脸见柳主任，见我们。"

"唉！"大李沉重叹息一声，气愤地说，"他们这一走，真搞得我们被动！"

柳曼卿也秀眉紧蹙，点头说："不光是给我们，也给吴主任平添被动。"柳曼卿说的吴主任是国府蒙藏委员会主任——吴忠信。

为何两个土官离团牵扯甚大，此中有缘由：

抗战以来，广大蒙古族地区沦陷，西藏达赖政府中的藏独势力也猖獗活动。蒙藏委员会的职属在这两地区，但无甚作为。所以在蒋委员长眼中，在社会各界看来，蒙藏委员会围绕抗日救国这一举国之重的工作，显得很空白。吴忠信很感压抑。

爱祖国爱西藏的柳曼卿也有同感，所以当西康和松潘两个藏族抗日救国代表团来到省城，柳曼卿很是高兴，并向吴忠信报告。只是因为四川军阀正激烈抗争蒋介石，排斥中央的气势正烈，所以她不便参与其事。

当蒋介石兼任四川省主席后，柳曼卿感觉这是一个工作机会：如果松潘藏族代表团到重庆，蒙藏委员会给予接待，并出面安排他们的抗日救国宣传和献旗活动，就可以向蒋介石，向社会各界，表明蒙藏委员会也动员和组织广大少数民族投入抗日高潮。柳曼卿将此工作建议报请吴忠信。

吴忠信回电话口头同意。柳曼卿于是动员松潘藏族代表团到重庆。但是出于工作纪律和后果预防，柳曼卿对阿嘉松和五位土官不能提及吴忠信，更不敢保证蒋介石是否接见。

因此五位土官对去重庆，态度不同程度的消极。阿嘉松虽然只是随员身份，却表现出领导气质，极力劝导五位土官去重庆献旗。有两个代表——屈顿土官和俄波土官为阿嘉松的精神所感动，与阿嘉松喝了去重庆的誓酒。

那位患痔疮的土官却住进医院动手术。

躁脾气土官不仅决意自己离去，还拉走一位很动摇的土官。他的手段是天天拉住动摇土官进城，然后不断在市井中乱问蒋委员长会不会接见他们。街头那些商铺掌柜饭店老板当然全打破锣。躁脾气土官还把动摇土官带到茶馆澡堂下等场合，说想见蒋介石。那些三教九流乌合之众听了，放肆嘲笑他们藏族人不知天高地厚。这时又传来重庆遭日机轰炸的特大惨案，于是动摇土官也随躁脾气土官离团回去。

这样，松潘藏族代表团只剩下两位代表了。如果在重庆开展抗日救国宣传活动，一个代表团只有五位代表，虽小，勉强还有点样子。而这下代表团变得只剩孤单两个代表，这还能去重庆吗？这给柳曼卿大李他们摆出难题！

这就是大李冒火的原因，是小刚早上听到消息就不快而且请柳曼卿务必返回机关的原因，也是柳曼卿说"不光是给我们，也给吴主任平添被动"的原因。

面临难题，三人陷于苦思。柳曼卿起身走到窗前，眼望西天，只见乱云翻滚，暮色阴沉。

柳曼卿考虑一阵，转身，站在窗前说："代表团是藏区百万民众抗日救国热忱的代表，是松潘县政府所派出。在这种情况下还去不去重庆，他们的意愿，我们应该尊重！"柳曼卿将"我们"两字说得很重。

大李和小刚于是明白柳曼卿的"我们"是指自己的川办机关，也暗含重庆的国府蒙藏委。

大李赞同说："对！藏区民众要向全国人民，向中央政府表达他们的抗日热忱，我们各政府机构都应该支持。情况突变，我们更应尊重他们的意愿，尽力给予他们帮助。"然后问小刚，"代表团现在这个样子了，他们是什么想法？"

柳曼卿听见这个问题，非常关注，她一边往办公桌后走，一边问："尤其阿嘉松，他是什么想法？"柳曼卿看重阿嘉松的态度。不仅出于她们姐弟情深，还在于代表团在成都几十天，随员身份的阿嘉松表现出的代表团实际首领的作用。

"阿嘉松的态度是坚决要去重庆！"小刚讲述，"早上阿嘉松来报告两位土官离去，我一听，也着急起来，问他：'七个代表只剩下俩了，你说怎么办？'阿嘉松马上回答：'我们松潘藏族边民抗日救国代表团，没有解散。不管人多人少，我们都是松潘县政府派出的正式代表团，我们肩负着松潘广大民众赋予的使命，因此我们四人的态度是一定要完成献旗重任，所以决心要去重庆！'"

柳曼卿情不自禁地夸奖："说得太好了！"她带着京韵的声音很是清亮。

大李也赞扬阿嘉松的态度，但谨慎问："如果重庆认为只剩两位代表就不做接待了，阿嘉松他们的态度呢？你问过没有？"

小刚回答："我问了。阿嘉松说，代表团这个样子，他知道柳主任会很为难；尤其是国府蒙藏委是中央大机关，会觉得他们这个代表团现在小得不成样子，就不管了。阿嘉松又说，代表团这个样子政府管不管是政府的事情，但是他们作为松潘县派出的代表，要尽最大努力不辜负松潘民众的寄托。阿嘉松说，他们理解柳主任我们的工作规矩，不为难我们。只要我们不反对，他们自己买汽车票，自己去重庆，自己去宣传松潘民众的抗日热忱！"

柳曼卿听到这里，美丽的眼睛感动得浸出泪光。但是她没有说话，示意小刚继续讲。

小刚说："我当时听了非常感动。但是我想到：代表团是县政府组团派出的，努科长虽然表现得不行，但毕竟是县府任命的领队，出团的政府文书都在他手上。如果他不去重庆，甚至面对阿嘉松的坚决态度，他宣布散团，问题就更复杂了。"

大李插话："是啊！是有这个问题啊？"

小刚接着讲："阿嘉松听了我的疑虑，给我讲了他对努科长的实情：努科长的差费是县政府出。他本就担心不学西康代表团散团返回，汪县长和军代长要斥骂他。因此，现在只剩两个代表还要去重庆，他更担心汪县长不给他报销去重庆的差费。阿嘉松于是对努科长许诺：全包他去重庆的费用。即使以后回到松潘，县政府给他报了去重庆的差费，阿嘉松也不要他还钱。所以，努科长现在对阿嘉松非常敬佩服从！"

柳曼卿面现欣然神色。大李也长舒了一口气。

小刚继续讲："对于阿嘉松说即使官方不管，他们也决心要去重庆这个情况，我想你们回来研究时一定会非常重视，因此我得弄实在。于是，我就和阿嘉松一起去了招待所，当面再问努科长屈顿土官俄波土官他们三人。他们明白了我的慎重原因，又当着我的面，四人对着铜菩萨像再一次喝咒酒庄严发誓！"

大李感动重复："哦，他们在你面前再次发誓？看来他们真是有决心啊！"又表示态度，"我们确实应该支持他们！"小刚附和："是的！我们还应该建议上边也大力支持他们！"

柳曼卿起身玉立，做工作总结："好！我们马上给吴主任呈递报告，提出我们川办的工作意见。小刚你今晚连夜起草，明天上班我们三人过一下。然后电报发出。"

对于报告内容，柳曼卿带征求大李小刚意见的口气说："报告前部，在汇报松潘代表团目前情况的文字中，把阿嘉松他们去重庆的决心要着力写透。

"电报后部，分三部分：

"第一部分，在禀报我川办意见是支持他们去重庆的文字中，要强调两点：一、这是藏族地区第一个抗日救国代表团，其意义和影响都很重大。二、唯其中途有五个代表畏难离团，更显出这支代表团所表现的抗日热忱。并请示：我们打算用川办工作经费给他们包车去重庆，并由李副主任引领他们。

"第二部分，我们建议上级对他们予以公干接待，并以国府蒙藏委名义安排他们在重庆开展抗日救国的宣传和献旗活动。但对由某位领导接受献旗，我们不能有任何建议。

　　"第三部分，根据松潘代表团具体情况，我们建议：一、将代表团改名为代表队。二、代表队成员重新确定为四人，他们是嘉欧松真土官、屈顿土官、俄波土官、努尔甲科长。三、任命嘉欧松真土官为队长。在理由阐述中，要强调该团没有解散，该团坚持到重庆，都是他的作用！文字中对他的表现和才能予以高度肯定……"

第六十三章　见蒋介石

1

重庆山城，因为日本飞机多次狂轰滥炸，满目疮痍。

夕阳斜照，阿嘉松等一行人在一个小山顶上观看风景。他们左边是嘉陵江，右侧是长江，往前眺望是建筑于两江汇合处的重庆市区。虽然他们周围满是大大小小的坟冢，但面对如此大江东去的壮阔气象，阿嘉松等雪山出来的藏族人仍然新奇激动，赞叹不已。

此时在小山顶的人不少。阿嘉松带了二管家和一名随仆以及一名泽旺商号的伙计。屈顿土官和俄波土官带的管家翻译侍女随仆等有十来人。努科长带了一名随差，是阿嘉松给他配的，因为县府只差他光杆带队。

刚到重庆，为了躲避日机轰炸，国府蒙藏委将他们安排在重庆远郊，住房旁边还有一防空洞。虽然他们住宿很拥挤，房舍条件也较差，但阿嘉松一行还是非常感激蒙藏委为他们安全着想的心意。

昨天下午，他们被移到此地。与他们同来并住在一起的大李告诉他们：代表队所住的这个单位很不简单。

此地名叫浮图关，在山城以西十里。因其地扼重庆咽喉，又山形孤耸，因此军阀争夺重庆必在此攻防，也因此这里漫山遍野都是战死军人的荒冢。现在这周围山坡被辟为国民党中央训练团校区。为躲避日机空中侦察，山顶仍保留坟场荒冢景象。

阿嘉松等人见将他们移住到这个国民党中央的重要单位，感觉受到中央政府重视，更是兴奋。昨晚入夜后，他们长时间聚坐明月下，沐浴清辉，手摇蒲扇，畅议猜想。

今天上午，又有一喜降临：蒙藏委的吴主任来到此处。他先看望了在中央训练团第三期受训的沦陷蒙区的高级官员，然后来到松潘代表队住处，看望他们，还对他们说：要做好中央大员接见准备。

这接连两件喜事使阿嘉松等人激动不已。吴主任走后,阿嘉松提议登高远望。于是他们一大帮人爬上满是坟茔的山顶。看前方山城景象壮观,观左右两江浩荡东去,他们抑制不住激动情绪,用高原藏族人特有方式,高声喊叫起来。

阿嘉松他们不知道:就在这下面不远,靠近长江边有处梅花林,蒋介石在重庆的几处官邸之一的"梅园"就在其中。他们更不可能知道,蒋介石因亲任中央训练团团长,经常出人意料地驾临此处训话。

当然,蒋介石是否接见他们,一直在促进其事的吴主任也没把握。

当蒋介石兼任四川省主席后,吴主任接到柳曼卿的工作建议,感觉这确实是他的一个工作表现机会,同意松潘代表团到重庆。但当他接到柳曼卿的"关于代表团虽只剩两位代表仍建议到重庆"的报告后,心中犹豫。他拿不定主意,将报告传阅给蒙藏委其他领导考虑。

一位副主任对松潘代表队到重庆心生谋策,便与吴主任灯下密商。几番研究后,他们决定向蒋介石身边的要人呈报二人的密议。

因为他们的密议不便以文件形式按程序上报,于是吴主任亲自去蒋介石的侍从室。松潘藏族代表队的抗日献旗活动属政治事务,侍从室二处四组的少将组长出面听取他的口头报告。四组主管政治、经济、党务和蒋介石急办的机密要件。

此密议是建议中央接见小小的松潘藏族边民抗日救国代表队。内容有两条:

一、由中央政府安排代表队的活动,通过一系列大张声势的宣传,把松潘代表队塑造成广大藏族地区的代表,向全国人民向美国盟友向日寇侵略者表明:中国广大的藏族人民坚决拥护蒋委员长,拥护国民党政府抗日到底!这就可以取得良好的政治效果!

第二条更不能见诸文字,因其涉及中央一统政令之大事。刘湘猝死使蒋介石欲趁机解决川军。其前几回合碰壁后,现打出第二招:对川军各军阀分别打压拉拢,进行分裂。川西的三个军长,包括侯军长被蒋介石暂列为抬举拉拢对象。因此,这第二条是:如果蒋介石接见侯军长曾经管治地区来的藏族代表队,是对侯军长的示好。如果再加上从川西北地区撤出中央军,可以给侯军长一个朦胧希望,有利于分化川军。

吴主任口头呈报建议后,很快得到侍从室电话指令:先接松潘代表队到重庆来。

前天,吴主任又接电话通知:松潘代表队住地移进国民党中央训练团校区。昨天下午，侍从室指定的军官带着车辆，将阿嘉松和大李等人全部接到了这里。

吴主任感到工作目标有望达到，非常兴奋。昨夜激动，今天一早便来到中央训练团看望松潘代表队。当然吴主任为官老到，做事细微，故意先去看望受训的沦陷蒙区的高级官员。

吴主任来到代表队住所，见四位代表都体形魁梧高大，暗赞藏族人的体格。当然，阿嘉松的轩昂气质更给了他特别印象。吴主任泛泛讲了几句关怀官话后，对四位代表分别进行单独的考察交谈，了解他们的具体情况。因柳曼卿荐阿嘉松为队长，故他先考察屈顿土官和俄波土官。见他们完全不懂汉话，靠翻译也谈吐不尽如人意，而努科长木讷。

吴主任于是着意考察阿嘉松。见他的汉话流利，有几分释怀，然后又对他进行思想和见识考察。因为此后代表队将有大量活动：与重庆新闻记者，与社会各界人士、与中央大员有一系列的见面，要讲很多话要回答很多问题，所以吴主任此前对这个边区僻县的小小代表队很不放心，还有隐忧。

吴主任对阿嘉松进行了一番考察谈话后，暗赞他是个藏族人才，堪当代表队队长，也因此对代表队不但悬着的心放下了，还生起几分欣然！

2

过了几天，吃完早饭。大李来通知阿嘉松四人，说一位高官今天要做接见前的检查，要求他们马上穿上最好的藏族服装，佩戴金银珠宝，带上哈达等。当他们整装完毕后，大李又给他们做了些训导嘱咐。

上午十点，阿嘉松等四人被带进一个会议室。他们的管家随仆等人都被挡在门外。

进屋后，阿嘉松看见一个高官坐主座。其左边是大李和一个穿中山装的藏族官员，阿嘉松估计他也是蒙藏委的干部。高官右侧是几位军衔不低的军官。

暑天近尾，室温还高。虽然屋顶有吊扇，但阿嘉松四人因为内穿藏族衬衣外着藏袍，加上兴奋和紧张，脸上都冒汗。高官见状，立刻吩咐室内再加两把落地电风扇。

高官看见他们四人腰上都带刀，与两旁人商量。藏族官员解释说吊刀也是民族着装的重要特色饰品，清朝时土司例行上京觐见皇帝都特许腰佩吊刀，不过都拴死了上面的皮绳使刀从鞘里拔不出来。高官于是检查吊刀，又递给旁边军官看后，同意届时四人带刀，但务必拴死。

高官手指阿嘉松的珍宝吊刀，问怎么样式有异。大李知情，说这是蒙古样式，简说柳曼卿赠送事。在座众人一听阿嘉松曾经随蒋介石的特使进藏而且有功，都眼中有嘉许之意。高官见阿嘉松气度出众，着意打量一番，然后对大李吩咐："你们进藏的事，下来，我再问几句。"

藏族官员手指阿嘉松吊刀说："如果需要换藏式吊刀，我有。"又补充说，"蒙人和藏族人因为对吊刀特别喜爱，很多人两种样式都有，经常换着佩吊。"高官听了，说："那就不用换了。"

高官看见努科长脚下是黑皮鞋，叫换。努科长说没有带藏靴，见高官面露不满，马上头冒冷汗。藏族官员又说他有好藏靴，晚上送过来。

屈顿土官和俄波土官胸前挂了几串硕大的红珊瑚珠，宽大的腰带上镶嵌满了金银珠宝，头上手上也是昂贵的藏式装饰。相比之下，阿嘉松的佩饰就少多了。努科长更少，他在县城里常年穿干部服，没有必要为满身置办金银珠宝配饰。

高官眼光在四人身上游移，右手抚下巴，一时不言，明显有想法。

藏族官员明白高官在思量四人的佩饰问题，就说："我有藏族的昂贵饰品，我还可以再去借一些。"然后手指努科长和阿嘉松说，"给他们两人送来？"

高官点头，表示同意。但他仍不言，似乎还有想法。

大李想到一个问题，指着努科长说："他是县政府的科长，穿金戴银会不会引起记者瞎评议？"

这话触及高官思想。他一下声调提高，说："蒙藏委的意见是将代表团更名为代表队，代表为他们四人。这事就这么定了。"他又指着努科长对左右说，"以后对外，不要提他的科长身份，也不要说他是县府指定领队，就是代表！"

大李问："如果有新闻记者打听到他们代表队来重庆之前的情况，要追问努科长和阿嘉松的代表资格问题怎么办？"一个在座军官附和说："确实，那些记者就喜欢乱七八糟地追问，挖掘新闻题材。"

高官已经掌握松潘代表队的详情，指着阿嘉松说："他不实际也管着一个大部族吗？而且四川省政府册封他'千户'，当地社会不是也称呼他土官吗？他就是土官身份！是代表！是代表队队长！"他又指着努科长说："他的父亲是一个藏族团总，对吗？对他也称努尔甲土官！"

高官又神情严厉地说："一个代表队总共只有四个代表了，在称呼上搞得几样，更容易让记者添乱，引起市井瞎议，给我们的宣传工作带来不利的影响。"他下指令，"记住，对于影响代表队形象的新闻报道要予以制止。对阿嘉松土官在组团初时的随员身份，对努尔甲土官的县府干部身份，要封锁，不能见报！"

高官检查完四人的仪表和着装后，让他们退出会议室。

在会议室外，大李告诉他们：接下来预演以后的接见过程。

负责礼仪的专人先将他们四人排成阿嘉松土官队长在前，努尔甲土官最后的纵队，然后引导他们进入会议室……到指定位置，又指导阿嘉松土官队长站中，其他三位代表在他身后横排站立……作了献哈达的程序后，又演习献抗日锦旗的礼仪程式……然后引导他们入座。阿嘉松土官队长坐最前，负责应答。因为努尔甲土官会汉话，坐屈顿土官和俄波土官中间，兼作他们的翻译。这两位土官带来的翻译不进入会场。

进场，致礼，入座三程序演练完毕后，开始对话演练。

高官问话……问题包括诸如：日本对中国的占领状况，全国的抗战形势，世界大战法西斯等；诸如：川西北藏羌地区的社会经济情况，雪山草地的藏族人对蒋委员长，对国民党政府，对抗日救国的态度等等。整个过程基本是阿嘉松土官一人应答。其中途，高官也有时指定努尔甲土官回答，有时也指定屈顿土官或俄波土官回答，但感觉确实不尽如人意。

最后，高官示意结束。

礼仪专人又指导阿嘉松土官四人如何起身又站立成横排，然后依藏族礼节深深弓腰口颂尊语摊开双手告退，还安排以何队形退出屋门。

阿嘉松土官四人退出小会议室后，自己按照藏族等级社会规矩，在外面又站成横排再次弓腰致礼。

他们在有关人员带领下，离开这栋房子，走回代表队住地。

小会议室里，因为完成检查工作，因为阿嘉松土官的表现令高官满意，气氛变得轻松。高官燃起了香烟。虽然他示意大家都可以抽烟，但大李等人知官场规矩，不仅没有吸烟，连坐姿也仍保持挺直。

高官吸了几口烟后，指示左右："从现在起，你们组成一个临时工作小组，负责代表队在重庆的所有活动。"

高官指令他右座一军官担任组长。该军官站起立正，军礼受命。

高官手示组长军官坐下后，说："你们再想想，今天检查还有什么问题，及时纠正。从今天起你们就都住这里。随时都可能有通知。"

大李等人都明白所说"通知"的含义和分量，个个神情肃然。

高官接着指令：“在接见活动结束前，代表队所有人员不能自由外出，不能接触外人。你们现在的首要事情，是对四位代表们进行问答培训，尤其是对嘉欧松真土官队长。有关培训内容你们立即草拟，交给我审。”

布置完有关事项后，高官说：“我看那个嘉欧松真土官，是个有才能有识见的人物。西康藏族代表团如果也有这么个人才，就不会散团了。两个团合在一起到重庆，声势和影响就大不一样了！”

高官又问阿嘉松土官参加国民党没有，然后说：“对嘉欧松真土官，你们可以为我党属意栽培！”

有关官员应诺。

最后，高官对大李说：“嘉欧松真土官跟你们进藏一路上的情况，你简单介绍一下。”

大李讲述……

3

这天重庆大雾。一直到快中午时，雾还没有散尽。

四辆黑色轿车沿着盘山路开上来，停在了代表队的住房前。阿嘉松土官他们的管家们和随仆们听见汽车声音都迎了出来。

阿嘉松土官等四位藏族代表分别从中间两辆轿车上出来。他们个个脸上洋溢着兴奋和喜悦。大李等人也从前后轿车上出来，他们也情绪很高。组长军官宣布：“好了，你们就各自休息。今天早上起来太早了，叫伙房早点开饭，你们吃了抓紧睡一会儿，下午还有安排。”

阿嘉松土官进了自己的房间。他的管家一边帮着他脱下藏袍藏靴，一边问：“老爷，你们是去见了吧？”他的手指了指天上。

阿嘉松土官知道管家的意思，笑着说：“又是又不是！”

他们天刚亮就被叫了起来，要求洗澡洗头。藏族男人头上结辫子，三个土官的头发都是又浓又长，重庆天热他们头上随时都有汗，当然洗后擦干再编成辫子也花相当多的时间。所以早饭前后的繁复着装，以及四辆轿车的出行，管家们都猜可能是蒋介石接见。

“今天接见我们的，是第一夫人。是蒋委员长的夫人，宋美龄宋夫人！”阿嘉松土官的声音显示他还在兴奋。

管家惊讶重复：“哦！是蒋委员长的夫人，宋夫人？……哦，哦……”

这时俄波土官三人进来。接见完后他们就上了汽车回到住地，彼此间还没有交谈过。他们也是太兴奋了，此时都还想再回味接见的场景，不约而同地到阿嘉松土官的房间里。

屈顿土官还没有坐下，就问："锦旗没有收嘛，是委员长要接见我们的意思吗？"

在宋美龄接见他们的时候，阿嘉松土官呈递上了抗日锦旗。宋美龄没有接，而是站起来上前微微弯腰地仔细查看了锦旗，尤其细看了大小字的彩丝锦线的刺绣，还轻声念了锦旗上的所有字，然后微笑着说了一句："你们暂时收起来！保管好！"

"肯定是，肯定是！"努科长叫了起来。他头上还戴着藏式单帽。他的头发只齐脖长，虽然卷曲浓密，但是因为没有像三个土官头上盘辫子戴珠宝，所以有点自惭，于是也不嫌热地头上戴藏帽。

阿嘉松土官笑眯眯地一边点头，一边提醒努科长现在可以取下藏帽了。

他们一边回忆宋美龄接见时的问话和言谈，一边议论宋美龄的高贵派头洋气雍容。他们还兴奋地说着当时在场的其他人和事物：

"哦哟，你们看见没有，还有个蓝眼睛洋人使劲对我们照相？""看到了。电光一闪一闪的，眼睛都给我晃花了！""是几个照相机。不止洋人一个。几个人照，才闪光那么多！""嗨，你们没有看见啊？还有拍电影的！""你怎么知道是拍电影？""我看见那个人的照相机架在地上，特别大，旁边还有人给他牵黑线线。回来汽车上我问，陪我的军官说是拍电影！"……

四个人热火朝天地回忆议论。他们的管家伸长脖子听，也兴奋得不断插问或者重复感叹……

"呵？谈得好热闹！也不休息一下？"大李笑着出现在屋子门口。四人一见，立刻站起，请大李坐。

"不坐了，不坐了。"大李摆手，接着说，"午饭准备好了，大家抓紧去吃饭，然后抓紧睡一觉。下午精神饱满地照相！……是的，下午有活动。下午拉你们去个地方，接受重庆报界采访。……对，报纸记者！重庆所有的大小报纸，全部通知了来采访你们藏族抗日代表队。中央决定要好好地，有声势地宣传报道你们。……拍纪录片的，下午也要来，要你们每人说一两段话，录下来……说什么？到时候负责宣传的人会教你们的……紧张？不用紧张。一段话可以先练习几遍，说流利了再录。……藏话？当然说藏话。不过阿嘉松土官和努尔甲土官，如果宣传人员要求你们说了藏话还要说汉话，你们就听他们的安排……"

4

这些日子，松潘藏族边民代表队在重庆的活动频繁密集。他们不停地与重庆社会各界见面，不断地接受新闻记者采访，频繁接受军政高官的嘉慰接见。这使他们有些疲乏，有点晕头转向，但同时他们心里越发猜测：这样紧锣密鼓的安排，后面应该会有压轴大戏。

这天，午休时间，代表队住的房间里都鼾声阵阵。代表现在经常整日在外，中午晚上常有宴席，所以中午很少回住地。今天特别，上午会谈时间较短，然后也不午餐就早早回到住地，而且下午也没有做安排，让他们休息。

今天上午代表队的活动安排，是会见中国左翼党派团体的人士，当然也有中国共产党。因此，在出发前，组长军官就虎着脸做了一番严厉训导，抨击左翼党派，尤其是否定共产党。

阿嘉松土官因为接触过红军将领，见识过红军；因为与洪老中医等地下共产党员有交往，深受影响；因为自身的经历，包括被投入国民党监狱，曲吉活佛被逼杀，甚至此次参加代表团等等一系列遭遇，因此思想已有左倾，所以他对组长军官的训话心中不以为然，而且对在重庆的公开场合会见共产党等左翼团体还非常感兴趣。

当代表队到了与左翼党派团体会面的场地后，组长军官又对四位代表训话。说因为共产党等左翼党派团体的言论甚含荒谬，所以努尔甲土官不必对屈顿土官和俄波土官做什么翻译，自己也尽量不吭声不应答。组长军官再一次专门对阿嘉松土官做出要求，要他在应答谈话中，一是尽量简短；二是要强调藏族人拥护蒋介石做国家领袖，服从国民党政府；三是希望共产党，希望所有的左翼党派团体都服从国民党，在蒋介石的统一领导下，齐心抗日。

组长军官将座谈会控制得很短，然后带着代表队较早地回到驻地。

但是在午饭后，在午睡前，屈顿土官和俄波土官还是进到阿嘉松土官的房间，关上门后，他们用藏话低声交谈。

两个土官问上午共产党和左翼党派团体的人讲了些什么，尤其是共产党人讲了些什么。阿嘉松土官小声地如实地简明清晰地将整个谈话内容说给他们听。

上午的会谈，共产党人讲得最多，他们向代表队介绍了共产党领导人民的抗日业绩：八路军新四军与日寇和伪军进行了大小多少战斗，消灭了多少敌人，抗日敌后根据地面积扩大了多少，根据地人口增加到了多少，尤其还讲了共产党在陕甘宁边区对地主工商等阶级的民主联合政策。阿嘉松土官睿智，记忆力非常好，他仅凭耳听就基本记全。他向两个土官叙述共产党人士的谈话内容，有意非常详尽。

叙述完共产党人士的讲话内容后，阿嘉松土官见两位土官颇有触动，又深含意味地笑问："共产党是不是青面獠牙？是不是像杀人抢财的凶残土匪？"

隔壁房间传来阵阵打鼾声音，阿嘉松土官躺在床上回想上午的会见情况。

阿嘉松土官还处在兴奋激动状态，午休难以入睡。对于中国社会的左翼各党派团体，他过去只是偶有零散听闻，形不成印象，今天居然能齐齐一见。对共产党的高官，他自从与红军高层领导相见分手后，今天也是时隔多年的难得一见。所以他兴奋激动。

阿嘉松土官回想够了，见自己毫无睡意，抬腕看了下手表，起床。

阿嘉松土官轻开房门，走出来站在房檐下，听左右鼾声此起彼伏，便轻轻挥手，示意属下尽量悄声，然后带着他们去登山顶。

阿嘉松土官慢步往山顶上走。他后面跟着二管家和随仆及一名羌族伙计。

阿嘉松土官从松潘出来时，还带了泽旺商行的二掌柜和一个藏族伙计。他二人现留成都看守采买的货物。阿嘉松土官出松潘带伙计时，专挑了一藏一羌两人，让他们出来见见世面，以便返回后，在藏羌民族部落中宣传此行。

阿嘉松土官四人又登上浮图关的山顶。望两江浩荡，感河山壮美；遥见山城被轰炸后的疮痍景象，恨日本侵略。

看一阵江景后，二管家对阿嘉松土官说："老爷，听说重庆出了两个大案。一个是陆军总长的家被抢了。一个是重庆警察局长的家被盗了！"

"什么？陆军总长、警察局长，一个被抢一个被盗？"阿嘉松土官吃惊，不敢相信地说，"你从哪里听来的？可不可靠哦？"

代表团出外活动，他们的管家随仆等人都不随行，这是出于车辆安排和场合情况的考虑。因此这一帮管家随仆们成天无事，与驻地的清洁勤杂等人员很快裹熟。管家说，他听了有关龙门阵后很感兴趣，特意拿了个藏族银饰送给厨房采购员。那个采购员于是摆上花生米豆腐干与他喝酒，讲故事般细细叙说。

管家讲："采购员说的，陆军总长叫程潜。他的官邸是修在山坡上的一个独院。里面有洋楼，有亭子鱼池，花园又大又清幽。当然卫兵不少。

"说抢劫那天是上午。来了三辆汽车，一辆美国轿车，前面一辆小吉普车，后面一辆中吉普。两辆吉普车坐了十多个兵，全部是冲锋枪驳壳枪。轿车里的高级军官还带着太太。

"三辆车到了传达室门口停住。轿车上下来个副官，向传达室军官递上轿车里高级军官的名片。名片上写的高官头衔是'第三战区长官部中将参谋处长'。

"采购员说，打劫这伙人不但装扮得像模像样，而且不知道有什么高招，居然一枪未发，就把官邸的全部卫兵缴了械，把官邸上下那么多男男女女，全部捆起塞了嘴巴。说整个抢劫过程清风雅静，周围附近的官邸别墅一点声响都没有听到。

"当时总长太太还在床上，搭着毛巾被睡觉。说她乖乖地从床头柜里取出钥匙。

"中午，程总长回家一见，立刻电话报告蒋委员长。说委员长大怒，斥责重庆卫戍司令刘峙卫戍不力。刘峙司令又命令重庆警备司令李根固限期破案。

"程总长被打劫的清单里，有各种金条四百五十根；珍珠项链二十五串；大小钻戒七十只；赤金嵌珠宝手镯二十对，各种黄金饰物一百八十件，美金现钞三万七千元，银圆五千个。中央法币就没有计数，只说多少箱。说清单上还有轻机枪、冲锋枪、驳壳枪、手枪各多少支；各种子弹手榴弹各多少箱；说还有日本军刀两把，英国双筒猎枪三支……"

阿嘉松土官听得张口瞪目。

管家啰唆讲完陆军总长家被劫案后，说："老爷，我接着讲局长家的案子？"

阿嘉松土官点头。

管家又讲："采购员说，陆军总长家被抢后不到半月，重庆警察局的局长唐毅，他的家又被盗了。说唐局长的家在市区中的邹容路，也是公馆，有围墙有警卫。结果半夜三更，有飞檐走壁的神偷，也不知是几人，轻松就进了他家，当时局长两口子还睡在床上。那伙人就悄无声息地卷了一大堆东西。有狐皮大衣两件，俄国毛毯两床，男女西服二十套。

"我一听，怪了。我问采购：'贼人进了局长的屋子，怎么全偷些没名堂的东西？什么地毯皮袄西服，这些东西又大又重，还值不了几个钱呀！进了房间不拿金银财宝，盗贼好像没有安心偷局长哦？'

"采购员说：'是啊，所以重庆人都议论说，不拿财宝，专捡不方便带走的东西偷，说明那伙人的目的不在偷，在表示武艺高强，在示威！是对警察局长警告：可以随时轻松取他的人头！'"

连听两案，阿嘉松土官惊诧重庆江湖高人凶险，感叹中央陪都社会秩序如此混乱。他眼睛直愣愣看着大江波浪汹涌，沉默不言。

旁边的羌族伙计对管家说："我在茶馆里听三侠五义，说五鼠闹东京；还讲窦尔敦盗御马。重庆现在也是京城，也是天子脚下，哦哟，也是剑仙侠客来闹哦……"

"呵！谈得好热闹啊！"突然他们身后传来声音。阿嘉松土官等人闻声转身，看见大李带着两个随员爬上来。

大李喘着气，放眼望大江。一阵子后，他说："登高赏景，抒怀感叹，看来是不分民族不分文化程度的啊！"

大李坐下后，说："这上面我只来过一回。是个登高赏景的好地方！"

他的一个随员环顾周围，说："就是这周围全是坟冢荒草。不然，爱上来的人就多了！"另一个随员说："打完仗了，以后搞建设了，在这上面修个公园。"

阿嘉松土官估计大李上来不是看景，就问："李副主任找我有事吗？"见大李点头，就说："有事叫人来喊我一声，我就跑下山了。哎呀，劳驾李副主任这么辛苦地爬上来。"

"我到了你那儿，听见他们还在熟睡。"大李莞尔一笑，说，"你们藏族人体型大，嗓门大，鼾声也大啊！我听说你上山顶了，我上来，一个也看看风景，一个是想与你单独谈个事情。"

阿嘉松土官听见"单独"两字，示意身边人退远。

大李说："今天上午，吴主任叫我回了一趟机关，表扬了你这一段时间的表现，尤其是你觐见宋美龄夫人时的良好表现。

"我给你说，那天在小会议室里，检查你们的主官，是蒋委员长的侍从室二处的一个少将副组长。那天你们下去后，他问起你。

"我讲了那年在西宁，马军想勒索我们的事。他一听你的帮助使我们避免了经费窘境，说了赞赏你的话。过后他感兴趣继续问。我讲了你提出设立梭磨土司，因而获封贵族。他说你有识见。你现在的情况，他在审查你们代表团时已经了解。他说，你们那个半奴隶半封建的社会，等级制度森严血统观念死板，因此，像你这样由寺庙农奴家庭上升到实际掌控部族，说明你确实有出众的才干。"

阿嘉松土官见大李停住话，知道下面要说到关键，就只例语："谢谢长官过奖。"然后敬等。

大李郑重地说："上峰说，根据你过去和现今的表现，组织部门鉴定你是有头脑有见识有能力的人。希望你为党国多效力。尤其是在当前全国抗日的严峻形势下，在松潘藏区中央领导和地方势力的复杂情况中，希望你要紧跟蒋委员长，要坚决拥护以蒋委员长为领袖的中央政府！"

大李讲了这一通话后，停顿，站了起来，作严肃状，说："嘉欧松真，党国为了更好地栽培你，为了你能更大地发挥才干，我受命正式通知你，吸纳你为中国国民党党员！"

……

5

处暑后的重庆，虽然天气仍然很热，但人若清心静坐，总算不出汗了。

吃早饭时，阿嘉松土官等代表接到通知，叫上午洗澡洗头，换干净内衣袜子，把华贵藏装彩皮藏靴擦拭备好，说午饭后有重要安排。阿嘉松土官他们一听，都估计要去觐见蒋委员长。

初秋重庆，太阳一升起仍火辣辣的。中央训练团校区里树多林密，鸣蝉成群。气温升高千蝉尖鸣，此起彼伏，声如热浪噪耳。

组长军官的办公室东晒，火辣阳光直射窗前办公桌上，室温陡升。穿着军装衬衣的组长军官拿起几份简报文件，出了办公室，走到一棵大榕树下。他叫勤务兵用抹布擦拭树荫下的石桌石凳后，坐下，又吩咐副官去阿嘉松土官等代表住处巡视一下。

组长军官正浏览简报，听有人叫他，抬头一看，是侍从室的同事，上校军衔，带着一名副官一名警卫兵走近。组长军官站起迎上，二人互致军礼。他知道上校是为蒋委员长下午到来做前站工作的，而且知道他来代表队住地有事传达，因此请上校进屋坐。

天热，上校因为穿着卡其布校级军官正装，虽只走了不长的校区坡路，已衬衣沾汗。他指着树荫下，说："消消汗。"然后脱下校官军装交勤务兵挂晾，自己在石凳上坐下。

上校接过大蒲扇，喝了口凉茶，传达通知："蒙藏委川办主任柳曼卿等会儿来看望代表们。我来通知你。"

组长军官诧异。松潘代表队因下午蒋委员长接见，上午封闭静候，上峰为什么会有此安排？惑问。

上校低声告诉：下午蒋委员长来，先在大礼堂对本期学员做训导讲话。然后，在礼堂台子上接见松潘代表队。又说：委员长下午接见松潘代表队时，随同的部分官员按通知现已到齐。柳曼卿主任是其中之一。她听安排说午饭前无事坐等，便提出现在来看望一下代表队。

组长军官还疑惑，问："柳曼卿职位不高，又在成都，怎么会成为委员长接见代表队的随行人员？她提出这个要求，上峰为什么会答应？"

上校看了下周围，低声说："柳曼卿主任来重庆，是接紧急通知来参加一个高级别机要会议。那个会议是：日军占领了缅甸，美国援华抗战物资改道从印度运往中国，因此国府要派工作团赴印度进行磋商。柳曼卿主任内定为工作团成员，受命赴印后即前往拉萨，与西藏政府商谈修筑川藏公路，运输美国援华抗战物资从印度经西藏入四川。

"委员长了解西藏情况，知道在西藏修筑连接印度到四川的公路，西藏政府中会有很强势力刁难阻挠。因此委员长借接见松潘代表队时间，面见柳曼卿，进行相关询问和指示。

"刚才，柳主任请示上峰说，她为赓命需尽快返回成都做相应工作，因此想利用眼下空当，看望一下代表队。上峰同意了。"

组长军官听了解释，对柳曼卿肃然起敬……

小会议室里，临时提来的两把旧电风扇发出转动噪声。

阿嘉松土官等四代表一听说柳曼卿来看望他们，立刻欣喜激动。他们都穿着崭新的白绸藏式衬衣，因为对柳曼卿的感激崇敬，提出要穿上华贵藏袍戴上佩饰，拿上洁白哈达，出屋站迎。

组长军官与上校商量几句后，说下午活动至关重要，现在要避免汗湿衬衣和头发里夹汗，因此不同意他们穿藏袍和在太阳下献哈达，只同意他们在门外房檐遮阴处，短暂站迎。

不一会儿，值岗勤务兵前来报告柳曼卿主任到。

阿嘉松土官等四代表连忙站起，走出会议室迎接。他们看见在带引军官陪同下，柳曼卿身披阳光，款款走来。

优雅柳曼卿因为天热且心情喜悦，脸颊绯红，使得她藏汉混血的美丽面容在阳光下有些光艳逼人。她穿着浅紫色无袖藏裙，配淡咖啡色藏式丝绸衬衣，细腰间束湖蓝色缎带，显得别有韵致。她凸起胸前佩戴的藏族习俗项链，是樱桃般大的粉红色珊瑚珠与洁白珍珠相间，相比藏族贵妇通常佩戴的硕大繁复项链，别具格调。

阿嘉松土官等四人恭敬躬腰，摊开双手，口诵藏族迎候吉祥语。

"扎西德勒！"柳曼卿主任回礼，声音清亮而热情。

初次见到柳曼卿主任的组长军官和他的副官等军人，为她的美丽韵致和优雅华贵而惊讶不已。直到上校向他和柳曼卿作双方介绍时，他方如梦初醒。

进了小会议室，柳曼卿主任按官场礼节，先对组长军官问候："这段时间，代表队活动很频繁，很成功，您带队管理很辛苦啊……"

组长军官也官场套话谦虚"哪里哪里……理当尽职……久闻其名，敬仰……"等语。

组长军官因刚才听说柳曼卿主任竟是国府赴印工作团成员，还负重任入藏，下午委员长还专门要对她面询指示，因而对她的工作强烈好奇，禁不住发问。

此问涉及机密，但因组长军官和上校都是蒋委员长侍从室军官，柳曼卿主任不便回绝，便转头对阿嘉松土官和努科长叮嘱听后保密，然后简要回答……

组长军官和上校听后方知：驻拉萨的国府蒙藏委办事处，严重遭到噶厦政府的限制困扰：对他们封锁消息，禁止当地人与他们接触，监视他们人员的外出活动，甚至对办事处主任的公务拜访都阻碍干扰。因此，对噶厦政府及西藏僧俗权贵阶层的情况收集，主要靠柳曼卿主任长期建立的渠道系统。两军官对柳曼卿主任的工作有所了解，不由对她更衷心敬佩！

之后，柳曼卿主任开始与阿嘉松土官等四位代表进行交谈……

此场合当然用汉语。但俄波和屈顿两土官听不懂汉话，因此众人之间交谈频受藏汉话翻译所间断，使得交谈不自在不流畅。

上校看了看手表，低声对组长军官说："柳主任该过去啦。这样吧，再坐半小时！"

组长军官说："半个小时，那就让他们用藏话交谈吧？他们说话可以自在些，流畅些……"

午饭后。

训练团的中午休息时间，整个营区到处安静。天空飘来乌云，落下阵雨，但很快停了，只是天仍阴沉，灰云不散。

两点钟，在各自房间静休的阿嘉松土官等代表听见外面有动静，出门一看，附近布置了头戴钢盔手持冲锋枪的士兵。紧接着就是大李副主任过来，喊他们马上穿好藏袍藏靴，佩戴好装饰。组长军官和大李尤其检查了他们携带的抗日锦旗。

阿嘉松土官四个代表出门，没有看见往常出行的轿车，而是被要求跟随组长军官步行，并且不要说话。一路上，他们看见到处都是临时增设的岗哨。

他们走到大礼堂附近，见大礼堂周围更是密密几层护卫。还有不少军人头上的钢盔有白条有洋文。他们一行人被要求站住，等待。

大李见阿嘉松土官的眼色，知道他想问，便主动走到他身边，听了低声询问后，悄声回答："那是宪兵。礼堂里在开大会，现在蒋委员长正在训示讲话。"

出来一个高军衔的军官，要求肃静，然后指示副官带他们穿过护卫圈。进了大礼堂的旁门，他们被带到一个接待室里，安排坐下。

等了一阵，进来一个军官，说委员长的讲题才开始，要讲一些时间。说可以给四个代表上茶。但要求少喝，说现在可以叫他们去上厕所。

人一紧张就想尿。阿嘉松土官四人都提出要去上厕所，还表示很想现在就瞻仰最高领袖。

于是四人上了厕所后被带到一个旁门外。四人排成单行。阿嘉松土官首先从门缝往里看，见宽大的舞台上，正中靠前放了一张讲桌，蒋委员长正在讲话。阿嘉松土官这门缝角度看蒋介石有点侧面。透过门缝传出的声音小而不清，阿嘉松土官只觉得蒋委员长的口音听不大懂，只觉得委员长的声音发尖而且急促。半分钟后，阿嘉松土官站到一边，轮到俄波土官眼贴门缝了……

阿嘉松土官四人回到接待室。他们正想议论，一军官走到他们面前制止。军官低声提示，要求他们不要多说话，更不能大声。于是四人各自端坐等待。

又过了一阵后，大李进来。他兴奋而声音不高地说："刚才陈（布雷）主任出来，专门给我讲：委员长要求，你们的献旗要有一个大的形式。因此有关方面研究，专门确定在这个大礼堂里，以大会方式，委员长接见你们！"

见大李站着说话，一个勤务兵给他身后放了把椅子。

大李坐下，然后说："我给你们说，今天台下坐的，是中央训练团的全体学员，和训练团的全体领导教官等。都是级别不低的官员哦！用这种高规格的大会来让你们登台献旗，荣耀啊！……简直是想都不敢想的荣耀啊……"

又过了一阵，组长军官进来，也很兴奋地低声说："委员长刚才讲话中提到了你们。委员长提到，他等一会儿要在台子上接受你们的献旗。委员长提到你们时讲了不少话。"

连大李都急问蒋介石讲了些什么。

组长军官说："大概讲，你们边疆广大的少数民族，派出代表，来向中央政府献旗，意义很大！一是表明了我们中国的各民族人民，都在奋起，团结抗日！二是向世界，向日本帝国主义，也向我们的美英盟友，表现了中国全民族的抗战决心，和抗日高潮！三是表明中国的各种抗日政治力量中，国民党是全国公认……"

第六十四章　汉奸谍报

1

成都，龙泉山东麓的藏传佛教寺庙——石经寺。

东升太阳的柔和光线透过禅林，照耀神殿佛堂里的彩塑漆绘。在巨大的佛像前，阿嘉松土官等松潘藏族边民抗日救国代表队的一行人，正在敬香磕拜。他们感谢菩萨赐福，使他们献旗成功，受到蒋委员长的接见。

石经寺的和尚们在做仪轨法事。这是特地为代表队举办的。

大李等干部还有羌族伙计等人虽然不信佛教，却有求神祈福的心理，也举香许愿，拜佛祈祷。

完成仪式后，阿嘉松土官等人从大殿出来。暑天已过，八九点钟的太阳使人感觉清新舒服。众人站在殿前宽大的石栏平台上，欣赏禅院景色，一时流连。

俄波土官和屈顿土官走到阿嘉松土官身旁，问他纪念赴藏遇难同事的三棵树在哪里。阿嘉松土官手指。这时大李走过来，说寺庙住持请尊贵施主们到禅厅品茶。

阿嘉松土官问："李副主任，柳主任什么时候来？"

大李抬腕看表，说："估计柳主任不到八点出发，到这里要翻龙泉山得两个小时。现在九点多，估计快了。"

阿嘉松土官说："既然快了，我们就现在到山门外，去迎接柳主任吧？"他心里特别感激柳曼卿主任。

站在旁边的努科长说："我们现在到禅厅喝茶，等会儿柳主任到了，我们站在禅厅门口迎接，不好！显得我们对柳主任不够尊重！还是我们到山门外站着等候好！"

努科长说这番话的时候，阿嘉松土官翻译给两土官听，他们也连声表示赞同。

大李体会阿嘉松土官四人的心情，这也合他的心意。于是他走过去给住持高僧回话。住持听了，不但颔首赞许，还带着寺庙众僧多人一起下到山门外，等候迎柳曼卿主任。

代表队是前天早上离开重庆的。昨天夕阳晚霞中，他们住进了石经寺。这是他们行前计划好的。

在重庆，蒋介石接见他们后，国民党中央的高官纷纷接见和宴请他们，以后的日子，活动日程排得满当当的。

这期间，四川省府驻渝人员来见了他们，告诉他们回蓉后省府也有一系列的活动安排，有专人接待他们。这同时，十八军驻渝军官也来了，告知侯军长已回川晋升新职，要接见他们，也给他们安排了吃住。

代表团在重庆一个月零三天，又值暑热，都有些累。他们想到一回省城就又要忙开，于是离渝前商定途中在石经寺停留歇息两天。禅院清静正宜休整。加之他们要诚谢菩萨赐运，既然路过这一藏传佛教寺院，那就顺便隆重拜谢佛佑，也免了以后专程再到石经寺。

柳曼卿主任的轿车带着扬起的红尘驶下公路，停在了寺庙山门前。阿嘉松土官等众人迎上。

柳曼卿主任满面笑容地下车。她因为喜上眉梢，加上明媚阳光映照玉面，她藏汉混血的高雅容貌更显美丽。

柳曼卿主任优雅地接受僧俗众人的迎接，然后与寺庙住持走在前头，进山门踏石径。代表队四人和高僧们按规矩稍后随行。

随柳曼卿主任同车来的小刚科长以及一个女干部，和大李一起，三人殿后。他们并肩信步在林间石径上，愉快交谈。

快嘴女干部声调脆亮说："李副主任你看见没有？柳主任今天特别高兴！……你猜是为什么？……告诉你，吴（忠信）主任来了电话，说蒋委员长发了奖励！吴主任电话中还特别嘉奖了柳主任和你！"

大李惊喜，连问："委员长发奖励？发什么？奖励给谁？电话还讲了什么？"

"李副主任！"小刚故作正经地喊一声，开玩笑地说，"你平常沉稳得很嘛，怎么也激动到形啦？"然后笑着说，"不要着急嘛。等一会儿，柳主任要传达电话内容的。"

接待尊贵施主的禅厅里，燃着橘皮檀香。再加本地特产的茉莉花茶和珠兰花茶为山泉沸水沏泡，满室香气氤氲。

柳曼卿主任玉手环指阿嘉松土官等人，对住持高僧说："他们此行重庆向中央献旗，受到蒋委员长、宋美龄夫人和很多中央高官接见，取得了很大的成功。我借宝寺华室，现在请他们讲一讲在渝情况。大师们如有空，不妨一听？"

柳曼卿主任不仅是希望大德高僧们分享成功。她也有向宗教界宣传抗日活动，宣传蒙藏委员会工作成绩的目的。

当前中国处于民族危亡时期，爱国的佛寺高僧们也很关心抗日事情，乐意持珠静听。

大李取出工作日记本，先总结性汇报，然后按柳曼卿主任要求，详细讲述……

大李在讲述中，很注意尽量多地让阿嘉松土官四人补充插话。藏族人性格爽朗，谈起一次次的接见情况，他们又兴奋激动起来，你言我语……柳曼卿主任也听得高兴，改变以往听汇报很少出声的习惯……快嘴女干部和小刚见气氛祥和，也随意笑问……禅室里的气氛，没有工作汇报会的严肃沉闷，而是一派喜迎凯旋的欢庆热闹……住持见状，笑语同庆，又吩咐摆上寺里自产的花生、南瓜子和素点。

汇报完了，大李说："我们离开重庆前，上面送来了代表们与蒋委员长，与宋夫人和中央高官们的合影照片。"大李从公文包里取出两叠照片，对柳曼卿主任说："这是我们机关存档的，一共两套。他们四个代表每人洗印了一套。"

柳曼卿主任拿着一套照片看，然后传给高僧们看。小刚科长拿了一套照片，走到禅厅门外，把室里室外的侍候僧人们都招呼过来，围看照片。

柳曼卿主任看见大李收好照片后，说："我再给大家报个喜。昨天，吴主任给我打了一个电话，说这次活动影响很大。通过全国各地的报纸报道，在抗日前沿的各大城市，在后方各省市，对鼓舞民众抗日都起到良好效果。电话说，蒋委员长为此特别指示给松潘边民拨款，发展教育，同时也奖励一些枪支弹药。

"还有，吴主任说，侍从室专门来了电话，传达蒋委员长肯定了国府蒙藏委员会这次的工作。因此，吴主任也在电话里表扬我们驻四川办事处，也点名表扬了李副主任在重庆的工作。"

阿嘉松土官等人听了，又兴奋起来，对蒋介石特批银洋给松潘边民发展教育，还拨枪支子弹，他们又重复问，热烈议……

寺庙禅林，古木参天绿荫蔽日。

吃过素席午饭，柳曼卿主任提出她要在禅林里祭奠老温王队医等三人。寺庙备放祭品，安排僧人诵经。

午后的阳光透过树叶，在林中地上洒下斑驳阳光。当年纪念老温等人栽的三棵香樟幼树，现在已是碗口粗了。树前的石板供案因长苔藓，难以擦抹净，便铺红布，点燃白烛黄纸，摆放水果素点供品。

柳曼卿主任带着众人焚香祭奠。

夏秋之交的树林里蝉子很多，此起彼伏地鸣叫，声音又响又尖，有些撕心裂肺的感觉。

柳曼卿主任习惯每次祭奠完同志后，都在林中石桌旁再坐一阵。方石桌周围只有四条石长凳，坐不下多人。努科长和两位土官带着他们的管家随从等人回房休息。

品着清茶，小刚对阿嘉松土官说："老温的大女儿……对，给别人当童养媳的那个女儿，柳主任很关心。前两年柳主任的一个亲戚当了小学校长，柳主任就托这个校长亲戚，把老温的女儿从那户人家赎出来，住进小学校里做工学识字……王队医的老母亲，哭儿子眼睛都哭坏了，柳主任得知，托人送医院治眼睛。"

柳曼卿主任说："大李小刚他们都出了力，尽了心的，也不是我一人。"

阿嘉松土官说："现在北平城日本鬼子占了，他们的日子就更苦了。"提到铁蹄下的沦陷区，大李说了一些在重庆听说的北平目前的情况……

因为上午听汇报的场合，柳曼卿主任有工作问题当时不便提出，这时她对大李说："吴主任电话表扬你时，特别提到你在重庆的前期工作。前期，你都做了哪些工作呢？"

所谓"前期工作"是指代表队到了重庆后，大李配合吴忠信游说中央高层，促使蒋介石接见。柳曼卿主任此时要大李做此汇报，当然也有不避阿嘉松土官的意思。

大李环顾一下，见侍候的人都站得远，丁是声音较低地汇报内幕详情……

听完大李的有关汇报，柳曼卿主任觉得坐久了，站起来活动了一下。

女人有女人关注的方面。柳曼卿主任重新坐下后，问起高官夫人们的容貌气质穿戴打扮。尤其对宋美龄的衣着佩饰，柳曼卿主任问得细。大李和阿嘉松土官都是大气男人，又是在那种政治场合，对夫人们的打扮情况，当时都马虎过眼，现在几乎没有记忆。

柳曼卿主任于是说："把照片拿出来吧！上午要传给大家看，我也没能仔细看。这会儿清静了，我再慢慢看看照片！"

大李说他的公文包午饭时锁在寝室里了。说他去取。阿嘉松土官连忙说："我有我有。我带在身上的。"说着从怀里摸出哈达包裹着的照片。

阿嘉松土官细心地把哈达铺在柳曼卿面前的石桌上，把理好顺序的一沓照片端端正正地放在哈达上。

柳曼卿主任嫣然一笑，拿起第一张，细看说道："委员长这张照片，比发表的……"

拿起第二张，柳曼卿主任就看得久了。她很注意地看宋美龄的头发梳妆，看衣服样式问是什么颜色，看脚上丝袜洋鞋，还指着脖子上的项链说："这珍珠好大好均匀啊……"

柳曼卿主任拿起第三张看，说了一句"哦，林森"。然后抬头对大李说："他们（代表）对中央大员不熟悉，你应该在每张照片背面写明。"

大李忙回答："写了写了。您翻后面看。给他们四人的照片每张背面都写清楚了的。"

柳曼卿把照片翻过来，念字："中华民国政府主席：林森。"又拿起第四张照片看，念出背书："军事委员会副总参谋长白崇禧"……"政治部部长兼五战区长官陈诚"……"教育部部长陈立夫"……"财政部部长孔祥熙"……"何应钦"……"张群"……

2

成都西郊外，平畴万顷良田中，稻子已经成熟，稻穗饱满，喜人的黄灿灿直铺天际。丰收景象中，农家竹林如绿玉盘般远近散落金黄稻田间，使天府平原此季节的农村风光，映天灿黄中点缀翠绿，别样人间美景！

在城市西郊外的三洞桥边，在国府蒙藏委川办机关的斜对面，有一片树林，林地周边是水渠，是这片林地的边界。

阿嘉松土官等四人从川办招待所走出来，走进林子里，登上一座小土丘顶，站立四望。

即将开镰的稻田中，农家炊烟袅袅升起。天空晚霞依然很美，但色彩由亮艳向暗淡慢慢蜕变。

阿嘉松土官他们进入的这片林地，站立的小土丘，是唐末后蜀皇帝王建的陵墓——永陵。由于清末和民国政府都荒置不管，帝陵成草丘。

阿嘉松土官他们四人，明天将启程回松潘。他们深深感念这次抗日献旗活动，因此对这片土地充满感慨。他们用此登高极目，向成都告别。

努科长高声感叹："哎呀，省城好安逸哦，我硬是不想走哦！"他眼神渴望地看着前面很近的成都城墙。

屈顿土官说："成都坝子是富裕，省城是好耍，不过我还是想我的官寨我的山林。"

努科长想到明天一早就要离开，而且认为此生无机会再来，心里烦躁，发气嚷叫："你当然想回去哦！你们是土官，回去就是土皇帝，啥子都有！我嗬？"

俄波土官开玩笑说："你嘛，你就回去使劲搞钱嘛！"俄波土官指着周围黄灿灿的稻田，说，"搞到钱，你就在这里买几十亩地，就当成都人嘛！"

他们四人用松潘藏话交谈着……

他们离开石经寺后，又住进蒙藏委川办的招待所。招待所与他们现在所站的永陵，只隔一条碎石土路。

在成都，他们又停留了半月。这期间四川省政府高官接见了他们，并为他们安排了好些活动。侯军长也以川康绥靖公署长官身份接见并宴请他们。

省府和侯军长都提出给他们安排洋气高档旅馆，吃住公费，但为他们婉谢。阿嘉松土官觉得住柳曼卿主任这里，自在，有亲切感。两土官因为货在这里，而且想尽快返程，不愿意在住宿上三天两头倒腾，所以随阿嘉松土官。只有努科长想住繁华闹市高档旅馆，但他孤掌难鸣。

成都入秋后天气仍然很热，但是太阳一落即起凉意。晚霞光映下，眼前的城郭稻田、竹林清渠，构成动人美景。四人站在陵墓顶上的荒草中，久久留恋赞叹……

这时，他们看见一辆黑色轿车从城里开出来，然后开进了招待所。他们又看见李副主任从招待所大门出来，站在土路上，向他们招手。

四人赶紧从陵墓顶上下来，但是心里纳闷：晚餐是柳曼卿主任为他们举行送别宴席，他们才与大李分手，这会儿又出了什么急事？

阿嘉松土官快步走到大李面前。听大李对他说："上面来了几个同志，要问你一下侯主任接见你们的情况。你就如实回答，有什么说什么。"

大李没有讲明来人身份。但是在成都重庆这些日子的经历，他们四人马上明白是中央系统的人。

两个土官通过努科长翻译说："我们不通汉话。侯主任接见，我们像聋子。现在上面来人问，我们又张不了口。我们两人就不去了嘛！"

大李点头，带着阿嘉松土官和努科长去见坐黑轿车来的上面人。

在招待所的会议室里。

上面人来了三位，都穿黑呢子干部制服。一人专做记录。问的两人中，有一人也持笔拿本，择要速写。

主问官开言对阿嘉松土官夸奖一阵。说他此行表现优异；说他有才干又通畅汉话，是藏族上层里难得人才。主问官祝贺他成为国民党党员，说上级要栽培重用他，要求他今后更好为党国效忠贡献。

然后，主问官要阿嘉松土官详细讲述侯主任接见代表团的全过程。

蒋介石为分化川军，新建"川康绥靖公署"，任命侯军长为公署主任。其职辖地域半个四川，不仅有侯军长原来的地盘，还包括川西川南其他几个川军军长的地盘。蒋介石还钦定公署设址远离省城。侯军长接受任命，现在叫侯主任，但他却不离开省城，很少到他的公署衙门去。

所以，侯军长虽以绥靖主任官职接见代表团，但接见地却是在他仍旧保留的军部里。其址在成都北四五十里的宝光禅寺背后。当然，那里只有很少的枪支，因为侯军长的军队被蒋介石全部留在前线。

阿嘉松土官对侯主任的接见谈话一边回忆一边讲述。侯主任先回顾了他治理川西北边区的功绩，又叙述他指挥军队抗日作战的艰苦和功勋，然后大谈他即将对所辖区域开展强化绥靖行动；要在各地建立县区两级绥靖机构，要新建多支绥靖部队，等等。

当听到侯军长的有关绥靖方面的言论，三个黑呢制服人尤为关注。他们要求阿嘉松土官重复叙述，还两本记录当场核对……

阿嘉松土官和努科长都看出来：蒋介石对侯军长极为警惕，并严密防范他的势力重返雪山草地。

3

成都街市。时近黄昏，天下着大雨，路断人稀。偶尔有人风雨中匆匆行走，如落魄断魂。

市区中的红照壁大街，也是日机轰炸过的惨象。街道两边被炸被烧的房屋，大多凑合修补呈疮痍相。也有被炸毁的房屋因主人躲走不修，成为废墟。

街边一幢青砖二层的小楼房，门边的招牌是很可笑的"洋牙医"三字。走近了看，这招牌是用水泥抹在墙上，再用青花碎瓷嵌字。字数原本为四："东洋牙医"。但"东"字的瓷片被砸掉了，只剩字痕。

医所里面是前后两间屋子。外屋用于诊病，里间做手术。两室中间的门上挂了一张白布帘子。

在外间的诊病室里，现在无病人。只有牙医的助手一人坐着。

在里间的手术室里，一个大胸脯的妖艳女人仰躺在牙科手术椅上。因为她穿的旗袍开衩很高，她又故意将双腿分开些许，两条白皙大腿裸露在外。

牙医坐在手术高凳上，脚踩牙钻机器发出滚齿声音。他一只手举着修牙钻头不动，俯下身体，对仰躺女人诡秘低语："……上面说，那个松潘藏族人代表队在重庆成都大肆活动，太猖獗。影响很多地方，大大地坏。皇军决定要对他们惩处，要表明大日本帝国的威力是大大的，可以打击中国的任何地方任何人！上面要求马上向松潘电台发报。电文是：……"

汉奸间谍牙医字字清晰地口述电报文字。

在外间诊病室，牙医助手很警惕地把门望风。他也是汉奸同伙，知道里间的间谍活动和淫乱事，这是妖艳女人每次来干的两件勾当。他不时走到窗前，往雨雾迷茫的傍晚大街警惕张望。

在里间手术室里，牙医口述三遍电文，然后，简单两字："复述！"

耸胸仰躺的妖艳女人于是按规定复述电文……牙医侧头倾听，眼睛却在女人裸露的大腿上扫视……女人受过特务训练，听后即记住，复述电文只漏误几字。日谍牙医纠正补充后，叫妖艳女人再次复述，同时干脆把手放在女人大腿上摸捏起来。

妖艳女人复述电文完整无误。

完成工作的牙医露出淫笑，把手伸进了女人旗袍里的会阴部位。妖艳女人淫荡扭胯，伸手勾引地在牙医裤裆抓一把，同时做个拿钱来的手势。牙医裤裆勃起地走去检查横插着的门闩，然后边往回走，边脱掉白大褂，解开裤腰皮带……

妖艳女人更是利索脱光，乳罩内裤扔在牙医坐凳上……

在外间的医助听见里屋的淫荡声音，欲火中烧，急躁难耐……一阵子后，门帘后响起拉闩开门的声音，接着牙医掀帘出来，一边重新披上白大褂，同时示意医助进去。

医助迫不及待地钻进里屋。他既是牙医间谍助手，也是淫污同类。门帘后又响起关门上闩的声音。

日谍牙医走到窗前，往外观望雨街动静。他在系白大褂门襟扣子时，发现裤裆扣子被扯掉一颗。他留学东洋时为日谍机关收买，同时沾染日本的群嫖恶习。

已是黄昏，风雨大街晦暗人稀。

妖艳女人独自撑着黑布洋伞，贴着街边走在雨中。每次有黄包车跑过，她都举伞招手，然后失望地看见都不是空车。

妖艳女人往西走不多远，看见少城公园的高塔，上书：**辛亥秋保路死事纪念碑**。这是省城唯一的民众公园，前些日子举行万人抗日集会，这伙无耻汉奸发出谍报，日机低空突袭、准确轰炸，死伤很多人。

公园西北角临十字街口，搭建了一溜竹笆篾席的长棚。长棚里隔成许多小间，卖米糕面食等成都小吃。

妖艳女人看见一辆空黄包车停在大榕树下。虽然不见车夫，她也尖声喊叫，加快步子，同时举起白皙手臂乱挥。

席棚下一间凉粉锅盔店前，黄包车夫蹲在炭火炉前一边啃饼一边烘烤蓑衣。听见女人喊车声音，车夫急忙站起应答，把正吃着的面饼揣进小褂兜里，急急披上蓑衣戴上斗笠，在雨中跑向空黄包车。

载着妖艳女人的黄包车往出城方向小跑。车夫脚下的破草鞋在地面上踩踏起一路水花。到了通惠门大街，黄包车在一家商店门前停下。这前面不远就是西城墙了。

妖艳女人坐在车里给了车夫几个铜板，然后撑伞下车，走进商店。这里是情报传递点，妖艳女人按规定只在有任务时才来。

商店里经营的全是女人用品。几个女学生凑在一玻璃柜台前，叽叽喳喳地挑看着印花小手绢。柜台后的男掌柜穿对襟黑绸褂。

黑绸褂掌柜也是汉奸日谍，见妖艳女人进来，知道有情报传递。他立刻换伙计为女学生们挑手绢，自己做接待贵妇状殷勤迎上。

妖艳女人假意翻看丝绸料子，黑绸褂掌柜假装介绍……这时，又进来一妇人挑长丝袜……妖艳女人按老接头方式，假意走到饰品柜，挑拣十多件耳坠发簪胸花等饰品，叫黑绸褂掌柜用漆盘托着，两人走到商店一角。

那里专供有钱女人休息和挑货，因此除了藤椅圆茶几外，还摆设有落地穿衣镜，有精致高档梳妆台。

妖艳女人按老方式，在梳妆台前坐下。黑绸褂掌柜把装有耳坠发簪胸花等饰品的漆盘放在梳妆台上。妖艳女人对着椭圆形的梳妆镜比试发簪。她从镜子里见女学生叽叽喳喳，见挑丝袜妇人又转到内裤胸罩柜台，都不注意她，便对掌柜做了个头靠近伸耳朵的手势。

黑绸褂掌柜会意，假装探头看镜子里女人试戴饰品的效果，聆听。

妖艳女人两手不断地在左右耳朵换戴耳坠，悄声窃语："……上面说，那个松潘藏族人代表队……上面要求马上向松潘发报。电文是：一、立即开始对松潘藏族人代表队进行严密侦查，随时汇报情况。二、对松队回县城后要搞的活动，其内容形式、精确地点、准确时间，务必提前侦知并电报。"

妖艳女人说完。掌柜见新进来一女顾客，就转身走到项链柜台，一边取项链，一边打量那位女顾客。然后，他又走回妖艳女人身旁，弯腰假装介绍项链耳坠，复述电文。

他是老间谍，精熟业务。妖艳女人听他复述无误，说："上级要求将这个指令，马上翻译急电向松潘发出！马上！"

妖艳女人传递完情报，准备离去。她这时手提一对金耳坠，眼睛挑逗，红唇做亲嘴动作，勾引掌柜。黑绸褂掌柜半是淫笑半是无奈，低声说："明天晚上，你在华清浴池旁那个旅社等我。"

妖艳女人于是不付钱，将金耳坠在嘴上亲一下装进手袋，扭着腰肢走向门口。

黑绸褂掌柜看见载着妖艳女人的黄包车消失在黄昏风雨中，对伙计打了个招呼，自己到后院一房间里。

房间里有带蚊帐的大木床，旁边一木梯通上面的小阁楼。黑绸褂掌柜上了昏暗的小阁楼，打开电灯，然后从墙上取下一砖，取出一小铁皮盒子，取出密电码本子，便伏在小桌上，将妖艳女人传递来的指令翻译成密电码……

半小时后，黑绸褂掌柜来到店堂，对伙计说："我出去有事。你看着铺子，天黑关门。"然后他又进到后院房间，换了一身粗灰布旧长褂，从后门出了院子。

换了衣服的汉奸掌柜撑着油纸旧伞走在小巷里，途中不时回头打望。他走到通惠门城门洞口，喊了一辆空黄包车，坐上去后吩咐："出城门，到乡下！"然后放下遮雨帘。

出了城门的黄包车在暮色雨中小跑。道路两旁渐渐变成了农田。傍晚乡间更显风雨如晦。

乡村的泥泞道路只比黄包车稍宽一点。侦查电台的无线电测向汽车是无法在这一带转悠的。一路上，黄包车雨篷后面的小窗帘多次挑开，露出鬼祟后望的汉奸谍眼……

第六十五章　岷江青山从此荒

1

岷江，夏秋之交的雪水波涛汹涌。

阿嘉松土官领着松潘藏族边民抗日救国代表队一大帮人马，行进在汶川县境内的茶马古道上。因为返程代表队多了三个货运驮队，每个驮队有几十匹驮马，所以他们的队伍拖得很长。

代表队离开省城成都才第四天，但这里的气温低多了。路边雪水寒气阵阵，迎面山风凉意瑟瑟。阿嘉松土官等人都穿上秋季藏袍，戴起藏帽。只有努科长因为进入藏羌地区，为显示他的政府官员身份，又着干部装。

代表队行进到近午时分，突然停下。在前开道领头的人跑来禀报，说前面山上在放树木下来，堵断了路。封路人说要等一个多钟头后，才放行通过。

阿嘉松土官抬腕看表，快十一点了，对努科长三人说，"从这里到汶川县城只有二十来里了。我们现在吃了饭，路通后我们赶到县城，随即去县政府拜会，时间还来得及。那样，我们明天就可以一早继续赶路了。"

三人赞同，阿嘉松土官传令大队伍各自就近卸驮喂马，烧茶煮饭。

岷江河边，沿岸一溜，燃起许多堆篝火。

阿嘉松土官四人围坐篝火，边吃边聊。他们被堵在此处是因为山林伐木，再加上这一路看见许多地点都在大肆砍伐山林，自然谈此话题。

努科长问："阿嘉松土官，你以前去省城走过这一路，当时路边山上砍树林是不是也这么大的阵仗？"

阿嘉松土官回答："我那年去省城，是为黑水人与川军的停战协议事情，这都好多年前啦！当时这一带没有这种砍山林的情况。只有映秀镇附近才见大规模地砍伐山林。"映秀镇距离省城两天路程。

屈顿土官问："从映秀镇到省城成都，要翻一座龙池山。那映秀镇周围砍的大量木料，又怎么运出山的呢？"

"他们是用这个法子：大木头从山坡上滚下，然后用牛，顺着小路拖到映秀镇的岷江河湾，再扎成木筏子顺岷江漂流。岷江绕过龙池山，到都江堰，然后就平淌了。漂木筏子也就顺流排放到成都郊外的漂木收集场。另外，山上的小树子，烧成木炭，用人背到河边，装上木筏一起漂到省城。"

　　俄波土官惊叹："哦哟，这种水运法子省力省钱哦，聪明喃！那映秀镇的人都挣到不少钱吧？"

　　"映秀镇的人还插手不进这个生意。赚钱的只有一人，叫董云盛。他独霸了映秀湾漂木筏子的生意！"阿嘉松土官讲起了当年他听当地人的讲述：

　　清朝时期，临近成都小平原的都江堰山区，一直有人砍伐岷江两岸的树木用漂筏方式运销成都。只是规模不大，也无人垄断。但连年砍伐，扎筏放漂的地点慢慢溯岷江而上，接近汶川县界。

　　民国初期，董云盛成了汶川县袍哥的龙头舵爷，他瞄上了开辟从映秀湾作起点的漂筏生意。因为映秀镇在汶川县边界，是他的势力可达范围，周围又有大量森林。于是董云盛通过打打杀杀，又买通官府，规定在映秀湾两岸只能由他一人修建扎筏场，独霸了映秀镇区域的漂筏生意……

　　听完阿嘉松土官的讲述，俄波土官说："董舵爷在映秀湾周围砍山，是因为从映秀湾起，河水才稍微平缓了点，才可以放木筏子嘛！"他又指着身边的汹涌岷江，说，"这上头水势凶险，不能放筏子。但是砍山还砍得这么厉害，这大量的木材怎么运出山呢？"

　　阿嘉松土官说，"我也在想这个问题。我注意到有个情况。你们看。"阿嘉松手指岷江，说，"你们看见没有，河里不断有大木头冲下来！"

　　众人转头，只见在湍急的岷江里，接连有粗大的原木在汹涌的河水里翻滚起伏，触礁碰石地源源漂流下来。而且两岸搁浅的原木，也散落不少……

　　路通了。阿嘉松土官领着代表队大队伍又启程。

　　通过刚才被封堵的那一段路时，阿嘉松土官等人抬头往山上看，见树木全被砍尽，而且由于大木横滚下山，碾压得满坡灌木草丛折断伏地，一片光秃狼藉景象。转头往下看，河滩上横七竖八布满粗大的原木。可以断定，有相当多的大木直接滚进甚至飞落江水里漂走了。路面和路两边全是山上滚下的碎石泥土，残枝烂叶。也有很多大碗粗或稍细的木材，散落山坡和路边。

　　在这段路上，一个邮差因为绑腿布被路边乱枝挂开，他停下重新打绑腿。阿嘉松土官骑近邮差身边，下马，用川西汉人的习惯招呼："老表，绑腿散了哦？吃饭了没有？"然后叫人拿了两个大馍给邮差。

阿嘉松土官把马交给后面的人牵着，自己与邮差并肩行走摆谈。

嚼着馍的邮差听了阿嘉松土官的问话，回答："我是专跑灌县到茂县邮路的。这条线路单边四百里，来回八百里，规定我们一趟走十二天。跑这条线的邮差我们一共十四名，每天从灌县出发一人……背上的邮件好重？哦，今天的四十多斤，平常不等……报纸？报纸不少，占一半。……"

阿嘉松土官指着江里漂流的原木问。邮差说："哦，客官，看来你是好多年没有走过这条路啰！……这样，我把这个馍馍吃完，拉伸从头给你摆！"

邮差把手上的馍几口吞下，把另一个馍揣进兜里，然后讲述："你当年走这条路的时候，你看见了的，只有映秀镇那边在砍山。你也晓得，那时砍山放筏的生意是'云盛木号'一家包了的。董云盛舵爷财源滚滚，使一个人眼红了。这人是当时的灌县水利府知事——姚宝珊。姚宝珊这个人，客官你知道吗？"

"知道不多。"阿嘉松土官回答，又说，"路长，时间有的是。你从头仔细地慢慢摆。"

邮差于是说："那我从头说起。姚宝珊出生在这个汶川县靠近都江堰处，早年当厨子。清朝完蛋前两年，他参加了同盟会。辛亥保路事起，他把那一带的袍哥兄弟团拢，又说动联合了汶川的藏族土司和羌族统领等人，拉起了一支千人队伍，叫西路同志军第五路。这第五路军在省城西面几县，跟清军打了好几仗。因为这支队伍有藏羌回汉四个民族，革命军大都督又派他们去打茂县松潘的清军。清朝垮了，姚宝珊因为立了大功，四川都督府封他为灌县水利府知事。

"姚知事眼见董舵爷日进斗金，动起弃官经商的念头。赤匪红军来的前几年，他把侯军长，还有二十二军的田军长拉在一起，成立森茂木材公司，霸吃了董舵爷的云盛木号，把岷江水运统包了。"

阿嘉松土官问："什么叫把岷江水运统包了？统包干什么？"

"统包干什么？漂运木材嘛！映秀湾以上河段水汹弯急，不能放木筏子，只能单根独木地放漂。统包岷江水运，就是把从省城到理蕃县可以漂木头的六百里河段，全包了，只能由森茂木材公司一家放漂木头。"

阿嘉松土官大惊，讷讷说："干，干什么？森茂公司想把岷江两边的森林砍光？"

"当然啦！姚宝珊是豪雄之人，自然心大手长。映秀镇那一片的山林，已经被董云盛砍得要光了。他姚宝珊既然有两个军长的势力撑腰，于是就干脆把岷江水运全包了，把两岸的山林砍他个一辈子！"

"砍一辈子！"阿嘉松土官咬牙一句，义愤填膺，沉脸不语。

邮差继续边走边说："森茂公司大片大片地买这两岸青山，砍光树木。他们把直径一尺以上大木头放下河后漂运到省城。他们在河两岸几百里遍布巡查和工人。工人把搁浅在岸边的木头，又推进河往下漂。巡查负责管防对漂木的偷盗。"

邮差的嗓门特别大，讲得又精彩，不少行人听见，就前前后后地围住他们走在一起。

一个头缠白布的人，不解地问："几百里河道，两岸住的人多得很。要管住众人不偷搁浅漂木，能行吗？"

邮差听了，反问白缠头是哪里来的，听了回答说："哦，你是川西坝子的农民，进山投亲，第一次走这条路。怪不得你这样问。我给你说：有军长的势力，县政府就出了告示，偷盗搁浅漂木，政府就要抓，要重罚坐牢，小民有几个不怕的？"

邮差走了两步，说："哦，我想起一件事，摆给你们听：那年有一伙浑水袍哥要另立码头，要新建香堂山房大院。他们就明里少买点木料，暗里夜夜下到河边偷盗搁浅木料。当地保长察觉偷偷报了官。县府于是等到山房上梁祭祀那天，派了几十杆枪去围捕。谁知那伙袍哥也是亡命之徒，居然开枪拒捕，打到天黑后突围跑了。过了半年，那伙人被抓了十多个，都被绑在大路边的木桩上枪毙，而且还不准收尸。尸体旁边还贴起告示，警示想偷盗漂木的人。"

邮差此故事刚收音，围在前后的行人就纷纷议论起来。他们中有人知道这件事，也有人不知道，但众人都很激动地嚷说看法。

阿嘉松土官听了一阵路人议论，然后问邮差："森茂公司把大木头放漂成都，小木头呢？我看他们是整座山的砍光啊！"

"森茂公司在汶川县和理蕃县建了两个木材厂。不适合放漂但可以制家具做木器的木料，就运到木材厂。连这个也不适合的，就当柴卖！"

一个走在他们后面的人高声嚷起："这样子砍山，要把这岷江两岸砍成光秃秃的连片荒山了！"

他们前面一人回头大声说："现在河谷风比以前大多了，天也干了，弄得河谷两边的庄稼都长不好！"

马上有人接话："你看前些年砍光的山，上面长新树子没有？……没有嘛！长不起来啰！这两边的山陡，一下雨泥巴全部冲跑，加上风大了，砍过的山坡就只剩石头沙子。山坡没有了泥巴，长不起树啰！"

又一个路人嚷道："作孽作孽！这样子砍下去，青山绿水没有了，庄稼也越来越瘪。有势力的人倒是发了大财，我们穷人就更穷了！"

……

2

汉川县城所在的地名，很古老也很雅很美，叫绵篪，是羌笛悠悠的意思。有人说古笛绵延无尽的声音吹的是当地羌族天籁，也有人说吹的是戍边将士的思乡情怀。

县政府靠近岷江河边，两进院落不大，但为参天古木掩映，有几分清幽。

阿嘉松土官等人从县政府大门出来，情绪有些失落无奈。努科长还骂骂咧咧的。

他们进城住进旅馆后，马上换了衣帽到县政府拜会。谁知县府就像一座空庙，除了一个看门老头和一名打瞌睡的瘦警察外，寂静无人。努科长原希望受到县府热情欢迎酒席接风，失望之余冒起火来，抖起科长身份斥问是怎么回事，怎么连值班的人都没有一个。老门头和瘦警察似有隐情，卑躬不答。

走在街上，阿嘉松土官看见一个逗孙子的闲太婆打量着他们，于是走过去礼貌探问。闲太婆说现在没有县长，只有一个代县长又经常不来，所以县府里的人都脚板抹油，天天过了中午就溜光了。

两个土官归心似箭，一听，提出明天不到县府了，一早就上路。阿嘉松土官和努科长想到代表队毕竟是公事队伍，不太妥。

阿嘉松土官想了一下，对三人说："你们先回去休息，我到县城的袍哥码头去拜会一下，打听县政府究竟是怎么回事。问清楚了，明天怎么安排，我回旅馆与你们商量。"

汉川县城的袍哥会社名叫"彬义公"，是姚宝珊任龙头舵爷时取的名。人们传议此名与他在林木上发大财有关，因为"彬"字有木有水。

"彬义公"的香堂在县城戏台子的旁边。戏台子雕梁画栋，戏坝子石板铺地，是姚宝珊出资修建的。起初，满城人称颂姚舵爷为民做好事，后来发现他强买豪夺戏台子周围民房，在戏坝子周围开茶铺赌场烟馆饭店后，才明白他是为自己新辟生意闹市。所以不久后姚宝珊突然发病而亡，街巷闲言就说他是砍树子多了折阳寿。

阿嘉松土官来到彬义公香堂大门前，递上帖子。

一会儿，一个老头儿出来，做惊喜状恭迎。他原是县衙里的师爷，为姚宝珊聘作袍哥文书，于是县城人就称呼他袍哥师爷。

袍哥师爷一边抱拳作礼一边高声："哎呀，贵客光临，欢迎欢迎！哎呀，嘉欧松真土官，报纸上登了蒋委员长宋夫人接见你们的消息，我是读了的。这下子，你的名声就传开啰……"

周围闲人听见袍哥师爷嚷嚷蒋委员长宋美龄夫人，好奇地围了过来。

袍哥师爷见阿嘉松土官伟岸，又为国家元首接见，很为袍哥帮会争光，于是引阿嘉松进大门时，有意让围观闲人跟在他们后面拥进院子。围观闲人拥挤在香堂门口窗前，听他与阿嘉松土官谈话。

袍哥师爷命人换上精细茶具，摆上纸烟。他礼节性地问安代表队，然后解释说："哎呀，嘉欧松真土官，实在不凑巧啊！我们胡舵爷带着几位堂上大爷陪侯军长——就是现在的侯主任的大公子去视察木厂去了。管事大爷也遇急事外出了。哎呀，现在堂上无人，只有在下失敬陪您大爷了。"

阿嘉松土官推掉递上的香烟，嘴里谦辞没什么，心里想：侯军长的大公子怎么会来汶川？

袍哥师爷接着就提起在报纸上刊登的元首接见事。然后问："你们看见蒋委员长，他的架势唬不唬人？……蒋委员长接见你们的地方，像不像皇帝的金銮宝殿？……听说以前藏族羌族土司觐见皇上，站在台阶下多远。你们嗬？……"阿嘉松土官和气回答……

挤在门外看热闹的人见阿嘉松土官随和，见袍哥师爷也没有喝赶他们的意思，就渐渐迈过了门槛……很快屋里站满了人，而且随便起来。有人插问，后来就变成了纷纷问……阿嘉松土官也不拿架子，东答一句西讲两段，香堂上的气氛倒像街坊邻居听山外奇闻……

过了好一个时辰，袍哥师爷站起来对周围人喊说："好了、好了！你们听也听了，问也问了，热闹也看够了，该等贵客休息一下了！……出去了，都出去……"

见手下袍哥把围观人都请出去了，袍哥师爷说："哎呀，抱歉失礼，这些人爱热闹把您大爷围得累着了。不过我放他们进来瞻仰您大爷嘛，一是有意为您张扬名声，同时也为我们袍哥江湖，扬名嘛！"

阿嘉松土官谦辞两句后，说："哥佬官，我想问你个事情。"阿嘉松土官讲了他们去县政府的情况，然后问："县政府里怎么会没有人？哥佬官你说，像这个情况，我们明天还有没有必要到县政府去拜会一下。"

"如果有县长，你们当然应该拜会。现在县政府一是无县长，二来代县长明天也不去坐衙。在下想，你们可以不去了。"

阿嘉松土官奇怪，问："这里怎么没有县长？听你口气代县长经常不在县府里，怎么回事？"

袍哥师爷没有马上回答，而是慢腾腾地裹起叶子烟来。

阿嘉松土官见状，又接着问："我们离开重庆的时候，就得知侯军长当了'川康绥靖主任'，又管这一片了，怎么汶川的县长还空着呢？"

见师爷划火柴点烟，阿嘉松土官又问："哥佬官你刚才说侯军长的大公子就在汶川，那我们是不是应该去拜见侯大公子嘛？"

袍哥师爷吸了两口烟后才说："哦哟，您大爷连着问了这么多问题。我且问你一句，你们在省城时，对侯军长从前线回四川升官，听说了些什么？"

"省城的公事人说话谨慎，不轻议这些。离开省城前，我去'协盛公'道别，大家提到侯军长回川升官。当时陈（俊珊）总舵爷说侯军长'头上的乌纱帽高了，空了；脚下的地盘大了，虚了'。我问这话什么意思。陈总舵爷没有回答，只说我回到雪山里自然便知。哎，哥佬官，你熟悉官场，省城陈舵爷的话您肯定懂，你讲给我听嘛？"

"好嘛好嘛。刚好您问的一串问题都穿在一根线上，我就慢慢说给你听。"

袍哥师爷咂吧几口叶子烟后，说："蒋委员长要瓦解川军控制四川，这个目的世人尽知。所以对侯军长，蒋委员长就拉拢他封了个高官，但是又架空他不给他掌控地方的实权。

"拉拢，是给了侯军长一个'川康绥靖主任'官帽。这个帽子大得吓人，罩了半个四川。不仅侯军长原来的地盘，就是川西川南原来其他几个川军军长管的几十州县，也被罩在下面。只是这个帽子空，只能管这些地盘上的'绥靖'事务，没有管地方的实权。

"就拿我们这一片侯军长的老窝子来说，蒋委员长也用了三个手段把他架空。一是虽然把胡司令的中央军调走了，但是也把侯军长的军队留在省外抗日，现在这雪山草地没有驻军了。二是把侯军长的政府——屯殖署撤了，新成立四川省第十六行政督察区。区专员和各县的县长都不由侯军长任免。三是成立了国民党松理茂特别党部，加强中央对此地的监管。

"你是晓得的，历来治下，靠的是一手握枪杆子一手提官帽子。现在侯军长在他的'绥靖署'地盘上，两手空空，脚下是不是虚的？"

阿嘉松土官明白了，说："'官帽高了，空了；地盘大了，虚了'原来是这个意思。那现在汶川县政府又是怎么回事呢？"

"县长现在是由省民政厅派任。但是，敷面子得征求侯军长这个川康绥靖主任的意见！你就可以想象了，两方都想安插自己的人，县长人选自然不是短时间协商得好的了。现在的代县长是中央军撤走前临时指派的。他知道自己当不了几天县官了，就天天带人带枪跑乡下钻山寨，到处整钱，哪有心思坐衙门！"

"哦——"阿嘉松土官恍然长嘘，然后问："侯军长的大公子来干什么？我们需不需要拜见他哩？"

老师爷咳嗽出一口浓痰，吐进椅子边的高脚铜痰盂里，然后说："当年森茂木材公司成立，十八军占大股，侯军长派他的大公子任总董事长。从赤匪红军来到现在中央军走这么些年，大公子董事长没有进山来过。现在自然要来视察自己的产业一番啰。……你们拜不拜见他？不用了、不用了！侯大公子视察了汶川的义昌木厂后，就直接去理蕃县视察他的松太木厂。你们见不了他的。"

阿嘉松土官听了，说："感谢哥佬官指教。我回旅店给他们说，我们代表团可以明天一早启程，用不着到县府去打照面了。"

袍哥师爷点头。

师爷最后说："你们是过路贵客。虽然我们堂上的舵爷大爷不在，但我们'彬义公'山堂还是要依礼给你们接风的。今晚本堂备薄酒一席……"

阿嘉松土官礼谢，代那两位土官说赴宴时给"彬义公"香堂奉上见面礼。袍哥师爷不辞，说谢。

阿嘉松土官告辞，站立起来。袍哥师爷正将手中长烟杆放在桌子上，恍然一叫："哦！我想起了！"又忙叫阿嘉松土官坐下。

师爷说："你们明天最好还是去一趟县府！……为什么？哎呀，你是我们袍哥内伙子，我也不怕露丑，给你说个情况。前面路上，我们袍哥的两个大爷，高世万高世章两兄弟现在在干仗。他们两边都聚集上百人几十条枪，乱得很。你们路过那个区域，有误伤危险。所以我想起了，你们到县府去雇几个警察保安，用他们那身衣服做挡箭牌。一路上的那些浑水虾虫，看见警察保安随行，就知道是官府护送的要人路过，不至于昏头瞎眼地乱开枪，抢大富。"

阿嘉松土官一听，吃了一惊，问："汶川袍哥现在这么乱？"

"哎呀，姚舵爷一死，为争继位，我们汶川袍哥就四分五裂，互相火并起来。看这个趋势，一直要乱下去的。"

阿嘉松土官听了，感叹说："我们这片雪山草地，县县都有几千条枪。过去有川军有中央军，还到处都匪患丛生。今后的第十六行政督察区，地盘上没有了驻军，肯定各县更乱，更要出大乱子……"

3

威州古镇，岷江与其最大支流——来苏河在此汇合。

因为茶马古道在这里分岔，分别通往川西北的嘉绒和安多两个藏族支系区域，所以这里成为商贸集散要地。也因此，威州镇的人口和规模都大于它所属的理蕃县城。

阿嘉松土官一行人在快到威州的途中听到一个消息：靖化县县长在这段路上刚被黑杀，并引起国民党的复兴社和CC系之间派斗。

下午尚早，他们进了威州古镇。两个土官想穿城而过，但是努科长执意要在此停留。阿嘉松土官对县长被黑杀，而且还惊动中央，很是好奇，觉得留宿打听也可。

努科长要停留的原因是他要去姜维古庙进香。传说古威州是三国诸葛亮为戍蜀国边境，派大将姜维来修筑的军事城堡。当地人皆说姜维是羌族，为他祭祀的香火很旺。努科长认为姜维最后是蜀国最大的官，自己身为政府科长想发大财、想到成都买田，当然最应该敬拜祈祷此神灵。

代表团安顿住下后，阿嘉松土官带上见面礼，登门拜访一个叫车子权的人。此人是理蕃县参议会的议长。但因他的鸦片大商行和茶叶大商行都在此交通要镇，而且他又当此地的袍哥舵爷，所以他把家安在此镇，去县城的时候不多。

车议长对阿嘉松土官认识但不很熟，因他受到蒋介石接见，当然对他热情万分。阿嘉松土官回答了好一个时辰的重庆之行后，才有机会问黑杀县长一案。

车议长回答说："事情还没有破案，所以谜团很多。至于重庆中央为此的种种，大事确切，细节只可姑妄听之。"

车议长于是概略讲述："被杀县长叫秦汉初，号善甫，三十五岁，合川县人。他是国民党中央政治学院毕业的，曾任江苏省保安处科长。因是CC系陈立夫陈果夫的嫡系，所以安插进四川。他先在省政府任职，十个月前才到靖化县上任。

"他这次是到茂县去参加专署会议。会议结束后，他回省城的家一趟，结果在这附近的途中被黑枪打死。事后验尸，一枪是从远处击中肚腹，一枪是枪口抵其心脏补火。

"秦县长要回省城的家，所以带了许多金银财宝鸦片土特产等，装了十多头驮骡。他随行带了一个班的县警察做护卫。他一路坐滑竿，带了四名轿夫和两名随仆。枪一响，那些警察轿夫没有一个受伤，但全跑散了。

"对秦县长的被杀，有三种说法：

"一说是靖化县的烟帮干的。秦县长一上任后，立刻杀气腾腾借禁烟大肆掠财。他抄了不少烟民的家产，抓了不少烟民坐牢枪毙，因而发展到与当地烟帮交火，打了好几仗。县保安大队官兵和烟帮两边伤亡都不小。因此他与烟帮结下冤仇。

"第二种说法是土匪劫财。秦县长这次出行，带了那么多的金银财宝鸦片土特，不仅启程就震动靖化县城，而且途经懋功县理蕃县茂县三地，一路招摇显眼。当然啰，各县土匪肯定是要窥视的。

"第三种说法就属于政斗了。政府里现在分CC系和复兴社两大派，斗得很厉害。王专员属复兴社，秦县长是CC系。秦县长性格跋扈，不但与王专员作对，而且还经常告王专员的黑状。因此秦县长被杀，CC系的人就上告到中央，说王专员图谋把十六区弄成复兴社天下，因而买凶暗杀。为此，陈立夫陈果夫还向省政府连发两电，责问破案不力。

"另外，百姓对秦县长被杀还有一说：说秦县长与靖化县烟帮打杀的时候，曾经夜袭一个烟帮首领的家，当晚就将首领的十五岁女儿和如花小妾双双奸污。然后又以审讯匪情为由，将两女掳到县城。自己淫乐一段时间后，又交给下属……"

4

岷江月夜，繁星满天。

黑水河汇入岷江处，涛声震荡夜空。弯月下，只见两条河水都秋汛发洪，水势湍急波浪汹涌。夜风中，横跨岷江的竹索桥不停摇晃。

竹索桥旁的羌族山寨里，一场欢乐热闹的羌族篝火锅庄晚会刚结束。跳舞坝子中央的篝火灰烬已无余热，可是寨子四处还飘溢着羌族咂酒的香味。羌家户户都已进入欢庆后的熟睡，但数座直插夜空的高碉上，巨大火炬还在明亮燃烧，映照着在夜风中飘舞的羌族彩旗。

这场羌寨晚会是为路过的松潘代表队特地举行的。当羌族大首领——尔玛旺听说松潘代表队到了茂县县城，便马上吩咐臣属到这里做隆重欢迎的布置。他自己也于昨日带着大队人马来到。

今天午后，尔玛旺大首领率臣民过了岷江索桥，在茶马古道上搭起迎帐，备酒等候。当红日斜照时，他与阿嘉松土官挚友相见。两人英雄相惜，执手互问，并肩过了竹索桥，进入一派节日气氛的羌族山寨。

满天繁星不断闪烁，弯月在夜空中静悄飘移。

沉睡的羌族山寨中，有一个大窗户却透着明亮的灯光……

灯光明亮的屋子里，羌族习俗的火塘边燃着一种裹着药料的椒叶，散发出奇妙的香味。阿嘉松土官与尔玛旺大首统领在火边的兽皮上，长夜深谈。

当阿嘉松土官叙述完代表队觐见蒋介石宋美龄，以及国民党中央大员接见他们的情况后，尔玛旺大统领陷入思考，一时不语。

尔玛旺大统领思考时，脸色透出快然神情，然后，他重复阿嘉松土官的话说："哦，按你这么说，蒋委员长宋夫人和中央大员十多人，接见你们时说的话，加在一起还没有两个小时？"

"是的！"阿嘉松土官语气肯定地回答后，说，"我原以为，委员长和中央高官接见我们时，肯定要表示关心我们边区，关怀我们边民，进行垂问。所以我为此做了很多准备。我把我们边区方方面面的情况，花了很多时间整理写在纸上，订成一个小册子。见委员长见中央高官时，我都揣在怀里，随时备用。

"结果，从蒋委员长宋夫人到其他中央大员，接见我们时，都没有过问我们边区的情况。对我们边区现在经济落后社会混乱的状况，对我们边区民众生活的疾苦，对边区政府的腐败，他们没有一个人问过半句话！

"那些中央大官接见我们说的话，就像一个模子印出来的，都是居高临下地讲几句，表扬我们不怕吃苦到重庆献旗；表扬我们与社会各界与报纸记者会见时，表示拥护蒋委员长服从中央决心抗日到底的话讲得好；训导我们回到边区后，更要大力宣传拥护蒋委员长的最高领袖地位，更要号召边区民众服从国民党政府等等。就这么一套话，每个高官也就只讲七八分钟，明显地就是应付。"

阿嘉松土官说到这里，沉重地摇了摇头，叹了口气，说："唉，我原还想向高官提出几点希望要求，结果更不可能！"

尔玛旺大统领问："你还想向中央提要求？你想提什么要求？"

"我原想嘛，委员长或者中央高官在垂问中，会问我们有什么要求。因此我准备了三点：一是希望修路修桥。你看我们边区通往省城的道路，现在烂得简直不像话了。从清朝后期到现在，近百年了，没有一届政府修过。二是希望中央给我们边区派好官派能干的官。你看我们边区这些年的政府，腐败成什么样子！三是希望中央命令教育边区的政府官员，要尊重我们少数民族，不要口口声声喊你我羌藏民族是羌蛮子、藏蛮子，满口侮辱我们少数民族的话！"

说到国民党政府对羌藏民族的歧视和压迫，触痛了尔玛旺大统领的心，他咬牙呼气，眼神流露出恨恨情绪，一时不语。

过了一阵，尔玛旺大统领说："套话应付，表明中央高官根本不重视我们边区，根本没有把我们藏羌民族打上眼！接见纯粹是为了照相，为了宣传！"他又鼻哼一声，说，"哼，我是早就看出来了的！"

阿嘉松土官听出尔玛旺大统领话中有意，问："你早就看出，什么意思？"

尔玛旺大统领没有回答阿嘉松土官，而是高声唤门外侍仆。因为是密谈，屋里只有他两人。

门开，侍仆进屋。他见塘火燃状，便往里加柴，往铜壶里加水，又把能发出奇妙香味的椒叶药料裹条取来一根，斜插火边。又给两位老爷重新沏茶。

侍仆退出。屋门关上。

尔玛旺大统领此时才开口："阿嘉松土官，我为什么对蒋委员长和中央大官接见你们的情况，问得这么细，听了还反复问，你知道我为什么吗？"

不等阿嘉松土官回答，尔玛旺大统领接着说："阿嘉松土官，你是了解我们羌族的。多少年来，我们羌族不断地被驱赶离开河坝低山的富庶地区，被挤压往高山荒谷迁移，生存条件越来越差；也造成我们羌族人的聚居被不断分散割裂，使我们羌人零落各处，危及我们民族的存在！

"所以，当你们在重庆受到蒋委员长和中央高官接见的消息传来时，我们羌族许多人，包括我的一些臣属，都提出希望我也组织'茂县羌族边民抗日救国代表团'去重庆献旗，借机会向委员长和中央高官反映我们羌族的苦难现状，希望能改变我们羌人受压迫受歧视的状况。

"阿嘉松土官，你了解我的经历，我在中央军校和中央陆军军官学校都待了不短时间，我现在还有少校政训员的官衔。因此我对国民党政府的上上下下很了解，我清醒地看出中央政府对你们的隆重接见只是为了宣传！他们是不可能真正重视我们边区，重视我们番民的！

"你们藏族，还地盘大人口多，是中国有影响的大民族。我们羌族，现在人口少，地盘更七零八落，是少数民族中的少数。我们羌人组的团，国民党政府的大官小吏根本就瞧不起。如果我们硬着头皮去献旗，肯定受冷遇，会自取其辱！"

尔玛旺大统领说着这番话，情绪愤懑激动起来。阿嘉松土官很理解很同情，站起从火边提起铜壶，将煮沸的清冽甘泉水斟进尔玛旺大统领的茶碗里。又将发出燃香的椒叶药料裹条稍微移动。

　　阿嘉松土官坐下后，说："我这次到成都重庆三月，确实开了眼界，见闻很多，感触也非常深。最使我震惊的是，陪都重庆省城成都已经变成了繁华与悲惨两个世界。当官的花天酒地，有钱人醉生梦死，整个社会上层腐败糜烂。而老百姓流离失所，穷苦人饥寒交迫，其状更是触目惊心。我离开重庆的一路上就在想，现在社会变成了有钱人的天堂穷人的地狱，国民党今后的前景如何？"

　　提到国民党的统治，尔玛旺大统领有意味地看着阿嘉松土官，说："你这次不是参加了国民党吗？"

　　阿嘉松土官回答："我不是给你说了吗？我是被通知入的国民党。那天晚上我就在想，通知我入国民党的地方，是在大坟场中，你说这有没有预兆？"

　　尔玛旺大统领说："你我信神信天！坟场是葬死人通阴间的地方，通知你入国民党这么大的事情，偏偏凑巧在这么个鬼地方，这肯定有天意！"

　　阿嘉松土官说："我也是这么想的！"又说，"我那天晚上就像解梦一样使劲想，最后我认定，这是菩萨警示我，被拉了国民党，要警惕被带进死路！"

　　尔玛旺大统领说："加入国民党的人大多数都是'被'的。像我就是在军校被集体入党。你我是明白人，该怎样对待被入国民党，心里有数！"尔玛旺大统领用此话表明他对国民党有距离，不会把自己拴死在国民党的战车上。

　　阿嘉松土官也表明自己对国民党的态度，说："政府军'剿伐'黑水将我打成死囚，汪县长陷害抓我下狱，中央军逼杀我的恩师教父——曲吉活佛。这些旧恨如深沟横亘在我与国民党中间。还有，政府军队在黑水被杀光，你我参与其事。红军来了，国民党命令阻击，你我却帮助红军借路平安通过。这些也使国民党永远记你我黑账。另外，俄哈土官要杀我，是红军教我战胜他掌控部族的法宝，我才有了今天。"阿嘉松土官说到这里，心里还冒出一句话，"我能到重庆献旗，获得荣誉，也多亏共产党的帮助"。但他说没出口，而是说："说实话，共产党对我的恩情，我是忘不了的！我的这些经历，决定了我与国民党会有隔阂的！"

　　尔玛旺大统领说："你说的我明白我也相信。但是我估计，以后国民党要给你加封官职，那你就得给他们干了！"

"不管头上给我戴什么样的国民党官帽，凡是伤天害理的事情我是绝不会干的！"阿嘉松土官又说，"我想啊，官帽有可能给我扣一顶，但那绝对是虚职，没有实际意义的。"

尔玛旺大统领同意地点点头，说："对于我们少数民族，过去的王朝是只封虚衔不授实官，现在的政府也是这样。"

"哦，还有一件事，我没有对任何人说过。"阿嘉松土官对尔玛旺大统领说，"我们代表队在重庆会见社会各界，其中一次是会见共产党等左翼党派团体。当会谈结束分手时，大家纷纷交错握手，共产党的一个代表趁场面乱，与我握手时低声说'当年的帮助，我党绝不会忘记'！"

尔玛旺大统领大吃惊："说什么？'当年的帮助，我党绝不会忘记'？什么意思？"

阿嘉松土官说："我当时心中一震！以后我经常想这事，琢磨'当年的帮助'一话，是不是指我们帮助红军借路通过那件事？"

尔玛旺大统领沉想，过了一阵，说："看来是指那件事。"又说："那年红军路过，如果我们按胡宗南命令阻击红军，我们藏羌民族和红军都会遭受惨重损失，只有蒋委员长捡便宜。"

阿嘉松土官深深点头，说："如果是指红军借路的事，那共产党代表对我说的话，也是对你——尔玛旺大统领说的话；是对索赫大头人说的话！是对我们雪山草地羌族藏族说的话！"

尔玛旺大首领受到震动，站起来，走到窗前。他身躯高大，仰望星空，只见北斗星分外明亮……

第六十六章　日本飞机轰炸

1

松潘县城外三里，河流弯出个大坝子，过去是军队进行实弹射击和骑兵马术的训练场地。中央军撤走了，现在松潘没有驻军了，军训场变得空寂。

漳腊行营原接到的军令是年底前撤销离川。但蒋介石亲自兼任四川省主席后，胡宗南立刻下令留在雪山草地的所有部队人员全部离川。

空寂了几个月的军训场，此时却异常热闹，人群熙攘，一派节日喜庆气氛。因为今天中午，松潘藏族边民抗日救国代表队抵达这里，由县政府安排在此宿夜。于是代表队的家属亲人好友良朋纷纷来到此地，久别相见。也有不少县城里的市井闲人和街头少年听说这里有歌舞篝火，也跑来凑热闹。

坝子四处牵挂的五彩嘛呢经旗在风中翻飞飘舞；场地中央高高架起的篝火跳动着明亮火焰；藏族的锅庄舞蹈正在热烈欢跳，嘹亮的男女歌声在空中荡漾。

在坝子的周边，搭起许多牛毛帐篷。每个帐篷口都燃着篝火，都架着铜锅煮肉煮茶，都围坐着穿着节日盛的藏族男女。他们人人喜笑颜开，不断举杯，青稞美酒的醇香弥漫飘溢。

这些帐篷前煮茶笑谈举杯欢庆的人，有的是俄波土官和屈顿土官的藏族友人，有的是努科长的亲戚朋友。但大多数帐篷是阿嘉松土官的部族臣民和他的乡亲们所搭建。

当代表队载誉归来的消息传开，阿嘉松土官部族的山山寨寨都轰动起来。所有的大头人都派出代表携酒牵羊前来恭迎阿嘉松土官。驻守官寨的果洛亲选一队魁梧剽悍藏兵带来为阿嘉松土官做仪仗。古老的达欧藏寨更是沸腾，青年男女都打扮得漂漂亮亮，簇拥着淑美的莲姆措和她两岁的儿子，一路热热闹闹地来到这里。

在阿嘉松土官大帐前的篝火边，麦其崩二老板和果洛正在开怀畅饮。二人虽已半醉，但仍斗酒撒欢。只有阿嘉松土官的大管家滴酒不沾，因为他要兢兢业业地照看这里。

县政府的一个科员，腰杆拧僵地走过来。他因为坠马伤腰。僵腰科员来到阿嘉松土官的大帐前。大管家从篝火边站起来，问有何事。

见阿嘉松土官不在，僵腰科员告诉大管家："迈斯明大老板、晋老掌柜，还有县城里一些有身份人，来了不少，来看阿嘉松土官。"他指了指军训场的旧营房，说，"他们现在都在那边会议室里，科长在陪他们说话。我来请阿嘉松土官过去。"

大管家手指正在欢跳着的锅庄舞圈子，说："我家老爷正在跳锅庄舞，您稍等，我派人去请老爷。"

"不用了，我自己去。"僵腰科员不利索地转身，往跳锅庄舞处走过去。

汪县长要为代表队举行盛大欢迎活动，仪程三天，首项是明天在城门口举行路迎仪式，因此派县府的科长科员两人在这里安排阿嘉松等人暂宿。

僵腰科员走到跳锅庄舞处，见围着篝火旋转着的锅庄圈子很大，跳舞的人很多，除了穿藏族盛装的男女外，还有戴回族白帽，打羌族绑腿，穿汉族长衫的人。这些各民族的人像兄弟姐妹般亲热地手拉手，动作整齐地载歌载舞。他们人人笑容灿烂，热情洋溢。

僵腰科员用眼睛找了一阵，看见了阿嘉松土官。

阿嘉松土官在领舞。他右手高举一串装饰着红缨的铜铃，用节奏变化的抖动指挥歌舞变换进行。在他的领舞下，首曲献给天地神灵的锅庄舞庄重而高傲，跳舞的男女随着缓慢而富有韵律的铃声，整齐踏步，雄壮有力，震动大地。后面一曲又一曲的锅庄舞，随着他的铃响节奏的交替变换，此曲舞蹈动作快速激昂，男子的歌声高亢雄壮；彼首舞曲的女声清脆曼妙，舞蹈动作优美潇洒如花舞人间。阿嘉松土官的领舞风格变换有致，快慢巧妙，使参加跳锅庄的人都尽情愉悦地享受舞蹈快乐。

僵腰科员见阿嘉松土官是领舞者，为了不打扰欢乐热闹气氛，他决定站在边上看一阵，等这一轮锅庄结束。

阿嘉松土官跳舞的身姿特别挺拔，非常昂扬，更显他英武高大。莲姆措紧握着丈夫的大手，舞姿优美，歌喉婉转。她笑容妩媚，恰似美丽盛开的莲花。阿嘉松时时转头深情地看着淑妻，莲姆措也眼睛亮闪地不离开高大的丈夫。

"啊嚯！"阿嘉松发出一声响亮的高喊，跳舞的人齐见他高高举起红缨串铃，知道要变换歌舞了，安静做好准备。只见他把红缨串铃抖得又重又响发出特有节奏，然后高声唱起了用于结束的锅庄歌曲。

这轮锅庄的最后一曲舞蹈开始了！跳舞的人尽情地让自己的歌声嘹亮，尽兴地让自己的动作舒展。阿嘉松抖铃的节奏逐步加快，令男女舞者的歌唱旋律随之加快，使她们的舞蹈动作开始急促，使他们的舞步小跑起来。

锅庄圈子加速旋转，越来越快。跳舞人们因为快速旋转而极度兴奋，发出愉悦高叫和开心大笑……突然，飞快旋转的锅庄圈子如串珠断链，跳舞的男女如珠玉迸散，又似礼花爆开……

阿嘉松土官和莲姆措也如散链珍珠甩出圈子。美丽脸庞挂着幸福笑容的莲姆措头晕人晃，站立不稳。仍然紧拉着她的手的阿嘉松见状，将她搂在怀里！

两岁的儿子跑来，扑向阿爸阿妈。阿嘉松一手揽着爱妻，一手将孩子怀抱……

军训场的旧营房基本空置，开始荒废。原来的大会议室里，木桌开裂，窗破瓦漏。但因此时会议室里人物济济一堂，而且个个兴高采烈，所以荒屋霉气被驱散一尽，屋里气氛热闹祥和。

阿嘉松土官在僵腰科员的恭引下，笑容满面地出现在会议室门口。满室友人看见，全站了起来，欢声笑语招呼他。他也热情亲切地回礼众人问候。他被簇拥落座上位后，与济济一堂的朋友们畅谈欢叙起来……

大家相见甚欢地畅谈时，窗外阵阵飘来歌舞热闹的声音，飘来青稞美酒的醉人醇香。

松潘县城里的居民大多是汉族，因此县城里风俗也汉化，古板而缺少普众歌舞，即使是逢年过节也难有如此盛大的歌舞集会。因此会议室里的人渐为外面歌舞欢乐的热闹气氛所吸引，所感染，不少人想去看看，想去参与。

其中最按捺不住的是敖墩子。他是随包二哥一起来的。他好酒好热闹，趁有两个老板向阿嘉松土官打招呼去跳锅庄时，站了起来，粗嗓高嚷："各位尊贵客人，今天我们大家来看望阿嘉松土官，龙门阵摆不完！省城、重庆的稀奇事情太多了，几天几夜都够得说。我们还是等阿嘉松土官进了城，休息休息以后大家再聊。现在坝子里又跳锅庄又喝酒，是为阿嘉松土官庆祝的场合，好玩又热闹！错过今天就没有了！我提议我们大家都去参加欢庆，好不好？"

满屋人都愉快响应！

阿嘉松土官见状，赶紧站了起来，一面热情地邀请大家去同欢同乐，同时派人跑去通知大管家，要他马上做好对众位朋友周到殷勤的招待。

这时包二哥也站了起来，对敖墩子耳语。

敖墩子听了吩咐，一边往会议室门口走，同时对众人高嚷："我走头，我带你们去阿嘉松土官的大帐。麦其崩老板和果洛都在那儿。他们会安排我们大家耍安逸的！……来，跟着我走……"

满会议室里的人高高兴兴说着笑着往外走。阿嘉松土官笑眯眯地刚起步，包二哥走到他身旁，说："请留一步，兄弟有话相告。"

阿嘉松见包二哥神情凝重，吃惊站住。包二哥见迈斯明大老板晋老掌柜等人好奇地看他，便对他们说："我有事现在要回城了，有两句话要给阿嘉松土官说。你们先请！"

这时县府科长站在一旁，脸色变得不快。他与包二哥眼光对峙，无奈见众人全走出了会议室，悻悻然鼻哼一声，带着僵腰科员走出会议室。

会议室里只剩阿嘉松土官和包二哥两人了。

包二哥先恭请阿嘉松落座，然后行了个袍哥抱拳礼节，自己再靠近坐下低声言语："阿嘉松土官，您大爷我们一家人。我受凌总舵爷嘱托，敬告一要事：大爷您从明天进城，即会身陷争端旋涡。我受托预先相告，让大爷您心里有个准备，免得届时受惊！"

阿嘉松土官一听，吃惊，问："什么争端旋涡？怎么回事？"

包二哥脸显愤懑神情，说："您大爷是知道的：你们这个代表队——当初出发时叫代表团，是我们凌总舵爷们首倡并出力出钱组建的。汪县长对组团献旗，开始反对阻挠，后来又恶意划掉您的名字。但是，自从蒋委员长接见你们的消息传回来后，他汪野狼马上就玩不要脸，公开四处说代表团是他一人搞的。

"中央军撤走了，汪野狼认为自己是松潘王了。他要把抗日献旗的意外成功搞成是他的英明领导，揽功于己，上向区省邀赏，下在松潘民众前给自己戴个大光环！

"我们松潘袍哥，岂能容他抢功欺人！凌总舵爷的脾气您是知道的，他本就已经与汪野狼势如水火，这事又再火上浇油，因此决定：在欢迎代表队归来的事情上，要跟他汪野狼撕破脸皮，公开干仗。明天在城门口……"

2

朝阳才从东山升起，松潘县城的东城门处，已是人群拥挤异常热闹。因为县政府要在这里举行欢迎代表队归来的盛大仪式。

高原阳光下，城楼上彩旗飘舞，串串粗大鞭炮高挂墙垛。铺着大红桌布的迎案上，摆放着古铜香炉和粗大红烛。景泰蓝彩釉酒碗在阳光下闪闪发光。迎宾酒坛溢出醉人酒香。

县政府秘书科的米主任来到。他是代表县政府来主持欢迎仪式。汪县长要摆土皇帝架子，只在县府大堂高高盘坐，倨傲接见归来使队。

县政府组织的社会各界欢迎队伍陆续来到，被安排夹道站好。学生们更是手持彩色小纸旗，互相嘻哈打闹。礼乐班子开始唢呐调音锣鼓试敲，声音响起，引得城里的人更多地拥出城门来看热闹。警察们提着警棍高声吆喝，既是维持秩序，也是为显威风！

突然，远处响起了军号军鼓唢呐铜钹混乱响起的声音……

人们循声张望，只见护城河对面大路上，一支大队伍向这边走来。大队伍有好几百人，全是袍哥人等的装束。他们举着大大小小各式各样的袍哥堂旗；他们使劲敲打锣鼓，胡乱吹军号唢呐；他们带的火药枪和杂牌步枪近百支，还有不少人提大刀拿长矛。他们虽然乱哄哄，但是气势非常张扬。

袍哥大队伍到了对面的护城河桥头，停住，也布置起迎接代表团的场合。他们用四张八仙桌拼起一个很大的迎案，上面也铺上大红桌布，摆放香炉红烛酒坛酒碗。他们还把"同仁公社"的大旗高高竖起，迎风招展；把各分社的五花八门的堂旗号旗插在路边捆在树上，大张声势。

接着同仁公社的圣贤二爷和堂勇总队队长出现在对面。他二人非常倨傲地高坐在迎案旁边，摆出对着干的架势，隔桥向县政府的欢迎场合做出挑衅姿态。

县政府组织的欢迎场合立刻混乱起来。欢迎队伍中不少人跑到河边向对岸张望。围观闲人又纷纷拥过木桥到对面去看热闹。出迎的松潘上层人物分成几堆惊慌议论。米主任更是大惊失色！

城门口所有的人明白，河对面的袍哥是要在前面截住代表队，率先举行他们的欢迎仪式，这是凌尔武总舵爷要抢汪县长的风头，是要摆架势盖压县政府，让妄图侵吞袍哥功劳的汪县长大掉面子。

突发情况马上传进城里。街巷飞快传言：袍哥隔河摆擂台，要砸官府的面子。于是更多的人拥向东门。人群有的爬上城墙，俯瞰对阵；有的挤到河对岸，为袍哥助长声威！民众反感政府，因此都兴奋不已，喧哗杂议。有人高嚷说汪县长会出动警察保安掀翻袍哥摊子，立刻更多人说那样两边就要打起来。于是两岸人群更加躁动，都认为有难得的混战大戏好看……

米主任惊慌失措地跑回县政府。

县政府里，为迎接代表队本也张灯结彩，但此时因突发恶情传来，大院里的喜庆气氛被一扫而空！

米主任汗流浃背地跑进汪县长办公室，上气不接下气地禀报。

汪县长听了报告，勃然大怒，脱口而出下令：调动警察保安，去驱赶河对岸的袍哥队伍，如有反抗即行镇压！

米主任听此颟顸令，愣呆。妖姬秘书还算脑袋清醒，连说不可。这时县长办公室门口已聚来警察科军事科等科长，妖姬秘书便擅自招呼他们，说："你们都快进来，为县座出出主意！"

众科长进屋纷言。有的说那样势必会与袍哥乱徒混打起来，有的说代表团会被堵在城外坏了县政府的迎接大事，有的说官府与江湖打群架闹到署上省上，给汪县长脸上抹屎……妖姬秘书问，能不能将县府迎案搬到南门。众科长又说：袍哥安心作对，也会相应移动……

汪县长气得眼睛充血，嘶声吼叫对江湖黑势绝不姑息……突然有人惊叫："时间到了！预定的城外代表队动身时间，到了！"

众科长都抬腕看表，连声一致说："迎接代表队要紧！""米主任你快点到东门去！""代表队到了，县政府无迎接提头人，脸就丢大了！"……

米主任与妖姬秘书对碰眼光，然后顾不得咬牙切齿的汪县长尚未发话，转身就跑。

众科长无人愿意留下来与汪县长商讨后续问题，都赶紧离开，拥挤出门。

妖姬秘书见人走空，过去关上房门，他背靠墙壁喘了一阵气，让自己的心跳缓下来。

妖姬秘书走到汪县长面前，给他点上香烟，如女声般轻唤一声："我的县长大人——"然后慢悠悠说，"你也别气了，怎么说你也是一县之长，手握国家赋权。他凌家父子不过是你治下的群氓首恶，还怕收拾不了他们？"

汪县长面露杀气地说："依老子当年在西康大杀喇嘛的脾气，老子早就灭了他凌氏一门！"

妖姬秘书给自己也点上一支烟，扭腰靠着办公桌，说："凌尔武现在嚣张得很，为什么？还不是这几年中央军在这里，他用钱买军代长当干爹，不把你县长放在眼里惯了。现在中央军撤走了，松潘就是你一人为大了。他凌家不过是没有了大树的三只猢狲，你个松潘王还治不了他们？"

汪县长凶狠点头，用鼻孔长长地喷出烟气，说……

汪县长正与妖姬秘书说着要对凌尔武下狠手的话，门外又响起急报声音。

报信人是米主任从东门现场派回来的科员。各科科长们看见报信科员气急败坏的样子，又聚到县长办公室门口。

科员喘着气说："报告县长，那边又出事了。代表队在河对面被同仁公社迎接场合截住，耽搁了好一阵，才过了桥，才到了我们县府的欢迎场合。米主任完成了迎接的仪式后，让代表队四人披上红花骑上马。这时突然冒出一群家伙，拦在前头，说努科长不该走头，应该阿嘉松土官骑马在前。"

汪县长一听，拍案暴怒，尖声吼问："谁？谁有那么大的狗胆？竟敢跳出来阻拦干扰？"

"当时场面立刻乱了。米主任火冒三丈，喝令警察抓人。周围这时又拥过来许多壮汉，把警察保安分割围住，使他们寸步难移。看得出那些人全是凌尔武安排的。那些袍哥乱徒高呼大叫，要阿嘉松土官骑马走在前头。

"闹事的领头家伙还鼓动周围人群，说没有阿嘉松土官的坚持，代表队在省城早就散伙了；说全凭阿嘉松土官的中央官员关系，才能到重庆受蒋委员长接见；说中央省上的报纸报道代表队，提到名字时也是阿嘉松土官的名字在最前面。

"米主任想到汪县长您的指示，坚持说努科长是领队、代表政府，必须走前。米主任说阿嘉松不是世袭土官就不是代表，只是代表队的一名随员帮手。米主任连声喝令阻拦的人让开，还想走过去揪住那几个带头恶人，但是现场已经人挤人水泄不通，他动弹不得。

"这时有人高喊：'袍哥拦住代表队了……袍哥和官府要打架了……'喊声扩散，城门两头的人更是往中间挤看热闹。于是有人被挤倒在地，有几个学生女娃娃被挤晕倒。眼看再挤下去，要出人命。这时何书记长赶紧高声喊起来。"

"什么？"汪县长听到这里，惊讶地忙问，"何书记长？何书记长他跑到城门洞去迎接代表团了？"

何书记长是新来的国民党松潘县党部书记长。汪县长这一惊讶失口，暴露出何书记长对其前去迎接一事没有告诉他堂堂县长。妖姬秘书赶紧掩饰，急问科员："何书记长喊什么？他高声喊什么？"

"何书记长喊众人安静。然后，他骑上一匹马，这样高出黑压压人群半个身子好说话。何书记长说阿嘉松土官确实如民众所言，劳苦功高；中央省区三级政府都对他有口头嘉奖！何书记长还在马上支起身子高声说：'本书记长，特在这里宣布：阿嘉松土官也是有政府身份的人。他的职衔是：国民党松理茂边区特别党部第十二分部执行委员！'"

"什么？什么执行委员？"汪县长惊讶打断科员汇报。这又表明如此大的党务事情何书记长竟不告知他汪县长一声。妖姬秘书见状，又赶紧替汪县长掩饰，问科员："接下来呢？你接着往下讲！"

科员接着讲述："何书记长又说：'国民党的、边区特别党部的、分部执行委员，其职衔比县政府的科长高。因此，阿嘉松执委，不仅有干部官身，而且还在努科长之上。所以，阿嘉松执委走头，也表示政府领头，是可以的！'

"凌尔武的手下听说了阿嘉松执委走头，就让开了道，而且还在前面推开挤看热闹的人群。这下代表队游行大街，不仅是阿嘉松土官执委走头，而且沿路袍哥乱喊什么：'阿嘉松土官大爷走头了……我们的袍哥大爷走在前面了……抗日代表队是我们公社首倡、是我们袍哥大爷带队才成功的……汪县长想贪功，又输了……'"

汪县长气得脸青面黑。他见办公室门外又是科长科员又是衙役跑差，更觉颜面扫地，恼羞成怒，竟然吼叫："老子要杀了他凌尔武！……对于这种对抗党国侮辱政府的首恶，要严惩不贷，要杀一儆百……不杀这种黑帮首领不足以正党国之法……"

汪县长要杀凌尔武的吼叫，立刻传出县府大院，在街上热闹人群中飞快传开……

大街上锣鼓喧天，唢呐刺耳。代表队游行所到之处，街道两边都是人山人海欢呼雀跃。

代表队四人披红挂彩，骑马成单列徐徐慢行。但是走头的不是阿嘉松土官一人。

在东城门口时，袍哥人群以战胜官府的姿态让开路，使阿嘉松土官非常尴尬和为难。虽然袍哥和民众都喊叫他走前头，但早已下马的他不知所措僵立不动。

这时，何书记长骑在马上走到前头停住，转身叫阿嘉松执委上前与他并骑同行。阿嘉松土官还是不愿上此风口浪尖。何书记长便吩咐手下将阿嘉松土官执委簇拥卜马。

这样，代表团走在东大街时，前面是何书记长和阿嘉松土官执委两人。阿嘉松土官觉得尴尬，故意拖后一点。好在何书记长不仅兴头颇高，而且有意突出自己。他一会儿与阿嘉松土官并骑，一会儿领前阿嘉松土官一两个马头。

骑行在前的何书记长很注意摆出架子。他挺胸做得官高在上，同时频频含笑招手，做出为官亲民的样子。

何书记长才来不久，松潘小民百姓很多人都不认识他，纷纷打听他为何人。这就引起了人群热议。

中央军驻扎时，因为胡宗南的"松潘临时剿匪司令部"和住县府的军代长独揽县政大权，把国民党县党部冷落在旁。那两任县党部书记长也就干脆拿钱混日子，清闲几年。所以到中央军撤走时，松潘小民对县党部机构连同首官早已淡忘了。

因此街边不断有人高声嚷问："县党部是干什么吃的？""县书记长和县长哪个管哪个？"这当然就会冒出各种乱七八糟的回答，于是又引发乱哄哄的争论、吵架和哄笑。

何书记长见遍街人群都在议论他，非常满意。因为他达到预谋目的：亮相民众，扬名县城！至于民众争论他与汪县长谁大，他自信有手段日后分高下。

何书记长的名字叫何邦初，留着两撇很风流的八字胡。他因为在以前的任上很淫乱，当地绰号"何棒粗"。他表面斯文，实际极有野心而且贪恋权财。他眼见松潘经济富庶，当然起心搜刮。他老奸巨猾，很快定下谋略。

首先，他发觉汪县长是霸道暴戾之人，一心独大松潘。因此他认定与汪县长不能共处。汪县长也确是太自大狂躁，对新任书记长根本不掩冷漠和排斥。何邦初鉴于汪县长既有靠山又心狠手毒，决定暂对他疏远和韬晦，以后伺机剪除。

何邦初书记长心底也想日后掌控松潘，自然对凌尔武总舵爷的豪强称霸也于心不容。他见松潘袍哥势力已经恶性膨胀到抗衡政府地步，明白靠一己之力无法解决。因此决定坐观汪凌二人龙虎斗，并尽可能让他们两败俱亡。

骑马走头光鲜露脸的何书记长心里美滋滋的，其中还有一味是他今日对汪县长初战告捷。

何书记长上任松潘，一直想盛大亮相于万民，但为汪县长阻挠。在欢迎代表队一事上，他见汪凌二人争斗又起，便安排眼线，掌握了袍哥的策划细节。他不给汪县长透半点底，而是借机施计，破击了汪县长对自己的钳制。

骑马游街的阿嘉松土官见何书记长得意扬扬，挥了左手挥右手，也无暇与自己说话，干脆渐渐落后。等代表队游街走了半程，何书记长已经超了阿嘉松一个马身，独自骑行在前……

3

昨夜秋风冷雨，今天早上一直阴沉沉的，气温陡降。

上午九点过了，县政府的院子中、礼堂里，屋檐下到处都是三五成群的人。他们都在喁喁窃议，但神情有的惊愕，有的好奇，有的幸灾乐祸。

这些人都是松潘有身份的人物。他们是来听取代表队的专场汇报。但是临开会前，米主任突然通知会议推迟一小时。于是参会的人就散漫四处，各自扎堆议论起来。

昨天的事情发生太多，闹得太大！凌尔武总舵爷抢政府迎接风头，又强换游街领骑，这两件事已够耸人听闻。半路又冒出何书记长要把戏，独占鳌头风光亮相。更骇人听闻的是：在昨晚县府迎宴上，居然发生凌尔武总舵爷和汪县长互骂要杀了对方，几乎动枪的事件。现在县府里和外面街头，轰动议论的就是这件事。

在厕所边不远处，也有一堆议论的人。围在中间的一个年轻人，其父是区长，同时也是袍哥分社的舵爷。舵爷区长昨天从迎接代表队的事件看出汪凌二人有番恶斗，决定在家装病避免卷入。所以昨晚的迎宴，他儿子代父参加，今天又代父参会。舵爷区长的儿子年轻嘴快，于是这伙人便簇拥他，怂恿他讲昨晚情形。在县府里大谈汪凌斗是犯讳的，所以这伙人选了厕所外边角落。

舵爷区长的儿子正要开讲，有人先发问："我听说昨天代表队刚开始游街，汪县长就在县府里高声大喊要杀了凌总舵爷，是吗？"这人是漳腊金厂的矿业工会会长，当然也是当地袍哥分社的舵把子。他因途中被黑枪打死坐骑，耽误到昨晚才进县城。

"是的。我当时正在校门口看游街，听见人群……"松潘职业学校的校长讲了传言，接着说，"过后，我又听说，何书记长出风头的事情传进县府里后，汪县长气得在办公室里乱砸东西。听说游街结束后，汪县长在县府大堂接见代表队时，把原定的仪式程序统统取消，也丢开稿子，另外讲了一通话。听说那些话都是影射威胁凌总舵爷，都是泄愤以及给自己撑面子的话。"

"好了好了。"一穿灰呢中山服的人对校长作止言手势，催促舵爷区长儿子，"你快说昨晚宴席上的情况。"这人是中央信托局松潘分局的襄理。

"好。"舵爷区长的儿子开腔，"昨天给代表队接风的宴席摆在高轩阁的楼上。楼下停了营业，用来做贵宾入席前喝茶等候的地方。

"饭楼外面虽然张灯结彩，但乱哄哄的。因为汪县长要杀凌总舵爷的扬言，使街头乌七八糟的人围聚来，嚷说看什么'龙虎斗''双龙会'。

"凌总舵爷进来的时候，脸色阴沉得可怕，嘴皮上的瘢疤鼓得像蚯蚓，这是他动了杀机的面相。汪县长的脸色也是铁青，一副凶狠模样。所有宾客一见此状，都预感晚宴要出事。

"果然，汪县长的开宴讲话就大冒火药味。

"他先说了一席话，隆重感谢蒋委员长宋夫人和中央高官接见代表队。然后，汪县长还是坚持说代表队是他一人首倡，一手组织的。接着，他讲话就句句火药了，说什么：松潘有狂妄之人，不仅想贪天之功据为己有，而且居然捣乱政府！说当今国家危亡，民众必须绝对服从政府，齐心抗日。因此攘外必须安内，对凡是破坏政府威望，对抗政府统治的人，一律严惩绝不手软！汪县长越讲火气越大，居然又说什么：当年，赤匪红军流窜来时，我们松潘有一贯称霸的三个家伙，却软蛋熊样，不思配合中央军守城，而是携金银财宝躲进深山，之后，三个家伙又利用中央军剿共任重，钻空子扩张势力，再盗买了一些军火，现在野心膨胀到无以复加地步……"

"什么叫利用中央军钻空子扩张势力买军火？"问话人是三青团松潘县分团部的干事长，才调来松潘。

四川省银行松潘办事处主任答："指这些年，凌总舵爷直接拿钱进贡中央军，一不把汪县长放在眼里，二放手扩张他的袍哥公社势力。盗买军火嘛，是指中央军撤走时，凌总舵爷从军队中买了机枪手榴弹等武器弹药，扩充武力。"

舵爷区长的儿子继续讲："汪县长最后的结束话竟然说：天下是国民党的天下，地方是民国政府的地方。任何妄图架空政府，称霸一方，侵夺地方财政的人，不管其势力有多嚣张，一律按反国民党反民国政府的叛逆坐罪，镇压惩处！"

这伙人听到此，纷纷议论起来："哦哟，这些话就是明指凌总舵爷的嘛！""是啊！汪县长也是火气太大了，怎么当着凌总舵爷的面出口威胁？""是啊。这种场合这样当面威胁凌总舵爷，事情过头了点！""过头是要弄出后果的！凌总舵爷是豪强之人，这就结了生死之仇了！"

"好了好了。"中央银行松潘分行经理制止大家议论，催促舵爷区长儿子，"你快往下讲，讲凌总舵爷的反应。"

"汪县长讲话时，凌总舵爷就听得眼冒怒火，几次想站起来干架。因为坐他两边的商会会长和参议会议长两人不断安抚他拉住他，汪县长才得以讲完话，举酒开宴。

"凌总舵爷受了这番恶气，开始不拿筷子不举杯，只是咬牙切齿。等了一阵，他突然哈哈大笑起来，顿时宴会楼上鸦雀无声。只见凌总舵爷自己连仰三杯，这下所有人都不安起来，看凌总舵爷要干什么。

"只见凌总舵爷端起酒杯，站了起来。他两旁的议长会长忙拉着他，劝他坐下。凌总舵爷高声说：'我去给代表队敬酒！我去给代表们敬酒不可以吗？'他这一说，谁还好拦？于是凌总舵爷走到首席，与汪县长隔桌对面站立。

"凌总舵爷对四位代表举杯说：'来，我敬各位三杯酒。这第一杯酒我要说，阿嘉松土官屈顿土官俄波土官你们三位，此次出使不仅辛苦，而且还自己掏钱，高风亮节万人敬仰！'干了第一杯酒，凌总舵爷转身对满厅人说，'我也借此说一事，我本为代表团准备了一笔行程费用，但县政府要我为代表团担保，将这笔钱收走了！'

"汪县长听到这里，怒目呵斥：'凌尔武，你胡说什么？'

"凌总舵爷对汪县长做蔑视状，继续对四代表说：'你们现在荣耀归来，我决定各赠你们赤金奖牌一座，以表彰你们不负我同仁公社之托。'凌总舵爷仰了第二杯酒，接着说：'这第三杯酒我要说：你们与我都是根在松潘，福荫在松潘的人。我们不但要造福松潘，也要对损害松潘的外来恶人团结一致，共同对付。'

"'啪'的一声重响，只见汪县长拍案而起，指着凌总舵爷骂：'凌尔武，你太猖獗了！你竟敢在大厅之上，当着本县长面，挑唆众人悖逆政府对抗本官，你不想活了？'

"凌总舵爷仰身大笑：'哈哈哈哈……我不想活了？'然后怒目直视汪县长，'是我不想活了还是你不想活了？你今天几次扬言要杀我，我才回你半句。'

"这时汪县长抓起面前汤碗，向凌总舵爷砸去。凌总舵爷虽然躲过碗却被滚汤烫了半边脸。凌总舵爷抄起一把椅子……汪县长手掏腰上的枪……周围人跳起来将他二人团团围住，簇拥着赶紧推开。当时楼上完全混乱。凌总舵爷和汪县长在被推开时，都声嘶力竭高喊要杀了对方！"

舵爷区长儿子讲到这里停住。他周围的人惊愕得心跳怦怦，瞠目结舌。

其中一人脸色吓变，结结巴巴："杀、杀了对、对方？！他们两人仇杀起来，不知有多少条命要陪葬进去！"

有人接话："岂止陪葬多少条命，如果那样，我们松潘要遭大祸乱！"

"开会啰，开会啰！"县府里各处响起衙役喊声，"各位尊贵，请进会场啦……请进礼堂啰……"

县政府礼堂是刚扩建的，是将旧县衙审案大堂两端的两个耳房隔墙撤去，将耳房加宽而合成。礼堂里摆靠背长木条椅，可坐二百来人。这些都是汪县长专为今天的会议而设。

汪县长被中央军压制几年，这次要借"松潘抗日献旗代表队"受到蒋委员长及夫人和国民党中央的高规格接见及宣传的光荣事件，大力抬高自己，着力往自己脸上贴金，重树自己威望。所以，他要"抗日献旗代表队"做两次宣讲。第一次，在县政府里，参加会议人员为松潘上层人物及各机关单位的领导及有级别的人；第二次在县城校场坝举行盛大的群众大会。

县政府礼堂里的"代表队专场汇报会"进行得还算顺利，只是开始后不久，就从礼堂里传出一阵喧哗，传出喊阿嘉松土官上台讲的闹嚷声，但接着就安静下来……代表队的专场汇报会开了近三个小时……半程时，刮起了大风，一阵山雨打来。汇报会快结束时，阵雨也停了。散会的人三三两两热议着走出县政府。他们虽然头上无雨，但脚下都被地面积水打湿了鞋袜。

阿嘉松土官与何书记长一起走出了县府大门。他们身后跟着县国民党党部的官员和干部。麦其崩二老板和果洛也跟在后面。他们踩着街上的泥水，走进了国民党松潘县党部大门。里面，专门为宴请阿嘉松土官的宴席早已备齐……时间过午，但天空仍是阴沉沉的，风虽小多了，但冷飕飕的……酒宴后，虽然阿嘉松土官已经明显表现出疲乏倦意，但何书记长还是留阿嘉松土官谈话……

时已后晌，阿嘉松土官才从县国民党党部出来，何书记长带着人数不多的全体党部干部站在门前台阶上礼送。

阿嘉松土官不仅显疲乏，而且显得心情不好，情绪低沉。果洛和麦其崩二老板以及护卫随仆跟在后面。

阿嘉松土官他们刚走了不几步，原县政府的老师爷便带着儿子从街边茶楼疾步上前，面对阿嘉松土官深深作揖打躬，口诵敬语贺喜。疲劳的阿嘉松土官回礼。苍老白发的老师爷卑谦请阿嘉松土官进茶楼小坐。阿嘉松土官说："我实在太累了，而且紧接着还有事情必须参加，我们另约日子好吗？"

只见白发老师爷在阿嘉松土官耳边悄语。阿嘉松土官面色突变凝重，便又进了街边茶楼……

黄昏渐落，天色晦暗，高原秋风寒悚。

阿嘉松土官从茶楼里出来，满脸愤怒。他紧咬牙关，眼睛里充满仇恨……

阿嘉松土官大口喘气，使劲调整自己的情绪，往校场坝走去。

前几天住在城外军训场迎接他的臣属们以及山寨乡亲们，在他进入县城后，便全移到县城里的校场坝，搭起帐篷生起篝火。阿嘉松土官每天都要看望他们，所以在回泽旺商号家之前，他特地来此处。他告诉乡亲们：泽旺商号今晚给他举办接风宴，因此自己今晚就不与乡亲们跳锅庄了。

他官寨的大管家二管家书幕等人也都住此校场坝，当然也负责对族人乡亲们的管理和照料。泽旺商号今晚的接风宴邀请了他们。

阿嘉松土官往泽旺商号回赶时，虽然身影疲乏，但步子仍很大。

泽旺商号里外也作了迎接阿嘉松土官载誉归来的喜庆布置：门前高大杨树上牵满了藏族习俗的五彩经旗，街面屋檐下高挂起汉族习俗的大红灯笼。但此时天气阴晦，暮色四起，影响喜气。

泽旺商号的院子里，除了商号的掌柜伙计杂工等人，还有阿嘉松土官的爱妻——莲姆措，以及阿妹阿弟等不少亲眷。所有的人都欢欣喜悦地迎接阿嘉松土官，他们各按藏羌回汉族习俗，喜笑颜开地向他致礼。

阿嘉松土官回礼后，首先抱起两岁的儿子，在他胖嘟嘟的小脸上亲吻。淑美的莲姆措看出阿嘉松不仅疲惫，而且心情不好，伸手在儿子面前说："阿爸累了，来，阿妈抱，让阿爸休息一下。啊？"

商号大掌柜二掌柜也与莲姆措有同感，忙问："大老板您这几天下来挺累的吧？需要什么尽管吩咐！"

阿嘉松土官疲乏地喘一口气，情绪低落地说："是很累。我先回房休息休息。"他又想到商号要举行的接风庆贺聚餐，便对大掌柜说："时间不早了，聚餐开始吧！我从昨天早上进城，一直到这会儿，没歇过气。你们大家先请聚餐，我回屋喘口气，再来每桌给大家敬酒！"

大掌柜说："大老板，聚餐就晚一点儿吧？还是等老板您休息好了，再开始吧？"二掌柜管账先生以及大管家二管家等许多人附和。

阿嘉松土官非常疲乏地摇了摇头，仍吩咐聚餐现在开始。还叮嘱大掌柜安排好聚餐，让所有人都尽兴欢宴。

大掌柜和大管家还想说聚餐晚些开始，等待阿嘉松土官休息一阵后再开宴。麦其崩二老板今天一直跟着阿嘉松土官，知道他的情况，忙对大掌柜等人高声吩咐开宴。

淑美的莲姆措为照顾好丈夫，赶紧把可爱的儿子交到阿嘉松的阿妹怀里，自己照料丈夫回屋。

因为商号接风宴还邀请了街保里长片警及相关商家等等客人，所以因人多，宴席分别摆在几个房间里进行。

藏式会客室的酒桌，安排是阿嘉松大老板麦其崩二老板及果洛，以及商号的大掌柜二掌柜账房先生和官寨的大管家二管家书幕等人。阿嘉松大老板的主座此时空着。

麦其崩二老板因为中午在县国民党党部吃宴席，此时还觉得肚子很饱，便先到各席桌房间去，一一敬酒，并解释阿嘉松大老板这两天之紧张之忙碌，太累太疲乏，所以等会儿来给大家敬酒。

这个藏式客室的酒桌，大家喜气洋洋互相敬酒，热闹说笑。昨天代表队进城，凌尔武总舵爷与汪县长从早到晚的对阵干仗，是大家最上心最热闹的话题，你讲我插话，此问彼回答，话语声声充满屋室。

好一阵后，麦其崩二老板回来，坐下。

众人知道他出去这一趟敬酒，喝了不少，因此没有再敬酒，而是忙招呼他夹菜吃肉喝热汤。

今天县府礼堂里，代表队的汇报会起了一点风波，虽小，但又传闻满县城。此桌众人等麦其崩二老板吃几口菜后，便迫不及待向他打听。

麦其崩二老板本就是喝酒话更多的人，于是滔滔开讲：

"上午在县府里开代表队的专场汇报会，众人看见凌总舵爷来到，都大吃一惊，因为昨天晚宴他和汪县长互喊杀了对方，所以都以为他今天不会来参会。加上又见他满脸杀气，于是人人都认为他今天是专门来挑战汪县长的。

"汪县长也被昨天从早到晚的事气得一夜没睡，所以汇报会推迟了一个多小时才开。汪县长进会场时眼圈发黑，满眼血丝。他声音完全嘶哑了，不能讲话，汇报会当然就由何书记长风光露脸了。

"凌总舵爷故意坐台下正中，又开双腿与台上的汪县长恶狠狠对视。幸好汪县长喉咙哑说不出话没有挑事，凌总舵爷也无法发难，两人未斗起来。只是他们二人一个形如恶狼，一个鹰鼻鹞眼，互相虎视眈眈，弄得会场气氛大坏。

"汪县长为了显示代表队是他政府领头，指定由努科长作为汇报主讲人。努科长本来就不会在大场合讲话，又是这种气氛，紧张得舌头不灵声音发颤，结结巴巴叙述不清。

"这下会场里起了议论。大家都很想听代表队献旗经过，于是有人喊请阿嘉松土官作汇报。响应人越来越多，会场乱了。于是何书记长对汪县长说了几句，然后米主任宣布，请我阿哥上台接着做汇报。

"我阿哥上台一讲，会场里安静得掉根针都听得见。我阿哥讲了两个多小时，听的人眼睛一直睁得溜圆。讲完了，会场里巴巴掌响了好久哦！

"散会了，我阿哥很累，想回商号休息。哪知何书记长把我阿哥叫住，说他们县党部设宴，专门请我阿哥。我阿哥推辞不了，只有接着又去县党部。"

麦其崩二老板绘声绘色讲到这里，稍停顿。他在县党部午宴撑得肚圆，刚才在各桌也吃了些菜肴，现在只是说话口渴，喝汤。

大管家问："哎？听说昨天在城门洞，何书记长宣布我们老爷当了个什么官，我也没弄清。麦其崩老板你在县党部打听没有？那个官的衙门在哪里？"

麦其崩二老板回答道："打听了，打听了。我们进了县党部里，见他们在会议室又开欢迎我阿哥的内部欢迎座谈会。对我和果洛，他们也不避，请我们俩也坐进了会议室。我问清楚了，封阿哥的官，名字是拗口，叫'国民党松理茂边区特别党部第十二分部执行委员'……什么叫执行委员？就是分部长！……分部衙门在哪里？我下面给你们讲。

"在会上，我看见何书记长向我阿哥递了委任状，解释说，封我阿哥的官，是当阿哥还在路上时，县党部接到上级通知的。说按规矩，应该在阿哥回到松潘后，经过何书记的谈话程序，然后举行正式仪式，颁发委任书。结果因为昨天城门洞的突发情况，所以仓促宣布。

"衙门嘛，我听何书记长说，第十二分部现在没有机构，完全是空的，既无人也无地点。何书记长要我阿哥给第十二分部招人，分部建在哪里，由我阿哥决定。所以嘛，这个官现在没有衙门。"

此话一出，满桌议论。有的感叹空架子，有的说阿嘉松可以把它做很大……

麦其崩二老板此时才拿起筷子吃起来。

麦其崩二老板肚里尚满，嚼肉不香，又放下筷子，继续说："午宴完了，何书记长又留阿哥再喝茶聊聊。我阿哥就趁机提出一个要求。

"阿哥说，他在回到松潘前充满热情，对如何配合政府把我们松潘的抗日救国活动大力开展起来，想了很多，也做了多种筹划。

"但是，昨天发生的件件事使他看出，汪县长和凌总舵爷现在都只想往死里整对方，对开展我们松潘民众抗日救国活动根本无心思。阿哥说他为此很忧心。阿哥说代表队在重庆受到那么高规格的接待，得到那么高的赞誉宣传，那是中央对我们松潘民众抗日热忱的肯定；现在前方打仗缺枪缺衣，蒋委员长还拨三十万银圆专款给我们松潘后方，是鼓励我们民众积极拥护政府参加抗日。可是如果代表队回来，我们松潘的抗日救国活动还是搞不起来，局面死气沉沉一潭死水，怎么有脸对得起中央，对得起全国人民？阿哥说他为此很苦恼，很忧心，昨夜一晚上都未睡。"

于是众人插话议论："怪不得一大早，老爷的脸色就很不好。原来老爷为我们松潘的抗日民众活动忧心，昨夜一晚上没有睡好觉。"

"是的！"麦其崩二老板继续说，"阿哥于是对何书记长说，鉴于汪县长现在的情况，他希望何书记长带头领导，把我们松潘的民众抗日救国活动搞起来。我阿哥还向何书记长表态，他一定尽其全力支持何书记长。"

麦其崩说到这里，稍停顿，做了个很鄙夷的怪脸，说："哼，我看见何书记长听了我阿哥的要求后，居然把脸对着天花板，吸着烟，不知肚里在想什么。

"我阿哥原以为对他的希望，何书记长即使不当场答应提头领导，也会对我阿哥表示赞扬。谁知何书记长如此表现，起码说明他并没有把开展民众抗日救国活动当成紧要大事。我阿哥也脸现不快。

"何书记长吸完了手中的烟，才回答我阿哥。他先假惺惺地夸奖我阿哥几句，然后说开展民众活动，需要政府的各有关部门发挥职能。他以县党部书记长的身份是指挥不动县政府上下的。他说，抗日救国活动，政府是应该领导开展，但面对汪县长的情况，他需要花点时间慢慢考虑。

"我阿哥一听这话，明白何书记长完全是推诿的意思，生了气，告辞走了！"

国民党的县党部和县政府对民众抗日活动如此冷漠态度，满桌人都不满，激动议论开来……

聚餐过半时分，阿嘉松土官来到各个房间，一一向大家敬酒。大家知道他昨夜未眠，这两天又活动接连，现在非常疲惫，连声音都沙哑了，便没有强请他入席共宴。阿嘉松向所有聚餐人敬完酒后，去了他在泽旺商号里的藏传佛教经堂，闭门独坐。

宴席继续。

二掌柜问麦其崩二老板："下午我在街上碰见老师爷和他的儿子。两人喜气满面地招呼我，说阿嘉松老爷答应了，把从省城带回来的好货分些给他。我听了大吃一惊，老爷千辛万苦带回来的值钱好货，怎么会答应分给他？老师爷说他们刚与老爷和老板你们分手，还请我也关照。是怎么回事？"

麦其崩二老板一听，脸沉了下来，不满地哼了一声，对果洛说："你给他们讲！"

憨厚果洛讲："下午，我阿哥刚走出国民党县党部的大门，老师爷和他的儿子就迎上来，说他们在街边等了好一阵了，有要事相告。阿哥本已很累，但还是与他们在茶楼稍坐。老师爷告诉我阿哥，他打探到了曲吉活佛确实是被胡宗南司令的漳腊行营所逼杀！

"老师爷讲：当初阿哥为曲吉活佛去世被汪县长弄进监狱，他就着急。他相信阿哥清白，于是收集活佛去世的情况，推断事涉中央军。因此，当他听说军代组要撤走，赶紧向军代组的上尉文书给钱，要求帮忙打听，还许诺打听到根底，再给重酬。不几日，上尉文书回话，说当时，因为美国人的机器探金屡被破坏，又抓不到现行，漳腊行营便传唤活佛，要他向教区僧俗两众宣布，美国人钻金是为抗日，不容破坏，并威胁活佛，如果破坏洋人勘金的情况继续发生，就把曲吉活佛和所有喇嘛，把阿嘉松土官和所有臣属，全部流放到遥远地方。曲吉活佛离开漳腊行营后，没有宣布中央军的命令，也没有讲中央军的威胁，而是自杀了。"

此话一出，满桌人都震惊得瞠目结舌。

过了好一阵，二管家说："怪不得我看见老爷神情中有悲愤，原来是因为这个！"

大管家说："曲吉活佛是我们老爷的大恩人，老爷尊崇曲吉活佛像阿爸，像菩萨，他听了这个怎么会不悲愤？"

果洛咬牙切齿地骂道："狗日的手段太歹毒了！"众人都明白他是恨骂胡宗南行营的国民党军官。

"唉——！"大掌柜深深叹了口气，但他叹气的声音又高又长，众人感觉他有分量不轻的话要说，安静。

大掌柜情绪深沉地感叹说："唉，如果当时事情再拖一拖，活佛也不用自杀了！"然后解释：活佛轮回后不久，美国人的钻探机器就自己停了。因为随着日军侵占缅甸，美国对中国的抗战物资只能从喜马拉雅山飞机运输。这种高成本的飞运，连作战军火物资的运输都受限，地矿勘探的钻机柴油钻头钻杆等物资当然就只能停了。

众人一听，都起很多感触，尤其是对曲吉活佛自杀，都深深遗憾不已。屋里出现短时安静。

不多一阵，有人问麦其崩二老板："老爷昨天才进城，这两天又忙又累，老师爷这个时候找老爷说这事干什么？晚几天不行啊？还要在街边上守着等老爷！"

麦其崩二老板为这事肚了里有火，他对着问话人吼道："还不是瞄着我阿哥从省城带回来的值钱好货！老家伙生怕晚一点就分不到了，借给我阿哥邀功，赶紧向我阿哥讨要好货！"又冲着那人撒气，"这个烂算盘你都不懂！"

天黑了，风变大，夹着冷雨。泽旺商号新挂的灯笼被夜风吹打得不停摇晃。

在商号的藏传佛教经堂里，阿嘉松土官关门独坐。佛像前的酥油灯火苗摇曳，映照着他极度悲痛和愤慨的面容。

曲吉活佛的死是他心中永远的痛。老师爷对曲吉活佛被中央军所逼杀的证实，犹如他心中的创伤再一次被军刀挑破，流血剧痛。阿嘉松土官彻底明白了：曲吉活佛面对国民党军队的淫威，为了保护喇嘛寺保护众喇嘛，保护自己以及自己的亲人和臣属，献出生命！

此恨如杀父之仇。阿嘉松土官胸膛里翻滚起对国民党军队的愤恨。但黑沉沉，夜如磬，他无人倾诉，只能独坐经堂，祭奠曲吉活佛，哀告菩萨……

他从一个嵌银漆盒里取出一大一小两串佛珠。这是曲吉活佛的遗物。是他参加活佛葬礼时，堪布和温布两位大喇嘛慎重交给他的。活佛遗嘱：小串佛珠赠予阿嘉松土官留作纪念；大串佛珠请阿嘉松土官转奉给下一世曲吉活佛。堪布和温布两位大喇嘛指着大串佛珠，对阿嘉松土官说：此中有含义，要他今后资助和参与对新活佛的寻访和确立。

阿嘉松土官把两串佛珠摆放在神龛上的菩萨像前，眼睛里浸出对慈祥活佛哀悼的泪水。他对曲吉活佛做了简单礼祭，把他在活佛临终前发的护寺誓言，对着两串佛珠诵念了三遍。

神龛上的酥油灯闪动燃烧。阿嘉松盘腿坐在卡垫上哀思活佛，历历往事浮现眼前……在俄哈土官的死狱里，曲吉活佛派出的喇嘛打开牢门……在霞光照耀的嚓旺官寨经堂里，活佛与美朵小姐厚望予他……在俄哈官寨的大火黑烟中，曲吉活佛号召教众拥护他为部族首领……在自己曲折上升的一路，始终伴随着曲吉活佛的庇佑扶持，慈祥关爱。

回忆使阿嘉松土官越发感觉悲痛。为了排遣这难忍的内心剧痛，他诵经求慰……诵经一阵，他感觉内心仍无法平静，眼前还闪晃军队恶魔逼杀曲吉活佛的狰狞景象。于是他不禁祈求菩萨惩罚中央军恶魔，雷轰电劈……窗外夜风飕飕。阿嘉松土官心中的仇恨和愤怒情绪仍无法平复，想报仇雪恨的念头更如夜风吹火，越发炽烈起来。

阿嘉松土官忽然想到明天：明天，他要在全县大会上做汇报宣讲！于是他理智升起，想到如果今夜仍然无法入睡，烦躁通宵，明天声音会完全嘶哑。届时，如果他不能向松潘民众做抗日救国的宣传汇报，那后果将更令他终身痛悔！但想到此，他又焦虑起来！

悲恸，愤恨，焦虑，这些情绪的混乱交织，使阿嘉松土官更觉得头欲裂胸将炸，使他坐立难安。他猛地拉开经堂木门，走进沉沉黑夜，仰脸在冰冷的风雨中……

冰凉的夜雨打脸，使阿嘉松冷静了点。他理智认识到，他此时最需要的痛诉，是发泄。他需要有人真心倾听他，真意理解他，与他同声相应，同气相求。

阿嘉松土官想：面对国民党军队逼杀他教父恩人的淫威，他能向谁诉说此深仇大恨？谁能与他同仇敌忾？阿嘉松土官想：他满腔热忱地回来希望掀起民众抗日高潮，面对国民党官府的冷漠，他能向谁发泄他的强烈不满？谁能与他同声谴责？

"洪老中医！"阿嘉松土官头脑中映现出了洪老中医面容，想到了他——红军派潜松潘的共产党人！阿嘉松土官对自己的念头肯定，出声轻唤："洪老中医，洪老中医！"。

随即，阿嘉松土官唤来随仆，吩咐道："你现在马上去请洪老中医出夜诊，就说我心口痛，很痛，胸口憋气，劳驾他马上来！"

4

松潘县城里的校场坝，一派大会热闹景象。欢迎代表队荣耀归来的全县民众大会，即将在这里召开。

主席台子搭了一人高，上面用松柏绿枝装饰一门坊架子。大会名称的横幅和对联挂贴在门坊上。台子后面张挂一大蓝布，上面正中是蒋介石穿军装的像，两边分别是国民党党旗和中华民国国旗。大挂布被秋风吹得摇晃不停，使蒋介石的面像歪来扭去。

学校教室的条凳都抬了来，安放了半个场地。县政府不仅把旧库里的败色彩旗全部拿来插在会场四周，还通知县里各社团商会都把各自的旗招带来。于是道观佛庙清真寺的宗教旗幡也迎风招展。有几个藏传佛教寺庙还带来了巨幅佛像彩织，高挂树上。

凌氏父子三人骑着高头大马，带着庞大武装耀武扬威地来到校场坝。这支大队伍由同仁公社和县城附近八个分社共十队组成。每队三名骑马领头大爷都双挂驳壳枪，后面三十名带枪堂勇还扛有机枪冲锋枪。他们在凌府大门整队集合后，一路敲锣打鼓吹号舞旗，张扬招摇地进入会场。进场后，这三百多带枪堂勇还列成方阵，霸踞会场坝子的正中。凌氏父子此举，是宣扬袍哥势力，并对汪县长做武力威胁警示。

太阳升起很高，大会开始。

汪县长声音嘶哑地作开场讲话，当然要揽功于己，然后农商学工四行业代表致欢迎词。接着，阿嘉松土官身穿藏族盛装，腰佩珍宝吊刀，走到台子前沿的演讲桌子后，轩昂站立，高声汇报起来……

今天的汇报演讲人，汪县长原定努科长。但昨天在县府里的专场汇报会上，努科长的表现难堪此任。因此在众人士的劝说下，汪县长也考虑到县政府和他本人面子，将今天登台汇报人换成了阿嘉松土官。

一两千人的民众大会，秩序自然不可能很好。阿嘉松土官尽力提高声音演讲，脸色因持续使劲而发红。

突然，天边响起嗡嗡声音……声音很快变近……眼睛尖的人看见天上移动黑点，发出惊叫声："飞机……飞机飞来了……"

满会场坝子的人全部抬起头看天上……越来越多的人手指天上，大喊飞机飞来了……

坐在主席台上的汪县长也抬头看……他站起来看……他突然高叫："是中央派来的飞机！中央的飞机。"

坐在台子边的妖姬秘书听见，立刻尖声响应："是中央的飞机，是中央派来禁烟的飞机！"……惊奇不已的县府干部警察保安等人员一听，也纷纷安抚会场喊叫："是我们中国的飞机，不要怕！……是省府禁烟飞机……"

日军飞机成三三编队飞临松潘县城，俯冲投弹。立刻县城里爆炸声四起，人群血肉横飞，街道房屋燃烧起来……

罪孽炸弹很快倾泻完。在几百具尸体和几千人的伤残中，日机耀武扬威地又在浓烟滚滚的松潘县城上空低飞一圈，沾满血债离去。

校场坝里，燃烧弹的化学物质在地面燃烧，炸弹炸起的灰尘弥漫空中。到处一片混乱。哭喊炸死亲人的声音，伤残者痛苦喊叫求救的声音，交织成一片……

主席台垮塌了。倒下的牌坊架子压在阿嘉松土官腿上。他拂去满头的松枝泥土后，撑起上半身刚一拉腿，一下钻心剧痛——腿骨断了！他大叫一声又倒下……有人过来抬开压在他腿上的木架子……突然，有几人跑过来大喊："阿嘉松土官，莲姆措太太被炸死了！""莲姆措太太被炸死了，阿嘉松土官老爷……"

阿嘉松像被电击，头脑嗡地巨响……寨子里的藏族乡亲把他架抬着，向坝子中的一个弹坑奔去……阿嘉松看见血肉模糊的莲姆措和几个乡亲的遗体躺在地上，他的两岁儿子伏在母亲身上哭叫阿妈……阿嘉松大喊一声："莲姆措！"扑倒过去……

后　记

　　阿坝州美丽的自然风光已展现世界。但阿坝州丰富精彩的人文历史却疏淡于世人。

　　我党提出"繁荣发展少数民族文化事业"。

　　以民族地区社会历史风云为题材，尤其以大跨度时间的诸历史事件为素材，以众多真实历史人物为原型的文学创作长篇小说，罕见。

　　阿坝州的社会历史有其独特性。它藏羌回汉多民族的风情画卷，它丰富而离奇的历史事件，它叱咤风云的多色彩传奇人物，是创作少数民族长篇风云小说和纪实性小说的绝佳沃土。

　　本小说下一部（第四部），上卷（第七卷）主要描写抗战后期至解放前夕雪山草地发生的大事：松潘县国民党军统县长被捆绑游街开膛破肚分尸示众及波澜后事……茂县羌族贫苦出身的好汉首领抵制重税压迫，国民党省区政府派遣两个保安团"剿伐"，被武装反抗的羌民痛杀，伤亡惨重大败。该羌族英雄重病悄入省城医院，即被警察侦知看押，在中国共产党掀起的舆论声援中，得以完成切胃大手术，并机智逃脱……这些事件反映了藏羌人民对国民党统治的广泛反抗，反映了国民党在藏羌地区的基层政权其时之颓朽不堪！

　　下卷（第八卷）描写了解放前夕，雪山草地各民族上下阶层顺应解放大势，在中国共产党的指导下，半公开有组织地开展迎接解放的政治活动，压制当地国民党政权妄图武装抵抗解放军的垂死挣扎，并为解放军到来控制青海马军粮库。

　　成都市委宣传部原副部长李唯中同志阅本小说大纲稿后评价："小说题材证明中国共产党是领导藏族聚居区社会前进的历史必然，有宣传民族和谐国家统一的现实意义。"

　　《雪山长风》小说创作得到阿坝州宣传部、文联、作协等领导的宝贵关怀指导和大力帮助，笔者借此深表感谢！

2024年春